Frederick Forsyth · Der Unterhändler

Frederick
Forsyth
Der Unterhändler
Roman

Aus dem Englischen von
Christian Spiel und Rudolf Hermstein

Piper
München Zürich

Die Originalausgabe erschien 1989 unter dem Titel »The Negotiator« bei Bantam Press, London.
Die Kapitel 1 und 5–19 wurden von Christian Spiel, Kapitel 2, 3 und 4 von Rudolf Hermstein übersetzt.

ISBN 3-492-03300-8

Gesetzt aus der Aldus Antiqua
Satz: Fotosatz Otto Gutfreund, Darmstadt
Druck und Bindung: May + Co., Darmstadt
Printed in Germany

PERSONEN DER HANDLUNG

Amerikaner

John F. Cormack, Präsident der Vereinigten Staaten von Amerika
Michael Odell, Vizepräsident der Vereinigten Staaten von Amerika
Jim (James) Donaldson, *Secretary of State* (Außenminister)
Morton Stannard, *Secretary of Defense* (Verteidigungsminister)
Bill Walters, *Attorney General* (Justizminister)
Hubert Reed, *Secretary of the Treasury* (Finanzminister)
Brad Johnson, *National Security Advisor* (Nationaler Sicherheitsberater)
Don (Donald) Edmonds, *Director of the Federal Bureau of Investigation* (Direktor des FBI)
Philip Kelly, *Assistant Director, Criminal Investigative Division (CID), FBI* (Stellvertretender Direktor des FBI, kriminalpolizeiliche Abteilung)
Kevin Brown, *Deputy Assistant Director, Criminal Investigative Division, FBI* (zweiter stellvertretender Direktor des FBI, kriminalpolizeiliche Abteilung)
Lee Alexander, *Director, Central Intelligence Agency* (Direktor der CIA)
David Weintraub, *Assistent Deputy Director (Operations), Central Intelligence Agency* (Stellvertretender Direktor der CIA, Operationen)
Buck (Oliver) Revell, *Executive Assistant Director (Investigations)* des FBI
Quinn, der Unterhändler
Duncan McCrea, CIA-Einsatzagent
Irving Moss, gefeuerter ehemaliger CIA-Agent
Sam (Samantha) Somerville, FBI-Einsatzagentin
Charles Fairweather, Botschafter der Vereinigten Staaten in London
Patrick Seymour, Rechtsberater an der Botschaft der Vereinigten Staaten in London
Lou Collins, Verbindungsmann der CIA in London
Cyrus V. Miller, Ölmagnat
Melville Scanlon, Großreeder
Lionel Cobb, Rüstungsindustrieller
Ben Salkind, Rüstungsindustrieller
Lionel Moir, Rüstungsindustrieller
Creighton Burbank, *Director, Secret Service* (Direktor des *Secret Service*)
Robert Easterhouse, freischaffender Sicherheitsberater und Saudi-Arabien-Experte
Steve Pyle, General-Manager der *Saudi Arabian Investment Bank*

Andy Laing, Angestellter der *Saudi Arabian Investment Bank*
Simon (Cormack), amerikanischer Student am *Balliol College*, Universität Oxford

Engländer

Margaret Thatcher, Premierministerin
Sir Harry Marriott, *Home Secretary* (Innenminister)
Sir Peter Imbert, *Commissioner, Metropolitan Police* (Chef der Polizei des Großraums London)
Nigel Cramer, *Deputy Assistant Commissioner, Specialist Operations Department, Metropolitan Police* (zweiter stellvertretender *Commissioner* der *Metropolitan Police*, S.O.-Abteilung)
Commander Peter Williams, *Investigation Officer, Specialist Operations Department, Metropolitan Police* (Leitender Ermittlungsbeamter, S.O.-Abteilung der *Metropolitan Police*)
Julian Hayman, Chef einer Personenschutz-Firma

Russen

Michail Sergejewitsch Gorbatschow, Generalsekretär der KPdSU
Wladimir Krjutschkow, Vorsitzender des KGB
Pavel Kerkorjan, Oberst KGB-Resident in Belgrad
Wadim Wassiljewitsch Kirpitschenko, Erster Stellvertretender Leiter des Ersten Hauptdirektorats des KGB
Iwan Koslow, Marschall der UdSSR, sowjetischer Generalstabschef
Generalmajor Semskow, Chefplaner im sowjetischen Generalstab
Andrej, KGB-Einsatzagent

Kontinentaleuropäer

Kuyper, belgischer Kleinkrimineller
Albert van Eyck, Direktor des Vergnügungsparks in Walibi, Belgien
Dieter Lutz, Hamburger Journalist
Hans Moritz, Dortmunder Brauereibesitzer
Horst Lenzlinger, Oldenburger Waffenhändler
Werner Bernhardt, ehemaliger Kongosöldner
Papa de Groot, holländischer Provinzpolizeichef
Chefinspektor Dykstra, Kriminalbeamter der holländischen Provinzpolizei

Prolog

Kurz vor dem Regen kam der Traum wieder. Den Regen hörte er nicht. Schlafend wurde er von dem Traum übermannt.

Da war die Lichtung wieder, in dem Wald hoch über Taormina. Er trat zwischen den Bäumen hinaus und ging, wie abgemacht, langsam auf die Mitte der Lichtung zu. Der Aktenkoffer war in seiner rechten Hand. Als er die Stelle erreicht hatte, stellte er den Aktenkoffer auf die Erde, trat ein paar Schritte zurück und ließ sich auf die Knie nieder. Wie abgemacht. Das Köfferchen enthielt eine Milliarde Lire.

Es hatte sechs Wochen gedauert, bis die Freilassung des Kindes ausgehandelt war – schneller als in den meisten Fällen. Manchmal zogen sie sich monatelang hin. Sechs Wochen lang hatte er neben dem Experten aus der Carabinieri-Zentrale in Rom gesessen, ebenfalls ein Sizilianer, aber auf der Seite der Guten, und hatte ihn in Fragen der Taktik beraten. Die mündlichen Verhandlungen hatte der Carabinieri-Offizier geführt. Schließlich hatte man sich auf die Bedingungen für die Freilassung der Juwelierstochter aus Mailand geeinigt, die aus der Sommervilla der Familie nahe dem Strand von Cefalù entführt worden war. Nicht ganz eine Million Dollar nach einer ursprünglichen Forderung in fünffacher Höhe, aber schließlich war die Mafia darauf eingegangen.

Auf der anderen Seite der Lichtung tauchte ein Mann auf, unrasiert, maskiert, über dessen Schulter eine Lupara-Schrotflinte hing. An einer Hand führte er das zehnjährige Mädchen. Sie war barfuß, blaß, wirkte verängstigt, schien aber unversehrt zu sein. Zumindest körperlich. Die beiden kamen auf ihn zu. Er sah, daß die Augen des Banditen ihn durch die Maske anstarrten und dann rasch den Wald hinter ihm absuchten.

Der Mafioso blieb neben dem Aktenkoffer stehen und befahl dem Mädchen knurrend, das gleiche zu tun. Sie gehorchte. Doch sie starrte mit ihren großen, dunklen Augen zu ihrem Retter hin. Nicht mehr lange, Baby, es ist ja gleich vorbei.

Der Bandit zählte rasch die Bündel der Geldscheine in dem Köfferchen, bis er sich überzeugt hatte, daß man ihn nicht betrogen hatte. Der hochgewachsene Mann und das Mädchen blickten einander an. Er zwinkerte ihr zu; über ihr Gesicht huschte ein Lächeln. Der Bandit schloß den Aktenkoffer und machte sich rückwärtsgehend zu seiner Seite der Lichtung auf. Als er die Bäume erreicht hatte, geschah es.

Es war nicht der Carabiniere aus Rom, sondern der Schwachkopf vom Ort. Gewehrfeuer knatterte los, der Bandit mit dem Aktenkoffer stolperte und stürzte zu Boden. Natürlich hatten sich seine Komplizen hinter ihm verteilt, von den Pinien gedeckt. Sie feuerten zurück. Binnen einer Sekunde fetzte ein Kugelhagel über die Lichtung. Er brüllte »HINLEGEN ...« auf italienisch, aber sie hörte ihn nicht oder war in Panik geraten und versuchte auf ihn zuzulaufen. Er sprang hoch und warf sich ihr über die sieben Meter, die sie trennten, entgegen.

Er schaffte es beinahe. Er sah sie vor sich, dicht vor seinen Fingerspitzen, nur ein paar Zentimeter vor seiner ausgestreckten rechten Hand, die sie herunterreißen wollte aufs Gras, in Sicherheit, er sah die schreckliche Angst in ihren großen Augen, die kleinen weißen Zähne in dem zum Schrei geöffneten Mund ... und dann die karmesinrote Rose, die vorne an ihrem dünnen Baumwollkleidchen aufblühte. Dann sank sie wie in den Rücken gestoßen auf die Erde, und er erinnerte sich, wie er sich über sie geworfen und sie mit seinem Körper gedeckt hatte, bis die Schießerei aufhörte und die Mafiosi sich durch den Wald davonmachten. Er dachte daran zurück, wie er auf der Erde gehockt, den kleinen, schlaffen Körper in seinen Armen gewiegt und weinend zu den konsternierten und verspätete Entschuldigungen stammelnden Ortspolizisten hingebrüllt hatte: »Nein, o nein, großer Gott, nicht noch einmal ...«

1. Kapitel

November 1989

Der Winter war in diesem Jahr früh gekommen. Bereits Ende des Monats fegten die ersten Vorboten, getragen von einem bitterkalten Wind aus den Steppen im Nordosten, über die Dächer, um Moskaus Widerstandskraft zu prüfen.

Das Hauptquartier des sowjetischen Generalstabs befindet sich an der Uliza Frunse, ein graues Steingebäude aus den dreißiger Jahren, vis-à-vis seiner Dependance, einem viel moderneren, achtstöckigen Hochhaus auf der anderen Straßenseite. In der obersten Etage des alten Baus stand der sowjetische Generalstabschef am Fenster. Er starrte hinaus in das eisige Schneetreiben, und seine Stimmung war so trübe wie der nahende Winter.

Marschall Iwan K. Koslow war siebenundsechzig, zwei Jahre über das vorgeschriebene Pensionsalter hinaus, doch in der Sowjetunion hielten – wie überall sonst auch – diejenigen, die die Vorschriften erfanden, den Gedanken für abwegig, daß diese auch für sie selbst gelten sollten. Zu Beginn des Jahres hatte er zur allgemeinen Überraschung in der Militärhierarchie den altgedienten Marschall Achromejew abgelöst. Die beiden Männer waren so verschieden wie Tag und Nacht. Achromejew war ein kleiner, stockdürrer Intellektueller gewesen, Koslow hingegen ein gutmütig-derber, weißhaariger Riese, ein Soldat vom Scheitel bis zur Sohle, Sohn, Enkel und Neffe von Soldaten. Obwohl vor seiner Beförderung nur der dritte unter den Ersten Stellvertretenden Generalstabschefs, hatte er die beiden ranghöheren vor ihm übersprungen, und diese waren ohne Aufsehen in Pension gegangen. Niemand hatte den geringsten Zweifel, warum er an die Spitze gelangt war. Von 1987 bis 1989 hatte er unauffällig und sachverständig den Abzug der sowjetischen Truppen aus Afghanistan geleitet, ein Unternehmen ohne Skandale, ohne größere Niederlagen und – vor allem – ohne nationalen Gesichtsverlust, obwohl die Wölfe Allahs den ganzen Weg bis zum Salang-Paß nach den Fersen der Russen geschnappt hatten. Die Operation hatte ihm in Moskau hohes Ansehen verschafft und den Generalsekretär persönlich auf ihn aufmerksam werden lassen.

Doch während er seine Pflicht getan und sich den Marschallstab verdient hatte, tat er einen geheimen Schwur: Nie wieder würde er einen Rückzug seiner geliebten russischen Armee kommandieren – denn trotz der aufwendigen Public-Relations-Kampagne war das Unternehmen Afghanistan eine Niederlage gewesen. Eine weitere drohende Niederlage war der Grund seiner düsteren Stimmung, als er durch die Doppelglasscheibe hinausstarrte auf die winzigen Eispartikel, die in Abständen am Fenster vorüberstoben.

Der auf seinem Schreibtisch liegende Bericht, in seinem Auftrag verfaßt von einem der aufgewecktesten seiner Schützlinge, einem jungen Generalmajor, den er aus Kabul mitgebracht und in den Generalstab aufgenommen hatte, war schuld an seiner schlechten Laune. Kaminsky war ein Akademiker, ein tiefschürfender Denker und zugleich ein Organisationsgenie, weswegen ihm der Marschall den zweithöchsten Posten im Bereich Logistik zugeteilt hatte. Wie alle Offiziere mit Fronterfahrung wußte Koslow besser als die meisten anderen, daß Schlachten nicht durch Mut oder opferbereiten Einsatz oder auch nur von intelligenten Generälen gewonnen werden; sie werden gewonnen, wenn das richtige Gerät zur richtigen Zeit am richtigen Ort und obendrein in ausreichender Menge zur Verfügung steht.

Er erinnerte sich mit Bitterkeit an seine Erlebnisse als neunzehnjähriger Panzergrenadier, als die hervorragend ausgerüsteten deutschen Truppen die Verteidigungsstellungen des »Mutterlandes« niedergewalzt hatten, während die Rote Armee, durch die stalinistischen Säuberungen ausgeblutet und mit Ladenhütern ausgerüstet, den Vormarsch aufzuhalten versuchte. Sein eigener Vater war bei dem Versuch gefallen, eine unhaltbare Stellung bei Smolensk zu verteidigen und mit Repetiergewehren die vorwärtsdonnernden Panzerregimenter Guderians aufzuhalten. Das nächste Mal, so schwor er sich, werden wir über die richtige Ausrüstung verfügen, und zwar in reichlichem Maße. Diesem Ziel hatte er einen großen Teil seiner Karriere gewidmet, und nun unterstanden ihm die fünf Waffengattungen der Sowjetunion, die Armee, die Kriegsmarine, die Luftwaffe, die Strategischen Raketenstreitkräfte und die Luftverteidigung. Und sie alle waren, wie er dem dreihundert Seiten umfassenden Bericht auf seinem Schreibtisch entnehmen mußte, von einer Niederlage bedroht.

Er hatte ihn bereits zweimal gelesen, nachts in seiner spartanisch eingerichteten Wohnung, abseits des Kutusowsk-Prospekts, und dann noch einmal an diesem Vormittag in seinem Dienstzimmer, wo er um 7 Uhr eingetroffen war und gleich den Telefonhörer neben den Apparat gelegt hatte, um nicht gestört zu werden. Nun trat er vom Fenster weg, ging zu dem breiten Schreibtisch am Ende des hufeisenförmigen Konferenztisches und nahm sich noch einmal die letzten Seiten des Konvoluts vor.

ZUSAMMENFASSUNG: *Es geht also nicht darum, daß nach den Voraussagen in den nächsten zwanzig oder dreißig Jahren die Erdölvorräte dieses Planeten zur Neige gehen werden, sondern darum, daß die Ressourcen der Sowjetunion in den nächsten sieben oder acht Jahren* mit Sicherheit *erschöpft sind. Der Schlüssel zu diesem Faktum findet sich in der Tabelle der nachgewiesenen Reserven weiter vorne in diesem Bericht und insbesondere in der mit R/P-Verhältnis bezeichneten Zahlenreihe. Das Verhältnis von Reserven zu Produktion ergibt sich, wenn man die Jahresproduktion eines ölfördernden Landes nimmt und dessen bekannte Reserven durch diese Zahl dividiert, in der Regel ausgedrückt in Milliarden Barrel.*

Die Zahlen vom Jahresende 1985 – leider handelt es sich um westliche Zahlenangaben, da wir uns trotz meiner engen Kontakte zu unserer Ölindustrie noch immer auf Informationen aus dem Westen stützen müssen, wenn wir uns darüber Klarheit verschaffen wollen, was in Sibirien vor sich geht – zeigen, daß wir in diesem Jahr 4,4 Milliarden Barrel Rohöl gefördert haben, was bedeutet, daß wir bei gleichbleibender Produktion weitere vierzehn Jahre fördern können. Aber das ist eine allzu optimistische Annahme, da wir seither unsere Produktion und damit den Abbau der Erdölvorräte steigern mußten. Heute verfügen wir nur noch über Reserven für sieben bis acht Jahre.

Die Bedarfssteigerung hat zwei Gründe. Der eine liegt in der anwachsenden Industrieproduktion, namentlich auf dem Verbrauchsgütersektor, wie sie vom Politbüro seit der Einführung der neuen Wirtschaftsreformen gefordert wird, der andere in der Ineffizienz dieser Industriezweige, nicht nur der traditionellen, sondern auch der neuen. Unsere Fertigungsindustrie krankt an einer gewaltigen Ineffizienz im Energieeinsatz, und dazu kommt in zahlreichen Fällen noch der Verstärkungseffekt durch eine veraltete maschinelle Ausstattung. Beispielsweise hat ein russisches Auto das dreifache Gewicht seines amerikanischen Pendants, nicht nur wegen unserer strengen Winter, wie offiziell behauptet wird, sondern weil unsere Stahlwerke nicht genügend Feinblech produzieren können. Mithin wird für die Fertigung des Wagens ein höherer Prozentsatz des aus Erdöl gewonnenen Stroms gebraucht als im Westen, und zudem verbraucht der Wagen, wenn er erst in den Verkehr gelangt ist, noch mehr Benzin.

ALTERNATIVEN: *Kernkraftwerke produzieren elf Prozent der in der UdSSR erzeugten Elektrizität, und unsere Planer hatten damit gerechnet, daß bis zum Jahr 2000 zwanzig Prozent oder mehr von Reaktoren produziert wird. Bis Tschernobyl. Leider wurden vierzig Prozent unseres Atomstroms von Werken des gleichen Typs wie dem in Tschernobyl erzeugt. Seither sind die meisten davon wegen »technischer Veränderungen« stillgelegt worden – in Wirklichkeit ist es äußerst unwahrscheinlich, daß sie wieder in Betrieb gehen werden –, und der geplante Bau weiterer Anlagen wurde gestrichen. Ergebnis: Unsere Stromerzeugung durch Kernkraftwerke hat keinen zweistelligen Prozentanteil erreicht, sondern ist auf sieben Prozent gesunken und sinkt weiter.*

Wir verfügen über die größten Erdgasreserven auf der Welt, doch leider befinden sich die Gasvorkommen hauptsächlich in Sibirien mit seinen extremen Witterungsbedingungen, und es ist nicht damit getan, das Gas einfach aus dem Boden zu holen. Wir brauchen – haben aber nicht – eine gewaltige Infrastruktur aus Pipelines und Verteilungsnetzen, um es aus Sibirien in unsere Städte, Fabriken und Kraftwerke zu transportieren.

Sie werden sich vielleicht erinnern, daß wir in den frühen siebziger Jahren, als nach dem Jom-Kippur-Krieg die Ölpreise in schwindelerregende Höhen getrieben wurden, das Angebot machten, Westeuropa langfristig mit Erdgas zu versorgen. Mit Hilfe der Vorfinanzierung für den Bau der Rohrleitungen, die uns die Europäer zugesagt hatten, wäre es möglich gewesen, das notwendige Verteilungsnetz einzurichten. Doch da Amerika davon keine Vorteile gehabt hätte, torpedierten die USA diese Initiative mit der Androhung verschiedenster Wirtschaftssanktionen gegen jedes Land, das mit uns kooperieren würde. Damit war das Projekt gestorben. Heute, nach dem Einsetzen des sogenannten »Tauwetters«, wäre ein solches Vorhaben vielleicht politisch durchzusetzen, doch im Augenblick sind die Ölpreise im Westen niedrig, und unser Erdgas wird nicht gebraucht. Bis der weltweite Rückgang der Erdölförderung im Westen den Preis abermals auf eine Höhe getrieben hat, die unser Erdgas wieder interessant macht, ist es für die UdSSR viel zu spät.

Somit ist keine der beiden denkbaren Alternativen von praktischer Bedeutung. Erdgas und Kernenergie werden unsere Probleme nicht lösen. Unsere Industrie wie auch die unserer Partner, die in ihrer Energieversorgung von uns abhängig sind, ist untrennbar mit Brenn- und industriellen Grundstoffen auf Erdölbasis verbunden.

Die Verbündeten: *Eine kurze Nebenbemerkung zu unseren Verbündeten in Mitteleuropa, den Staaten, die von Propagandisten im Westen als unsere »Satelliten« bezeichnet werden. Obwohl sich ihre Gesamt-Erdölförderung – hauptsächlich aus dem kleinen rumänischen Fördergebiet in Ploesti – immerhin auf 173 Millionen Barrel pro Jahr beläuft, ist dies im Vergleich zu ihrem Bedarf ein Tropfen im Ozean. Der Restbedarf wird von uns gedeckt und das ist einer der Faktoren, die sie in unserem Lager halten. Um die Belastung für uns etwas zu mildern, haben wir zwar ein paar Tauschgeschäfte zwischen ihnen und Ländern im Nahen Osten sanktioniert, doch sollten sie irgendwann einmal von unserem Öl unabhängig – und damit vom Westen abhängig – werden, wäre es sicher nur eine Frage der Zeit, und zwar einer kurzen Zeitspanne, bis die DDR, Polen, die Tschechoslowakei, Ungarn und sogar Rumänien dem Zugriff des kapitalistischen Lagers anheimfielen. Von Kuba ganz zu schweigen.*

Marschall Koslow blickte hoch und auf die Uhr an der Wand. 11 Uhr. Die Zeremonie draußen auf dem Flughafen mußte in Kürze beginnen. Er hatte es vorgezogen, ihr fernzubleiben, da er keine Lust hatte, um Amerikaner herumzuscharwenzeln. Er streckte sich, stand auf und ging wieder ans Fenster, den Kaminsky-Bericht in der Hand, der – noch immer – den Vermerk STRENG GEHEIM trug, und Koslow wußte jetzt, daß es dabei bleiben mußte. Das Papier barg viel zuviel Zündstoff, als daß er es im Gebäude des Generalstabs zirkulieren lassen durfte.

In früheren Zeiten hätte ein Stabsoffizier, der so freimütig schrieb wie Kaminsky, seine Karriere in Mikronen messen können, doch Iwan Koslow, obwohl auf beinahe jedem Gebiet ein hartgesottener Traditionalist, hatte Offenheit noch nie bestraft. Diese Offenheit war so ungefähr das einzige, was er auch am Generalsekretär zu schätzen wußte; obwohl er für dessen neumodische Ideen, den Bauern Fernsehapparate und den Hausfrauen Waschmaschinen zu geben, nichts übrig hatte, mußte er einräumen, daß man vor Michail Gorbatschow frei heraus sprechen konnte, ohne daß man eine einfache Fahrkarte nach Jakutien verpaßt bekam.

Der Bericht war ein Schock für ihn gewesen. Er hatte zwar gewußt, daß die Wirtschaft des Landes seit Einführung der Perestrojka nicht besser funktionierte als vorher, doch als Soldat hatte er seine Tage innerhalb der geschlossenen Gesellschaft der militärischen Hierarchie verbracht, und das Militär hatte von jeher vorrangigen Anspruch auf Ressourcen, Versorgungsgüter und Technologien gehabt und war so der einzige Bereich in der Sowjetunion gewesen, wo eine Qualitätskontrolle praktiziert werden konnte. Daß die Haartrockner für die Zivilbevölkerung lebensgefährlich und die Schuhe undicht waren, hatte Koslow wenig gekümmert. Aber jetzt war eine Krise eingetreten, von der nicht einmal das Militär verschont bleiben konnte. Er wußte, das dicke Ende des Berichts lag in den Schlußfolgerungen. Am Fenster stehend, nahm er die Lektüre wieder auf.

SCHLUSSFOLGERUNGEN: *Die Aussichten, die sich uns bieten, nur vier an der Zahl, sind äußerst düster.*

1. Wir können unsere Ölproduktion auf der gegenwärtigen Höhe halten, in der Gewißheit, daß die Quellen in spätestens acht Jahren versiegen werden, und wir dann auf dem Weltmarkt als Käufer auftreten müssen. Das würde im ungünstigsten, nämlich in dem Augenblick geschehen, da die globalen Ölpreise ihren unvermeidlichen, gnadenlosen Anstieg beginnen und eine nie gekannte Höhe erreichen werden.

Unter diesen Bedingungen durch Käufe auch nur einen Teil unseres Bedarfs zu decken, würde unsere gesamten Reserven an Hartwährungen sowie die Einnahmen aus den Verkäufen von Gold und Diamanten aus Sibirien aufzehren. Für die notwendigen Importe von Getreide und Hochtechnologie, dem eigentlichen Rückgrat der vom Politbüro mit solcher Vehemenz betriebenen industriellen Modernisierung, würde nichts übrigbleiben.

Auch Kompensationsgeschäfte könnten unsere Situation nicht erleichtern. Mehr als fünfundfünfzig Prozent der Weltreserven an Erdöl befinden sich in fünf Ländern des Nahen Ostens und in der Neutralen Zone, deren Eigenbedarf in Relation zu ihren Ressourcen verschwindend gering ist, und diese Staaten werden schon bald wieder am Drücker sein. Da, abgesehen von Waffen und einigen Rohstoffen, sowjetische Produkte im Nahen Osten nicht gefragt sind, können wir auf Tauschgeschäfte zur Deckung unseres Ölbedarfs nicht hoffen. Wir werden mit harter Währung zahlen müssen, und dazu sind wir nicht in der Lage.

Schließlich ist das strategische Risiko einer Abhängigkeit von ausländischen Ölzufuhren zu bedenken, vor allem angesichts der Regime in den in Frage kommenden fünf nahöstlichen Staaten und ihrer bisherigen Politik.

2. Wir könnten unsere bestehenden Produktionsanlagen technisch verbessern und auf den neuesten Stand bringen, um eine höhere Effizienz zu erzielen und damit den Verbrauch zu senken, ohne Verzicht leisten zu müssen. Unsere Produktionsanlagen sind veraltet, in einem sehr schlechten Allgemeinzustand, und das Gewinnungspotential unserer großen Ölfelder wird laufend durch eine überhöhte Tagesförderung beeinträchtigt.

(So geben wir beispielsweise in unseren besten Fördergebieten drei amerikanische Dollar aus, um einen Produktionsausfall in

Höhe von einem Dollar zu vermeiden. Im Vergleich zu den amerikanischen Raffinerien verbrauchen die unseren für die Produktion einer Tonne Treibstoff das Dreifache an Energie. Um unser Öl für ein weiteres Jahrzehnt zu »strecken«, müßten wir unsere gesamten Fördereinrichtungen, die Raffinerien und die Rohrleitungsinfrastruktur auf Vordermann bringen. Wir müßten damit sofort beginnen, und die Kosten wären astronomisch.

3. Wir könnten unsere gesamten Anstrengungen auf die Verbesserung unserer Offshore-Bohrtechnologie richten. Die Arktis ist das Gebiet, wo wir am ehesten neues Öl finden könnten. Die Förderungsprobleme sind dort jedoch viel gewaltiger als selbst in Sibirien. Für den Transport vom Bohrloch bis zum Verbraucher ist keinerlei Infrastruktur vorhanden, und selbst die Explorationsprogramme hinken fünf Jahre hinter der Planung her. Auch in diesem Fall wären gewaltige Mittel erforderlich.

4. Wir könnten auf Erdgas zurückgreifen. Wie bereits festgestellt, verfügen wir hier über die größten Reserven der Erde, in nahezu unbegrenzter Menge. Aber auch hier müßten wir enorme Mittel für Förderung, Technologie, ausgebildete Fachkräfte, Rohrleitungsinfrastruktur und die Umstellung von Hunderttausenden Fabriken auf den Einsatz dieses Energieträgers aufwenden.

Und schließlich ergibt sich unausweichlich die Frage: Woher sollten die Mittel, die in den Optionen zwei, drei und vier erwähnt werden, kommen? Angesichts der Notwendigkeit, unsere Devisenbestände für Getreideeinfuhren zur Ernährung unserer Bevölkerung zu verwenden, und angesichts der Entschlossenheit des Politbüros, den Rest für Importe von Hochtechnologie auszugeben, liegt es auf der Hand, daß die Mittel durch Einsparungen aufgebracht werden müßten. Und da das Politbüro außerdem zur Modernisierung der Industrie entschlossen ist, könnte es der Versuchung ausgesetzt sein, das Militärbudget genauer unter die Lupe zu nehmen.

Ich verbleibe, Genosse General,
hochachtungsvoll
PJOTR V. KAMINSKY, Generalmajor

Marschall Koslow fluchte leise, klappte die Akte zu und starrte hinab auf die Straße. Die Graupelschauer hatten zwar aufgehört, aber der Wind blies noch immer bitter kalt; Koslow beobachtete die winzigen Fußgänger acht Etagen tiefer, wie sie ihre Tschapkas mit den herabgeklappten Ohrenschützern festhielten und mit gesenkten Köpfen die Frunse-Straße entlangeilten.

Es war beinahe fünfundvierzig Jahre her, als er, damals ein dreiundzwanzigjähriger Leutnant der motorisierten Schützen, unter Marschall Tschuikow nach Berlin hineingebraust und auf das Dach der Reichskanzlei geklettert war, um die letzte Hakenkreuzfahne herunterzuholen, die dort noch wehte. Ein Foto dieser Aktion wurde sogar in mehreren historischen Darstellungen abgebildet. Seither hatte er sich mühsam Schritt für Schritt hochgedient, war während des Aufstands von 1956 in Ungarn, während des Grenzkonflikts mit China am Ussuri gewesen, hatte in der DDR Garnisonsdienst geleistet und war dann zum Fernöstlichen Kommando in Chaborowsk, später zum Oberkommando Süd in Baku versetzt und schließlich in den Generalstab geholt worden. Er hatte seine Schuldigkeit getan, die eiskalten Nächte auf fernen Außenposten des Imperiums ertragen, hatte sich von seiner ersten Frau scheiden lassen, die ihn nicht begleiten wollte, und die zweite begraben, die im Fernen Osten gestorben war. Er hatte erlebt, daß seine Tochter nicht, wie er gehofft, einen Soldaten, sondern einen Bergbauingenieur heiratete, und daß sein Sohn es ablehnte, ebenfalls zur Armee zu gehen. Und in diesen fünfundvierzig Jahren war er Zeuge gewesen, wie die Sowjetarmee zu dem heranwuchs, was er als die beste Streitmacht auf unserem Planeten betrachtete, der Verteidigung der Rodina, der Heimat, und der Vernichtung seiner Feinde geweiht.

Wie so mancher traditionell Denkende glaubte auch er, daß eines Tages diese Waffen, für die die Massen sich abgerackert hatten und über die er und seine Männer nun verfügten, eingesetzt werden müßten, und für ihn kam es nicht in Frage, daß irgendeine Konstellation von Umständen oder von Männern seine geliebte Armee schwächte, solange er dieses Kommando innehatte. Er war der Partei zwar tief ergeben – sonst wäre er nicht dort hingelangt, wo er war –, aber wenn irgend jemand, und wäre es der Mann, der jetzt die Partei führte, glauben sollte, man könnte Milliarden Rubel aus dem Militärbudget streichen, wäre er vielleicht gezwungen, seine Loyalität gegenüber diesen Männern zu überdenken.

Je mehr er über die abschließenden Seiten des Berichts nachsann, um so stärker wurde der Gedanke, daß Kaminsky, so intelligent er auch war, eine mögliche fünfte Option übersehen haben könnte. Wenn die Sowjetunion eine überreichlich sprudelnde Rohölquelle unter ihre politische Kontrolle bringen, ein Gebiet, das sich derzeit außerhalb ihrer eigenen Grenzen befand ... wenn sie und nur sie allein dieses Rohöl zu einem Preis importieren könnte, den sie sich leisten, das heißt, den sie diktieren konnte ... und zwar, ehe ihre eigenen Vorräte zur Neige gingen ...

Er legte den Bericht auf den Konferenztisch und ging durch den Raum zu der Weltkarte, die die Hälfte der Wand, den Fenstern gegenüber, einnahm. Er betrachtete sie angelegentlich, während die Uhr auf die Mittagsstunde zutickte. Immer wieder fiel sein Blick auf ein bestimmtes Gebiet. Schließlich trat er an den Schreibtisch, legte den Hörer wieder auf und rief seinen Adjutanten an.

»Bitten Sie Generalmajor Semskow, zu mir zu kommen – jetzt gleich«, sagte er.

Er setzte sich auf den hochlehnigen Stuhl hinter seinem Schreibtisch, nahm die Fernsteuerung in die Hand und schaltete den Fernsehapparat links von ihm an. Das Bild von Kanal Eins erschien und wurde klar – die angekündigte Live-Übertragung vom Prominentenflughafen Wnukowo, außerhalb von Moskau.

United States Air Force One, die Maschine des Präsidenten, stand da, aufgetankt und bereit, zur Startbahn zu rollen. Es war die neue Boeing 747, die in diesem Jahr die alte und ausgediente 707 abgelöst hatte und ohne Zwischenlandung von Moskau zurück nach Washington fliegen konnte, was die alten Boeing 707 nie geschafft hatten. Männer vom 89th Military Airlift Wing, die das Geschwader des Präsidenten auf der Air-Force-Basis Andrews bewachten und warteten, umstanden die Maschine für den Fall, daß ein allzu enthusiastischer Russe nahe genug heranzukommen versuchte, um etwas daran zu befestigen oder einen verstohlenen Blick ins Innere zu werfen. Doch die Russen benahmen sich wie perfekte Gentlemen, was sie schon während der ganzen dreitägigen Visite getan hatten.

Ein paar Meter vom Ende einer der Tragflächen entfernt befand sich ein Podium mit einem Lesepult in der Mitte. Dahinter stand der Generalsekretär der Kommunistischen Partei der Sowjetunion, Michail Sergejewitsch Gorbatschow, und brachte gerade seine Abschiedsansprache zu Ende. Neben ihm saß, ohne Hut, das stahlgraue Haar von der bitterkalten Brise zerzaust, sein Gast, John F. Cormack, Präsident der Vereinigten Staaten. Rechts und links wurden die beiden Männer von den zwölf übrigen Mitgliedern des Politbüros flankiert.

Vor dem Podium hatte eine Ehrengarde der Miliz, der Zivilpolizei aus dem Innenministerium, dem MVD, Aufstellung genommen, dazu eine weitere, vom Grenztruppendirektorat des KGB gestellt. Um dem Ganzen auch etwas Volksnahes zu geben, bildeten zweihundert Ingenieure, Techniker und Angehörige des Flughafenpersonals an der vierten Seite des leeren Platzes eine Zuschauermenge. Am wichtigsten für den Redner waren jedoch die Batterien der Fernsehkameras, die Fotoreporter und die Journalisten zwischen den beiden Ehrengarden. Denn dies war ein bedeutungsschwangeres Ereignis.

Kurz nach seiner Amtsübernahme im letzten Januar hatte John F. Cormack, Überraschungssieger bei den Wahlen im November, zu verstehen gegeben, daß er den Generalsekretär gerne kennenlernen würde und bereit wäre, nach Moskau zu fliegen. Michail Gorbatschow hatte alsbald sein Einverständnis erklärt und nun, während der vergangenen drei Tage, zu seiner Befriedigung festgestellt, daß dieser hochgewachsene, streng dreinblickende, doch im Grund sehr menschliche ehemalige Professor anscheinend ein Mann war, mit dem er, um Mrs. Thatcher zu zitieren, »Geschäfte machen« konnte.

So war Gorbatschow, gegen den Rat seiner Sicherheits- und ideologischen Berater, ein Risiko eingegangen. Er hatte dem persönlichen Wunsch des Präsidenten entsprochen, man möge ihm gestatten, sich live übers Fernsehen an die Bürger der Sowjetunion zu wenden, ohne daß zuvor der Text seiner Rede zur Billigung vorgelegt wurde. In der Sowjetunion gibt es praktisch keine Live-Sendungen; fast alles wird erst redigiert und überprüft, bevor es schließlich für die Öffentlichkeit freigegeben wird.

Bevor Michail Gorbatschow Cormacks sonderbarem Ersuchen stattgab, hatte er sich mit den Fachleuten vom staatlichen Fernsehen beraten. Sie waren ebenso überrascht wie er, meinten aber, daß erstens nur ganz wenige Sowjetbürger den Amerikaner ohne Übersetzung verstehen würden (und diese konnte notfalls entschärft werden, wenn Cormack zu weit ging), und daß man zweitens die Ansprache in einer acht bis zehn Sekunden langen »Schleife« halten und sie mit ein paar Sekunden Verzögerung übertragen könnte. Und falls er wirklich zu weit ginge, ließe sich ein plötzlicher Ausfall der Übertragung inszenieren. Schließlich wurde vereinbart, daß der Generalsekretär, wenn er einen solchen Abbruch wünschte, sich nur mit dem Zeigefinger am Kinn zu kratzen brauchte. Das übrige würden die Techniker erledigen. Dies konnte natürlich nicht für die drei amerikanischen TV-Teams oder das der BBC gelten, aber das wäre gleichgültig, da ihre Aufnahmen die sowjetische Bevölkerung niemals erreichen würden.

Nachdem Michail Gorbatschow seine Ansprache mit einer Bekundung des Goodwills gegenüber dem amerikanischen Volk und seiner fortdauernden Hoffnung auf Frieden zwischen den USA und der UdSSR beendet hatte, blickte er zu seinem Gast hin. John F. Cormack erhob sich. Der Russe deutete auf das Lesepult und das Mikrofon, übergab dem Präsidenten das Wort und setzte sich neben den Mittelplatz. Der Präsident trat hinter das Mikrofon. Notizen für seine Rede waren nicht zu sehen. Er hob nur den Kopf, blickte direkt in das Auge der sowjetischen Kamera und begann zu sprechen.

»Männer, Frauen und Kinder der UdSSR...« In seinem Dienstzimmer riß es Marschall Koslow auf seinem Stuhl nach vorne. Er starrte wie gebannt auf den Bildschirm, sah, wie auf dem Podium Michail Gorbatschows Augenbrauen zuckten, ehe er seine Fassung zurückgewann. In einer Übertragungskabine hinter der Kamera des Sowjetfernsehens legte ein junger Mann, den man für einen Harvard-Abgänger hätte halten können, die Hand über ein Mikrofon und flüsterte einem hochgestellten Beamten neben ihm eine Frage zu, doch dieser schüttelte den Kopf. John F. Cormack sprach nämlich keineswegs englisch, sondern in einem flüssigen Russisch.

Er beherrschte die Sprache nicht, hatte jedoch vor seinem Abflug in die UdSSR hinter der verschlossenen Tür eines Schlafzimmers im Weißen Haus eine fünfhundert Worte umfassende Ansprache auf russisch auswendig gelernt und sie mit Hilfe von Tonbändern und mit Unterstützung eines Sprachlehrers so lange eingeübt, bis er sie ohne jedes Stocken und mit perfekter Aussprache vortragen konnte, ohne auch nur ein einziges Wort davon zu verstehen. Selbst für einen ehemaligen Professor von einer der amerikanischen Eliteuniversitäten war das eine Glanzleistung.

»Vor fünfzig Jahren«, begann er, »wurde dieses Land, Ihre geliebte Heimat, mit einem Krieg überzogen. Ihre Männer kämpften und starben auf dem Schlachtfeld oder lebten wie Wölfe in ihren eigenen Wäldern. Ihre Frauen und Kinder mußten in Kellern hausen und sich mit armseligen Bissen ernähren. Millionen Menschen kamen um. Ihr Land wurde verwüstet. Obwohl meinem Land so etwas nie widerfahren ist, gebe ich Ihnen mein Wort, daß ich verstehen kann, wie sehr Sie den Krieg hassen und fürchten müssen.

Seit fünfundvierzig Jahren richten wir, die Russen wie die Amerikaner, Mauern zwischen uns auf, reden wir uns ein, daß der andere der nächste Aggressor sein werde. Wir haben Berge aufgehäuft – Berge aus Stahl, aus Geschützen und Panzern, aus Schiffen, Flugzeugen und Bomben. Und die Mauern der Lügen wurden immer höher gebaut, um die Berge aus Stahl zu rechtfertigen. Es gibt Leute, die behaupten, wir brauchen all diese Waffen, weil sie eines Tages notwendig sein werden, damit wir einander vernichten können. *No ja skaschu: my poidjom drugim putjom.*«

Es war beinahe zu hören, wie die Zuhörer auf dem Flughafen den Atem anhielten. Diesen Satz – »Aber ich sage, wir werden, wir müssen einen anderen Weg einschlagen« – hatte Präsident Cormack bei Lenin entlehnt, und jedes Schulkind in der UdSSR kannte ihn. Das russische Wort »put« bedeutet Straße, Weg oder auch – Kurs, Richtung. Dann fuhr er mit dem anschaulichen Bild des Weges fort: »Ich meine den Weg der schrittweisen Abrüstung und des Friedens. Wir haben nur einen einzigen Planeten, auf dem wir leben können, und es ist ein herrlicher Planet. Wir können entweder gemeinsam auf ihm leben oder gemeinsam auf ihm sterben.«

Leise ging die Tür von Marschall Koslows Dienstzimmer auf und schloß sich dann wieder. Ein Offizier Anfang fünfzig, ebenfalls ein Protegé Koslows und das As seines Planungsstabs, war eingetreten und beobachtete stumm den Fernsehschirm in der Ecke.

Der amerikanische Präsident kam zum Ende seiner Ansprache. »Es wird nicht einfach sein, diese Straße zu beschreiten. Sie wird steinig und voller Schlaglöcher sein. Doch an ihrem Ende warten Friede und Sicherheit für Sie und für uns. Denn wenn wir ausreichend Waffen haben, um uns verteidigen, aber nicht genug, um einander angreifen zu können, und wenn beide Seiten dies wissen und verifizieren können, dann können wir unseren Kindern und Enkeln eine Welt übergeben, die wirklich frei ist von der schrecklichen Furcht, die diese vergangenen fünfzig Jahre geprägt hat. Wenn Sie diese Straße mit mir gehen wollen, dann werde ich sie im Namen des amerikanischen Volkes mit Ihnen gehen. Und darauf, Michail Sergejewitsch, gebe ich Ihnen meine Hand.«

Präsident Cormack wandte sich Generalsekretär Gorbatschow zu und streckte ihm die Rechte entgegen. Der Russe, obwohl selbst ein Experte in Public Relations, hatte keine andere Wahl, als aufzustehen und gleichfalls die Hand auszustrecken. Dann zog er breit lächelnd mit dem linken Arm den Amerikaner in eine ungestüme Umarmung.

Die Russen sind ein eigener Menschenschlag, anfällig für Verfolgungswahn und Fremdenfeindlichkeit, doch zugleich auch zu Gefühlsüberschwang neigend. Die Arbeiter vom Flughafen brachen als erste das Schweigen. Heftiger Applaus brandete auf, dann setzten Jubelrufe ein, und ein paar Sekunden später flogen die ersten Tschapkas durch die Luft, als die Zivilisten, sonst bis zur Perfektion gedrillt, aus dem Häuschen gerieten. Dann folgten die Milizionäre; in »Rührt-Euch!«-Position hielten sie mit der linken Hand ihre Gewehre, schwenkten ihre grauen Mützen mit dem roten Band und brachen ebenfalls in Begeisterungsrufe aus.

Die Grenzsoldaten vom KGB blickten auf ihren Chef neben dem Podium, General Wladimir Krjutschkow. Unsicher, wie er sich verhalten sollte, während sich die Mitglieder des Politbüros erhoben, stand er ebenfalls auf und schloß sich dem Beifallsklatschen an. Die Grenzsoldaten nahmen dies – irrtümlich, wie sich zeigen sollte – als einen Wink und stimmten in den Jubel der Milizionäre ein. Überall im Bereich von fünf Zeitzonen taten 80 Millionen sowjetischer Männer und Frauen etwas Ähnliches.

»*Tschort wosmi* ...« Marschall Koslow griff nach der Fernbedienung und schaltete abrupt den Fernsehapparat aus.

»Unser geliebter Generalsekretär«, murmelte Generalmajor Semskow. Der Marschall nickte mehrmals mit einem gallbitteren Ausdruck auf dem Gesicht. Zuerst die unheilkündenden Prophezeiungen des Kaminsky-Berichts und jetzt das. Er erhob sich, kam um den Schreibtisch herum und nahm den Bericht zur Hand.

»Sie nehmen das mit und lesen es«, sagte er. »Es ist als HÖCHST GEHEIM eingestuft und wird es auch bleiben. Es gibt nur zwei Exemplare davon, und das zweite behalte ich. Beachten Sie vor allem, was Kaminsky in seinen Schlußfolgerungen zu sagen hat.«

Semskow nickte. Nach der grimmigen Miene des Marschalls zu schließen, ging es um mehr als nur um die Lektüre eines Berichts. Semskow war nur ein einfacher Oberst gewesen, als er Marschall Koslow auffiel, der damals zu einer Rahmenübung in der DDR weilte.

Zu dieser Übung hatten auch Manöver gehört, an der die sowjetischen Streitkräfte in der DDR auf der einen und die Volksarmee auf der anderen Seite teilgenommen hatten. Die DDR-Soldaten hatten die Rolle angreifender amerikanischer Truppen übernommen und in früheren Fällen ihren sowjetischen Waffenbrüdern übel mitgespielt. Diesmal waren die Russen dank Semskows erfolgreicher Planung haushoch überlegen gewesen. Kaum war Marschall Koslow Generalstabschef geworden, holte er den brillanten Planer in seinen eigenen Stab. Jetzt führte er den Jüngeren zu der Karte an der Wand.

»Wenn Sie mit der Lektüre fertig sind, werden Sie ein Papier ausarbeiten, das wie ein Plan für einen speziellen Krisenfall aussieht, in Wirklichkeit aber ein Plan für die Invasion und Okkupation eines fremden Landes ist, genauestens ausgearbeitet bis auf den letzten Mann, das letzte Geschütz, die letzte Kugel. Sie werden dafür vielleicht ein ganzes Jahr brauchen.«

Generalmajor Semskow hob die Augenbrauen.

»Doch wohl kaum so lange, Genosse Marschall. Ich habe zu meiner Verfügung ...«

»Sie haben zu Ihrer Verfügung nichts als Ihre eigenen Augen und Hände, Ihr eigenes Gehirn. Sie werden sich bei niemandem Rat holen, mit niemand anderem darüber Gespräche führen. Sie werden allein arbeiten, ohne Unterstützung. Es wird Monate in Anspruch nehmen, und am Ende nur ein einziges Exemplar geben.«

»Verstehe, und dieses Land ...?«

Der Marschall tippte auf die Weltkarte. »Hier. Dieses Land muß uns eines Tages gehören.«

Houston, die Kapitale der amerikanischen Ölindustrie – und, wie manche meinen, der Ölwirtschaft der Welt – ist insofern eine merkwürdige Stadt, als sie nicht ein, sondern zwei Zentren hat. Im Osten erhebt sich Downtown, das Handels-, Banken-, Konzern- und Industriezentrum, aus der Ferne betrachtet eine Ansammlung schimmernder Türme, die aus der konturlosen südwesttexanischen Ebene zu einem blaßblauen Himmel emporsteigen. Im Westen liegt Galleria, das Einkaufs-, Restaurant- und Freizeitzentrum, beherrscht von den Post-Oak-, Westin- und Transco-Türmen. Dort findet man auch die Galleria selbst, das größte überdachte Einkaufszentrum der Welt.

Diese beiden Herzen der Stadt starren einander über vier Meilen einstöckiger Wohnhäuser und Grünflächen wie Revolverhelden an, stets bereit, sich um die Vorherrschaft zu duellieren.

Architektonisch wird Downtown von seinem höchsten Wolkenkratzer, dem der Texas Commerce, beherrscht, fünfundsiebzig Stockwerke aus grauen Marmorplatten und dunklem, grauem Glas, mit über dreihundertzehn Metern das höchste Bauwerk westlich des Mississippi. Das zweithöchste ist der Allied Bank Tower, ein mit fünfundsechzig Stockwerken spitz zulaufender Turm aus grünem Spiegelglas. Um sie herum stehen weitere Wolkenkratzer verschiedener Konstruktionen: neugotische Hochzeitstorten, spiegelverglaste Bleistifte und die schlicht ausgeflippten.

Nur wenig niedriger als der Wolkenkratzer der Allied Bank ist das Gebäude der Pan Global, dessen zehn oberste Etagen die Erbauerin und Eigentümerin des Turms beherbergen, die Pan Global Oil Corporation, unter den Ölgesellschaften der USA an achtundzwanzigster Stelle und die achtgrößte in Houston. Mit einem Gesamtvermögen von 3,25 Milliarden Dollar wurde Pan Global nur von Shell, Tenneco, Conoco, Enron, Coastal Texas Eastern, Transco und Pennzoil übertroffen. Doch in einer Hinsicht unterschied sie sich von all den anderen Konzernen: Pan Global war noch immer im Besitz ihres betagten Gründers. Er hatte zwar Aktionäre und neben sich Mitglieder des Board, aber das Heft in der Hand behalten, und niemand konnte seiner Macht innerhalb seiner eigenen Gesellschaft Fesseln anlegen.

Zwölf Stunden, nachdem Marschall Koslow seinen Planungsoffizier instruiert hatte, und acht Zeitzonen westlich von Moskau stand Cyrus V. Miller an dem von der Decke bis zum Boden reichenden Spiegelglasfenster seiner Penthouse-Suite auf seinem eigenen Wolkenkratzer und blickte nach Westen. Vier Meilen entfernt starrte durch den Dunst dieses Nachmittags spät im November der Transco Tower herüber. Cyrus V. Miller blieb noch eine Weile stehen, ging dann über den flauschigen Teppichboden zu seinem Schreibtisch zurück und vertiefte sich wieder in den Bericht, der darauf lag.

Vierzig Jahre früher, als sein Erfolg begann, hatte Miller gelernt, daß Information Macht bedeutet. Zu wissen, was vor sich geht, und, wichtiger noch, zu wissen, was demnächst geschehen wird, verschafft einem mehr Macht als ein politisches Amt oder sogar Geld. Damals hatte er in seiner aufstrebenden Firma eine Forschungs- und Statistikabteilung eingerichtet und sie mit den aufgewecktesten und intelligentesten Analytikern besetzt, die aus den Universitäten seines Landes kamen. Als dann das Computer-Zeitalter anbrach, hatte er seine F-und-S-Abteilung mit den jeweils neuesten Datenbank-Modellen vollgestopft, in denen eine Unmenge Informationen über die Ölbranche und andere Industriezweige, die wirtschaftliche Leistung der USA, Markttrends, wissenschaftliche Neuentwicklungen und Menschen gespeichert waren – Hunderttausende von Leuten aus jedem Lebensbereich, die ihm eventuell eines Tages von Nutzen sein könnten.

Der Bericht vor ihm stammte von Dixon, einem jungen Absolventen der Texas State University, einem Mann mit scharfem Verstand, den er zehn Jahre vorher angestellt und der sich zusammen mit dem Konzern weiter entwickelt hatte. Trotz des Supergehalts, das ich ihm zahle, dachte Miller, hat mir der Analytiker hier keinen Text vorgelegt, der mich beruhigen soll. Aber er wußte das zu schätzen. Zum fünften Male nahm er sich Dixons Schlußfolgerungen vor.

Das Fazit, Sir, sieht so aus, daß der freien Welt schlicht und einfach das Öl ausgeht. Wegen der Entschlossenheit mehrerer aufeinanderfolgender Regierungen, die Fiktion aufrechtzuerhalten, die gegenwärtige Situation des »billigen Öls« werde in alle Ewigkeit fortdauern, wird diese Tatsache von der breiten Masse der amerikanischen Bevölkerung derzeit nicht wahrgenommen.

Der Beweis für die »Erschöpfungstheorie« findet sich in der Tabelle der globalen Ölreserven, weiter vorne beigelegt. Von den heute einundvierzig ölproduzierenden Staaten verfügen nur zehn über bekannte Reserven, die länger als dreißig Jahre reichen. Selbst dieses Bild ist noch optimistisch, da für diese Zeitspanne eine Produktion auf dem heutigen Stand zugrunde gelegt wird. Tatsache aber ist, daß der Ölverbrauch und damit die Ölförderung steigt, und da den Produzenten mit knappen Reserven das Öl vorher ausgehen wird, wird die übrige Förderung anziehen, um das Minus auszugleichen. Sicherer wäre also die Annahme, daß – bis auf zehn – in allen ölproduzierenden Staaten die Vorräte binnen zwanzig Jahren erschöpft sein werden.

Es ist schlicht undenkbar, daß rechtzeitig alternative Energiequellen verfügbar werden. In den nächsten drei Dekaden heißt es für die freie Welt: Öl oder wirtschaftlicher Untergang.

Die amerikanische Position ist katastrophal und wird immer katastrophaler. In der Zeit, als die damals mächtigen OPEC-Staaten den Rohölpreis von zwei auf vierzig Dollar pro Barrel hochtrieben, gewährten die amerikanischen Regierungen vernünftigerweise der heimischen Ölindustrie jedwede Förderung, zu explorieren und möglichst viel Öl aus einheimischen Reserven zu fördern und zu verarbeiten. Seit dem Niedergang der OPEC und dem drastischen Produktionsanstieg in Saudi-Arabien 1985 badet Washington buchstäblich in billigem Öl aus dem Nahen Osten und hat zugelassen, daß die einheimische Ölindustrie austrocknet. Diese Kurzsichtigkeit wird zu einem bitteren Erwachen führen.

Die amerikanische Reaktion auf das billige Öl war und ist: gestiegene Nachfrage, höhere Einfuhr von Rohöl- und Ölprodukten und schrumpfende Inlandsproduktion, eine scharfe Beschneidung der Exploration, umfassende Stillegungen von Raffinerien und eine schlimmere Arbeitslosigkeit als 1932. Selbst wenn Amerika sofort ein Crash-Programm mit massiven Investitionen und umfassenden Produktionsanreizen in Angriff nähme, würde es zehn Jahre dauern, das Reservoir an geschulten Fachkräften aufzufüllen, die Fördereinrichtungen wieder in Betrieb zu setzen oder ganz *zu erneuern und die Aufgabe anzupacken, unsere inzwischen totale Abhängigkeit von nahöstlichem Öl auf ein erträgliches Maß zurückzuführen. Bis dato spricht nichts dafür, daß Washington beabsichtigt, einen solchen Wiederaufstieg der amerikanischen Ölproduktion zu fördern.*

Dafür gibt es drei Gründe – und alle sind falsch.

1) Neues Öl in den USA aufzuspüren *würde zwanzig Dollar pro Barrel kosten, während saudiarabisch-kuwaitisches Öl Produktionskosten von zehn bis fünfzehn Cent pro Barrel verursacht und uns als Käufer sechzehn Dollar pro Barrel kostet. Man nimmt an, daß dieser Zustand andauern werde. Er wird es nicht.*

2) Es wird angenommen, daß die Araber und insbesondere die Saudis auch weiterhin gewaltige Mengen an amerikanischer Technologie, an amerikanischen Waffen, Waren und Dienstleistungen für ihre eigene soziale und militärische Infrastruktur kaufen und damit ihre Petrodollars zu uns zurückschleusen werden. Das jedoch werden sie nicht tun. Ihre Infrastruktur ist heute so gut wie komplett, sie wissen nicht, wofür sie ihre Dollars noch ausgeben sollen, und ihre vor kurzem (1986 und 1988) abgeschlossenen Tornado-Geschäfte mit Großbritannien haben uns als Waffenlieferanten auf die zweite Stelle verdrängt.

3) Es wird angenommen, daß die nahöstlichen Königreiche und Scheichtümer gute und loyale Verbündete seien, die sich niemals gegen uns wenden, die Preise nicht wieder hochtreiben und deren Regime sich für ewige Zeiten an der Macht halten werden. Ihre brutale Erpressungspolitik gegenüber Amerika, von 1973 bis 1985, zeigt aber, wie es um ihre freundschaftliche Gesinnung bestellt ist, und in einer so instabilen Weltgegend wie dem Nahen Osten kann jedes *Regime stürzen, ehe die Woche vorbei ist.*

Cyrus V. Miller starrte die Blätter an. Es gefiel ihm nicht, was er da las, aber er wußte, daß es die Wahrheit war. Als amerikanischer Ölproduzent und Verarbeiter von Rohöl hatte er – wie er es sah – in den vergangenen vier Jahren grausam gelitten, und trotz aller Anstrengungen, die die Lobby der Ölindustrie unternommen hatte, hatte sich der Kongreß nicht erweichen lassen, im Arctic National Wildlife Range in Alaska, wo die Aussichten, neues Öl zu entdecken, am verheißungsvollsten waren, Pachtland bereitzustellen. Miller haßte Washington und alle seine Werke.

Er warf einen Blick auf seine Uhr. Halb fünf, dann drückte er eine Taste auf seiner Schreibtisch-Konsole. An der gegenüberliegenden Seite des Raumes glitt eine Schiebewand aus Teakholz geräuschlos beiseite, und ein Fernsehgerät wurde sichtbar. Miller wählte den Kanal von Cable News Network und erwischte gerade die Schlagzeilenmeldung des Tages.

Die *Air Force One* schwebte über der Landebahn der Andrew Base außerhalb von Washington, wirkte wie in der Luft aufgehängt, bis die Räder sanft auf der Landebahn aufsetzten und sie wieder mit amerikanischem Boden verbunden war. Während sie bremste, und der massive Rumpf sich von der Landebahn weg- und auf der eine Meile langen Rollbahn zu den Flughafengebäuden hindrehte, wurde das Bild der Maschine von dem des hastig brabbelnden Nachrichtensprechers verdrängt, der noch einmal über die Rede des Präsidenten kurz vor dem Abflug aus Moskau, zwölf Stunden vorher, berichtete.

Wie um die Echtheit dieses Berichts zu beweisen, brachte das CNN-Aufnahmeteam – da noch zehn Minuten blieben, bis die Boeing ausgerollt war – die auf russisch gehaltene Ansprache des Präsidenten mit den englischen Untertiteln, das Schreien und Jubeln der Flughafenarbeiter und Milizionäre und das Bild Michail Gorbatschows, wie er den Amerikaner überschwenglich umarmte. Cyrus V. Millers nebelgraue Augen blinzelten nicht, verbargen sogar hier in diesem Raum, wo er mit sich allein war, seinen Haß auf den Großbürger aus Neuengland, der sich ein Jahr zuvor unerwartet an die Spitze gesetzt und die Präsidentschaft errungen hatte und nun rascher eine Entspannung im Verhältnis zu Rußland ansteuerte, als selbst Reagan es je gewagt hatte. Als Präsident Cormack in der Tür der *Air Force One* erschien und die Hymne »Hail to the Chief« intoniert wurde, schaltete Miller mit verächtlicher Miene den Fernsehapparat ab.

»Kommunisten-Arschkriecher!« knurrte er und wandte sich wieder Dixons Bericht zu.

Genau besehen ist die Zwanzig-Jahre-Frist für das Versiegen des Öls bei den einundvierzig Ölproduzenten der Welt bis auf zehn bedeutungslos. Das Hochtreiben der Preise wird in zehn Jahren oder schon früher einsetzen. Ein unlängst vorgelegter Bericht aus der Harvard University sagte einen Preis von über fünfzig Dollar pro Barrel noch vor 1999 gegenüber sechzehn Dollar pro Barrel heute voraus. Dieser Bericht wurde unterdrückt, war aber ohnedies zu optimistisch gehalten. Welche Auswirkungen solche Preise auf die Amerikaner haben werden, ist eine alptraumhafte Vorstellung. Was werden sie tun, wenn sie erfahren, daß sie zwei Dollar für eine Gallone Benzin zahlen müssen? Wie wird der Farmer reagieren, wenn er erfährt, daß er seine Schweine nicht füttern, sein Getreide nicht ernten, ja, nicht einmal im bitterkalten nördlichen Winter sein Haus heizen kann? Wir werden in unserem Land eine soziale Revolution erleben.

Selbst wenn *Washington grünes Licht für eine massive Wiederbelebung der amerikanischen Ölproduktion gäbe, hätten wir dennoch beim derzeitigen Verbrauchsniveau nur für fünf Jahre Reserven. Europa ist sogar noch schlechter dran; abgesehen vom kleinen Norwegen (eines der zehn Länder mit Reserven für dreißig Jahre oder mehr, allerdings auf einer sehr kleinen Offshore-Förderung basierend) verfügt Europa über Reserven für drei Jahre. Die Länder des Pazifischen Beckens sind vollkommen von importiertem Öl abhängig und haben gewaltige Hartwährungsüberschüsse. Das Ergebnis? Abgesehen von Mexiko, Venezuela und Libyen werden wir alle unsere Hoffnungen auf dieselbe Versorgungsquelle richten – die sechs produzierenden Gebiete im Nahen Osten.*

Der Iran, der Irak, Abu Dhabi und die Neutrale Zone verfügen über Öl, aber zwei Staaten besitzen mehr als die übrigen zusammen – Saudi-Arabien und das benachbarte Kuwait, und Saudi-Arabien wird in der OPEC das entscheidende Wort haben. Mit 1,3 Milliarden Barrel Jahresproduktion heute und einem Anteil an der Weltproduktion, der in dem Maße steigen muß, wie der der anderen einunddreißig Ölproduzenten zurückgeht, mit Reserven für mehr als hundert Jahre wird Saudi-Arabien den Welterdölpreis diktieren – und damit über Amerika bestimmen.

Angesichts der abzusehenden Ölpreissteigerungen werden die USA mit einer Ölimportrechnung von täglich 450 Millionen Dollar konfrontiert sein – zu bezahlen an Saudi-Arabien und sein An-

hängsel Kuwait. Und das bedeutet, daß die Öllieferanten im Nahen Osten wahrscheinlich zu Eigentümern eben jener amerikanischen Industrien werden, deren Bedarf sie decken. Trotz ihrer Modernität, Technologie, militärischen Macht und ihres Lebensstandards werden die USA wirtschaftlich, finanziell, strategisch und damit politisch von einem bevölkerungsarmen, rückständigen, halbnomadischen, korrupten und unberechenbaren Land abhängig sein, auf das sie keinen Einfluß haben.

Cyrus V. Miller klappte den Bericht zu, lehnte sich zurück und blickte zur Decke hinauf. Wenn irgend jemand die Frechheit besessen hätte, ihm ins Gesicht zu sagen, daß er im politischen Denken Amerikas zu den Ultrarechten gehörte, hätte er vehement widersprochen. Er wählte zwar von jeher republikanisch, hatte sich aber nie sehr für die Politik interessiert, oder doch nur insofern, als sie die Ölindustrie tangierte. Die politische Partei, der er anhing, war die der Patrioten. Miller liebte seinen Wahlheimatstaat Texas und das Land seiner Geburt mit einer Intensität, die ihm manchmal geradezu den Atem benahm.

Mit seinen siebenundsiebzig Jahren war er unfähig zu erkennen, daß sein Amerika in vielem seinem eigenen Hirn entsprungen war: ein weißes, angelsächsisch-protestantisches Amerika traditioneller Werte und eines primitiven Chauvinismus. Nein, versicherte er dem Allmächtigen mehrmals täglich im Gebet, gegen Juden, Katholiken, Hispanics oder Schwarze habe er nichts – schließlich beschäftigte er ja auf seiner herrschaftlichen Ranch im Hill Country außerhalb von Houston acht weibliche Hausangestellte, die spanisch sprachen, von mehreren Schwarzen in den Gärten ganz zu schweigen –, solange sie wußten, wo sie hingehörten.

Er starrte zur Decke hinauf und versuchte, sich an den Namen eines Mannes zu erinnern, eines Mannes, den er ungefähr zwei Jahre vorher bei einer Tagung in Dallas kennengelernt und der ihm erzählt hatte, er lebe und arbeite in Saudi-Arabien. Sie hatten sich zwar nur kurz miteinander unterhalten, aber der Mann hatte Eindruck auf ihn gemacht. Er sah ihn in der Erinnerung klar vor sich: mit ungefähr ein Meter achtzig eine Spur kleiner als Miller, athletisch, straff wie eine gespannte Feder, ruhig, wachsam, nachdenklich, ein Mann mit einem gewaltigen Schatz an Erfahrungen aus dem Nahen Osten. Er hinkte, stützte sich beim Gehen auf einen Stock mit silbernem Knauf und hatte irgend etwas mit Computern zu tun. Je länger Miller sich zu erinnern versuchte, desto mehr fiel ihm ein. Sie hatten sich über Computer, über die Vorzüge seiner Honeywells unterhalten, aber der Mann hatte dem IBM-Produkt den Vorzug gegeben. Ein paar Minuten später rief Miller seine Forschungsabteilung an und diktierte, was ihm eingefallen war.

»Stellen Sie fest, wo er sich aufhält!« befahl er.

Es war bereits dunkel an der spanischen Südküste, jenem Teil, der den Namen Costa del Sol trägt. Obwohl die Touristen-Saison schon einige Zeit zurücklag, waren die hundert Meilen der Küste von Malaga bis Gibraltar von einer funkelnden Lichterkette erhellt, die von den Bergen hinter der Küste wohl wie eine feurige Schlange wirkte, wie sie sich durch Torremolinos, Mijas, Fuengirola, Marbella, Estepona, Puerto Duquesa und weiter nach La Linea und zum »Felsen« dahinwand. Auf der Autobahn Malaga–Cadiz, die durch den Streifen Flachland zwischen den Bergen und den Stränden führt, zuckten pausenlos die Scheinwerfer von Pkws und Lastwagen auf.

In den Bergen hinter der Küste nahe an ihrem westlichen Ende, zwischen Estepona und Puerto Duquesa, erstreckt sich das Weinanbaugebiet des südlichen Andalusien, wo nicht der Sherry des westlich davon gelegenen Jerez, sondern ein aromatisch-herzhafter Rotwein gekeltert wird. Zentrum dieses Gebiets ist die Kleinstadt Manilva, nur ein paar Meilen von der Küste entfernt, aber mit einem prachtvollen Ausblick auf das Meer im Süden. Manilva ist von einigen kleinen Dörfern, oder eher Weilern, umringt. Hier sind die Menschen zu Hause, die die Felder an den Hängen bestellen und sich um die Rebstöcke kümmern.

In einem dieser Dörfer, Alcantara del Rio, kehrten die Männer von den Feldern zurück, müde nach einem langen Arbeitstag. Die Traubenernte war schon lange eingebracht, doch die Rebstöcke mußten beschnitten werden, ehe der Winter kam. Es war schwere Arbeit, die man im Rücken und in den Schultern spürte. Deshalb besuchten die meisten, ehe sie zu ihren verstreuten Häusern heimgingen, auf ein Glas und ein Schwätzchen die einzige Cantina des Dorfes.

Alcantara del Rio hatte außer Ruhe und Frieden nicht viel zu bieten. Es gab eine kleine weißgekalkte Dorfkirche, betreut von einem betagten Priester, der seine letzten Jahre damit verbrachte, für die Frauen und Kinder die Messe zu lesen, während die männlichen Mitglieder seiner Herde leider Gottes am Sonntagvormittag der Kneipe den Vorzug gaben. Die Kinder gingen nach Manilva zur Schule. Außer den vier Dutzend weißgekalkten Häuschen gab es nur noch die Bar Antonio, in der sich nun die Arbeiter aus den Weingärten drängten. Manche arbeiteten für landwirtschaftliche Kooperativen, die ihren Sitz woanders, meilenweit entfernt, hatten; andere besaßen ihr eigenes Stückchen Land, waren fleißig und lebten bescheiden von ihrer Hände Arbeit – je nachdem, wie die Ernte ausfiel und welche Preise die Käufer in den Städten zu zahlen bereit waren.

Der hochgewachsene Mann kam als letzter herein, nickte den Anwesenden grüßend zu und setzte sich auf seinen gewohnten Platz in der Ecke. Er war ein ganzes Stück größer als die anderen Männer hier, schlaksig, ein Mittvierziger mit einem zerfurchten Gesicht und Augen, aus denen der Humor funkelte. Manche der Bauern sprachen ihn mit »Señor« an, doch Antonio gebrauchte eine vertraulichere Anrede, als er mit einer Karaffe Wein und einem Glas herbeigeeilt kam.

»*Muy buenos, amigo. Va bien?*«

»*Ola, Tonio*«, sagte der große Mann leichthin, »*si, va bien.*«

Er drehte sich um, als plötzlich laute Musik aus dem Fernsehapparat über der Theke drang. Es waren die Abendnachrichten der TVE, und die Männer in der Kneipe verstummten, um die wichtigsten Tagesereignisse mitzubekommen. Zuerst erschien der Nachrichtensprecher und schilderte kurz die Abreise des US-Präsidenten Cormack aus Moskau. Dann wechselte das Bild nach Wnukowo, wo der Präsident vor das Mikrofon trat. Das Fernsehen brachte keine Untertitel, sondern statt dessen eine Übersetzung aus dem Off. Die Männer in der Cantina lauschten aufmerksam. Als John F. Cormack seinen letzten Satz sprach und Gorbatschow die Hand entgegenstreckte, schwenkte die Kamera (es war das BBC-Team, das für sämtliche westeuropäischen TV-Stationen berichtete) über die jubelnden Flughafenarbeiter, dann über die Milizionäre und die KGB-Männer. Der spanische Nachrichtensprecher erschien wieder auf dem Bildschirm. Antonio wandte sich dem hochgewachsenen Mann zu.

»*Es un buen hombre, Señor Cormack*«, sagte er mit einem breiten Lächeln und schlug dem Gast gratulierend auf den Rücken, als wäre er gewissermaßen Miteigentümer des Mannes aus dem Weißen Haus.

»*Si*«, sagte der hochgewachsene Mann und nickte nachdenklich, »*es un buen hombre.*«

Cyrus V. Miller war nicht mit einem goldenen Löffel im Mund geboren worden. Er stammte von armen Farmern in Colorado ab und hatte als Junge miterlebt, wie das kleine Besitztum seines Vaters von einer Bergwerksgesellschaft aufgekauft und von ihren technischen Anlagen verwüstet wurde. Nach dem Motto handelnd, daß man sich den Stärkeren anschließen muß, wenn man sie nicht besiegen kann, hatte sich der junge Mann mühsam durch die Colorado School of Mining in Denver gearbeitet und sie 1933 mit einem Diplom und den Kleidern, die er auf dem Leib trug, verlassen. Da ihn während seines Studiums das Erdöl mehr fasziniert hatte als Grubengestein, machte er sich nach Süden, nach Texas, auf. Damals war noch die Zeit der »wildcatter«, die spekulativ nach Öl bohrten, und der Pachtverträge, die nicht durch Planungsauflagen und ökologische Bedenken belastet waren.

1936 hatte er ein billiges Pachtgrundstück entdeckt. Es war von Texaco aufgegeben worden, weil man wohl, wie er annahm, an der verkehrten Stelle gebohrt hatte. Er überredete einen »toolpusher« mit einem eigenen Bohrturm zum Mitmachen, brachte mit Schmeicheleien eine Bank dazu, ihm einen Kredit gegen die landwirtschaftlichen Nutzungsrechte zu gewähren, und drei Monate später sprudelte das Öl – in rauhen Mengen. Er zahlte seinen Teilhaber aus, mietete selbst Bohrtürme und erwarb weiteren Pachtgrund. Nach dem Kriegseintritt Amerikas, 1941, liefen die Bohrtürme auf vollen Touren, und er wurde ein reicher Mann. Aber er wollte noch höher hinaus, und so wie er den Krieg von 1939 hatte kommen sehen, erspähte er 1944 etwas, was sein Interesse weckte. Ein Engländer namens Frank Whittle hatte einen Flugzeugmotor ohne Propeller und von gewaltiger Leistung erfunden. Miller fragte sich, mit welchem Treibstoff er wohl angetrieben würde.

1945 fand er heraus, daß Boeing/Lockheed die Rechte an Whittles

Düsentriebwerk erworben hatten und daß es sich bei dem Treibstoff keineswegs um Benzin mit hoher Oktanzahl, sondern um minderwertiges Kerosin handelte. Er steckte den größten Teil seiner Mittel in eine kalifornische Raffinerie mit einfacher Produktionstechnik und trat an Boeing/Lockheed heran, die gerade zu dieser Zeit der herablassenden Arroganz der großen Ölgesellschaften überdrüssig wurden. Miller bot ihnen seine Anlage an, und gemeinsam entwickelten sie den neuen Treibstoff Aviation Turbin Fuel – AVTUR. Millers Lowtech-Raffinerie war gerade die richtige Anlage für die Produktion von AVTUR, und kaum waren die ersten Proben da, brach der Koreakrieg aus. Als die Sabre-Düsenjäger die chinesischen MiGs zum Kampf stellten, hatte das Düsenzeitalter begonnen. Pan Global hob ab, und Miller kehrte nach Texas zurück.

Damals heiratete er auch. Maybelle war im Vergleich zu ihm nur ein Püppchen, aber sie führte dreißig Ehejahre lang das Regiment über sein Haus und über ihn selbst, und Miller liebte sie abgöttisch. Sie bekamen keine Kinder – Maybelle glaubte, sie sei dafür zu klein gebaut und zu zart –, und er fand sich damit ab, glücklich, ihr jeden Wunsch zu erfüllen, den sie sich nur ausdenken konnte. Als sie 1980 starb, war er untröstlich. Dann entdeckte er Gott. Er wandte sich keiner Religionsgemeinschaft zu, nur *Gott*. Er begann, zum Allmächtigen zu sprechen und entdeckte, daß der Herr auch zu ihm sprach, ihn persönlich beriet, wie er am besten seinen Reichtum mehren und Texas und den Vereinigten Staaten dienen könnte. Es entging vermutlich Millers Aufmerksamkeit, daß die göttlichen Ratschläge immer genauso ausfielen, wie er sie hören wollte, und daß der Schöpfer unverzagt seine, Millers, chauvinistische Denkart, seine Voreingenommenheit und Selbstgerechtigkeit teilte. Er achtete wie von jeher darauf, das Karikaturistenklischee des Texaners zu meiden, blieb Nichtraucher, ein mäßiger Trinker, keusch, konservativ in Kleidung und Ausdrucksweise, ein Mann, der eine gleichbleibende Höflichkeit wahrte und schmutzige Reden verabscheute.

Seine Sprechanlage summte.

»Der Name des Mannes, den Sie suchen, Mr. Miller. Als Sie ihn kennenlernten, arbeitete er für IBM in Saudi-Arabien. IBM bestätigt, daß es sich um denselben Mann handeln muß. Er ist dort ausgestiegen und arbeitet heute als freischaffender Sicherheitsberater. Sein Name ist Easterhouse – Oberst Robert Easterhouse.«

»Machen Sie ihn ausfindig«, sagte Miller. »Lassen Sie ihn holen, egal, was es kostet. Bringen Sie mir den Mann.«

2. Kapitel

November 1990

Marschall Koslow saß gelassen an seinem Schreibtisch und musterte die vier Männer, die den Längsteil des T-förmigen Konferenztisches säumten. Alle vier lasen die streng geheimen Akten, die sie vor sich liegen hatten; alle vier waren Männer, denen er trauen konnte, denen er trauen mußte, denn seine Karriere stand auf dem Spiel – und vielleicht noch mehr.

Unmittelbar links neben ihm saß der Stellvertretende Chef des Stabes (Süd), der hier bei ihm in Moskau arbeitete, aber den Oberbefehl über das südliche Viertel der UdSSR mit seinen volkreichen moslemischen Teilrepubliken und seiner Grenze mit Rumänien, der Türkei, dem Iran und Afghanistan innehatte. Sein Nebenmann war der Chef des Oberkommandos Süd in Baku, der in der Annahme nach Moskau geflogen war, es handle sich um eine routinemäßige Stabsbesprechung. Aber diese Konferenz war alles andere als Routine. Ehe er vor sieben Jahren als Erster Stellvertreter nach Moskau gekommen war, hatte Koslow selbst das Kommando in Baku geführt, und der Mann, der jetzt hier am Tisch saß und den Suworow-Plan las, war auf Koslows Betreiben befördert worden.

Diesen beiden gegenüber saßen die anderen beiden Männer, ebenfalls in die Lektüre vertieft. Dem Marschall am nächsten saß ein Mann, dessen Loyalität und Engagement von größter Wichtigkeit sein würden, sollte der Suworow-Plan jemals verwirklicht werden – der Stellvertretende Chef des GRU, des Nachrichtendienstes der sowjetischen Streitkräfte. Der GRU, der ständig mit seinem größeren Rivalen, dem KGB, im Streit lag, war für alle nachrichtendienstlichen Operationen des Militärs im In- und Ausland, für die Gegenspionage und für die innere Sicherheit der Streitkräfte verantwortlich. Außerdem – und das war für den Suworow-Plan noch wichtiger – unterstanden dem GRU die Truppen besonderer Bestimmung, die Spezialverbände, deren Aktionen in der Startphase des Suworow-Plans – sollte er je Wirklichkeit werden – den Ausschlag geben würden. Die Spezialverbände waren es gewesen, die im Winter 1979 auf dem Flughafen Kabul gelandet waren, den Präsidentenpalast gestürmt, den afghanischen Staatspräsidenten ermordet und die sowjetische Marionette Babrak Kamal eingesetzt hatten, die prompt einen zurückdatierten Aufruf an die sowjetischen Streitkräfte herausgegeben hatte, sie sollten ins Land kommen und den »Unruhen« ein Ende bereiten.

Koslow hatte sich für den Stellvertreter entschieden, weil der Chef des GRU ein ehemaliger KGB-Mann war, den man dem Generalstab oktroyiert hatte, und niemand hatte den geringsten Zweifel, daß er andauernd zu seinen alten Kameraden beim KGB rannte und ihnen alles hinterbrachte, womit er dem Oberkommando schaden konnte. Der GRU-Mann war quer durch Moskau mit dem Auto vom GRU-Gebäude unmittelbar nördlich des Zentralflughafens gekommen.

Neben dem GRU-Mann saß einer, der aus seinem Hauptquartier in den nördlichen Vororten gekommen war und dessen Leute für Koslow unentbehrlich sein würden: der Stellvertretende Kommandeur der Luftlandetruppen oder Luftangriffstruppen, der Fallschirmjäger, die nach dem Suworow-Plan über einem Dutzend Städte abspringen und diese für die vorgesehene Luftbrücke einnehmen sollten. Im Augenblick war kein Anlaß, die Truppen der Landesluftverteidigung ins Spiel zu bringen, da ja keine Invasion der UdSSR bevorstand, ebensowenig die Strategischen Raketentruppen, denn Raketen würde man keine brauchen. Was Motorisierte Schützen, Artillerie und Gepanzerte Fahrzeuge betraf, so verfügte das Oberkommando Süd hier selbst über die nötigen Verbände.

Der GRU-Mann beendete seine Lektüre und blickte auf. Er setzte zum Sprechen an, aber der Marschall hob die Hand, und sie blieben beide schweigend sitzen, bis auch die anderen drei fertig waren. Die Sitzung hatte vor drei Stunden begonnen, und alle vier hatten zunächst eine gekürzte Fassung von Kaminskys Bericht über die Erdölreserven gelesen. Dessen Schlußfolgerungen und Prognosen hatten sie mit um so grimmigeren Mienen zur Kenntnis genommen, als in den seither vergangenen zwölf Monaten mehrere der Prognosen Wirklichkeit geworden waren.

Es *gab* bereits Kürzungen bei den Treibstoffkontingenten; mehrere

Manöver hatten wegen Benzinmangels »verschoben« (abgesagt) werden müssen. Die versprochenen Kernkraftwerke waren *nicht* wieder in Betrieb genommen worden, auf den sibirischen Ölfeldern waren die Fördermengen immer noch nicht nennenswert gestiegen, und die Exploration in der Arktis war wegen Mangels an Gerät, Fachkräften und Geld noch keinen Schritt vorangekommen. Glasnost und Perestroika, Pressekonferenzen und Ermahnungen des Politbüros waren gut und schön, aber wer Rußland auf Vordermann bringen wollte, mußte sich noch sehr viel mehr einfallen lassen.

Nach einer kurzen Diskussion über den Erdöl-Bericht hatte Koslow jedem der vier Herren ein Exemplar des Suworow-Plans ausgehändigt, der in den neun Monaten seit November von Generalmajor Semskow erstellt worden war. Der Marschall hatte den Plan dann noch weitere drei Monate zurückgehalten, bis nach seiner Einschätzung die Lage südlich der Grenzen sich so weit zugespitzt hatte, daß er bei seinen untergebenen Offizieren auf mehr Verständnis für den kühnen Plan hoffen konnte. Jetzt hatten sie ihn alle gelesen und sahen erwartungsvoll auf. Keiner wollte sich als erster äußern.

»Tja, meine Herren«, sagte Marschall Koslow vorsichtig. »Was meinen Sie?«

»Nun ja«, begann der Stellvertretende Stabschef zögernd, »damit würden wir uns natürlich Erdölvorräte sichern, mit denen wir weit in die erste Hälfte des nächsten Jahrhunderts hinein auskommen würden.«

»Das ist das Endspiel«, sagte Koslow. »Aber ist es machbar?« Er sah den Mann vom Oberkommando Süd an.

»Die Invasion und die Besetzung – kein Problem«, erwiderte der Vier-Sterne-General aus Baku. »So gesehen ist der Plan genial. Anfänglicher Widerstand könnte ohne weiteres gebrochen werden. Und dann hätten wir sie in der Hand... Sind natürlich lauter Verrückte... Wir würden äußerst hart durchgreifen müssen.«

»Das ließe sich einrichten«, warf Koslow ein.

»Wir müßten Verbände einsetzen, die sich ausschließlich aus Russen rekrutieren«, sagte der Fallschirmjägergeneral. »*Wir* verwenden sie sowieso, zusammen mit Ukrainern. Es ist ja wohl klar, daß auf unsere Divisionen aus den moslemischen Teilrepubliken bei diesem Unternehmen kein Verlaß wäre?«

Zustimmendes Gemurmel antwortete ihm. Der GRU-Mann schaute auf.

»Ich frage mich manchmal, ob wir die moslemischen Divisionen überhaupt noch irgendwo einsetzen können. Und das ist ein weiterer Grund, warum mir der Suworow-Plan gefällt. Wir bekämen Gelegenheit, das Einsickern des islamischen Fundamentalismus in unsere südlichen Republiken zu unterbinden. Indem wir die Quelle zerstören. Meine Leute im Süden berichten, daß wir in einem Krieg wahrscheinlich nicht darauf zählen könnten, daß unsere moslemischen Divisionen überhaupt kämpfen würden.«

Der General aus Baku stellte das nicht in Frage.

»Diese verdammten Kameltreiber«, knurrte er. »Die werden immer schlimmer. Anstatt den Süden zu verteidigen, habe ich alle Hände voll zu tun, religiöse Unruhen in Taschkent, Samarkand und Aschchabad zu unterdrücken. Es wäre mir ein Vergnügen, die verdammte Partei Gottes auf ihrem eigenen Boden zu schlagen.«

»Wir haben also drei Pluspunkte«, faßte Marschall Koslow zusammen. »Der Plan ist durchführbar wegen der langen, ungeschützten Grenze und des Chaos da unten, wir bekämen Öl für ein halbes Jahrhundert, und wir könnten die fundamentalistischen Eiferer ein für allemal erledigen. Und was könnte dagegen sprechen?«

»Was ist mit der Reaktion des Westens?« fragte der Fallschirmjägergeneral. »Für die Amerikaner könnte das ein Grund sein, den Dritten Weltkrieg auszulösen.«

»Das halte ich für unwahrscheinlich«, entgegnete der GRU-Mann, der den Westen besser kannte als die anderen. »Amerikanische Politiker sind Sklaven der öffentlichen Meinung, und die meisten Amerikaner wünschen den Iranern von Herzen alles Schlechte. So ist heute in Amerika die Stimmung in der breiten Öffentlichkeit.«

Alle vier Männer kannten die neuere Geschichte des Iran recht gut. Nach dem Tod des Ayatollah Khomeini war die Nachfolge nach einem Interregnum mit erbitterten innenpolitischen Richtungskämpfen in Teheran auf den blutbefleckten islamischen Richter Chalchali übergegangen, den man noch in Erinnerung hatte, wie er sich am Anblick der Leichen der amerikanischen Soldaten geweidet hatte, die bei dem fehlgeschlagenen Versuch, die Geiseln in der amerikanischen Botschaft zu befreien, ums Leben gekommen waren.

Um seine Position zu festigen, hatte Chalchali erneut eine Schrekkensherrschaft im Iran errichtet und sich dazu der gefürchteten Gasht-e-Sarallah bedient.

Als schließlich die gewalttätigsten dieser Revolutionären Garden seiner Kontrolle zu entgleiten drohten, schickte er sie ins Ausland, wo sie eine Serie von Terroranschlägen gegen amerikanische Bürger und Einrichtungen im Mittleren Osten und in Europa verübten. Mit diesen Greueltaten hatten sie die Welt fast während der ganzen vergangenen sechs Monate in Atem gehalten.

Zu dem Zeitpunkt, als die fünf sowjetischen Militärs zusammentrafen, um über die Invasion und Besetzung des Iran zu beraten, war Chalchali nicht nur im Westen verhaßt, sondern auch bei der Bevölkerung des Iran, die vom Heiligen Terror nun endgültig genug hatte.

»Ich glaube«, fuhr der GRU-Mann fort, »wenn wir Chalchali hängen wollten, würde uns die amerikanische Öffentlichkeit den Strick spendieren. Washington würde zunächst vielleicht empört reagieren, aber die Kongreßabgeordneten und Senatoren würden sehr bald die Stimmung in ihren Wahlkreisen mitbekommen und den Präsidenten zurückpfeifen. Nicht zu vergessen, daß wir ja neuerdings die besten Kumpel der Yankees sind.«

Die Runde quittierte das mit gedämpfter Heiterkeit, in die sich Sarkasmus mischte.

»Aus welcher Ecke ist also Widerstand zu erwarten?« fragte Koslow, der ebenfalls gelächelt hatte.

»Ich glaube«, sagte der General des GRU, »er würde nicht aus Washington kommen, falls wir Amerika vor vollendete Tatsachen stellen. Aber ich bin sicher, er wird vom Nowaja Ploschtschad kommen; der Mann aus Stawropol wird den Plan rundweg ablehnen.«

(Am Neuen Platz in Moskau steht das Gebäude des Zentralkomitees, und die Erwähnung von Stawropol war keine allzu schmeichelhafte Anspielung auf den Generalsekretär, Michail Gorbatschow, der von dort stammt.)

Die vier Militärs nickten düster. Der GRU-Mann setzte seine Argumentation fort.

»Wir alle wissen, daß in den letzten zwölf Monaten, also seit dieser verdammte Cormack in Wnukowo zum großen russischen Popstar wurde, Gremien aus beiden Verteidigungsministerien die Einzelheiten eines großen Abrüstungsvertrags ausarbeiten. Gorbatschow fliegt in zwei Wochen nach Amerika, um den Vertrag unter Dach und Fach zu bringen und dadurch genügend Mittel zum Ausbau unserer einheimischen Erdölindustrie freizubekommen. Solange er glaubt, uns auf diesem Weg unser Öl verschaffen zu können, wird er doch den Teufel tun und seinen Vertrag mit Cormack, der ihm so viel bedeutet, platzen lassen, indem er uns grünes Licht für die Invasion des Iran gibt, oder?«

»Und wenn er seinen Vertrag kriegt, wird das Zentralkomitee ihn auch ratifizieren?« fragte der General aus Baku.

»Er hat das Zentralkomitee jetzt in der Tasche«, grollte Koslow. »In den letzten beiden Jahren hat er fast die gesamte Opposition entfernt.«

Mit dieser pessimistischen, resignierten Feststellung endete die Konferenz. Die Kopien des Suworow-Plans wurden eingesammelt und im Panzerschrank des Marschalls eingeschlossen; die Generäle kehrten auf ihre Posten zurück, bereit, sich ruhig zu verhalten, zu beobachten und abzuwarten.

Zwei Wochen später saß auch Cyrus V. Miller in einer Konferenz, allerdings mit einem einzigen Gegenüber, einem langjährigen Freund und Kollegen. Er und Melville Scanlon kannten sich seit dem Koreakrieg, als der junge Scanlon nach seinem Studium in Galveston frischgebackener Unternehmer gewesen war und sein spärliches Kapital in ein paar kleine Tanker investiert hatte. (Zu der Zeit waren alle Tanker klein.)

Miller hatte einen Vertrag über die Lieferung seines neuen Düsentreibstoffs an die United States Air Force; Lieferort war ein Hafen in Japan, wo die Tanker der Marine den Treibstoff übernahmen, um ihn in das belagerte Südkorea zu bringen. Miller gab den Vertrag Scanlon, und dieser hatte wahre Wunder gewirkt; er hatte seine Rostkähne durch den Panamakanal geschleust, den Flugzeug-Turbinentreibstoff in Kalifornien übernommen und ihn über den Pazifik transportiert. Da Scanlon mit denselben Schiffen zunächst Rohöl und Vorprodukte aus Texas an die Westküste brachte, dann die Ladung wechselte und nach Japan in See ging, hatte Scanlon auf der ganzen Reise Fracht und bekam Miller genügend Vorprodukte für die Umwandlung in Turbinentreibstoff. Drei Tankerbesatzungen waren im Pazifik mit ihren Schiffen untergegangen, aber es wurden keine Fragen gestellt, und beide Männer hatten sehr viel Geld verdient, bevor Miller schließlich gezwungen wurde, sein Know-how in Lizenz an die »Großen« weiterzugeben.

Scanlon war dann ganz groß ins Erdölgeschäft eingestiegen und hatte weltweit Rohöl gekauft und verschifft, vor allem aber aus dem Persischen Golf nach Amerika. Nach 1981 hatte er dann einen schweren Rückschlag erlitten, als die Saudis beschlossen hatten, ihre Frachten aus dem Golf nur noch von Schiffen transportieren zu lassen, die unter »arabischer Flagge« fuhren, was sie allerdings im Grunde genommen nur für das sogenannte »participation crude« durchsetzen konnten, also den Teil des Rohöls, der nicht der jeweiligen Ölgesellschaft, sondern dem Förderland gehörte.

Aber Scanlon hatte eben dieses Öl nach Amerika transportiert, und so war er aus dem Geschäft gedrängt und gezwungen worden, seine Tanker den Saudis und Kuwaitern zu uninteressanten Preisen zu verkaufen. Er hatte überlebt, war aber seitdem nicht mehr allzu gut auf Saudi-Arabien zu sprechen. Immerhin, ein paar Tanker waren ihm geblieben, die zwischen dem Golf und den Vereinigten Staaten fuhren und überwiegend Aramco-Rohöl transportierten, das nicht unter die Vorschrift »arabische Flagge« fiel.

Miller stand an seinem liebsten Aussichtsfenster und schaute auf das Häusermeer von Houston tief unter ihm hinab. Er fühlte sich Gott ähnlich, wenn er so hoch über der übrigen Menschheit stand. Am anderen Ende des Raums lehnte sich Scanlon in seinem Ledersessel zurück und tippte auf den Dixon-Ölbericht, den er gerade gelesen hatte. Wie Miller wußte auch er, daß Rohöl aus dem Persischen Golf soeben auf zwanzig Dollar je Barrel geklettert war.

»Ich bin ganz deiner Meinung, alter Freund. Die Vereinigten Staaten dürfen auf keinen Fall jemals in so totale Abhängigkeit von diesem Gesindel geraten. Was denken die sich in Washington eigentlich? Sind die denn blind und taub?«

»Von Washington ist keine Hilfe zu erwarten«, sagte Miller ruhig. »Wenn du willst, daß sich in diesem Leben etwas ändert, mußt du selbst dafür sorgen. Ich denke, das haben wir zur Genüge am eigenen Leib erfahren, oder?«

Mel Scanlon holte ein Taschentuch hervor und wischte sich die Stirn. Trotz der Klimaanlage im Büro kam er leicht ins Schwitzen. Im Gegensatz zu Miller hatte er eine Vorliebe für die traditionelle Kleidung der Texaner – Stetsonhüte, Schnürsenkel-Krawatten, Navajo-Krawattennadeln und -gürtelschließen und Stiefel mit hohen Absätzen. Das Dumme war nur, daß er klein und korpulent war, also kaum die Figur eines »Frontiersman« hatte; aber hinter seinem behäbigen Äußeren verbarg sich ein scharfer Verstand.

»Was soll denn das heißen, die Lage dieser riesigen Ölreserven verändern?« schnaufte er. »Die Ölfelder von Hasa liegen nun mal in Saudi-Arabien.«

»Nein, nicht ihre geographische Lage. Aber die politische Kontrolle über sie«, sagte Miller, »und folglich die Möglichkeit, den Preis saudiarabischen Öls und damit des gesamten Erdöls der Welt zu diktieren.«

»Übernahme der politischen Kontrolle? Durch andere Araber, meinst du?«

»Nein, durch uns«, sagte Miller. »Durch die Vereinigten Staaten von Amerika. Wenn unser Land überleben soll, müssen wir den Weltmarktpreis des Öls diktieren, das heißt, einen Preis festsetzen, den wir uns leisten können, und das wieder bedeutet, daß wir die Regierung in Riad kontrollieren müssen. Dieser Alptraum, einem Haufen von Ziegenhirten auf Gedeih und Verderb ausgeliefert zu sein, hat jetzt lange genug gedauert. Das muß sich ändern. Washington wird das nicht erreichen. Aber das hier vielleicht.«

Er nahm einen säuberlich in steifen Karton ohne Aufschrift gebundenen Schriftsatz vom Schreibtisch. Scanlon verzog das Gesicht.

»Nicht *noch* einen Bericht, Cy«, protestierte er.

»Lies es«, drängte ihn Miller. »Tu was für deine Bildung.«

Scanlon seufzte und öffnete die Akte. Auf der ersten Seite stand einfach:

ZERSTÖRUNG UND UNTERGANG DES HAUSES SAUD

»Heiliger Bimbam«, sagte Scanlon.

»Nein«, sagte Miller ruhig. »Heiliger Terror. Lies weiter.«

ISLAM. *Die Religion des Islam (das Wort bedeutet »Hingabe an Gott«) wurde durch die Lehren des Propheten Mohammed um 620 gegründet und hat heute 800 Millionen bis eine Milliarde Anhänger. Im Gegensatz zum Christentum gibt es im Islam keine geweihten Priester; seine religiösen Führer sind Laien, die wegen ihrer moralischen oder geistigen Qualitäten geachtet werden. Die Lehren Mohammeds sind im Koran niedergelegt.*

SEKTEN. *90 Prozent der Moslems gehören dem sunnitischen (orthodoxen) Zweig an. Die wichtigste Minderheit ist die Sekte der Schiiten (Parteigänger). Der entscheidende Unterschied ist, daß die Sunniten nach den Aussprüchen und Taten des Propheten leben, die im Hadith niedergelegt sind, während die Schiiten ihrem jeweiligen Führer (Imam) folgen, dem sie göttliche Unfehlbarkeit zusprechen. Die Hochburgen des Schiismus sind Iran (100 Prozent) und Irak (55 Prozent). 6 Prozent der Saudis sind Schiiten, eine verfolgte, haßerfüllte Minderheit, deren Führer sich versteckt hält, und die hauptsächlich in der Gegend der Ölfelder von Hasa aktiv ist.*

FUNDAMENTALISMUS. *Es gibt zwar auch unter den Sunniten Fundamentalisten, aber die eigentliche Heimstatt des Fundamentalismus ist die schiitische Sekte. Diese Sekte innerhalb einer Sekte predigt den absoluten Gehorsam gegenüber dem Koran in der Interpretation des verstorbenen Ayatollah Khomeini, der noch keinen Nachfolger bekommen hat.*

HISBOLLAH. *Innerhalb des Iran findet sich der einzig wahre fundamentalistische Glaube bei dem Heer von Fanatikern, die sich selbst als »Partei Gottes« oder Hisbollah bezeichnen. Anderswo operieren Fundamentalisten auch unter verschiedenen anderen Namen, aber für die Zwecke dieser Übersicht genügt die Erwähnung der Hisbollah.*

ZIELE UND GLAUBENSVORSTELLUNGEN. *Der Grundgedanke ist, daß der* gesamte *Islam und schließlich die ganze Welt dahin gebracht werden müsse, sich dem Willen Allahs in der Auslegung Khomeinis zu unterwerfen. Auf diesem Weg gibt es eine Anzahl von Erfordernissen, von denen drei interessant sind: Alle existierenden moslemischen Regierungen sind illegitim, weil sie nicht auf der bedingungslosen Unterwerfung unter Allah, das heißt Khomeini, beruhen; jede Koexistenz zwischen der Hisbollah und einer säkularen moslemischen Regierung ist unvorstellbar; es ist die göttliche Pflicht der Hisbollah, alle Feinde des Islam in aller Welt mit dem Tode zu bestrafen, besonders aber Ketzer innerhalb des Islam.*

METHODEN. *Die Hisbollah hat vor langer Zeit entschieden, daß es in der Verfolgung dieses letzten Ziels keine Gnade, kein Erbarmen, kein Mitleid, keine Zurückhaltung und kein Zurückscheuen geben darf – bis hin zum freiwilligen Märtyrertum. Das nennt sie »Heiligen Terror«.*

EMPFEHLUNG. *Die fanatischen Schiiten sind dazu anzuregen, aufzufordern, zu aktivieren, zu organisieren und darin zu unterstützen, die sechshundert führenden, die Macht ausübenden Mitglieder des Hauses Saud niederzumachen und dadurch die Dynastie und mit ihr die Regierung in Riad zu vernichten, die anschließend durch einen unbedeutenden Prinzen zu ersetzen ist, der bereit ist, eine in Gang befindliche militärische Besetzung der Ölfelder von Hasa durch die Amerikaner zu dulden und den Preis des Rohöls auf einem Niveau festzusetzen, das von den Vereinigten Staaten »vorgeschlagen« wird.*

»Wer zum Teufel hat das geschrieben?« fragte Scanlon, während er den Bericht weglegte, von dem er nur die erste Hälfte gelesen hatte.

»Ein Mann, der mir in den letzten zwölf Monaten als Berater gedient hat«, sagte Miller. »Möchtest du ihn kennenlernen?«

»Ist er hier?«

»Ja. Er ist vor zehn Minuten gekommen.«

»Natürlich«, sagte Scanlon, »sehen wir uns den Irren einmal an.«

»Einen Moment«, sagte Miller.

Lange bevor Professor John F. Cormack der Hochschule den Rücken kehrte, um als Kongreßabgeordneter für den Staat Connecticut in die Politik zu gehen, besaß die Familie Cormack bereits ihr Sommerhaus auf der Insel Nantucket. Er war zum erstenmal vor dreißig Jahren als junger Lehrer mit seiner frischgebackenen Braut dort gewesen, bevor Nantucket in Mode kam wie Martha's Vineyard und Cape Cod, und war von der Frische und Einfachheit des Lebens dort bezaubert gewesen.

Nantucket, das genau östlich von Martha's Vineyard vor der Küste von Massachusetts liegt, hatte damals sein altes Fischerdorf, seinen indianischen Friedhof, seine steifen Brisen und goldenen Strände, ein paar Ferienhäuschen und sonst kaum etwas. Es gab noch Grundstücke, und das junge Paar hatte geknausert und gespart, um sich ein anderthalb Hektar großes Stück Land in Shawkemo zu kaufen, ein Stück den Strand entlang vom Children's Beach, am Rande der fast vollständig landumschlossenen Lagune, die einfach »der Hafen« genannt wurde. Dort hatte John F. Cormack sein ringsum mit Federschalbrettern verkleidetes Holzhaus gebaut, mit hölzernen Schindeln auf dem Dach und ausgestattet mit roh gezimmerten Möbeln, Fellteppichen und Patchwork-Bettdecken.

Später war dann mehr Geld da, und es wurden Verbesserungen und ein paar Anbauten angebracht. Als er jetzt vor zwanzig Monaten ins Weiße Haus eingezogen war und seine Absicht kundgetan hatte, die Sommerferien auf Nantucket zu verbringen, war ein mittlerer Hurrikan über das alte Haus hereingebrochen. Fachleute kamen aus Washington, registrierten entsetzt das Fehlen von Unterkünften, von Sicherheitseinrichtungen, von Nachrichtenverbindungen ... Sie kamen zurück und meinten, ja, Mr. President, das geht in Ordnung. Man müsse nur noch Unterkünfte für rund hundert Geheimdienstleute hinstellen, einen Hubschrauberlandeplatz anlegen und mehrere Bungalows für Besucher, Stenografen und Hauspersonal bauen – schließlich könne Myra Cormack auf keinen Fall weiter selbst die Betten machen –, und, ach ja, auch noch die eine oder andere Parabolantenne für die Nachrichtenleute ... Präsident Cormack hatte die ganze Sache abgeblasen.

Im November war er dann ein Risiko eingegangen und hatte Michail Gorbatschow für ein verlängertes Wochenende nach Nantucket eingeladen. Und der Russe war begeistert gewesen.

Seine KGB-Gorillas waren genauso besorgt gewesen wie die Leute vom Secret Service, aber beide Staatschefs hatten ihnen gesagt, sie sollten sich damit abfinden. Dick eingemummt gegen den schneidend kalten Wind vom Nantucket Sound (der Russe hatte dem Amerikaner als Gastgeschenk eine Zobelfell-Tschapka mitgebracht), unternahmen die beiden Männer lange Spaziergänge am Strand, während Leute von KGB und Secret Service hinter ihnen herstapften, andere sich im dürren Gras versteckten und in Funkgeräte murmelten, ein Hubschrauber sich über ihnen in den Wind krallte und ein Kutter der Küstenwache in der aufgewühlten See stampfte und schlingerte.

Niemand versuchte, irgend jemanden umzubringen. Die beiden Männer spazierten unangemeldet in den Ort Nantucket, und die Fischer an der Straight Wharf zeigten ihnen frisch gefangene Hummer und Muscheln. Gorbatschow bewunderte den Fang, zwinkerte und strahlte, und dann tranken sie zusammen ein Bier in einer Kneipe am Hafen und gingen zu Fuß nach Shawkemo zurück, wobei sie so nebeneinander aussahen wie eine Bulldogge und ein Storch.

Am Abend, nach einem Hummeressen in dem Holzhaus, gesellten sich die Verteidigungsexperten zu ihnen und den Dolmetschern, und gemeinsam erarbeiteten sie die letzten prinzipiellen Punkte und entwarfen ihr Kommuniqué.

Am Dienstag wurde die Presse zugelassen; eine kleine Gruppe war von Anfang an dabei gewesen und hatte Bilder und Worte gesammelt – schließlich war man in Amerika –, aber am Dienstag fielen sie in hellen Scharen ein. Gegen Mittag traten die beiden Männer auf die hölzerne Veranda, und der Präsident verlas das Kommuniqué. Darin bekundeten die beiden Staatschefs ihre Entschlossenheit, dem Zentralkomitee und dem Kongreß einen sehr weit reichenden Vertrag zur Verringerung der konventionellen Streitkräfte quer durch alle Truppengattungen und in aller Welt vorzulegen. Ein paar Kontrollprobleme mußten noch gelöst werden, eine Aufgabe für die Experten; die Einzelheiten darüber, welche Arten von Waffen und wie viele stillgelegt, eingemottet, verschrottet oder nicht weiterentwickelt werden würden, sollten später bekanntgegeben werden. Präsident Cormack sprach von Frieden mit Ehre, Frieden mit Sicherheit und Frieden mit gutem Willen. Parteisekretär Gorbatschow nickte heftig, als er die Übersetzung bekam. Niemand erwähnte, was hinterher in der Presse um so ausführlicher behandelt wurde: daß angesichts des Defizits im US-Haushalt, des wirtschaftlichen Chaos' in der Sowjetunion und einer drohenden Ölkrise keine der beiden Supermächte es sich noch leisten konnte, den Rüstungswettlauf fortzusetzen.

Zweitausend Meilen entfernt, in Houston, schaltete Cyrus V. Miller den Fernsehapparat aus und sah Scanlon ungläubig an.

»Dieser Mann wird uns noch das letzte Hemd ausziehen«, giftete er. »Dieser Mann ist gefährlich. Dieser Mann ist ein Verräter.«

Er faßte sich, trat an seinen Schreibtisch und drückte auf den Kopf der Sprechanlage.

»Louise, würden Sie jetzt bitte Oberst Easterhouse hereinschikken?«

Irgend jemand hat einmal gesagt: »Alle Menschen träumen, aber die gefährlichsten sind die, die mit offenen Augen träumen.« Oberst Robert Easterhouse saß in dem eleganten Warteraum im obersten Stockwerk des Pan Global Building und schaute durchs Fenster auf das Panorama von Houston hinab. Aber seine hellblauen Augen sahen den weiten Himmel und den ockerfarbenen Sand von Nedjd, und er träumte davon, die Einnahmen aus den Ölfeldern von Hasa zum Nutzen Amerikas und der ganzen Menschheit unter seine Kontrolle zu bekommen.

Im Jahre 1945 geboren, war er drei Jahre alt gewesen, als sein Vater einen Lehrauftrag an der American University in Beirut annahm. Die libanesische Hauptstadt war damals ein Paradies gewesen, elegant, kosmopolitisch, reich und sicher. Er ging eine Zeitlang auf eine arabische Schule, hatte französische und arabische Spielkameraden; als die Familie nach Idaho zurückkehrte, war er dreizehn und sprach drei Sprachen: Englisch, Französisch und Arabisch.

Wieder in Amerika, hatte der Jugendliche seine Schulkameraden flach, frivol und erstaunlich unwissend gefunden, besessen von Rock'n' Roll und einem jungen Sänger namens Presley. Sie machten sich lustig über seine Erzählungen von schwankenden Zedern, Kreuzritterburgen und Rauchfahnen von den Lagerfeuern der Drusen auf den Gebirgspässen des Schuf. So zog es ihn zu Büchern, und zu keinem mehr als den *Sieben Säulen der Weisheit* von T. E. Lawrence. Mit achtzehn kehrte er dem College und den Mädchen den Rücken und meldete sich freiwillig zur 82. Luftlandedivision. Er war noch in der Grundausbildung, als Kennedy ermordet wurde.

Zehn Jahre war er Fallschirmjäger und als solcher dreimal in Vietnam eingesetzt, das er 1973 mit den letzten amerikanischen Truppen verließ. Wenn die Verluste hoch sind, kann man rasch befördert werden, und er war der jüngste Oberst der 82., als er verkrüppelt wurde, nicht im Krieg, sondern durch einen idiotischen Unfall. Es passierte bei einem Übungsabsprung in der Wüste; der Landeplatz sollte angeblich flach und sandig sein, die Windgeschwindigkeit bei fünf Knoten liegen. Wie üblich hatten die »hohen Tiere« einen Fehler gemacht. Die Windstärke in Bodenhöhe betrug mehr als dreißig Knoten; die Männer stürzten auf Felsen und in Schluchten. Es gab drei Tote und siebenundzwanzig Verletzte.

Auf den Röntgenbildern sahen hinterher die Knochen von Easterhouses linkem Bein wie der auf schwarzem Samt verstreute Inhalt einer Zündholzschachtel aus. Im Jahre 1975 sah er im Krankenhaus-Fernseher die peinlich überstürzte Evakuierung der letzten amerikanischen Streitkräfte aus der Botschaft in Saigon – Bunkers Bunker, wie sie in der Zeit der Tet-Offensive gesagt hatten. Im Krankenhaus fiel ihm zufällig ein Buch über Computer in die Hände, und ihm wurde klar, daß diese Maschinen der Weg zur Macht waren – bei richtiger Anwendung ein Mittel, die Verrücktheiten der Welt abzuschaffen und Ordnung und Vernunft an die Stelle von Chaos und Anarchie zu setzen.

Er quittierte den Dienst, ging aufs College und machte sein Examen in Informatik, arbeitete anschließend drei Jahre bei Honeywell und ging dann zu IBM. Man schrieb das Jahr 1981, die Petrodollar-Macht der Saudis war auf ihrem Höhepunkt, und Aramco hatte IBM beauftragt, narrensichere Computersysteme zu entwickeln, mit denen Produktion, Ablauf, Export und vor allem die fälligen Lizenzgebühren für die gesamten Aktivitäten des Monopolunternehmens in Saudi-Arabien überwacht werden sollten. Mit seinen hervorragenden Arabischkenntnissen und seiner genialen Begabung war Easterhouse der richtige Mann. Fünf Jahre lang wahrte er die Interessen von Aramco in Saudi-Arabien und spezialisierte sich dabei auf rechnergestützte Sicherheitssysteme gegen Betrug und Unterschlagung. Als 1986 das OPEC-Kartell zusammenbrach und die Macht sich wieder auf die Verbraucher verlagerte, wurden die Saudis nervös, traten über »Kopfjäger« an den hinkenden Computerfachmann heran, der ihre Sprache sprach und ihre Sitten und Gebräuche kannte, und zahlten ihm ein Vermögen dafür, daß er sich selbständig machte und für sie anstatt für IBM und Aramco arbeitete.

Er kannte das Land und seine Geschichte wie ein Einheimischer. Schon als Junge hatte er fasziniert die Geschichten vom »Gründer« gelesen, dem enteigneten Nomadenscheich Abd al-Asis Ibn Saud, der aus der Wüste gekommen war, um die Festung Musmak in Riad zu stürmen und seinen Weg zur Macht anzutreten. Er hatte gestaunt über die Schläue von Abd al-Asis, der in dreißig Jahren die siebenunddreißig Stämme des Landesinneren unterworfen, Nedjd, Hedschas und Hadramaut vereinigt, die Töchter seiner besiegten Feinde geehelicht und die Stämme zu einer Nation – oder jedenfalls etwas Ähnlichem – zusammengeführt hatte. Dann sah er die Wirklichkeit, und die Bewunderung verwandelte sich in Enttäuschung, Verachtung und Abscheu.

Zu seinen Aufgaben bei IBM hatte es gehört, Computerbetrug in Systemen zu verhindern oder aufzudecken, der von schier übermenschlich begabten jungen amerikanischen Freaks entwickelt worden war, ferner die Umsetzung der Betriebsprozesse bei der Ölförderung in Buchhaltungssprache und letztlich in Bankguthaben zu überwachen und gegen jeglichen Mißbrauch abgesicherte Systeme zu ersinnen, die außerdem mit dem Finanzwesen der Saudis unter einen Hut zu bringen waren. Die Verworfenheit und schwindelerregende Korruption hatten diesem eigentlich puritanischen Geist die Überzeugung eingegeben, daß es ihm bestimmt sei, eines Tages das Instrument zu werden, das den korrupten Wahnsinn einer grotesken Laune des Schicksals hinwegfegen würde, die einem solchen Volk so ungeheuren Reichtum und so gewaltige Macht verschafft hatte, daß er es sein würde, der die Ordnung wiederherstellen und die absurden Ungleichgewichte im Mittleren Osten beseitigen würde, so daß die Gottesgabe Erdöl in erster Linie den Ländern der freien Welt und in zweiter allen Völkern der Erde zugute kommen würde.

Er hätte seine Fähigkeiten ohne weiteres dazu einsetzen können, von den Öleinnahmen ein riesiges Vermögen in seine eigenen Taschen abzuzweigen, wie es die Prinzen taten, doch seine moralischen Grundsätze hinderten ihn daran. Um seinen Traum wahrzumachen, würde er deshalb die Unterstützung mächtiger Männer, ihren Rückhalt, ihre finanziellen Mittel brauchen. Und dann hatte Cyrus V. Miller ihn aufgefordert, das morsche Gebäude niederzureißen und es Amerika zu überantworten. Jetzt mußte er nur noch diese barbarischen Texaner überzeugen, daß er ihr Mann war.

»Oberst Easterhouse?« Louises honigsüße Stimme unterbrach ihn. »Mr. Miller kann Sie jetzt empfangen, Sir.«

Er stand auf, stützte sich ein paar Sekunden auf seinen Stock, bis der Schmerz nachließ, und folgte ihr dann in Millers Büro. Als die Tür sich geschlossen hatte, grüßte er Miller respektvoll und wurde Scanlon vorgestellt.

Miller kam sofort zur Sache.

»Oberst, ich hätte gern, daß mein Freund und Kollege hier genauso von der Durchführbarkeit Ihres Konzepts überzeugt ist wie ich. Ich respektiere sein Urteil, und es wäre mir lieber, ihn bei unserem Projekt dabeizuhaben.«

Scanlon registrierte das Kompliment wohlgefällig. Easterhouse erkannte, daß es eine Lüge war. Miller respektierte Scanlons Urteil keineswegs, aber sie würden beide Scanlons Schiffe brauchen, um die benötigten Waffen für den Putsch heimlich zu importieren. Er behandelte Scanlon mit Respekt.

»Sie haben meinen Bericht gelesen, Sir?« fragte er ihn.

»Äh ... ja ... das über die Typen von der His ... Hisbollah, ja. Schwieriges Zeug. Die vielen komplizierten Namen. Sie meinen also, Sie können die dazu benutzen, die Monarchie zu stürzen und, vor allem, die Ölfelder von Hasa für Amerika zu gewinnen. Wie soll das zugehen?«

»Mr. Scanlon, Sie können die Ölfelder von Hasa nicht kontrollieren und das Öl nach Amerika umleiten, wenn Sie nicht vorher die Regierung in Riad in der Hand haben, das einige hundert Meilen entfernt ist. Die Regierung muß in ein Marionettenregime umgewandelt werden, das ausschließlich auf seine amerikanischen Berater hört. Amerika kann das Haus Saud nicht offen stürzen – die Reaktion der Araber wäre verheerend. Mein Plan sieht vor, daß man eine kleine Gruppe schiitischer Fundamentalisten, die sich dem Heiligen Terror verschrieben haben, dazu provoziert, die Tat auszuführen. Der Gedanke, daß Khomeinisten die Arabische Halbinsel in ihre Hand gebracht haben, würde in der ganzen arabischen Welt panisches Entsetzen auslösen. Von Oman im Süden über die Emirate bis nach Kuwait, und aus Syrien, dem Irak, Jordanien, dem Libanon, Ägypten und Israel würden sofort mehr oder minder unverhüllte Aufforderungen Amerika erreichen, sie alle durch eine Intervention vor dem Heiligen Terror zu retten.

Weil ich zwei Jahre lang in Saudi-Arabien ein computergestütztes Sicherheitssystem aufgebaut habe, weiß ich, daß es eine solche Gruppe von Fanatikern des Heiligen Terrors gibt, angeführt von einem Imam, der dem König, seinen Brüdern, der inneren Mafia – der sogenannten Al-Fahd – und den ganzen dreitausend Prinzen, aus denen die Dynastie besteht, mit krankhaftem Abscheu gegenübersteht. Der Imam hat sie alle öffentlich als Huren des Islam und Schänder der heiligen Stätten Mekka und Medina geschmäht. Er war gezwungen, in den Untergrund zu gehen, aber ich kann seine Sicherheit gewährleisten, bis wir ihn brauchen, indem ich alle Angaben über seinen Aufenthaltsort im Zentralcomputer lösche. Ich habe auch Kontakt zu ihm – über ein Mitglied der Mutawain, der allgegenwärtigen und verhaßten Religiösen Polizei.«

»Aber was ist der Witz dabei, Saudi-Arabien diesen Verrückten auszuliefern?« wollte Scanlon wissen. »Wo die Saudis zur Zeit dreihundert Millionen US-Dollar am Tag verdienen . . . die würden doch das absolute Chaos anrichten.«

»Genau. Und das könnte die arabische Welt selbst nicht dulden. Jeder Staat dort unten, ausgenommen der Iran, würde die Amerikaner um eine Intervention bitten. Washington würde unter massivem Druck stehen, die Schnelle Eingreiftruppe zu ihrer vorbereiteten Basis in Oman, auf der Halbinsel Mussandam, und von dort in die Hauptstadt Riad zu fliegen, und weiter nach Dharram und Bahrein, um die Ölfelder zu sichern, bevor sie für immer zerstört werden können. Und dann müßten wir natürlich bleiben, um zu verhindern, daß so etwas jemals wieder passiert.«

»Und dieser Typ da, der Imam«, fragte Scanlon, »was passiert mit dem?«

»Er muß sterben«, sagte Easterhouse gelassen, »um durch den einen Prinzen des Herrscherhauses ersetzt zu werden, der dem Massaker entgangen ist, weil er rechtzeitig in mein Haus entführt wurde. Ich kenne ihn gut – er hat im Westen studiert, ist pro-amerikanisch, ein wankelmütiger Schwächling und Alkoholiker. Aber er wird die anderen arabischen Aufrufe durch seinen eigenen legitimieren, den er über den Rundfunk von unserer Botschaft in Riad aus verbreiten wird. Als einziges überlebendes Mitglied der Dynastie kann er an Amerika appellieren, durch eine Intervention die Ordnung wiederherzustellen. Und dann ist er für immer unser Mann.«

Scanlon überlegte.

»Und was ist für uns drin?« fragte er, wieder ganz der alte Scanlon. »Ich meine nicht die Vereinigten Staaten. Ich meine *uns.*«

Miller griff ein. Er kannte Scanlon und wußte, wie er reagieren würde.

»Mel, wenn dieser Prinz in Riad die Herrschaft übernimmt und ständig von unserem Oberst hier beraten wird, kannst du davon ausgehen, daß das Aramco-Monopol abgeschafft wird. Und das bedeutet neue Verträge, Transport, Import, Raffinierung. Und wer wird dann ganz vorn in der Schlange stehen?«

Scanlon nickte zustimmend.

»Und wann soll dieses ... Ereignis steigen?«

»Wie Sie vielleicht wissen, fand die Erstürmung der Festung Musmak im Januar 1902 statt; das neue Königreich wurde 1932 ausgerufen. In fünfzehn Monaten, im Frühjahr 1992, werden der König und sein Hof den neunzigsten Jahrestag des Sturms auf die Festung und das diamantene Jubiläum der Monarchie feiern. Geplant ist ein gewaltiges, Milliarden Dollar teures Fest, bei dem die ganze Welt Zuschauer sein soll. Das neue überdachte Stadion ist schon im Bau. Ich bin für das gesamte computergestützte Sicherheitssystem zuständig – Tore, Türen, Fenster, Klimaanlage. Eine Woche vor dem großen Ereignis findet eine Generalprobe statt, der die führenden sechshundert Mitglieder des Hauses Saud beiwohnen, die dazu eigens aus allen Ecken der Welt anreisen werden. Ich werde es so einrichten, daß die Heiligen Terroristen an diesem Tag zuschlagen. Wenn alle drin sind, werden die Tore per Computer verschlossen; an die fünfhundert Soldaten der Königlichen Garde wird defekte Munition ausgegeben, die wir zusammen mit den von der Hisbollah benötigten Schnellfeuergewehren in Ihren Schiffen ins Land gebracht haben.«

»Und wenn es vorbei ist?« fragte Scanlon.

»Wenn es vorbei ist, Mr. Scanlon, wird es kein Haus Saud mehr geben. Und keine Terroristen. Denn das Stadion wird in Brand geraten, und die Kameras werden laufen, bis sie in der Hitze schmelzen. Dann wird der neue Ayatollah, der selbsternannte Lebende Imam, der Erbe von Geist und Seele Khomeinis, im Fernsehen auftreten und der Welt, die eben gesehen hat, was in dem Stadion passiert ist, seine Pläne verkünden. Ich bin sicher, daß das die Appelle an Washington auslösen wird.«

»Oberst«, sagte Cyrus V. Miller, »wieviel Geld brauchen Sie?«

»Um sofort mit der Planung beginnen zu können, eine Million Dollar. Später dann noch zwei Millionen für Beschaffungen im Ausland und Schmiergelder in harter Währung. Innerhalb Saudi-Arabiens – nichts. Für sämtliche Aufwendungen vor Ort, einschließlich der Schmiergelder, kann ich von Rivalen im Lande Mittel in Höhe von mehreren Milliarden bekommen.«

Miller nickte. Der seltsame Visionär verlangte nur Krümel für das, was er vorhatte.

»Ich werde dafür sorgen, daß Sie das Geld bekommen, Sir. Bitte warten Sie draußen noch einen Moment. Ich würde Sie gerne zum Dinner bei mir zu Hause einladen.«

In der Tür drehte sich Oberst Easterhouse noch einmal um.

»Ein Problem gibt es – oder könnte es geben. Der einzige unkontrollierbare Faktor, soviel ich sehe. Präsident Cormack ist offenbar ein dem Frieden verpflichteter Mann und, nach dem zu urteilen, was ich in Nantucket beobachtet habe, im Augenblick fest zu einem neuen Vertrag mit dem Kreml entschlossen. Dieser Vertrag würde wahrscheinlich unsere Übernahme der Arabischen Halbinsel nicht überleben. Ein Mann wie er könnte sich sogar weigern, die Schnelle Eingreiftruppe einzusetzen.«

Als er gegangen war, stieß Scanlon einen Fluch aus, womit er sich ein Stirnrunzeln von Miller zuzog.

»Kann sein, daß er recht hat, weißt du, Cy. Mein Gott, wenn doch nur Odell im Weißen Haus wäre.«

Obwohl Cormack ihn sich persönlich ausgesucht hatte, war Vizepräsident Michael Odell, ebenfalls Texaner, Geschäftsmann und Selfmade-Millionär und stand viel weiter rechts als Cormack. Mit ungewohnter Impulsivität drehte Miller sich um und packte Scanlon an den Schultern.

»Mel, ich habe wegen dieses Mannes viele, viele Male zum Allmächtigen gebetet. Und ich habe ihn um ein Zeichen gebeten. Mit diesem Oberst und dem, was er gesagt hat, hat er mir dieses Zeichen gegeben. Cormack muß weg.«

Nicht weit nördlich der Glücksspielmetropole Las Vegas in Nevada liegt der riesige Luftwaffenstützpunkt Nellis, wo Glücksspiel ganz entschieden nicht auf der Tagesordnung steht. Der 4562 Hektar große Stützpunkt bewacht nämlich Amerikas geheimstes Testgelände für Waffen, das Tonapah Range, wo jedes verirrte Privatflugzeug, das in den Luftraum über dem 12 192 Quadratkilometer großen Gelände während eines laufenden Tests eindringt, wahrscheinlich nur ein einziges Mal gewarnt und dann abgeschossen wird.

Hier entstiegen an einem frischen, sonnigen Morgen dieses Dezembers zwei Gruppen von Männern einem Konvoi von Limousinen, um der ersten Erprobung und Vorführung einer revolutionären neuen Waffe beizuwohnen. Bei der ersten Gruppe handelte es sich um die Hersteller des Mehrfachraketen-Startfahrzeugs, das Kernstück des Systems war, und in ihrer Begleitung befanden sich Herren der beiden Partnerfirmen, die die Raketen gebaut und die Elektronik der Waffe beigesteuert hatten. Wie die meisten modernen Waffen war auch DESPOT, das Nonplusultra unter den Panzerabwehrwaffen, kein einfaches Gerät, sondern umfaßte eine Vielzahl komplexer Systeme, die in diesem Fall von drei verschiedenen Unternehmen entwickelt und gebaut worden waren.

Cobb war Vorstandsvorsitzender und Hauptaktionär der Zodiac AFV Inc., eines Unternehmens, das auf gepanzerte Kampffahrzeuge spezialisiert war. Für ihn persönlich und für sein Unternehmen hing alles davon ab, daß DESPOT nach siebenjähriger Entwicklung, ausschließlich auf Kosten des Unternehmens selbst, vom Pentagon für gut befunden und gekauft wurde. Er hatte kaum Zweifel; DESPOT war dem Pave-Tiger-System von Boeing und dem neueren Tacit Rainbow um Jahre voraus. Er wußte, daß die Waffe in jedem Punkt einem langfristigen Konzept der NATO-Planer entsprach: dem Plan, die erste Welle eines etwaigen, durch die Norddeutsche Tiefebene vorgetragenen sowjetischen Panzerangriffs von der zweiten Welle zu trennen.

Seine Kollegen waren Moir von der Firma Pasadena Avionics in Kalifornien, die die Komponenten Kestrel und Goshawk gebaut hatte, sowie Salkind von der ECK Industries Inc. in Silicon Valley bei Palo Alto in Kalifornien. Auch für diese beiden Männer und ihre Unternehmen hing viel davon ab, ob DESPOT vom Pentagon übernommen wurde. ECK Industries war außerdem an der Entwicklung des B2-Bombers »Stealth« für die Air Force beteiligt, doch handelte es sich dabei um einen Festauftrag.

Die Vertreter des Pentagons trafen erst zwei Stunden später ein, als alles vorbereitet war. Es waren zwölf Männer, darunter zwei Generäle, und sie bildeten das Expertengremium, dessen Empfehlung ausschlaggebend für die Entscheidung des Pentagons sein würde. Als sie alle unter der Markise vor der Batterie von Fernsehschirmen Platz genommen hatten, begann die Vorführung.

Moir hatte sich eine Überraschung ausgedacht. Er forderte die Zuschauer auf, sich auf ihren Stühlen zu drehen und in die Wüste hinauszuschauen. Sie war flach, leer. Die Männer machten fragende Gesichter. Moir drückte einen Knopf auf seinem Steuerpult. Buchstäblich nur Schritte entfernt brach die Wüste auf. Eine große stählerne Klaue tauchte auf, griff nach vorne und zog. Aus dem Sand, in dem sie sich vergraben hatte, unangreifbar für Kampfflugzeuge und unsichtbar für deren Bordradargeräte, kam die DESPOT zum Vorschein. Ein großer Block aus grauem Stahl, auf Rädern und Ketten, fensterlos, unabhängig, autark, gefeit gegen direkte Treffer, ausgenommen eine schwere Granate oder eine große Bombe, gegen atomare, Gas- und biologische Angriffe, entstieg sie dem Grab, das sie sich selbst gegraben hatte, und ging an die Arbeit.

Die vier Männer im Innern ließen die Antriebsmotoren für die Systeme an, zogen die Stahlplatten zurück, mit denen die Panzerglas-Bullaugen abgedeckt waren, und fuhren nacheinander den Radar-Reflektor zur Entdeckung feindlicher Angriffe und die Sensor-Antennen für die Lenkung ihrer Flugkörper aus. Die Herren vom Pentagon waren beeindruckt.

»Wir wollen einmal davon ausgehen«, sagte Cobb, »daß die erste Welle sowjetischer Panzer über mehrere vorhandene Brücken und verschiedene im Laufe der Nacht geschlagene Behelfsbrücken die Elbe überschritten hat und in die Bundesrepublik eingedrungen ist.

NATO-Truppen haben sich der ersten Welle entgegengestellt. Noch haben wir genug, um dem Ansturm standzuhalten. Aber jetzt kommt die viel größere zweite Welle russischer Panzer aus ihrem Versteck in den ostdeutschen Wäldern hervor und rückt gegen die Elbe vor. Diese Panzer werden durchbrechen und versuchen, die französische Grenze zu erreichen. Die in einer Nord-Süd-Linie durch Deutschland verteilten, in der Erde vergrabenen DESPOTS haben ihre Befehle: orten, identifizieren und zerstören.«

Er drückte auf einen anderen Knopf, und eine Luke auf der Oberseite des Kampffahrzeugs ging auf. Durch die Öffnung schob sich auf einer Rampe eine schmale Rakete. Ein zweieinhalb Meter langes Rohr mit einem Durchmesser von einem halben Fuß. Sie zündete ihr winziges Raketentriebwerk, stieg in den hellblauen Himmel auf und war dank ihres hellblauen Anstrichs schon bald nicht mehr zu sehen. Die Männer wandten sich wieder ihren Bildschirmen zu, auf denen eine hochempfindliche Fernsehkamera die Kestrel verfolgte. In einer Höhe von 150 Fuß wurde ihr Mantelstromtriebwerk mit hohem Nebenstromverhältnis aktiviert, der Treibsatz brannte aus und fiel ab, Stummelflügel sprossen aus den Seiten des Flugkörpers, und Heckflossen stabilisierten ihn. Die Miniaturrakete begann zu fliegen wie ein Flugzeug und gewann immer noch an Höhe, während sie sich vom Testgelände entfernte. Moir zeigte auf einen großen Radarschirm. Der Peilstrahl rotierte, aber es leuchtete kein Radarecho auf.

»Die Kestrel ist vollständig aus Fiberglas hergestellt«, erläuterte Moir stolz. »Ihr Triebwerk besteht aus Werkstoffen auf Keramikbasis, die hitzebeständig sind und Radarstrahlen nicht reflektieren. Hinzu kommt noch ein wenig ›Stealth‹-Technologie; die Kestrel ist deshalb absolut unsichtbar – für menschliche Augen ebenso wie für Geräte. Sie hat die Radarsignatur eines winzigen Finken. Weniger. Ein Vogel kann immerhin durch das Schwirren seiner Flügel auf dem Radarschirm sichtbar werden. Die Kestrel schwirrt nicht, und dabei ist dieses Radar viel höher entwickelt als alles, was die Sowjets haben.«

Im Krieg würde die Kestrel, ein Flugkörper für Angriffe in die Tiefe, 200 bis 500 Meilen tief in feindliches Territorium eindringen. Bei dieser Erprobung erreichte sie ihre Einsatzhöhe bei 15000 Fuß, bremste nach einer Flugstrecke von 100 Meilen ab und begann langsam zu kreisen, was ihr eine Höchstflugdauer von zehn Stunden bei zehn Knoten verlieh. Außerdem begann sie, nach unten zu schauen – elektronisch. Ihre zahlreichen Sensoren kamen ins Spiel. Wie ein jagender Raubvogel musterte sie das Gelände unter sich, wobei sie eine Kreisfläche mit einem Durchmesser von 70 Meilen erfaßte.

Für die Suche waren die Infrarot-Sensoren zuständig, die Abfrage erfolgte dann über Millimeterwellen-Radar.

»Sie ist so programmiert, daß sie nur angreift, wenn das Ziel Wärme aussendet, aus Stahl ist und sich bewegt«, sagte Moir. »Das Ziel muß so viel Wärme abstrahlen, daß es sich nur um einen Panzer handeln kann, also nicht um ein Auto, einen Lastwagen oder einen Zug. Ein Signalfeuer, ein geheiztes Gebäude oder ein geparktes Fahrzeug wird nicht angegriffen, weil es sich nicht bewegt. Winkelreflektoren werden aus demselben Grunde, Ziegel, Holz oder Gummi deshalb nicht angegriffen, weil sie nicht aus Stahl sind. Sehen Sie sich jetzt bitte das Zielgebiet auf diesem Bildschirm an, meine Herren.«

Sie wandten sich dem riesigen Schirm zu, dessen Bilder von einer in 100 Meilen Entfernung aufgestellten Fernsehkamera aufgenommen wurden. Ein ausgedehntes Gelände war dort wie eine Hollywood-Kulisse »herausgeputzt« worden. Es gab da künstliche Bäume, Holzhütten, geparkte Lieferwagen, Lkws und Pkws. Es gab Gummipanzer, die sich jetzt, von unsichtbaren Drähten gezogen, langsam in Bewegung setzten. Es gab mit Benzin gespeiste Signalfeuer, die jetzt aufflammten. Dann setzte sich ein einzelner echter Panzer ferngesteuert in Bewegung. Die Kestrel 15 000 Fuß über dem Boden erfaßte ihn sofort und reagierte.

»Meine Herren, nun kommt die revolutionäre Neuerung, auf die wir mit Recht stolz sind. Bei früheren Systemen stürzte sich der Jäger selbst auf das Ziel und zerstörte dabei auch sich selbst mitsamt all der teuren Technik. Äußerst kostspielig. Ganz anders die Kestrel: sie ruft eine Goshawk herbei. Beobachten Sie die DESPOT.«

Die Zuschauer drehten sich wieder mit ihren Stühlen und sahen gerade noch die Rakete des etwa ein Meter langen Goshawk-Flugkörpers aufblitzen, der jetzt dem Ruf der Kestrel gehorchte und Kurs auf das angegebene Ziel nahm. Salkind übernahm jetzt den Kommentar.

»Die Goshawk schießt jetzt empor, bis sie 100 000 Fuß erreicht hat, dreht und kehrt dann zur Erde zurück. Wenn sie die Kestrel passiert, erhält sie von dieser Drohne letzte Zielinformationen. Der Bordcomputer der Kestrel gibt die Position des Ziels in dem Augenblick, in dem sich die Goshawk dem Boden nähert, auf fünfzig Zentimeter genau an. Die Goshawk trifft innerhalb dieses Kreises auf. Sie kommt jetzt runter.«

Inmitten all der Häuser, Schuppen, Lastwagen, Lieferwagen, Autos, Signalfeuer und Winkelreflektoren im Sand des Zielgebiets und inmitten der Gummipanzer-Scheinziele rumpelte der stählerne Panzer (ein alter Abrams Mark I) vorwärts wie in einem echten Gefecht. Jählings blitzte etwas auf, und es schien, als sei der Abrams von einer riesigen Faust zerschmettert worden. Beinahe in Zeitlupe wurde er plattgedrückt, die Seitenteile flogen weg, die Kanone zeigte einen Augenblick anklagend zum Himmel, und dann sah man nur noch eine Feuerkugel. Ein Raunen ging durch das unter der Markise versammelte Publikum.

»Wieviel Sprengstoff haben Sie in der Nase dieser Goshawk?« wollte einer der Generäle wissen.

»Keinen, Herr General«, sagte Salkind. »Die Goshawk wirkt wie ein herabsausender Steinbrocken. Ihre Endgeschwindigkeit liegt bei rund zehntausend Meilen pro Stunde. Der Empfänger für die Informationen von der Kestrel und das winzige Radargerät für die Ansteuerung des Ziels auf den letzten fünfzehntausend Fuß sind die einzigen Geräte an Bord der Goshawk. Deshalb ist sie so preiswert. Aber wenn zehn Kilo Stahl mit Wolframspitze mit einer derartigen Geschwindigkeit auf einen Panzer auftreffen, ist das . . . na ja, so wie wenn man aus nächster Nähe mit einem Luftgewehr auf eine Küchenschabe schießt. Dieser Panzer war gerade einem Aufprall ausgesetzt, der dem von zwei schweren Lokomotiven bei einer Geschwindigkeit von hundert Meilen pro Stunde entspricht. Es ist nicht viel von ihm übriggeblieben.«

Die Vorführung ging noch zwei Stunden weiter. Die Hersteller bewiesen, daß sie die Kestrel im Flug umprogrammieren konnten; wenn sie ihr befahlen, nach Stahlbauten mit Wasser auf beiden Seiten und Land an beiden Enden zu suchen, griff sie Brücken an. Wenn sie die Zielmerkmale änderten, nahm sie Züge, Schiffe oder Lastwagen-Konvois aufs Korn. Aber nur solange sie sich bewegten. War das Objekt stationär, konnte die Kestrel nicht feststellen, ob es sich um einen stählernen Lkw oder eine Blechhütte handelte. Aber ihre Sensoren vermochten Regen, Wolken, Schnee, Hagel, Nebel und Dunkelheit zu durchdringen. Am frühen Nachmittag ging man auseinander, und die Herren vom Pentagon begaben sich zu ihren Limousinen, um nach Nellis zu fahren und von dort nach Washington zurückzufliegen.

Einer der Generäle hielt den Herstellern die Hand hin.

»Ich bin ein alter Panzermann«, sagte er, »aber ich habe in meinem ganzen Leben nichts derart Furchterregendes gesehen. Meine Stimme haben Sie. Das Ding wird dem sowjetischen Verteidigungsministerium jede Menge Kopfzerbrechen bereiten. Es ist schlimm genug, von Menschen gejagt zu werden; aber diesem verdammten Roboter ausgeliefert zu sein – mein Gott, was für ein Alptraum.«

Das letzte Wort hatte einer der Zivilisten.

»Meine Herren, diese Waffe ist brillant. Das weltbeste ferngelenkte System zur Vernichtung von Panzern in der Tiefe des Feindgebiets. Aber ich muß Ihnen sagen, falls dieser Nantucket-Vertrag ratifiziert wird, werden wir es wohl nie bestellen.«

Cobb, Moir und Salkind wurde auf der gemeinsamen Rückfahrt nach Las Vegas klar, daß Nantucket sie, ebenso wie Tausende anderer, die in der Rüstungsindustrie arbeiteten, mit dem totalen Ruin bedrohte.

Am Weihnachtsabend wurde in Alcantara del Rio nicht gearbeitet, wohl aber bis spät in die Nacht hinein gezecht. Als Antonio schließlich seine kleine Bar schloß, war es schon nach Mitternacht. Ein paar seiner Kunden wohnten im Ort, andere fuhren oder gingen zu ihren Häusern, die über die Hügel rings um das Dorf verstreut standen. So kam es, daß José Francisco, genannt Pablo, auf dem Pfad, der am Haus des großen Ausländers vorbeiführte, weinselig Richtung Heimat torkelte und sich rundum wohl fühlte, abgesehen von einem quälenden Druck auf der Blase. Als er schließlich merkte, daß er sich nun unbedingt erleichtern mußte, stellte er sich an die aus Feldsteinen aufgeschichtete Mauer des Hofes, in dem ein ramponierter SEAT Terra Minijeep geparkt war, öffnete den Reißverschluß seiner Hose und gab sich dem zweitgrößten Vergnügen eines Mannes hin. Über ihm schlief der große Mann, und wieder träumte er den schrecklichen Traum, der ihn in diese Gegend gebracht hatte. In Schweiß gebadet, mußte er dies alles zum hundertsten Male durchmachen. Noch im Schlaf öffnete er den Mund und schrie: »*Nein!*«

Unten an der Mauer tat Pablo vor Schreck einen Satz, fiel rücklings auf die Straße und bespritzte sich seine Sonntagshose. Dann rappelte er sich auf und lief davon, der Urin rann ihm die Beine hinab, sein Hosenschlitz war noch offen, und sein Geschlecht witterte ungewohnte Morgenluft. Wenn der ellenlange Ausländer gewalttätig wurde, mußte er, José Francisco Echevaria, sich bei Gott aus dem Staub machen. Sicher, der Fremde war höflich und sprach gut spanisch, aber irgend etwas stimmte nicht mit diesem Mann.

Mitte Januar des folgenden Jahres kam ein junger Student im ersten Semester die St. Giles Street in der uralten britischen Stadt Oxford entlanggeradelt; er war auf dem Weg zu seinem neuen Tutor und freute sich auf seinen ersten ganzen Tag am Balliol College. Wegen der Kälte trug er dicke Cordhosen und einen wattierten Anorak, aber darüber hatte er den schwarzen Umhang eines Studenten der Oxford University gezogen, und der Stoff flatterte im Wind. Später sollte er erfahren, daß die meisten Studenten diesen Umhang nur beim gemeinsamen Essen im Speisesaal des Colleges trugen, aber als Neuling war er sehr stolz darauf. Er hätte lieber im College gewohnt, aber seine Familie hatte ihm ein großes Haus mit sieben Zimmern ganz in der Nähe der Woodstock Road gemietet. Er fuhr am Martyrs' Memorial vorbei in die Magdalen Street.

Hinter ihm hielt eine unauffällige Limousine, die ihm unbemerkt gefolgt war. In dem Auto saßen drei Männer, zwei vorne und einer hinten. Der dritte Mann beugte sich vor.

»Die Magdalen Street ist für Autos gesperrt. Du wirst zu Fuß weitergehen müssen.«

Der Mann auf dem Beifahrersitz fluchte leise und stieg aus. Mit schnellen Schritten schlängelte er sich durch die Passanten, den Blick auf den Radfahrer vor sich geheftet. Der Wagen bog nach Anweisung des Mannes auf dem Rücksitz nach rechts in die Beaumont Street und dann nach links in die Gloucester Street und wieder nach links in die George Street ein. Er hielt, nachdem er das Ende der Magdalen Street erreicht hatte, gerade als der Radfahrer auftauchte. Der Student stieg ab, nachdem er ein paar Meter in die Broad Street hineingefahren war, auf der anderen Seite der Kreuzung. Das Auto fuhr deshalb nicht wieder an. Der dritte Mann kam aus der Magdalen Street, das Gesicht vom eisigen Wind gerötet, blickte sich um, sah das Auto und stieg wieder ein.

»Scheißkaff«, sagte er. »Lauter Einbahnstraßen und Fußgängerzonen.«

Der Mann auf dem Rücksitz kicherte.

»Deswegen fahren die Studenten mit dem Rad. Vielleicht sollten wir das auch machen.«

»Paß lieber auf«, sagte der Fahrer humorlos. Der Mann neben ihm sagte nichts mehr und rückte die Waffe unter seinem linken Arm zurecht. Der Student war stehengeblieben und betrachtete ein Kreuz aus Pflastersteinen in der Mitte der Broad Street. Er wußte aus seinem Reiseführer, daß im Jahre 1555 an dieser Stelle zwei Bischöfe, Latimer und Ridley, auf Befehl Marias der Katholischen bei lebendigem Leibe verbrannt worden waren. Als die Flammen hochzüngelten, rief Bischof Latimer seinem Leidensgenossen zu: »Seid getrost, Master Ridley, und sterbt wie ein Mann. Wir werden an diesem Tag mit Gottes Gnade eine Kerze in England entzünden, die gewißlich nie mehr verlöschen wird.«

Er meinte die Kerze des protestantischen Glaubens, aber was Bischof Ridley erwiderte, ist nicht überliefert, denn er brannte in jenem Moment bereits lichterloh. Ein Jahr darauf folgte ihnen Erzbischof Cranmer an derselben Stelle in den Tod. Das Feuer des Scheiterhaufens hatte das nur wenige Meter entfernte Tor des Balliol College versengt. Später wurde das Tor ausgehängt und am Eingang zum Innenhof angebracht, wo die Brandspuren heute noch deutlich zu sehen sind.

»Hallo«, sagte jemand neben dem Studenten, und er drehte sich um. Er war groß und schlaksig, sie klein mit dunklen, leuchtenden Augen und pummelig wie ein Rebhuhn. »Ich bin Jenny. Ich glaube, wir haben denselben Tutor.«

Der einundzwanzig Jahre alte Student, der nach zwei Studienjahren in Yale im Rahmen eines Austauschprogramms für ein Jahr nach Oxford gekommen war, grinste.

»Hi, ich bin Simon.«

Sie gingen zum Eingang des Colleges hinüber, und der junge Mann schob sein Fahrrad. Er war tags zuvor schon einmal hier gewesen, um sich beim Rektor vorzustellen, aber da war er mit dem Auto gekommen. In der Mitte des überwölbten Durchgangs stellte sich ihnen die liebenswürdige, aber gestrenge Gestalt Tim Ward-Barbers in den Weg.

»Wohl neu am College, Sir?« fragte er.

»Äh, ja«, sagte Simon. »Den ersten Tag, sozusagen.«

»Nun, dann wollen wir einmal die erste Regel lernen, an die sich hier alle halten müssen. Niemals, unter keinen Umständen, auch nicht betrunken, unter Drogen oder im Halbschlaf, schieben, tragen oder fahren wir unsere Fahrräder durch den Bogen in den Innenhof, Sir. Bitte stellen Sie es zu den anderen dort an der Wand.«

An Universitäten gibt es Kanzler, Rektoren, Dekane, Schatzmeister, Professoren, Dozenten, Fellows, Lehrbeauftragte, Assistenten und andere, die den verschiedensten Hackordnungen unterworfen sind. Aber der Oberpförtner eines Colleges gehört unbestritten zur Oberliga. Als ehemaliger Unteroffizier bei den 16/5th Lancers hatte Ward-Barber seine Erfahrungen mit Rekruten. Als die beiden zurückkamen, nickte er gütig und sagte: »Sie wollen zu Dr. Keen, nehme ich an. In der Ecke des Hofs, die Treppen ganz hinauf.«

Als sie in das vollgestopfte Zimmer ihres Tutors für Geschichte des Mittelalters traten und sich vorstellten, nannte Jenny ihn »Professor«, und Simon sprach ihn mit »Sir« an. Dr. Keen strahlte sie über seine Brille hinweg an.

»Also«, sagte er fröhlich, »es gibt zwei Dinge, und nur zwei, die ich nicht dulde. Das eine ist, daß Sie Ihre und meine Zeit vergeuden, das andere, daß mich jemand mit ›Sir‹ anredet. ›Dr. Keen‹ reicht fürs erste völlig, und später promovieren wir dann zu ›Maurice‹. Ach übrigens, Jenny, ich bin auch kein Professor. Professoren haben Lehrstühle, und wie Sie sehen, habe ich noch nicht einmal einen normalen Stuhl, jedenfalls keinen, der nicht kaputt wäre.«

Er zeigte unbekümmert auf das Sortiment gebrechlicher Polstermöbel, auf denen seine Studenten saßen, und bat die beiden, es sich bequem zu machen. Simon ließ sich in einem Queen-Anne-Sessel ohne Beine nieder, in dem er eine Handbreit über dem Boden saß, und gemeinsam begannen sie über Jan Hus und die hussitische Revolution im mittelalterlichen Böhmen nachzudenken. Simon grinste. Er wußte, es würde ihm in Oxford gefallen.

Es war purer Zufall, daß Cyrus V. Miller bei einer Wohltätigkeits-Dinnerparty in Austin, Texas, neben Lionel Cobb zu sitzen kam. Er verabscheute solche Essen und drückte sich normalerweise vor ihnen; dieses wurde jedoch für einen örtlichen Politiker veranstaltet, und Miller wußte, wie wertvoll es war, überall in der Politik Gutes zu tun, um später, wenn man seinerseits einen Gefallen brauchte, darauf zurückkommen zu können. Er war entschlossen, seinen Nebenmann, der nicht im Ölgeschäft war, zu ignorieren, bis Cobb eine Bemerkung fallen ließ, aus der hervorging, daß er den Nantucket-Vertrag und den Mann dahinter, John F. Cormack, radikal ablehnte.

»Dieser gottverfluchte Vertrag darf nicht zustande kommen«, sagte Cobb. »Man muß den Kongreß irgendwie dazu bringen, daß er ihn nicht ratifiziert.«

Die Nachricht des Tages war, daß der Vertrag im letzten Entwurfsstadium sei, im April von den Botschaftern in Washington und Moskau unterzeichnet, nach der Sommerpause im Oktober in Moskau vom Zentralkomitee ratifiziert und noch vor Jahresende dem Kongreß vorgelegt werden würde.

»Glauben Sie denn, der Kongreß *wird* ihn ablehnen?« fragte Miller vorsichtig. Der Rüstungsindustrielle sah düster in sein fünftes Glas.

»Nein«, sagte er. »Tatsache ist, daß der Mann auf der Straße Abrüstung immer phantastisch findet und daß Cormack mit seinem Charisma es notfalls fertigbringt, die Sache allein durchzuboxen. Ich kann den Kerl nicht ausstehen, aber so ist es nun mal.«

Miller bewunderte seinen Realismus im Angesicht der Niederlage.

»Kennen Sie schon die Einzelheiten des Abkommens?« fragte er ihn.

»Nicht alles, aber genug«, erwiderte Cobb. »Die Verteidigungsmittel sollen um zig Milliarden gekürzt werden.«

»Gibt es viele, die so denken wie Sie?« fragte Miller. Cobb war zu betrunken, um zu merken, worauf der andere hinauswollte.

»Praktisch die ganze Rüstungsindustrie«, knurrte er. »Wir müssen uns darauf gefaßt machen, daß ganze Betriebe stillgelegt werden.«

»Hm. Ein Jammer, daß Michael Odell nicht unser Präsident ist«, sinnierte Miller.

Der Mann von der Zodiac Inc. lachte grell.

»Ein Traum. Es ist bekannt, daß er gegen Abrüstung ist. Aber er wird Vize bleiben, und Cormack bleibt Präsident.«

»Sind Sie sich da so sicher?« fragte Miller leise.

Ende des Monats trafen sich Cobb, Moir und Salkind mit Scanlon und Miller zu einem privaten Abendessen auf Millers Einladung in einer abgeschiedenen Luxus-Suite im *Remington Hotel* in Houston. Bei Brandy und Kaffee lenkte Miller die Gedanken der anderen auf das Thema von John F. Cormacks Verbleiben im Weißen Haus.

»Er muß weg«, tönte Miller. Die anderen nickten beifällig.

»Ermordung ist bei mir nicht drin«, sagte Salkind eilig. »Überhaupt, man weiß ja, wie das mit Kennedy war. Sein Tod hat bloß dazu geführt, daß jedes Bürgerrechtsgesetz im Kongreß verabschiedet wurde, das er selbst nicht durchbringen konnte. Absolut kontraproduktiv, falls das der Zweck des Attentats war. Und dann war es ausgerechnet Johnson, der das alles rechtskräftig gemacht hat.«

»Ich stimme Ihnen zu«, sagte Miller. »Eine solche Handlungsweise ist undenkbar. Aber es muß eine Möglichkeit geben, ihn zum Rücktritt zu zwingen.«

»Nämlich welche?« fragte Moir herausfordernd. »Wie zum Teufel soll das irgend jemand erreichen? Der Mann ist unangreifbar. Der hat nicht einen einzigen Skandal auf dem Kerbholz. Davon hat sich die Partei überzeugt, bevor sie ihn nominierte.«

»Aber es muß doch irgend etwas geben«, sagte Miller. »Irgendeinen schwachen Punkt. Wir haben die nötige Entschlossenheit, wir haben die Kontakte, wir haben das Geld. Wir brauchen einen Planer.«

»Und wie wär's mit Ihrem Mann, dem Oberst?« fragte Scanlon.

Miller schüttelte den Kopf.

»Der würde immer noch jeden amerikanischen Präsidenten als seinen Oberbefehlshaber ansehen. Nein, ein anderer ... irgendwo da draußen ...«

Der Mann, an den er dachte und den er finden mußte, war ein Abtrünniger – raffiniert, rücksichtslos, intelligent und nur dem Geld verpflichtet.

3. Kapitel

März 1991

Dreißig Meilen nordwestlich von Oklahoma City liegt das Gefängnis El Reno, in der Amtssprache eine »Bundes-Strafanstalt«. Unter Brüdern gilt es als eines der am strengsten geführten Zuchthäuser Amerikas. An einem eisigen Tag im März ging im Morgengrauen eine kleine Tür im furchteinflößenden Haupttor des Komplexes auf, und ein Mann trat heraus.

Er war mittelgroß, übergewichtig, bleich, abgebrannt und völlig verbittert. Er blickte sich um, sah wenig (es gibt dort kaum etwas zu sehen) und schlug den Weg Richtung Stadt ein. Hoch über ihm beobachteten ihn unsichtbare Augen in den Wachtürmen und sahen dann gelangweilt weg. Aus einem geparkten Auto beobachteten ihn andere Augen sehr viel intensiver. Die verlängerte Limousine parkte in diskretem Abstand vom Haupteingang. Der Mann, der durch das Heckfenster des Wagens spähte, setzte den Feldstecher ab und murmelte: »Er kommt auf uns zu.«

Zehn Minuten später kam der Dicke an dem Auto vorbei, warf einen Blick darauf und ging weiter. Aber er war ein gewiefter Profi und hatte längst seine Antennen ausgefahren. Als er hundert Yards weg war, begann der Motor der Limousine leise zu surren, sie fuhr an und hielt neben ihm. Ein junger Mann stieg aus, gepflegt, sportlich, sympathisch.

»Mr. Moss?«

»Wen interessiert das?«

»Meinen Arbeitgeber, Sir. Er bittet Sie um eine Unterredung.«

»Namen hat er wohl keinen?« fragte der Dicke.

Der andere lächelte.

»Noch nicht, Sir. Aber wir haben einen gut geheizten Wagen und ein Privatflugzeug und meinen es gut mit Ihnen. Mal ehrlich, Mr. Moss, Sie wissen doch nicht, wo Sie hin sollen, stimmt's?«

Moss überlegte. Der Wagen und der Mann rochen weder nach der Company (der CIA) noch nach dem Bureau (dem FBI), seinen Erzfeinden. Und er wußte tatsächlich nicht, wohin. Er stieg hinten ein, der junge Mann setzte sich neben ihn, und der Wagen fuhr an, aber nicht in Richtung Oklahoma City, sondern zum Flughafen Wiley Post im Nordwesten.

Im Jahre 1966, mit fünfundzwanzig Jahren, war Irving Moss als junger CIA-Beamter der Besoldungsgruppe GS12 von den Vereinigten Staaten nach Vietnam versetzt worden und arbeitete im Rahmen des von der CIA geleiteten Programms Phoenix. Das waren die Jahre, in denen die »Special Forces«, die »Green Berets«, ihre bis dahin ziemlich erfolgreichen, auf Erziehung und Aufklärung beruhenden Programme im Mekong-Delta nach und nach an die südvietnamesische Armee übergeben hatten, die sich dann der Aufgabe, der Landbevölkerung die Unterstützung der Vietkong »auszureden«, mit erheblich weniger Geschick und Menschlichkeit widmete. Die Phoenix-Leute mußten sich mit der südvietnamesischen Armee zusammentun, während sich die »Green Berets« mehr und mehr auf Auffindungs- und Vernichtungsmissionen verlegten und oft gefangene Vietkong oder bloße Verdächtige zur Befragung durch die Südvietnamesen unter Aufsicht der Phoenix-Leute anbrachten. Dabei entdeckte Moss seine geheime Vorliebe und sein eigentliches Talent.

Als junger Mann hatte ihn sein Mangel an sexuellen Gefühlen verwirrt und deprimiert, und er dachte immer noch mit Erbitterung an die Hänseleien, die er als Teenager über sich ergehen lassen mußte. Verblüfft – in den fünfziger Jahren waren die Teenager noch vergleichsweise naiv – hatte ihn auch die Beobachtung, daß ihn der Schrei eines Menschen auf der Stelle in Erregung versetzen konnte. Für einen Mann wie ihn waren die verschwiegenen, keine Fragen stellenden Dschungel Vietnams ein Paradies. Allein mit seiner kleinen vietnamesischen Einheit, hatte er sich selbst zum Hauptzuständigen für Verhöre von Verdächtigen ernennen können, wobei ihm zwei gleichgesinnte südvietnamesische Stabsunteroffiziere zur Seite standen.

Es waren drei schöne Jahre für ihn gewesen, die eines Tages im Jahre 1969 jäh endeten, als ein hochgewachsener hagerer junger Sergeant der »Green Berets« unversehens aus dem Dschungel aufgetaucht war; sein linker Arm blutete, und sein Vorgesetzter hatte ihn zur Versorgung der Wunde zurückgeschickt. Der junge Krieger hatte sich nur ein paar Sekunden angesehen, was Moss angerichtet hatte, sich dann wortlos umgedreht und ihm einen gewaltigen Faustschlag mitten ins Gesicht versetzt. Die Militärärzte in Da Nang hatten ihr Bestes getan, aber die Knochen der Nasenscheidewand waren so stark zertrümmert, daß er nach Japan gebracht werden mußte. Trotz der kunstgerechten Operation war seine Nase jedoch immer noch breiter und platter als vorher, und die Nasengänge waren seither so beschädigt, daß er beim Atmen pfiff und schniefte, vor allem wenn er aufgeregt war.

Er sah den Sergeant nie wieder, einen offiziellen Bericht hatte es nicht gegeben, und es gelang ihm, seine Spuren zu verwischen und bei der CIA zu bleiben. Bis 1983. In jenem Jahr war er, inzwischen mehrmals befördert, an der Unterstützung der Contra-Bewegung in Honduras durch die CIA beteiligt, und ihm unterstanden mehrere Dschungelcamps an der Grenze zu Nicaragua, von denen aus die Contras, viele von ihnen ehemalige Bedienstete des gestürzten Diktators Somoza, sporadische Einfälle in das Land unternahmen, das sie früher beherrscht hatten. Eines Tages war eine dieser Gruppen mit einem dreizehnjährigen Jungen zurückgekehrt. Kein Sandinist, nur irgendein Bauernkind.

Das Verhör fand in einer Lichtung im Busch knapp eine Viertelmeile vom Camp der Contras entfernt statt, aber in der windstillen tropischen Nacht waren die unmenschlichen Schreie bis ins Camp zu hören. Keiner konnte schlafen. In den frühen Morgenstunden hörten die Schreie endlich auf. Moss ging wie im Drogenrausch ins Camp zurück, warf sich auf sein Feldbett und fiel in tiefen Schlaf. Zwei der nicaraguanischen Gruppenführer schlichen sich aus dem Camp, gingen in den Busch, kehrten nach zwanzig Minuten zurück und verlangten den Kommandanten zu sprechen. Oberst Rivas empfing sie in seinem Zelt, wo er beim Licht einer Petroleumlampe Berichte schrieb. Die zwei Guerillakämpfer sprachen mehrere Minuten mit ihm.

»Mit dem können wir nicht arbeiten«, sagte schließlich der eine. »Wir haben mit den anderen gesprochen. Sie meinen das auch, Oberst.«

»*Es un malsano*«, fügte der andere hinzu. »*Un animal.*«

Oberst Rivas seufzte. Er hatte früher zu Somozas Todesschwadronen gehört, hatte so manchen Gewerkschafter oder Regimegegner aus dem Bett gezerrt. Er hatte ein paar Exekutionen mit angesehen, sogar aktiv teilgenommen. Aber Kinder... Er griff nach seinem Funkgerät. Eine Meuterei oder eine Massendesertion hätte ihm gerade noch gefehlt. Kurz nach Tagesanbruch landete ein amerikanischer Militärhubschrauber im Camp, und ein untersetzter dunkelhaariger Mann stieg aus, bei dem es sich um den neuernannten stellvertretenden Chef der lateinamerikanischen Sektion der CIA handelte, der zufällig auf einer Besichtigungstour durch seinen neuen Amtsbezirk war. Rivas eskortierte den Amerikaner in den Busch, und auch sie kamen nach ein paar Minuten zurück.

Irving Moss erwachte, weil jemand gegen die Beine seines Feldbetts trat. Mit trüben Augen sah er einen Mann in einem grünen Kampfanzug, der auf ihn herabschaute.

»Moss, Sie fliegen raus«, sagte der Mann.

»Wer zum Teufel sind Sie?« fragte Moss. Er erfuhr es. »Ach, einer von *denen*«, sagte er verächtlich.

»Genau, einer von *denen.* Und Sie fliegen raus. Aus Honduras und aus der CIA.« Er zeigte Moss ein Schreiben.

»Das ist nicht von Langley«, protestierte Moss.

»Nein«, sagte der Mann, »das ist von mir. Und *ich* komme von Langley. Packen Sie Ihr Zeug zusammen und sehen Sie zu, daß Sie in den Hubschrauber kommen.«

Eine halbe Stunde später sah David Weintraub zu, wie der Helikopter in den Morgenhimmel entschwebte. In Tegucigalpa mußte sich Moss beim Stationschef melden, der kalt und abweisend war und ihn persönlich zu der Maschine begleitete, die ihn nach Miami und dann nach Washington brachte. Langley bekam er gar nicht mehr zu sehen. In Washington wurde er am Flughafen abgeholt, man händigte ihm seine Papiere aus und gab ihm den guten Rat, sich nie mehr blicken zu lassen. Fünf Jahre arbeitete er als gefragter Spezialist für immer unappetitlichere nahöstliche und zentralamerikanische Diktatoren, und dann organisierte er Drogentransporte für Noriega von Panama. Das war ein Fehler. Die amerikanischen Drogenfahnder setzten ihn auf ihre Liste der meistgesuchten Personen.

Eines Tages im Jahre 1988 traten ihm auf dem Londoner Flughafen Heathrow zwei verdächtig höfliche britische Gesetzeshüter in den Weg und baten ihn um eine kurze Unterredung. Die »Unterredung« betraf eine versteckte Handfeuerwaffe in seinem Gepäck. Das normale Auslieferungsverfahren wurde in Rekordzeit abgewickelt, und drei Wochen später betrat er wieder amerikanischen Boden. Er bekam drei Jahre. Da er nicht vorbestraft war, hätte er durchaus in eine »weiche« Haftanstalt kommen können. Aber während er noch auf sein Urteil wartete, trafen sich zwei Männer in aller Stille zum Lunch in Washingtons exklusivem Metropolitan Club.

Der eine war ein untersetzter Mann namens Weintraub, der inzwischen zum stellvertretenden Einsatzleiter der CIA aufgestiegen war. Der andere war Oliver »Buck« Revell, ein hochgewachsener ehemaliger Marineflieger, der es zum verantwortlichen stellvertretenden Direktor der Untersuchungen beim FBI gebracht hatte. In seiner Jugend war er außerdem Football-Spieler gewesen, aber nicht lange genug dabeigeblieben, um sich das Gehirn zermanschen zu lassen. Etliche Leute im Hoover Building waren sogar der Meinung, daß es noch recht gut funktionierte. Weintraub wartete ab, bis Revell mit seinem Steak fertig war, und zeigte ihm dann eine Akte und ein paar Fotos. Revell blätterte die Akte durch und sagte einfach: »Ich verstehe.« Unerklärlicherweise mußte Moss seine drei Jahre in El Reno absitzen, wo auch einige der brutalsten Mörder, Vergewaltiger und Erpresser untergebracht waren, die in Amerika hinter Schloß und Riegel sitzen. Als er entlassen wurde, war er besessen von einem krankhaften Haß auf die CIA, das FBI und die Briten, um nur die drei Wichtigsten zu nennen.

Auf dem Flugplatz Wiley Post wurde die Limousine durch das Haupttor gewinkt und hielt neben einem wartenden Learjet. Außer ihrer Zulassungsnummer, die Moss sich sofort einprägte, trug die Maschine keine Aufschrift. Binnen fünf Minuten war sie in der Luft und flog in eine Richtung, die von einem exakten Südkurs nur geringfügig nach Westen abwich. Moss konnte die ungefähre Flugrichtung nach dem Stand der Morgensonne bestimmen. Es ging nach Texas, soviel war klar.

Am Stadtrand von Austin beginnt das von den Texanern so genannte Hill Country, und hier hatte der Besitzer der Pan Global seinen Landsitz, ein achttausend Hektar großes Anwesen in den Vorbergen. Von dem Haus, das nach Südosten ausgerichtet war, hatte man einen weiten Blick über die große texanische Ebene zum entfernten Galveston und dem Golf hin. Abgesehen von einer Vielzahl von Unterkünften für das Hauspersonal, Gästebungalows, einem Swimmingpool und einem Schießstand verfügte der Besitz auch über eine eigene Landebahn, und hier setzte der Learjet kurz vor Mittag auf. Moss wurde zu einem Bungalow unter Jakarandabäumen geführt, bekam eine halbe Stunde, um sich zu duschen, zu rasieren und umzuziehen, und wurde dann ins Haupthaus in ein angenehm kühles Arbeitszimmer mit Ledermöbeln gebeten. Nach zwei Minuten stand ein hochgewachsener alter Mann mit weißem Haar vor ihm. »Mr. Moss?« sagte der Mann. »Mr. Irving Moss?«

»Ja, Sir«, sagte Moss. Er witterte Geld, sehr viel Geld.

»Mein Name ist Miller«, sagte der Mann, »Cyrus V. Miller.«

Die Konferenz fand im Cabinet Room statt, vom Oval Office ein Stück den Gang entlang, vorbei am Büro des Privatsekretärs. Wie die meisten Leute hatte sich Präsident John F. Cormack gewundert, wie klein das Oval Office war, als er es zum erstenmal gesehen hatte. Der Cabinet Room mit seinem großen achteckigen Tisch unter Stuarts Bildnis von George Washington bot mehr Platz zum Ausbreiten von Unterlagen und Aufstützen von Ellbogen.

Für diesen Vormittag hatte John F. Cormack sein aus engen, vertrauten Freunden und Beratern bestehendes Inneres Kabinett zur Beratung des endgültigen Entwurfs für den Nantucket-Vertrag gebeten. Die Details waren ausgearbeitet, die Kontrollverfahren überprüft, die Experten hatten widerwillig ihre Zustimmung erteilt – oder auch nicht, wie im Falle von zwei ranghohen Generälen und drei Pentagon-Mitarbeitern, die den Rücktritt vorgezogen hatten –, aber Cormack wollte noch letzte Kommentare aus seinem engsten Beraterkreis.

Er war sechzig Jahre alt, auf dem Höhepunkt seiner geistigen Kräfte und seiner politischen Macht und genoß ungeniert die Popularität und Autorität seines Amtes, auf das er sich nie Hoffnungen gemacht hatte. Als im Sommer 1988 eine Krise die Republikanische Partei erfaßte, hatten die zuständigen Parteigremien verzweifelt nach jemandem gesucht, der als Kandidat einspringen konnte. Schließlich waren sie auf diesen Kongreßabgeordneten aus Connecticut gestoßen, den Sproß einer wohlhabenden neuenglischen Patrizierfamilie, der sich dafür entschieden hatte, sein Vermögen sicher anzulegen und Professor an der Cornell University zu werden, bevor er sich Ende Dreißig der Politik in seinem Heimatstaat Connecticut zugewandt hatte.

Auf dem liberalen Flügel seiner Partei angesiedelt, war John F. Cormack landesweit so gut wie unbekannt gewesen. Freunde kannten ihn als entscheidungsfreudig, aufrichtig und menschenfreundlich und hatten den Parteiführern versichert, er sei so »sauber« wie frischgefallener Schnee. Er gehörte nicht zu den Politikern, die immer wieder im Fernsehen auftreten – mittlerweile ein unerläßliches Attribut jedes Kandidaten –, aber die Partei entschied sich trotzdem für ihn. Für die Medien war er ein hoffnungsloser Fall. Doch dann war in den vier Monaten einer vehementen Kampagne alles anders geworden. Cormack hatte gegen die überlieferten Regeln verstoßen, hatte unerschrocken in die Kamera geblickt und jede Frage ohne Umschweife beantwortet, angeblich der sicherste Weg ins Desaster. Er verdarb es sich mit einigen Leuten, die aber überwiegend rechtsgerichtet waren und ohnehin ihre Stimmen niemand anderem geben konnten. Und auf sehr viel mehr Leute machte er einen hervorragenden Eindruck. Der Protestant mit dem nordirischen Namen hatte als Bedingung für seine Kandidatur ausgebeten, sich seinen Vizepräsidenten selbst aussuchen zu dürfen, und seine Wahl war auf Michael Odell gefallen, einen katholischen Texaner, der auf seine irische Abstammung stolz war.

Die beiden waren grundverschieden. Odell stand viel weiter rechts als Cormack und war Gouverneur seines Staates gewesen. Cormack mochte einfach den Kaugummi kauenden Mann aus Waco und vertraute ihm. Aus irgendwelchen Gründen war das Gespann angekommen; die Wähler entschieden sich mit knapper Mehrheit für den Mann, den die Presse ebenso gern wie unzutreffend mit Woodrow Wilson verglich, Amerikas letztem Professor im Präsidentenamt, und für seinen Partner, der dem Fernsehkommentator Dan Rather mit breitem Südstaatler-Akzent unverblümt mitteilte: »Ich bin nicht immer einer Meinung mit meinem Freund John F. Cormack, aber was soll's, wir sind in Amerika, und ich schlage jeden nieder, der ihm das Recht absprechen will, seine Meinung zu sagen.«

Es funktionierte. Das Gespann aus dem grundsoliden Neuengländer mit der eindrucksvollen, überzeugenden Sprache und dem scheinbar volkstümlichen Südweststaatler zog die entscheidenden Stimmen der schwarzen, hispano-amerikanischen und irischen Wähler auf sich und gewann. Seit seinem Amtsantritt hatte Cormack Odell bewußt in die Entscheidungsbildung auf höchster Ebene einbezogen. Nun saßen sie sich gegenüber, um über einen Vertrag zu reden, von dem Cormack wußte, daß Odell ihn entschieden ablehnte. Auf der Seite des Präsidenten saßen vier weitere enge Vertraute: Außenminister Jim Donaldson, Justizminister Bill Walters, Hubert Reed, der Finanzminister und Morton Stannard, der Verteidigungsminister.

Zu beiden Seiten von Odell saßen Brad Johnson, ein hochintelligenter Schwarzer aus Missouri, der an der Cornell University Verteidigungspolitik gelehrt hatte und jetzt Nationaler Sicherheitsberater war, und Lee Alexander, Direktor der CIA, der ein paar Monate nach Beginn von Cormacks Amtsperiode Richter Bill Webster abgelöst hatte. Er war mit von der Partie, weil sich Amerika in dem Fall, daß die Russen vertragsbrüchig wurden, über seine Satelliten und seine Nachrichtendienste mit ihren Agenten am Boden in kürzester Zeit einen Überblick verschaffen mußte.

Als die acht Männer den endgültigen Vertragstext lasen, hatte keiner von ihnen die geringsten Zweifel, daß es sich dabei um eines der umstrittensten Abkommen handelte, das die Vereinigten Staaten je unterzeichnet hatten. Im Lager der Rechten und in der Rüstungsindustrie und ihren Zulieferbranchen regte sich bereits heftiger Widerstand. Im Jahre 1988, unter Reagan, hatte das Pentagon sich bereit erklärt, die geplanten Ausgaben um 33 Milliarden Dollar zu kürzen und dadurch den Verteidigungsetat auf 299 Milliarden Dollar zu senken. Für die Haushaltsjahre 1990 bis 1994 sollten die Streitkräfte ihre *geplanten* Ausgaben um 37,1, 41,3, 45,3 und 50,7 Milliarden Dollar kürzen. Dadurch wäre jedoch lediglich der *Anstieg* der Verteidigungsausgaben auf zwei Prozent pro Jahr begrenzt worden. Der Nantucket-Vertrag sah dagegen erhebliche absolute *Kürzungen* der Verteidigungsausgaben vor, und da schon die Zuwachsbegrenzungen Probleme verursacht hatten, würde der Nantucket-Vertrag unweigerlich einen Sturm der Entrüstung auslösen.

Der Unterschied war, wie Cormack wiederholt betonte, daß den früheren Beschränkungen der Zuwachsraten keine entsprechenden Kürzungen der Sowjetunion gegenüberstanden. Auf Nantucket hatte sich Moskau dagegen bereit erklärt, seine eigenen Streitkräfte in einem nie dagewesenen Ausmaß zu verringern. Cormack wußte außerdem, daß die Supermächte kaum eine andere Wahl hatten. Seit seinem Amtsantritt hatten er und Reed mit Amerikas ständig steigenden Haushalts- und Handelsbilanzdefiziten zu kämpfen gehabt. Sie drohten außer Kontrolle zu geraten und den Wohlstand nicht nur der Vereinigten Staaten, sondern der gesamten westlichen Welt zu gefährden. Er hatte sich der Diagnose seiner eigenen Experten angeschlossen, daß die Sowjetunion aus anderen Gründen in derselben Lage sei, und Michail Gorbatschow reinen Wein eingeschenkt: Ich muß kürzen, und Sie müssen umverteilen. Die Russen hatten es übernommen, die übrigen Staaten des Warschauer Pakts zu überzeugen; Cormack hatte die NATO für seine Pläne gewonnen, zuerst die Deutschen, dann die Italiener, die kleineren Mitgliedsländer und schließlich die Briten. Und dies waren die wesentlichen Bestimmungen des Vertrages: Land: Die Sowjetunion erklärte sich bereit, ihr stehendes Heer in der Deutschen Demokratischen Republik, also die potentiellen Invasionskräfte für einen Angriff nach Westen über die Norddeutsche Tiefebene, um die Hälfte ihrer einundzwanzig Kampfdivisionen in allen Kategorien zu verringern. Die Einheiten sollten nicht aufgelöst, sondern hinter die polnisch-sowjetische Grenze zurückgezogen und nicht wieder nach Westen verlegt werden. Dies seien alles Divisionen der Kategorie 1. Darüber hinaus würde die Sowjetunion die Personalstärke ihres gesamten Heeres um 40 Prozent verringern. Kommentare? fragte der Präsident. Stannard vom Pentagon, der naturgemäß die stärksten Vorbehalte gegen den Vertrag hatte – die Presse hatte schon Mutmaßungen über seinen bevorstehenden Rücktritt angestellt –, schaute auf.

»Für die Sowjets ist das der wichtigste Teil des Vertrages, weil für sie das Heer die älteste und wichtigste Teilstreitkraft ist«, sagte er, womit er den Vorsitzenden des Führungsstabes der US-Streitkräfte wörtlich zitierte, ohne es zuzugeben. »Für den Mann auf der Straße klingt es phantastisch; die Bürger der BRD sind schon ganz begeistert. Aber der Schein trügt.

Zum einen können die Sowjets nicht 177 Kampfdivisionen, so der jetzige Stand, unterhalten, ohne in großem Umfang auf ihre südlichen Volksgruppen zurückzugreifen – ich meine die Moslems –, und wir wissen, daß sie die am liebsten alle auflösen würden. Zum anderen ist der Alptraum unserer Planer nicht eine riesige Sowjetarmee, sondern ein halb so großes, aber aus Berufssoldaten bestehendes Heer. Ein kleines Berufsheer ist viel nützlicher als eine ungeschlachte Riesenarmee, und die haben sie jetzt.«

»Aber wenn sie wieder in der Sowjetunion sind«, gab Johnson zu bedenken, »können sie nicht in die Bundesrepublik einfallen. Lee, ist es denkbar, daß sie über Polen wieder in die DDR verlegt werden, ohne daß wir es merken?«

»Auf keinen Fall«, sagt der CIA-Chef mit Entschiedenheit. »Abgesehen von den Satelliten, die allerdings durch abgedeckte Lastwagen und Züge irregeführt werden können, bin ich der Ansicht, daß wir und die Briten zu viele Agenten in Polen haben, als daß uns solche Truppenbewegungen entgehen könnten. Außerdem haben auch die Ostdeutschen kein Interesse daran, Kriegsschauplatz zu werden. Wahrscheinlich würden die es uns selber sagen.«

»Gut, aber was geben wir auf?« wollte Odell wissen.

Johnson antwortete ihm. »Einen Teil unserer Truppen, nicht viel. Die Sowjets ziehen zehn Divisionen mit je 15 000 Mann zurück. Wir haben 326 000 Mann in Westeuropa. Wir gehen zum erstenmal seit 1945 unter 300 000. Aber 25 000 von uns gegen 150 000 von ihnen, das läßt sich trotzdem sehen; sechs zu eins, und dabei hatten wir nur vier zu eins angepeilt.«

»Schon«, wandte Stannard ein, »aber wir müssen uns auch verpflichten, unsere beiden neuen schweren Divisionen nicht einzusetzen, die Panzerdivision und die Panzergrenadierdivision.«

»Wieviel würden wir sparen, Hubert?« fragte der Präsident sanft. Er neigte dazu, andere reden zu lassen, aufmerksam zuzuhören, ein paar knappe und in der Regel den Kern treffende Bemerkungen zu machen und dann zu entscheiden. Der Finanzminister war für den Nantucket-Vertrag. Das Abkommen würde es ihm ganz erheblich erleichtern, die Einnahmen- und die Ausgabenseite auszugleichen.

»3,5 Milliarden die Panzerdivision, 3,4 Milliarden die Panzergrenadierdivision«, sagte er, »aber das sind nur die Kosten für die Aufstellung der Divisionen. Danach würden wir jährlich 300 Millionen Dollar an laufenden Kosten einsparen, wenn wir sie nicht hätten. Und jetzt, wo wir auf DESPOT verzichten, kommen noch 17 Milliarden Dollar für die projektierten 300 Einheiten von DESPOT hinzu.«

»Aber DESPOT ist das beste Panzerabwehrsystem der Welt«, protestierte Stannard. »Wir brauchen es, verdammt noch mal.«

»Um Panzer zu knacken, die hinter Brest zurückverlegt wurden?« spottete Johnson. »Wenn die Sowjets ihre Panzer in der DDR halbieren, kommen wir mit dem zurecht, was wir haben, den A-10-Flugzeugen und den bodengestützten Panzerabwehr-Einheiten. Außerdem können wir mit einem Teil der eingesparten Gelder unsere statische Verteidigung verbessern. Das ist nach dem Vertrag erlaubt.«

»Die Europäer sind dafür«, sagte Außenminister Donaldson sanft. »Sie brauchen ihre Truppenstärke nicht zu verringern, aber sie sehen zehn bis elf sowjetische Divisionen verschwinden. Mir scheint, am Boden machen wir das bessere Geschäft.«

»Dann sehen wir uns jetzt einmal die Seestreitkräfte an«, schlug Cormack vor.

Die Sowjetunion hatte sich bereit erklärt, unter Kontrolle ihre halbe U-Boot-Flotte zu vernichten; sämtliche atomgetriebenen Unterseeboote der Klassen Hotel, Echo und November und alle dieselelektrischen Juliets, Foxtrots, Whiskeys, Romeos und Zulus. Allerdings waren, wie Stannard sofort anmerkte, ihre alten Atom-U-Boote bereits veraltet und unsicher – es traten ständig Neutronen und Gammastrahlen aus –, und die anderen, die beseitigt werden sollten, waren ältere Modelle. Die Russen könnten deshalb künftig ihre Mittel und ihre besten Leute auf die Boote der Klassen Sierra, Mike und Akula konzentrieren, die technisch viel leistungsfähiger und deshalb gefährlicher seien.

Trotzdem räumte er ein, daß 158 Unterseeboote kein Pappenstiel seien und daß die Zahl der potentiellen Ziele der amerikanischen U-Boot-Bekämpfung sich drastisch verringern würde; dadurch würde es leichter, Konvois nach Europa zu schaffen, falls der Ernstfall einmal eintreten sollte.

Sie wußten alle, daß die zur Beseitigung vorgesehenen U-Boote Angriffs-U-Boote gegen Seeziele waren. Die Flugkörper-U-Boote wurden nicht erwähnt, teils deshalb, weil Atomwaffen unter den Vertrag über die Beseitigung strategischer Atomwaffen von 1989 fielen, den Nachfolger des INF-Vertrags von 1988, teils deshalb, weil die russischen Flugkörper-U-Boote nach der Sprachregelung des Marineministeriums »nicht ernstzunehmen« waren. Die Atomwaffen der Sowjetunion sind von jeher hauptsächlich landgestützt, und zwar aus einem typisch russischen Grund. Großbritannien und Amerika lassen ihre U-Boot-Kapitäne monatelang »spazierenfahren«, wobei sie sich und ihre Position nie bekanntzugeben brauchen. Sie vertrauen ihren Kapitänen. Die Sowjets wagen das nicht, obwohl Politoffiziere, die vielgehaßten Zampolits, an Bord ihrer U-Boote sind. Die russischen U-Boote müssen deshalb alle vierundzwanzig Stunden eine Antenne ausfahren und »Wir sind hier, Mutter« schreien, woraufhin die Amerikaner dankbar die Position notieren und den Kurs des Bootes verfolgen.

Schließlich hatte Moskau sich bereit erklärt, die ersten ihrer vier Flugzeugträger der Kiew-Klasse zu verschrotten und keine neuen zu bauen – ein eher unbedeutendes Zugeständnis, denn es hatte sich bereits gezeigt, daß die Flugzeugträger zu teuer im Unterhalt waren.

Der dickste Brocken in jedem Haushalt für konventionelle Verteidigung sind die Flugzeugträger. Es beginnt mit einem Flugzeugträger für vier Milliarden Dollar, der mit achtzig Flugzeugen bestückt ist, die in der Grundausstattung 30 Millionen und mit Waffensystemen 40 Millionen Dollar kosten – *pro Stück*. Hinzu kommt die Sicherung, bestehend aus Flugkörperzerstörern, Flugkörperfregatten und U-Jagd-Hubschraubern, getauchten Angriffs-U-Booten sowie Orion-P-3-Seefernaufklärern für U-Boot-Ortung, die ihn in größerem Abstand umkreisen. Nach dem Nantucket-Vertrag durften die Vereinigten Staaten die neu in Dienst gestellten Flugzeugträger *Abraham Lincoln* und *George Washington* behalten, würden aber *Midway* und *Coral Sea* (die ohnehin hatten ausgemustert werden sollen, was man aber hinausgeschoben hatte, um sie noch in den Vertrag einbeziehen zu können) sowie die nächstältesten, *Forrestal* und *Saratoga*, verschrotten müssen, einschließlich ihrer Flugzeuggeschwader. Wenn diese Geschwader einmal außer Dienst gestellt waren, würde es drei bis vier Jahre dauern, sie wieder einsatzbereit zu machen.

»Die Russen werden sagen, sie hätten unsere Fähigkeit, einen Schlag gegen ihr Land zu führen, um 18 Prozent verringert«, schimpfte Stannard, »und sie selbst haben bloß 158 U-Boote aufgegeben, die ohnehin kaum zu unterhalten waren.«

Aber das Kabinett, beeindruckt von der Aussicht auf Einsparungen in Höhe von mindestens 20 Milliarden Dollar jährlich, zur Hälfte beim Personal und zur Hälfte beim Material, stimmte mit Ausnahme von Odell und Stannard dem die Marine betreffenden Teil des Vertrages zu. Der wichtigste Bereich waren die Luftstreitkräfte. Cormack wußte, daß dieser Bereich für Gorbatschow den Ausschlag geben würde. Per Saldo kamen die Vereinigten Staaten zu Lande und zu Wasser besser weg, da sie keine Aggressionsabsichten hegten; sie wollten nur die Garantie dafür haben, daß es der Sowjetunion künftig unmöglich sein würde, ihrerseits einen Angriffskrieg zu führen. Aber im Gegensatz zu Stannard und Odell wußten Cormack und Donaldson, daß viele Sowjetbürger der festen Überzeugung waren, der Westen werde sich eines Tages auf ihr Land stürzen, und dazu gehörten auch die führenden Politiker.

Nach dem Nantucket-Vertrag würde der Westen auf den amerikanischen taktischen TFX-Jäger oder F-18 verzichten, ebenso auf das europäische Mehrzweckkampfflugzeug, ein Gemeinschaftsprojekt von Italien, der Bundesrepublik Deutschland, Spanien und Großbritannien; Moskau würde dafür die weitere Entwicklung der MiG-31 einstellen. Zum alten Eisen werfen würden sie auch den Bomber Blackjack, die Tupolew-Version des amerikanischen B-1-Bombers, sowie die Hälfte ihrer Tankerflugzeuge, wodurch sich die strategische Bedrohung aus der Luft für den Westen erheblich verringern würde.

»Und woher wissen wir, daß sie den Backfire nicht irgendwo anders bauen?« fragte Odell.

»Wir werden offizielle Inspektoren in der Tupolew-Fabrik haben«, erwiderte Cormack. »Sie können ja wohl kaum irgendwo anders eine neue Tupolew-Fabrik bauen. Stimmt's, Lee?«

»Ja, Mr. President«, bestätigte der Direktor der CIA. Er machte eine Pause. »Außerdem haben wir unter den leitenden Angestellten bei Tupolew den einen oder anderen Verbindungsmann sitzen.«

»Aha«, sagte Donaldson beeindruckt. »Aber als Diplomat will ich nichts davon wissen.« Mehrere der Anwesenden grinsten. Donaldson galt als überaus korrekt.

Präsident Cormack hielt auf Tradition, was die persönliche Anrede betraf. Er hatte etwas dagegen, daß sich Leute, die sich kaum zehn Minuten kannten, gleich mit dem Vornamen anredeten. Er selbst nannte zwar alle seine Kabinettskollegen beim Vornamen, aber diese hielten sich grundsätzlich an »Mr. President«. Privat sagten nur Odell, Reed, Donaldson und Walters »John« zu ihm. Sie alle kannte er schon sehr lange.

Die bittere Pille im Luftwaffenteil des Nantucket-Vertrages war für Amerika, daß es auf den B-2A-Bomber »Stealth« verzichten mußte, ein Flugzeug mit revolutionären Eigenschaften, denn es war so konstruiert, daß es unbemerkt jede Radarsicherung durchfliegen und seine Atombomben abwerfen konnte, wie und wo es wollte. Es jagte den Russen eine Heidenangst ein. Für Michail Gorbatschow war das ein Zugeständnis von seiten der Vereinigten Staaten, das die Ratifizierung des Nantucket-Vertrages möglich machte. Außerdem würde die UdSSR sich dadurch *mindestens* 300 Milliarden Rubel sparen, die sie sonst dafür hätte aufwenden müssen, die Luftverteidigung, die ja jeden bevorstehenden Angriff auf das Mutterland entdecken sollte, von Grund auf neu zu organisieren. *Das* war das Geld, das Gorbatschow lieber in neue Fabrikanlagen, in Technologien und in Öl investieren wollte.

Für Amerika war Stealth ein 40-Milliarden-Projekt, dessen Wegfall gewaltige Einsparungen, andererseits aber den Verlust von 50 000 Arbeitsplätzen in der Rüstungsindustrie mit sich bringen würde, weshalb man einen Teil der eingesparten Mittel für die Gründung neuer Firmen in veraltenden Industriezweigen würde ausgeben müssen, um die negativen Folgen für die Betroffenen und die Volkswirtschaft möglichst gering zu halten.

»Vielleicht sollten wir doch lieber weitermachen wie bisher und das Pack in den Bankrott treiben«, schlug Odell vor.

»Michael«, sagte Cormack nachsichtig, »dann müßten sie einen Krieg anfangen.«

Nach zwölf Stunden billigte das Kabinett den Nantucket-Vertrag, und es begann die mühselige Arbeit, den Kongreß, die Industrie, die Finanzwelt, die Medien und das Volk davon zu überzeugen, daß die Entscheidung richtig war. So ist die Demokratie. Der Verteidigungshaushalt war um 100 Milliarden Dollar gekürzt worden.

Bis Mitte Mai hatten sich die fünf Männer, die im Januar gemeinsam im *Remington Hotel* diniert hatten, auf Millers Vorschlag zur Alamo-Gruppe zusammengeschlossen, zum Andenken an die Männer, die im Jahre 1836 im Alamo gegen die mexikanischen Truppen von General Santa Anna für die Unabhängigkeit von Texas gekämpft hatten. Das Projekt, die Monarchie Saudi-Arabiens zu stürzen, hatten sie Bowie-Plan genannt, nach dem Messerkämpfer Jim Bowie, der im Alamo ums Leben gekommen war. Die Absicht, Präsident Cormacks Ansehen durch eine Flüsterkampagne in den Lobbys, den Medien, in der Bevölkerung und im Kongreß zu untergraben, erhielt den Decknamen Crockett-Plan, nach Davy Crockett, dem Pionier und Indianerkämpfer, der ebenfalls dort gefallen war. Diesmal trafen sie sich, um über den Plan von Irving Moss zu beraten, John F. Cormack einen so schweren Schlag zu versetzen, daß er Rücktrittsforderungen keinen Widerstand mehr entgegensetzen würde. Dafür hatten sie sich den Namen Travis-Plan ausgedacht, zu Ehren des Mannes, der Alamo befehligt hatte.

»Da sind Sachen drin, bei denen wird mir übel«, sagte Moir, indem er auf sein Exemplar tippte.

»Mir geht's genauso«, sagte Salkind. »Die letzten vier Seiten. Müssen wir wirklich so weit gehen?«

»Meine Herren, liebe Freunde«, polterte Miller, »ich kann Ihre Besorgnis, ja Ihren Abscheu verstehen. Aber bitte halten Sie sich vor Augen, was auf dem Spiel steht. Nicht nur wir, sondern ganz Amerika schwebt in tödlicher Gefahr. Sie haben gesehen, zu welchen Bedingungen der Judas im Weißen Haus bereit ist, unser Land seiner Verteidigung zu entblößen, um den Antichristen in Moskau gnädig zu stimmen. Dieser Mann muß gehen, bevor er dieses unser geliebtes Land zerstört und uns alle ruiniert. Vor allem Sie, meine Herren, die Sie vor dem Bankrott stehen. Überdies versichert mir Mr. Moss hier im Hinblick auf die letzten Seiten, daß es niemals so weit kommen wird. Cormack wird zurücktreten, bevor das nötig ist.«

Irving Moss saß in einem weißen Anzug am Ende des Tisches und schwieg. Teile seines Plans hatte er nicht einmal schriftlich fixiert, Dinge, die er nur unter vier Augen mit Miller besprechen konnte. Er atmete durch den Mund, um das leise Pfeifen zu vermeiden, das seine Nase sonst erzeugt hätte. Miller erschreckte sie plötzlich alle.

»Freunde, laßt uns den Beistand dessen erflehen, der alles versteht. Laßt uns gemeinsam beten.«

Ben Salkind warf Peter Cobb einen raschen Blick zu, doch der zog nur die Augenbrauen hoch. Cyrus V. Miller legte beide Hände flach auf den Tisch, schloß die Augen und hob das Gesicht zur Decke. Er brachte es nicht über sich, den Kopf zu senken, nicht einmal, wenn er mit dem Allmächtigen sprach. Schließlich waren sie enge Vertraute.

»O Herr«, begann der Ölmagnat salbungsvoll, »höre uns, wir bitten Dich, höre uns aufrechte, getreue Söhne dieses glorreichen Landes, das Du erschaffen und uns zu treuen Händen anvertraut hast. Führe unsere Hände, stärke unsere Herzen, erfülle sie mit dem Mut, das Werk zu vollenden, das vor uns liegt und das, dessen sind wir gewiß, Deinen Segen hat. Hilf uns, dieses Dein auserwähltes Land und dieses Dein auserwähltes Volk zu retten ...«

Mehrere Minuten setzte er diese Litanei fort und hängte dann noch ein paar Schweigeminuten an. Als er das Gesicht senkte und die fünf Männer musterte, die bei ihm waren, brannte in seinen Augen die Gewißheit derer, die keinen Zweifel kennen.

»Meine Herren, Er hat gesprochen. Er ist auf unserer Seite. Wir müssen vorwärts gehen, nicht zurück, für unser Land und unseren Gott.«

Die anderen fünf hatten kaum eine andere Wahl, als zustimmend zu nicken. Eine Stunde später sprach Irving Moss alleine mit Miller in dessen Arbeitszimmer. Es gebe noch zwei Dinge, die unerläßlich seien, die aber er, Moss, nicht beschaffen könne. Das eine sei ein hochkomplexes technisches Gerät aus der Sowjetunion, das andere eine geheime Informationsquelle in den innersten Gremien des Weißen Hauses. Er erläuterte die Gründe. Miller nickte nachdenklich.

»Ich werde mich um beides kümmern«, sagte er. »Sie haben Ihr Budget und den Vorschuß auf Ihr Honorar. Setzen Sie den Plan unverzüglich in die Tat um.«

Oberst Easterhouse wurde in der ersten Juniwoche von Miller empfangen. Er hatte in Saudi-Arabien alle Hände voll zu tun gehabt, aber Millers Aufforderung war unmißverständlich gewesen, und so flog er von Dschiddah über London nach New York und von dort sofort weiter nach Dallas. Ein Auto holte ihn pünktlich ab und fuhr ihn zum Privatflugplatz W. P. Hobby südöstlich der Stadt, von wo ihn der Learjet zu der Ranch brachte, die er noch nicht kannte. Sein Bericht über den Fortgang der Arbeiten war optimistisch und wurde mit Genugtuung aufgenommen.

Er konnte vermelden, daß sein Mittelsmann in der Religiösen Polizei enthusiastisch auf die Aussicht eines Regierungswechsels in Riad reagiert und Kontakt mit dem flüchtigen Imam der schiitischen Fundamentalisten aufgenommen hatte, nachdem Easterhouse ihm mitgeteilt hatte, wo der Mann sich versteckt hielt. Die Tatsache, daß der Imam nicht verraten worden war, bewies, daß der Eiferer von der Religiösen Polizei vertrauenswürdig war.

Der Imam hatte sich den Vorschlag angehört – der ihm ohne Nennung von Namen unterbreitet worden war, da er sich niemals damit abgefunden hätte, daß ein Christ wie Easterhouse zum Werkzeug Allahs werden sollte – und war angeblich nicht weniger begeistert.

»Der springende Punkt ist, Mr. Miller, daß die Hisbollah-Fanatiker bis jetzt noch keinen Versuch gemacht haben, sich den Leckerbissen Saudi-Arabien einzuverleiben, sondern es zunächst damit probiert haben, den Irak zu besiegen und zu annektieren, womit sie jedoch gescheitert sind. Ihre Zurückhaltung erklärt sich daraus, daß sie – mit Recht – fürchten, ein Versuch, das Haus Saud zu stürzen, würde die bislang unschlüssigen Vereinigten Staaten zu einer brutalen Reaktion provozieren. Die sind von jeher überzeugt, daß Saudi-Arabien ihnen zu gegebener Zeit in den Schoß fallen wird. Der Imam kann sich offenbar mit dem Gedanken befreunden, daß der Frühling nächstes Jahr – der Termin für die Feiern zum diamantenen Jubiläum ist jetzt endgültig auf April festgesetzt – nach Allahs Willen der richtige Moment sein wird.«

Zu dem Fest würden riesige Abordnungen aller siebenunddreißig größeren Stämme des Landes nach Riad strömen, um dem Herrscherhaus die Reverenz zu erweisen. Unter ihnen würden auch die Stämme aus der Region Hasa sein, die Ölarbeiter, die überwiegend der schiitischen Sekte angehörten. Unter sie würden sich die 200 ausgewählten Attentäter des Imam mischen, die unbewaffnet sein würden, bis die Schnellfeuergewehre samt Munition, die in einem von Scanlons Tankern heimlich ins Land gebracht werden sollten, an sie ausgegeben wurden.

Easterhouse konnte schließlich auch berichten, daß ein ranghoher ägyptischer Offizier – die ägyptischen Militärberater spielten in allen technischen Bereichen der saudiarabischen Armee eine entscheidende Rolle – zugesagt hatte, falls sein Land mit seiner riesigen Bevölkerung und seinem chronischen Geldmangel nach dem Coup Zugang zu saudiarabischem Öl bekäme, werde er dafür sorgen, daß schadhafte Munition an die Königliche Garde ausgegeben werde, so daß diese nichts zur Verteidigung ihrer Herren würde tun können.

Miller nickte nachdenklich. »Sie haben gute Arbeit geleistet, Oberst«, sagte er und wechselte dann das Thema. »Was meinen Sie, wie würden die Sowjets auf diese Übernahme Saudi-Arabiens durch Amerika reagieren?«

»Mit äußerster Verwirrung und Besorgnis, könnte ich mir vorstellen«, sagte der Oberst.

»In einem solchen Maße, daß es das Ende des Nantucket-Vertrages bedeuten würde?« wollte Miller wissen.

»Davon würde ich ausgehen«, sagte Easterhouse.

»Welche Gruppe innerhalb der Sowjetunion hätte am meisten Grund, den Vertrag und all seine Bestimmungen abzulehnen und ihn zum Teufel zu wünschen?«

»Der Generalstab«, sagte der Oberst, ohne zu zögern. »Diese Leute sind in der Sowjetunion in einer Lage, die der unserer Führungsstäbe und der Rüstungsindustrie zusammengenommen entspricht. Der Vertrag beschneidet ihre Macht, ihr Ansehen, ihr Budget und ihr Personal um 40 Prozent. Ich kann mir nicht vorstellen, daß ihnen das behagt.«

»Seltsame Verbündete«, philosophierte Miller. »Gibt es irgendeine Möglichkeit zu einer diskreten Kontaktaufnahme?«

»Ich . . . verfüge über gewisse Beziehungen«, sagte Easterhouse vorsichtig.

»Ich möchte, daß Sie sie nutzen«, sagte Miller. »Sagen Sie einfach, es gebe in den Vereinigten Staaten starke Interessen, die dem Nantucket-Vertrag genauso ablehnend gegenüberstehen wie sie, Kreise, die der Ansicht sind, daß der Vertragsabschluß von Amerika aus verhindert werden kann, und an einem Meinungsaustausch interessiert wären.«

Das Königreich Jordanien ist nicht besonders pro-sowjetisch, aber König Hussein muß schon seit langem vorsichtig taktieren, um auf seinem Thron in Amman zu bleiben, und hat gelegentlich auch Waffen von den Sowjets gekauft, obwohl seine Haschemitische Arabische Legion überwiegend mit Waffen aus dem Westen ausgerüstet ist. Immerhin gibt es in Amman eine dreißigköpfige Gruppe sowjetischer Militärberater, die dem Militärattaché bei der sowjetischen Botschaft unterstellt ist. Easterhouse hatte den Mann kennengelernt, als er einmal im Auftrag seiner saudiarabischen Arbeitgeber der Vorführung eines sowjetischen Waffensystems östlich von Akaba beiwohnte. Da Easterhouse auf dem Rückweg über Amman kam, machte er dort Station.

Der Militärattaché, Oberst Kutusow, von dem Easterhouse überzeugt war, daß er dem GRU angehörte, war noch auf seinem alten Posten, und die beiden Männer trafen sich zu einem Dinner unter vier Augen. Der Amerikaner war verblüfft über die schnelle Reaktion. Zwei Wochen später suchte ein Abgesandter ihn in Riad auf und teilte ihm mit, gewisse Herren würden sich glücklich schätzen, unter äußerster Diskretion mit seinen »Freunden« zusammenzutreffen. Der Abgesandte händigte ihm ein dickes Päckchen mit Reiseanweisungen aus, das er ungeöffnet per Kurier nach Houston weiterschickte.

Juli

Von allen kommunistischen Ländern hat Jugoslawien die liberalste Einstellung zum Tourismus, was unter anderem bedeutet, daß die Formalitäten bei der Einreise sich auf eine Paßkontrolle bei der Ankunft auf dem Belgrader Flughafen beschränken. Mitte Juli flogen fünf Männer am selben Tag, aber aus verschiedenen Richtungen und mit verschiedenen Flügen nach Belgrad. Sie kamen mit Linienmaschinen aus Paris, Rom, Wien, London und Frankfurt. Da sie alle amerikanische Staatsbürger waren, hatte auch keiner von ihnen ein Visum für eine dieser Städte gebraucht. Alle fünf beantragten und erhielten in Belgrad eine Einreisegenehmigung für einen einwöchigen Aufenthalt als Touristen, der eine am Vormittag, zwei zur Mittagszeit und zwei am Nachmittag. Alle fünf erklärten dem Beamten der Paßkontrolle, sie hätten vor, Wildschweine und Hirsche zu jagen und in dem berühmten Jagdhaus Karadjordjevo zu wohnen, einer umgebauten Festung an der Donau, die von wohlhabenden Westlern geschätzt wurde und auch einmal den amerikanischen Vizepräsidenten George Bush beherbergt hatte. Die erste Nacht, so erklärten sie dem Beamten, würden sie in dem Super-Luxushotel *Petrovaradin* in Novi Sad, achtzig Kilometer nordwestlich von Belgrad, verbringen. Und jeder fuhr mit einem Taxi zum Hotel.

Die Beamten der Paßkontrolle hatten mittags Schichtwechsel, und deshalb kam nur einer der Amerikaner unter die Augen von Offizier Pavlic, der, wie es der Zufall will, auf der Gehaltsliste des sowjetischen KGB stand. Zwei Stunden nachdem Pavlic seinen Dienst beendet hatte, landete ein Routinebericht von ihm auf dem Schreibtisch des sowjetischen »Rezident« in dessen Büro im Zentrum von Belgrad.

Pavel Kerkorjan war nicht in bester Verfassung; er hatte eine lange Nacht – nicht unbedingt im Dienst, aber seine Frau war dick und jammerte ständig, und er fand manche dieser flachsblonden bosnischen Mädchen unwiderstehlich – und ein schweres Mittagessen hinter sich, letzteres absolut dienstlich, mit einem Angehörigen des Jugoslawischen Zentralkomitees, den er anwerben wollte. Er hätte deshalb beinahe Pavlics Bericht ungelesen zur Seite gelegt. Amerikaner strömten heutzutage in hellen Scharen nach Jugoslawien; es wäre unmöglich gewesen, sie alle zu kontrollieren. Aber der Name machte ihn stutzig. Nicht der Nachname, der war ja ganz alltäglich – aber wo war ihm schon einmal der Vorname »Cyrus« untergekommen?

Er fand ihn eine Stunde später, in seinem Büro; in einer alten Nummer der Zeitschrift *Forbes* stand ein Artikel über Cyrus V. Miller. Solche Zufälle entscheiden manchmal über ein Schicksal. Die Sache war irgendwie nicht plausibel, und der drahtige armenische KGB-

Major hatte es gern, wenn die Dinge plausibel waren. Wieso kam ein fast achtzigjähriger Amerikaner, der als Kommunistenfresser bekannt war, mit einer Linienmaschine zur Wildschweinjagd nach Jugoslawien, wo er doch reich genug war, um in Nordamerika zu jagen, was sein Herz begehrte, und mit seinem Privat-Jet zu reisen? Er ließ zwei seiner Mitarbeiter kommen, junge Kerle, frisch aus Moskau, und hoffte, daß sie sich nicht allzu dumm anstellen würden. (Gutes Personal war ja kaum noch zu kriegen, wie er neulich auf einer Cocktailparty zu seinem Gegenspieler von der CIA gesagt hatte. Der CIA-Mann hatte ihm lauthals zugestimmt.)

Kerkorjans junge Agenten sprachen Serbokroatisch, aber er riet ihnen trotzdem, sich ganz auf ihren Fahrer zu verlassen, einen Jugoslawen, der sich auskannte. Sie meldeten sich am Abend aus einer Telefonzelle im *Hotel Petrovaradin*, was den Major Gift und Galle spucken ließ, weil die Jugoslawen das Gespräch mit Sicherheit abhörten. Er befahl ihnen, von woanders anzurufen.

Er wollte gerade nach Hause gehen, als sie sich wieder meldeten, diesmal aus einem kleinen Lokal in der Nähe von Novi Sad. Der Amerikaner sei nicht allein, sondern habe noch vier Reisegefährten, sagten sie. Sie hätten sich möglicherweise erst im Hotel getroffen, kannten sich aber offenbar. Am Empfang hätten ein paar Scheine den Besitzer gewechselt, und sie hätten Kopien der ersten drei Seiten der Pässe aller fünf Amerikaner. Diese würden am Morgen von einem Kleinbus abgeholt und zu irgendeinem Jagdhaus gebracht werden, sagten die Schnüffler, und wollten wissen, was sie jetzt tun sollten.

»Dortbleiben«, sagte Kerkorjan. »Ja, die ganze Nacht. Ich will wissen, wohin sie fahren und mit wem sie sich treffen.«

Geschieht ihnen recht, dachte er auf dem Heimweg. Diese jungen Leute hatten es viel zu leicht heutzutage. Wahrscheinlich steckte ja nichts dahinter, aber die Grünschnäbel konnten wenigstens Erfahrungen sammeln. Tags darauf gegen Mittag waren sie wieder da, müde und unrasiert, aber triumphierend. Kerkorjan traute seinen Ohren nicht. Der Kleinbus war pünktlich vorgefahren, und die fünf Amerikaner waren eingestiegen. Der Reiseleiter war in Zivil, machte aber einen entschieden militärischen Eindruck – und war Russe. Statt zu dem Jagdhaus zu fahren, hatte der Bus die fünf Amerikaner nach Belgrad zurückgebracht und war dann schnurstracks zum Flugplatz

Batajnica gefahren. Sie hatten am Tor ihre Pässe nicht vorgezeigt – der Reiseleiter hatte fünf Pässe aus seiner eigenen Innentasche hervorgeholt, und der Bus war durchgelassen worden.

Kerkorjan kannte Batajnica; es war ein großer jugoslawischer Luftwaffenstützpunkt fünfzehn Meilen nordwestlich von Belgrad, der mit Sicherheit nicht auf dem Besichtigungsprogramm amerikanischer Touristen stand. Über diesen Flugplatz liefen unter anderem die ständigen sowjetischen Militärtransporte, die Nachschub für die riesige sowjetische Militärberatergruppe in Jugoslawien brachten. Deshalb gab es auf dem Stützpunkt auch eine Gruppe russischer Ingenieure, von denen einer für ihn arbeitete. Der Mann war in der Frachtabfertigung beschäftigt. Zehn Stunden später schickte Kerkorjan einen »dringenden« Bericht nach Jassenewo, der Zentrale des für die Spionage im Ausland zuständigen Ersten Hauptdirektorats des KGB. Der Bericht landete unmittelbar auf dem Schreibtisch des Stellvertretenden Leiters des Ersten Hauptdirektorats, General Wadim Kirpitschenko, der innerhalb der Sowjetunion noch einige Recherchen anstellte und dann einen weiteren Bericht direkt an seinen Vorgesetzten, General Tschebrikow, schickte.

Kerkorjan hatte berichtet, daß die fünf Amerikaner von dem Kleinbus geradewegs zu einem Düsen-Transportflugzeug vom Typ Antonow 42 eskortiert worden seien, das kurz zuvor mit Fracht aus Odessa gelandet und sofort wieder zum Rückflug dorthin gestartet sei. In einem späteren Bericht des Belgrader »Rezident« hatte es geheißen, die Amerikaner seien vierundzwanzig Stunden später auf demselben Weg zurückgekehrt, hätten noch einmal im *Hotel Petrovaradin* übernachtet und dann das Land verlassen, ohne ein einziges Wildschwein gejagt zu haben. Kerkorjan wurde für seine Wachsamkeit belobigt.

August

Die Hitze lag über der Costa del Sol wie eine Wolldecke. Unten an den Stränden drehten sich die Millionen von Touristen unablässig hin und her wie Steaks auf einem Grill, rieben sich unverdrossen mit Öl ein, um in ihren kostbaren zwei Wochen mahagonibraun zu werden, und wurden allzu oft bloß krebsrot. Der Himmel hatte ein so helles

Blau, daß er fast weiß war, und sogar die gewohnte Brise vom Meer war zu einem linden Lüftchen abgeflaut.

Gut fünfzehn Meilen westlich ragte der große Backenzahn des Felsens von Gibraltar in den Hitzedunst; die hellen Flächen der betonierten Regenwasser-Auffangbecken, die von den Royal Engineers zur Speisung der unterirdischen Zisternen gebaut wurden, hoben sich wie häßliche Narben von der Flanke des Felsens ab.

In den Hügeln hinter Casares war die Luft eine Spur kühler, aber nicht viel; erträglich war es eigentlich nur bei Tagesanbruch und kurz vor Sonnenuntergang, und so standen die Arbeiter in den Weinbergen von Alcantara del Rio um 4 Uhr morgens auf, um sechs Stunden arbeiten zu können, bevor die Sonne sie in den Schatten trieb. Nach dem Mittagessen hielten sie hinter den dicken, kühlen, weißgekalkten Mauern ihrer Häuser Siesta bis um fünf, und dann arbeiteten sie noch, bis gegen 20 Uhr die Dämmerung hereinbrach.

Unter der Sonne reiften die Trauben und wurden dick. Noch war es zu früh für die Weinlese, aber die Ernte würde gut werden dieses Jahr. In seiner Bar brachte Antonio wie gewohnt dem Ausländer die Karaffe Wein und strahlte ihn an.

»*Sera bien, la cosecha?*« fragte er.

»Ja«, sagte der hochgewachsene Mann lächelnd, »dieses Jahr wird die Ernte sehr gut ausfallen. Wir werden alle unsere Zeche bezahlen können.«

Antonio schüttete sich aus vor Lachen. Jeder wußte, daß der Besitz des Fremden schuldenfrei war und daß er immer und überall bar bezahlte.

August

Zwei Wochen später war Michail Sergejewitsch Gorbatschow nicht zum Scherzen aufgelegt. Er war oft freundlich und stand in dem Ruf, viel Sinn für Humor zu haben und seine Untergebenen mit leichter Hand zu führen, konnte aber auch beim geringsten Anlaß aufbrausen, etwa wenn Westler ihn über Fragen der Menschenrechte belehren wollten oder wenn er sich von einem Untergebenen böse im Stich gelassen fühlte. Er saß an seinem Schreibtisch im siebten, obersten

Stockwerk des Zentralkomitee-Gebäudes am Neuen Platz und sah ärgerlich auf die über die ganze Tischplatte verstreuten Berichte.

Es ist ein langer, schmaler Raum, sechs mal achtzehn Meter, und der Schreibtisch des Generalsekretärs steht an dem der Tür gegenüberliegenden Ende; er sitzt mit dem Rücken zur Wand, und die Fenster zum Platz sind alle zu seiner Linken, hinter Stores und gelbbraunen Veloursvorhängen. Die Mitte des Raums nimmt der übliche Konferenztisch ein, der mit dem quer dazu stehenden Schreibtisch ein T bildet.

Im Gegensatz zu vielen seiner Vorgänger hatte Gorbatschow sich für eine helle, freundliche Einrichtung entschieden; der Konferenztisch ist wie der Schreibtisch aus hellem Buchenholz, und auf beiden Seiten stehen je acht Stühle, die trotz ihrer geraden Lehnen bequem sind. Auf diesem Tisch hatte Gorbatschow die Berichte ausgebreitet, die sein Freund und Kollege, Außenminister Eduard Schewardnadse, zusammengetragen hatte, auf dessen Bitten er widerstrebend aus dem Urlaub in Jalta auf der Krim zurückgekehrt war. Es wäre ihm lieber gewesen, dachte er erbost, mit seiner Enkelin Aksaina im Meer zu planschen, als in Moskau zu sitzen und solchen Blödsinn zu lesen.

Es waren über sechs Jahre seit jenem eisigen Märztag im Jahre 1985 vergangen, an dem Tschernenko schließlich das Zeitliche gesegnet hatte und er selbst mit fast beunruhigender Geschwindigkeit – obwohl er darauf hingearbeitet und sich vorbereitet hatte – an die Spitze gelangt war. Sechs Jahre lang hatte er versucht, das Land, das er liebte, am Kragen zu packen und es für die letzte Dekade des 20. Jahrhunderts in eine Verfassung zu bringen, die es ihm gestattet hätte, dem kapitalistischen Westen ebenbürtig gegenüberzutreten, mit ihm gleichzuziehen und über ihn zu triumphieren.

Wie alle guten Russen bewunderte er den Westen halb und halb und grollte ihm andererseits von ganzem Herzen; wegen seines Wohlstands, seiner Finanzmacht, seiner an Überheblichkeit grenzenden Selbstsicherheit. Anders als die meisten Russen wollte er sich einfach nicht damit abfinden, daß sich die Verhältnisse in seinem Heimatland nie ändern würden, daß Korruption, Faulheit, Bürokratie und Lethargie feste Bestandteile des Systems waren, es immer gewesen waren und immer sein würden. Schon als junger Mann hatte er gewußt, daß er genügend Tatkraft besaß, um die Dinge zu ändern, wenn er nur die Chance dazu bekam. Das war seine Triebfeder gewesen, in all den Jahren des Studiums und der Parteiarbeit in Stawropol – die Überzeugung, daß er eines Tages seine Chance bekommen würde.

Seit sechs Jahren hatte er sie nun, und ihm war klargeworden, daß sogar *er* den Widerstand und die Trägheit unterschätzt hatte. Die ersten Jahre waren eine Zitterpartie gewesen; er hatte auf einem äußerst dünnen Seil getanzt und wäre ein dutzendmal beinahe abgestürzt.

Als erstes hatte er die Partei gesäubert, sie von allen Unbelehrbaren und Unnützen befreit . . . nun ja, von fast allen. Jetzt wußte er, daß er das Politbüro und das Zentralkomitee beherrschte, wußte, daß die Parteisekretariate überall in den Teilrepubliken der Union mit seinen Parteigängern besetzt waren, die seine Überzeugung teilten, daß die Sowjetunion nur dann wirklich mit dem Westen konkurrieren konnte, wenn sie wirtschaftlich erstarkte. Das war der Grund, warum die meisten seiner Reformen keine moralischen, sondern wirtschaftliche Fragen betrafen.

Als überzeugter Kommunist glaubte er ohnehin, daß sein Land dem Westen moralisch überlegen war, sah also keine Notwendigkeit, es zu beweisen. Aber er war nicht töricht genug, sich hinsichtlich der wirtschaftlichen Stärke der beiden Lager etwas vorzumachen. Die derzeitige Ölkrise, der er sich durchaus bewußt war, verlangte gewaltige Investitionen in Sibirien und der Arktis, und das bedeutete, daß an anderen Stellen gespart werden mußte. Das wiederum führte zum Nantucket-Vertrag und zu der unvermeidlichen Kraftprobe mit seinem eigenen militärischen Establishment.

Wie jeder sowjetische Spitzenpolitiker wußte er, daß die drei Säulen der Macht die Partei, die Armee und der KGB waren und daß sich niemand mit zwei von ihnen gleichzeitig anlegen konnte. Die ständigen Auseinandersetzungen mit seinen Generälen waren schlimm genug, aber daß ihm nun auch noch der KGB in den Rücken fiel, war unerträglich. Die Berichte auf seinem Tisch, die der Außenminister aus westlichen Medien hatte sammeln und übersetzen lassen, konnte er nicht gebrauchen, am allerwenigsten jetzt, wo die öffentliche Meinung in Amerika immer noch umschlagen und damit den Kongreß veranlassen konnte, den Nantucket-Vertrag abzulehnen und auf Bau und Einsatz des (für Rußland) verheerenden »Stealth«-Bombers zu bestehen.

Er persönlich hatte nicht sonderlich viel Verständnis für Juden, die dem Mutterland, dem sie alles verdankten, den Rücken kehren wollten. Was die Einstellung zu Schuften und Dissidenten anging, war Michail Gorbatschow ein Russe wie jeder andere. Aber was ihn aufbrachte, war, daß die jüngsten Ereignisse kein Zufall, sondern absichtlich herbeigeführt worden waren, und er wußte auch, wer dahintersteckte. Er dachte immer noch mit Abscheu an das diffamierende Videoband vom Londoner Einkaufsbummel seiner Frau vor etlichen Jahren, das in Moskau herumgereicht worden war. Er wußte auch, wer da dahintergesteckt hatte. Dieselben Leute. Der Vorgänger des Mannes, den er zu sich bestellt hatte und auf den er jetzt wartete.

Es klopfte an der Tür rechts von dem Bücherregal am anderen Ende des Raums. Sein Privatsekretär steckte den Kopf herein und nickte nur. Gorbatschow hob eine Hand: »Moment noch.«

Er ging an seinen Schreibtisch zurück und setzte sich hinter die schlichte, fast leere Platte mit den drei Telefonen und der cremefarbenen Schreibgarnitur aus Onyx. Dann nickte er. Der Sekretär öffnete schwungvoll die Tür.

»Der Genosse Vorsitzende, Genosse Generalsekretär«, meldete der junge Mann und zog sich zurück.

Er war in voller Uniform – wie auch anders –, und Gorbatschow ließ ihn durch den ganzen Raum gehen, ohne ihn zu begrüßen. Dann erhob er sich und zeigte auf die ausgebreiteten Blätter.

General Wladimir Krjutschkow, Chef des KGB, war enger Freund, Schützling und Gesinnungsgenosse seines eigenen Vorgängers, des eingefleischten Konservativen Viktor Tschebrikow. Der Generalsekretär hatte im Rahmen seiner großen Säuberungsaktion im Herbst 1988 für Tschebrikows Entlassung gesorgt und sich damit seines letzten mächtigen Gegners im Politbüro entledigt. Aber er hatte keine andere Wahl gehabt, als den Ersten Stellvertretenden Vorsitzenden (Krjutschkow) zum Nachfolger zu ernennen. *Ein* Rausschmiß war genug; zwei wären ein Massaker gewesen. Alles hat seine Grenzen, sogar in Moskau.

Krjutschkow sah sich die Blätter an und zog eine Augenbraue hoch. Mistkerl, dachte Gorbatschow.

»Es wäre nicht nötig gewesen, sie vor laufenden Kameras derart zusammenzuschlagen«, sagte Gorbatschow, wie immer ohne Umschweife zur Sache kommend. »Sechs Aufnahmeteams westlicher Fernsehgesellschaften, acht Rundfunkreporter und zwanzig Schreiberlinge von Zeitungen und Zeitschriften, die Hälfte davon Amerikaner. So einen Auftrieb haben wir nicht mal bei der Olympiade achtzig erlebt.«

Krjutschkow zog wieder eine Augenbraue hoch.

»Die Juden hielten eine illegale Demonstration ab, lieber Michail Sergejewitsch. Ich persönlich war an dem Tag gerade in Urlaub. Aber meine Offiziere im Zweiten Hauptdirektorat haben richtig gehandelt, finde ich. Die Demonstranten haben sich nicht zerstreut, als sie dazu aufgefordert wurden, und meine Männer haben die üblichen Methoden angewandt.«

»Es war auf der Straße. Da ist die Miliz zuständig.«

»Es handelt sich um Subversive. Sie haben antisowjetische Propaganda verteilt. Sehen Sie sich bloß die Plakate an. Dafür ist der KGB zuständig.«

»Und der Massenauftrieb ausländischer Presse?«

Der KGB-Chef zuckte die Achseln.

»Die wieseln doch überall herum.«

Ja, vor allem, wenn sie einen telefonischen Tip bekommen, dachte Gorbatschow. Er fragte sich, ob er das zum Vorwand nehmen konnte, sich Krjutschkow vom Hals zu schaffen, ließ den Gedanken aber gleich wieder fallen. Um den Vorsitzenden des KGB zu entlassen, hätte er das ganze Politbüro gebraucht, und daß ein Haufen Juden verprügelt worden war, hätte als Anlaß nicht ausgereicht. Dennoch, er war wütend, und er war entschlossen, seine Meinung zu sagen. Er tat es fünf Minuten lang. Krjutschkow schwieg, aber sein Mund verhärtete sich. Er fand es unerträglich, daß der jüngere, aber ranghöhere Mann ihn wie einen Schuljungen abkanzelte. Gorbatschow war hinter seinem Schreibtisch hervorgekommen; die beiden Männer waren gleich groß – klein und untersetzt. Gorbatschow sah, wie es seine Art war, dem anderen unerschrocken in die Augen. In diesem Moment machte Krjutschkow einen Fehler.

Er hatte in seiner Aktenmappe einen Bericht vom KGB-Mann in Belgrad sowie frappierende Zusatzinformationen, die Kirpitschenko vom Ersten Hauptdirektorat gesammelt hatte. Das alles war zweifellos so wichtig, daß es dem Generalsekretär persönlich vorgelegt werden mußte. Ach, scheiß drauf, dachte der KGB-Chef erbittert; der soll warten. Und so wurde der Bericht aus Belgrad unterdrückt.

September

Irving Moss hatte sich in London etabliert, aber vor der Abreise aus Houston hatte er mit Cyrus V. Miller einen Geheimcode verabredet. Er wußte, daß die Abhöranlagen der National Security Agency in Fort Meade unablässig den Äther durchforschten und Milliarden von Wörtern aus internationalen Ferngesprächen aufschnappten und daß ganze Batterien von Computern dieses Wortgeröll nach interessanten Nuggets durchsiebten. Ganz zu schweigen von den britischen GCHQ-Leuten (Government Communications Headquarters – Britischer Nachrichtendienst in Chatenham), den Russen und inzwischen auch unzähligen anderen, die sich einen Horchposten leisten konnten. Aber der Umfang der normalen Geschäftsgespräche ist so gewaltig, daß alles, was nicht von vornherein verdächtig klingt, gute Aussichten hat, unbeachtet zu bleiben. Moss' Code basierte auf einer Liste von Großmarktpreisen für Salat, die vom sonnigen Texas nach dem düsteren London übermittelt wurde. Er schrieb die Preisliste am Telefon mit, schnitt die Wörter heraus, behielt die Zahlen und entzifferte sie entsprechend dem Tagesdatum anhand eines Codebuches, von dem nur er und Cyrus V. Miller ein Exemplar hatten.

In diesem Monat erfuhr er dreierlei: Daß das technische Gerät aus der Sowjetunion, das er brauchte, so gut wie fertig war und ihm innerhalb von vierzehn Tagen geliefert werden würde, daß der Informant im Weißen Haus, den er verlangt hatte, gefunden und gekauft war und bereits arbeitete und daß er jetzt planmäßig an die Verwirklichung des Travis-Plans gehen konnte. Er verbrannte die Blätter und grinste. Sein Honorar wurde in drei Raten, bei Abschluß der Planung, bei Aktivierung und bei Erfolg fällig. Er konnte jetzt die zweite Rate anfordern.

Das Herbst-Trimester an der Oxford University hat acht Wochen, und da Gelehrte sich gerne an die Vorschriften der Logik halten, heißen sie Erste Woche, Zweite Woche, Dritte Woche und so weiter. Nach Trimesterende findet in der Neunten Woche eine Reihe von Veranstaltungen statt, vor allem sportliche Wettkämpfe, Theateraufführungen und Debatten. Und nicht wenige Studenten kehren bereits vor Trimesterbeginn zurück, in der sogenannten Nullwoche, um sich auf ihre Studien vorzubereiten, sich einzurichten oder mit ihrem Training zu beginnen.

Am 2. Oktober, dem ersten Tag der Nullwoche, zeigten sich schon vereinzelte frühe Vögel im *Vincent's Club*, einem Lokal und Treffpunkt sportbegeisterter Studenten, und unter ihnen war auch der magere Student namens Simon, der sich auf sein drittes und letztes Trimester in Oxford im Rahmen seines Austauschjahres vorbereitete. Jemand, der hinter ihm stand, begrüßte ihn fröhlich.

»Hallo, Jung-Simon. Schon so früh wieder da?«

Es war Brigadegeneral John De'Ath, der Schatzmeister des Jesus College sowie des Athletics Club, zu dem auch die Geländelauf-Mannschaft gehörte. Simon grinste.

»Ja, Sir.«

»Na, wir müssen uns wohl den Speck von den Sommerferien wieder abtrainieren, was?« scherzte der pensionierte Luftwaffenoffizier. Er tippte auf den nicht vorhandenen Wanst des Studenten. »Recht so. Sie sind unsere größte Hoffnung, wenn es im Dezember in London gegen Cambridge geht.«

Jeder wußte, daß die Cambridge University im Sport der große Rivale von Oxford war.

»Ich habe mir vorgenommen, ab sofort jeden Morgen einen Langlauf zu machen, um wieder in Form zu kommen, Sir«, sagte Simon.

Er blieb seinem Vorsatz treu, lief jeden Tag in aller Herrgottsfrühe los und steigerte sich im Laufe der Woche von fünf auf zwölf Meilen. Am Mittwoch, dem 9. Oktober, fuhr er wie gewohnt frühmorgens mit dem Fahrrad von seinem Haus in der Nähe der Woodstock Road im südlichen Teil von Summertown im Norden Oxfords los und radelte ins Stadtzentrum. Er kam am Martyrs' Memorial und an der

Kirche St. Mary Magdalen vorbei, bog nach links in die Broad Street ein, fuhr am Tor seines Colleges, Balliol, vorbei und weiter durch die Holywell und die Longwall Street zur High Street. Dann bog er ein letztes Mal nach links ab und hielt an den Fahrradständern vor dem Magdalen College.

Er stieg ab, schloß sein Fahrrad an und lief los. Er überquerte den Cherwell auf der Magdalen Bridge und bog an der Verkehrsinsel The Plain in St. Clement's ein. Er lief jetzt genau nach Osten. Es war halb sieben, und vor ihm würde gleich die Sonne aufgehen. Er mußte volle vier Meilen laufen, um die letzten Vororte von Oxford hinter sich zu bringen.

Er trabte durch New Headington und überquerte die Ring Road auf der Eisenbrücke, die zum Shotover Hill führt. Außer ihm waren keine Jogger unterwegs. Er war fast alleine. Am Ende der Old Road begann das Gelände anzusteigen, und er spürte die Schmerzen des Langstreckenläufers. Die sehnigen Beine trugen ihn weiter die Anhöhe hinauf und auf die Shotover Plain hinaus. Hier hörte die Teerstraße auf und er mußte auf dem Fahrweg weiterlaufen, in dessen tiefen Wagenspuren und Schlaglöchern das Wasser von den Regenfällen der Nacht stand. Er wich auf den grasbewachsenen Rand aus, genoß das Gefühl, auf federnder Unterlage zu laufen, überwand die Schmerzgrenze und gab sich ganz der Freiheit des Laufens hin.

Hinter ihm tauchte die unauffällige Limousine aus dem Wäldchen auf, erreichte das Ende der Teerdecke und begann, durch die Schlaglöcher zu holpern. Die Männer in dem Auto kannten die Strecke und hatten sie gründlich satt. Fünfhundert Yards steiniger Fahrweg bis zum Wasserspreicher, dann zurück auf die Teerstraße und im Schneckentempo bergab und durch den Weiler Littleworth zum Dorf Wheatley.

Hundert Yards vor dem Reservoir verengte sich der Fahrweg unter einer riesigen Esche. An dieser Stelle war der Transporter geparkt, halb auf dem Wegrand. Es war ein älterer, grüner Ford Transit, der an der Seite die Aufschrift »Barlow's Orchard Produce« trug. Nichts Ungewöhnliches. Anfang Oktober fuhren Barlow-Lieferwagen überall in der Gegend herum und versorgten die Obst- und Gemüseläden mit den süßen Äpfeln von Oxfordshire. Jeder, der die Rückseite des Transporters gesehen hätte – bei den Männern im Auto war das nicht der Fall, denn sie sahen ihn von vorne –, hätte geschworen, daß er mit Apfelkisten vollgeladen war. In Wirklichkeit waren nur zwei täuschend naturgetreue Bilder von Apfelkisten innen an den beiden Heckfenstern befestigt worden.

Der Lieferwagen hatte anscheinend einen Plattfuß – vorne links. Ein Mann kauerte neben dem Fahrzeug, das mit einem Wagenheber aufgebockt war, und versuchte, mit einem Kreuzschlüssel die Radmuttern zu lösen. Er blickte nicht von seiner Arbeit auf. Der junge Mann namens Simon näherte sich im Dauerlauf dem Transporter auf dem gegenüberliegenden Wegrand.

Als er den Kühler des Lieferwagens erreicht hatte, geschah mit verblüffender Geschwindigkeit zweierlei. Die Hecktüren flogen auf, und zwei Männer, beide in schwarzen Trainingsanzügen und mit Kapuzenmasken, sprangen heraus, stürzten sich auf den überraschten Läufer und rissen ihn zu Boden. Der Mann mit dem Kreuzschlüssel drehte sich um und stand auf. Unter seinem Schlapphut war auch er maskiert, und der Schraubenschlüssel war kein Schraubenschlüssel, sondern eine tschechische Maschinenpistole des Typs Skorpion. Er eröffnete sofort das Feuer und schoß in die Windschutzscheibe der Limousine, die noch sechzig Fuß entfernt war.

Der Mann am Steuer starb auf der Stelle, ins Gesicht getroffen. Der Wagen schleuderte und kam zum Stehen. Der Mann auf dem Rücksitz reagierte wie eine Katze, stieß die Tür auf seiner Seite auf, schnellte hinaus, machte zwei Rollen und stand im nächsten Moment in »Feuer«-Position. Er schoß zweimal mit seiner 9-mm-Smith & Wesson. Der erste Schuß ging einen halben Meter zu weit, der zweite war drei Meter zu kurz, denn während der Mann abdrückte, trafen ihn mehrere Kugeln der Skorpion in die Brust. Er hatte nicht die geringste Chance.

Der Mann auf dem Beifahrersitz war eine Sekunde nach seinem Kollegen im Freien. Die Beifahrertür war weit offen, und er versuchte, durch das offene Fenster auf den Mann mit der Maschinenpistole zu feuern, als drei Kugeln das Blech glatt durchschlugen und ihn in den Bauch trafen, so daß er nach hinten gerissen wurde. Fünf Sekunden später saß der Mann mit der Maschinenpistole neben dem Fahrer des Lieferwagens, die anderen beiden hatten den Studenten in den Laderaum des Transits gestoßen und die Türen zugeknallt. Der Transporter rollte von dem Wagenheber, stieß mit Vollgas in die Einfahrt des Reservoirs zurück, fuhr noch einmal vor und zurück und verschwand in Richtung Wheatley.

Der Agent des Secret Service war tödlich getroffen, gab sich aber noch nicht geschlagen. Zentimeter für Zentimeter kroch er zu der offenen Autotür zurück, tastete dann nach dem Mikrofon unter dem Armaturenbrett und gab krächzend seine letzte Mitteilung durch. Er hielt sich nicht mit Kennwörtern, Codes und den sonstigen Vorschriften für den Polizeifunk auf; dafür blieb ihm keine Zeit. Als fünf Minuten später Hilfe kam, war er bereits tot. Er hatte nur noch sagen können: »Hilfe . . . wir brauchen Hilfe hier. Jemand hat gerade Simon Cormack entführt.«

4. Kapitel

Nach dem Funkspruch des sterbenden Agenten des amerikanischen Secret Service überstürzten sich die Ereignisse. Die Entführung des einzigen Sohnes des amerikanischen Präsidenten hatte um 7.05 Uhr stattgefunden. Der Funkspruch ging um 7.07 Uhr ein. Obwohl er eine Sonderfrequenz benutzte, sprach der Mann unverschlüsselt. Es war ein günstiger Umstand, daß um diese Tageszeit kein Unbefugter den Polizeifunk abhörte. Der Funkspruch wurde an drei verschiedenen Stellen empfangen.

In dem gemieteten freistehenden Haus in der Nähe der Woodstock Road befanden sich die anderen zehn Männer des Secret-Service-Teams, das die Aufgabe hatte, den Präsidentensohn während seines Studienjahrs in Oxford zu bewachen. Acht schliefen noch, aber zwei waren wach, darunter der wachhabende Beamte, der die zugewiesene Frequenz eingeschaltet hatte.

Der Direktor des Secret Service, Creighton Burbank, hatte von Anfang an die Meinung vertreten, der Sohn des Präsidenten sollte während der Amtszeit seines Vaters überhaupt nicht im Ausland studieren. Präsident Cormack hatte sich über seine Bedenken hinweggesetzt, weil er keinen vernünftigen Grund sah, seinem Sohn die langersehnte Chance vorzuenthalten, ein Jahr in Oxford zu verbringen. Burbank hatte sich geschlagen geben müssen, dafür aber verlangt, daß fünfzig seiner Leute nach Oxford abgestellt wurden.

Auch in diesem Punkt hatte John F. Cormack den Bitten seines Sohnes nachgegeben – »Gönn mir doch mal eine Pause, Dad; ich würde mir ja vorkommen wie ein Preisbulle auf dem Viehmarkt, wenn da ständig fünfzig so Typen um mich rum sind« –, und man hatte sich schließlich mit zwölf Mann begnügt. Die Londoner Botschaft hatte eine Villa im Norden von Oxford gemietet, monatelang mit den britischen Behörden zusammengearbeitet und drei auf Herz und Nieren geprüfte britische Hausangestellte engagiert, einen Gärtner, eine Köchin und eine Frau, die das Haus sauberhalten und sich um die Wäsche kümmern sollte. Man hatte alles getan, um Simon Cormack ein möglichst normales Studentenleben zu ermöglichen.

Von den zwölf Mann waren immer mindestens acht im Dienst gewesen. Diese acht hatten sich in vier Zweierteams aufgeteilt; drei davon machten je acht Stunden Schichtdienst im Haus, und die restlichen zwei Mann überwachten Simon, wenn er nicht zu Hause war. Die Amerikaner hatten gedroht, sie würden kündigen, wenn sie ihre Waffen nicht tragen durften, aber in England galt das unumstößliche Gesetz, daß kein Ausländer auf britischem Boden Schußwaffen tragen darf. Ein typischer Kompromiß wurde erarbeitet: Außer Haus würde ein bewaffneter britischer Sergeant der Special Branch (Staatsschutzabteilung) im Auto mitfahren. Strenggenommen unterstanden die Amerikaner seinem Kommando und konnten deshalb Waffen tragen. Das war reine Theorie, aber die Männer von der Special Branch machten sich nützlich, weil sie ortskundig waren. Der britische Sergeant war es gewesen, der auf dem Rücksitz der Limousine gesessen und versucht hatte, seine Smith & Wesson zu benutzen, bevor er auf der Shotover Plain niedergemäht worden war.

Sekunden nach dem Funkspruch des sterbenden Agenten hallte die Villa in der Nähe der Woodstock Road von Rufen und Schreien wider, und dann warfen sich die übrigen Mitglieder des Bewacherteams in zwei Autos und rasten zur Shotover Plain. Die Laufstrecke war festgelegt und allen bekannt. Der wachhabende Beamte blieb mit noch einem Mann zurück und erledigte sofort zwei Telefonanrufe. Der eine galt Creighton Burbank in Washington, der zu dieser frühen Stunde – fünf Stunden Zeitunterschied gegenüber London – tief und fest schlief, der andere dem Rechtsberater an der amerikanischen Botschaft in London, der sich in seinem Haus in St. John's Wood gerade rasierte.

Der Rechtsberater an einer amerikanischen Botschaft ist immer der FBI-Vertreter, und in London ist das ein wichtiger Posten. Die Polizeibehörden der beiden Länder halten ständig Verbindung. Patrick Seymour hatte vor zwei Jahren Darrell Mills abgelöst, kam gut mit den Briten aus und fühlte sich wohl in seinem Job. Seine erste Reaktion bestand darin, daß er kreidebleich wurde und eine verschlüsselte Meldung an Donald Edmonds durchgab, den Chef des FBI, der in seinem Haus in Chevy Chase tief und fest schlief.

Der zweite Empfänger des Funkspruchs war ein Streifenwagen der Thames Valley Police (TVP), der Polizeibehörde, die für die alten Grafschaften Oxfordshire, Berkshire und Buckinghamshire zuständig ist. Obwohl das amerikanische Team mit seinem Begleiter von der Special Branch immer in Simon Cormacks Nähe war, hatte es sich die TVP zur Regel gemacht, zu jeder Zeit einen ihrer Streifenwagen nicht weiter als eine Meile abrufbereit zu halten. Die Streifenbeamten hatten ihr Funkgerät auf die zugewiesene Frequenz eingestellt, fuhren gerade durch Headington und legten die Meile in fünfzig Sekunden zurück. Manche sollten hinterher sagen, der Sergeant und der Fahrer in dem Streifenwagen hätten am Schauplatz des Hinterhalts vorbeifahren und versuchen sollen, den flüchtenden Lieferwagen einzuholen. Hinterher ist man immer klüger. Angesichts der drei Toten an dem Fahrweg auf der Shotover Plain hielten sie an, um festzustellen, ob sie Hilfe leisten und/oder eine Beschreibung der Täter bekommen könnten. Es war für beides zu spät.

Die dritte Empfangsstelle war die TVP-Zentrale in dem Dorf Kidlington. Die Polizistin Janet Wren hatte Nachtdienst gehabt, sollte um 7.30 Uhr abgelöst werden und gähnte gerade, als sie die krächzende Stimme mit dem amerikanischen Akzent in ihrem Kopfhörer vernahm. Sie war so überrascht, daß sie im ersten Moment an einen Jux dachte. Dann warf sie einen Blick auf eine Checkliste und tippte ein paar Zeichen in den Computer zu ihrer Linken. Augenblicklich erschien auf ihrem LED-Bildschirm eine Reihe von Anweisungen, die die zu Tode erschrockene junge Polizistin sofort buchstabengetreu befolgte.

Nach langwieriger Zusammenarbeit zwischen der Thames Valley Police, Scotland Yard, dem Innenministerium, der amerikanischen Botschaft und dem Secret Service hatte das gemeinsame Projekt zum Schutz von Simon Cormack vor einem Jahr den Tarnnamen Operation Yankee Doodle bekommen. Die Routinen waren in den Computer eingegeben worden, desgleichen die Vorschriften für die Maßnahmen, die in jedem erdenklichen Notfall zu ergreifen waren – wenn der Sohn des Präsidenten beispielsweise in eine Schlägerei in einem Lokal oder auf der Straße, einen Verkehrsunfall oder eine Demonstration verwickelt werden, erkranken oder den Wunsch äußern sollte, Oxford zu verlassen und sich eine Zeitlang in einer anderen Grafschaft aufzuhalten. Polizistin Wren hatte das Kennwort für »Entführung« eingegeben, und der Computer antwortete ihr.

Binnen Minuten war der verantwortliche Wachhabende bei ihr, dem die Sorge ins bleiche Gesicht geschrieben stand. Er begann sofort mit einer Serie von Anrufen. Einer ging an den Chef der Kriminalpolizeibehörde (Criminal Investigation Department, CID), der es auf sich nahm, seinen Kollegen, den Chef der Special Branch (SB) der TVP, zu alarmieren. Der Mann in Kidlington rief außerdem den Stellvertretenden Polizeipräsidenten für operative Maßnahmen (Assistant Chief Constable – Operations, ACC Ops) an, der sich gerade über zwei gekochte Eier hermachen wollte, als sein Telefon klingelte. Er hörte aufmerksam zu und ließ sofort eine ganze Reihe von Anweisungen und Fragen vom Stapel.

»Wo genau?«

»Shotover Plain, Sir«, sagte der Chefinspektor in Kidlington. »Delta Bravo ist am Schauplatz. Sie haben ein Privatauto, das aus Wheatley kam, zwei andere Jogger und eine Frau mit Hund zurückgeschickt. Die Amerikaner sind beide tot; Sergeant Dunn auch.«

»Mein Gott«, hauchte der ACC Ops. Das würde der größte Reinfall seiner Laufbahn werden, und da er Leiter der operativen Maßnahmen war, mußte er die Sache wieder geradebiegen. Pannen konnte er sich nicht leisten. Auf gar keinen Fall. Er legte den Schnellgang ein.

»Schaffen Sie schleunigst mindestens fünfzig uniformierte Leute an den Schauplatz. Pfosten, Vorschlaghammer, Bänder. Das Gelände muß abgesperrt werden ... sofort. Jeden Tatortbeamten (SOCOs), den wir haben. Und Straßensperren. Das ist keine Sackgasse, oder? ... Sind die in Richtung Oxford entkommen?«

»Die Männer von Delta Bravo sagen nein«, erwiderte der Mann in der Zentrale. »Wir wissen nicht, wieviel Zeit zwischen dem Überfall und dem Funkspruch des Amerikaners vergangen ist. Aber wenn es nur wenig war, war Delta Bravo schon auf der Straße nach Headington, und die beiden sagen, daß ihnen nichts von Shotover entgegengekommen ist. Die Reifenspuren werden es uns verraten; es ist schlammig dort draußen.«

»Konzentrieren Sie die Straßensperren auf der Ostseite von Norden nach Süden«, sagte der ACC. »Überlassen Sie den Polizeichef mir. Ist mein Wagen unterwegs?«

»Müßte jeden Moment kommen«, sagte Kidlington. Er hatte recht. Der ACC schaute aus seinem Wohnzimmerfenster und sah seinen Wagen vorfahren, der normalerweise erst vierzig Minuten später hätte kommen müssen. »Wer ist schon alles unterwegs?« fragte er.

»CID, SB, SOCOs«, sagte der Mann in Kidlington.

»Ziehen Sie alle Kriminalbeamten von ihren derzeitigen Fällen ab und setzen Sie sie auf diese Sache an«, sagte der ACC. »Ich fahre direkt nach Shotover.«

»Die Straßensperren in welchem Bereich?« wollte der Wachhabende in der Zentrale wissen. Der ACC überlegte. Straßensperren, das war leichter gesagt als getan. Die an London angrenzenden Grafschaften, alle sehr alt und dicht besiedelt, sind von einem Gewirr von Feldwegen, Sträßchen, Nebenstraßen und Landstraßen durchzogen, die die vielen Städtchen, Dörfer und Weiler miteinander verbinden. Wenn man das Netz zu weit auswarf, vervielfachte sich die Zahl der Straßen auf mehrere hundert, zog man es zu eng, brauchten die Entführer nur eine sehr kurze Strecke zurückzulegen, um zu entkommen.

»Grenze von Oxfordshire«, entschied der ACC. Er legte auf und rief dann seinen obersten Vorgesetzten an, den Chief Constable. In der Polizei jeder britischen Grafschaft ist die alltägliche Verbrechensbekämpfung Aufgabe des ACC Ops. Der Chief Constable (Polizeichef) kann, muß aber nicht Erfahrung in der Polizeiarbeit haben, sein Zuständigkeitsbereich umfaßt Politik, Disziplin, das Ansehen der Polizei in der Öffentlichkeit und die Verbindung mit London. Der ACC sah auf die Uhr, als er den Anruf tätigte: 7.31 Uhr.

Der Chief Constable für das Thames Valley bewohnte ein hübsches umgebautes Pfarrhaus in dem Dorf Bletchingdon. Er stand vom Frühstückstisch auf und wischte sich die Marmelade vom Mund, während er in sein Arbeitszimmer ging, um den Anruf entgegenzunehmen. Als er die Neuigkeit hörte, vergaß er sein Frühstück. Am Morgen dieses 9. Oktober sollten auch noch viele andere beim Frühstück gestört werden.

»Ich verstehe«, sagte er, als er die Einzelheiten kannte. »Ja, machen Sie weiter. Ich . . . rufe London an.«

Auf dem Schreibtisch seines Arbeitszimmers standen mehrere Telefone. Eines davon war an eine Standleitung zum Büro des Leiters der Unterabteilung F 4 des Innenministeriums angeschlossen, das für die Polizei der Hauptstadt und der Grafschaften zuständig ist. Der Beamte war zu dieser Tageszeit noch nicht im Büro, aber der Anruf wurde zu seinem Haus im Londoner Stadtteil Fulham durchgeschaltet. Der Bürokrat stieß ganz gegen seine sonstige Art einen Fluch aus, führte zwei Telefongespräche und machte sich dann sofort auf den Weg zu dem großen weißen Gebäude in Queen Anne's Gate unweit der Victoria Street, in dem sein Ministerium untergebracht war.

Sein erster Anruf galt dem Beamten vom Dienst der Unterabteilung F 4, den er anwies, alle anderen Arbeiten sofort zurückzustellen und alle seine Mitarbeiter zu Hause anzurufen und sofort ins Ministerium zu bestellen. Einen Grund nannte er nicht. Er wußte immer noch nicht, wie viele Personen bereits über das Massaker auf der Shotover Plain unterrichtet waren, aber als guter Beamter wollte er diese Zahl auf keinen Fall vergrößern, wenn es nicht sein mußte.

Der zweite Anruf mußte allerdings sein. Er galt dem Staatssekretär, einem hohen Beamten, der für das gesamte Innenministerium zuständig war. Zum Glück wohnten beide Männer innerhalb von London und nicht in einem der äußeren Vororte, und so konnten sie sich um 7.51 Uhr im Ministerium treffen. Sir Harry Marriott, der Innenminister der konservativen Regierung, stieß um 8.04 Uhr zu ihnen und wurde unterrichtet. Er rief sofort in Downing Street an und bestand darauf, mit Mrs. Thatcher persönlich zu sprechen.

Der Anruf wurde von ihrem Privatsekretär entgegengenommen. Es gibt in Whitehall, dem Londoner Regierungsviertel, zahllose »Sekretäre«; manche von ihnen sind Minister, andere hohe Beamte oder persönliche Referenten, und manche erledigen Sekretariatsarbeiten. Charles Powell gehörte zur vorletzten Gruppe. Er wußte, daß die Premierministerin in ihrem angrenzenden persönlichen Arbeitszimmer schon seit einer Stunde damit beschäftigt war, Stöße von Akten aufzuarbeiten, während die meisten ihrer Mitarbeiter noch nicht einmal aus dem Pyjama waren. Das war so ihre Art. Powell wußte auch, daß Sir Harry einer ihrer engsten Kollegen und Vertrauten war. Er fragte kurz zurück, und sie nahm den Anruf sofort an.

»Premierminister, ich muß Sie unbedingt sprechen. Jetzt gleich. Ich muß unverzüglich zu Ihnen hinüberkommen.«

Margaret Thatcher runzelte die Stirn. Die Stunde und der Tonfall waren ungewöhnlich.

»Dann kommen Sie, Harry«, sagte sie.

»In drei Minuten bin ich da«, sagte die Stimme am Telefon. Sir Harry Marriott legte den Hörer auf. Unten wartete sein Wagen bereits, um ihn die 500 Yards zu fahren. Es war 8.11 Uhr.

Die Kidnapper waren zu viert. Der Schütze, der jetzt auf dem Beifahrersitz saß, verstaute die Maschinenpistole zwischen seinen Füßen und zog sich die wollene Kapuzenmaske herunter. Darunter trug er immer noch eine Perücke und einen falschen Schnurrbart. Er setzte sich eine dicke Hornbrille ohne Gläser auf. Der Mann am Steuer war der Anführer der Gruppe; auch er trug eine Perücke und einen falschen Bart. Es handelte sich um eine vorübergehende Verkleidung, denn sie mußten mehrere Meilen zurücklegen, ohne im geringsten aufzufallen.

Im Laderaum überwältigten die anderen beiden Simon Cormack, der sich heftig zur Wehr setzte. Kein Problem. Einer der beiden Männer, ein Hüne, hielt den jungen Amerikaner eisern umklammert, während der andere, ein magerer, drahtiger Typ, ihn mit Äther betäubte. Der Lieferwagen holperte über das kurze Stück Fahrweg, und als er die Teerstraße nach Wheatley erreicht hatte, erstarben auch die Geräusche aus dem Laderaum, denn der Sohn des Präsidenten war bewußtlos zusammengesunken.

Es ging bergab durch Littleworth mit seinen wenigen verstreuten Häusern und dann weiter nach Wheatley. Sie überholten ein Milchauto mit Elektroantrieb, das frische Milch ausfuhr, und hundert Yards weiter sah der Fahrer des Lieferwagens aus dem Augenwinkel, daß ein Zeitungsjunge kurz zu ihnen herschaute. Als sie Wheatley hinter sich hatten, nahmen sie die nach Oxford führende A 40, fuhren auf ihr 500 Yards weit auf die Stadt zu, bogen dann nach rechts auf die Nebenstraße B 4027 ab und kamen durch die Dörfer Forest Hill und Stanton St. John.

Der Lieferwagen fuhr mit normaler Geschwindigkeit durch beide Dörfer, über die Kreuzung bei New Inn Farm und weiter Richtung Islip. Eine Meile nach New Inn, kurz hinter Fox Covert, bog er jedoch nach links ab und fuhr auf das Tor einer Farm zu. Der Mann auf dem

Beifahrersitz sprang aus dem Auto, öffnete mit einem Schlüssel das Vorhängeschloß an dem Tor – sie hatten das ursprüngliche Schloß vor zehn Stunden gegen ein anderes vertauscht –, und der Transporter fuhr hinein. Noch zehn Yards, und der Wagen hielt vor der halb verfallenen Holzscheune hinter der Baumgruppe, die die Entführer vor zwei Wochen ausfindig gemacht hatten. Es war 7.16 Uhr.

Es wurde allmählich heller, und die vier Männer arbeiteten rasch. Der Schütze riß die Scheunentore auf und fuhr den großen Volvo heraus, der dort seit Mitternacht stand. Der grüne Lieferwagen fuhr hinein, der Fahrer stieg aus und nahm die Maschinenpistole und die zwei Kapuzen an sich. Er überzeugte sich, daß sie nichts in der Fahrerkabine hatten liegen lassen, und schlug die Tür zu. Die anderen beiden Männer sprangen hinten aus dem Transporter, hoben den bewußtlosen Simon Cormack heraus und legten ihn in den geräumigen Kofferraum des Volvos, den sie reichlich mit Luftlöchern versehen hatten. Die vier Männer zogen ihre schwarzen Trainingsanzüge aus, unter denen sie normale Straßenanzüge, saubere Hemden und Krawatten trugen. Die Perücken, falschen Bärte und Brillen behielten sie auf. Das Kleiderbündel kam zu Simon in den Kofferraum, die Maschinenpistole in eine Decke gehüllt auf den Boden im Fond des Volvos.

Der Fahrer und Anführer setzte sich ans Steuer des Volvos und wartete. Der Magere, der vorher im Laderaum gewesen war, brachte eine Sprengladung an dem Transporter an, und der Große schloß das Scheunentor. Beide stiegen hinten in den Volvo ein, der sich sofort in Bewegung setzte und durch das Tor hinausfuhr. Der Schütze schloß das Tor hinter dem Wagen, nahm das Vorhängeschloß an sich und brachte die verrostete Kette des Farmers wieder an. Sie war durchgesägt worden, hing aber nun scheinbar wieder ganz normal an dem Torpfosten. Die Reifen des Volvos hatten in der aufgeweichten Erde Spuren hinterlassen, aber das war unvermeidlich. Es waren Standardreifen, und sie würden schon bald ausgewechselt werden. Der Schütze nahm vorne neben dem Fahrer Platz, und der Volvo fuhr in nördlicher Richtung davon. Es war 7.22 Uhr. Der ACC sagte gerade »Mein Gott«.

Die Kidnapper fuhren in nordwestlicher Richtung durch das Dorf Islip auf die schnurgerade A 421, indem sie scharf rechts in Richtung Bicester abbogen. Sie fuhren mit gleichbleibender Geschwindigkeit durch dieses hübsche Marktstädtchen im Nordosten von Oxfordshire und blieben bis Buckingham auf der A421. Kurz hinter Bicester tauchte hinter ihnen ein großer Range Rover der Polizei auf. Einer der Männer auf dem Rücksitz stieß einen leisen Warnruf aus und wollte nach der Maschinenpistole greifen. Der Fahrer wies ihn sofort zurecht und fuhr mit erlaubter Geschwindigkeit weiter. Hundert Yards weiter stand am Straßenrand ein Schild mit der Aufschrift »Welcome to Buckinghamshire«. Die Grafschaftsgrenze. Auf der Höhe des Schildes bremste der Range Rover ab und stellte sich quer auf die Straße; die Polizisten begannen, eiserne Straßensperren auszuladen. Der Volvo fuhr unbehelligt weiter und verschwand. Es war 8.05 Uhr. In London nahm Sir Harry Marriott den Hörer ab, um Downing Street anzurufen.

Die britische Premierministerin besitzt sehr viel menschliche Wärme, viel mehr als ihre fünf unmittelbaren männlichen Vorgänger. Sie ist zwar mehr als jeder von ihnen in der Lage, auch unter stärkstem Druck einen kühlen Kopf zu behalten, aber keineswegs gegen Tränen gefeit. Sir Harry sollte später seiner Frau erzählen, daß sie, als er ihr die Nachricht überbrachte, feuchte Augen bekommen, die Hände vors Gesicht geschlagen und leise gesagt hatte: »Oh, mein Gott. Der arme Mann.«

»Da standen wir«, fuhr Sir Harry fort, »und konnten uns beide ausrechnen, daß sich das zu unserer schlimmsten Krise mit den Yankees seit Suez auswachsen wird, und ihr erster Gedanke galt dem Vater. Nicht dem Sohn, wohlgemerkt, dem Vater.«

Sir Harry hatte keine Kinder und war im Januar 1982 noch nicht im Amt gewesen, hatte also im Gegensatz zu dem inzwischen in den Ruhestand getretenen Kabinettssekretär Sir Robert Armstrong, der nicht überrascht gewesen wäre, nicht miterlebt, wie Margaret Thatcher um ihren Sohn Mark gebangt hatte, als dieser bei der Rallye Paris–Dakar in der algerischen Wüste verschollen gewesen war. Damals hatte sie im Schutze der Nacht geweint, aus jenem reinen und ganz besonderen Schmerz, den eine Mutter oder ein Vater fühlt, wenn das eigene Kind in Gefahr ist. Mark Thatcher war nach sechs Tagen von einem Suchtrupp lebend gefunden worden.

Als sie den Kopf hob, hatte sie sich gefaßt und drückte auf einen Knopf ihrer Sprechanlage.

»Charlie, bitte melden Sie ein persönliches Gespräch mit Präsident Cormack an. Von mir. Sagen Sie dem Weißen Haus, daß es dringend ist und keinen Aufschub duldet. Ja, *natürlich* weiß ich, wie spät es jetzt in Washington ist.«

»Vielleicht könnte man den amerikanischen Botschafter ...«, ließ sich Sir Harry Marriott vernehmen, »über den Außenminister ... ich meine ...«

»Nein, ich mache das selbst«, beharrte die Premierministerin. »Würden Sie bitte den COBRA einberufen, Harry. Berichterstattung zu jeder vollen Stunde, bitte.«

Es ist nichts besonders Aufregendes am sogenannten Heißen Draht zwischen Downing Street und dem Weißen Haus. Es handelt sich dabei lediglich um eine Direktverbindung über Satellit, allerdings mit Scramblern an beiden Enden, die absolute Geheimhaltung gewährleisten. Normalerweise dauert es etwa fünf Minuten, bis ein Gespräch über den Heißen Draht zustande kommt. Margaret Thatcher schob ihre Akten zur Seite, sah durch die kugelsicheren Fensterscheiben ihres Privatbüros hinaus und wartete.

Die Shotover Plain wimmelte vor Betriebsamkeit. Die zwei Männer aus dem Streifenwagen Delta Bravo verstanden ihr Handwerk gut genug, um jeden vom Schauplatz des Überfalls fernzuhalten und selbst äußerst vorsichtig zu gehen, auch als sie die drei Männer auf irgendwelche Lebenszeichen untersuchten. Als sie keine feststellten, ließen sie sie liegen. Nur allzu oft sind die polizeilichen Untersuchungen von Anfang an zum Scheitern verurteilt, weil irgend jemand auf Beweismitteln herumgetrampelt ist, die für die Experten im Polizeilabor unschätzbar gewesen wären, oder weil jemand eine Patronenhülse mit dem Fuß in den Dreck gestoßen hat, so daß sich auf dem Metall keine Fingerabdrücke mehr feststellen lassen.

Die Uniformierten hatten das Gelände weiträumig abgesperrt – den ganzen Fahrweg von Littleworth den Hügel hinunter nach Osten an der Eisenbrücke entlang, die zwischen Shotover und Oxford über die Ring Road führt. Innerhalb dieses Gebietes suchten die SOCOs, die Tatortbeamten, nach jeder Spur, nach jedem kleinsten Beweisstück. Sie stellten fest, daß der britische Sergeant zweimal geschossen hatte; ein Metalldetektor holte eine der Kugeln aus dem Schlamm vor ihm – er war in die Knie gebrochen und vornüber gekippt und hatte dabei noch geschossen. Die andere Kugel fanden sie nicht. Möglicherweise habe sie einen der Entführer getroffen, schrieben sie später in ihren Bericht.

Die leeren Patronenhülsen von der Maschinenpistole fanden sich, insgesamt achtundzwanzig Stück, alle in derselben Pfütze; jede wurde fotografiert, wo sie lag, mit einer Pinzette aufgenommen und für die Jungs im Labor »eingesackt«. Einer der beiden Amerikaner saß noch zusammengesunken am Steuer des Autos; der andere lag, wo er tot zusammengebrochen war, neben der Beifahrertür, die blutigen Hände auf die drei Schußwunden in seinem Bauch gedrückt, neben ihm das baumelnde Handmikrofon. Alles wurde aus den verschiedensten Blickwinkeln fotografiert, bevor irgend etwas angerührt wurde. Die Leichen wurden ins Radcliffe-Krankenhaus gebracht; ein Pathologe des Innenministeriums war schon unterwegs.

Die Spuren im Schlamm waren besonders interessant, vor allem die Stelle, wo Simon Cormack von den beiden Männern zu Boden gerissen worden war, die Schuhabdrücke der Entführer – es sollte sich zeigen, daß sie von ganz gewöhnlichen Turnschuhen stammten, die nicht zurückzuverfolgen waren – und die Reifenspuren des Fluchtfahrzeugs, das schon bald als Lieferwagen identifiziert wurde. Außerdem hatte man den Wagenheber gefunden, der nagelneu und in jedem Geschäft der Ladenkette Unipart erhältlich war. Es sollte sich herausstellen, daß er genau wie die Patronen der Skorpion-Maschinenpistole keine Abdrücke trug.

Dreißig Kriminalbeamte waren als »Kanalarbeiter« tätig – mühsame, aber wichtige Arbeit, die ein paar vorläufige Erkenntnisse erbrachte. Zweihundert Yards östlich des Reservoirs auf dem Fahrweg nach Littleworth standen zwei Häuser. Die Frau in dem einen hatte es gegen 7 Uhr, als sie sich gerade Tee machte, mehrmals »knallen gehört«, aber nichts gesehen. Ein Mann in Littleworth hatte kurz nach 7 Uhr einen grünen Transporter in Richtung Wheatley vorbeifahren sehen. Die Spurensucher fanden kurz vor 9 Uhr auch den Zeitungsjungen und den Fahrer des Milchwagens, den Jungen in der Schule, den Milchmann beim Frühstück.

Er war der beste Zeuge. Mittelgrüner, ramponierter Ford Transit mit dem Schriftzug von Barlow an der Seite. Der Verkaufsleiter bei Barlow bestätigte, daß zu der Zeit keine Lieferwagen der Firma in dem Gebiet unterwegs gewesen waren und daß kein Wagen im Fuhrpark fehlte. Damit hatte die Polizei ihr Fluchtauto; eine Großfahndung wurde eingeleitet. Ohne Angaben von Gründen. Der Lieferwagen sollte nur gefunden werden. Niemand sah einen Zusammenhang mit einem Scheunenbrand an der Straße nach Islip . . . noch nicht.

Andere Kriminalbeamte sahen sich das Haus in Summertown an, klopften an Türen an der Woodstock Road und den umliegenden Straßen. Hatte jemand geparkte Autos, Lieferwagen usw. gesehen? War jemand aufgefallen, der das Haus weiter unten an der Straße beobachtet hatte? Sie verfolgten Simon Cormacks Laufstrecke bis ins Zentrum von Oxford und auf der anderen Seite wieder hinaus. Etwa zwanzig Personen berichteten, sie hätten den jungen Jogger gesehen, dem ein Auto mit mehreren Männern gefolgt sei – aber es stellte sich in jedem Fall heraus, daß es der Wagen des Secret Service gewesen war.

Gegen 9 Uhr beschlich den ACC das nur allzu vertraute Gefühl, daß es jetzt keine rasche Aufklärung, keine glücklichen Zufälle, keine schnelle Verhaftung geben würde. Die Entführer waren entkommen, wer immer sie sein mochten. Der Chief Constable in voller Uniform war auf der Shotover Plain eingetroffen, gesellte sich zu ihm und beobachtete die Beamten bei der Arbeit.

»Es hat den Anschein, daß London den Fall an sich ziehen will«, sagte der Chief Constable. Der ACC knurrte nur. Es war eine Brüskierung, aber auch die Befreiung von einer teuflischen Verantwortung. Die Untersuchung des bisherigen Ablaufs würde peinlich genug ausfallen, aber wenn dann auch noch jeder Erfolg ausblieb . . . »Nein, verstehen Sie doch, in Whitehall meint man anscheinend, die hätten unseren Bezirk schon verlassen. Könnte sein, daß man höherenorts lieber die Metropolitan Police damit beauftragen möchte. Weiß die Presse schon was?«

Der ACC schüttelte den Kopf.

»Noch nicht, Sir. Aber lange wird's nicht mehr dauern.«

Er wußte nicht, daß die Frau mit dem Hund, die von den beiden Streifenpolizisten um 7.16 Uhr weggeschickt worden war, zwei der drei Leichen gesehen hatte, in höchster Aufregung nach Hause gelaufen war und es ihrem Mann gesagt hatte. Und auch nicht, daß dieser Mann Drucker bei der *Oxford Mail* war. Obwohl er zur Technik gehörte, hielt er es für angebracht, die Sache dem Redakteur vom Dienst zu melden, als er zur Arbeit kam.

Der Anruf von Downing Street wurde vom diensthabenden Beamten in der Fernmeldezentrale des Weißen Hauses angenommen, die im Souterrain des Executive Building liegt, im Westflügel, unmittelbar neben dem Situation Room. Als Zeit wurde 3.34 Uhr Ortszeit notiert. Als der Beamte hörte, wer es war, fand er sich widerstrebend bereit, den leitenden Secret-Service-Agenten der diensttuenden Schicht anzurufen.

Der Mann vom Secret Service befand sich auf seinem Rundgang gerade in der Center Hall ganz in der Nähe der Privaträume im ersten Stock. Er hob ab, als das Telefon auf seinem Schreibtisch gegenüber dem vergoldeten Aufzug der First Family leise klingelte.

»*Was* will sie?« flüsterte er in die Muschel. »Haben diese Briten eine Ahnung, wie spät es hier ist?«

Er hörte noch eine Weile zu. Er konnte sich nicht erinnern, wann zum letztenmal jemand den Präsidenten zu so früher Stunde angerufen hatte. Sicher schon mal vorgekommen, dachte er – im Krieg, zum Beispiel. Vielleicht ging es auch diesmal um so etwas. Er konnte sich auf ein Donnerwetter von Burbank gefaßt machen, wenn er sich jetzt nicht richtig verhielt. Andererseits . . . die britische Premierministerin persönlich . . .

»Ich lege jetzt auf und rufe zurück«, sagte er dem Mann in der Zentrale. London bekam den Bescheid, der Präsident werde geweckt; man solle dranbleiben. Das geschah. Der Mann vom Secret Service, der Lepinsky hieß, ging durch die Flügeltüren in die West Sitting Hall und an die Tür zum Schlafzimmer der Cormacks. Er blieb stehen, holte tief Luft und klopfte leise. Keine Antwort. Er drückte die Klinke herunter. Nicht abgeschlossen. Erfüllt von düstersten Vorahnungen, seine weitere Karriere betreffend, trat er ein. In dem großen Doppelbett erkannte er zwei schlafende Gestalten; er wußte, daß der Präsident näher am Fenster lag. Auf Zehenspitzen ging er um das Bett herum, erkannte den kastanienbraunen Pyjama und rüttelte den Präsidenten an der Schulter.

»Mr. President, Sir. Würden Sie bitte aufwachen, Sir?«

John Cormack erwachte, erkannte den Mann, der verängstigt am Bettrand stand, sah zu seiner Frau hinüber und machte kein Licht.

»Wie spät ist es, Mr. Lepinsky?«

»Kurz nach halb vier, Sir. Es tut mir wirklich leid ... äh, Mr. President, die britische Premierministerin ist am Telefon. Sie sagt, sie kann nicht warten. Es tut mir leid, Sir.«

John F. Cormack überlegte einen Moment und schwang dann die Beine aus dem Bett, vorsichtig, um seine Frau nicht zu wecken. Lepinsky reichte ihm seinen Morgenmantel. Nach fast drei Jahren im Amt kannte Cormack die britische Premierministerin recht gut. Er war zweimal in England mit ihr zusammengetroffen – das zweite Mal während eines zweistündigen Zwischenaufenthalts auf dem Rückflug von Wnukowo –, und sie zwar zweimal in den Staaten gewesen. Sie waren beide resolute Menschen; sie verstanden sich gut. Wenn sie wirklich am Telefon war, mußte es etwas Wichtiges sein. Er konnte ja nachher weiterschlafen.

»Gehen Sie wieder in die Center Hall zurück, Mr. Lepinsky«, sagte er leise. »Machen Sie sich keine Sorgen, Sie haben sich völlig richtig verhalten. Ich nehme den Anruf in meinem Arbeitszimmer entgegen.«

Das Arbeitszimmer des Präsidenten – er hat mehrere, aber nur eines im privaten Wohnbereich – befindet sich zwischen dem großen Schlafzimmer und dem Yellow Oval Room, der unter der zentralen Rotunde liegt. Die Fenster gehen wie beim Schlafzimmer auf die Rasenflächen in Richtung Pennsylvania Avenue hinaus. Cormack schloß die Verbindungstür, machte Licht an, blinzelte mehrmals, setzte sich an den Schreibtisch und hob den Hörer ab. Margaret Thatcher meldete sich nach zehn Sekunden.

»Hat schon jemand anderer Verbindung mit Ihnen aufgenommen?«

Es war, als hätte er einen Schlag in die Magengrube bekommen.

»Nein ... niemand. Warum?«

»Soviel ich weiß, sind Mr. Edmonds und Mr. Burbank bereits informiert«, sagte sie. »Es tut mir leid, daß ich die erste bin ...«

Dann sagte sie es ihm. Er umklammerte krampfhaft den Hörer und starrte auf die Vorhänge, ohne sie zu sehen. Sein Mund trocknete aus, und er konnte nicht schlucken. Er hörte die Sätze ... unternehmen alles, aber auch wirklich alles ... die besten Leute von Scotland Yard ... Entkommen unmöglich ... Er sagte ja und danke und legte auf. Etwas preßte ihm die Brust zusammen. Er dachte an seine Frau, die noch schlief. Er mußte es ihr sagen; es würde ein furchtbarer Schlag für sie sein.

»O Simon«, sagte er leise, »Simon, mein Junge.«

Er wußte, daß er damit nicht alleine fertig werden würde. Er brauchte einen Freund, der alles veranlaßte, während er sich um seine Frau kümmerte. Nach mehreren Minuten rief er die Vermittlung an und gab sich Mühe, mit fester Stimme zu sprechen.

»Bitte geben Sie mir Vizepräsident Odell. Ja, sofort.«

In seinem Domizil am Marineobservatorium wurde Michael Odell auf dieselbe Weise geweckt, nämlich auch von einem Angehörigen des Secret Service. Die Aufforderung war unmißverständlich, und Cormack nannte keinen Grund. Bitte kommen Sie sofort ins Weiße Haus. Erster Stock. Arbeitszimmer. Sofort, Michael, bitte sofort.

Der Vizepräsident aus Texas hörte, wie am anderen Ende aufgelegt wurde, legte seinerseits auf, kratzte sich am Kopf und schälte einen Streifen Spearmint-Kaugummi aus der Verpackung. Das half ihm, sich zu konzentrieren. Er telefonierte nach seinem Wagen und ging zum Kleiderschrank. Odell war Witwer und schlief alleine; es war also niemand da, den er stören konnte. Zehn Minuten später saß er mit Hosen, Schuhen und einem Pullover über dem Hemd im Fond seines Dienstwagens und starrte abwechselnd auf den kurzgeschorenen Hinterkopf des Fahrers von der Marine und die Lichter Washingtons, bis der beleuchtete Komplex des Weißen Hauses auftauchte. Er mied die Südliche Säulenhalle und den Südeingang, die ihm beide eine Spur zu pompös waren, und betrat das Erdgeschoß durch den kleineren Eingang am Westende. Er befahl seinem Fahrer zu warten; es werde nicht lange dauern. Er irrte sich. Es war 4.07 Uhr.

Krisenmanagement auf höchster Ebene ist in Großbritannien Aufgabe eines hastig zusammengerufenen Ausschusses, dessen Zusammensetzung je nach Art der Krise wechselt. Der Versammlungsort dagegen wechselt nicht. Der Ausschuß tritt fast immer im Cabinet Office Briefing Room (Versammlungszimmer des Kabinettsamts) zusammen, einem ruhigen, klimatisierten Raum zwei Stockwerke unter der Erde, unter dem an Downing Street anschließenden Kabinettsamt. Nach den Anfangsbuchstaben des Versammlungsraums tragen diese Ausschüsse den Namen COBRA.

Sir Harry Marriott und sein Stab hatten etwas über eine Stunde gebraucht, um die »Figuren«, wie er seine Mitwirkenden nannte, aus ihren Häusern, ihren Pendlerzügen oder ihren verstreuten Büros ins Kabinettsamt zu bringen. Er eröffnete die Sitzung um 9.56 Uhr.

Die Entführung war eindeutig ein Verbrechen und Sache der Polizei, fiel also in die Zuständigkeit des Innenministeriums. In diesem Fall mußten allerdings noch zahlreiche andere Stellen hinzugezogen werden. Neben den Vertretern des Innenministeriums war ein Staatssekretär aus dem Foreign Office, dem Außenministerium, dabei, der versuchen würde, die Beziehungen zum amerikanischen Außenministerium, dem State Department in Washington, und damit zum Weißen Haus aufrechtzuerhalten. Für den Fall, daß Simon Cormack irgendwie aufs europäische Festland verbracht worden sein sollte, hätte die Beteiligung des Foreign Office auch auf politischer Ebene Bedeutung gehabt. Dem Foreign Office unterstellt war der Secret Intelligence Service, auch MI 6 oder »The Firm« genannt, der vor allem Erkenntnisse über die eventuelle Beteiligung von Terroristen beisteuern sollte. Der Vertreter dieser Dienststelle war über den Fluß vom Century House gekommen und würde »den Chef« unterrichten.

Dem Innenministerium war außer der Polizei auch der Security Service (MI 5) unterstellt, der für Spionageabwehr zuständig ist und sich mehr als nur beiläufig für die innenpolitischen Auswirkungen des Terrorismus in Großbritannien interessiert. Der Vertreter dieser Dienststelle war von der Curzon Street in Mayfair gekommen, wo bereits Stöße von Akten Verdächtiger überprüft und eine Reihe eingeschleuster Informanten mit der Absicht befragt wurde, eine Antwort auf die eine brennende Frage zu bekommen: Wer?

Dem Ausschuß gehörte ferner ein hoher Beamter des Verteidigungsministeriums an, der für das Special Air Service Regiment in Hereford zuständig war. Für den Fall, daß Simon Cormack und seine Entführer aufgespürt wurden und es zu einer Belagerung kam, war es durchaus möglich, daß man den SAS für die Geiselbefreiung benötigte, eine der Funktionen, auf die diese Einheit spezialisiert ist. Man brauchte niemandem zu sagen, daß diese Truppe, die sonst zu jeder

Zeit in einer halben Stunde einsatzbereit sein muß, in aller Stille in erhöhte Alarmbereitschaft (zehn Minuten, für die Reserve sechzig Minuten statt zwei Stunden) versetzt worden war.

Ebenfalls anwesend war ein Mann vom Verkehrsministerium, das für die Kontrolle der britischen Häfen und Flughäfen zuständig ist. In Zusammenarbeit mit der Küstenwache und dem Zoll würde sein Ministerium sämtliche Häfen und Flughäfen überwachen, denn es mußte unbedingt verhindert werden, daß Simon Cormack außer Landes gebracht wurde, falls die Entführer dies vorhatten. Der Mann hatte bereits mit dem Handels- und Industrieministerium gesprochen und dort die Auskunft erhalten, es sei buchstäblich unmöglich, jeden verschlossenen und versiegelten Fracht-Container, der für den Export bestimmt war, zu überprüfen. Immerhin würde jedes Privatflugzeug, jede Jacht, jedes Fischerboot, jeder Wohnanhänger und jedes Wohnmobil beim Verlassen des Landes von der Küstenwache oder dem Zoll genauestens auf große Kisten oder einen Passagier auf einer Trage untersucht werden.

Der wichtigste Mann jedoch saß rechts von Sir Harry: Nigel Cramer. Im Gegensatz zur Grafschaftspolizei und den Polizeibehörden in der britischen Provinz hat die Londoner Polizei, die Metropolitan Police oder kurz »Met«, keinen »Chief Constable«, sondern einen »Commissioner« als Chef; sie ist die größte Polizeitruppe des Landes. Dem Commissioner, in diesem Fall Sir Peter Imbert, stehen vier Assistant Commissioners zur Seite, von denen jeder eine der vier Abteilungen leitet. Die zweite dieser Abteilungen trägt den Namen Specialist Operations (Spezialeinsätze), abgekürzt SO.

Die Abteilung SO hat dreizehn Unterabteilungen, eins bis vierzehn – die Nummer fünf existiert aus unbekannten Gründen nicht. Zu diesen dreizehn Unterabteilungen gehören unter anderem die Covert Squad (verdeckt arbeitende Einsatzgruppe), die Serious Crime Squad (Dienststelle zur Bekämpfung der Schwerkriminalität), die Flying Squad (Überfallkommando), die Fraud Squad (Betrugsabteilung) und die Regional Crimes Squad (Dienststelle zur regionalen Bekämpfung der Schwerkriminalität). Hinzu kommen die Special Branch (Staatsschutzabteilung), die Criminal Intelligence Branch (Polizeilicher Nachrichtenmeldedienst – SO 11) und die Anti-Terrorist Branch (TE-Abteilung – SO 13).

Der Mann, den Sir Peter Imbert dazu bestimmt hatte, die Met im COBRA-Ausschuß zu vertreten, war der Stellvertretende Assistant Commissioner der Abteilung SO, Nigel Cramer. Er war von diesem Augenblick an nicht nur wie gewohnt seinem Assistant Commissioner und dem Commissioner selbst unterstellt, sondern mußte auch dem COBRA-Ausschuß Rechenschaft geben. Bei ihm würden alle Ermittlungsergebnisse des offiziellen Ermittlungsführers, des IO, zusammenlaufen, der seinerseits je nach Bedarf alle Unterabteilungen und Dezernate der Abteilung SO heranziehen konnte.

Eine politische Entscheidung ist erforderlich, wenn in einem bestimmten Fall die Met einer Polizeibehörde der Provinz übergeordnet werden soll, aber diese Entscheidung hatte die Premierministerin bereits gefällt, was durch den Verdacht gerechtfertigt war, daß Simon Cormack sich inzwischen nicht mehr im Bereich Thames Valley befand, und Sir Harry Marriott hatte soeben den Chief Constable von dieser Entscheidung unterrichtet. Cramers Leute hatten bereits den Stadtrand von Oxford erreicht.

Auch zwei Nicht-Briten wurden in den COBRA-Ausschuß gebeten. Der eine war Patrick Seymour, der FBI-Mann an der Botschaft, der andere Lou Collins, der in London ansässige Verbindungsoffizier der CIA. Man hatte sie nicht nur aus Höflichkeit hinzugezogen; vielmehr sollten sie einerseits ihre eigenen Organisationen über die Bemühungen der britischen Stellen zur Lösung des Falles auf dem laufenden halten und andererseits den einen oder anderen Hinweis beisteuern, den ihre eigenen Leute vielleicht entdecken würden.

Sir Harry eröffnete die Sitzung mit einem kurzgefaßten Bericht über die bisher bekanntgewordenen Ereignisse. Seit der Entführung waren erst drei Stunden vergangen. Er hielt es für notwendig, bei diesem Stand der Dinge von zwei Annahmen auszugehen: Erstens, daß Simon Cormack von der Shotover Plain fortgebracht worden war und jetzt an einem geheimen Ort festgehalten wurde, und zweitens, daß es sich bei den Entführern um irgendwelche Terroristen handelte, die noch keinerlei Verbindung mit den staatlichen Stellen aufgenommen hatten.

Der Mann vom Secret Intelligence Service meinte, seine Leute könnten versuchen, mit verschiedenen eingeschleusten Agenten in bekannten Terroristengruppen auf dem europäischen Festland Kontakt aufzunehmen, um auf diese Weise vielleicht herauszubekommen, welche Gruppe hinter der Entführung steckte. Das werde jedoch ein paar Tage dauern.

»Diese eingeschleusten Leute leben sehr gefährlich«, fügte er hinzu. »Wir können nicht einfach anrufen und nach Jimmy fragen. Es werden im Laufe der nächsten Woche geheime Treffen an verschiedenen Orten stattfinden. Vielleicht bekommen wir dadurch einen Hinweis.«

Der Mann vom Security Service berichtete, seine Dienststelle sei schon dabei, ähnliche Nachforschungen bei inländischen Gruppen anzustellen, die beteiligt sein oder etwas wissen könnten. Er hielt es für unwahrscheinlich, daß es sich bei den Entführern um Engländer handelte. Abgesehen von IRA und INLA – beides irische Organisationen – gebe es zwar auch auf den Britischen Inseln genügend Chaoten, aber die Brutalität und der professionelle Zuschnitt der Aktion auf der Shotover Plain schließe seiner Meinung nach eine Beteiligung dieser Gruppen aus. Trotzdem würden auch seine eingeschleusten Agenten tätig werden.

Nigel Cramer berichtete, die ersten Hinweise würden sich wahrscheinlich aus den polizeitechnischen Untersuchungen oder der Aussage eines zufälligen, bis jetzt noch nicht befragten Zeugen ergeben.

»Wir kennen das Fluchtauto«, sagte er. »Es ist ein grün lackierter, ziemlich alter Ford Transit, der auf beiden Seiten die – in Oxfordshire bekannte – Aufschrift der Obstfirma Barlow trägt. Nach einer Zeugenaussage fuhr er etwa fünf Minuten nach dem Überfall in östlicher Richtung, also vom Schauplatz weg, durch Wheatley. Und es war *kein* Barlow-Lieferwagen, das hat die Firma bestätigt. Der Zeuge hat die Zulassungsnummer nicht gesehen. Natürlich suchen wir mit allen verfügbaren Kräften nach weiteren Personen, die den Lieferwagen oder die Männer auf dem Vordersitz gesehen haben. Es waren offenbar zwei – sie waren hinter der Windschutzscheibe nur undeutlich zu erkennen –, aber der Milchmann glaubt, daß der eine einen Bart trug.

Was die Spurensicherung angeht, so wurde ein Wagenheber sichergestellt, und wir haben ausgezeichnete Reifenspuren von dem Transporter – die Thames-Valley-Leute haben den genauen Standort des Wagens ermittelt – sowie eine ganze Anzahl leerer Patronenhülsen aus Messing, die offenbar von einer Maschinenpistole stammen. Sie werden von den Experten der Army in Fort Halstead untersucht.

Ebenso die Kugeln, die man in den Leichen der beiden Secret-Service-Leute sowie von Sergeant Dunn von der Special Branch Oxford finden wird. Fort Halstead wird uns Genaueres sagen können, aber es sieht so aus, als sei es Warschauer-Pakt-Munition. Fast alle europäischen Terroristengruppen mit Ausnahme der IRA benutzen Ostblock-Waffen.

Die Leute im Polizeilabor von Oxford sind gut, aber ich lasse trotzdem jedes Beweisstück in unsere eigenen Labors in Fulham bringen. Thames Valley wird sich weiter nach Zeugen umsehen.

Meine Herren, unsere Nachforschungen müssen sich also zunächst auf vier Bereiche konzentrieren: den Fluchtwagen, Zeugen am Schauplatz oder in der Nähe, die Spuren, die sie hinterlassen haben, und – noch eine Aufgabe für die Thames-Valley-Leute – die Suche nach irgendwelchen Personen, die vielleicht gesehen haben, wie jemand das Haus in der Nähe der Woodstock Road beobachtet hat. Offenbar« – er sah die beiden Amerikaner an – »ist Simon Cormack mehrere Tage lang jeden Morgen haargenau dieselbe Strecke gelaufen.«

Das Telefon klingelte. Es war für Cramer. Er nahm den Anruf entgegen, stellte mehrere Fragen, hörte ein paar Minuten zu und kam dann an den Tisch zurück.

»Ich habe Commander Peter Williams, den Chef von SO 13, der Anti-Terrorist Branch, zum amtlichen Ermittlungsführer ernannt. Das war er. Wir glauben, wir haben den Fluchtwagen.«

Der Eigentümer der Whitehill Farm bei Fox Covert an der Straße nach Islip hatte um 8.10 Uhr die Feuerwehr alarmiert, weil er aus einer baufälligen Holzscheune, die ihm gehörte, Rauch hatte aufsteigen sehen. Die Scheune stand an einer Wiese etwas abseits der Straße, aber fünfhundert Yards von seinem Hof entfernt, und er benutzte sie kaum noch. Die Oxforder Feuerwehr war ausgerückt, kam aber zu spät, um das Gebäude noch zu retten. Der Farmer hatte hilflos zusehen müssen, wie die Flammen das hölzerne Bauwerk verzehrten und zunächst das Dach, dann auch die Wände einstürzen ließen.

Gegen Ende der Löscharbeiten entdeckten die Feuerwehrleute unter den verkohlten Balken etwas, was wie das ausgebrannte Wrack eines Lieferwagens aussah. Das war um 8.41 Uhr. Der Farmer behauptete steif und fest, er hätte kein Fahrzeug in der Scheune untergestellt. Da es denkbar war, daß sich Menschen – Zigeuner, Landstreicher oder sogar Camper – in dem Lieferwagen befunden hatten, blieb die Feuerwehr noch da und räumte die Balken weg. Die Männer untersuchten den Wagen, als sie an ihn herankonnten, fanden aber keine Hinweise auf Leichen. Aber es war eindeutig das Wrack eines Transit.

Auf der Rückfahrt zur Feuerwache hörte einer der Feuerwehrleute im Radio, die Thames Valley Police suche nach einem Transit, von dem angenommen werde, er sei an einem »Überfall mit Schußwaffengebrauch« in den frühen Morgenstunden beteiligt gewesen. Der Mann hatte die Polizeiwache in Kidlington angerufen.

»Leider ist nur noch ein ausgebranntes Wrack davon übrig«, sagte Cramer. »Die Reifen sind wahrscheinlich verbrannt, Fingerabdrücke nicht mehr feststellbar. Immerhin, Motor- und Fahrgestellnummer sind sicherlich noch zu lesen. Die Leute von meinem Dezernat Fahrzeuge sind unterwegs. Wenn noch *irgend etwas* – das ist wörtlich zu verstehen – übrig ist, finden wir es.«

Das Dezernat Fahrzeuge gehört bei Scotland Yard zur Serious Crime Squad und damit zur Abteilung SO.

Der COBRA-Ausschuß tagte weiter, aber einige seiner wichtigsten Teilnehmer waren gegangen, um alles Nötige zu veranlassen. Den Vorsitz übernahm ein Juniorminister des Innenministeriums.

In einer vollkommenen Welt – sie ist es nie – hätte Nigel Cramer dafür gesorgt, daß die Presse aus dem Spiel blieb, zumindest noch eine Zeitlang. So aber erschien gegen 11 Uhr vormittags Clive Empson von der *Oxford Mail* in der Polizeizentrale Kidlington und stellte Fragen nach einer Schießerei, bei der es angeblich Tote gegeben habe, am Morgen etwa bei Sonnenaufgang. Anschließend hatte er dreimal Grund, sich zu wundern. Zum einen wurde er sofort zum Kriminaldirektor geführt, der ihn fragte, woher er die Neuigkeit habe. Er weigerte sich, es zu sagen. Zum anderen merkte er, daß die Polizeibeamten in der Zentrale offenbar regelrecht Angst hatten. Und zum dritten verweigerte man ihm jede Auskunft. Bei einer Schießerei mit zwei Toten – die Frau des Druckers hatte nur zwei der Leichen gesehen – hätte die Polizei normalerweise die Presse um Mitarbeit gebeten und eine Verlautbarung herausgegeben, vielleicht sogar eine Pressekonferenz anberaumt.

Auf der Rückfahrt nach Oxford überlegte er hin und her. Wenn jemand »eines natürlichen Todes« starb, kam er in die städtische Leichenhalle. Opfer einer Schießerei würde man dagegen in das besser ausgestattete Radcliffe-Krankenhaus bringen. Wie es der Zufall wollte, hatte er gerade eine recht erfreuliche Affäre mit einer Krankenschwester im Radcliffe; sie arbeitete zwar nicht in der »Leichenabteilung«, kannte dort aber vielleicht jemanden.

In der Mittagspause wußte er bereits, daß im Radcliffe eine größere Sache lief. Es waren drei Tote in der Leichenhalle, zwei davon anscheinend Amerikaner und einer ein britischer Polizist; Gerichtsmediziner waren bis von London gekommen, und jemand von der amerikanischen Botschaft war auch da. Das war einigermaßen rätselhaft.

Manchmal wurden vom nahegelegenen Stützpunkt Upper Heyford uniformierte Soldaten der amerikanischen Air Force in das Krankenhaus eingeliefert; und wenn ein amerikanischer Tourist in der Leichenhalle lag, kam auch schon mal jemand von der Botschaft, aber warum tat die Polizei in Kidlington dann so geheimnisvoll? Er dachte an Simon Cormack, von dem fast jeder wußte, daß er seit neun Monaten in Oxford studierte, und begab sich ins Balliol College. Dort traf er eine hübsche Studentin aus Wales mit dem Namen Jenny.

Sie bestätigte, daß Simon Cormack an dem Tag nicht zum Kolloquium erschienen war, fand das aber nicht weiter verwunderlich. Wahrscheinlich sei er völlig fertig von seinen Geländeläufen. Geländeläufe? Ja. Er trainiere jeden Morgen wie ein Wahnsinniger. Meistens auf der Shotover Plain.

Clive Empson kam sich vor, als hätte er einen Tritt in den Bauch bekommen. Nachdem er sich schon längst damit abgefunden hatte, sein Leben lang Berichte für die *Oxford Mail* zu schreiben, sah er nun plötzlich die hellen Lichter der Fleet Street leuchten. Er riet gut, aber nicht ganz richtig. Er nahm nämlich an, Simon Cormack sei erschossen worden. Das schrieb er in den Bericht, den er am Spätnachmittag einer großen Londoner Zeitung durchgab. Die Regierung sah sich dadurch gezwungen, eine Erklärung abzugeben.

Unter vier Augen gestehen Insider in Washington Freunden aus England gelegentlich, daß sie für das britische Regierungssystem sonstwas geben würden.

Das britische System ist recht einfach. Die Königin ist Staatsoberhaupt und bleibt es. Regierungschef ist der Premierminister, der stets der Vorsitzende der Partei ist, die die Parlamentswahlen gewinnt. Das hat zwei Vorteile. Der Regierungschef braucht sich im Parlament nicht mit einer Mehrheit der Oppositionspartei herumzuschlagen (wodurch es erleichtert wird, notwendige – doch nicht immer populäre – Gesetze durchzubringen), und der nach einem Wahlsieg neu antretende Premierminister ist fast immer ein Politiker mit großer Erfahrung *auf nationaler Ebene,* wahrscheinlich sogar ehemaliger Minister einer früheren Regierung. Die Erfahrung, das Know-how, das Gespür dafür, wie die Dinge laufen und wie man sie zum Laufen bringt, sind immer gegeben.

London hat noch einen dritten Vorteil. Hinter den Politikern steht ein Heer erfahrener Beamter, die zum größten Teil auch schon unter der vorherigen Regierung und der davor und der davor gedient haben. Diese »grauen Eminenzen« sind für die neue Regierung eine unschätzbare Hilfe. Sie wissen, was das letzte Mal passierte und warum, sie führen Buch, sie wissen, wo die Tretminen gelegt sind.

In Washington nimmt der scheidende Präsident fast alles mit – die Erfahrung, die Berater und die Akten, oder zumindest diejenigen, die nicht schon irgendein wohlmeinender Oberstleutnant dem Reißwolf überantwortet hat. Der Neuling fängt von vorne an, hat oft nur politische Erfahrung auf Bundesstaatsebene und bringt seine eigenen Berater mit, die oft genauso unbeleckt sind wie er selbst und nicht so genau wissen, welches die Fußbälle und welches die Tretminen sind. Das ist der Grund, warum in Washington so mancher hoffnungsvolle Neuanfang schon bald ins Stolpern kommt.

Als deshalb Vizepräsident Odell an jenem Oktobermorgen um 5.05 Uhr völlig benommen das Weiße Haus verließ und zum Westflügel hinüberging, wußte er nicht so recht, was er tun oder wen er um Rat fragen sollte.

»Ich werde damit nicht alleine fertig, Michael«, hatte der Präsident gesagt. »Ich will versuchen, meinen Pflichten als Präsident nachzukommen. Ich bleibe im Oval Office. Aber ich kann den Krisenausschuß nicht leiten. Das geht schon deshalb nicht, weil ich persönlich betroffen bin ... Bringen Sie ihn mir zurück, Michael, bringen Sie mir meinen Sohn zurück.«

Odell ließ sich viel stärker von Gefühlen leiten als John F. Cormack. Noch nie hatte er seinen Freund, den gefaßten, nüchternen Akademiker, so verzweifelt gesehen, nie hätte er so etwas für möglich gehalten. Er hatte den Präsidenten umarmt und ihm geschworen, daß es geschehen werde. Cormack war wieder ins Schlafzimmer gegangen, in dem gerade ein Arzt des Weißen Hauses der weinenden First Lady ein Beruhigungsmittel verabreichte.

Odell saß jetzt auf dem mittleren Stuhl am Tisch des Cabinet Room, bestellte sich Kaffee und erledigte die ersten Telefongespräche. Die Entführung hatte sich in England ereignet; das war Ausland; er würde den Außenminister brauchen. Er rief Jim Donaldson an und weckte ihn. Er nannte ihm keinen Grund, sondern forderte ihn nur auf, sofort in den Cabinet Room zu kommen. Donaldson protestierte. Er werde um neun da sein.

»Jim, Sie tanzen auf der Stelle an, klar? Es ist ein Notfall. Und versuchen Sie nicht, den Präsidenten anzurufen, um sich zu vergewissern. Er kann nicht mit Ihnen telefonieren und hat mich gebeten, die Sache in die Hand zu nehmen.«

Als Michael Odell noch Gouverneur von Texas gewesen war, war ihm Außenpolitik immer als Buch mit sieben Siegeln erschienen. Aber er war jetzt lange genug in Washington, und Vizepräsident, um an zahllosen Sitzungen über außenpolitische Fragen teilgenommen und sehr viel dazugelernt zu haben. Diejenigen, die auf das Image des volkstümlichen, ja hausbackenen Politikers hereinfielen, das er bewußt kultivierte, taten ihm Unrecht, was sie oft genug zu bereuen hatten. Michael Odell hätte nicht das Vertrauen und die Achtung eines Mannes wie John F. Cormack errungen, wenn er ein Dummkopf gewesen wäre. Er war sogar ein ausgesprochen gescheiter Mensch.

Er rief Bill Walters an, den Justizminister und politischen Dienstherrn des FBI. Walters war schon auf und angekleidet, da er einen Anruf von Don Edmonds bekommen hatte, dem Chef des FBI.

»Ich bin unterwegs, Michael«, sagte er. »Ich möchte auch Don Edmonds mitbringen. Wir werden die Sachkenntnis des FBI brauchen. Außerdem wird Don von seinem Mann in London stündlich auf dem laufenden gehalten. Wir brauchen aktuelle Berichte. Okay?«

»Ich sehe, Sie wissen, worum's geht«, sagte Odell erleichtert. »Bringen Sie Edmonds mit.«

Dem Ausschuß, der gegen 6 Uhr vollzählig war, gehörten außerdem die folgenden Herren an: Finanzminister Hubert Reed (zuständig für den Secret Service), Verteidigungsminister Morton Stannard, der Nationale Sicherheitsberater Brad Johnson und Lee Alexander, der Leiter der Central Intelligence Agency. Zur Verfügung hielten sich Don Edmonds vom FBI, Creighton Burbank vom Secret Service und der Stellvertretende Einsatzleiter (DDO) bei der CIA, David Weintraub.

Lee Alexander war sich bewußt, daß er, obwohl er Direktor der CIA war, kein Karrierebeamter im Nachrichtendienst, sondern politischer Beamter war. Der Mann, der die gesamten Operationen der CIA leitete, war der DDO Weintraub. Er wartete draußen mit den anderen.

Don Edmonds hatte ebenfalls einen seiner Top-Leute mitgebracht. Dem Direktor des FBI sind drei stellvertretende Direktoren (EAD) unterstellt, die Chefs des Vollzugsdienstes, der Verwaltung und des Ermittlungsdienstes. Der EAD für Ermittlungen, Buck Revell, war krank. Die Abteilung Ermittlungen war in drei Bereiche unterteilt – Nachrichten, Internationale Verbindungen (aus diesem Bereich kam Patrick Seymour in London) und der Kriminalpolizeiliche Ermittlungsdienst. Edmonds hatte den mit der Leitung des letztgenannten Bereichs beauftragten Philip Kelly mitgebracht.

»Wir lassen sie am besten alle reinkommen«, schlug Brad Johnson vor. »Im Augenblick wissen die mehr als wir.«

Alle waren einverstanden. Später sollten die Experten den Krisenstab bilden, der im Situations Room im Untergeschoß tagte, aus praktischen und Geheimhaltungsgründen direkt neben der Fernmeldezentrale. Noch später sollten sich ihnen die Minister anschließen, als die Presseleute sie durch die Fenster des Cabinet Room und durch den Rosengarten mit ihren Teleobjektiven belästigten.

Als erster äußerte sich Creighton Burbank, der den Briten wutschnaubend die Schuld an dem Desaster zuschob. Er erzählte ihnen alles, was er von seinen eigenen Leuten in Summertown erfahren hatte, alles, was sich bis zu Simon Cormacks Start in der Woodstock Road am frühen Morgen zugetragen hatte, und alles, was seine Leute später auf der Shotover Plain gesehen und erfahren hatten.

»Zwei meiner Leute sind tot«, ereiferte er sich, »ich muß zwei Witwen und drei Waisen die Nachricht überbringen, und alles bloß, weil diese Stümper nicht in der Lage sind, einen Menschen zu bewachen. Ich gebe hiermit zu Protokoll, meine Herren, daß meine Dienststelle wiederholt verlangt hat, Simon Cormack solle nicht im Ausland studieren, und daß wir fünfzig Leute dort brauchen, nicht zwölf.«

»Schon gut, Sie hatten recht«, sagte Odell beschwichtigend.

Don Edmond hatte gerade ein langes Telefongespräch mit Patrick Seymour geführt, dem FBI-Mann in London. Er referierte alle Einzelheiten, die noch zu ergänzen waren, bis hin zur Sitzung des COBRA-Ausschusses, die kurz zuvor geschlossen worden war.

»Was passiert eigentlich nach einer Entführung?« erkundigte sich Reed mit sanfter Stimme.

Von allen anwesenden engen Vertrauten des Präsidenten war Hubert Reed derjenige, dem man es allgemein am wenigsten zutraute, sich inmitten der politischen Intrigen und Machtkämpfe zu behaupten, die nun einmal dazugehörten, wenn man in Washington ein hohes Amt bekleidete.

Er war ein kleinwüchsiger, sanfter Mann, der immer zurückhaltend, ja schutzlos wirkte, ein Eindruck, der durch seine eulenhafte Brille noch verstärkt wurde. Er hatte reich geerbt und seine Laufbahn als Anlageberater bei einer großen Brokerfirma begonnen. Seinem sicheren Gespür für lohnende Investitionen verdankte er es, daß er Anfang fünfzig ein führender Finanzier war. Er hatte früher das Familienvermögen der Cormacks verwaltet, und auf diese Weise hatten sich die beiden Männer kennengelernt und waren Freunde geworden.

Cormack hatte ihn als Finanzgenie nach Washington geholt, wo es ihm als Finanzminister gelungen war, Amerikas ständig steigendes Haushaltsdefizit wenigstens in einigermaßen annehmbaren Grenzen zu halten. Solange es um Finanzen ging, war Hubert Reed in seinem Element; nur wenn man ihn in einige der »harten« Aktivitäten der Rauschgiftbekämpfung oder des Secret Service einweihte (die beide dem Finanzministerium unterstellt waren), überkam ihn ausgeprägtes Unbehagen.

Don Edmonds sah Kelly an. Er war unter den Anwesenden der große Experte für Verbrechensbekämpfung.

»Normalerweise – es sei denn, man kommt den Entführern schon bald auf die Spur und findet ihr Versteck – melden sie sich und verlangen ein Lösegeld. Von da an versucht man, über die Auslieferung der Geisel zu verhandeln. Gleichzeitig setzt man natürlich die Ermittlungen fort, um herauszubekommen, wo die Entführer sich aufhalten. Gelingt das nicht, bleiben nur noch Verhandlungen.«

»Und wer würde die in diesem Fall führen?« fragte Stannard.

Stille trat ein. Amerika besitzt einige der raffiniertesten technischen Alarmsysteme der Welt. Seine Wissenschaftler haben Infrarot-Sensoren entwickelt, die Körperwärme noch aus einer Höhe von einigen Meilen über der Erdoberfläche entdecken; es gibt Schallsensoren, die noch auf eine Entfernung von einer Meile eine Maus atmen hören, und es gibt Bewegungs- und Lichtsensoren, die eine Zigarettenkippe in einer Erdumlaufbahn aufspüren würden. Aber kein System in diesem ganzen Arsenal kann es mit dem CYA-Sensorsystem aufnehmen, das in Washington im Einsatz ist. Es war zu diesem Zeitpunkt schon seit zwei Stunden aktiv und erreichte jetzt seine Leistungsspitze.

»Wir müssen da drüben präsent sein«, drängte Walters. »Wir können das nicht ganz den Briten überlassen. Man muß sehen, daß wir etwas tun, etwas unternehmen, um den Jungen wiederzukriegen.«

»Ganz meine Meinung, verdammt noch mal«, brach es aus Odell hervor. »Wir können ja sagen, die haben den Jungen verloren, obwohl der Secret Service darauf bestand, daß die britische Polizei auf dem Rücksitz mitfuhr...« Burbank warf ihm einen finsteren Blick zu. »Wir haben ein Druckmittel. Wir können darauf bestehen, an den Ermittlungen beteiligt zu werden.«

»Wir können ja wohl nicht gut Polizisten aus Washington rüberschicken, damit die den Leuten von Scotland Yard auf ihrem eigenen Boden das Heft aus der Hand nehmen«, gab Justizminister Walters zu bedenken.

»Und Verhandlungen?« fragte Brad Johnson. Die Profis schwiegen noch immer. Johnson verstieß eindeutig gegen die Regeln von CYA. Das bedeutet Cover Your Ass (Halte deinen Arsch bedeckt). Odell ergriff das Wort, um ihrer aller Zaudern zu überspielen.

»Angenommen, es kommt zu Verhandlungen«, sagte er. »Wer ist der weltweit beste Unterhändler für Geiselbefreiung?«

»Draußen in Quantico«, ließ sich Kelly vernehmen, »haben wir das

FBI-Team für Verhaltensforschung. Die führen in solchen Fällen hier bei uns die Verhandlungen. Das sind die besten Leute, die wir hier haben ...«

»Ich habe gefragt: Wer ist weltweit der Beste?«

»Der erfolgreichste Unterhändler in Fällen von Geiselnahme auf der ganzen Welt«, sagte Weintraub leise, »ist ein Mann namens Quinn. Ich kenne ihn – oder habe ihn jedenfalls mal gekannt.«

Zehn Augenpaare richteten sich auf den CIA-Mann.

»Erzählen Sie uns was von ihm«, befahl Odell.

»Er ist Amerikaner«, sagte Weintraub. »Nach seinem Ausscheiden aus der Armee ging er zu einer Versicherungsgesellschaft in Hartford. Nach zwei Jahren haben die ihn zum Chef ihrer Filiale in Paris gemacht, die für ihre Kunden in ganz Europa zuständig ist. Er heiratete, bekam eine Tochter. Seine Frau, eine Französin, und seine Tochter kamen bei einem Unfall auf der Autobahn bei Orléans ums Leben. Er fing zu trinken an, flog bei Hartford raus, rappelte sich wieder auf und fing bei einer Firma an, die der Versicherung Lloyd's in London gehört und auf Personenschutz und deshalb auch Geiselverhandlungen spezialisiert ist.

Soviel ich weiß, hat er zehn Jahre bei denen gearbeitet, von 1978 bis 1988. Dann hat er sich ins Privatleben zurückgezogen. Bis dahin hatte er persönlich oder, wenn es Sprachschwierigkeiten gab, als Berater über ein Dutzend Geiselnahmen in ganz Europa zu einem erfolgreichen Abschluß gebracht. Wie Sie wissen, steht Europa in puncto Entführungen in der ganzen zivilisierten Welt an der Spitze. Ich glaube, er spricht drei Fremdsprachen und kennt England und den europäischen Kontinent wie seine Westentasche.«

»Ist das unser Mann?« fragte Odell. »Könnte er das für die Vereinigten Staaten übernehmen?«

Weintraub zuckte die Achseln.

»Sie haben gefragt, wer der Beste auf der Welt ist, Mr. Vice-President«, stellte er klar. Mehrere der Versammelten nickten erleichtert.

»Wo ist er jetzt?« wollte Odell wissen.

»Ich glaube, er hat sich nach Südspanien zurückgezogen, Sir. Wir haben in Langley sicher alles in den Akten.«

»Holen Sie ihn her, Mr. Weintraub«, sagte Odell. »Bringen Sie ihn her, diesen Mr. Quinn. Koste es, was es wolle.«

Am Abend dieses Tages um 19 Uhr schlug die erste Meldung im Fernsehen wie eine Bombe ein. Im Programm TVE berichtete ein stotternder Nachrichtensprecher einer entsetzten spanischen Öffentlichkeit von den Ereignissen, die sich am Morgen in der Nähe der Stadt Oxford zugetragen hatten. Die Männer an der Bar bei Antonio in Alcantara del Rio sahen schweigend auf den Fernseher. Antonio brachte dem hochgewachsenen Mann ein Glas Wein auf Kosten des Hauses.

»*Mala cosa*«, sagte er mitfühlend. Der hochgewachsene Mann nahm den Blick nicht vom Bildschirm.

»*No es mi asunto*«, sagte er. Es ist nicht meine Sache.

David Weintraub startete um 10 Uhr morgens Ortszeit vom Luftwaffenstützpunkt Andrews bei Washington in einer USAF VC20A, der Militärversion der Gulfstream Three. Vollgetankt konnte die Maschine mit ihren zwei Rolls-Royce-Spey-511-Triebwerken 4500 Meilen weit fliegen und hatte dann immer noch Treibstoff für 30 Minuten. Sie überquerte den Atlantik auf der Direktroute, in einer Höhe von 43 000 Fuß und mit 483 Meilen pro Stunde, und brauchte dank Rückenwind nur siebeneinhalb Stunden.

Wegen des Zeitunterschieds von sechs Stunden war es 23.30 Uhr, als der DDO in Rota landete, auf dem Stützpunkt der amerikanischen Marine gegenüber Cadiz in Andalusien. Er stieg sofort in einen bereitstehenden SH2F-Sea-Sprite-Hubschrauber der Marine um, der schon in östlicher Richtung startete, bevor er auch nur richtig saß. Treffpunkt war der breite, flache Strand von Casares, und dort wartete der junge Mitarbeiter, der aus Madrid gekommen war, mit einem Auto der CIA-Station Madrid. Es war ein etwas naßforscher, intelligenter junger Mann, der gerade erst seine Ausbildung in der CIA-Schule in Camp Peary, Virginia, absolviert hatte und Eindruck auf den DDO machen wollte. Weintraub seufzte.

Sie fuhren vorsichtig durch Manilva, wobei der junge Sneed zweimal nach dem Weg fragen mußte, und fanden Alcantara del Rio kurz nach Mitternacht. Die weißgetünchte *casita* außerhalb des Ortes war schwer zu finden, aber ein hilfsbereiter Einheimischer zeigte ihnen den Weg.

Das Haus war dunkel, als der Wagen hielt und Sneed den Motor abstellte. Sie stiegen aus und besahen sich das dunkle Häuschen. Sneed drückte gegen die Tür. Sie war nicht abgeschlossen. Sie gingen hinein und standen in dem geräumigen, kühlen Wohnraum im Erdgeschoß. Im Mondlicht sah Weintraub, daß es ein Männerzimmer war – Rinderfelle auf Steinfliesen, Sessel, ein alter Refektoriumstisch, eine Bücherwand.

Sneed suchte nach einem Lichtschalter. Weintraub bemerkte die drei Öllampen und wußte, daß es Zeitverschwendung war. Sicher war hinter dem Haus ein Dieselgenerator, der Strom zum Kochen und Baden lieferte und der wahrscheinlich nach Sonnenuntergang abgestellt wurde. Sneed tapste immer noch herum. Weintraub machte einen Schritt vorwärts. Er spürte die Messerspitze dicht unterhalb seines rechten Ohrläppchens und erstarrte. Der Mann war absolut lautlos die gekachelte Treppe vom Schlafzimmer heruntergekommen.

»Viel Zeit vergangen seit Son Tay, Quinn«, sagte Weintraub leise. Das Messer entfernte sich von seiner Halsschlagader.

»Was sagten Sie, Sir?« fragte Sneed unbekümmert vom anderen Ende des Raumes. Ein Schatten glitt über die Fliesen, ein Zündholz flammte auf, und die Öllampe auf dem Tisch tauchte den Raum in warmes Licht. Sneed fuhr zusammen. Major Kerkorjan in Belgrad hätte seine helle Freude an ihm gehabt.

»Die Reise war anstrengend«, sagte Weintraub. »Darf ich mich setzen?«

Quinn hatte sich ein Tuch um die Hüften geschlungen wie einen Sarong. Nackter Oberkörper, schlank, muskulös. Sneed starrte entsetzt auf die Narben.

»Ich bin da raus, David«, sagte Quinn. Er setzte sich an den Refektoriumstisch, dem DDO gegenüber. »Ich bin im Ruhestand.«

Er schob Weintraub ein Glas und den irdenen Krug mit Rotwein hin. Der Gast goß sich ein Glas ein, trank und nickte anerkennend. Ein herber Rotwein. Er würde nie die Tische der Reichen sehen. Bauernwein, Soldatenwein.

»Bitte, Quinn.«

Sneed war sprachlos. Ein DDO sagte nicht »bitte«. Er gab Befehle.

»Ich komme nicht mit«, sagte Quinn. Sneed kam näher ans Licht. Seine Jacke war aufgeknöpft, und er drehte sich so, daß der Griff der

Waffe zu sehen war, die er in einem Hüftholster trug. Quinn sah nicht einmal zu ihm hin; er starrte Weintraub an.

»Wer ist denn dieses Arschloch?« fragte er gelassen.

»Sneed«, sagte Weintraub, »sehen Sie nach, ob die Reifen in Ordnung sind.«

Sneed ging hinaus. Weintraub seufzte.

»Quinn, die Sache in Taormina. Das kleine Mädchen. Wir wissen, daß es nicht Ihre Schuld war.«

»Verstehen Sie denn nicht? Ich bin raus. Aus und vorbei. Nie wieder. Sie sind umsonst gekommen. Suchen Sie sich einen anderen.«

»Es gibt keinen anderen. Die Briten haben Leute, gute Leute. Washington sagt, wir brauchen einen Amerikaner. Aber wir haben drüben keinen, der Ihnen das Wasser reichen könnte, wenn es um Europa geht.«

»Washington will bloß seinen eigenen Arsch retten«, sagte Quinn verächtlich. »Wie immer. Die brauchen doch bloß einen Sündenbock, für den Fall, daß es schiefgeht.«

»Ja, schon möglich«, gab Weintraub zu. »Einmal noch, Quinn, das letzte Mal. Nicht für Washington, nicht für das Establishment, noch nicht einmal für den Jungen. Für die Eltern. Sie brauchen den Besten. Ich habe dem Ausschuß gesagt, das sind Sie.«

Quinn sah sich in dem Raum um, betrachtete die wenigen Sachen, die er besaß und an denen er doch hing, als würde er sie womöglich nie wiedersehen.

»Ich habe meinen Preis«, sagte er schließlich.

»Nennen Sie ihn«, sagte der DDO schlicht.

»Sie müssen meine Traubenernte einbringen.«

Zehn Minuten später gingen sie hinaus, Quinn mit einem Jutesack über der Schulter, dunkler Hose, Turnschuhen an den bloßen Füßen, einem Hemd. Sneed hielt die Autotür auf. Quinn setzte sich auf den Beifahrersitz, Weintraub ans Steuer.

»Sie bleiben hier«, sagte er zu Sneed. »Sie kümmern sich um die Weinlese.«

»Was?«

»Sie hören doch. Gehen Sie morgen früh ins Dorf, heuern Sie ein paar Arbeiter an und bringen Sie Quinns Traubenernte ein. Ich sage dem Stationschef in Madrid Bescheid.«

Über Funk rief er den Hubschrauber, der schon über dem Strand von Casares schwebte, als sie ankamen. Sie kletterten an Bord und entschwanden Richtung Rota und Washington.

5. Kapitel

David Weintraub war nur zwanzig Stunden aus Washington abwesend. Auf dem achtstündigen Flug von Rota nach Andrews gewann er sechs wegen der verschiedenen Zeitzonen, und um 4 Uhr morgens landete er auf der Basis des 89th Military Airlift Wing. In der Zwischenzeit hatten sich zwei Regierungen, die in Washington und die in London, praktisch einer Belagerung ausgesetzt gesehen.

Es gibt nur wenige furchterregendere Anblicke als die vereinigte Macht der Medien der Welt, wenn sie den letzten Rest von Zurückhaltung verloren haben. Ihr Appetit ist unersättlich, ihr Vorgehen brutal.

Die Flugzeuge, die aus den USA nach London oder jedem beliebigen anderen englischen Flughafen unterwegs waren, waren von der Cockpittür bis zu den Toiletten gerammelt voll, da jeder amerikanische Nachrichtenverhökerer, der diesen Namen verdiente, ein Team in die britische Hauptstadt entsandte. Dort angekommen, gerieten sie vollends außer sich; minutengenaue Termine waren einzuhalten, aber es gab nichts zu berichten. London hatte mit dem Weißen Haus vereinbart, bei der ursprünglichen knappen Erklärung zu bleiben. Den Medien reichte sie natürlich keineswegs.

Reporter und Fernsehteams belagerten das einzelstehende Haus abseits der Woodstock Road, als könnten sich die Türen auftun und den vermißten jungen Mann freigeben. Sie blieben fest verschlossen, während das Secret-Service-Team auf Weisung von Creighton Burbank alles bis aufs letzte Stück zusammenpackte und sich zum Abzug bereit machte.

Der amtliche Leichenbeschauer der Stadt Oxford gab gemäß seinen Vollmachten nach Paragraph 20 der Amtlichen Leichenbeschauanordnung die Leichen der beiden toten Secret-Service-Agenten frei, sobald der Pathologe vom Innenministerium mit seiner Arbeit fertig war. Der Form halber wurden sie Botschafter Charles Fairweather als Vertreter der nächsten Angehörigen übergeben; in Wirklichkeit aber wurden die Särge von einem hochgestellten Mitglied des Botschaftsstabs zur US-Air-Force-Basis im nahegelegenen Upper Heyford geleitet, um dort in Anwesenheit einer Ehrengarde an Bord einer nach der Andrew Base fliegenden Transportmaschine gebracht zu werden – begleitet von den zehn anderen Agenten, die beinahe körperlich attackiert worden wären, als sie beim Verlassen des Hauses in Summertown zu Erklärungen gedrängt wurden.

Sie flogen in die Staaten zurück, wo sie von Creighton Burbank erwartet wurden und wo die langwierigen Bemühungen, herauszufinden, was schiefgelaufen war, beginnen sollten. In England gab es für sie nichts mehr zu tun.

Selbst als das Haus in Oxford verschlossen worden war, wartete noch ein Häuflein Reporter davor, falls doch noch etwas, irgend etwas passierte. Andere verfolgten in der Universitätsstadt alle Leute, die jemals mit Simon Cormack zusammengekommen waren – Tutoren, Kommilitonen, College-Angestellte, Barmänner, Sportler. Zwei andere amerikanische Studenten in Oxford mußten sich verstecken, obwohl sie an anderen Colleges studierten. Die Mutter eines von ihnen, in Amerika aufgespürt, sagte immerhin, sie wolle ihren Sohn sofort in die sichere Innenstadt von Miami zurückholen. Das gab für die Zeitung einen kurzen Artikel her und verschaffte der besorgten Mama einen Auftritt in einer Ratesendung der lokalen Fernsehanstalt.

Sergeant Dunns Leiche wurde seinen Angehörigen übergeben, und die Thames Valley Police richtete ihm ein Begräbnis mit allen Ehren aus.

Alles gerichtliche Beweismaterial wurde nach London gebracht. Die Munition ging an das Sprengstofflaboratorium Royal Armoured Research und Development Establishment in Fort Halstead, außerhalb von Sevenoaks, in der Grafschaft Kent, wo rasch festgestellt wurde, daß sie aus einer Skorpion abgefeuert worden war, was die Möglichkeit unterstrich, daß Terroristen vom Kontinent an der Sache beteiligt gewesen waren. Dies wurde der Öffentlichkeit vorenthalten.

Das übrige Material ging ans Labor der Metropolitan Police in Fulham, London. Es handelte sich dabei um zertrampelte Grashalme mit Blutspuren, Klumpen vom Straßenkot, Abdrücke von Reifenspuren, den Wagenheber, Fußabdrücke, die Kugeln, die aus den drei Leichen entfernt worden waren, und Glassplitter von der zerschossenen Windschutzscheibe des Wagens der Beschatter. Noch vor Nachteinbruch sah Shotover Plain aus, als wäre dort mit einem Staubsauger saubergemacht worden.

Der Wagen selbst wurde auf einem Schleppfahrzeug zur Fahrzeugabteilung der Dienststelle zur Bekämpfung der Schwerkriminalität gebracht, interessanter aber war der Transit, der aus der in Brand gesteckten Scheune geborgen worden war. Experten krochen zwischen den verkohlten Brettern der Scheune umher, bis sie so schwarz waren wie der Ruß. Die verrostete und durchgeschnittene Kette des Bauern wurde vom Tor abgenommen, als wäre sie ein rohes Ei, aber das einzige Ergebnis war der Befund, daß sie mit einer gewöhnlichen Bolzenschere durchtrennt worden war. Mehr ergaben die Spuren der Limousine, die nach dem Austausch aus dem Feld hinausgefahren war.

Der ausgebrannte Transit ging in einer großen Kiste nach London ab und wurde dort sorgfältig zerlegt. Die Nummernschilder waren gefälscht, aber die Verbrecher hatten sich Mühe gegeben; die Schilder dürften zu einem Transporter aus demselben Herstellungsjahr gehört haben.

Der Transporter war – das immerhin ließ sich sagen – von einem geschickten Mechaniker instand gesetzt und getunt worden. Irgend jemand hatte versucht, die Chassis- und Motornummer abzuschleifen, wofür er eine auf eine Bohrmaschine gesteckte Wolfram-Karbid-Schleifscheibe benutzte, die in jedem Werkzeuggeschäft erhältlich ist. Das war nicht ganz gelungen. Diese Nummern werden ins Metall gestanzt, und eine spektroskopische Untersuchung förderte sie aus einer tieferen Schicht zutage.

Der zentrale Fahrzeugcomputer in Swansea spuckte die ursprüngliche Zulassungsnummer und den letzten bekannten Eigentümer aus, der den Angaben zufolge in Nottingham lebte. Die Adresse wurde aufgesucht, aber er war verzogen. Keine Nachsendeadresse. Klammheimlich wurde eine Großfahndung nach dem Mann eingeleitet.

Nigel Cramer erstattete dem COBRA-Komitee jede Stunde pünktlich Bericht, und seine Zuhörer gaben ihn an ihre jeweiligen Abteilungen weiter. Langley ermächtigte Lou Collins, den Mann der CIA in London, zu erklären, daß man auch sämtliche Infiltrationsagenten aufbiete, die man in die europäische Terroristenszene eingeschleust hatte. Es waren gar nicht wenige. Die Gegenspionage- und Anti-Terror-Dienste in sämtlichen Ländern, wo sich derartige Gruppen betätigten, boten gleichfalls jegliche Unterstützung an. Die Jagd wurde allmählich sehr heiß, aber einen großen Erfolg gab es nicht zu verzeichnen – noch nicht.

Und die Entführer hatten sich bislang nicht gemeldet. Seit die Sache publik geworden war, waren die Telefonleitungen nach Kidlington, zu Scotland Yard, zur amerikanischen Botschaft am Grosvenor Square, zu allen Ministerien blockiert. Das Telefonpersonal mußte verstärkt wreden. Die englische Öffentlichkeit, das mußte man ihr lassen, bemühte sich wirklich zu helfen. Jeder Anruf wurde überprüft, fast alle anderen Ermittlungen auf Sparflamme gesetzt. Unter den Tausenden von Anrufern waren auch Ausgeflippte, Spinner, Schwindler und Optimisten, Hoffnungsvolle, Hilfsbereite und schlicht Schwachsinnige.

Den ersten Filter bildete die Reihe der Telefonistinnen; dann kamen Tausende von Polizeibeamten, die den Anrufenden aufmerksam zuhörten und ihnen beipflichteten – ja, das zigarrenförmige Objekt am Himmel könnte sehr wichtig sein und werde der Premierministerin persönlich zur Kenntnis gebracht werden. Die letzte Aussiebung behielten sich die hohen Polizeibeamten selbst vor, die sich die Anrufe vornahmen, die wirklich etwas versprachen. Darunter befanden sich die zweier Autofahrer, Frühaufsteher, die den grünen Transporter zwischen Wheatley und Stanton St. John gesehen hatten. Aber alles führte nicht weiter als zu der Scheune.

Nigel Cramer hatte zu seiner Zeit persönlich ein paar Fälle geknackt; er hatte zuerst als Revierpolizist Dienst getan, war dann zur Kripo übergewechselt und dort dreißig Jahre lang geblieben. Er wußte: Verbrecher hinterlassen Spuren; jedesmal, wenn man etwas anfaßt, hinterläßt man eine Spur. Ein guter Polyp konnte, besonders mit Hilfe moderner Technik, diese Spur finden, wenn er scharf genug hinsah. Es nahm allerdings Zeit in Anspruch – und die hatte er nicht. Er hatte schon manchen Fall erlebt, an dem auf Teufel komm raus gearbeitet werden mußte, so einen wie diesen aber noch nicht.

Er wußte auch, daß, trotz aller Technologie, Erfolg zumeist jener Kriminalbeamte hatte, dem das Glück zu Hilfe kam. In beinahe allen

Fällen kam irgendwann eine Chance durch puren Zufall – Dusel für den Kriminaler, Pech für den Kriminellen. Ging es andersherum, konnte der Verbrecher noch immer entkommen. Immerhin, man konnte seinem eigenen »Glück« nachhelfen, und Cramer schärfte seinen Teams ein, aufzupassen und nichts, absolut nichts auszulassen, mochte es ihnen noch so verrückt oder sinnlos vorkommen. Doch nach vierundzwanzig Stunden dämmerte ihm, wie auch seinem Kollegen von der Thames Valley Police, die Erkenntnis, daß diese Sache nicht auf die Schnelle zu lösen sein werde. Die Typen hatten es geschafft zu verduften, und sie aufzuspüren, würde nichts anderes als eine endlose Schinderei sein.

Und dann war der andere Faktor zu bedenken – die Geisel. Daß es sich um den Sohn des amerikanischen Präsidenten handelte, war eine politische Angelegenheit, betraf nicht die Polizei. Auch das Leben eines Gärtnersohns war schließlich ein Menschenleben. Wenn man Männer mit einem Sack geraubten Geldes oder nach einem begangenen Mord jagte, steuerte man direkt aufs Ziel los. Bei einer Geiselnahme mußte man unauffällig vorgehen. Jagte man den Kidnappern zuviel Angst ein, lief man Gefahr, daß sie auf Zeit und Geld, auf alles, was sie in das Verbrechen investiert hatten, pfiffen, sich auf die Sokken machten und eine tote Geisel zurückließen. Dies trug er dem düster gestimmten Komitee um Mitternacht Londoner Zeit vor. Eine Stunde später trank in Spanien David Weintraub mit Quinn ein Glas Wein. Nigel Cramer wußte davon nichts. Noch nicht.

Bei Scotland Yard räumt man unter vier Augen ein, daß die Beziehungen zur englischen Presse besser sind, als es zuweilen den Anschein hat. Bei Kleinigkeiten ärgert man sich oft übereinander, doch wenn es um eine wirklich ernste Sache geht, sind die Chefredakteure und Zeitungsbesitzer im allgemeinen bereit, Zurückhaltung zu üben. »Ernst« bedeutet, daß ein Menschenleben oder die Sicherheit des Landes in Gefahr ist. Dies ist der Grund, warum einige Entführungsfälle überhaupt nicht an die Öffentlichkeit gekommen sind, obwohl den Chefredakteuren die meisten Details sicher bekannt waren.

In diesem Fall hatte die Spürnase eines jungen Reporters von der Sache bereits Wind bekommen, und die britische Presse konnte nicht mehr viel tun, um sie unter der Decke zu halten. Peter Imbert, der Commissioner der Metropolitan Police, lud acht Zeitungsbesitzer, zwanzig Chefredakteure, die Chefs der beiden Fernsehanstalten und zwölf Rundfunkstationen zu sich ein. Er argumentierte, was die Auslandspresse auch drucken oder schreiben möge, es spreche viel dafür, daß die Kidnapper sich irgendwo in England versteckt hielten, englische Sender abhören, englisches Fernsehen anschauen und englische Zeitungen lesen würden. Er bat darum, keine verrückten Berichte zu bringen, etwa des Inhalts, daß die Polizei das Netz zuziehe und ein Sturm auf das Versteck unmittelbar bevorstehe. Genau solche Berichte könnten dazu führen, daß die Kidnapper in Panik gerieten, ihre Geisel töteten und verdufteten. Er bekam, was er wollte.

Es war früher Morgen in London. Tief im Süden überflog eine VC20A, unterwegs nach Washington, gerade die im Dunkeln liegenden Azoren.

Tatsächlich hatten sich die Kidnapper verkrochen. Nachdem am vorhergehenden Morgen der Volvo durch Buckingham gefahren war, hatte er östlich von Milton Keynes den Motorway M 1 erreicht und südliche Richtung, auf London zu, eingeschlagen. Er hatte sich dem großen, stählernen Strom angeschlossen, der auf die Hauptstadt zu rollte, unauffällig zwischen den schweren Lastern und den Fahrzeugen der Pendler, die aus Buckinghamshire, Bedfordshire und Hertfordshire der Hauptstadt zustrebten. Nördlich von London war der Volvo auf die M 25 abgebogen, die große Autobahn, die in einem Radius von rund fünfundzwanzig Meilen vom Stadtzentrum London umgibt. Von der M 25 gehen die großen Fernverkehrsstraßen, die die Provinzen mit London verbinden, wie die Speichen eines Rades aus.

Der Volvo war schließlich auf eine dieser Speichen abgebogen und glitt vor 10 Uhr in die Garage eines einzeln stehenden Hauses, eine Meile vom Zentrum einer Kleinstadt und keine vierzig Meilen Luftlinie von Scotland Yard entfernt. Das Haus war mit Überlegung ausgesucht worden; nicht zu abgelegen, um Interesse bei den Käufern zu erregen, aber auch nicht zu nahe für neugierige Nachbarn. Zwei Meilen, bevor der Volvo das Ziel erreichte, befahl der Führer der Gruppe den anderen drei Männern, auf den Boden zu rutschen und sich unterhalb der Höhe der Wagenfenster zusammenzukauern. Die beiden im Fond, übereinander liegend, zogen eine Decke über sich.

Jeder Beobachter hätte nur einen bärtigen Mann in einem Straßenanzug gesehen, der die Einfahrt passierte und in seine Garage fuhr.

Der Fahrer betätigte die Fernsteuerung, worauf sich das Garagentor automatisch öffnete und dann wieder schloß. Erst als es hinter ihnen geschlossen war, erlaubte er seinen Komplizen, sich zu erheben und herauszuklettern. Die Garage war in das Haus integriert, das man durch eine Verbindungstür erreichte.

Die vier Männer zogen wieder ihre schwarzen Trainingsanzüge an und ihre Masken, die Kopf, Hals und Schultern bedeckten, über die Gesichter, bevor sie den Kofferraum öffneten. Simon Cormack war benommen, konnte nicht klar sehen und kniff die Augen zusammen, als ihn die Taschenlampe blendete. Dann wurde ihm eine Kapuze aus schwarzer Serge über den Kopf geworfen. Von seinen Entführern sah er nichts.

Wacklig auf den Beinen, wurde er durch die Tür ins Haus und die Treppe hinab ins Souterrain geführt. Es war vorbereitet worden; sauber, weiße Wände, betonierter Boden, eine in die Decke eingelassene Lampe mit bruchsicherem Glas, ein Bettgestell aus Stahl, am Boden festgeschraubt, ein Toiletteneimer mit Plastikdeckel. Die Tür hatte ein Guckloch; die Verriegelung befand sich an der Außenseite, ebenso die beiden stählernen Bolzen.

Die Männer waren nicht brutal. Sie hoben den jungen Mann einfach auf das Bett, und der Riese hielt ihn fest, während einer der anderen ihm eine stählerne Handschelle über das eine Fußgelenk schob, nicht so eng, daß sie ihm das Blut abschnürte, aber doch so, daß der Fuß nicht herausschlüpfen konnte. Die andere Handschelle wurde geschlossen. Durch sie lief eine drei Meter lange Stahlkette, die dann mit einem Vorhängeschloß an sich selbst befestigt wurde. Das andere Ende der Kette war bereits um ein Bein des Bettes geschlungen und ebenfalls mit einem Schloß gesichert worden. Dann verließen sie ihn. Sie hatten kein einziges Wort gesprochen und würden auch nie eines sprechen.

Er wartete eine halbe Stunde, bis er die Kapuze abzunehmen wagte. Er war nicht sicher, ob sie noch hier waren, obwohl er gehört hatte, wie eine Tür zuging und Riegel sich knirschend bewegten. Seine Hände waren frei, aber er nahm die Kapuze ganz langsam ab. Er spürte keine Schläge, hörte keine Schreie. Endlich war sie herunter.

Er blickte blinzelnd in die Helligkeit, seine Augen stellten sich darauf ein, dann starrte er um sich. Seine Erinnerung war getrübt. Er wußte noch, daß er über einen weichen, federnden Rasen gelaufen war, erinnerte sich an einen grünen Transporter, an einen Mann, der einen Reifen wechselte; an zwei schwarz gekleidete Gestalten, die auf ihn zukamen, das Krachen von Schüssen, dann an den Anprall, das lastende Gewicht auf ihm und an Gras in seinem Mund.

Er erinnerte sich an die offenen Türen des Transporters, an seine Versuche zu schreien, an zappelnde Gliedmaßen, die Matratzen in dem Fahrzeug, an den großen Mann, der ihn niederhielt, an etwas Süßes, Aromatisches und dann an nichts mehr. Bis jetzt. Dann traf es ihn. Und mit der Erkenntnis seiner Lage kam die Furcht. Und die Einsamkeit, die absolute Isolierung. Er bemühte sich, tapfer zu sein, doch die Tränen der Angst rannen ihm übers Gesicht herab.

»O Dad«, flüsterte er. »Dad, es ist schrecklich. Hilf mir!«

Wenn Whitehall Probleme mit der Flutwelle der Telefonanrufe und Anfragen der Presse hatte, stand das Weiße Haus unter einem dreifachen Druck. Das erste Statement zu der Angelegenheit, das aus London kam, war um 7 Uhr Londoner Zeit eingetroffen, und das Weiße Haus war eine Stunde vorher verständigt worden, daß es kommen würde. Doch um diese Zeit war es in Washington erst 14 Uhr, und die amerikanischen Medien hatten überaus hektisch reagiert.

Craig Lipton, der Pressesprecher des Weißen Hauses, hatte eine Stunde im Cabinet Room zusammen mit dem Komitee verbracht, wo er instruiert wurde, was er sagen solle. Das Dumme war, daß es nur wenig zu sagen gab. Das Faktum der Entführung konnte bestätigt werden, ebenso der Tod der beiden Secret-Service-Männer, die Simon Cormack eskortiert hatten. Außerdem, daß der Sohn des Präsidenten ein ausgezeichneter Sportler war, der sich auf den Geländelauf spezialisiert und sich zur bewußten Zeit auf einem Übungslauf befunden hatte.

Das würde natürlich nichts helfen. Niemand sieht begangene Fehler mit klarerem Blick als ein empörter Journalist. Creighton Burbank erklärte zwar, daß er weder den Präsidenten kritisieren oder Simon selbst einen Vorwurf machen wolle, machte aber deutlich, er werde nicht zulassen, daß seine Behörde wegen mangelhafter Bewachung an den Pranger gestellt werde, da er ausdrücklich um mehr Leute gebeten hatte. Man dachte sich einen Kompromiß aus, der allerdings niemanden täuschen würde.

Jim Donaldson verwies darauf, daß er als Außenminister auf das Verhältnis zu London achten müsse, und außerdem wären ja Mißhelligkeiten zwischen den beiden Hauptstädten nicht nur keine Hilfe, sondern könnten sogar echten Schaden anrichten. Er verlangte, Lipton solle betonen, daß auch ein englischer Polizeisergeant ermordet worden war. Man einigte sich darauf, doch das Pressekorps im Weißen Haus nahm dann kaum Notiz davon.

Kurz nach 16 Uhr trat Lipton vor die knurrende Meute der Journalisten und gab seine Erklärung ab. Sie wurde live von Fernsehen und Rundfunk übertragen. Kaum hatte er geendet, brach der Sturm los. Er bat um Verständnis, daß er keine Fragen beantworten könne. Ebensogut hätte ein Opfer im Kolosseum zu Rom den Löwen erzählen können, es sei eigentlich ein sehr magerer Christ. Der Lärm nahm noch zu. Zwar gingen viele Fragen in dem Tohuwabohu unter, aber manche erreichten dennoch hundert Millionen Amerikaner und säten den Keim des Mißtrauens. Ob das Weiße Haus den Briten die Schuld gebe? Äh, nun ja, nein ... Warum nicht, hatten die nicht dort drüben das Sagen? Nun ja, schon, aber ... Mache das Weiße Haus also den Secret Service verantwortlich? Eigentlich nicht ... Warum, wollte man wissen, sei der Präsidentensohn nur von zwei Männern bewacht worden, wie sei er auf die Idee gekommen, in einer abgelegenen Gegend praktisch allein herumzurennen? Ob es wahr sei, daß Creighton Burbank seinen Rücktritt angeboten habe? Ob sich die Kidnapper schon gemeldet hätten? Die letzte Frage konnte Lipton wahrheitsgemäß mit »nein« beantworten, aber man versuchte ihn bereits dazu zu bringen, daß er seine Instruktionen überschritt.

Lipton zog sich schließlich hinter die Stellwände zurück, schweißgebadet und entschlossen, nach Grand Rapids zurückzukehren, wo er zu Hause war. Pressesprecher im Weißen Haus zu sein – von diesem Amt blätterte der Lack bereits rasch ab. Die Nachrichtenredakteure und Leitartikler würden ja doch schreiben, was sie wollten, ohne Rücksicht darauf, wie die Fragen beantwortet wurden. Schon am Abend dieses Tages wurde in der Presse der Ton gegenüber Großbritannien ausgesprochen feindselig.

In der britischen Botschaft an der Massachusetts Avenue gab der Presseattaché, der auch schon von CYA gehört hatte, eine Erklärung ab. Während er zum Ausdruck brachte, wie betroffen und bestürzt sein Land über das Vorgefallene sei, ließ er zweierlei einfließen: daß sich die Thames Valley Police auf amerikanisches Ersuchen eigens sehr zurückgehalten habe und daß Sergeant Dunn als einziger auf die Entführer zwei Schüsse abgefeuert und dafür sein Leben gegeben hatte. Es war nicht das, was man hören wollte, gab aber immerhin einen kurzen Artikel her. Es gab auch Anlaß dafür, daß der anwesende Creighton Burbank vor Zorn fauchte. Beide Männer wußten, daß das Ersuchen, ja das nachdrückliche Bestehen Simon Cormacks auf Zurückhaltung, über seinen Vater gekommen war, durften es aber nicht sagen.

Die Sitzung des Krisenmanagements, der Professionals, im Lageraum des Souterrains, dauerte den ganzen Tag über. Die Teilnehmer kontrollierten die vom COBRA-Komitee in London eintreffenden Informationen und berichteten, wenn dies notwendig wurde. Die NSA intensivierte die Überwachung des Telefonverkehrs nach und aus Großbritannien, für den Fall, daß die Kidnapper über einen Satelliten anriefen. Die Verhaltensforscher des FBI in Quantico hatten eine Liste mit Psychoporträts früherer Kidnapper erstellt, aufgeschrieben, was die Cormack-Entführer möglicherweise tun oder nicht tun würden, und dazu, wie sich die englischen und amerikanischen staatlichen Organe verhalten sollten. Man war in Quantico überzeugt, daß man hinzugezogen und *en masse* nach London geflogen werden würde, und höchst verwundert über die Verzögerung, obwohl keiner dieser Männer jemals vorher in Europa tätig gewesen war.

Das Ministerkomitee im Cabinet Room lebte von seinen Reserven an Nervenkraft, Kaffee und Antazidum-Tabletten. Dies war die erste große Krise der Präsidentschaft Cormacks, und die schon älteren Politiker erhielten in dieser harten Schule die erste Lektion des Krisenmanagements: Es wird dich eine Menge Schlaf kosten, also schlafe, so viel du kannst, solange du es noch kannst. Die Kabinettsmitglieder, die sich um 4 Uhr morgens von ihren Betten erhoben hatten, waren um Mitternacht noch immer auf den Beinen.

Zu dieser Stunde war die VC20A schon ziemlich weit westlich der Azoren über dem Atlantik und hatte noch dreieinhalb Stunden bis zum Landfall und vier bis zur Landung vor sich. In dem geräumigen hinteren Teil lagen die beiden Veteranen Weintraub und Quinn im Schlaf, weiter hinten schliefen die drei Männer der Crew, die den Jet nach Spanien geflogen hatte, während ihn die zweite nach Amerika zurückbrachte.

Die Männer im Cabinet Room blätterten das Dossier über den Mann namens Quinn durch, das aus den Akten in Langley ausgegraben und mit Ergänzungen aus dem Pentagon zusammengestellt worden war. Auf einer Farm in Delaware geboren, hieß es darin; mit zehn die Mutter verloren; jetzt sechsundvierzig. 1963 mit achtzehn in die Infanterie eingetreten, zwei Jahre später zu den Special Forces übergewechselt und vier Monate danach nach Vietnam gegangen, wo er fünf Jahre verbrachte.

»Er verwendet anscheinend nie seinen Vornamen«, nörgelte Reed vom Finanzministerium. »Hier steht, daß ihn sogar seine Kumpel Quinn nennen. Einfach nur Quinn. Sonderbar.«

»Er *ist* sonderbar«, bemerkte Bill Walters, der schon weiter gelesen hatte. »Hier steht auch, daß ihm Gewalt verhaßt ist.«

»Daran ist nichts sonderbar«, mischte sich Jim Donaldson, der Anwalt aus New Hampshire, ein, der das Außenministerium führte. »*Mir* ist Gewalt auch verhaßt.«

Im Unterschied zu seinem Vorgänger George Shultz, von dem bekannt war, daß ihm gelegentlich ein Vier-Buchstaben-Wort entschlüpfte, war Jim Donaldson prüde, ein Charakterzug, der ihn – was er gar nicht zu schätzen wußte – schon oft zur Zielscheibe von Michael Odells Foppereien gemacht hatte. Mager und knochig, sogar noch größer als John F. Cormack, ähnelte er einem Flamingo auf dem Wege zu einem Begräbnis, und zeigte sich nie ohne seinen dunkelgrauen Anzug mit Weste, Uhrkette und steifem weißen Kragen. Immer, wenn Odell den gestrengen Anwalt aus Neuengland aufziehen wollte, erwähnte er menschliche Bedürfnisse, und jedesmal verzog Donaldson angewidert seine schmale Nase. Seine Einstellung zur Gewalt war seiner Abneigung gegen Vulgaritäten ähnlich.

»Ja«, schaltete sich Walters wieder ein, »aber Sie haben die Seite achtzehn noch nicht gelesen.«

Donaldson las sie sofort, und Michael Odell ebenfalls. Der Vizepräsident pfiff durch die Zähne.

»*Das* hat er getan?« sagte er fragend. »Sie hätten ihm die Congressional Medal dafür geben sollen.«

»Dafür braucht man Zeugen«, gab Walters zu bedenken. »Wie Sie sehen, haben nur zwei Männer dieses Gefecht auf dem Mekong überlebt, und den andern hat Quinn vierzig Meilen weit auf dem Rücken geschleppt. Danach ist der Mann im US-Marine-Corps-Lazarett in Da Nang gestorben.«

»Immerhin«, sagte Hubert Reed, »hat er es zu einem Silver Star, zwei Bronze Stars und fünf Purple Stars gebracht.« Als machte es Spaß, verwundet zu werden, wenn man dafür mehr Ordensbändchen bekam.

»Zusammen mit den Erinnerungsmedaillen muß der fünf Reihen Orden haben«, sinnierte Odell. »Hier steht nichts davon, wie er und Weintraub zusammentrafen.«

So war es. Weintraub war inzwischen vierundfünfzig, acht Jahre älter als Quinn. Er war mit vierundzwanzig, gleich nach seinem College-Abschluß 1961, zur CIA gekommen, hatte seine Ausbildung in der »Farm« – Spitzname für Camp Peary am York River in Virginia – absolviert und war 1965 als GS12 Provincial Officer nach Vietnam gegangen, ungefähr zur gleichen Zeit, als ein junger Green Beret namens Quinn aus Fort Bragg dort eintraf.

Während der Jahre 1961 und 1962 waren zehn A-Teams der US Special Forces in der Provinz Darlacq eingesetzt gewesen, wo sie mit den Bauern strategische und befestigte Dörfer bauten, wobei sie die von den Briten in Malaya im Kampf gegen die kommunistische Guerilla entwickelte »Ölfleck«-Theorie anwandten, deren Ziel es war, die Terroristen von lokaler Unterstützung, Lebensmittelversorgung, Unterschlupfmöglichkeiten, Informationen und Geld abzuschneiden. Die Amerikaner nannten dies die »Politik der Herzen und Hirne«. Unter Anleitung durch die Special Forces funktionierte sie.

1964 übernahm Lyndon B. Johnson die Präsidentschaft. Die Armee wollte, daß die Special Forces der CIA entzogen und ihr unterstellt werden sollten. Damit setzte sie sich durch. Es bezeichnete bereits das Ende der »Herz-und-Hirn-Politik«, wenn sie auch erst nach weiteren zwei Jahren ganz zusammenbrach. In dieser Zeit begegneten sich Weintraub und Quinn. Der CIA-Mann war damit beschäftigt, Nachrichtenmaterial über die Vietkong zu sammeln, was er mit

Geschick und Schlauheit besorgte. Er verabscheute die Methoden von Männern wie Irving Moss (dem er nicht begegnet war, da sich die beiden in verschiedenen Teilen Vietnams aufhielten), obwohl er wußte, daß solche Praktiken manchmal im Rahmen des Phoenix-Programms angewandt wurden, an dem er selbst beteiligt war.

Die Special Forces wurden immer häufiger von ihrer Tätigkeit in den Dörfern abgezogen und auf Search-and-destroy-Operationen in den tiefsten Dschungel geschickt. Die beiden Männer lernten einander in einer Bar bei einer Dose Bier kennen; Quinn war einundzwanzig und seit einem Jahr dort, der CIA-Mann war neunundzwanzig und hatte ebenfalls ein Jahr »Nam« hinter sich. Sie entdeckten eine Gemeinsamkeit in der Überzeugung, daß das amerikanische Oberkommando einen Krieg wie diesen nicht gewinnen werde, indem es einfach massenhaft Waffen und Gerät in die Schlacht warf. Weintraub stellte fest, daß ihm der furchtlose junge Soldat sehr gefiel. Mochte Quinn auch ein militärischer Autodidakt sein, so war er doch ein heller Kopf und hatte sich, eine Seltenheit bei der Armee, selbst Vietnamesisch beigebracht, das er fließend beherrschte. Sie blieben in Verbindung. Das letzte Mal hatte Weintraub während des Vorstoßes nach Son Tay Quinn gesehen.

»Hier heißt's, der Typ war in Son Tay dabei«, sagte Michael Odell in seinem breiten Südstaaten-Akzent. »Allerhand!«

»Ich frage mich, warum er es bei so glänzenden Empfehlungen nie zum Offizier gebracht hat«, sagte Morton Stannard. »Im Pentagon gibt es Leute aus ›Nam‹ mit den gleichen Auszeichnungen, aber sie haben ihre Patente bei der ersten Gelegenheit erworben.«

David Weintraub hätte es ihnen erklären können, aber seine Maschine hatte noch sechzig Minuten Flug bis zur Landung vor sich. Nachdem die orthodoxen Militärs, die die Special Forces haßten, weil sie deren Aufgabe nicht verstanden, die Kontrolle über sie wieder an sich gezogen hatten, reduzierten sie in den sechs Jahren bis 1970 allmählich die Rolle der SF und übergaben das Herz-und-Hirn-Programm ebenso wie die Search-and-destroy-Missionen in zunehmendem Maß der südvietnamesischen Armee – mit unheilvollen Ergebnissen.

Die Green Berets machten trotzdem weiter, versuchten die Vietkong mit List und Tücke zu bekämpfen, statt mit Massenbombardierungen und Entlaubungsaktionen, die diesen nur neue Rekruten zutrieben. Es gab Projekte wie Omega, Sigma, Delta und Blackjack. Quinn war bei Delta dabei, unter dem Kommando von »Charging Charlie« Beckwith, der später, 1977, die Delta Force in Fort Bragg schuf und Quinn bedrängte, aus Paris zurückzukommen und wieder zur Armee zu stoßen.

Der Haken war, daß Quinn Befehle als Bitten betrachtete. Und manchmal war er mit ihnen nicht einverstanden. Außerdem zog er es vor, auf eigene Faust zu handeln, und weder das eine noch das andere war eine Empfehlung für die Tätigkeit eines Offiziers. Er brachte es nach einem halben Jahr zum Corporal, nach zehn Monaten zum Sergeant. War dann wieder Private (einfacher Soldat), darauf Sergeant, dann wieder Private ... Seine Karriere war wie ein Jo-Jo-Spiel.

»Ich denke, wir haben die Antwort auf Ihre Frage, Morton«, sagte Odell. »Hier steht's. Die Geschichte nach Son Tay.« Er lachte vergnügt vor sich hin. »Der Kerl hat einem General die Fresse poliert.«

Die 5th Special Forces Group zog am 31. Dezember 1970 endgültig aus Vietnam ab, drei Jahre vor dem umfassenden militärischen Rückzug, an dem auch Oberst Easterhouse beteiligt war, und fünf Jahre vor der demütigenden Evakuierung der letzten Amerikaner vom Dach des Botschaftsgebäudes aus. Son Tay war im November 1970 gewesen.

Es waren Meldungen eingetroffen, daß eine Anzahl amerikanischer Kriegsgefangener im Gefängnis Son Tay, vierundzwanzig Meilen von Hanoi entfernt, festgehalten werde, worauf beschlossen wurde, daß die Special Forces sie durch eine Luftlandeoperation befreien sollten. Es war ein komplexes und tollkühnes Unternehmen. Alle achtundfünfzig Freiwilligen waren aus Fort Bragg in Carolina gekommen. Sie hatten in der Eglin Air Force Base in Florida Zwischenstation für eine Ausbildung im Dschungelkampf gemacht. Sie brauchten einen Mann, der fließend vietnamesisch sprach. Weintraub, der als CIA-Angehöriger an der Planung beteiligt war, sagte, er kenne einen, und so schloß sich Quinn der Gruppe in Thailand an. Sie flogen zusammen nach Nordvietnam.

Die Operation wurde von Colonel Arthur »Bull« Simons geleitet, der Stoßtrupp jedoch, der auf das Gefängnisgelände vordrang, von Captain Dick Meadows. Quinn war auch dabei. Innerhalb von Sekunden nach der Landung brachte er aus einem verdatterten nordvietnamesischen Gefängniswächter heraus, daß die Amerikaner verlegt worden waren – schon zwei Wochen vorher. Die SF-Soldaten kamen, von ein paar Schnittwunden abgesehen, unversehrt davon.

Auf die Basis zurückgekehrt, machte Quinn wegen der miserablen Aufklärungsarbeit Weintraub Vorwürfe. Der CIA-Mann protestierte, die Leute seiner Organisation hätten gewußt, daß die Amerikaner weggebracht worden waren, und dies dem kommandierenden General berichtet. Quinn marschierte ins Offizierskasino, ging in die Bar und brach dem General mit einem Faustschlag den Kiefer. Der Vorfall wurde natürlich vertuscht. Ein guter Verteidiger konnte einem wegen einer solchen Geschichte die Karriere gründlich vermasseln. Quinn wurde – wieder einmal – zum Private degradiert und flog mit den anderen nach Hause. Eine Woche später verließ er die Armee und ging in die Versicherungsbranche.

»Der Mann ist ein Rebell«, sagte Donaldson angewidert, als er das Dossier schloß. »Er ist ein Einzelgänger, ein Außenseiter und gewalttätig obendrein. Es kann sein, daß wir einen Fehler gemacht haben.«

»Er hat auch beispiellose Erfolge als Unterhändler in Entführungsfällen erzielt«, sagte Justizminister Bill Walters. »Hier steht, daß er dabei raffiniert und geschickt vorgeht. Vierzehn erfolgreiche Rettungen von Geiseln in Irland, Frankreich, Holland, Deutschland und Italien. Entweder durch ihn selbst oder mit seiner Hilfe als Berater.«

»Wir wollen von ihm nur das eine«, sagte Odell, »nämlich daß er Simon Cormack heil wieder nach Hause bringt. Mir ist's egal, ob er Generälen Ohrfeigen verpaßt oder Schafe vögelt.«

»Bitte!« sagte Donaldson schockiert. »Übrigens, ich habe zu fragen vergessen: Warum ist er ausgestiegen?«

»Er hat sich zur Ruhe gesetzt«, antwortete Brad Johnson. »Irgendeine Geschichte mit einem kleinen Mädchen, das vor drei Jahren in Sizilien umgebracht wurde. Er kassierte seine Abfindung, löste seine Versicherungen auf und kaufte sich ein Stück Land in Südspanien.«

Jemand aus der Telefonzentrale steckte den Kopf zur Tür herein. Es war 4 Uhr morgens, vierundzwanzig Stunden, nachdem sie alle geweckt worden waren.

»Der DDO und sein Begleiter sind soeben in Andrews gelandet«, sagte er.

»Schaffen Sie sie unverzüglich hierher«, befahl Odell, »und sorgen Sie dafür, daß der DCI, der Direktor des FBI und Mr. Kelly ebenfalls hier sind, wenn die beiden eintreffen.«

Quinn trug noch immer die Sachen, in denen er Spanien verlassen hatte. Wegen der Kälte hatte er einen Pullover aus seinem Jutesack geholt. Seine beinahe schwarze Hose, die zu seinem einzigen Anzug gehörte, genügte zwar durchaus für den Kirchgang in Alcantara del Rio, denn in den Dörfern Andalusiens tragen die Leute noch immer Schwarz, wenn sie zur Messe gehen, aber sie war arg verknittert. Der Pullover hatte schon bessere Tage gesehen, und Quinns Gesicht zierte ein drei Tage alter Stoppelbart.

Die Mitglieder des Ausschusses machten einen gepflegteren Eindruck. Sie hatten sich von Zuhause frische Wäsche, gebügelte Hemden und Anzüge kommen lassen; Möglichkeiten zum Waschen gab es gleich nebenan. Weintraub hatte den Wagen zwischen Andrews und dem Weißen Haus nicht anhalten lassen.

Er ging als erster hinein, trat beiseite, um Quinn Platz zu machen, und schloß die Tür. Stumm starrten die Washingtoner Politiker Quinn an. Der hochgewachsene Mann ging ohne ein Wort zu dem Stuhl am Ende des Tisches, nahm unaufgefordert Platz und sagte: »Ich bin Quinn.«

Vizepräsident Odell räusperte sich.

»Mr. Quinn, wir haben Sie hierher gebeten, weil wir uns mit dem Gedanken tragen, Sie mit der Aufgabe zu betrauen, die Rückkehr Simon Cormacks auszuhandeln.«

Quinn nickte. Es war anzunehmen, daß er nicht den weiten Weg hierher gebracht worden war, um über Football zu diskutieren.

»Haben Sie neue Nachrichten über die Situation in London?« fragte er.

Es war eine Erleichterung für die Anwesenden, daß schon so früh eine praktische Angelegenheit zur Sprache kam. Brad Johnson schob ein Fernschreiben über den Tisch zu Quinn hin, der es schweigend las.

»Kaffee, Mr. Quinn?« fragte Hubert Reed. Es ist nicht gerade üblich, daß Finanzminister Kaffee servieren, aber er stand auf und ging zur Kaffeemaschine, die an der Wand stand. Eine Menge Kaffee war schon getrunken worden.

»Schwarz«, sagte Quinn und las weiter. »Sie haben sich noch nicht gemeldet?«

Niemand brauchte zu fragen, wer mit »sie« gemeint war.

»Nein«, sagte Odell. »Totale Funkstille. Natürlich haben Hunderte von Leuten angerufen, die sich einen schlechten Scherz erlaubten. Ein paar davon in England. Allein hier in Washington haben wir siebzehnhundert gezählt. Die Verrückten haben einen großen Tag.«

Quinn las weiter. Weintraub hatte ihn auf dem Flug über den ganzen Hintergrund aufgeklärt. Jetzt informierte er sich über die neuesten Entwicklungen. Es waren herzlich wenige.

»Mr. Quinn, haben Sie vielleicht irgendeine Vermutung, wer die Täter sein könnten?«

»Gentlemen, es gibt vier verschiedene Sorten von Kidnappern. Nur vier. Am günstigsten aus unserer Sicht wären die Amateure. Ihre Planung ist schlecht. Wenn ihnen die Entführung gelingt, lassen sie meist Spuren zurück. Sie können in der Regel aufgespürt werden. Sie haben schwache Nerven, was gefährlich werden kann. Im allgemeinen läuft es so, daß die Befreiungsteams anrücken, die Entführer übertölpeln und die Geisel unversehrt befreien. Aber das hier waren keine Amateure.«

Es gab keinen Widerspruch. Alle Augen ruhten auf ihm.

»Am schlimmsten sind die Maniacs; Typen wie die Manson-Bande. Völlig unzugänglich, irrational. Sie haben es nicht auf materielle Dinge abgesehen; sie töten, weil es ihnen Spaß macht. Glücklicherweise sieht es nicht so aus, als wären die hier Maniacs. Alles war peinlich genau vorbereitet, präzise geübt.«

»Und die anderen beiden Sorten?« fragte Bill Walters.

»Von den beiden anderen sind die politischen oder religiösen Fanatiker die Schlimmeren. Ihre Forderungen sind manchmal schlechterdings unerfüllbar. Sie suchen Ruhm und Publizität – die vor allem. Sie kämpfen für eine ›Sache‹. Manche sind bereit, dafür zu sterben, alle sind bereit, dafür zu töten. Ihre ›Sache‹ kommt uns vielleicht hirnverbrannt vor, ihnen überhaupt nicht. Und sie sind nicht dumm, nur voller Haß auf das Establishment und damit auch auf ihr Opfer, das aus diesen Kreisen kommt. Sie töten, um etwas zu demonstrieren, nicht zur Selbstverteidigung.«

»Und die vierte Sorte?« fragte Morton Stannard.

»Die professionellen Kriminellen«, sagte Quinn, ohne zu zögern. »Sie wollen Geld – das ist der einfache Teil. Sie haben sehr viel eingesetzt, ihre Investition steckt in der Geisel. Sie werden diese Investition nicht so leicht ruinieren.«

»Und die Typen in unserem Fall?« fragte Odell.

»Wer sie auch sind, ein Umstand ist sehr zu ihrem Nachteil, was sich gut oder schlecht auswirken kann. Die Tupamaros in Mittel- und Südamerika, die Mafia in Sizilien, die Camorra in Kalabrien, die Gebirgler in Sardinien oder die Hisbollah in Beirut – sie alle operieren in einer sicheren, vertrauten Umgebung. Sie müssen nicht töten, weil sie nicht unter Zeitdruck stehen. Diese Leute aber sitzen in einem Schlupfwinkel ausgerechnet in England, einer – für sie – sehr feindseligen Umgebung. Ergo stehen sie bereits jetzt unter Druck. Sie wollen ihren Deal schnell über die Bühne bringen und sich dann absetzen; das ist gut. Aber es besteht die Gefahr, daß sie die Furcht vor einer unmittelbar bevorstehenden Entdeckung übermannen könnte, so daß sie das Weite suchen und eine Leiche zurücklassen. Und das ist schlecht.«

»Würden Sie mit Ihnen verhandeln?« fragte Reed.

»Falls das möglich ist, ja. Wenn sie sich melden, muß irgendeiner das übernehmen.«

»Es widert mich an, einem solchen Abschaum Lösegeld zu zahlen«, sagte Philip Kelly von der kriminalpolizeilichen Abteilung des FBI. Die Leute kommen zum FBI aus allen möglichen Bereichen des Polizeiapparats; Kelly war vorher beim New York Police Department gewesen.

»Zeigen Profi-Verbrecher mehr Mitleid als Fanatiker?« fragte Brad Johnson.

»Kidnapper, gleich welche, kennen kein Mitleid«, sagte Quinn knapp, »es ist das gemeinste Verbrechen überhaupt. Hoffen Sie auf Geldgier.«

Michael Odell blickte in die Runde. Seine Kollegen nickten langsam.

»Mr. Quinn, wollen Sie versuchen, die Freilassung des Jungen auszuhandeln?«

»Angenommen die Entführer melden sich, ja. Ich habe aber ein paar Bedingungen zu stellen.«

»Natürlich. Nennen Sie sie.«

»Ich arbeite nicht für die amerikanische Regierung. Sie kooperiert mit mir in jeder Hinsicht, aber ich arbeite für die Eltern. Nur für sie.«

»Einverstanden.«

»Meine Basis ist London, nicht Washington. Washington liegt zu weit vom Schuß. Ich trete in der Öffentlichkeit überhaupt nicht in Erscheinung. Ich bekomme meine eigene Wohnung und die Telefonleitungen, die ich brauche. Und ich bin Nummer eins beim Verhandeln – das muß mit London abgestimmt werden. Ich will keinen Krieg mit Scotland Yard.«

Odell warf dem Außenminister einen Blick zu.

»Ich denke, wir können die Engländer dazu bringen, daß sie das konzedieren«, sagte Donaldson. »Sie haben Vortritt bei den Ermittlungen zur Tataufklärung, die parallel zu eventuellen direkten Verhandlungen geführt werden. Sonst noch was?«

»Ich handle, wie ich es für gut halte, und treffe meine eigenen Entscheidungen, wie ich mit diesen Leuten umgehe. Möglicherweise muß Geld übergeben werden. Es sollte bereitgestellt werden. Meine Aufgabe ist es, dafür zu sorgen, daß sie den Jungen herausgeben. Das ist alles. Sobald er frei ist, können Sie die Typen bis ans Ende der Welt jagen.«

»Was wir tun werden«, sagte Kelly.

»Das Geld ist kein Problem«, sagte Hubert Reed. »Sie dürfen damit rechnen, daß wir bereit sind, jeden Betrag, in unbegrenzter Höhe also, zu zahlen.«

Quinn schwieg, sagte sich aber, daß es der schlimmste Fehler wäre, das den Kidnappern zu erzählen.

»Ich will nicht eingeengt werden, keine Schnüffler, keine privaten Initiativen. Und bevor ich abfliege, möchte ich Präsident Cormack sprechen. Unter vier Augen.«

»Sie sprechen vom Präsidenten der Vereinigten Staaten«, sagte Lee Alexander von der CIA.

»Er ist außerdem der Vater der Geisel«, sagte Quinn. »Ich brauche Informationen über Simon Cormack, die ich nur von seinem Vater bekommen kann.«

»Er ist tief bekümmert«, sagte Odell. »Können Sie ihm das nicht ersparen?«

»Nach meiner Erfahrung möchten in solchen Fällen die Väter oft mit jemandem sprechen, sogar mit einem Fremden. Vielleicht gerade mit einem Fremden. Vertrauen Sie mir.«

Noch während Quinn diese Worte sprach, wußte er schon, daß dies eine vergebliche Hoffnung war. Odell seufzte.

»Ich werde seh'n, was ich tun kann. Jim, würden Sie die Sache mit London abklären. Kündigen Sie Quinn an. Sagen Sie, wir wünschen, daß die Sache so gemacht wird. Jemand muß ihm frische Sachen besorgen. Mr. Quinn, möchten Sie nicht den Waschraum weiter unten im Korridor benützen, um sich frisch zu machen? Ich werde den Präsidenten anrufen. Wie kommt man am raschesten nach London?«

»Mit der Concorde, die in drei Stunden vom Dulles Airport abfliegt«, sagte Weintraub.

»Platz reservieren«, sagte Odell und stand auf. Alle erhoben sich.

Nigel Cramer hatte um 10 Uhr Neuigkeiten für das COBRA-Komitee im Briefing Room unter dem Cabinet Office. Die Kfz-Zulassungsstelle in Swansea hatte einen Hinweis geliefert. Ein Mann gleichen Namens wie der frühere Besitzer des Transit hatte einen Monat vorher ein anderes Fahrzeug, einen Sherpa, gekauft und angemeldet. Damit gab es nun eine Adresse – in Leicester. Commander Williams, der Chef von SO 13 und zuständiger Ermittlungsbeamter, war mit einem Polizeihubschrauber auf dem Weg dorthin.

Nach der Sitzung nahm Sir Harry Marriott, der Innenminister, Cramer beiseite.

»Washington will selbst die Verhandlungen führen, falls es dazu kommt«, sagte er. »Sie haben ihren eigenen Mann hierher in Marsch gesetzt.«

»Herr Minister, ich muß darauf bestehen, daß die Metropolitan Police in allen Bereichen den Vortritt hat«, sagte Cramer. »Ich möchte zwei Männer aus der Criminal Intelligence Branch als Unterhändler einsetzen. Großbritannien ist schließlich nicht amerikanisches Territorium.«

»Tut mir leid«, sagte Sir Harry, »daß ich mich in dieser Geschichte über Sie hinwegsetzen muß. Ich habe es mit Downing Street abgeklärt. Wenn die Yankees es so haben wollen, müssen wir es ihnen zugestehen. So sieht man die Sache.«

Cramer war gekränkt, aber er hatte seinen Protest ausgesprochen. Der Verlust seines Verhandlungsprimats stärkte nur noch seine Entschlossenheit, die Kidnapper durch intensive Fahndung aufzuspüren und damit die Entführung zu beenden.

»Darf ich fragen, wer dieser Mann ist, Herr Minister?«

»Anscheinend heißt er Quinn.«

»Quinn?«

»Ja, kennen Sie den Namen?«

»Gewiß, Herr Minister. Er hat früher für eine Tochterfirma von Lloyds gearbeitet. Ich dachte, er sei ausgeschieden.«

»Nun, von Washington hören wir, daß er wieder zurück ist. Taugt der Mann denn etwas?«

»Sehr viel. Ausgezeichnete Leistungen in fünf Ländern, einschließlich Irland, vor vielen Jahren. Ich lernte ihn damals kennen – das Opfer war ein britischer Bürger, ein Geschäftsmann, der von einer Splittergruppe der IRA entführt worden war.«

Cramer war innerlich erleichtert. Er hatte schon befürchtet, irgendein Verhaltenstheoretiker würde daherkommen und sich wundern, daß die Engländer auf der linken Straßenseite fahren.

»Ausgezeichnet«, sagte Sir Harry. »Dann finde ich, sollten wir diesen Punkt in guter Haltung konzedieren. Unsere uneingeschränkte Kooperation, in Ordnung?«

Der Innenminister, der ebenfalls schon von CYA gehört hatte, war über die Forderung Washingtons nicht ungehalten. Sollte schließlich etwas schiefgehen . . .

Eine Stunde, nachdem Quinn den Cabinet Room verlassen hatte, wurde er in das private Arbeitszimmer im zweiten Stock des Weißen Hauses geführt. Odell hatte ihn persönlich hingebracht, nicht durch den Rosengarten mit seinen Stechpalmen und Buchsbäumen, wo die Magnoliensträucher blattlos in der herbstlichen Kühle dastanden, denn aus einer Entfernung von einer halben Meile wurde das Weiße Haus von Kameras mit weitreichenden Objektiven beobachtet. Der Vizepräsident führte Quinn statt dessen durch den Korridor im Untergeschoß bis zu einer Treppe, die zum Korridor im Erdgeschoß führte.

Präsident Cormack trug einen dunklen Anzug, er sah blaß und

müde aus. Um den Mund zeigte sich die Belastung in tief eingekerbten Falten, unter den Augen lagen von der Schlaflosigkeit herrührende dunkle Schatten. Er gab Quinn die Hand und nickte dem Vizepräsidenten zu, der sich zurückzog.

Dann zeigte er auf einen Stuhl und setzte sich selbst hinter seinen Schreibtisch. Damit schuf er zu seinem Schutz eine Barriere, da er seine Haltung wahren wollte. Er setzte gerade zum Sprechen an, als ihm Quinn zuvorkam.

»Wie geht es Mrs. Cormack?«

Nicht »First Lady«. Nur Mrs. Cormack, seiner Frau. Er war verblüfft.

»Ach, sie schläft jetzt. Es war ein furchtbarer Schock für sie. Sie steht jetzt unter Beruhigungsmitteln.« Er hielt inne und fuhr dann fort: »Sie haben das schon einmal erlebt, Mr. Quinn?«

»Schon oft, Sir.«

»Nun, wie Sie sehen, hinter all dem Pomp und Zeremoniell nur ein Mensch, ein tief beunruhigter Mann.«

»Ja, Sir. Ich weiß. Erzählen Sie mir bitte von Ihrem Sohn.«

»Simon. Was soll ich über ihn sagen?«

»Was er für ein Mensch ist. Wie er reagieren wird auf ... diese Sache. Warum haben Sie ihn erst so spät bekommen?«

Niemand im Weißen Haus hätte gewagt, eine solche Frage zu stellen. John Cormack blickte über den Schreibtisch. Er war selbst groß, aber dieser Mann erreichte seine einszweiundneunzig. Korrekter grauer Anzug, gestreifte Krawatte, weißes Hemd – alles geborgt, obwohl Cormack davon nichts wußte. Glatt rasiert, tief gebräunt. Das gegerbte Gesicht, die ruhigen grauen Augen vermittelten den Eindruck von Stärke und Geduld.

»So spät. Nun ja, ich weiß nicht. Ich habe mit dreißig geheiratet; Myra war einundzwanzig. Ich war damals ein junger Professor ... Wir dachten, wir würden in zwei, drei Jahren Kinder bekommen. Aber es kam nicht dazu. Wir warteten. Die Ärzte sagten, es gebe keinen Grund ... Dann, nach zehn Ehejahren, kam Simon. Ich war inzwischen vierzig, Myra einunddreißig. Wir haben nie mehr ein Kind bekommen ... nur Simon.«

»Sie lieben ihn sehr, nicht?«

Präsident Cormack starrte Quinn überrascht an. Die Frage war so unerwartet gekommen. Er wußte, daß Odell seinen beiden erwachsenen Sprößlingen völlig entfremdet war, aber es war ihm nie bewußt gewesen, wie sehr er seinen einzigen Sohn liebte. Er stand auf, kam um den Schreibtisch herum und setzte sich auf die Kante eines Stuhls, nun Quinn viel näher.

»Mr. Quinn, Simon ist für mich, ist für uns beide unser ein und alles. Bringen Sie ihn uns zurück.«

»Erzählen Sie mir bitte von seiner Kindheit, als er noch klein war.«

Der Präsident sprang auf.

»Ich habe ein Foto«, sagte er stolz. Er ging zu einem Kabinettschrank und kehrte mit einem gerahmten Schnappschuß zurück. Die Aufnahme zeigte einen kräftigen kleinen Jungen von vier oder fünf Jahren in der Badehose am Strand; er hielt ein Eimerchen und einen Spaten in den Händen. Hinter ihm hockte fröhlich lachend der stolze Vater.

»Es wurde 1975 auf Nantucket aufgenommen. Ich war gerade in New Haven in den Kongreß gewählt worden.«

»Erzählen Sie mir von Nantucket«, sagte Quinn leise.

Präsident Cormack sprach eine Stunde lang. Es schien ihm gutzutun. Als Quinn aufstand, um sich zu verabschieden, kritzelte Cormack eine Nummer auf einen Zettel und reichte ihn Quinn.

»Das ist mein Privatanschluß. Nur ganz wenige Leute haben die Nummer. Darunter bin ich tagsüber und auch nachts zu erreichen ...« Er streckte die Hand aus. »Viel Glück, Mr. Quinn. Gott mit Ihnen.« Er war bemüht, sich zu beherrschen. Quinn nickte und ging rasch hinaus. Er hatte die schreckliche Wirkung schon an anderen gesehen.

Quinn hielt sich noch im Waschraum auf, als Philip Kelly zurück zum Edgar J. Hoover Building fuhr, wo, wie er wußte, der zweite stellvertretende Direktor der CID auf ihn wartete. Kevin Brown und er hatten viel gemeinsam, weshalb er darauf gedrängt hatte, daß Brown diesen Posten erhielt.

Als er in sein Arbeitszimmer trat, fand er dort seinen Stellvertreter vor, der gerade Quinns Dossier las. Kelly deutete mit einer Kopfbewegung auf die Akte hin, während er Platz nahm.

»Das ist also unser Held. Was sagen Sie dazu?«

»Als Soldat hat er sich recht tapfer gehalten«, räumte Brown ein.

»Im übrigen einer, der alles besser weiß. So ungefähr das einzige, was mir an dem Kerl gefällt, ist sein Name.«

»Nun ja«, sagte Kelly, »sie haben sich über das Bureau hinweggesetzt und ihn als Unterhändler angeheuert. Don Edmonds hat keine Einwände dagegen erhoben. Vielleicht sagt er sich, wenn die ganze Sache schiefgeht... Trotzdem, die Schweine, die das verbrochen haben, haben gegen mindestens vier amerikanische Gesetze verstoßen. Das Bureau *ist* zuständig, obwohl es auf englischem Territorium geschehen ist. Und ich bin dagegen, daß dieser Wirrkopf dort drüben auf eigene Faust und ohne Aufpasser operiert, egal, wer das erlaubt hat.«

»Richtig«, pflichtete ihm Brown bei.

»Der FBI-Mann in London, Patrick Seymour – kennen Sie ihn?«

»Ich habe schon von ihm gehört«, knurrte Brown. »Er kann es sehr gut mit den Briten. Vielleicht zu gut.«

Kevin Brown kam aus der Bostoner Polizei, war, wie Kelly, irischer Abstammung, und seine Bewunderung für England und die Engländer hätte auf der Rückseite einer Briefmarke mühelos Platz gefunden. Nicht, daß er die IRA mit Samthandschuhen angefaßt hätte; er hatte zwei Waffenhändler, die mit ihr Geschäfte machten, aus dem Verkehr gezogen, und nur die Gerichte hatten sie vor dem Knast bewahrt.

Er war ein Polizist vom alten Schlag, der für Kriminelle, gleich welcher Sorte, nichts übrig hatte. Aber er erinnerte sich auch, wie er in den Slums von Boston als kleiner Junge entsetzt seine Großmutter von Leuten hatte erzählen hören, die mit grünem Mund gestorben waren, weil sie während der Hungersnot von 1849 Gras gegessen hatten. Er wußte noch, wie sie von den vielen Iren berichtet hatte, die 1916 gehängt und erschossen worden waren. Er dachte sich Irland, das er nie besucht hatte, als ein nebelverhangenes Land mit grünen Hügeln, erfüllt von den Klängen der Fiedel und des Dudelsacks, wo Dichter wie Yeats und O'Faolain umherwanderten und ihre Verse ersannen. Er wußte, Dublin war eine Stadt voller freundlicher Kneipen, wo friedliche Menschen am Torffeuer bei einem Glas Stout saßen, versenkt in die Werke von Joyce und O'Casey.

Er hatte gehört, Dublin habe das schlimmste Drogenproblem unter den Jugendlichen, aber er wußte, das war nichts als englische Propaganda. Er hatte gehört, daß irische Premierminister auf amerikanischem Boden inständig darum baten, man möge der IRA kein Geld mehr schicken; na schön, jeder hat das Recht auf seine eigene Meinung. Und er selbst auch. Daß er Verbrecher jagte, verpflichtete ihn nicht dazu, die Leute sympathisch zu finden, die er als die ewigen Unterdrücker des Landes seiner Vorfahren betrachtete. Inzwischen war der ihm gegenübersitzende Kelly zu einer Entscheidung gekommen.

»Seymour ist ein Kumpel von Buck Revell, aber der hat Krankenurlaub. Der Direktor hat mich damit beauftragt, im Namen des Bureaus diesen Fall zu übernehmen. Und ich möchte nicht, daß dieser Quinn außer Kontrolle gerät. Stellen Sie bitte ein gutes Team zusammen und nehmen Sie den Mittagsflug nach London. Sie werden ein paar Stunden nach der Concorde dort ankommen, aber das ist egal. Quartieren Sie sich in der Botschaft ein – ich werde Seymour sagen, daß Sie das Kommando führen, sollten Probleme auftreten.«

Brown stand auf. Er war befriedigt.

»Noch was, Kevin. Ich möchte einen Spezialagenten ganz in Quinns Nähe haben. Immer, Tag und Nacht. Wir wollen Bescheid wissen, wenn dieser Kerl auch nur rülpst.«

»Ich weiß genau den richtigen«, sagte Brown. »Gut, hartnäckig und schlau. Auch äußerlich sympathisch. Es ist eine Frau – Agentin Sam Somerville. Ich werde sie selbst einweisen . . . jetzt gleich.«

Draußen in Langley fragte sich David Weintraub, ob er jemals wieder Zeit zum Schlafen finden werde. Während seiner Abwesenheit hatte sich die Arbeit zu einem wahren Berg aufgetürmt. Viel davon hatte mit den bekannten Terroristengruppen in Europa zu tun – aktuelle Informationen, Infiltrationsagenten innerhalb dieser Gruppen, Aufenthaltsorte der führenden Mitglieder, soweit bekannt, mögliche konspirative Besuche in England während der vergangenen vierzig Tage . . . schon die Liste der Überschriften war beinahe endlos. So war es der Chef der europäischen Abteilung, der McCrea in seine Aufgabe einwies.

»Sie werden Lou Collins von unserer Botschaft kennenlernen«, sagte er, »aber er wird uns von außerhalb des inneren Kreises auf dem laufenden halten. Wir brauchen jemanden ganz in der Nähe dieses Quinn. Wir müssen die Entführer identifizieren, und es wäre nicht unangenehm, wenn wir das vor den Briten schaffen könnten. Okay, die Briten sind gute Kumpel, aber ich möchte, daß wir diesen Fall erledigen. Wenn die Entführer Ausländer sind, verschafft uns das einen Vorteil; wir haben besseres Material über Ausländer als das Bureau, vielleicht sogar als die Briten. Wenn Quinn eine Spur riecht, wenn ihn sein Instinkt auf etwas bringt und er sich verplappert, melden Sie es uns.«

Einsatzagent McCrea war überwältigt. Als GS 12 mit zehn Dienstjahren in der Agency seit seiner Anwerbung im Ausland – sein Vater war in Südamerika als Geschäftsmann tätig gewesen – war er zweimal außerhalb der USA eingesetzt worden, nie aber in London. Die Verantwortung war gewaltig, aber die damit verbundene Chance auch.

»Sie können sich auf mi . . . mi . . . mich verlassen, Sir.«

Quinn hatte darauf bestanden, daß ihn niemand, den die Medien kannten, zum Dulles International Airport begleitete. Er hatte das Weiße Haus in einem schlichten Kleinwagen verlassen, der von einem Beamten des Secret Service in Zivilkleidung gesteuert wurde. Quinn hatte sich auf dem Rücksitz tief nach unten gebeugt, als sie an der Gruppe der Journalisten am Alexander Hamilton Place, am äußersten östlichen Ende des Komplexes des Weißen Hauses und am weitesten vom Westflügel entfernt, vorüberfuhren. Die Journalisten streiften den Wagen mit einem kurzen Blick, bemerkten nichts, was sie interessierte, und nahmen nicht weiter Notiz davon.

Am Dulles Airport passierte Quinn die Abfertigung, wobei ihm sein Begleiter nicht von der Seite wich, bis er in die Concorde stieg. Die Beamten an der Paßkontrolle zogen die Augenbrauen hoch, als der Mann seine Ausweiskarte vom Weißen Haus zückte. Immerhin war er für eines gut: Quinn ging in den Duty-free-Shop, kaufte Toilettenartikel, Hemden, Krawatten, Strümpfe, Schuhe, einen Regenmantel, eine Reisetasche und ein kleines Tonbandgerät mit einem Dutzend Batterien und Spulen, und als es ans Zahlen ging, deutete er mit einer Daumenbewegung auf den Secret-Service-Mann.

»Mein Freund zahlt mit Kreditkarte«, sagte er.

Die Klette löste sich von ihm an der Tür der Concorde. Die englische Stewardeß führte Quinn zu seinem Platz ziemlich weit vorne, schenkte ihm aber nicht mehr Beachtung als allen anderen Fluggästen. Er machte es sich auf seinem Sitz neben dem Mittelgang bequem. Dann warf er einen Blick auf die andere Seite. Blond, kurz geschnittenes, glänzendes Haar, ungefähr fünfunddreißig, ein gutes, kräftiges Gesicht. Das Kostüm war eine Spur zu streng, die Absätze waren eine Kleinigkeit zu flach für die Figur.

Die Concorde reihte sich in die Reihe der anderen Maschinen ein, wartete, erzitterte dann und donnerte die Startbahn entlang. Die Raubvogelnase hob sich, die Krallen der hinteren Räder verloren den Kontakt, der Boden darunter kippte fünfundvierzig Grad weg und Washington verschwand rasch aus dem Blickfeld.

Noch etwas anderes bemerkte er an der jungen Frau. Zwei winzige Löcher in einem der Jackenaufschläge, Einstiche wie von einer Sicherheitsnadel. Einer Sicherheitsnadel, wie sei an einer Ausweiskarte befestigt ist. Er beugte sich hinüber.

»Zu welcher Abteilung gehören Sie?«

Sie sah ihn verblüfft an. »Wie bitte?«

»Beim Bureau. Zu welcher Abteilung im Bureau gehören Sie?«

Sie wurde immerhin rot, biß sich auf die Lippen und überlegte. Nun ja, früher oder später mußte es ja kommen.

»Tut mir leid, Mr. Quinn. Ich heiße Somerville. Agentin Sam Somerville. Ich bin beauftragt worden ...«

»Schon gut, Miss Sommerville. Ich weiß, womit Sie beauftragt worden sind.«

Die No-smoking-Lämpchen gingen aus. Die Süchtigen im hinteren Teil der Maschine zündeten ihre Glimmstengel an. Eine Stewardeß kam heran und teilte Gläser mit Champagner aus. Das letzte nahm der Geschäftsmann am Fenster links von Quinn. Sie drehte sich um, um zu gehen. Quinn hielt sie auf, nahm ihr mit einer Entschuldigung das silberne Tablett weg, hielt es als Spiegel hoch und musterte die Reihen hinter sich. Es dauerte sieben Sekunden. Dann dankte er der verblüfften Stewardeß und gab ihr das Tablett zurück.

»Wenn wir die Gurte öffnen können, gehn Sie mal hin und sagen dem jungen Spund aus Langley in Reihe siebzehn, er soll seinen Arsch hierher bewegen«, sagte er zu Agentin Somerville. Fünf Minuten später kam sie mit dem jungen Mann wieder. Er war hochrot im Gesicht, wischte sich das schlaffe Blondhaar aus der Stirn und brachte ein unschuldiges Jungengrinsen fertig.

»Tut mir leid, Mr. Quinn. Ich wollte mich nicht aufdrängen. Nur habe ich eben den Auftrag erhalten ...«

»Ja, ich weiß Bescheid. Setzen Sie sich.« Er deutete auf einen unbesetzten Platz eine Reihe weiter vorne. »Jemand, den der Zigarettenrauch derart stört, fällt einfach auf, wenn er dort hinten sitzt.«

»Oh.« Der junge Mann tat, was ihm befohlen worden war.

Quinn schaute hinaus. Die Concorde überflog die Küste von Neuengland und schickte sich an, die Schallmauer zu durchbrechen. Er hatte Amerika noch nicht hinter sich, und schon wurden die Versprechungen gebrochen. Es war 10.15 Uhr Eastern Standard Time und 15.15 Uhr Londoner Zeit. Drei Stunden Flug bis Heathrow.

6. Kapitel

Simon Cormack verbrachte die ersten vierundzwanzig Stunden seiner Gefangenschaft in totaler Isolation. Experten hätten gewußt, daß dies zur Strategie des Mürbemachens gehörte – Gelegenheit für die Geisel, ausgiebig über ihre Einsamkeit und Hilflosigkeit nachzudenken. Zeit genug auch, daß Hunger und Müdigkeit allmählich ihre Wirkung tun. Eine Geisel, die voll »Pep« ist, noch aufgelegt zum Schimpfen und zum Streiten oder sogar dazu, irgendeinen Fluchtplan zu schmieden, schafft nur Probleme. Mit einem Opfer hingegen, dem nur Hoffnungslosigkeit und eine klägliche Dankbarkeit für kleine Gnadenerweise geblieben sind, ist viel leichter umzugehen.

Um 10 Uhr am zweiten Tag, ungefähr zu der Zeit, als Quinn in den Cabinet Room in Washington trat, lag Simon in einem unruhigen Halbschlaf, als er das Klicken des Gucklochverschlusses an der Kellertür hörte. Als er hinblickte, erkannte er ein Auge, das ihn beobachtete; sein Bett stand der Tür genau gegenüber, und selbst wenn seine drei Meter lange Kette gestrafft war, befand er sich nicht außerhalb des Blickfelds des Gucklochs.

Nach mehreren Sekunden hörte er das Knirschen der beiden Riegel, die zurückgeschoben wurden. Die Tür öffnete sich einen Spaltbreit, und um die Kante erschien eine Hand in einem schwarzen Handschuh. Sie hielt eine weiße Karte, auf der mit einem Filzstift in Blockbuchstaben eine Nachricht beziehungsweise Instruktion geschrieben stand:

WENN DU EIN DREIMALIGES KLOPFEN HÖRST, SETZT DU DIE KAPUZE AUF. KLAR? ZEIG, DASS DU VERSTANDEN HAST.

Simon, der nicht wußte, was er tun sollte, ließ ein paar Sekunden verstreichen. Die Karte bewegte sich ungeduldig.

»Ja«, sagte er, »ich habe verstanden. Ein dreifaches Klopfen an dieser Tür, und ich setze die Kapuze auf.«

Die Karte verschwand und wurde durch eine andere ersetzt. Auf dieser stand:

EIN ZWEIMALIGES KLOPFEN UND DU KANNST DIE KAPUZE WIEDER ABNEHMEN. IRGENDWELCHE FAULEN TRICKS UND DU STIRBST.

»Ich habe verstanden«, rief er zur Tür hin. Die Karte wurde zurückgezogen. Die Tür ging zu. Nach mehreren Sekunden ein dreimaliges lautes Klopfen. Gehorsam griff der junge Mann nach der dicken, schwarzen Kapuze, die auf dem unteren Ende des Bettes lag. Er zog sie sich über den Kopf und sogar bis zu den Schultern herab, legte die Hände auf die Knie und wartete zitternd vor Furcht. Der dicke Stoff verhinderte, daß er etwas hörte. Er spürte nur, daß jemand in Schuhen mit weichen Sohlen den Keller betreten hatte.

Der Kidnapper, der hereinkam, war noch immer von Kopf bis Fuß schwarz gekleidet, samt der Maske, die nur die Augen freiließ, obwohl Simon Cormack nicht das geringste sehen konnte. Der Mann stellte etwas neben dem Bett ab und ging wieder hinaus. Unter der Kapuze hörte Simon, wie sich die Tür schloß, die Riegel vorgeschoben wurden und dann ein deutlich vernehmbares doppeltes Klopfen. Langsam nahm er die Kapuze ab. Auf dem Boden stand ein Plastiktablett mit einem Plastikteller und Messer, Gabel und Becher aus dem gleichen Material. Auf dem Teller lagen Würstchen, gebackene Bohnen, Speckscheiben und ein großes Stück Brot. Der Becher war mit Wasser gefüllt.

Er war heißhungrig, da er seit dem Abendessen am Tag vor seinem Trainingslauf nichts mehr zu sich genommen hatte, und ohne zu überlegen, rief er ein »Danke« zur Tür hin. Noch im selben Augenblick hätte er sich am liebsten einen Tritt versetzt. Er sollte diesen Lumpen nicht auch noch danken. In seiner Unschuld ahnte er nicht, daß das »Stockholm-Syndrom« seine Wirkung zu entfalten begann, jene seltsame Empathie, die ein Opfer gegenüber seinen Peinigern entwickelt, bis es seine Wut nicht gegen die Entführer richtet, sondern gegen die staatlichen Organe, die zuließen, daß das alles geschah und noch geschieht.

Er aß alles bis zum letzten Bissen auf, trank das Wasser langsam und mit großem Genuß und schlief dann ein. Eine Stunde später wiederholte sich das gleiche, nur daß diesmal das Tablett verschwand. Simon benutzte den Eimer zum viertenmal, legte sich dann wieder auf das Bett, dachte an zu Hause und versuchte sich vorzustellen, was man wohl für ihn unternähme.

Während Simon auf dem Bett lag und nachdachte, kehrte Commander Williams aus Leicester nach London zurück und erstattete Nigel Cramer in dessen Dienstzimmer in New Scotland Yard Bericht. Praktischerweise ist der »Yard«, die Zentrale der Metropolitan Police, nur gute vierhundert Yards vom Cabinet Office entfernt.

Der ehemalige Besitzer des Transit war auf der Hauptpolizeiwache in Leicester vorgeführt worden, ein verängstigter und, wie sich herausstellte, unschuldiger Mann. Er beteuerte, daß sein Transit weder gestohlen noch verkauft worden sei – er habe zwei Monate vorher einen Totalschaden gehabt. Als er damals umgezogen sei, habe er vergessen, es der Zulassungsstelle in Swansea zu melden.

Schritt für Schritt hatte Commander Williams die Angaben nachgeprüft. Der Mann, ein Maurer, der auf eigene Rechnung arbeitete, hatte damals bei einem Händler im Süden Londons zwei Kaminverkleidungen aus Marmor abgeholt. Als er in der Nähe des Abbruchgrundstücks, woher die Kaminverkleidungen stammten, zu rasch um eine Ecke bog, geriet er mit einem Bagger aneinander. Der Bagger gewann. Der Transit, damals noch in seinem ursprünglichen Blau, mußte abgeschrieben werden. Die sichtbaren Schäden, hauptsächlich im Bereich des Kühlers, hielten sich zwar in Grenzen, aber das Fahrgestell war gestaucht worden.

Er war ohne Fahrzeug nach Nottingham zurückgekehrt. Jemand von seiner Versicherung hatte den Transit auf dem Hof der Abschleppfirma begutachtet und für reparaturunfähig erklärt. Die Versicherung hatte es abgelehnt, ihm den Schaden zu ersetzen, weil er nicht vollkaskoversichert war und die Schuld an dem Zusammenstoß mit dem Bagger trug. Bekümmert hatte er zwanzig Pfund für das Wrack akzeptiert, die ihm die Abschleppfirma telefonisch anbot, und war seitdem nicht wieder in London gewesen.

»Irgend jemand muß das Fahrzeug wieder fahrtüchtig gemacht haben«, sagte Williams.

»Gut«, sagte Cramer, »das bedeutet, daß es eine krumme Sache ist. Das paßt. Die Leute im Labor sagen, irgend jemand hat sich mit einem Schweißbrenner am Fahrgestell zu schaffen gemacht. Außerdem ist die grüne Farbe auf den ursprünglich blauen Lack gespritzt worden. Dilettantisch darübergesprüht. Stellen Sie fest, wer das getan hat und an wen der Transit dann verkauft wurde.«

»Ich fahre hinunter nach Balham«, sagte Williams. »Dort ist die Ausschlachtfirma.«

Cramer wandte sich wieder seiner Arbeit zu. Er hatte einen ganzen Berg davon, von einem Dutzend verschiedener Teams. Die Berichte der Experten lagen inzwischen alle vor und waren glänzend, soweit sie etwas erbrachten. Leider erbrachten sie nicht genug. Die aus den Leichen entfernten Kugeln paßten zu den Patronenhülsen aus der Skorpion, was nicht weiter überraschte. Aus der Gegend um Oxford hatten sich keine weiteren Zeugen gemeldet. Die Entführer hatten weder Fingerabdrücke, noch sonstige Spuren, außer denen von Reifen, hinterlassen. Die Reifenspuren des Transit waren zu nichts nütze – man hatte ja inzwischen das Fahrzeug, wenn auch in ausgebranntem Zustand. Niemand hatte irgendwelche Leute in der Nähe der Scheune gesehen. Anhand der Spuren der Limousine, die von der Scheune wegführten, waren Reifenhersteller und -modell identifiziert worden, aber die Abdrücke konnten zu einer Million Limousinen passen.

Polizeitrupps aus einem Dutzend Grafschaften suchten bei Grundstückmaklern diskret nach einem abseits gelegenen Haus mit ausreichend Platz, das im vergangenen halben Jahr gemietet worden war. Die Metropolitan Police tat das gleiche im Stadtgebiet von London, um festzustellen, ob die Kidnapper in der Hauptstadt selbst untergeschlüpft waren. Das bedeutete, daß Tausende von Mietverträgen für Häuser überprüft werden mußten. Ganz oben auf der Liste standen die Fälle, in denen bar gezahlt worden war, und auch von diesen gab es noch Hunderte. Auf diese Weise war schon ein Dutzend diskreter Liebesnester, zwei davon von prominenten Persönlichkeiten gemietet, ans Licht gekommen.

Spitzel in der Unterwelt, sogenannte »grasses«, wurden unter Druck gesetzt, die Ohren zu spitzen, ob Gerüchte, vielleicht über eine Gruppe bekannter Ganoven, die ein großes Ding vorbereiteten, kursierten, oder über »slags« und »faces« (Slang für bekannte Verbrecher), die plötzlich aus ihren Schlupflöchern verschwunden waren. Die Unterwelt wurde wahrhaft mobilisiert, hatte aber – bislang – noch keine Hinweise geliefert.

Er hatte einen Stapel Berichte von »Sichtmeldungen« über Simon Cormack, von plausiblen über möglicherweise zutreffenden bis hin zu Ausgeburten von Verrückten, und alle wurden im Augenblick überprüft. Ein anderer Stapel bestand aus Notizen von Anrufen beim Rundfunk, in denen die Betreffenden behaupteten, sie hätten den Sohn des amerikanischen Präsidenten in ihrer Gewalt. Auch von diesen waren einige nichts als wirres Zeug, während andere sich anhörten, als könnte etwas daran sein. Jeder dieser Anrufer war scheinbar ernst genommen und gebeten worden, die Verbindung aufrechtzuerhalten. Aber sein Instinkt sagte Cramer, daß die wirklichen Entführer noch immer Funkstille hielten und die Behörden schmoren ließen. Es war nur geschickt, sich so zu verhalten.

Im Souterrain war bereits ein eigener Raum für ein Team von Fachleuten aus der Criminal Intelligence Branch, dem polizeilichen Nachrichtenmeldedienst, hergerichtet worden, die bei Entführungen in England als Unterhändler eingesetzt wurden. Sie warteten auf das große Ereignis, während sie sich geduldig und gelassen mit den Leuten unterhielten, die anriefen, um sich einen üblen Scherz zu erlauben. Etliche dieser Anrufer waren bereits dingfest gemacht worden und würden alsbald vor Gericht gestellt werden.

Nigel Cramer trat ans Fenster und blickte hinunter. Auf dem Bürgersteig an der Victoria Street wimmelte es von Reportern – jedesmal, wenn er Whitehall verließ, mußte er, um ihnen zu entgehen, einfach durch das Gewimmel hindurchfahren, mit hochgekurbelten Fenstern, damit sie nicht an ihn herankamen. Und trotzdem brüllten sie durch die Scheiben, gierig nach interessanten Neuigkeiten. Die Angehörigen des Presseamtes der Metropolitan Police wurden beinahe zum Wahnsinn getrieben.

Er blickte auf seine Uhr und seufzte. Wenn die Kidnapper noch ein paar Stunden durchhielten, würde vermutlich der Amerikaner, Quinn, das Ruder übernehmen. Man hatte sich in diesem Punkt über ihn hinweggesetzt, was ihn wurmte. Er hatte das Quinn-Dossier gelesen, das ihm von Lou Collins von der CIA zur Verfügung gestellt worden war, und ein zweistündiges Gespräch mit dem Chef des Versicherungsunternehmens Lloyd's geführt, der zehn Jahre lang diesen Quinn mit seinen seltsamen, doch wirkungsvollen Talenten beschäftigt hatte. Was Cramer erfahren hatte, erfüllte ihn mit gemischten Gefühlen. Der Mann war zwar gut, aber ganz und gar unkonventionell. Keine Polizeiorganisation arbeitet gern mit einem Einzelgänger zusammen, mag er noch so begabt sein. Cramer entschied, daß er nicht nach Heathrow hinausfahren werde, um Quinn zu empfangen. Er würde ihn später sehen und ihn mit den beiden Chief Inspectors bekannt machen, die während der gesamten Unterhandlungen – sollte es überhaupt dazu kommen – neben ihm sitzen und ihn beraten würden. Es war an der Zeit, zum Cabinet Office zu gehen und dem COBRA-Komitee zu berichten – über herzlich wenige Neuigkeiten. Nein, dieser Fall war ganz bestimmt nicht im Handumdrehen zu lösen.

Die Concorde hatte bei 60 000 Fuß starken Westwind erwischt und traf in London um 18 Uhr ein, fünfzehn Minuten früher als geplant. Quinn hob seine kleine Reisetasche auf und ging, mit Somerville und McCrea im Schlepptau, in den Tunnel Richtung Ankunftsbereich. Nach wenigen Metern traf er auf zwei unauffällige, geduldig wartende Männer in grauen Anzügen. Einer von ihnen trat auf ihn zu.

»Mr. Quinn?« fragte er leise. Quinn nickte. Der Mann verzichtete darauf, seinen Dienstausweis zu zücken, wie Amerikaner es tun; er nahm einfach an, seinem Auftreten werde man anmerken, daß er die Staatsorgane vertrat. »Wir haben Sie erwartet, Sir. Wenn Sie so freundlich wären, mitzukommen ... Mein Kollege wird Ihre Tasche tragen.«

Ohne eine Entgegnung abzuwarten, ging er leichtfüßig durch den Tunnel, löste sich am Eingang zum Hauptkorridor vom Strom der Fluggäste und trat bald danach in einen kleinen Dienstraum, an dessen Tür nur eine Nummer stand. Der Größere der beiden Männer, der in allem den ehemaligen Unteroffizier verriet, nickte Quinn freundlich zu und nahm ihm die Reisetasche ab. In dem Büro blätterte der andere rasch Quinns Paß und dann auch die Pässe »Ihrer Gehilfen« durch, holte einen Stempel aus der Jackentasche, stempelte alle drei und sagte: »Willkommen in London, Mr. Quinn.«

Sie verließen das Büro durch eine andere Tür und gingen ein paar Stufen hinab zu einem wartenden Wagen. Aber wenn Quinn gedacht haben sollte, nun ginge es unverzüglich nach London hinein, hatte er sich getäuscht. Sie fuhren zur VIP-Suite. Quinn trat ein und starrte mit düsteren Blicken um sich. Kein Aufhebens, hatte er gesagt. Nicht das geringste Aufsehen. Aber hier waren Repräsentanten der amerikanischen Botschaft, des Innenministeriums, von Scotland Yard, vom

Außenministerium, der CIA und FBI und – weiß der Himmel – vielleicht auch von Woolworth und Coca-Cola versammelt. Es dauerte zwanzig Minuten.

Die Wagenkolonne war noch länger. Die amerikanische Limousine, in der er saß, einen halben Häuserblock lang und mit einem Wimpel auf der Kühlerhaube, fuhr an der Spitze. Zwei Männer der motorisierten Polizeieskorte bahnten einen Weg durch den frühabendlichen Verkehr. Dahinter kam Lou Collins, der seinen CIA-Kollegen McCrea mitgenommen hatte und ihn während der Fahrt informierte. Im übernächsten Wagen setzte Patrick Seymour Sam Somerville ins Bild. Die Briten in ihren Rovers, Jaguars und Granadas schlossen sich an.

Sie fegten über den Motorway M 4 Richtung London, bogen auf den North Circular ab und fuhren die Finchley Road hinunter. Gleich hinter Lords schwenkte der erste Wagen in den Regent's Park ab, folgte ein Stück weit dem Outer Circle und rauschte durch eine repräsentative Einfahrt, an zwei salutierenden Wachen vorüber.

Quinn hatte während der Fahrt versonnen in die Lichter dieser Stadt hinausgeblickt, die er so gut kannte wie nur irgendeine andere auf der Welt, ja, besser als die meisten. Er hatte kein Wort von sich gegeben, bis sogar der wichtigtuerische Diplomat neben ihm verstummte. Als die Wagenkolonne auf den erleuchteten Portikus der palastartigen Villa zufuhr, machte Quinn den Mund auf. Er beugte sich bis zu dem weit vorne sitzenden Fahrer vor und bellte ihm ins Ohr.

»Anhalten!«

Der Fahrer, ein amerikanischer Marinesoldat, war so überrascht, daß er scharf auf die Bremse trat. Der Mann am Steuer des nächsten Wagens war nicht so reaktionsschnell. Man hörte das Klirren zersplitternder Scheinwerfer und Rückleuchten. Weiter hinten steuerte der Chauffeur aus dem Innenministerium sein Fahrzeug in die Rhododendronbüsche, um eine Kollision zu vermeiden. Die Wagenkolonne schob sich wie eine Ziehharmonika zusammen und kam zum Stehen. Quinn stieg aus und starrte die Villa an. Auf der obersten Stufe unter dem Portikus stand ein Mann.

»Wo sind wir?« fragte Quinn. Er wußte genau Bescheid. Der Diplomat, der auf dem Rücksitz neben ihm gesessen hatte, kletterte eilends aus der Limousine. Man hatte ihm eingeschärft, auf Quinn aufzupassen, aber er hatte es nicht für notwendig gehalten. Andere Gestalten kamen die Kolonne entlang auf sie zu.

»Vor dem Winfield House, Mr. Quinn. Dort steht Botschafter Fairweather, um Sie zu begrüßen. Es ist alles vorbereitet, eine Suite für Sie . . . alles arrangiert.«

»Derangieren Sie's«, sagte Quinn. Er öffnete den Kofferraum, packte seine Reisetasche und trat den Rückweg an.

»Wo gehen Sie denn hin, Mr. Quinn?« lamentierte der Diplomat.

»Zurück nach Spanien«, rief Quinn über die Schulter.

Lou Collins stand vor ihm. Er hatte über die verschlüsselte Verbindung mit David Weintraub gesprochen, während die Concorde unterwegs war.

»Er ist ein merkwürdiger Bursche«, hatte der DDO gesagt, »aber geben Sie ihm, was er haben will.«

»Wir haben eine Wohnung«, sagte er leise zu Quinn. »Sehr privat, sehr diskret. Wir benutzen sie manchmal für die ersten Vernehmungen von abgesprungenen Leuten aus dem Ostblock oder für Besucher aus Langley. Der DDO logiert hier, wenn er in London ist.«

»Die Adresse!« sagte Quinn. Collins nannte sie ihm. Eine Seitenstraße in Kensington. Quinn nickte dankend und ging weiter. Auf dem Outer Circle kam ein freies Taxi vorbei. Quinn winkte, nannte dem Fahrer sein Ziel und verschwand.

Es dauerte eine Viertelstunde, bis das Durcheinander in der Einfahrt sich entwirrt hatte. Schließlich brachte Lou Collins McCrea und Somerville in seinem eigenen Wagen unter und fuhr sie nach Kensington.

Quinn bezahlte das Taxi und musterte das große Wohnhaus. Man würde ohnedies Wanzen auf ihn ansetzen, und bei einer CIA-Wohnung war die »Hardware« sicher bereits installiert, was eine Menge fauler Ausreden und ein Neutapezieren ersparte. Die Nummer der Wohnung, die er suchte, war im dritten Stock. Als er auf die Klingel drückte, öffnete ihm ein stämmiger CIA-Mann mit niedrigem Dienstgrad. Der Mann, der auf die Wohnung aufpaßte.

»Wer sind Sie?« fragte er.

»Ich ziehe ein«, sagte Quinn und ging an ihm vorbei. »Und Sie ziehn aus.«

Er besichtigte das Wohn-, das große Schlafzimmer und die beiden kleineren Räume. Der CIA-Mann war am Telefon und wählte hektisch eine Nummer; er wurde mit Lou Collins in dessen Wagen verbunden, worauf er sich fügte. Verdrossen packte er seine Sachen. Collins und die beiden Schnüffler trafen drei Minuten nach Quinn ein, der das Hauptschlafzimmer für sich reserviert hatte. Patrick Seymour war Collins gefolgt. Quinn musterte die vier.

»Die zwei da sollen mit mir zusammen wohnen?« fragte er und nickte dabei zu Spezialagentin Somerville und GS 12 McCrea hin.

»Seien Sie vernünftig, Quinn«, sagte Collins. »Es geht ja um den Sohn des Präsidenten, den wir freibekommen wollen. Alle möchten wissen, was vor sich geht. Mit weniger werden sie einfach nicht zufrieden sein. Die Leute, die das Sagen haben, werden nicht zulassen, daß Sie hier wie ein Mönch leben und ihnen nichts erzählen.«

Quinn ließ sich die Worte durch den Kopf gehen.

»All right, was könnt ihr beide denn außer schnüffeln?«

»Wir könnten uns nützlich machen, Mr. Quinn«, sagte McCrea bittend. »Sachen besorgen . . . Ihnen zur Hand gehen.«

Mit seinem schlaff herabhängenden Haar, dem schüchternen Lächeln und der Unsicherheit, die von ihm ausging, wirkte er viel jünger als vierunddreißig, mehr wie ein Junge vom College als ein CIA-Einsatzagent. Sam Somerville schloß sich ihm an.

»Ich bin eine gute Köchin«, sagte sie. »Und da Sie die Residenz mit ihrem ganzen Personal ausgeschlagen haben, werden Sie doch jemanden brauchen, der für Sie kocht. Das würde ja auf jeden Fall jemand von der CIA für sie besorgen.«

Zum erstenmal, seit sie ihn kennengelernt hatte, verzog sich Quinns Gesicht zu einem Lächeln. Sam Somerville fand, daß es den sonst so rätselhaften Veteranen geradezu verwandle.

»Schön«, sagte er zu Collins und Seymour, »Sie werden ja sowieso jedes Zimmer und jeden Anruf abhören. Ihr zwei – ihr nehmt die beiden kleinen Schlafzimmer.«

Er wandte sich wieder Collins und Seymour zu, während die beiden jungen Agenten im Korridor verschwanden.

»Aber damit hat es sich! Keine weiteren Gäste. Ich muß mit der englischen Polizei sprechen. Wer hat da das Kommando?«

»Deputy Assistant Commissioner Cramer. Nigel Cramer. Nummer zwei im SO Department. Kennen Sie ihn?«

»Da läutet bei mir was«, sagte Quinn. Und in diesem Augenblick läutete wirklich etwas – das Telefon. Collins nahm den Anruf entgegen, hörte zu und bedeckte dann die Muschel.

»Das ist Cramer«, sagte er. »Im Winfield House. Er ist hingefahren, um mit Ihnen Verbindung aufzunehmen, und hat gerade die Neuigkeit erfahren. Möchte hierher kommen. Einverstanden?«

Quinn nickte. Collins bat Cramer vorbeizukommen. Er traf zwanzig Minuten danach in einem nicht gekennzeichneten Polizeiwagen ein.

»Mr. Quinn? Cramer. Wir sind uns einmal kurz begegnet.«

Mißtrauisch betrat er die Wohnung. Er hatte nicht gewußt, daß sie der CIA zu operativen Zwecken diente, jetzt aber wußte er es. Und ebenso wußte er, daß die Company sie, sobald diese Geschichte vorüber war, räumen und eine andere mieten werde.

Quinn erinnerte sich an Cramer, als er sein Gesicht sah.

»Irland, vor vielen Jahren. Die Don-Tidey-Affäre. Sie waren damals Chef der Abteilung zur Terroristenbekämpfung.«

»SO 13, ja. Sie haben ein gutes Gedächtnis, Mr. Quinn. Ich finde, wir müssen uns miteinander unterhalten.«

Quinn führte Cramer ins Wohnzimmer, bot ihm einen Platz an, nahm einen Stuhl Cramer gegenüber und gab ihm mit einer kreisenden Handbewegung zu verstehen, daß der Raum sicher verwanzt war. Lou Collins mochte ein netter Typ sein, aber *so* nett ist kein Schnüffler. Cramer nickte ernst. Er erkannte, daß er sich im Herzen der Hauptstadt seines eigenen Landes praktisch auf amerikanischem Territorium befand.

»Lassen Sie mich offen mit Ihnen sprechen, Mr. Quinn. Die Metropolitan Police ist ohne Einschränkungen mit den Ermittlungen für die Aufklärung dieses Verbrechens beauftragt worden. Ihre Regierung hat dazu ihr Einverständnis erteilt. Bis jetzt haben wir zwar noch keinen großen Durchbruch erzielt, aber wir stehen ja noch am Anfang, und unsere Arbeit läuft auf Hochtouren.«

Quinn nickte. Er hatte schon oft in verwanzten Räumen Gespräche geführt und über angezapfte Telefonleitungen gesprochen. Es kostete immer Anstrengung, sich normal zu unterhalten. Es war ihm klar, daß Cramer »offiziell« sprach – daher die pedantische Ausdrucksweise.

»Wir haben darum ersucht, auch selbst die Verhandlungen zu führen, was aber auf Washingtons Wunsch abgelehnt wurde. Ich muß das akzeptieren, auch wenn man nicht von mir verlangen kann, daß ich davon begeistert bin. Ich habe auch die Anweisung erhalten, Ihnen jedwede Mithilfe zu gewähren, die die ›Met‹ und unser gesamter staatlicher Apparat Ihnen bieten können. Und die werden Sie bekommen. Darauf haben Sie mein Wort.«

»Ich bin Ihnen sehr dankbar, Mr. Cramer«, sagte Quinn. Er wußte, es klang schrecklich gestelzt, aber irgendwo drehten sich die Spulen.

»Wie sehen also Ihre Wünsche genau aus?«

»Als erstes der Hintergrund. Die letzten Meldungen habe ich in Washington ...« Er blickte auf seine Uhr: 20 Uhr Londoner Zeit ... »gelesen, vor mehr als sieben Stunden. Haben sich die Entführer schon gemeldet?«

»Soweit uns bekannt ist, nein«, antwortete Cramer. »Es haben natürlich Leute angerufen. Manche, die sich offenbar einen Jux machen wollten, andere waren nicht so eindeutig, ein Dutzend wirklich plausibel. Diese letztgenannten haben wir um irgendeinen Beweis gebeten, daß sie wirklich Simon Cormack in ihrer Gewalt haben ...«

»Welchen?« fragte Quinn.

»Der Betreffende sollte eine Frage beantworten. Irgend etwas aus Simon Cormacks neun Monaten in Oxford, das nicht so leicht herauszubekommen wäre. Niemand hat sich mit der richtigen Antwort gemeldet.«

»Achtundvierzig Stunden bis zur ersten Kontaktaufnahme ist nichts Ungewöhnliches«, sagte Quinn.

»Klar«, sagte Cramer. »Sie melden sich vielleicht durch die Post, mit einem Brief oder einer Tonbandaufnahme, und in diesem Fall könnte das Päckchen schon unterwegs sein. Oder telefonisch. Im ersten Fall werden wir die Sachen hierherbringen, obwohl ich möchte, daß unsere Experten sich vorher das Papier, den Umschlag, das Verpackungsmaterial und den Brief vornehmen und nach Fingerabdrükken, Speichel- oder sonstwelchen Spuren untersuchen. Ich finde das nur fair. Sie haben ja keine Laboreinrichtungen hier.«

»Absolut fair«, sagte Quinn.

»Aber wenn sie sich per Telefon melden, wie wollen Sie in diesem Fall vorgehen, Mr. Quinn?«

Quinn zählte seine Forderungen auf. Erstens eine öffentliche Aufforderung – in der Nachrichtensendung »News at Ten« –, an diejenigen, die Simon Cormack in ihrer Gewalt hatten, Kontakt zur amerikanischen Botschaft und nur zu dieser aufzunehmen und sich dabei irgendeiner von mehreren Telefonnummern zu bedienen. Zweitens eine Anzahl Telefonistinnen im Keller der Botschaft, die die offenkundig »faulen« Anrufe aussieben und die möglicherweise ernstzunehmenden zu ihm in die Wohnung in Kensington durchstellen sollten.

Cramer blickte zu Collins und Seymour hoch, die beide nickten. Sie würden in der Botschaft innerhalb der nächsten anderthalb Stunden, rechtzeitig für die Nachrichtensendung, die Telefonzentrale einrichten, die als erster Filter dienen sollte.

Quinn fuhr fort: »Ihre Leute von Telecom können jedem Anruf, so wie er in die Botschaft kommt, nachspüren und vielleicht auch ein paar Schwindler verhaften, die so blöd sind, eine öffentliche Telefonzelle zu benützen oder zu lange in der Leitung zu bleiben. Ich glaube nicht, daß die wirklichen Entführer so bekloppt sein werden.«

»Einverstanden«, sagte Cramer. »Bisher sind sie schlauer gewesen.«

»Die Anrufe müssen durchgestellt werden, ohne daß die Verbindung unterbrochen wird, und nur zu einem der Apparate in dieser Wohnung. Es gibt drei, ja?«

Collins nickte. Einer davon war direkt mit seinem Büro verbunden, das sich ohnedies im Gebäude der Botschaft befand.

»Benützen Sie den«, sagte Quinn. »Wenn ich, vorausgesetzt, es kommt dazu, Kontakt zu den wirklichen Kidnappern aufgenommen habe, möchte ich ihnen eine neue Nummer geben, eine, unter der ausschließlich ich zu erreichen bin.«

»Ich werde Ihnen innerhalb von neunzig Minuten eine Blitzleitung schalten lassen«, sagte Cramer, »mit einer Nummer, die noch nie verwendet worden ist. Wir müssen sie natürlich anzapfen, aber Sie werden in der Leitung keinerlei Geräusche hören. Und dann hätte ich gern, daß zwei Detective Chief Inspectors hier bei Ihnen einziehen, Mr. Quinn. Es sind gute Leute mit viel Erfahrung. Ein einzelner Mann kann ja nicht vierundzwanzig Stunden am Tag wach bleiben.«

»Tut mir leid, geht nicht«, sagte Quinn.

Cramer blieb hartnäckig. »Sie würden Ihnen eine große Hilfe sein. Wenn die Entführer Engländer sind, ergibt sich das Problem von regionalen Dialekten, Slang-Ausdrücken, Hinweisen auf Streß oder Verzweiflung in der Stimme am anderen Ende der Leitung, winzige Details, die nur einem Engländer auffallen können. Sie würden sich ganz still verhalten, nur horchen.«

»Das können sie auch in der Fernmeldezentrale«, sagte Quinn. »Sie nehmen ja sowieso alles auf Band. Lassen Sie das Ihren Sprachexperten vorspielen, geben Sie Ihre eigenen Kommentare über den Pfusch, den ich verzapfe, dazu, kommen Sie hier vorbei und legen Sie mir die Ergebnisse auf den Tisch. Aber ich arbeite allein.«

Cramers Lippen wurden etwas schmaler. Aber er hatte seine Weisungen. Er stand auf, um zu gehen. Quinn erhob sich ebenfalls.

»Ich möchte Sie zu Ihrem Wagen bringen«, sagte er. Allen Anwesenden war klar, was das zu bedeuten hatte – im Treppenhaus gab es keine Wanzen. An der Tür bedeutete Quinn mit einer Kopfbewegung Seymour und Collins, nicht mitzukommen. Zögernd gehorchten sie. Auf der Treppe murmelte er Cramer ins Ohr: »Ich weiß, Sie sind nicht begeistert. Ich selbst bin auch nicht gerade glücklich darüber, wie die Sache jetzt läuft. Versuchen Sie, mir zu vertrauen. Ich werde alles tun, was in meinen Kräften steht, um diesen Jungen nicht zu verlieren. Sie werden jede einzelne Silbe am Telefon mithören. Meine eigenen Leute werden mich sogar hören, wenn ich auf dem Scheißhaus bin. Dort drin geht's zu wie in einem Media-Markt.«

»Na, schön, Mr. Quinn. Sie werden alles bekommen, was ich Ihnen bieten kann. Das verspreche ich Ihnen.«

»Noch ein letzter Punkt...« Sie hatten den Gehsteig erreicht, an dem Cramers Wagen wartete. »Jagen Sie ihnen keine Angst ein. Wenn sie anrufen oder eine Spur zu lange in der Leitung bleiben, bitte jagen Sie keine Streifenwagen zu der Zelle.«

»Das ist uns natürlich klar, Mr. Quinn. Aber wir müssen Beamte in Zivil hinschicken. Sie werden sich sehr diskret verhalten, beinahe unsichtbar sein. Wenn wir dabei auch nur die Autonummer feststellen könnten... eine Beschreibung bekämen, wie die Person aussieht... Das könnte die ganze Sache um mehrere Tage abkürzen.«

»Ihre Leute dürfen sich nicht sehen lassen«, sagte Quinn warnend. »Der Mann in der Telefonzelle wird unter einem schrecklichen Druck stehen. Wir wollen ja beide nicht, daß der Kontakt abgebrochen wird. Denn das würde wahrscheinlich dazu führen, daß sie verduften und eine Leiche zurücklassen.«

Cramer nickte, gab Quinn die Hand und stieg in seinen Wagen.

Eine halbe Stunde später kamen die Techniker an, keiner in Telecom-Uniform, aber alle zeigten Telecom-Ausweise vor. Quinn nickte ihnen freundlich zu, da er wußte, daß sie im Auftrag des Geheimdienstes MI 5 kamen, und sie machten sich ans Werk. Da sie geschickte Leute waren, ging die Sache rasch vonstatten. Das meiste wurde ohnehin in der Fernmeldezentrale von Kensington erledigt.

Als einer der Techniker die Bodenplatte des Telefonapparats im Wohnzimmer abgenommen hatte, zog er leicht eine Augenbraue hoch. Quinn tat so, als bemerkte er nichts. Der Mann, der eine Wanze einbauen wollte, hatte festgestellt, daß bereits eine installiert war. Doch Befehl ist Befehl – er brachte seine Wanze neben der amerikanischen unter und begründete damit eine neue angloamerikanische Beziehung *en miniature*. Um 21.30 Uhr hatte Quinn seine Blitzleitung, die hochgeheime Leitung, deren Nummer er dem Entführer nennen würde, falls der Mann sich überhaupt bei ihm meldete. Die zweite Leitung wurde als permanente Verbindung zur Zentrale in der Botschaft geschaltet, für Anrufe, die möglicherweise ergiebig waren. Die dritte blieb für Anrufe nach draußen reserviert.

Auch im Keller der Botschaft am Grosvenor Square wurde emsig gearbeitet. Zehn Leitungen waren bereits installiert und wurden nun alle besetzt. Zehn junge Damen, teils Amerikanerinnen, teils Engländerinnen, saßen da und warteten.

Die dritte Operation wurde im Fernmeldeamt Kensington ausgeführt, wo die Polizei einen Raum für das Abhören von Anrufen von außen einrichtete, die über Quinns Blitzleitung liefen. Da Kensington eine der neuen elektronischen Zentralen war, ließen sich die Anrufe leicht orten. Die über die Blitzleitung würden, nachdem sie die Fernmeldezentrale passiert hatten, noch zweimal angezapft werden, mit je einer Verbindung zum Kommunikationszentrum des MI 5 in der Cork Street im Stadtteil Mayfair, und zum Keller der amerikanischen Botschaft. Und dieser würde sich, sobald der Kidnapper isoliert war, aus einer Telefonzentrale in eine Lauschstation verwandeln.

Dreißig Sekunden, nachdem die Engländer abgezogen waren, traf

Lou Collins' amerikanischer Techniker ein, um sämtliche neuinstallierten britischen Wanzen zu entfernen und die eigenen zu testen. Gespräche Quinns, die nicht übers Telefon geführt wurden, würden also nur von seinen Landsleuten mitgehört werden. »Nettes Experiment«, sagte Seymour zu seinem Kollegen vom MI 5, als sie eine Woche danach im Brooke's Club bei einem Drink zusammensaßen.

Um 22 Uhr blickte die ITN-Nachrichtensprecherin Sandy Gall in die Kamera, während das Big-Ben-Motiv verklang, und verlas dann die Nachricht für die Kidnapper. Die Telefonnummern, die sie anrufen sollten, blieben auf dem Bildschirm, bis der Bericht über den neuesten Stand der Entführungsaffäre zu Ende war, der wenig zu melden hatte, aber trotzdem gebracht wurde.

Im Wohnzimmer eines stillen Hauses, vierzig Meilen von London entfernt, saßen vier schweigsame Männer und sahen sich voll innerer Anspannung die Nachrichtensendung an. Ihr Anführer übersetzte sie für zwei von ihnen ins Französische. Genau genommen war der eine ein Belgier und der andere ein Korse. Der vierte Mann brauchte keine Übersetzung. Das Englisch, das er sprach, war zwar gut, hatte aber den schweren Afrikaander-Akzent seiner südafrikanischen Heimat.

Der Korse und der Belgier sprachen kein Wort Englisch. Ihr Anführer hatte ihnen verboten, das Haus zu verlassen, ehe die ganze Sache vorüber war. Nur er allein kam und ging, immer durch die eingebaute Garage, benutzte immer den Volvo, der mittlerweile neue Reifen und die originalen, nicht die gefälschten Nummernschilder hatte. Er verließ das Haus nie ohne Perücke, Bart, Schnauzer und Brille mit getönten Gläsern. Während seiner Abwesenheit durften die anderen sich nicht sehen lassen, nicht einmal an die Fenster gehen und keinesfalls die Tür öffnen, wenn es klingelte.

Als die Fernsehnachrichten zur Situation im Nahen Osten überwechselten, stellte einer der Europäer eine Frage. Der Anführer schüttelte den Kopf.

»Morgen«, antwortete er auf französisch. »Morgen vormittag.«

Mehr als zweihundert Anrufe trafen in dieser Nacht im Keller der Botschaft ein. Jeder Anrufer wurde wie ein rohes Ei und äußerst höflich behandelt, aber nur sieben zu Quinn durchgestellt. Er begrüßte die Anrufer freundlich und munter, sprach sie mit »mein Freund« oder »alter Kumpel« an und legte ihnen dar, daß »seine Leute« leider nicht um die lästige Formalität herumkämen festzustellen, ob der Anrufer tatsächlich Simon Cormack festhielt. Deshalb bitte er ihn, sich von dem jungen Mann eine einfache Frage beantworten zu lassen und dann wieder anzurufen. Niemand meldete sich ein zweites Mal. In einer Pause zwischen 3 Uhr morgens und Sonnenaufgang machte Quinn ein vierstündiges Nickerchen.

Sam Somerville und Duncan McCrea blieben die Nacht hindurch an seiner Seite. Sam erwähnte den »lockeren Ton seiner Darbietung« am Telefon.

»Es hat noch gar nicht richtig angefangen«, sagte er ruhig. Aber die Anspannung hatte eingesetzt. Die beiden Jüngeren spürten sie bereits.

Kurz nach Mitternacht landeten Kevin Brown und ein ausgesuchtes Team von acht FBI-Leuten in Heathrow, nachdem sie den Jumbo um Mittag Washingtoner Zeit noch erwischt hatten. Von ihrem bevorstehenden Eintreffen in Kenntnis gesetzt, erwartete sie Patrick Seymour, in gereizter Stimmung, am Flughafen. Er informierte Brown über den Stand der Dinge um 23 Uhr, als er nach Heathrow aufgebrochen war. Dazu gehörten die Neuigkeit, daß Quinn sich nicht im Winfield House eingerichtet, sondern sich selbst einen Unterschlupf gesucht hatte, sowie die Vorkehrungen zum Abhören der Telefone.

»Ich wußte, daß er seinen eigenen Kopf hat«, knurrte Brown, als Seymour ihm von dem Durcheinander in der Einfahrt vor dem Winfield House berichtete. »Wir müssen an dem Kerl dranbleiben, sonst läßt er sich allen möglichen Blödsinn einfallen. Fahren wir jetzt zur Botschaft – wir schlafen dort im Keller auf Feldbetten. Wenn dieser Wirrkopf einen Furz von sich gibt, möcht' ich ihn hören, laut und deutlich.«

Seymour entrang sich ein lautloses Stöhnen. Er hatte über Kevin Brown gehört und hätte auf diesen Besuch verzichten können. Jetzt, dachte er, wird alles noch schlimmer, als ich befürchtet habe. Als sie um 1.30 Uhr die Botschaft erreichten, traf gerade der Anruf des hundertsechsten Witzbolds ein.

Auch andere Leute kamen in dieser Nacht kaum zum Schlafen. Zwei von ihnen waren Commander Williams von SO 13 und ein Mann namens Sydney Sykes. Sie verbrachten die Nachtstunden im Vernehmungsraum des Polizeireviers Wandworth in Süd-London, wo sie einander gegenübersaßen. Anwesend war auch der Leiter der Fahrzeugabteilung der Dienststelle zur Bekämpfung der Scheinkriminalität, dessen Männer Sykes aufgespürt hatten.

Die beiden Männer auf der anderen Seite des Tisches ließen einem kleinen Ganoven wie Sykes keine Chance, es mit ihnen aufzunehmen, und nach der ersten Stunde hatten sie ihm eine Höllenangst eingejagt. Danach kam es noch schlimmer.

Die Fahrzeugabteilung hatte anhand einer Beschreibung des Maurers in Leicester die Abschleppfirma gefunden, die das Wrack des Transit nach seiner tödlichen Umarmung mit dem Bagger abgeschleppt hatte. Nachdem festgestellt worden war, daß das Fahrzeug ein gestauchtes Chassis hatte und damit ein Totalschaden war, hatten die Leute von der Abschleppfirma angeboten, dem Besitzer den Transit nach Leicester zu bringen. Doch da die Kosten für den Transport den verbliebenen Wert des Fahrzeugs überstiegen, hatte er abgelehnt. Die Abschleppfirma verkaufte es als Schrott an Sykes, der in einem Hinterhof in Wandsworth Autowracks ausschlachtete. Die Suchtrupps der Fahrzeugabteilung hatten den Tag damit zugebracht, Sykes' Laden auf den Kopf zu stellen.

Sie hatten ein Faß, zu drei Vierteln gefüllt mit schmutzigem, schwarzem Öl aus alten Ölwannen, entdeckt und daraus vierundzwanzig Nummernschilder, von denen je zwei genau zusammenpaßten, zutage gefördert. Sie waren sämtlich hier fabriziert worden und ebenso echt wie eine Dreipfundnote. Ein Hohlraum unter den Fußbodendielen in Sykes' schäbigem Büro hatte einen Packen Zulassungspapiere preisgegeben, alle zu Pkws oder Transportern gehörig, die nur noch auf dem Papier existierten.

Sykes' Masche bestand darin, unfallgeschädigte Fahrzeuge anzukaufen, die von der jeweiligen Versicherungsgesellschaft abgeschrieben waren, dem Eigentümer mitzuteilen, er, Sykes, werde Swansea benachrichtigen, daß das Fahrzeug nur noch ein Haufen Schrott sei, und dann das genaue Gegenteil nach Swansea zu melden – er habe das Fahrzeug von dessen früherem Eigentümer gekauft. Der Computer in Swansea registrierte dies dann als »Tatsache«. Wenn das Fahrzeug wirklich ein Totalschaden war, kaufte Sykes einfach die Dokumente, mit denen dann ein betriebsfähiges Fahrzeug von ähnlichem Typ versehen werden konnte, das einer von Sykes' langfingrigen Kumpanen auf irgendeinem Parkplatz geklaut hatte. Mit neuen Nummernschildern, die den Angaben im Kfz-Brief des zu Schrott gefahrenen Wagens entsprachen, konnte dann das gestohlene Fahrzeug einem neuen Käufer angedreht werden. Zuletzt wurden noch die Fahrgestell- und Motorblocknummern abgeschliffen, neue eingefräst und so viel Schmierfett und Dreck darübergeschmiert, daß der gewöhnliche Kunde auf den Leim ging. Die Polizei würde sich davon natürlich nicht hinters Licht führen lassen, doch da alle derartigen krummen Geschäfte bar abgewickelt wurden, konnte Sykes später bestreiten, das Fahrzeug jemals zu Gesicht zu bekommen, geschweige denn verkauft zu haben.

Eine Abwandlung dieses Drehs bestand darin, aus einem Fahrzeug, das wie der Transit bis auf das gestauchte Fahrgestell in gutem Zustand war, das gestauchte Teil herauszuschneiden, die Lücke mit einem Stück von einem I-Träger zu überbrücken und dann das Vehikel wieder in den Verkehr zu bringen. Das war nicht nur ungesetzlich, sondern auch gefährlich, aber solche Fahrzeuge konnten durchaus noch mehrere tausend Meilen zurücklegen, bis sie auseinanderfielen.

Konfrontiert mit den Aussagen des Maurers aus Leicester und der Leute des Abschleppdienstes, der Sykes den Transit für zwanzig Pfund als Schrott verkauft hatte, sowie mit den Abdrücken der alten, echten Fahrgestell- und Motornummern, erkannte Sykes, daß er tief in der Bredouille steckte. Darüber aufgeklärt, wozu der Transit benutzt worden war, packte er aus.

Der Käufer des Transit, so erinnerte er sich, nachdem er sich das Hirn zermartert hatte, war eines Tages sechs Wochen vorher auf dem Hof umhergegangen und hatte auf Befragen erklärt, er suche nach einem preisgünstigen Transporter. Zufällig war Sykes gerade mit der »Reparatur« des Fahrgestells und dem Umspritzen von blau in grün fertig geworden. Schon eine Stunde später hatte der Transit für 300 Pfund in bar den Hof verlassen. Er hatte den Mann nie mehr gesehen. Die fünfzehn 20-Pfund-Scheine seien schon lange nicht mehr da.

»Wie sah er aus?« fragte Commander Williams.

»Ich versuche ja, mich zu erinnern«, bettelte Sykes.

»Strengen Sie sich an«, sagte Williams, »es wird Ihnen den Rest Ihres Lebens wirklich viel leichter machen.«

Mittelgroß, mittelkräftig. Ende vierzig. Grobes Gesicht und ungeschliffenes Benehmen. Redete nicht wie einer aus besseren Kreisen, kein geborener Londoner. Rötlich-braunes Haar, möglicherweise eine Perücke, aber dann eine gute. Außerdem hatte er einen Hut getragen, trotz der Hitze Ende August. Schnauzer, dunkler als das Haar – vielleicht angeklebt, aber gut gemacht. Und getönte Brillengläser. Keine Sonnenbrille, nur blau getönt, und mit einem Horngestell.

Die drei Männer verbrachten noch zwei Stunden mit dem Phantombildzeichner der Polizei. Commander Williams erschien mit der Zeichnung kurz vor der Frühstückszeit in Scotland Yard und zeigte sie Nigel Cramer, der sie zur Sitzung des COBRA-Komitees um 9 Uhr mitnahm. Der Haken an der Zeichnung war nur, daß sie keine Aufschlüsse geben konnte, und damit verlief diese Spur im Sande.

»Wir wissen, daß der Transporter nach Sykes von einem zweiten und besseren Mechaniker aufgemöbelt wurde«, sagte Cramer zu den Versammelten, »und daß irgend jemand das Emblem der Obsthandelsfirma Barlow auf beide Seiten gemalt hat. Er muß irgendwo untergestellt worden sein, in einer Reparaturwerkstätte, wo es Möglichkeiten zum Schweißen gab. Aber wenn wir uns an die Öffentlichkeit wenden, werden die Kidnapper davon erfahren, vielleicht die Nerven verlieren, Simon Cormack umbringen und verduften.«

Man einigte sich darauf, die Personenbeschreibung jedem Polizeirevier im Land zuzustellen, sie aber nicht in die Presse und damit an die Öffentlichkeit zu bringen.

Andrew (»Andy«) Laing brütete die ganze Nacht zunehmend verwirrt über Aufzeichnungen von Kontobewegungen, bis seine Verwirrung kurz vor Tagesanbruch der Gewißheit wich, daß er mit seiner Vermutung recht hatte und es keine andere Erklärung gab.

Andy Laing dirigierte das Kredit- und Marketing-Team in der Zweigstelle Dschiddah der Saudi Arabian Investment Bank (SAIB), einer Gründung der saudiarabischen Regierung. Das Institut hatte die Aufgabe, den größten Teil der astronomischen Summen zu steuern, die in dieser Weltgegend kursierten.

Obwohl sich die SAIB in saudiarabischem Besitz befand und ein überwiegend mit Saudis besetztes Direktorenkollegium hatte, bestand ihr Personal zumeist aus Ausländern, die unter Vertrag standen, und der größte »Personallieferant« war die Rockman-Queens Bank in New York, von der Laing abgestellt worden war.

Er war jung, voller Arbeitseifer, gewissenhaft und ehrgeizig, entschlossen, in der Bankbranche seinen Weg zu machen und genoß seinen Aufenthalt in Saudi-Arabien. Das Gehalt war höher als in New York, er hatte eine hübsche Wohnung, mehrere Freundinnen in der großen ausländischen Kolonie in Dschiddah, das Alkoholverbot störte ihn nicht, und mit seinen Kollegen kam er gut aus.

Zwar hatte die SAIB ihre Zentrale in Riad, aber die Niederlassung, in der die meisten Geschäfte getätigt wurden, war die in Dschiddah, der Wirtschafts- und Handelszentrale Saudi-Arabiens. Normalerweise hätte Laing das weiße, zinnengeschmückte Gebäude, das mehr nach einem Fort der Fremdenlegion als nach einem Geldinstitut aussah, am Abend um 6 Uhr verlassen und wäre dann zu Fuß zum Hyatt Regency gegangen, um dort einen Drink zu nehmen. Aber er hatte noch zwei Vorgänge zu erledigen, und da er sie nicht für den nächsten Vormittag aufheben wollte, blieb er noch eine weitere Stunde.

So saß er noch an seinem Schreibtisch, als der betagte arabische Bürodiener mit dem Aktenkarren, auf dem Ausdrucke des Computers der Bank gestapelt waren, durch den Korridor kam und die entsprechenden Ausdrucke in den einzelnen Büros zur Einsichtnahme am nächsten Morgen hinterlegte. Auf diesen Bogen waren die Transaktionen aufgeführt, die die verschiedenen Abteilungen der Bank an diesem Tag getätigt hatten. Bedachtsam legte der alte Mann ein Bündel davon auf Laings Schreibtisch, machte eine nickende Kopfbewegung und zog sich zurück. Laing rief ihm ein fröhliches »Schukran« nach – er tat sich viel darauf zugute, dem saudiarabischen Personal gegenüber höflich zu sein – und nahm seine Arbeit wieder auf.

Als er fertig war, warf er einen Blick auf die Papiere neben ihm und seufzte ärgerlich. Er hatte die verkehrten Ausdrucke bekommen. Es waren die detaillierten Unterlagen über die Zahlungsbewegungen auf allen Großkonten, die bei der Bank unterhalten wurden. Dafür war der Operations Manager zuständig, nicht die Kredit- und Marketing-

Abteilung. Laing nahm die Ausdrucke und ging langsam durch den Korridor zum leeren Büro des »Ops Managers«, Mr. Amin, seines pakistanischen Kollegen.

Unterwegs dorthin warf er erneut einen Blick in die Papiere, und irgend etwas nahm seine Aufmerksamkeit gefangen. Er blieb stehen, machte kehrt und begann die Ausdrucke durchzugehen. Immer wieder zeigte sich das gleiche Muster. Er schaltete seinen Computer an und befahl ihm, zwei Kundenkonten auf den Bildschirm zu holen. Beide Male das gleiche Bild.

In den frühen Morgenstunden stand für ihn fest, daß es keinen Zweifel geben konnte. Hier mußte es sich um ein groß angelegtes Betrugsmanöver handeln. Die Übereinstimmungen waren zu phantastisch. Er legte die Ausdrucke auf Mr. Amins Schreibtisch und beschloß, bei der ersten Gelegenheit nach Riad zu fliegen und mit General Manager Steve Pyle, seinem amerikanischen Landsmann, ein persönliches Gespräch zu führen.

Während Laing durch Dschiddahs dunkle Straßen nach Hause ging, lauschte acht Zeitzonen weiter westlich das Komitee im Weißen Haus Dr. Nicholas Armitage, einem erfahrenen Psychiater der behavioristischen Schule, der gerade aus dem Mansion in den Westflügel herübergekommen war.

»Meine Herren, ich muß Ihnen sagen, daß der Schock die First Lady, wie es im Augenblick scheint, schlimmer getroffen hat als den Präsidenten. Sie wird von ihrem Arzt noch immer medikamentös behandelt. Der Präsident ist geistig sicher der Robustere, aber ich fürchte, daß sich die Belastung allmählich bemerkbar macht. Die Symptome des nach der Entführung bei den Eltern entstehenden Traumas beginnen sich zu zeigen.«

»Welche Symptome, Doc?« fragte Odell ohne Umschweife. Der Psychiater, der es nicht gern hatte, daß man ihn unterbrach und derlei nie erlebte, wenn er vor Studenten sprach, räusperte sich.

»Sie müssen verstehen, daß in solchen Fällen die Mutter ihrem Kummer mit Tränen, sogar mit hysterischen Ausbrüchen Ausdruck geben kann. Bei einer Frau wird das akzeptiert. Der männliche Elternteil leidet häufig noch mehr, da er, außer der ganz normalen Angst um das entführte Kind, tiefe Schuld empfindet, sich Vorwürfe macht, überzeugt ist, daß er irgendwie dafür verantwortlich sei, daß er mehr tun, mehr Vorkehrungen hätte treffen sollen.«

»Das ist doch ganz unlogisch«, protestierte Morton Stannard.

»Hier geht es nicht um Logik«, sagte der Psychiater. »Hier geht es um die traumatischen Symptome, verschlimmert dadurch, daß der Präsident seinem Sohn sehr nahesta... nahesteht, ihn wirklich aus ganzem Herzen liebt. Nehmen Sie dazu noch das Gefühl der Hilflosigkeit, die Unfähigkeit, irgend etwas zu unternehmen. Da sich die Kidnapper nicht gemeldet haben, weiß er ja vorläufig nicht einmal, ob der junge Mann überhaupt noch am Leben ist. Wir stehen zwar erst am Anfang, aber bessern wird es sich nicht.«

»Solche Entführungen können sich über Wochen hinziehen«, sagte Jim Donaldson, »und dieser Mann ist schließlich unser Präsident. Welche Veränderungen sind zu erwarten?«

»Der Druck wird etwas nachlassen, wenn der erste Kontakt mit den Kidnappern hergestellt sein wird und man einen Beweis in Händen hat, daß Simon noch lebt«, antwortete Dr. Armitage. »Doch die Erleichterung wird nicht von langer Dauer sein. Je mehr Zeit vergeht, desto mehr wird sich der Zustand des Präsidenten verschlechtern: hochgradiger Streß, der zu Reizbarkeit führt. Schlaflosigkeit wird sich einstellen – der man allerdings mit Medikamenten beikommen kann. Schließlich entwickelt sich beim Vater eine Haltung der Teilnahmslosigkeit, was seine Aufgabe angeht...«

»Die darin besteht, das verdammte Land zu regieren«, sagte Odell.

»Dazu Konzentrationsschwäche und Gedächtnisverlust, auch was amtliche Dinge betrifft. Mit einem Wort, bis auf weiteres werden die Gedanken des Präsidenten zur Hälfte oder mehr auf seinen Sohn gerichtet sein und darum auf den Kummer seiner Frau. In manchen Fällen brauchten die Eltern, wenn das entführte Kind schließlich freigelassen wurde, monate-, ja jahrelang eine posttraumatische Therapie.«

»Mit anderen Worten«, sagte Justizminister Bill Walters, »wir haben nur einen halben Präsidenten oder noch weniger.«

»Ich bitte Sie!« warf Finanzminister Reed dazwischen, »unser Land hatte schon Präsidenten auf dem Operationstisch, völlig handlungsunfähig im Krankenhaus. Wir müssen einfach einspringen, handeln, wie es seinen Wünschen entspräche, unseren Freund so wenig wie möglich behelligen.«

Sein Optimismus fand kaum ein Echo. Brad Johnson erhob sich.

»Warum zum Teufel melden sich diese Hunde eigentlich nicht?« fragte er. »Inzwischen sind beinahe achtundvierzig Stunden vergangen.«

»Wenigstens ist unser Unterhändler an Ort und Stelle und wartet jetzt auf ihren ersten Anruf«, sagte Reed.

»Und wir sind in London stark vertreten«, fügte Walters hinzu. »Mr. Brown und sein Team aus dem Bureau sind vor zwei Stunden dort eingetroffen.«

»Was zum Teufel treibt eigentlich die englische Polizei?« murmelte Stannard, »warum schafft sie es nicht, diese Kerle zu finden?«

»Es sind ja erst achtundvierzig Stunden vergangen, nicht einmal«, gab Außenminister Donaldson zu bedenken. »Großbritannien ist zwar viel kleiner als die Vereinigten Staaten, aber bei einer Bevölkerung von 54 Millionen ist es ein Kinderspiel unterzutauchen. Erinnern Sie sich, wie lange die Symbionese Liberation Army Patty Hearst gefangen hielt, während sie vom gesamten FBI gejagt wurde? Monate!«

»Sehn wir doch die Dinge, wie sie sind«, sagte Odell in seinem breiten Südstaatlerakzent. »Das Problem ist, es gibt nichts, was wir jetzt noch tun können.«

Das *war* das Problem; niemand konnte irgend etwas tun.

Der junge Mann, über den sie sprachen, brachte gerade seine zweite Nacht in Gefangenschaft hinter sich. Ohne daß er es wußte, hielt draußen im Korridor vor seiner Zelle jemand die ganze Nacht hindurch Wache. Der Keller des Hauses bestand zwar aus Beton, falls er es sich aber einfallen lassen sollte, zu brüllen und zu schreien, waren seine Entführer ohne weiteres bereit, ihn zur Ruhe zu bringen und zu knebeln. Simon machte keinen solchen Fehler. Er nahm sich vor, seine Furcht zu unterdrücken und Würde zu zeigen, so gut er es vermochte. Er machte zwei Dutzend Liegestütze und Dehn- und Streckübungen, während ihn ein wachsames Auge durchs Guckloch beobachtete. Er hatte keine Uhr bei sich – da er zum Laufen keine mitgenommen hatte – und verlor allmählich das Zeitgefühl. Das Licht brannte ununterbrochen, aber ungefähr um Mitternacht, so seine Schätzung – sie lag um zwei Stunden daneben –, rollte er sich auf dem Bett zusammen, zog sich die dünne Decke über den Kopf, um es möglichst dunkel zu haben, und schlief ein. Um diese Zeit trafen, vierzig Meilen weit entfernt, in der Botschaft seines Landes am Grosvenor Square, die letzten Anrufe von Leuten ein, die sich einen Jux machen wollten.

Kevin Brown und seinem acht Mann starken Team war nicht nach Schlafen zumute. Infolge der Zeitverschiebung waren sie noch auf die Washingtoner Zeit eingestellt, fünf Stunden früher als in London.

Brown bestand darauf, daß Seymour und Collins ihm die Telefonzentrale und die Lauschstation zeigten, einen Büroraum, wo amerikanische Techniker – die Briten hatten keinen Zutritt erhalten – Wandlautsprecher installiert hatten, die die von den verschiedenen Wanzen in der Wohnung in Kensington aufgenommenen Geräusche wiedergeben sollten.

»Im Wohnzimmer sind zwei Wanzen«, erklärte Collins zögernd. Er sah keinen Grund, den Mann vom FBI über Techniken, die die CIA einsetzte, aufzuklären, aber er hatte seine Anweisungen, und aus operativer Sicht war die Wohnung in Kensington ohnedies »verbrannt«.

»Wenn ein hoher Beamter aus Langley die Wohnung als Basis benutzte, wurden die Wanzen selbstverständlich abgeschaltet. Aber wenn wir dort einen sowjetischen Überläufer vernommen haben, fanden wir sie viel weniger störend als ein Tonbandgerät, das auf dem Tisch steht und die ganze Zeit läuft. Die Vernehmungen wurden hauptsächlich im Wohnzimmer durchgeführt. Aber auch im großen Schlafzimmer sind zwei – Quinn schläft dort, aber nicht im Augenblick, wie Sie hören werden –, und außerdem gibt es welche in den beiden kleinen Schlafzimmern und in der Küche.

Aus Respekt vor Miss Somerville und unserem eigenen Mann McCrea haben wir die Wanzen in den beiden kleinen Schlafzimmern abgeschaltet. Wenn aber Quinn in eines von beiden zu einem vertraulichen Gespräch ginge, könnten wir sie wieder aktivieren, indem wir hier und hier einen Schalter drehen.«

Er deutete auf zwei Schalter am Steuerpult. Brown nickte.

»Und wenn er sich außerhalb der Reichweite einer Wanze mit einem der beiden unterhielte, würden die uns das sicher melden, nicht?«

Collins und Seymour nickten.

»Deswegen sind sie ja dort«, ergänzte Seymour.

»Dann haben wir drei Telefonapparate in der Wohnung«, fuhr Collins fort. »Eine der Verbindungen ist die neue Blitzleitung. Quinn wird sie nur dann benützen, wenn er überzeugt ist, daß er mit den echten Entführern spricht. Alle Gespräche auf dieser Leitung werden in der Fernmeldezentrale in Kensington von den Briten abgefangen und zu diesem Lautsprecher hier durchgeleitet. Zweitens hat er eine direkte Verbindung über diesen Raum hier, über die er gerade mit einem der Anrufer spricht, von dem wir glauben, daß er sich einen Scherz erlaubt, aber wer weiß? Diese Verbindung geht ebenfalls durch die Zentrale in Kensington. Und dann gibt es noch eine dritte Leitung, eine ganz normale, um Anrufe zu machen und entgegenzunehmen, und ebenfalls angezapft, sie soll aber wohl nur benutzt werden, wenn er selbst irgendwohin telefonieren will.«

»Soll das heißen, daß die Briten all das ebenfalls mithören?« fragte Brown mürrisch.

»Nur die Gespräche über die Telefonleitungen«, sagte Seymour. »Wir brauchen dafür ihre Kooperation, da ihnen die Fernmeldezentralen gehören. Außerdem könnten sie mit Stimm-Mustern behilflich sein und auch bei Sprachfehlern und Dialekten. Und natürlich müssen sie orten, woher angerufen wird, von der Zentrale in Kensington aus. Wir haben keine abhörsichere Leitung von der Wohnung in diesen Keller.«

Collins hustete.

»Doch«, sagte er. »Aber das betrifft nur die Wanzen in den Zimmern. Alles, was sie auffangen, geht über Drähte im Haus zu unserer zweiten, kleineren Wohnung im Souterrain. Ich habe einen Mann dort sitzen. Im Souterrain wird das Gesprochene verwürfelt, per UKW hierhergesendet, oben empfangen, entwürfelt und anschließend hierher in den Keller geleitet.«

»Sie funken es über eine so kurze Distanz – eine Meile?«

»Sir, meine Agency kommt mit den Briten sehr gut aus. Aber kein Geheimdienst auf der ganzen Welt wird jemals Geheiminformationen durch die Telefonkabel einer Stadt schicken, in der er nichts zu bestellen hat.«

Brown war befriedigt.

»Also können die Briten die Telefongespräche mithören, nicht aber, was in den Zimmern gesprochen wird.«

Doch darin täuschte er sich. Als man bei MI 5 von der Existenz der Wohnung in Kensington und davon erfuhr, daß die beiden Chief Inspectors von der Metropolitan Police dort nicht genehm und daß die englischen Wanzen entfernt worden waren, sagte man sich, es müsse in dem Haus eine zweite amerikanische Wohnung geben, von der aus Vernehmungen sowjetischer Überläufer an eine CIA-Stelle anderswo übertragen wurden. Binnen einer Stunde war anhand der Blaupausen festgestellt, daß es sich um das kleine Einzimmerapartment im Souterrain handelte. Ein Team von Installateuren machte sich auf die Suche, fand um Mitternacht die Verbindungsdrähte, die durch die Zentralheizung liefen, und zapfte sie von einer Wohnung im Erdgeschoß aus an, deren Mieter höflich gedrängt wurde, einen kurzen Urlaub zu nehmen und so Ihrer Majestät einen Dienst zu erweisen. Als am nächsten Tag die Sonne aufging, hörte jeder jeden ab.

Collins' ELINT-Mann* am Steuerpult nahm den Kopfhörer ab.

»Quinn hat gerade das Telefongespräch beendet«, sagte er. »Jetzt unterhalten sie sich untereinander. Möchten Sie es hören, Sir?«

»Klar«, sagte Brown.

Der Techniker schaltete die Übertragung des Gesprächs im Wohnzimmer in Kensington vom Kopfhörer zum Lautsprecher an der Wand. Quinns Stimme war zu hören.

». . . wäre nett. Danke, Sam. Ja, Milch und Zucker.«

»Glauben Sie, er wird nochmal anrufen, Mr. Quinn?« (McCrea)

»Nein. Hat sich zwar recht überzeugend angehört, aber irgendwie hat er mir nicht den richtigen Eindruck gemacht.«

Die Männer im Keller der Botschaft verließen den Raum. In einigen nahegelegenen Büroräumen waren Feldbetten aufgestellt worden. Brown wollte die ganze Zeit präsent sein. Er teilte zwei seiner acht Leute für die Nachtwache ein. Es war 2.30 Uhr morgens.

Die gleichen Gespräche, übers Telefon und im Wohnzimmer, waren im Kommunikationszentrum des MI 5 in der Cork Street mitgehört und aufgezeichnet worden. Im Fernmeldeamt Kensington hörte die Polizei nur den Anruf mit, stellte innerhalb von acht Sekunden

* Electronic intelligence – elektronische Aufklärung

fest, daß er von einer Telefonzelle im nahegelegenen Paddington ausgegangen war und setzte einen Beamten in Zivil, vom Polizeirevier Paddington Green, hundertsechzig Meter von der Zelle entfernt, in Marsch. Er nahm einen alten Mann fest, der ein amtsbekannter Geisteskranker war.

Am dritten Tag um 9 Uhr nahm eine der Telefonistinnen am Grosvenor Square einen anderen Anruf entgegen. Die Stimme war die eines Engländers, grob, barsch im Ton.

»Verbinden Sie mich mit dem Unterhändler.«

Die Telefonistin wurde blaß. Bis dahin hatte noch niemand dieses Wort gebraucht. Honigsüß sagte sie: »Ich stelle Sie durch, Sir.«

Quinn hatte den Hörer in der Hand, als es noch nicht richtig geklingelt hatte. Die Telefonistin meldete sich hastig flüsternd.

»Jemand verlangt den Unterhändler. Nur das.«

Eine halbe Sekunde später war die Verbindung hergestellt. Quinns tiefe, beruhigend klingende Stimme drang aus den Lautsprechern.

»Hallo, Kumpel, du wolltest mit mir sprechen?«

»Du möchtest Simon Cormack wiederhaben. Es wird dich was kosten. Eine schöne Stange Geld. Jetzt hör mal zu ...«

»Nein, mein Freund, du hörst *mir* zu. Heute haben mich schon ein Dutzend Witzbolde angerufen. Ist dir klar, wie viele Bekloppte in der Welt 'rumlaufen? Darum tu' mir einen Gefallen – nur eine einfache Frage ...«

Kensington spürte in acht Sekunden auf, woher der Anruf kam. Hitchin, Hertfordshire ... eine Telefonzelle ... am Bahnhof. Cramer im Yard wußte es zwei Sekunden später; das Polizeirevier in Hitchin schaltete nicht so schnell. Man schickte eine halbe Minute später einen Mann in einem Auto los, der eine Minute danach zwei Straßenecken vom Bahnhof entfernt abgesetzt wurde und 141 Sekunden nach dem Beginn des Anrufs auf die Telefonzellen zuschlenderte. Zu spät. Der Anrufer war dreißig Sekunden in der Leitung gewesen und mittlerweile drei Straßen weit weg im morgendlichen Gewühl verschwunden.

McCrea starrte Quinn verblüfft an.

»Sie haben aufgelegt«, sagte er.

»Ging nicht anders«, sagte Quinn lakonisch, »als ich fertig war, hatten wir die Zeit überzogen.«

»Wenn Sie ihn am Telefon festgehalten hätten«, sagte Sam Somerville, »hätte ihn die Polizei vielleicht erwischt.«

»Wenn er der Richtige ist, möchte ich ihm Vertrauen einflößen, keine Angst einjagen – noch nicht«, sagte Quinn und versank in ein Schweigen; seine beiden Mitbewohner waren vor Aufregung ganz abgeschlafft und starrten auf den Apparat, als könnte es gleich noch einmal klingeln. Quinn wußte, daß der Mann in den nächsten Stunden unmöglich aus einer anderen Telefonzelle anrufen konnte, und er hatte vor langen Jahren im Krieg gelernt: Wenn du nichts anderes tun kannst als warten – entspanne dich.

Am Grosvenor Square war Kevin Brown von einem seiner Männer geweckt worden und in den Abhörraum gerannt, wo er gerade noch Quinns letzte Sätze hörte.

»... heißt der Titel dieses Buches? Wenn du die Antwort hast, ruf mich sofort wieder an. Ich warte darauf, Kumpel. Bis dahin.«

Collins und Seymour stießen zu Brown, und alle drei hörten sich das Playback an. Dann schalteten sie auf das Wandmikro und hörten Sam Somervilles Kritik.

»Recht hat sie«, knurrte Brown.

Sie hörten Quinns Antwort.

»Dieses Arschloch«, sagte Brown, »noch ein paar Minuten, und sie hätten den Kerl erwischt.«

»Dann haben sie *einen*«, wandte Seymour ein, »und die anderen haben den Jungen noch immer.«

»Darum schnappt man sich den einen und bringt ihn dazu, das Versteck zu verraten«, sagte Brown. Er schmetterte die kräftige Faust der rechten in den Teller der linken Hand.

»Die haben wahrscheinlich eine bestimmte Maximalzeit abgemacht. Jedenfalls tun wir das für den Fall, daß ein Mitglied unserer Spitzelnetze hochgenommen wird. Wenn er, sagen wir, unter Berücksichtigung der Verkehrslage nach anderthalb Stunden nicht zurückgekommen ist, wissen die anderen, daß er erwischt worden ist. Sie bringen den Jungen um und hauen ab.

Sehn Sie, Sir«, setzte er, für Brown irritierend, hinzu, »selbst wenn sie hier hereinspazieren und Simon zurückgeben, bekommen sie trotzdem Lebenslang. Sie haben schließlich zwei Secret-Service-Leute und einen englischen Polizisten gekillt.«

»Dieser Quinn soll aufpassen, was er tut«, sagte Brown, als er hinausging.

Um 10.15 Uhr wurde dreimal laut an die Tür von Simon Cormacks Kellergefängnis geklopft. Er zog sich die Kapuze über den Kopf. Als er sie wieder abnahm, sah er eine Karte, die unten an die Wand neben der Tür gelehnt war.

WENN DU ALS KIND AUF NANTUCKET IN DEN FERIEN WARST, LAS DIR DEINE TANTE EMILY OFT AUS IHREM LIEBLINGSBUCH VOR. WELCHES BUCH WAR DAS?

Er starrte die Karte an. Eine Welle der Erleichterung überflutete ihn. Irgend jemand hatte Kontakt aufgenommen. Irgend jemand hatte mit seinem Vater in Washington gesprochen. Irgend jemand in der Welt da draußen versuchte ihn hier herauszuholen. Er wehrte sich dagegen, doch die Tränen stiegen ihm in die Augen, immer wieder. Durchs Guckloch beobachtete ihn jemand. Er schniefte, da er kein Taschentuch hatte. Er dachte an Tante Emily, die ältere Schwester seines Vaters, diese steife Erscheinung in ihren langen Baumwollkleidern, wie sie ihn am Strand spazierengeführt, wie sie ihn auf ein Grasbüschel gesetzt und ihm über Tiere vorgelesen hatte, die wie Menschen sprachen und sich wie vollendete Gentlemen benahmen. Er schniefte wieder und rief dann die Antwort zum Guckloch hin. Es schloß sich. Die Tür ging einen Spaltbreit auf, eine Hand in einem schwarzen Handschuh griff um die Kante herum und nahm die Karte wieder weg.

Der Mann mit der barschen Stimme meldete sich um 13.30 Uhr wieder in der Botschaft und wurde sofort verbunden. Der Anruf wurde innerhalb von elf Sekunden zum Ausgangspunkt zurückverfolgt – eine Telefonzelle in einem Einkaufszentrum in Milton Keynes, Grafschaft Buckinghamshire. Als ein Beamter der dortigen Polizei in Zivilkleidung die Zelle erreichte und sich umsah, war der Anrufer bereits seit neunzig Sekunden verschwunden. Am Telefon verlor er keine Zeit.

»Das Buch«, krächzte er, »heißt *The Wind in the Willows.*«

»Okay, mein Freund, du bist der Mann, auf dessen Anruf ich gewartet habe. Merk dir jetzt folgende Nummer, häng auf und ruf mich aus einer anderen Zelle an. Es ist eine Leitung, mit der nur ich, ich allein, zu erreichen bin. Drei-Sieben-Null-Null-Null-Vier-Null. Bitte melde dich wieder. Bis bald.«

Wieder legte er den Hörer auf. Diesmal hob er den Kopf und richtete das Wort an die Wand gegenüber.

»Collins, Sie können Washington bestellen, wir haben unseren Mann. Simon ist am Leben. Sie wollen sprechen. Sie können die Telefonzentrale in der Botschaft abbauen.«

Sie hörten es alle. Collins benachrichtigte über seine verschlüsselte Verbindung Weintraub in Langley, der Odell informierte, von dem der Präsident die Neuigkeit erfuhr. Wenige Minuten danach wurden die Telefonistinnen am Grosvenor Square nach Hause geschickt. Ein letzter Anrufer meldete sich noch, eine kläglich wimmernde Stimme.

»Hier spricht die Proletarische Befreiungsarmee. Wir haben Simon Cormack in unserer Gewalt. Falls Amerika nicht seine gesamten Kernwaffen vernichtet . . .«

Die Stimme der Telefonistin war wie zerfließender Sirup.

»Bürschchen«, sagte sie, »blas dir doch selber einen.«

»Jetzt haben Sie wieder das Gespräch mit ihm abgebrochen«, sagte McCrea.

»Er hat nicht so unrecht«, sagte Sam, »solche Leute sind manchmal gestört. Könnte ihn diese Behandlung nicht so aufbringen, daß er Simon Cormack etwas antut?«

»Möglich ist das«, sagte Quinn, »aber ich hoffe, ich habe recht, und glaube es auch. Es hört sich nicht so an, als wären es politische Terroristen. Ich bete darum, daß es sich nur um einen Berufskiller handelt.«

Sie waren entgeistert.

»Was ist denn gut an einem Berufskiller?« fragte Sam.

»Nicht sehr viel«, gab Quinn zu, der seltsam erleichtert wirkte, »aber ein Profikiller arbeitet nur für Geld. Und vorläufig hat er noch keins.«

7. Kapitel

Der Kidnapper rief an diesem Tag erst wieder um 18.02 Uhr an. In den Stunden, die dazwischen lagen, starrten Sam Somerville und Duncan McCrea beinahe pausenlos auf den Apparat der Blitzleitung und beteten inständig darum, daß der Mann, wer er auch war, sich wieder melden und den Kontakt nicht abbrechen möge.

Quinn war anscheinend als einziger imstande, sich zu entspannen. Er hatte die Schuhe ausgezogen, lag ausgestreckt auf dem Sofa im Wohnzimmer und las in einem Buch, Xenophons *Anabasis*. Er hatte es aus Spanien mitgebracht. Sam erstattete am Telefon in ihrem Zimmer leise Bericht.

»Nie was davon gehört«, knurrte Brown im Keller der Botschaft.

»Es handelt von militärischer Taktik«, sprang ihm Seymour bei, »und wurde von einem griechischen General geschrieben.«

Brown brummte etwas. Er wußte, es gab Mitglieder der NATO, aber damit hatte es sich so ungefähr.

Ungleich mehr beschäftigt war die britische Polizei. Zwei Telefonzellen, eine in Hitchin, einer kleinen, hübschen Provinzstadt am oberen Zipfel der Grafschaft Hertfordshire, die andere in der ins Umland wuchernden Trabantenstadt von Milton Keynes wurden von Scotland-Yard-Beamten auf Fingerabdrücke unauffällig überprüft. Sie fanden Dutzende davon, doch keiner – sie konnten es nicht wissen – stammte von dem Entführer, denn dieser hatte Chirurgen-Gummihandschuhe getragen.

In der Umgebung der beiden Telefonzellen wurden diskret Erkundigungen eingezogen, ob vielleicht irgendein Zeuge zufällig jemanden zum Zeitpunkt der Anrufe darin gesehen hatte. Niemand hatte etwas wahrgenommen. Jede der beiden Zellen gehörte zu einer Gruppe von drei oder vier, die ständig benutzt wurden. Cramer knurrte.

»Er nutzt die Hauptverkehrszeiten aus. Morgens und mittags.«

Die Tonbandaufnahmen des Anrufs wurden zu einem Philologieprofessor gebracht, einem Experten, der sich mit Spracheigentümlichkeiten und der Herkunft von Idiomen auskannte; doch den Löwenanteil am Gespräch hatte Quinn, und der Professor schüttelte den Kopf.

»Wenn er spricht, legt er mehrere Schichten Kleenex oder ein dünnes Tuch über die Sprechmuschel«, sagte er. »Primitiv, aber ziemlich wirkungsvoll. Es kann zwar die Sprachmuster-Oszillatoren nicht täuschen, aber genauso wie die Apparate brauche auch ich mehr Material, um solche Muster herauszufinden.«

Commander Williams versprach, ihm weiteres Material zu bringen, sobald der Mann wieder angerufen hatte. Im Lauf des Tages wurden sechs Häuser unauffällig unter Überwachung gestellt, eines in London, die anderen fünf in den umliegenden Grafschaften. Alle waren gemietet, und die Mietverträge liefen sämtlich über ein halbes Jahr. Als es Abend wurde, waren zwei dieser Fälle geklärt: In einem Haus wohnte ein französischer Bankbeamter, verheiratet, mit zwei Kindern, der, völlig legitim, für die Londoner Niederlassung der Société Générale tätig war, im anderen ein deutscher Professor, der im Britischen Museum wissenschaftlich arbeitete.

Die anderen vier Fälle waren vermutlich bis zum Wochenende ebenfalls geklärt, doch der Häusermarkt produzierte laufend neue Mietabschlüsse, die möglicherweise in Frage kamen. Sie mußten alle überprüft werden.

Nigel Cramer neigte an sich Quinns These zu (die er auf einem Tonband gehört hatte), der Anrufer mache eher den Eindruck eines professionellen Kriminellen als den eines politischen Terroristen. Trotzdem ging die Suche nach beiden Arten von Rechtsbrechern weiter, und dabei würde es bleiben, bis der Fall abgeschlossen war. Selbst wenn die Entführer tatsächlich aus der Unterwelt kamen, hätten sie sich trotzdem ihre Maschinenpistole von einer Terroristengruppe verschaffen können. Die beiden Welten kamen manchmal aus Anlaß eines Deals miteinander in Berührung.

Während die englische Polizei mit Arbeit überhäuft war, bestand für das amerikanische Team im Keller der Botschaft das Problem darin, daß es nichts zu tun gab. Kevin Brown ging in dem langen Raum auf und ab wie ein Löwe im Käfig. Vier seiner Männer lagen auf ihren Feldbetten, die anderen vier behielten das Lämpchen im

Auge, das aufleuchten würde, wenn über das ausschließlich für Quinn bestimmte Telefon in der Wohnung in Kensington, dessen Nummer der Kidnapper nun hatte, ein Anruf kam. Das Lämpchen blinkte 18.02 Uhr auf.

Alle waren verblüfft, daß Quinn es viermal klingeln ließ. Dann hob er ab und sprach, ohne abzuwarten.

»Hi, Mann, schön, daß du anrufst.«

»Wie schon gesagt, du wirst blechen müssen, wenn du Simon Cormack lebend wiederbekommen willst.« Dieselbe Stimme, tief, barsch und kehlig, und gedämpft durch ein Papiertaschentuch.

»Okay, unterhalten wir uns«, sagte Quinn in einem freundschaftlichen Ton. »Also, ich heiße Quinn. Einfach so – Quinn. Kannst du mir einen Namen nennen?«

»Du kannst mich mal.«

»Hör mal, doch nicht den richtigen. Wir sind ja beide nicht bekloppt. Irgendeinen Namen. Nur damit ich sagen kann: Hi, Smith oder Jones ...«

»Zack«, sagte die Stimme.

»Zet-a-ce-ka? Hör zu, Zack, du mußt diese Anrufe auf zwanzig Sekunden begrenzen, klar? Ich bin kein Zauberer. Die Schnüffler hören mit und verfolgen die Anrufe. Ruf mich in ein paar Stunden noch mal an, dann reden wir wieder. Okay?«

»Yeah«, sagte Zack und hängte auf.

Die Hexenmeister im Fernsprechamt Kensington hatten den Anruf in sieben Sekunden geortet. Wieder war es eine öffentliche Telefonzelle, diesmal im Ortszentrum von Great Dunmov, Grafschaft Essex, neun Meilen westlich des Motorway M 11 von London nach Cambridge. Eine Kleinstadt, ebenfalls nördlich von London und mit einer Polizeiwache, in der nur ein paar Mann Dienst taten. Der Beamte in Zivil erreichte die Gruppe der drei Telefonzellen achtzig Sekunden, nachdem aufgehängt worden war. Zu spät. Zu dieser Stunde – die Geschäfte schlossen und die Pubs öffneten – wimmelte es von Menschen, aber niemand war zu sehen, der verstohlen um sich blickte oder eine rötlich-braune Perücke, einen Schnauzer und eine getönte Brille trug. Zack hatte sich die dritte Hauptverkehrszeit am Tag, den frühen Abend, ausgesucht, dämmrig, aber noch nicht dunkel, denn bei Dunkelheit geht in den Telefonzellen die Innenbeleuchtung an.

Im Keller der Botschaft explodierte Kevin Brown.

»Zum Teufel noch mal, auf welcher Seite glaubt denn dieser Scheiß-Quinn eigentlich zu stehen?« fragte er. »Er behandelt diesen Kerl, als wär' er etwas ganz Besonders.«

Seine vier Agenten nickten unisono.

In Kensington stellten sich Sam und McCrea eine ganz ähnliche Frage. Quinn legte sich seelenruhig auf die Couch, zuckte mit den Achseln und nahm seine Lektüre wieder auf. Im Unterschied zu den Neulingen wußte er genau, daß es auf zwei Dinge ankam: Er mußte versuchen, sich in den Mann am anderen Ende der Leitung hineinzuversetzen, und er mußte sich bemühen, das Vertrauen dieses Unmenschen zu gewinnen.

Er hatte bereits den Eindruck, daß dieser Zack nicht auf den Kopf gefallen war. Bislang hatte er jedenfalls nicht viele Fehler gemacht, sonst wäre er inzwischen geschnappt worden. Er mußte sich also im klaren darüber sein, daß seine Anrufe mitgehört wurden und daß man herauszubekommen versuchte, von wo aus er telefonierte. Quinn hatte ihm nichts erzählt, was er nicht bereits wußte. Er versuchte nichts anderes – so widerwärtig ihm das auch war –, als eine Brücke zu bauen, ganz allmählich das Fundament einer Beziehung zu schaffen, die, so hoffte er, den Verbrecher unwillkürlich glauben machen mußte, Quinn und er hätten ein gemeinsames Ziel – ein Tauschgeschäft – und die Bösen seien eigentlich die Behörden.

Seine in England verbrachten Jahre hatten Quinn gelehrt, daß der amerikanische Akzent auf britische Ohren manchmal wie der freundlichste Tonfall der Welt wirkt. Es hatte etwas mit der gedehnten Sprechweise zu tun. Angenehmer als die knappe englische Art zu sprechen. Er hatte noch eine Spur gedehnter gesprochen als sonst. Es war wichtig, Zack nicht den Eindruck zu geben, als werde er von oben herab behandelt oder Quinn mache sich in irgendeiner Weise über ihn lustig. Und überaus wichtig war auch, daß Quinn sich nichts davon anmerken ließ, wie sehr er diesen Mann haßte, der einen Vater und eine Mutter dreitausend Meilen weit entfernt Folterqualen aussetzte. Quinn war so überzeugend, daß Kevin Brown darauf hereinfiel.

Cramer hingegen nicht.

»Wenn er diesen Halunken nur ein bißchen länger am Telefon festhielte«, sagte Commander Williams. »Einer unserer Kollegen auf dem Land könnte ihn vielleicht zu Gesicht bekommen, oder wenigstens sein Auto.«

Cramer schüttelte den Kopf.

»Noch nicht«, sagte er. »Unser Problem ist, daß die Kollegen in den kleineren Revieren der Grafschaften nicht dafür geschult sind, Leute zu beschatten. Quinn wird später versuchen, die Gesprächsdauer auszudehnen, und hoffen, daß Zack es nicht bemerkt.«

Zack rief an jenem Abend nicht mehr an, erst wieder am folgenden Morgen.

Andy Laing nahm sich einen Tag frei und flog nach Riad, wo er um ein Gespräch mit dem General-Manager, Steve Pyle, nachsuchte, das ihm gewährt wurde.

Das Bürogebäude der SAIB in der saudiarabischen Hauptstadt bot einen ganz anderen Anblick als die Niederlassung in Dschiddah, die wie ein Fort der Fremdenlegion aussah. Hier hatte die Bank nicht gespart und einen Turm aus lederbraunem Marmor, Sandstein und poliertem Granit errichtet. Laing durchquerte das gewaltige Atrium im Erdgeschoß, wo nur das Geräusch seiner Absätze auf dem Marmor und das Plätschern der kühlenden Springbrunnen zu hören waren.

Obwohl es schon Mitte Oktober war, herrschte draußen noch eine glühende Hitze, doch das Atrium war wie ein Garten im Frühling. Nach einer halbstündigen Wartezeit wurde er in die Direktionsräume in der obersten Etage geführt, eine Suite von üppiger Pracht, daß sogar der Präsident von Rockman-Queens, ein halbes Jahr vorher bei einem kurzen Aufenthalt in Riad, gefunden hatte, sie sei luxuriöser als sein eigenes Penthouse in New York.

Steve Pyle war ein massiger, sich rauh, aber herzlich gebender Manager, der sich viel darauf zugute tat, seine jüngeren Angestellten aus aller Herren Ländern mit väterlicher Hand zu führen. Sein leicht geröteter Teint ließ darauf schließen, daß es seiner eigenen Cocktailbar an nichts fehlte, mochte drunten auf Straßenniveau das Königreich Saudi-Arabien noch so »trocken« sein.

Er begrüßte Laing herzlich, aber einigermaßen überrascht.

»Mr. Al-Haroun hat mir nicht mitgeteilt, daß Sie unterwegs sind, Andy«, sagte er. »Sonst hätte ich Ihnen einen Wagen zum Flugplatz geschickt.«

Mr. Al-Haroun war der Manager in Dschiddah, Laings saudiarabischer Boß.

»Ich habe ihm nichts davon gesagt, Sir. Ich habe mir einfach einen Tag frei genommen. Ich glaube, bei uns in Dschiddah gibt es ein Problem, von dem ich Sie in Kenntnis setzen möchte.«

»Andy, sagen Sie Steve zu mir, ja? Freut mich, daß Sie gekommen sind. Und was ist das für ein Problem?«

Laing hatte die Computer-Ausdrucke nicht mitgebracht; falls irgend jemand in Dschiddah in die Gaunerei verwickelt war, wäre alles aufgekommen, hätte er sie mitgenommen. Aber er hatte eine Menge Notizen dabei. Es nahm eine Stunde in Anspruch, Pyle über seine Entdeckung aufzuklären.

»Das kann kein zufälliges Zusammentreffen sein, Steve«, resümierte er. »Diese Zahlen lassen einfach nur die Erklärung zu, daß es sich um ein großes Betrugsmanöver handelt.«

Während Laing die heikle Situation erläuterte, war Steve Pyles gute Laune allmählich verschwunden. Sie saßen in den tiefen Klubsesseln aus spanischem Leder, die um den niedrigen Kaffeetisch standen. Pyle stand auf und ging zu dem Panoramafenster aus Rauchglas, das eine prachtvolle Aussicht auf die Wüste bot. Schließlich drehte er sich um und kam wieder an den Tisch zurück, mit ausgestreckter Hand. Er hatte sein breites Lächeln wiedergefunden.

»Andy, Sie sind ein junger Mann, der die Augen offenhält. Und sehr gescheit. Und loyal. Ich weiß das zu schätzen. Ich weiß es zu schätzen, daß Sie mit diesem . . . Problem zu mir gekommen sind.« Er führte Laing zur Tür. »Überlassen Sie diese Sache jetzt bitte mir. Machen Sie sich darüber keine Gedanken. Ich werde mir diesen Fall persönlich vornehmen. Sie werden es noch weit bringen, glauben Sie mir.«

Andy Laing verließ das Bankgebäude und flog geschwellt von Selbstzufriedenheit nach Dschiddah zurück. Er hatte richtig gehandelt. Der General-Manager würde dieser Betrügerei Einhalt gebieten. Als Laing gegangen war, trommelte Steve Pyle mehrere Minuten lang mit den Fingern auf seine Schreibtischplatte. Dann griff er zum Telefon.

Zacks vierter Anruf – der zweite über die Blitzleitung – kam um 8.45 Uhr. Er rief, wie festgestellt wurde, aus Royston im Norden der Grafschaft Hertfordshire, an der Grenze zu Cambridgeshire, an. Der Polizeibeamte, der zwei Minuten später die Telefonzelle erreichte, kam neunzig Sekunden zu spät. Fingerabdrücke gab es auch keine.

»Quinn, machen wir es kurz. Ich will fünf Millionen Dollar haben, und zwar fix. In kleinen, gebrauchten Scheinen.«

»Herrgott, Zack, das ist ein Haufen Geld. Weißt du, wieviel das *wiegt*?«

Schweigen. Der unerwartete Hinweis auf das Gewicht der Dollars hatte ihn aus dem Konzept gebracht.

»Es bleibt dabei, Quinn. Keine Diskussion. Irgendwelche faulen Tricks, und wir können dir ein paar Finger zuschicken, um dich auf die rechte Bahn zu bringen.«

In Kensington verschluckte sich McCrea. Er stürzte zum Badezimmer und stieß unterwegs an einen Kaffeetisch.

»Was ist bei dir los?« fauchte Zack.

»Ein Schnüffler«, sagte Quinn. »Du weißt ja, wie das ist. Diese Arschlöcher wollen mich einfach nicht in Ruhe lassen.«

»Es war mir ernst damit.«

»Jetzt komm, Zack, das kannst du dir schenken. Wir sind doch beide Profis, oder? Und dabei wollen wir auch bleiben, klar? Wir tun, was wir tun müssen, nicht mehr und nicht weniger. So, jetzt ist die Zeit um. Geh raus aus der Leitung.«

»Beschaff das Geld, Quinn, das ist alles.«

»Darüber muß ich mit dem Vater verhandeln. Ruf mich in vierundzwanzig Stunden wieder an. Übrigens, wie geht's dem Jungen?«

»Gut. Vorläufig.« Zack beendete den Anruf und verließ das Telefonhäuschen. Er war einunddreißig Sekunden an der Strippe gewesen. Quinn legte den Hörer auf. McCrea kam wieder ins Zimmer.

»Wenn Sie das noch mal machen«, sagte Quinn leise, »setze ich euch beide an die Luft, und scheiß auf die Agency und das Bureau.«

McCrea war so schuldbewußt, daß es aussah, als wäre er den Tränen nahe.

Im Keller der Botschaft blickte Brown Collins an.

»Ihr Mann hat Scheiße gebaut«, sagte er. »Was war das überhaupt für ein Krach in der Leitung?«

Ohne eine Antwort abzuwarten, rief er über die direkte Leitung aus dem Botschaftskeller in der Wohnung an. Sam Somerville hob ab und berichtete über die Drohung mit den abgeschnittenen Fingern, worauf McCrea gegen den Kaffeetisch gerannt sei. Als sie den Hörer auflegte, fragte Quinn: »Wer war das?«

»Mr. Brown«, antwortete sie in förmlichem Ton, »Mr. Kevin Brown.«

»Wer ist das?« fragte Quinn. Sam blickte nervös die Zimmerwände an.

»Der zweite stellvertretende Direktor, dem die kriminalpolizeiliche Abteilung im Bureau untersteht«, sagte sie pedantisch, da sie wußte, daß Brown mithörte.

Quinn machte eine entnervte Geste, und Sam zuckte mit den Achseln.

Mittags fand in der Wohnung in Kensington eine Konferenz statt. Kevin Brown kam, zusammen mit Collins und Seymour. Nigel Cramer brachte Commander Williams mit. Bis auf Brown und Williams kannte Quinn alle schon.

»Sie können Zack sagen, daß Washington einverstanden ist«, sagte Brown. »Der Bescheid kam vor zwanzig Minuten. Ich finde es gräßlich, aber man hat zugestimmt. Fünf Millionen Dollar.«

»Aber ich stimme nicht zu«, sagte Quinn. Brown starrte ihn an, als wollte er seinen Ohren nicht trauen.

»Was Sie nicht sagen, Mr. Quinn. *Sie* stimmen nicht zu? Die Regierung der Vereinigten Staaten stimmt zu, Mr. Quinn aber nicht. Darf ich fragen, warum?«

»Weil es hochgradig gefährlich ist, schon auf die erste Forderung eines Kidnappers einzugehen«, sagte Quinn ruhig. »Wenn man das tut, denkt er, er hätte mehr verlangen sollen. Ein Mann, der so etwas denkt, hat den Eindruck, daß er irgendwie hereingelegt worden ist. Wenn er ein Psychopath ist, macht ihn das wütend. Und er hat niemanden, an dem er diese Wut auslassen kann, als die Geisel.«

»Sie halten Zack für einen Psychopathen?« fragte Seymour.

»Vielleicht ja, vielleicht nein«, sagte Quinn. »Aber einer der anderen Ganoven könnte einer sein. Selbst wenn Zack das Kommando führt – und vielleicht ist es nicht so –, können Psychopathen außer Kontrolle geraten.«

»Wozu raten Sie also?« fragte Collins. Brown schnaubte.

»Wir stehen noch ganz am Anfang«, sagte Quinn. »Simon Cormacks beste Chance, unversehrt zu überleben, liegt darin, daß die Kidnapper von zweierlei überzeugt sind: daß sie aus der Familie das absolute Maximum dessen, was sie zahlen kann, herausgepreßt haben und daß sie dieses Geld nur sehen werden, wenn sie Simon lebend und heil herausgeben. Zu dieser Erkenntnis kommen sie nicht in ein paar Sekunden. Und außerdem ist es noch immer möglich, daß die Polizei einen Durchbruch erzielt und sie entdeckt.«

»Ich stimme Mr. Quinn zu«, sagte Cramer. »Es kann ein paar Wochen dauern. Das klingt zwar grausam, ist aber besser als ein überstürztes und stümperhaftes Vorgehen, das zu einer Fehlentscheidung und dem Tod des Jungen führt.«

»Ich würde es nur gut finden, wenn Sie mir mehr Zeit geben könnten«, sagte Commander Williams.

»Was soll ich also jetzt Washington sagen?« wollte Brown wissen.

»Sagen Sie«, antwortete Quinn gelassen, »daß ich den Auftrag habe, Simons Rückkehr auszuhandeln, und daß ich versuche, das zu tun. Wenn sie mich von dieser Aufgabe entbinden wollen, einverstanden. Sie brauchen es nur dem Präsidenten zu sagen.«

Collins hüstelte, Seymour starrte auf den Boden. Die Besprechung war zu Ende.

Als sich Zack wieder meldete, gab sich Quinn kleinlaut.

»Hör zu, ich habe mich bemüht, mit Präsident Cormack persönlich Verbindung aufzunehmen. Aussichtslos. Er steht einen großen Teil der Zeit unter Beruhigungsmitteln. Er macht wirklich Furchtbares durch...«

»Mach's kurz und her mit dem Geld«, fuhr ihn Zack an.

»Ich hab's ja versucht, ich schwör's bei Gott. Hör zu, fünf Millionen, das ist einfach zuviel. Soviel Bargeld kann er unmöglich lockermachen – es ist alles in Trustfonds angelegt, und es wird Wochen dauern, die flüssig zu machen. Ich kann dir 900 000 Dollar beschaffen, und die auf die Schnelle...«

»Verpiß dich!« fauchte die Stimme am Telefon. »Ihr Yanks könnt das Geld von woanders her beschaffen. Ich kann warten.«

»Yeah, ich weiß«, sagte Quinn in ernstem Ton, »du bist in Sicherheit. Die Bullen kommen nicht weiter, das ist sicher – vorläufig jedenfalls. Geh doch ein bißchen mit deiner Forderung runter ... Ist der Junge okay?«

»Yeah.« Quinn merkte, daß Zack am Überlegen war.

»Ich muß dich um was bitten, Zack. Diese Typen hinter mir machen ganz schön Druck. Frag den Jungen, wie sein Lieblingshund geheißen hat – der, den er als kleines Kind und dann bis zu seinem zehnten Lebensjahr hatte. Nur damit wir wissen, daß er okay ist. Kostet dich ja nichts, und mir hilft's eine Menge.«

»Vier Millionen«, knurrte Zack. »Und basta.«

Damit war das Gespräch beendet. Der Anruf kam aus St. Neots, einer Kleinstadt im Süden von Cambridgeshire, direkt nördlich der Grenze zu Bedfordshire. Niemand wurde beim Verlassen eines der Telefonhäuschen vor der Hauptpost beobachtet.

»Was bezwecken Sie jetzt?« fragte Sam neugierig.

»Ihn unter Druck setzen«, sagte Quinn, wollte sich aber nicht weiter darüber auslassen.

Schon Tage vorher war ihm die Erkenntnis gekommen, daß er in diesem Fall einen Trumpf in der Hand hatte, über den Unterhändler nicht immer verfügen. Banditen in den Bergen Sardiniens oder in Mittelamerika können, wenn sie wollen, Monate oder sogar Jahre durchhalten. Keine Militärrazzia, keine Polizeipatrouille wird sie jemals in diesem hügeligen, von Höhlen durchzogenen und von Gestrüpp überwucherten Gelände aufstöbern. Die einzige reale Gefahr droht ihnen eventuell von Hubschraubern, aber damit hat es sich schon.

Im dichtbevölkerten Südosten Englands befanden sich Zack und seine Komplizen in einer Gegend, in der das Gesetz geachtet wurde, und mithin in Feindesland. Je länger sie sich versteckt hielten, desto größer wurde nach der Wahrscheinlichkeitsrechnung das Risiko, identifiziert und aufgespürt zu werden. Aus diesem Grund standen *sie* unter Druck – das Geschäft abzuschließen und sich davonzumachen. Es ging also darum, sie zu der Überzeugung zu bringen, daß sie das Spiel gewonnen, alles herausgeholt hätten, was herauszuholen war, daß sie den Jungen nicht umzubringen brauchten, wenn sie sich auf die Socken machten.

Quinn setzte darauf, daß Zacks Komplizen – vom Schauplatz des Überfalls wußte die Polizei, daß die Bande mindestens aus vier Mann bestand – sich nicht aus ihrem Versteck rühren konnten. Sie würden ungeduldig werden, Platzangst bekommen und schließlich ihren Anführer bedrängen, das Geschäft abzuschließen, damit die Sache ein Ende hatte – genau dasselbe Argument, dessen auch er, Quinn, sich bedienen würde. Von beiden Seiten bedrängt, würde Zack in die Versuchung geraten, zu nehmen, was er kriegen konnte, und abzuhauen. Doch dazu würde es erst kommen, wenn die Kidnapper unter noch stärkerem Druck standen.

Er hatte ganz bewußt zwei Saatkörner gesät, mit denen sich Zacks Gedanken beschäftigen sollten: zum einen, daß er, Quinn, der anständige Kerl sei, der alles für einen schnellen Abschluß zu tun versuche, aber dabei vom »Establishment« behindert werde – er sah Kevin Browns Gesicht vor sich und fragte sich, ob daran nicht vielleicht ein Körnchen Wahrheit sei –, und zum anderen, daß Zack keine Gefahr drohe ... vorläufig wenigstens – womit das Gegenteil gemeint war. Je öfter Zack im Schlaf von Alpträumen eines möglichen Durchbruchs der Polizei heimgesucht wurde, desto besser.

Der Linguistikprofessor war zu der Ansicht gelangt, Zack sei höchstwahrscheinlich Mitte vierzig bis Anfang fünfzig und vermutlich der Anführer der Bande. Es gab kein Zögern während der Verhandlungen, das darauf hingedeutet hätte, daß er sich mit jemand anderem absprechen mußte, ehe er irgendwelchen Bedingungen zustimmte. Er komme aus der Arbeiterschicht, habe keine sehr gute schulische Ausbildung genossen und stamme aller Wahrscheinlichkeit nach aus der Gegend um Birmingham. Aber sein ursprünglicher Dialekt sei durch jahrelange Abwesenheit aus seiner Heimat möglicherweise abgeschliffen.

Ein Psychiater versuchte sich an einem Porträt des Mannes. Er stehe sicher unter großem nervlichem Druck, der sich verstärke, je länger sich die Gespräche hinzögen. Seine Animosität gegen Quinn werde sich mit der Zeit abschwächen. Gewaltanwendung sei für ihn etwas Gewohntes – seiner Stimme waren keine Skrupel anzumerken gewesen, er hatte nicht gestockt, als er davon sprach, man könnte Simon Cormack ein paar Finger abschneiden. Andererseits sei er ein logisch denkender und schlauer Kopf, argwöhnisch, aber nicht furchtsam. Ein gefährlicher Mann, doch kein Verrückter. Kein Psychopath und ohne politisches Engagement.

Diese Berichte wurden Nigel Cramer zugeleitet, der sie alle dem COBRA-Komitee vorlegte. Kopien wurden sofort nach Washington, direkt an den Ausschuß im Weißen Haus, abgeschickt. Weitere Abschriften gingen nach Kensington. Quinn las sie, und nach ihm Sam Somerville.

»Eines verstehe ich nicht«, sagte sie, als sie das letzte Blatt auf den Tisch legte. »Warum haben sie sich Simon Cormack ausgesucht? Der Präsident stammt zwar aus einer wohlhabenden Familie, aber in England müssen doch auch andere reiche junge Männer herumlaufen.«

Quinn, den derselbe Gedanke beschäftigt hatte, als er in einer Kneipe in Spanien vor dem Bildschirm gesessen hatte, warf ihr einen kurzen Blick zu, sagte aber nichts. Es ärgerte sie, daß sie keine Antwort bekam. Es faszinierte sie auch. Quinn selbst faszinierte sie von Tag zu Tag mehr.

Am siebenten Tag nach der Entführung und vier Tage, nachdem Zack zum erstenmal angerufen hatte, legten die CIA und der britische SIS ihre Infiltrationsagenten innerhalb des Netzes der kontinentaleuropäischen Terrororganisationen wieder an die Leine. Es gab keine Erkenntnisse darüber, daß eine Skorpion-Maschinenpistole aus diesen Quellen beschafft worden war, und niemand glaubte mehr so recht, daß an der Sache politische Terroristen beteiligt seien. Unter den ausgeforschten Gruppen waren die IRA und die INLA, beide irisch, in denen die CIA und der SIS »Schläfer« hatten, über deren Identität sie einander nicht informierten, die Rote Armee Fraktion, Nachfolgerin der Baader-Meinhof-Gruppe, die italienischen Roten Brigaden, die französische Action Directe, die baskische ETA und die belgische CCC. Es gab noch kleinere und noch verrücktere Gruppen, aber da sie so klein waren, hatte niemand angenommen, daß sie die Operation Cormack aufgezogen haben könnten.

Am folgenden Tag meldete Zack sich wieder. Der Anruf kam aus einer Gruppe von Telefonzellen in einer Großtankstelle am Motorway M 11, gleich südlich von Cambridge, und wurde innerhalb von acht Sekunden geortet, aber erst sieben Minuten später traf ein Beamter in Zivil dort ein. Im Gewimmel der Autos und Menschen, die die Tankstelle passierten, war es eine vergebliche Hoffnung, der Mann könnte noch dort sein.

»Der Hund«, sagte er schroff, »– hat Mr. Spot geheißen.«

»Vielen Dank, Zack«, sagte Quinn, »sorgt dafür, daß der Junge gesund bleibt, und wir werden den Deal schneller hinter uns bringen, als du denkst. Und ich habe Neuigkeiten; Mr. Cormacks Vermögensverwalter können nun doch 1,2 Millionen Dollar aufbringen, sofort zahlbar, wirklich schnell. Hol sie dir, Zack ...«

»Leck mich am Arsch«, schnaubte die Stimme am anderen Ende der Leitung. Aber er war in Eile, weil die Zeit beinahe um war. Er nahm seine Forderung auf drei Millionen Dollar zurück. Dann hängte er ein.

»Warum schließen Sie zu dieser Summe nicht ab, Quinn?« fragte Sam. Sie saß auf dem Rand ihres Stuhls; Quinn war aufgestanden, um ins Badezimmer zu gehen. Jedesmal, wenn Zack angerufen hatte, ging er sich waschen oder baden, benutzte die Toilette und nahm etwas zu sich. Er wußte, daß es vorläufig keinen weiteren Kontakt geben werde.

»Es geht nicht nur ums Geld«, sagte Quinn, als er das Zimmer verließ. »Zack ist noch nicht reif. Er würde die Forderung wieder hinaufschrauben, weil er argwöhnt, daß er hereingelegt wird. Ich möchte ihn nervlich noch ein bißchen mehr unterminieren, ihn stärker unter Druck gesetzt sehen.«

»Und der Druck, unter dem Simon Cormack steht?« rief ihm Sam durch den Korridor nach. Quinn blieb stehen und kam an die Tür zurück.

»Yeah«, sagte er in sachlichem Ton, »und seine Eltern. Ich habe es nicht vergessen. Aber in solchen Fällen müssen die Verbrecher glauben, felsenfest glauben, daß nichts mehr rauszuholen ist. Sonst werden sie wütend und tun der Geisel etwas an. Ich hab' es schon erlebt. Langsam und behutsam vorgehen ist wirklich besser als eine Kavallerieattacke. Wenn man den Fall nicht innerhalb von achtundvierzig Stunden mit einer raschen Verhaftung lösen kann, kommt es zu einem Zermürbungskrieg – die Nerven des Kidnappers gegen die des Unterhändlers. Wenn er nichts bekommt, dreht er durch; wenn er zuviel zu schnell kriegt, denkt er, er hat die Sache vermasselt, und seine Komplizen werden ihm das gleiche sagen. Und das ist schlecht für die Geisel.«

Als Nigel Cramer ein paar Minuten später diese Worte vom Band hörte, nickte er zustimmend. In zwei Fällen, an denen er beteiligt gewesen war, hatte er die gleiche Erfahrung machen müssen. Im einen war die Geisel unversehrt befreit worden, im anderen hatte der Kidnapper, ein wütender Psychopath, sein Opfer liquidiert.

Im Keller unter der amerikanischen Botschaft waren Quinns Worte »live« zu hören.

»Dieser Idiot«, sagte Brown, »er hat doch den Deal in der Hand, um Himmels willen. Er soll den Jungen jetzt rausholen. Dann möchte ich mir selber diese Schweine vorknöpfen.«

»Wenn sie entkommen, überlassen Sie die Sache der ›Met‹«, riet Seymour. »Die findet sie schon.«

»Yeah, und ein englisches Gericht gibt ihnen lebenslang in einem gemütlichen Kittchen. Wissen Sie, was lebenslang hier in diesem Land bedeutet? Vierzehn Jahre und noch weniger bei guter Führung. Scheiße! Lassen Sie sich gesagt sein, Mister, niemand, aber wirklich niemand macht so was mit dem Sohn meines Präsidenten und kommt ungestraft davon. Diese Geschichte wird eines Tages eine Sache fürs Bureau werden, wie sie es von Anfang an hätte sein sollen. Und ich werd' sie erledigen – nach Bostoner Regeln.«

Nigel Cramer erschien persönlich am Abend dieses Tages in der Wohnung in Kensington. Er kam mit leeren Händen. 400 Personen waren unauffällig befragt, beinahe 500 »Sichtmeldungen« überprüft, 160 weitere Häuser und Wohnungen diskret kontrolliert worden. Ohne Erfolg.

In Birmingham hatte die Kriminalpolizei ihre Dossiers aus den vergangenen fünfzig Jahren nach Kriminellen gefilzt, die als Gewalttäter aktenkundig geworden waren und vielleicht vor langer Zeit die Stadt verlassen hatten. Acht in Frage kommende Fälle waren untersucht und alle geklärt worden – die Leute waren entweder tot oder im Gefängnis oder an einem anderen, feststellbaren Aufenthaltsort.

Zu Scotland Yards Quellen gehört – wovon in der Öffentlichkeit nicht viel bekannt ist – auch die »Stimmenbank«. Mit Hilfe moderner Technik lassen sich menschliche Stimmen in eine Abfolge von Hoch- und Tiefpunkten auflösen, die genau wiedergeben, wie der Betreffende ein- und ausatmet, mit welcher Tonstärke und -höhe er spricht, wie er seine Worte formt und herausbringt. Das Spurenmuster auf dem Oszillografen ist einem Fingerabdruck vergleichbar; es kann verglichen und, falls die Stimme des Betreffenden schon »auf Lager« ist, identifiziert werden.

Von zahlreichen Kriminellen, nach denen gefahndet wird, sind – wovon sie vielfach keine Ahnung haben – Tonbandaufnahmen in der Stimmenbank gespeichert. Stimmen von Leuten, die andere mit obszönen Anrufen behelligen, von anonymen Denunzianten und von solchen, die verhaftet und im Vernehmungsraum »auf Band genommen« wurden. Von Zack keine Spur.

Auch die Untersuchungen der Experten waren im Sande verlaufen – die Patronenhülsen, Bleikugeln, Fußabdrücke und Reifenspuren schlummerten in den Polizeilabors und wollten keine weiteren Geheimnisse preisgeben.

»In einem Radius von fünfzig Meilen um London einschließlich der Hauptstadt gibt es acht Millionen Wohnstätten«, sagte Cramer. »Dazu kommen noch ausgetrocknete Entwässerungskanäle, Lagerhäuser, Gewölbe, Krypten, Tunnel, unterirdische Gänge und verlassene Gebäude. Einmal hatten wir einen Mörder und Frauenschänder, der ›schwarze Panther‹ genannt, der praktisch in einem aufgelassenen Bergwerk unter einem Nationalpark lebte. Er hat seine Opfer dort hinuntergeschleppt. Wir haben ihn erwischt . . . aber es war viel Zeit verstrichen. Tut mir leid, Mr. Quinn, wir fahnden eben weiter.«

Am achten Tag machte sich in der Wohnung in Kensington die Belastung bemerkbar. Die beiden Jüngeren waren stärker davon betroffen; wenn auch Quinn sie empfand, so war ihm wenig davon anzumerken. Er lag zwischen Anrufen und Besprechungen oft lange Zeit auf dem Bett, blickte zur Decke hinauf, versuchte, sich in Zack hineinzuversetzen und daraus eine Strategie abzuleiten, wie er sich beim nächsten Anruf verhalten solle. Wann sollte er auf einen Abschluß hinarbeiten, wie sollte der Austausch stattfinden?

McCrea wurde allmählich müde, blieb aber gefällig wie immer. Er hatte eine beinahe hündische Ergebenheit gegenüber Quinn entwikkelt, war jederzeit bereit, einen Auftrag zu übernehmen, Kaffee zu machen und seinen Teil an den Arbeiten im Haushalt zu erledigen.

Am neunten Tag bat Sam um die Erlaubnis, Einkäufe machen zu dürfen. Widerwillig rief Kevin Brown aus der Botschaft an und gewährte sie. Zum erstenmal seit beinahe vierzehn Tagen verließ sie die Wohnung, nahm ein Taxi nach Knightsbridge und verbrachte vier wundervolle Stunden damit, durch die Kaufhäuser Harvey Nicholls und Harrod's zu streifen. Bei Harrod's leistete sie sich eine elegante Handtasche aus Krokodilleder.

Die Tasche wurde von den beiden Männern sehr bewundert, als Sam zurückkam. Sie hatte auch für jeden ein Geschenk mitgebracht: einen Füllfederhalter aus Walzgold für McCrea und für Quinn einen Kaschmirpullover. Der junge CIA-Agent zeigte sich rührend dankbar; Quinn zog den Pullover an, und sein Gesicht verzog sich zu einem ebenso seltenen wie strahlenden Lächeln. Es war der einzige unbeschwerte Augenblick, den die drei in der Wohnung erlebten.

In Washington hörten am selben Tag die Mitglieder des Krisenmanagements mit düsteren Mienen Dr. Armitages Ausführungen an.

»Der Gesundheitszustand des Präsidenten macht mir zunehmend Sorge«, sagte er zu den Anwesenden, dem Vizepräsidenten, dem Sicherheitsberater, dem Justizminister, drei weiteren Ministern und den Direktoren des FBI und der CIA.

»Streßerfüllte Perioden hat es in der Regierung schon früher gegeben und wird es immer geben. Aber diese Belastung ist persönlicher Natur, ein Kummer, der viel tiefer geht. Die menschliche Psyche, vom Körper ganz zu schweigen, ist nicht geschaffen, eine Angst von solchem Ausmaß lange zu ertragen.«

»Wie ist seine körperliche Verfassung?« fragte Bill Walters.

»Extreme Müdigkeit. Er braucht Medikamente, um nachts einschlafen zu können, sofern er überhaupt schläft. Und er altert merklich.«

»Und geistig?« wollte Morton Stannard wissen.

»Sie haben ja gesehen, wie er versucht, den normalen Anforderungen der Staatsgeschäfte gerecht zu werden«, antwortete Dr. Armitage. Sie nickten alle nüchtern. »Er schafft es nicht mehr, seine Konzentration läßt nach, sein Gedächtnis ist oft unzuverlässig.«

Morton Stannard nickte mitfühlend, aber seine schwerlidrigen Augen verrieten viel weniger Anteilnahme. Der Verteidigungsminister, ein Jahrzehnt jünger als Donaldson oder Reed, war ein ehemaliger international tätiger Bankier aus New York, ein Mann, der in der Welt zu Hause war und eine Vorliebe für gutes Essen, erlesene Weine und französische Impressionisten entwickelt hatte. Er war auch für die Weltbank tätig gewesen und hatte sich dabei den Ruf eines geschickten und effizienten Unterhändlers erworben, eines Mannes, mit dem nicht gut Kirschen essen ist, wie die Repräsentanten von Ländern der Dritten Welt – auf überzogene Kredite aus, die sie kaum zurückzahlen könnten – feststellen mußten, wenn sie mit leeren Händen davongingen.

Im Pentagon hatte er in den vergangenen beiden Jahren die Reputation erworben, pedantisch genau auf Effizienz zu achten; er war entschlossen, dafür zu sorgen, daß der amerikanische Steuerzahler für jeden Dollar, den er berappen mußte, den entsprechenden Gegenwert an Verteidigungsleistungen erhielt. Stannard hatte sich Feinde gemacht, bei den militärischen Führungsspitzen wie bei den Lobbyisten der Rüstungsindustrie. Dann war Nantucket gekommen und hatte einige Loyalitätsbindungen auf beiden Seiten des Potomac verändert. Stannard fand sich auf der Seite der Rüstungsfirmen und der Stabschefs, die gegen die umfassenden Kürzungen opponierten.

Während Michael Odell den Vertrag von Nantucket instinktiv-gefühlsmäßig bekämpfte, ging es Stannard auch um Fragen der Machtverteilung und des Einflusses innerhalb der Washingtoner Hackordnung. Nicht nur philosophische Erwägungen hatten seinen Widerstand gegen den Vertrag bestimmt. Als er im Kabinett überstimmt worden war, hatte er dies mit unbewegter Miene hingenommen; und auch jetzt zeigte sich auf seinem Gesicht keinerlei Regung, als er hörte, wie es mit dem Präsidenten bergab ging.

»Der Arme, mein Gott, der arme Mann«, murmelte Finanzminister Hubert Reed.

»Dazu kommt noch ein weiteres Problem«, schloß der Psychiater seine Ausführungen. »Er ist kein Mensch, der aus sich herausgeht. Äußerlich wirkt er nicht emotional. Im Innern . . . ist er es natürlich, wie wir alle. Jedenfalls alle normalen Leute. Er unterdrückt seine Gefühle, kann nicht brüllen und schreien. Anders die First Lady; sie hat nicht die Belastungen des Amtes zu tragen, sie akzeptiert mehr Medikamente. Trotzdem glaube ich, daß sie in einer ebenso schlimmen Verfassung ist, wenn nicht in einer noch schlimmeren. Es geht ja um ihr einziges Kind, und ihr Zustand wird für den Präsidenten zu einer zusätzlichen seelischen Belastung.«

Er ließ acht tief besorgte Männer zurück, als er ins Mansion hinüberging.

Mehr aus Neugier als aus irgend einem anderen Grund blieb Andy Laing zwei Abende danach über die reguläre Zeit hinaus in seinem Büro in Dschiddah und befragte seinen Computer. Was er ausspuckte, betäubte ihn geradezu.

Die Gaunerei nahm noch immer ihren Fortgang. Seit seiner Unterredung mit dem General-Manager waren noch weitere vier Umbuchungen vorgenommen worden. Steve Pyle hätte die Sache mit einem Telefonanruf stoppen können. Das Konto des Halunken war mit Geld förmlich überschwemmt, alles aus öffentlichen Mitteln des Königreichs Saudi-Arabien. Laing wußte, daß derartige Unterschlagungen in Saudi-Arabien nichts Unbekanntes waren, hier aber handelte es sich um Riesensummen, genug, um eine großangelegte kommerzielle oder irgendeine andere Operation zu finanzieren.

Er fuhr entsetzt zusammen, als ihn jäh die Erkenntnis traf, daß Steve Pyle, ein Mann, den er geachtet hatte, in diese Sache verwickelt sein mußte. Es wäre nicht das erste Mal, daß ein Bankmanager in die eigene Tasche gewirtschaftet hatte. Aber es war dennoch ein Schock für ihn. Und wenn er daran dachte, daß er mit seiner Entdeckung zu dem Schuldigen selbst gegangen war ...! Er verbrachte den Rest der Nacht in seiner Wohnung über seine Reiseschreibmaschine gebeugt. Zufällig hatte ihn die Rockman-Queens Bank nicht in New York, sondern in London in ihre Dienste genommen, wo er für ein anderes amerikanisches Geldinstitut gearbeitet hatte.

London war auch das Zentrum für die geschäftlichen Aktivitäten in Europa und im Nahen Osten, die größte Niederlassung der Bank außerhalb New Yorks, und dort befand sich auch die Revisionsabteilung für Überseegeschäfte. Laing wußte, was er zu tun hatte; er richtete seinen Bericht an den Leiter dieser Abteilung und schloß als Beweisstücke für seine Behauptungen vier Bogen eines Computerausdrucks bei.

Wäre er ein bißchen schlauer gewesen, hätte er das Päckchen mit der normalen Post abgeschickt. Doch diese arbeitete langsam und nicht immer zuverlässig. Er warf sein Päckchen in den »Sack« der Bank, der normalerweise von einem Kurier von Dschiddah direkt nach London gegangen wäre. Normalerweise. Doch nach Laings Besuch in Riad, eine Woche vorher, hatte der General Manager die Weisung erteilt, alles, was in Dschiddah in den Kuriersack kam, habe über Riad zu gehen. Am nächsten Tag prüfte Steve Pyle die abgehende Post, nahm den Bericht Laings heraus, schickte das übrige weiter und las sehr sorgfältig, was Laing zu Papier gebracht hatte. Danach hob er den Telefonhörer ab und wählte eine lokale Nummer.

»Oberst Easterhouse, wir haben hier ein Problem. Ich denke, wir sollten uns sehen.«

Auf beiden Seiten des Atlantik hatten die Medien berichtet, was es zu berichten gab, und sie berichteten immer wieder das gleiche. Dennoch gingen ihnen die Worte nicht aus. Experten jeglicher Art, von Psychiatrieprofessoren bis zu Medien von Okkultisten, hatten den Behörden ihre Analysen und Ratschläge offeriert. Experten der Parapsychologie hatten – vor der Kamera – Verbindung zur Geisterwelt aufgenommen und eine Vielzahl von Botschaften empfangen, die alle einander widersprachen. Zahlreiche Angebote, das Lösegeld, in welcher Höhe auch immer, zu bezahlen, waren von Privatpersonen wie von reichen Stiftungen eingegangen. Die Fernsehprediger hatten sich zu wahren Ekstasen hinreißen lassen; auf den Stufen von Kirchen und Kathedralen wurden Nachtwachen abgehalten.

Die Wichtigtuer hatten ihre große Stunde erlebt. Mehrere Hundert hatten sich als Geiseln an Simon Cormacks Stelle angeboten, in der beruhigenden Gewißheit, daß es einen solchen Austausch niemals geben werde. Am zehnten Tag nach Zacks erstem Anruf bei Quinn mischte sich eine neue Note in einige der Rundfunk- und Fernsehsendungen, die in Amerika ausgestrahlt wurden.

Ein Evangelist aus Texas, dessen Schatztruhen eine große und unerwartete Spende von einem Ölkonzern empfangen hatten, behauptete, eine göttlich inspirierte Vision gehabt zu haben. Die Untat an Simon Cormack und mithin an seinem Vater, dem Präsidenten, und damit ein Anschlag auf die Vereinigten Staaten, sei von den Kommunisten verübt worden. Daran könne es keinen Zweifel geben. Große Fernsehgesellschaften griffen die himmlische Botschaft auf und berichteten kurz darüber. Die ersten Schüsse des »Crockett-Plans« waren abgefeuert, die ersten Saatkörner gesät worden.

Ohne ihr strenges Dienstkostüm, das sie seit dem ersten Abend in der Wohnung nicht mehr getragen hatte, war Special Agent Sam Somerville eine auffallend attraktive Frau. Zweimal in ihrer beruflichen Tätigkeit hatte sie ihre Schönheit eingesetzt, um die Lösung eines Falles zu beschleunigen. Beim ersten Mal hatte sie mehrmals eine Verabredung mit einem hochgestellten Beamten aus dem Pentagon gehabt und war bei dem letzten Rendezvous, in seiner Wohnung, scheinbar völlig betrunken umgekippt. Der Mann, der auf die angebliche Bewußtlosigkeit hereinfiel, machte einen höchst kompromittierenden Telefonanruf, der den Beweis lieferte, daß er bestimmten Rüstungsproduzenten profitable Aufträge zuschanzte und dafür Schmiergelder einsteckte.

Im zweiten Fall hatte sie sich von einem Mafia-Boß zum Abendessen einladen lassen und in seiner Limousine eine Wanze tief in die Polsterung geschmuggelt. Was dieses Lauschgerät den FBI-Leuten verriet, reichte aus, den Mann wegen mehrerer Vergehen gegen Bundesgesetze vor Gericht zu bringen.

Kevin Brown hatte genau dies vor Augen gehabt, als er Sam Somerville als »Wachhund« für den Unterhändler auswählte, den das Weiße Haus nach London schicken wollte. Er hoffte, Quinn werde von ihr ebenso beeindruckt sein wie verschiedene andere Männer vor ihm und ihr in einem Augenblick der Schwäche alle geheimen Gedanken oder Absichten anvertrauen, die die Mikrofone nicht registrieren konnten.

Womit er nicht gerechnet hatte, war die Möglichkeit, daß das Umgekehrte geschehen könnte. Am elften Abend in der Wohnung in Kensington begegneten die beiden einander in dem schmalen Korridor, der vom Bade- zum Wohnzimmer führte. Einer plötzlichen Regung nachgebend, legte Sam Somerville die Arme um Quinns Hals und küßte ihn auf den Mund. Schon seit einer Woche hatte sie dieses Verlangen gespürt. Sie wurde nicht zurückgewiesen und war überrascht, mit welchem Verlangen er ihren Kuß erwiderte.

Die Umarmung dauerte mehrere Minuten, während der ahnungslose McCrea sich in der Küche hinter dem Wohnzimmer mit einer Bratpfanne abrackerte. Quinns harte, gebräunte Hand streichelte ihr glänzendes blondes Haar. Sie spürte, wie Anspannung und Erschöpfung in Wellen aus ihr hinausströmten.

»Wie lange noch, Quinn?« flüsterte sie.

»Nicht mehr lange«, murmelte er, »nur noch ein paar Tage, wenn alles gutgeht, vielleicht eine Woche.«

Als sie ins Wohnzimmer zurückkamen, von McCrea zum Essen gerufen, bemerkte dieser keinerlei Veränderung an ihnen.

Oberst Easterhouse hinkte über den dicken Teppich in Steve Pyles Büro und starrte zum Fenster hinaus. Auf dem Kaffeetisch hinter ihm lag Laings Bericht. Pyle blickte besorgt.

»Ich fürchte, Ihr junger Mann könnte unserem Land hier in Saudi-Arabien gewaltigen Schaden zufügen«, sagte Easterhouse leise. »Unbeabsichtigt, natürlich. Er ist sicher ein gewissenhafter junger Mensch. Trotzdem ...«

Innerlich war er beunruhigter, als er zu erkennen gab. Sein Plan, das Haus Saud von seiner Spitze abwärts durch ein Massaker zugrunde zu richten, war inzwischen bis zur Hälfte gediehen und anfällig für Störungen.

Der fundamentalistische schiitische Imam hielt sich versteckt und war dem Zugriff der Sicherheitspolizei entzogen, da sämtliche im zentralen Sicherheitscomputer über ihn gespeicherten Informationen gelöscht worden waren: alle bekannten Kontaktpersonen, Freunde, Anhänger und mögliche Aufenthaltsorte des Mannes. Der Fanatiker aus der Mutawain, der Religiösen Polizei, hielt die Verbindung zu ihm. Unter den Schiiten machte die Anwerbung Fortschritte, wobei die Freiwilligen lediglich erfuhren, sie würden für eine Tat im Dienste des Imam und damit Allahs vorbereitet, die ihnen ewigen Ruhm eintragen werde.

Die Arbeiten an der neuen Arena gingen planmäßig voran und ihrem Ende entgegen. Die gewaltigen Tore, die Fenster, die Seitenausgänge und das Ventilationssystem, alles wurde von einem Zentralcomputer gesteuert, der mit einem von Easterhouse entworfenen System programmiert war. Die Pläne für ein Manöver in der Wüste, die den größten Teil der saudiarabischen Armee am Abend vor der Generalprobe aus der Hauptstadt abziehen sollten, waren schon weit gediehen. Ein ägyptischer Generalmajor und zwei palästinensische Waffenspezialisten, die in seinem Sold standen, sollten an dem fraglichen Abend die an die Königliche Garde auszugebende Munition gegen defekte vertauschen.

Seine amerikanischen Piccolo-Maschinenpistolen mit ihren Magazinen und der dazugehörigen Munition sollten zu Beginn des neuen Jahres per Schiff eintreffen. Die Vorbereitungen für ihre Einlagerung, ehe sie an die Schiiten ausgegeben wurden, waren abgeschlossen. Wie er Cyrus V. Miller versprochen hatte, brauchte er amerikanische Dollar nur für Einkäufe im Ausland, innerhalb Saudi-Arabiens konnten sie in Rial beglichen werden.

Davon hatte er Steve Pyle nichts erzählt. Der General-Manager der SAIB hatte über Easterhouse und seinen beneidenswerten Einfluß auf die königliche Familie gehört und war sehr geschmeichelt gewesen, als er zwei Monate vorher zum Dinner eingeladen worden war. Es hatte ihn tief beeindruckt, als Easterhouse ihm seinen tadellos gefälschten CIA-Ausweis zeigte. Daß dieser Mann nicht für sich selbst, sondern in Wirklichkeit für seine Regierung arbeitete, war imponierend. Und zu denken, daß nur er, Steve Pyle, davon wußte!

»Es gehen Gerüchte über eine Verschwörung zum Sturz des königlichen Hauses um«, hatte Easterhouse mit ernster Miene zu ihm gesagt. »Wir haben König Fahd darüber informiert. Seine Majestät hat ein Zusammenwirken seiner Sicherheitsorgane mit der Company gebilligt, um die Schuldigen zu enttarnen.«

Pyle hatte zu essen aufgehört, sein Mund stand vor Verblüffung offen. Und doch war das alles durchaus denkbar.

»Wie Sie wissen, kann man in diesem Land mit Geld alles kaufen, Informationen eingeschlossen. Die brauchen wir, und das normale Budget der Sicherheitspolizei kann wegen möglicher Mitverschwörer in ihren Reihen nicht angezapft werden. Kennen Sie Prinz Abdul?«

Pyle hatte genickt. Prinz Abdul war ein Vetter des Königs und Minister für öffentliche Arbeiten.

»Der König hat ihn zu meinem Verbindungsmann ernannt«, hatte Easterhouse gesagt. »Und der Prinz hat seine Zustimmung erteilt, daß die Mittel, die wir beide brauchen, um die Verschwörung aufzudecken, aus seinem eigenen Budget kommen. Ich brauche Ihnen ja nicht zu sagen, daß man auf höchster Ebene in Washington allergrößten Wert darauf legt, daß dieser mit uns so eng befreundeten Regierung nichts zustößt.«

Und so hatte sich die Bank, vertreten durch einen einzigen und ziemlich leichtgläubigen Manager, bereitgefunden, bei der Schaffung des Fonds mitzuwirken. In Wahrheit hatte sich Easterhouse in den Buchhaltungscomputer des Ministeriums für öffentliche Arbeiten eingeschlichen, der von ihm selbst installiert worden war, und ihm vier neue Befehle erteilt.

Der erste bestand darin, sein eigenes Terminal jedesmal zu alarmieren, wenn das Ministerium eine Zahlungsanweisung zur Begleichung einer Lieferantenrechnung erteilte. Die Gesamtsumme dieser Rechnungen pro Monat war gewaltig; im Gebiet um Dschiddah finanzierte das Ministerium den Bau von Straßen, Schulen, Krankenhäusern, Tiefwasserhäfen, Stadien, Brücken, Überführungen, Wohnsiedlungen und Häuserblocks.

Der zweite Befehl bestand darin, auf jede Zahlung zehn Prozent aufzuschlagen, aber diese zehn Prozent auf sein eigenes Nummernkonto in der SAIB-Filiale in Dschiddah zu transferieren. Der dritte und der vierte Befehl galten seinem eigenen Schutz: Sollte das Ministerium jemals seinen Gesamtkontostand bei der SAIB wissen wollen, würde sein eigener Computer zehn Prozent draufschlagen. Für den Fall einer direkten Anfrage würde er jegliches Wissen bestreiten und seinen relevanten Datenbestand löschen. Zu dieser Zeit betrug Easterhouses Kontostand vier Milliarden Rial.

Was Laing aufgefallen war, war der eigenartige Umstand, daß jedesmal, wenn die SAIB auf Weisung des Ministeriums einem Lieferanten einen Betrag gutschrieb, genau zehn Prozent dieser Summe vom Konto des Ministeriums auf ein Nummernkonto in derselben Bank umgebucht wurden.

Easterhouses Betrugsmanöver war nur eine Abwandlung des Gaunertricks mit der vierten Registrierkasse – und sollte erst im folgenden Frühjahr bei der jährlichen Rechnungsprüfung im Ministerium aufgedeckt werden.

Die Betrugsmethode hat ihren Namen nach der Geschichte eines amerikanischen Barbesitzers, der, obwohl sein Lokal immer voll war, zu der Überzeugung kam, seine Einnahmen seien um ein Viertel geringer, als sie es von Rechts wegen sein sollten. Er engagierte den besten Privatdetektiv, der in dem Raum über der Bar ein Loch in den Boden bohrte und eine Woche lang auf dem Bauch liegend die Bar darunter beobachtete. Schließlich meldete er: »Tut mir leid, Ihnen das sagen zu müssen, aber Ihre Angestellten sind ehrliche Leute. Jeder Dollar, der über die Theke geht, endet in einer Ihrer vier Registrierkassen.« – »Was soll das heißen – vier?« fragte der Barbesitzer. »Ich hab' doch nur drei.«

»Man möchte diesem jungen Mann in keiner Weise schaden«, sagte Easterhouse, »aber wenn er so etwas vorhat, wenn er den Mund nicht halten will, wäre es dann nicht klug, ihn nach London zurückzuversetzen?«

»Nicht so einfach. Würde er denn ohne Protest gehen?« fragte Pyle.

»Er glaubt sicher«, sagte Easterhouse, »daß dieses Päckchen nach London gelangt ist. Wenn London ihn zurückbeordert – das werden Sie ihm jedenfalls sagen –, wird er sich wie ein Lämmchen auf den Weg machen. Sie brauchen London nur zu erklären, daß sie ihn versetzt sehen möchten. Gründe – er paßt nicht hierher, hat seine Kollegen grob behandelt und ihre Arbeitsmoral untergraben. Den Beweis dafür halten Sie hier in den Händen. Wenn er in London die gleichen Behauptungen vorbringt, wird er nur demonstrieren, daß Sie recht hatten.«

Pyle war entzückt. Damit war jede Möglichkeit abgedeckt.

Quinn war gewitzt genug, um zu wissen, daß es in seinem Schlafzimmer vermutlich nicht nur eine, sondern zwei Wanzen gab. Er brauchte eine Stunde, bis er die erste, eine weitere, bis er die zweite entdeckt hatte. Die große Messing-Tischlampe hatte ein millimetergroßes Loch, das in die Bodenplatte gebohrt worden war. Ein solches Loch war nicht notwendig, da die Schnur durch eine seitliche Öffnung in die Platte führte. Quinn kaute mehrere Minuten lang einen von den Kaugummistreifen, die ihm Vizepräsident Odell für den Transatlantikflug mitgegeben hatte, und drückte das Kügelchen in die Öffnung.

Im Keller der Botschaft drehte sich der diensttuende ELINT-Mann am Steuerpult nach einigen Minuten um und rief einen FBI-Mann zu sich. Bald danach waren Brown und Collins in der Lauschstation.

»Eine der Wanzen im Schlafzimmer hat gerade den Geist aufgegeben«, sagte der Techniker. »Die in der Bodenplatte der Schreibtischlampe.«

»Ein mechanischer Fehler?« fragte Collins.

Was die Hersteller auch behaupten mochten, die Technik hatte die Angewohnheit, in regelmäßigen Abständen zu versagen.

»Könnte sein«, sagte der ELINT-Mann. »Aber wie soll man das wissen? Scheint noch unter Strom zu stehen, aber der Geräuschempfang geht auf Null.«

»Könnte er sie entdeckt und irgendwas hineingesteckt haben?« fragte Brown. »Er ist ein ausgefuchster Hund.«

»Denkbar«, sagte der Techniker. »Sollen wir hinfahren?«

»Nein«, sagte Collins. »Er redet in seinem Schlafzimmer sowieso nie. Liegt nur auf dem Rücken und denkt nach. Außerdem haben wir ja noch die andere Wanze, die in der Steckdose in der Wand.«

In dieser Nacht, der zwölften seit Zacks erstem Anruf, kam Sam in Quinns Zimmer, von McCreas Schlafzimmer aus gesehen am anderen Ende der Wohnung. Die Tür gab ein leises Klicken von sich, als sie aufging.

»Was war das?« fragte einer der FBI-Männer, der Nachtdienst hatte und neben dem Techniker saß. Dieser zuckte die Achseln.

»Quinns Schlafzimmer. Türschloß, Fenster. Vielleicht geht er aufs Scheißhaus. Oder er braucht frische Luft. Horch – keine Stimmen.«

Quinn lag stumm auf seinem Bett. Die Straßenlampen Kensingtons schickten einen schwachen Schein in das sonst beinahe dunkle Zimmer. Er lag regungslos da und starrte zur Decke hinauf, nackt bis auf das Tuch, das er sich um die Hüften gewickelt hatte. Als er die Tür klicken hörte, drehte er den Kopf hin. Sam stand stumm im Türrahmen. Sie wußte über die Wanzen Bescheid. Sie wußte, daß ihr eigenes Zimmer nicht abgehört wurde, aber gleich daneben war das von McCrea.

Quinn schwenkte die Beine auf den Boden, knotete sein Lendentuch fest und legte einen Finger an die Lippen. Er stieg ohne ein Geräusch aus dem Bett, nahm sein Tonbandgerät von dem Tischchen neben dem Bett, schaltete es an und stellte es neben eine Steckdose in der Fußleiste, zwei Meter vom Kopfende des Bettes entfernt.

Ohne ein Geräusch zu verursachen, hob er den großen Klubsessel in der Ecke hoch, stellte ihn auf den Kopf und plazierte ihn über das Tonbandgerät dicht an die Wand. Mit Kissen verstopfte er die Lücken, wo die Armlehnen des Sessels die Tapete nicht erreichten. Der Sessel gab vier Seiten eines Hohlraums ab, die beiden anderen bildeten der

Boden und die Wand. Innerhalb des Hohlraums befand sich das Tonbandgerät.

»Jetzt können wir uns unterhalten«, murmelte er.

»Ich möchte gar nicht«, flüsterte Sam und streckte die Arme nach ihm aus. Quinn hob sie mit einer raschen Bewegung hoch und trug sie zum Bett. Sie setzte sich einen Augenblick auf und streifte ihr seidenes Nachthemd ab. Quinn legte sich neben sie. Zehn Minuten später wurden sie Liebende.

Im Keller der Botschaft lauschten der Techniker und zwei FBI-Männer den Geräuschen, die aus der Steckdose, zwei Meilen weit entfernt, kamen.

»Er ist eingeschlafen«, sagte der Techniker. Die drei Männer hörten die gleichmäßigen, rhythmischen Atemzüge eines schlafenden Mannes, in der Nacht vorher aufgenommen, als Quinn das Tonbandgerät neben sein Kopfkissen gestellt hatte. Brown und Seymour kamen in die Lauschstation geschlendert. Für diese Nacht waren keine Vorkommnisse zu erwarten; Zack hatte während der abendlichen Hauptverkehrszeit um 18 Uhr angerufen – vom Bahnhof in Bedford aus. Man hatte ihn wieder nicht zu Gesicht bekommen.

»Ich verstehe nicht«, sagte Patrick Seymour, »wie der bei dem Streß, unter dem er steht, schlafen kann. Ich mache seit zwei Wochen immer nur ein kurzes Nickerchen und frage mich, ob ich überhaupt jemals wieder zum Schlafen komme. Er muß Nerven wie Klaviersaiten haben.«

Der Techniker gähnte und nickte. Normalerweise war mit seiner Tätigkeit für die CIA in Europa nicht viel Nachtarbeit verbunden, und schon gar nicht, wie in diesem Fall, eine Nacht nach der anderen.

»Yeah, das wär' herrlich, wenn ich jetzt tun könnte, was der tut.«

Brown wandte sich wortlos ab und kehrte in den Büroraum zurück, in dem er sein Quartier aufgeschlagen hatte. Er war jetzt seit beinahe vierzehn Tagen in dieser verdammten Stadt und gewann immer mehr die Überzeugung, daß die britische Polizei nicht vorankam und Quinn mit einer Ratte »füßelte«, die es nicht verdiente, als Mensch behandelt zu werden. Mochten Quinn und die britischen Kollegen auch bereit sein, auf ihren Ärschen zu sitzen, bis die Hölle zu Eis gefror – mit seiner eigenen Geduld war es zu Ende. Er beschloß, am Morgen seine Männer um sich zu versammeln und zu überlegen, ob nicht ein bißchen altmodische Kriminalerarbeit eine Spur aufdecken könnte. Es wäre ja nicht das erste Mal, daß die Polizei mit all ihren Machtmitteln irgendein wichtiges Detail übersehen hatte.

8. Kapitel

Fast drei Stunden lang lagen sich Quinn und Sam, der Liebe hingegeben oder miteinander flüsternd, in den Armen. Flüstern tat vor allem Sam, die ihm über sich und ihren Werdegang beim FBI erzählte. Sie warnte ihn auch vor dem Rauhbein Kevin Brown, der sie für diese Mission ausgewählt und sich mit acht FBI-Männern in London einquartiert hatte, um »die Dinge im Auge zu behalten«.

Sie war in einen tiefen, traumlosen Schlaf geglitten, schlief so gut wie seit zwei Wochen nicht, als Quinn sie mit einem sanften Schubs weckte.

»Es ist nur ein Drei-Stunden-Band«, flüsterte er. »In einer Viertelstunde ist es zu Ende.«

Sie küßte ihn noch einmal, streifte ihr Nachthemd über und ging auf Zehenspitzen zu ihrem Zimmer zurück. Quinn hob vorsichtig den Sessel von der Wand weg, stöhnte dem Wandmikrofon zuliebe ein paarmal, schaltete das Tonbandgerät ab, rollte sich auf dem Bett zusammen und schlief nun wirklich ein. Für die am Grosvenor Square hörte es sich an, als hätte ein schlafender Mann seine Position verändert, sich auf die andere Seite gedreht und weitergeschlummert. Der Techniker und die beiden FBI-Männer warfen einen kurzen Blick auf das Steuerpult und spielten weiter Karten.

Zack rief um 9.30 Uhr an. Er wirkte schroffer und feindseliger als am Vortag – ein Mann, dessen Nerven allmählich strapaziert wurden, der immer mehr unter Druck geriet und beschlossen hatte, nun selbst Druck auszuüben.

»All right, du Scheißkerl, jetzt hör mal gut zu. Kein Süßholzgeraspel mehr. Ich hab' genug davon. Ich bin mit deinen läppischen zwei Millionen Dollar einverstanden, aber damit hat es sich. Noch eine einzige Forderung von dir, und ich schick' dir ein paar Finger – nehm' mir die rechte Hand des Bürschchens mit einem Hammer und einem Meißel vor – mal sehn, ob du danach in Washington noch beliebt bist...«

»Zack, bleib ruhig«, redete Quinn in ernstem Ton auf ihn ein. »Du hast doch gewonnen. Gestern abend hab' ich hinübertelefoniert, sie sollen auf zwei Millionen geh'n, sonst steig' ich aus. Mein Gott, glaubst du, du bist der einzige, der müde ist? Ich tu' überhaupt kein Auge zu, für den Fall, daß du anrufst . . .«

Der Gedanke, daß die Nerven eines anderen noch mehr verschlissen waren als seine eigenen, schien Zack etwas zu beschwichtigen.

»Noch was«, sagte er. »Kein Geld! Kein Bargeld, Ihr Dreckskerle würdet versuchen, in den Koffer eine Wanze zu setzen. So wird's . . .«

Er redete noch zehn Sekunden weiter und hängte dann ein. Quinn machte sich keine Notizen. Es war nicht nötig, das Band lief mit. Der Anruf war zu einer Gruppe von drei öffentlichen Telefonzellen in Saffron Walden zurückverfolgt worden, einem Marktflecken im westlichen Essex, gleich neben dem Motorway M 11 von London nach Cambridge. Drei Minuten später schlenderte ein Polizeibeamter in Zivil an den Telefonhäuschen vorbei, aber alle drei waren leer. Der Anrufer hatte sich in der Menge der Passanten verloren.

Zu dieser Zeit saß Andy Laing gerade im Kasino der SAIB-Niederlassung in Dschiddah beim Mittagessen. Er aß mit seinem pakistanischen Freund und Kollegen Mr. Amin, dem Operations-Manager.

»Ich stehe vor einem Rätsel, mein Freund«, sagte der junge Pakistani. »Was geht da eigentlich vor?«

»Ich weiß es nicht«, sagte Laing, »klären Sie mich auf.«

»Sie wissen doch – der Postsack, der täglich von hier nach London abgeht? Ich habe einen dringenden Brief mit einigen beigelegten Dokumenten nach London abgeschickt und muß rasch Antwort darauf haben. Wann werde ich die bekommen, frage ich mich. Warum ist sie noch nicht da? Ich habe bei der Postabteilung nachgefragt, warum sie noch nicht gekommen ist, und etwas sehr Sonderbares zu hören bekommen.«

Laing legte Gabel und Messer weg. »Und was, alter Freund?«

»Die Leute sagen, daß alle Post mit Verzögerung abgeht. Sämtliche Päckchen von hier nach London werden nach Riad umgeleitet und gehen erst einen Tag später von dort weiter.«

Laing war der Appetit vergangen. Was er in seiner Magengrube verspürte, war kein Hungergefühl.

»Wie lange, sagen Sie, geht das schon so?«

»Seit einer Woche, glaube ich.«

Laing verließ das Kasino und ging in sein Büro. Auf seinem Schreibtisch lag eine Nachricht vom Chef der Niederlassung, Mr. Al-Haroun: Mr. Pyle möchte Mr. Laing unverzüglich in Riad sprechen.

Er nahm die Mittagsmaschine der Saudia. Als er im Flugzeug saß, packte ihn Zorn auf sich selber. Hinterher weiß man alles besser – wenn er sein Päckchen nur mit der normalen Post nach London geschickt hätte. Er hatte es an den Leiter der Revisionsabteilung persönlich adressiert, und eine derart adressierte Sendung mit seiner charakteristischen Handschrift mußte einfach auffallen, wenn die Briefe auf Steve Pyles Schreibtisch ausgebreitet wurden. Kurz nachdem die Bank ihre Pforten für den Publikumsverkehr geschlossen hatte, wurde er in die Direktionsräume geführt.

Nigel Cramer schaute um die Mittagsstunde Londoner Zeit in der Wohnung in Kensington vorbei.

»Sie haben die Freilassung für zwei Millionen Dollar ausgehandelt«, sagte er. Quinn nickte.

»Gratulation«, sagte Cramer. »Dreizehn Tage ist nicht viel für so ein Geschäft. Übrigens, der Psychoklempner unter meiner Fuchtel hat sich den Anruf heute morgen mit angehört. Er ist der Meinung, der Mann meint es ernst, steht unter einem enormen Druck, die Sache abzuschließen.«

»Er wird sich noch ein paar Tage gedulden müssen«, sagte Quinn. »Das gilt für uns alle. Sie haben ja gehört, daß er Diamanten statt Bargeld verlangt. Es wird Zeit kosten, sie zu beschaffen. Irgendwelche Hinweise auf ihr Versteck?«

Cramer schüttelte den Kopf.

»Leider keine. Sämtliche in Frage kommenden Mietverträge für Häuser sind bis zum letzten überprüft worden. Entweder haben sie sich überhaupt nicht eingemietet oder das verdammte Haus gekauft. Oder sich ausgeborgt.«

»Keine Möglichkeit, normale Käufe zu überprüfen?«

»Leider nein. Die Zahl der Häuser, die im Südosten Englands gekauft und verkauft werden, ist riesig. Tausende und aber Tausende von Häusern sind im Besitz von Ausländern, ausländischen Konzernen oder Organisationen, die den Kauf durch Beauftragte – Anwälte, Banken usw. – abwickeln lassen. Wie diese Wohnung hier zum Beispiel.« Das war ein Seitenhieb auf Lou Collins und die CIA, die das Gespräch mithörten.

»Übrigens, ich habe mich mit einem unserer Männer im Hatton-Garden-Viertel unterhalten. Er hat sich bei jemandem erkundigt, der sich im Diamantenhandel auskennt. Wer der Anrufer auch ist, über Diamanten weiß er Bescheid. Oder einer seiner Komplizen. Was er verlangt, ist leicht zu beschaffen. Und wiegt nicht viel. Ungefähr ein Kilogramm, vielleicht ein bißchen mehr. Haben Sie sich über den Austausch schon Gedanken gemacht?«

»Natürlich«, sagte Quinn. »Ich möchte das in eigener Regie machen. Und ich will keine versteckten Wanzen haben – daran werden sie vermutlich denken. Ich glaube nicht, daß sie Simon zu dem Treffen mitbringen werden. Darum könnten sie ihn noch immer umbringen, wenn es irgendwelche faulen Tricks gibt.«

»Machen Sie sich keine Gedanken, Mr. Quinn. Wir würden sie natürlich gern hochnehmen, aber ich nehme Ihr Argument zur Kenntnis.«

»Danke«, sagte Quinn. Er gab dem Scotland-Yard-Mann die Hand, der sich auf den Weg machte, um in der Sitzung des COBRA-Komitees um 13 Uhr Bericht über den Fortgang der Affäre zu erstatten.

Kevin Brown verbrachte den Vormittag zurückgezogen in dem ihm zugewiesenen Büroraum unter der Botschaft. Sofort nach Öffnung der Geschäfte hatte er zwei seiner Männer losgeschickt, die ihm eine ganze Liste von Dingen besorgen mußten, die er brauchte: eine Karte in großem Maßstab, die das Gebiet nördlich von London fünfzig mal fünfzig Meilen darstellte, eine entsprechend große Plastikfolie, farbige Stecknadeln und verschiedenfarbige Folienstifte. Er rief seine Männer zusammen und legte die Kunststoffolie auf die Karte.

»Okay, schaun wir uns mal die Telefonhäuschen an, die dieses Schwein benutzt hat. Chuck, lesen Sie sie nacheinander vor.«

Chuck Morton sah seine Liste an.

»Erster Anruf, Hitchin, Grafschaft Hertfordshire.«

»Okay, Hitchin ist . . . ja, hier.« Eine Nadel markierte den Ort.

Zack hatte innerhalb von dreizehn Tagen achtmal angerufen – der neunte Anruf mußte bald kommen. Kurz vor 10 Uhr steckte einer der beiden FBI-Männer in der Lauschstation den Kopf um die Türkante.

»Er hat soeben wieder angerufen und damit gedroht, Simon mit einem Meißel die Finger abzutrennen.«

»O du heilige Scheiße!« fluchte Brown, »dieser Blödmann Quinn wird die ganze Sache vermasseln. Ich hab's ja gewußt. Woher kam der Anruf?«

»Der Ort heißt Saffron Walden«, sagte der junge Mann.

Als die neun Nadeln in der Folie steckten, zeichnete Brown die Umgrenzungslinien ein, die sie miteinander verbanden. Das ergab eine gezackte Form, die Teilgebiete von fünf Grafschaften einschloß. Dann nahm er ein Lineal und verband die äußersten Punkte mit denen auf der gegenüberliegenden Seite. Ungefähr in der Mitte erschien ein Netz sich schneidender Linien. Den äußersten Punkt im Südosten bildete Great Dunmow in Essex, im Norden St. Neots in Cambridgeshire und im Westen Milton Keynes in Buckinghamshire.

»Am dichtesten kreuzen sich die Linien«, sagte Brown und deutete mit einer Fingerspitze drauf, »hier, östlich von Biggleswade in der Grafschaft Bedfordshire. Aber aus diesem Gebiet sind überhaupt keine Anrufe gekommen. Warum?«

»Zu nahe an der Basis?« fragte einer der Männer.

»Möglich, mein Junge, möglich. So, jetzt möchte ich, daß ihr euch diese beiden Landstädtchen Biggleswade und Sandy vornehmt, die der geographischen Mitte des Netzes am nächsten liegen. Fahrt hin und besucht sämtliche Immobilienmakler in diesen Orten. Tut so, als wärt ihr Interessenten, die ein abgelegenes Haus mieten wollen, um dort ein Buch zu schreiben oder sonst was. Merkt euch, was die Makler sagen . . . vielleicht über irgendwas, was bald frei wird, vielleicht etwas, was sie euch vor drei Monaten hätten vermitteln können, wenn nicht jemand anders dahergekommen wäre. Klar?«

Sie nickten alle.

»Sollen wir Mr. Seymour benachrichtigen, daß wir da hinfahren?« fragte Moxon. »Ich will damit sagen, vielleicht war Scotland schon in dieser Gegend.«

»Überlaßt Mr. Seymour mir«, sagte Brown, »wir verstehn' uns ganz gut. Und es könnte ja sein, daß die Bobbys zwar schon dort oben waren, aber irgendwas übersehen haben. Vielleicht, vielleicht auch nicht. Geh'n wir der Sache einfach mal nach.«

Pyle bemühte sich um die übliche Jovialität, als er Laing begrüßte.

»Ich ... äh ... hab' Sie hierherbestellt, Andy, weil London uns gerade mitgeteilt hat, daß Sie dort einen Besuch machen sollen. Sieht so aus, als könnte das einen Karrieresprung für Sie bedeuten.«

»Sicher«, sagte Laing. »Könnte diese Aufforderung aus London mit dem Päckchen und dem Bericht zusammenhängen, den ich hingeschickt habe, der aber nie dort ankam, weil er hier in Ihrem Büro abgefangen wurde?«

Pyle ließ all seine gespielte Bonhomie fallen.

»Also schön. Sie sind gescheit, vielleicht ein bißchen zu gescheit. Aber Sie pfuschen in Sachen herum, die Sie nichts angehen. Ich habe versucht, Sie davon abzuhalten, aber nein, Sie mußten unbedingt den Privatdetektiv spielen. Okay, ich will jetzt offen mit Ihnen sprechen. Ich, *ich selbst* versetze Sie nach London zurück. Sie passen nicht hierher, Laing. Ich bin mit Ihrer Arbeit unzufrieden. Sie gehen zurück, basta. Sie haben eine Woche Zeit, ihren Schreibtisch in Ordnung zu bringen. Ihr Ticket ist bereits gebucht. Heute in einer Woche.«

Wäre Andy Laing älter, reifer gewesen, hätte er vermutlich seine Karten mit kühlerem Kopf ausgespielt. Aber er war empört darüber, daß ein Mann wie Pyle, der in der Bank eine so hohe Stelle einnahm, imstande war, sich an Kundengeldern zu bereichern.

Und er hatte die Naivität der Jungen und Ungeduldigen, den Glauben, daß das Recht triumphieren werde. An der Tür drehte er sich noch einmal um.

»Sieben Tage? Zeit genug für Sie, die Sache in London hinzubiegen? Kommt nicht in Frage. Ich fliege zurück, ja, aber schon morgen.«

Er kam rechtzeitig zum Flugplatz für den letzten Flug nach Dschiddah an diesem Abend. Dort angekommen, ging er unverzüglich in seine Bank. Er bewahrte seinen Paß zusammen mit anderen wertvollen Dokumenten in der obersten Schublade seines Schreibtisches auf – Einbrüche in Wohnungen, die Europäern gehören, sind in Dschiddah keine Seltenheit, und die Bank war sicher. Zumindest war das anzunehmen. Doch der Paß war verschwunden.

An diesem Abend kam es zu einem Riesenkrach unter den Entführern.

»Sprecht doch leiser, ihr Scheißkerle«, zischte Zack mehrmals. »*Baissez les voix, merde*!«

Er wußte, die Geduld seiner Männer war fast am Ende. Es war immer riskant, Menschenmaterial wie das hier einzusetzen. Nach der Superdosis Adrenalin, die ihnen bei der Entführungsaktion bei Oxford ins Blut geschossen war, hatten sie Tag und Nacht in ein und demselben Haus eingepfercht leben müssen, Bier aus Dosen getrunken, die er an Schnellstraßen-Tankstellen gekauft hatte, sich immer außer Sichtweite halten müssen, während Leute an der Tür läuteten und läuteten, ehe sie endlich gingen, nachdem ihnen nicht geöffnet worden war. Die Nervenbelastung war schlimm gewesen, und diese Männer waren nicht geschult, sich geistig mit sich selbst oder mit Büchern zu beschäftigen. Der Korse hörte sich den ganzen Tag seine Popmusik-Programme in französischer Sprache an, in die Kurznachrichten eingestreut waren. Der Südafrikaner pfiff stundenlang unmelodisch vor sich hin, und die Melodie war immer dieselbe – *Marie Marais*. Der Belgier sah sich die Fernsehsendungen an, von denen er kein Wort verstand. Am besten gefielen ihm die Cartoons.

Der Krach hatte sich an Zacks Entschluß entzündet, mit dem Unterhändler über zwei Millionen Dollar Lösegeld abzuschließen.

Der Korse erhob dagegen Einwände, und da sie beide französisch sprachen, neigte der Belgier dazu, ihm beizupflichten. Der Südafrikaner hatte von der ganzen Geschichte genug, wollte nach Hause und stellte sich auf Zacks Seite. Der Korse argumentierte vor allem, daß sie massenhaft Zeit hätten. Zack wußte, daß das nicht zutraf, aber es war ihm auch klar, daß eine für ihn sehr gefährliche Situation entstehen könnte, wenn er ihnen ins Gesicht sagte, der Streß sei ihnen allmählich anzumerken und sie könnten die abstumpfende Langeweile und Untätigkeit höchstenfalls noch sechs Tage aushalten.

So beschwichtigte er sie, redete ihnen gut zu, sagte, sie hätten sich großartig gehalten; nur noch ein paar Tage, und sie würden alle reich sein. Der Gedanke an das viele Geld beruhigte sie wieder. Zack war erleichtert, daß es nicht zu einer tätlichen Auseinandersetzung gekommen war. Im Unterschied zu den drei Männern, die im Haus bleiben mußten, hieß sein Problem nicht Langeweile, sondern Streß.

Jedesmal, wenn er seinen großen Volvo über die verkehrsreichen Schnellstraßen steuerte, war er sich bewußt: eine einzige Stichprobenkontrolle der Polizei, ein geringfügiger Zusammenstoß mit einem anderen Wagen, ein einziger Augenblick der Unaufmerksamkeit – und ein Streifenbeamter mit seiner blauen Mütze würde sich zu ihm hereinbeugen und sich fragen, warum der Mann eine Perücke und einen angeklebten Schnauzbart trug. Seine Tarnung tat es auf einer belebten Straße, nicht aber auf fünfzehn Zentimeter Entfernung.

Jedesmal, wenn er ein Telefonhäuschen betrat, malte er sich aus, daß etwas schiefging, daß der Anruf rascher als sonst geortet wurde, daß ein Beamter in Zivil, nur ein paar Meter weit weg, durch sein Funkgerät alarmiert wurde und auf die Telefonzelle zukam. Zack trug eine Waffe bei sich und war entschlossen, sich notfalls damit den Weg frei zu schießen. Aber dann müßte er den Volvo, den er immer ein paar hundert Meter entfernt geparkt hatte, aufgeben und zu Fuß fliehen. Irgendein Idiot unter den Passanten würde vielleicht sogar versuchen, ihm den Weg zu verlegen. Es war so weit gekommen, daß sich ihm jedesmal der Magen umdrehte, wenn er einen Polizisten auf den belebten Straßen sah, die er für seine Anrufe ausgewählt hatte.

»Geh und gib dem Jungen sein Abendessen«, sagte er zu dem Südafrikaner.

Simon Cormack befand sich den fünfzehnten Tag in seiner Kellerzelle, und dreizehn Tage waren vergangen, seit er die Frage nach Tante Emilys Buch beantwortet hatte, seit er wußte, daß sein Vater sich bemühte, ihn herauszuholen.

Er hatte inzwischen erkannt, was Einzelhaft bedeuten mußte, und fragte sich, wie Menschen solche Bedingungen monate-, ja, jahrelang durchstehen konnten. Zumindest in westlichen Gefängnissen hatten Leute in Einzelhaft Schreibmaterial, Bücher, manchmal auch ein Fernsehgerät, irgend etwas, was die Gedanken beschäftigte. Er hatte nichts. Aber er war ein zäher Junge und entschlossen, sich nicht kaputtmachen zu lassen.

Er machte regelmäßig Übungen, zwang sich, die Lethargie zu überwinden, die ihn überkam, machte zehnmal täglich seine Liegestütze, zwölfmal joggte er auf der Stelle. Er hatte noch immer seine Turnschuhe, Socken, Shorts und Slip an und wußte, daß er sicher schlimm roch. Er benutzte den Toiletteneimer sehr sorgfältig, um den Boden nicht schmutzig zu machen, und war dankbar, daß dieser jeden zweiten Tag abgeholt und geleert wurde.

Was es zu essen gab, war langweilig, zumeist gebraten oder kalt, aber es war ausreichend. Da er natürlich keinen Rasierapparat hatte, wuchs ihm ein zottiger Bart. Auch das Haar war länger geworden – er strählte es mit den Fingern. Er hatte um einen Plastikeimer voll Wasser und einen Schwamm gebeten und schließlich beides auch bekommen. Zum erstenmal wurde ihm klar, wie dankbar es einen Menschen machen kann, wenn er die Möglichkeit erhält, sich zu waschen. Er hatte sich nackt ausgezogen, die Shorts bis zur Fußkette hinabgeschoben, damit sie trocken blieben, und sich die Haut mit dem Schwamm abgeschrubbt, um sich, so gut es ging, zu säubern. Danach hatte er sich wie verwandelt gefühlt. Aber an einen Fluchtversuch dachte er nicht. Die Kette war unmöglich zu brechen, die Tür massiv und von außen verriegelt.

Zwischen den Leibesübungen bemühte er sich, auf verschiedene Weise seinen Geist zu beschäftigen: Er sagte jedes Gedicht auf, das ihm einfiel, tat so, als diktierte er einem unsichtbaren Stenografen seine Autobiografie, so daß er alles, was er in seinen einundzwanzig Jahren erlebt hatte, Revue passieren lassen konnte. Und er dachte an Amerika, an New Haven und Nantucket, an Yale und an das Weiße Haus. Er dachte an Mom und Dad und daran, wie es ihnen wohl gehen mochte; er hoffte, daß sie sich keine Sorgen um ihn machten, nahm aber doch eher das Gegenteil an. Wenn ich ihnen nur sagen könnte, dachte er, daß alles in Ordnung ist, wenn man bedenkt... Da wurde dreimal laut an die Kellertür geklopft. Er griff nach seiner schwarzen Kapuze und zog sie sich über den Kopf. Zeit fürs Abendbrot, oder war es das Frühstück...?

Am selben Abend, als Simon Cormack eingeschlafen war und Sam Somerville in Quinns Armen lag, trat fünf Zeitzonen weiter im Westen das Komitee im Weißen Haus zusammen. Außer den üblichen Kabinettsmitgliedern waren auch Philip Kelly vom FBI und David Weintraub von der CIA anwesend.

Sie hörten sich die Bänder mit Zacks Anrufen bei Quinn an, den überaus barschen Ton des englischen Verbrechers und die beruhigende gedehnte Sprechweise des Amerikaners, der ihn zu besänftigen versuchte. Das gleiche hatten sie seit zwei Wochen beinahe täglich getan.

Als Zack seinen Anruf beendet hatte, war Hubert Reed bleich vor Entsetzen.

»Mein Gott«, sagte er, »Meißel und Hammer! Der Kerl ist eine Bestie.«

»Yeah, das ist uns klar«, sagte Odell. »Wenigstens ist jetzt ein Lösegeld vereinbart. Zwei Millionen Dollar. In Diamanten. Gibt es irgendwelche Einwände dagegen?«

»Keine«, sagte Jim Donaldson. »Unser Land zahlt das für den Sohn des Präsidenten aus der linken Tasche. Es überrascht mich nur, daß es zwei Wochen gedauert hat.«

»An sich ist es ziemlich schnell gegangen«, warf Justizminister Bill Walters ein. Don Edmonds vom FBI nickte zustimmend.

»Wollen wir das übrige, die Bandaufnahmen aus der Wohnung, noch mal hören?« fragte Vizepräsident Odell.

Niemand brauchte sie noch einmal zu hören.

»Mr. Edmonds, was ist zu dem zu sagen, was Mr. Cramer von Soctland Yard gegenüber Quinn bemerkt hat? Irgendwelche Kommentare von Ihren Leuten?«

Don Edmonds warf Philip Kelly einen Seitenblick zu, antwortete aber selbst für das Bureau.

»Unsere Leute in Quantico sind der gleichen Meinung wie ihre britischen Kollegen«, sagte er. »Dieser Zack ist am Ende, möchte die Sache abschließen, den Austausch machen. Seiner Stimme ist die Anspannung anzumerken. Höchstwahrscheinlich der Grund für seine Drohungen. Sie stimmen auch mit den englischen Analytikern in einem anderen Punkt überein. Nämlich daß Quinn eine von Mißtrauen begleitete Empathie-Beziehung zu dieser Bestie hergestellt hat. Anscheinend haben seine Bemühungen ...« – er warf Jim Donaldson einen Blick zu – »... sich als den anständigen Kerl, der Zack helfen will, und uns übrige hier und in England als die Bösewichter darzustellen, die Schwierigkeiten machen, nach zwei Wochen Früchte getragen. Zack empfindet eine Spur Vertrauen zu Quinn, aber zu sonst niemandem. Das könnte für die Übergabe von Geisel und Lösegeld von entscheidender Bedeutung sein. Jedenfalls sagen das die Stimmanalytiker und Verhaltenspsychologen.«

»Mein Gott, wie widerlich, daß man solchem Abschaum um den Bart gehen muß«, bemerkte Jim Donaldson.

David Weintraub, der zur Decke hinaufgeschaut hatte, senkte den Blick auf den Außenminister. Gern hätte er ihm gesagt, verkniff es sich aber, daß er und seine Leute manchmal mit so üblem Gelichter wie diesem Zack verhandeln mußten, um diese Politiker in ihren hohen Ämtern zu halten.

»Okay, Leute«, sagte Odell, »wir halten uns dran. Endlich ist der Ball wieder in unserer Hälfte. Also machen wir schnell. Ich persönlich finde, daß dieser Mr. Quinn recht gute Arbeit geleistet hat. Wenn er den Jungen unversehrt zurückbekommt, sind wir ihm Dank schuldig. So, und jetzt die Diamanten. Wo beschaffen wir sie?«

»In New York«, sagte Weintraub, »dem amerikanischen Diamantenzentrum.«

»Morton, Sie sind aus New York. Haben Sie irgendwelche diskreten Kontakte, die Sie rasch anzapfen können?« fragte Odell den ehemaligen Bankier Morton Stannard.

»Sicher«, sagte Stannard. »Als ich bei der Rockman-Queens Bank war, hatten wir mehrere Kunden, die in der Diamantenbranche an führender Stelle tätig waren. Sehr diskret – das müssen sie sein. Wollen Sie, daß ich mich der Sache annehme? Wie steht's mit dem Geld?«

»Der Präsident besteht darauf, daß er selbst das Lösegeld zahlt«, sagte Odell. »Aber ich sehe nicht ein, warum wir uns über eine solche Kleinigkeit Gedanken machen sollten. Hubert, könnte das Finanzministerium einen persönlichen Kredit bereitstellen, bis der Präsident angelegtes Geld loseisen kann?«

»Kein Problem«, sagte Hubert Reed, »Sie kriegen das Geld, Morton.«

Die Anwesenden erhoben sich. Odell mußte ins Mansion, um den Präsidenten aufzusuchen.

»Machen Sie so schnell, wie Sie können, Morton«, sagte er. »Maximal zwei bis drei Tage.«

Tatsächlich sollte es noch sieben dauern.

Erst am nächsten Morgen konnte Andy Laing um ein Gespräch mit Mr. Al-Haroun, dem Chef der Niederlassung, nachsuchen. Aber er ließ die Nacht nicht ungenutzt.

Als Mr. Al-Haroun zur Rede gestellt wurde, entschuldigte er sich so liebenswürdig, wie es nur ein wohlerzogener Araber vermag, wenn er mit dem Zorn eines aufgebrachten Westlers konfrontiert wird. Er bedaure die Sache zutiefst, es sei ohne Zweifel eine unglückliche Situation, deren Lösung in Allahs, des Allbarmherzigen, Schoß liege. Nichts könne ihm größeres Vergnügen bereiten, als Mr. Laing seinen Paß zurückzugeben, den er nur auf Mr. Pyles spezielles Ersuchen über Nacht in Verwahrung genommen habe. Er trat an seinen Tresor, zog mit seinen schlanken, braunen Fingern den grünen amerikanischen Paß heraus und gab ihn zurück.

Laing war besänftigt, dankte ihm mit dem formelleren »Achkurah« und empfahl sich. Erst als er wieder in seinem eigenen Büro war, kam ihm der Gedanke, den Paß durchzublättern.

In Saudi-Arabien brauchen Ausländer nicht nur ein Einreise- sondern auch ein Ausreisevisum. Und seines, früher unbegrenzt gültig, war ungültig gemacht worden. Der Stempel der Immigration Control in Dschiddah war zweifellos echt. Kein Zweifel, sagte er sich bitter, Mr. Al-Haroun hat einen Freund in diesem Amt. Schließlich wurden hierzulande die Dinge so gehandhabt.

Laing war sich im klaren darüber, daß es keinen Weg zurück mehr gab, und beschloß, die Sache bis zum bitteren Ende durchzufechten. Da fiel ihm etwas ein, was Mr. Amin, der Operations-Manager, ihm einmal erzählt hatte. Er rief ihn an.

»Amin, mein Freund, haben Sie nicht einmal davon gesprochen, daß Sie einen Verwandten hier im Immigration Service haben?« fragte er ihn. Amin bemerkte in der Frage keine Falle.

»Ja, doch. Einen Vetter.«

»In welcher Abteilung arbeitet er denn?«

»Ach, nicht hier, mein Freund. Er ist in Dharan.«

Dharan liegt nicht nahe bei Dschiddah, am Roten Meer, sondern im äußersten Osten des Landes, am Arabischen Golf. Am späten Vormittag rief Andy Laing Mr. Zufilquar Amin an seinem Schreibtisch in Dharan an.

»Hier spricht Mr. Steve Pyle, General-Manager der Saudi Arabian Investment Bank«, sagte er. »Einer meiner Angestellten hält sich gerade zu geschäftlichen Verhandlungen in Dharan auf. Er muß heute abend in einer dringenden Angelegenheit nach Bahrain fliegen. Leider, so sagte er mir, ist sein Ausreisevisum abgelaufen. Sie wissen ja, wie lange solche Dinge auf dem normalen Weg dauern können ... Mir ist der Gedanke gekommen, da Ihr Vetter hier bei uns solche Wertschätzung genießt ... Sie werden sehen, daß Mr. Laing ein äußerst großzügiger Mann ist ...«

Andy Laing nützte die Mittagspause dazu, in seine Wohnung zu fahren, packte seine Sachen und erreichte die Maschine der Fluggesellschaft Saudia, die um 15 Uhr nach Dharan startete. Mr. Zulfiquar Amin erwartete ihn bereits. Die Neuausstellung eines Ausreisevisums dauerte zwei Stunden und kostete tausend Rial.

Mr. Al-Haroun bemerkte Laings Abwesenheit etwa um die Zeit, als dieser nach Dharan abflog. Er rief am Flughafen Dschiddah an, sprach aber mit dem für die Abflüge ins Ausland Verantwortlichen. Keine Spur von einem Mr. Laing. Beunruhigt rief er in Riad an. Pyle fragte ihn, ob verhindert werden könnte, daß Laing überhaupt eine Maschine bestieg, auch eine mit einem Ziel innerhalb des Landes.

»Tut mir sehr leid, lieber Kollege«, sagte Mr. Al-Haroun, der Pyle höchst ungern enttäuschte, »aber das läßt sich nicht einrichten. Ich kann allerdings meinen Freund fragen, ob Mr. Laing zu einem Flughafen innerhalb des Landes geflogen ist.«

Laings Spur wurde in Dharan aufgenommen, genau im selben Augenblick, als er auf dem Damm die Grenze zum benachbarten Emirat Bahrain überquerte. Dort gelangte er mühelos an Bord einer Maschine der British Airways, die von Mauritius nach London unterwegs war und in Bahrain zwischenlandete.

Pyle, der nicht ahnen konnte, daß Laing sich ein neues Ausreisevisum verschafft hatte, wartete bis zum folgenden Vormittag. Dann ersuchte er das Personal in der Filiale in Dharan, sich in der Stadt nach Laing umzusehen und festzustellen, was er dort trieb. Die Suche nahm drei Tage in Anspruch und erbrachte nichts.

Drei Tage, nachdem der Verteidigungsminister vom Komitee in Washington mit der Beschaffung der von Zack geforderten Diamanten beauftragt worden war, meldete er, daß diese Aufgabe mehr Zeit erfordere als vorgesehen. Das Geld sei kein Problem – man habe es schon bereitgestellt.

»Sehn' Sie«, sagte er zu seinen Kollegen, »ich selber verstehe nichts von Diamanten. Aber meine Kontaktleute in der Branche – ich stehe in Verbindung mit drei Männern, alle sehr diskret und verständnisvoll – sagen mir, es handele sich um eine beträchtliche Zahl von Steinen.

Der Kidnapper hat ungeschliffene ›melees‹ von einem Fünftel bis zu einem halben Karat und von mittlerer Qualität verlangt. Solche Steine, sagt man mir, sind zwischen 250 und 300 Dollar pro Karat wert. Um sicherzugehen, kalkulieren sie den Basispreis mit 250 Dollar. Hier geht es um etwa 8000 Karat.«

»Und worin liegt das Problem?« fragte Odell.

»In der Zeit«, sagte Morton Stannard. »Bei einem Fünftel Karat würde das 40 000 Steine ergeben. Bei einer Mischung verschiedener Gewichte, vielleicht 20 000 Steine. Eine Menge, um sie in dieser Eile zusammenzubekommen. Drei Männer kaufen wie die Verrückten und versuchen, dabei nicht aufzufallen.«

»Und was bedeutet das alles?« fragte Brad Johnson. »Wann können die Steine auf die Reise gehen?«

»Wir brauchen noch einen, vielleicht zwei Tage«, sagte der Verteidigungsminister.

»Bleiben Sie dran, Morton«, knurrte Odell. »Wir können den Jungen und seinen Vater nicht mehr viel länger warten lassen.«

»Sobald sie in einem Säckchen, gewogen und auf ihre Echtheit überprüft sind, bekommen Sie sie«, sagte Stannard.

Am nächsten Vormittag wurde Kevin Brown in der Botschaft von einem seiner Männer angerufen.

»Wir sind vielleicht fündig geworden, Chef«, sagte der FBI-Mann.

»Kein Wort weiter über eine offene Leitung, mein Junge, setz deinen Arsch in Bewegung, komm hierher und erzähl's mir persönlich.«

Der FBI-Agent kam mittags in London an. Was er zu berichten hatte, war mehr als interessant.

Östlich von Biggleswade und Sandy, beide an der Autobahn A I, von London nach Norden, gelegen, grenzt die Grafschaft Bedfordshire an Cambridgeshire. Das Gebiet ist lediglich von kleineren Straßen der Kategorie B und Landsträßchen durchzogen, hat keine großen Ortschaften und wird weitgehend landwirtschaftlich genutzt. In dem Grenzgebiet zwischen den beiden Grafschaften gibt es nur ein paar Dörfer mit alten englischen Namen wie Potton, Tadlow, Wrestlingworth und Gamlingay.

Zwischen zwei von diesen Dörfern stand, etwas abseits, in einem flachen Talgrund und über einen Feldweg erreichbar, ein altes Bauernhaus, teilweise ausgebrannt, aber ein Teil noch bewohnbar und möbliert.

Zwei Monate vorher, so hatte der FBI-Mann entdeckt, war das Haus von einer Gruppe angeblicher »Rustikalfreaks« gemietet worden, die behaupteten, sie wollten zurück zur Natur, einfach leben und kreativ tätig sein, töpfern und Körbe flechten.

»Auffällig ist«, sagte der FBI-Mann, »daß sie die Miete bar auf den Tisch legen konnten, anscheinend nicht viel Keramik produzieren, sich aber zwei Gelände-Jeeps leisten, die in den Schuppen versteckt sind. Und sie verkehren mit niemandem.«

»Wie heißt der Bauernhof?« fragte Brown.

»Green Meadow Farm, Chef.«

»Okay, wir haben noch genug Tageslicht, wenn wir uns auf die Socken machen. Schaun wir uns diese Green Meadow Farm mal an.«

Kevin Brown und der FBI-Mann konnten noch mit zwei Stunden Helligkeit rechnen, als sie ihren Wagen am Beginn eines Fuhrwegs abstellten. Die beiden näherten sich ihrem Ziel mit äußerster Vorsicht und bewegten sich in der Deckung der Bäume, bis sie über dem Tal den Saum eines Gehölzes erreichten. Von dort krochen sie die letzten zehn Yards zum Rand einer Erhebung und blickten hinab ins Tal. Das Bauernhaus befand sich unterhalb. Ein schwacher Lichtschein wie von einer Öllampe drang aus einem Fenster des nicht ausgebrannten Teils.

Während sie das Objekt beobachteten, kam ein stämmiger Mann aus dem Bauernhaus und ging zu einem der drei Schuppen hinüber. Dort hielt er sich zehn Minuten lang auf und kehrte dann zum Haus zurück. Brown inspizierte das Anwesen mit einem starken Fernglas. Auf dem Weg links von ihnen kam ein japanischer Geländewagen mit Vierradantrieb angefahren. Er blieb vor dem Bauernhaus stehen, und ein Mann kletterte heraus. Er blickte gründlich um sich und suchte den Rand des Tales ab. Er konnte keine Bewegung feststellen.

»Verdammt«, sagte Brown, »rötlichbraunes Haar, und eine Brille trägt er auch.«

Der Fahrer des Jeeps ging in das Bauernhaus und tauchte ein paar Sekunden später zusammen mit dem stämmigen Mann wieder auf. Sie hatten einen großen Rottweiler dabei. Die beiden Männer gingen in denselben Schuppen, blieben dort zehn Minuten und kamen dann zurück. Der stämmige Mann fuhr den Jeep in einen anderen Schuppen und schloß das Tor.

»Ländliche Keramik, wer's glaubt, wird selig«, sagte Brown. »In diesem verdammten Schuppen ist irgendwas oder irgend jemand. Ich wette mein Hemd, daß es ein junger Mann ist.«

Sie krochen zum Saum des Gehölzes zurück. Die Dunkelheit senkte sich über das Tal.

»Holen Sie die Decke aus dem Kofferraum und bleiben Sie hier«, sagte Brown. »Überwachen Sie das Haus die Nacht hindurch. Ich bin mit den andern vor Sonnenaufgang wieder da – falls in diesem verdammten Land überhaupt jemals die Sonne aufgeht.«

Ihnen gegenüber, auf der anderen Seite des Tals, lag auf einem Ast einer riesigen Eiche ein Mann in einem Tarnanzug bewegungslos ausgestreckt. Auch er hatte ein starkes Fernglas, mit dem er die Bewegungen zwischen den Bäumen auf der anderen Talseite registriert hatte. Als Kevin Brown und sein Untergebener die Anhöhe hinabschlitterten und in dem Gehölz verschwanden, zog er ein kleines Funkgerät aus der Tasche und sprach mehrere Sekunden leise und in einem dringlichen Ton hinein. Es war der 8. Oktober, neunzehn Tage seit Simon Cormacks Entführung und siebzehn seit Zacks erstem Anruf in der Wohnung in Kensington.

An diesem Abend rief er wieder an, gedeckt von der Menge eiliger Passanten im Zentrum von Luton.

»Was zum Teufel ist denn los, Quinn? Verflucht, drei Tage sind inzwischen vergangen.«

»Hey, immer mit der Ruhe, Zack. Es sind die Diamanten. Du hast uns damit überrumpelt, alter Kumpel. Es dauert ein Weilchen, bis man so ein Päckchen beisammen hat. Ich hab's denen drüben in Washington verklickert – ordentlich, kann ich dir verraten. Sie machen, so schnell sie können, aber verdammt, Zack, 25 000 Steine, alles gute, bei denen man nicht feststellen kann, woher sie kommen – das dauert schon ein bißchen . . .«

»Yeah, sag ihnen nur, sie bekommen noch zwei Tage Zeit und dann kriegen sie ihren Jungen in einem Sack zurück. Bestell ihnen das.«

Er hängte ein. Später würden die Experten sagen, daß er mit den Nerven fertig war, nahe daran, der Versuchung zu erliegen, dem Jungen etwas anzutun, aus Frustration oder weil er glaubte, irgendwie hereingelegt zu werden.

Kevin Brown und sein Team waren gut, und sie waren bewaffnet. Sie kamen paarweise aus den vier Richtungen, aus denen der Bauernhof gestürmt werden konnte. Zwei rannten den Weg entlang, von einer Deckung zur andern springend. Die anderen drei Paare kamen völlig lautlos aus den Gehölzen und über die ins Tal abfallenden Felder herab. Es war jene Stunde vor dem Morgengrauen, wenn das Licht am tückischsten, die Wachsamkeit der Beute auf ihren tiefsten Punkt gesunken ist – die Stunde des Jägers.

Die Überraschung war vollkommen. Chuck Moxon und sein Partner nahmen sich den verdächtigen Schuppen vor. Moxon schnitt eins, zwei, drei das Schloß durch, sein Partner warf sich mit einem Salto vorwärts durch die Tür und landete mit gezogener Pistole auf dem staubbedeckten Boden des Schuppens. Außer einem Benzingenerator, etwas, das wie ein Trockenofen aussah, und einer Bank mit verschiedenen chemischen Gefäßen war nichts zu sehen. Die sechs Männer und Brown, die in das Bauernhaus eindrangen, hatten mehr Glück.

Vier katapultierten sich paarweise durch die Fenster, wobei sie die Scheiben und Rahmen mitnahmen, landeten auf den Füßen und rannten sofort nach oben zu den Schlafzimmern.

Brown und die beiden anderen drangen durch die Haustür ein. Ein einziger Schlag mit dem Vorschlaghammer zertrümmerte das Schloß, und schon waren sie drin.

Neben der herabgebrannten Glut unter dem Feuerrost in der Küche war der stämmige Mann in einem Sessel eingeschlafen. Er hätte die Nachtwache halten sollen, aber Langeweile und Müdigkeit hatten ihn schläfrig gemacht. Das Krachen an der Haustür riß ihn hoch. Er griff nach der ausgebohrten Schrotflinte, die auf dem Fichtenholztisch lag und hätte es beinahe geschafft, aber das von der Tür her gebrüllte »Keine Bewegung!« und der Anblick des kräftigen Mannes mit dem Bürstenhaarschnitt, der in gebückter Haltung mit einem 45er Colt auf seine Brust zielte, ließen ihn erstarren. Er spuckte aus und hob langsam beide Hände.

Oben lag der rothaarige Mann mit der einzigen Frau der Gruppe im Bett. Sie erwachten, als im Erdgeschoß die Fenster und Türen zersplitterten. Die Frau schrie auf, der Mann lief auf die Schlafzimmertür zu und stieß mit dem ersten FBI-Mann auf dem Treppenabsatz zusammen. Die beiden Männer gingen im Dunkeln zu Boden und versuchten einander niederzuringen, bis ein anderer Amerikaner erkannte, wer der eine und wer der andere war, und dem rothaarigen Mann mit dem Knauf seines Colts einen saftigen Hieb versetzte.

Ein paar Sekunden danach wurde das vierte Mitglied der Kommune blinzelnd aus seinem Schlafzimmer geführt, ein stockdürrer junger Mann mit glattem Haar. Die FBI-Männer hatten alle Taschenlampen dabei. Es dauerte zwei weitere Minuten, bis sie alle übrigen Zimmer untersucht und festgestellt hatten, daß nicht mehr als vier Leute da waren. Kevin Brown ließ sie alle in die Küche bringen, wo Licht gemacht wurde. Er musterte sie voll Abscheu.

»So, und wo ist der Junge?« fragte er.

Einer seiner Männer schaute zum Fenster hinaus.

»Chef, wir bekommen Besuch.«

Ungefähr fünfzig Männer kamen von allen Seiten in das Tal herab und auf das Bauernhaus zu, alle in Schaftstiefeln, alle in Blau, und ein Dutzend mit Schäferhunden, die an den Leinen zerrten. In einem der Schuppen heulte der Rottweiler seinen Grimm über die Eindringlinge hinaus. Ein weißer Range-Rover mit blauen Kennzeichen kam auf dem Weg dahergerumpelt und blieb zehn Yards vor der eingeschlagenen Haustür stehen. Ein älterer Mann in Blau mit glitzernden Silberknöpfen und Abzeichen stieg aus. Er trat ohne ein Wort in die Diele, ging in die Küche und blickte die vier Gefangenen starr an.

»Okay, wir übergeben jetzt an Sie«, sagte Brown. »Er ist hier irgendwo. Und diese Scheißtypen wissen auch,wo.«

»Wer«, fragte der Mann in Blau, »sind eigentlich Sie?«

»Ach ja, natürlich.« Kevin Brown zückte seinen FBI-Ausweis. Der Engländer betrachtete ihn prüfend und reichte ihn dann zurück.

»Sehn Sie«, sagte Brown, »wir haben hier . . .«

»Sie haben hier«, sagte der Chief Constable, der Polizeichef von

Bedfordshire mit eisigem Grimm, »den größten Schlag gegen die Drogenmafia kaputt gemacht, den wir hier in England bisher hätten führen können und für den wir, fürchte ich, nie mehr eine Chance bekommen werden. Diese Leute sind kleine Aufpasser und ein Chemiker. Die großen Fische und ihre Ware wurden jeden Tag erwartet. Wollen Sie jetzt bitte nach London zurückkehren?«

Zu dieser Stunde saß Steve Pyle in Mr. Al-Harouns Direktionszimmer in Dschiddah, nachdem er auf einen beunruhigenden Anruf hin an die Küste geflogen war.

»Was genau hat er mitgenommen?« fragte er zum viertenmal. Mr. Al-Haroun zuckte die Achseln. Diese Amerikaner waren noch schlimmer als die Europäer, immer in Eile.

»Leider bin ich kein Experte, was diese Maschinen angeht«, sagte er, »aber mein Nachtwächter hier berichtet . . . «

Er drehte sich zu dem Nachtwächter um und deckte ihn mit einem Wortschwall auf arabisch ein. Der Mann antwortete und streckte dabei die Arme aus, um den Umfang von irgend etwas zu beschreiben.

»Er sagt, als ich Mr. Laing seinen entsprechend abgeänderten Paß zurückgab, habe der junge Mann beinahe die ganze Nacht im Computerraum verbracht und sei vor Tagesanbruch mit einer großen Menge Computerausdrucke weggegangen. Er sei dann ohne sie wieder zur Arbeit erschienen.«

Steve Pyle kehrte tief beunruhigt nach Riad zurück. Seiner Regierung und seinem Land zu helfen, war ja aller Ehren wert, aber bei einer hauseigenen Revision würde das Motiv keine Rolle spielen. Er bat Oberst Easterhouse um ein dringliches Gespräch.

Der Arabienkenner hörte ihn gelassen an und nickte mehrmals.

»Glauben Sie, er ist inzwischen in London?« fragte er.

»Ich weiß nicht, wie er es angestellt haben könnte, aber wo zum Teufel könnte er sonst sein?«

»Hm. Könnte ich mich eine Weile mit Ihrem Zentralcomputer beschäftigen?«

Vier Stunden lang saß Easterhouse am Zentralcomputer in Riad, die Arbeit war nicht schwierig, da er sämtliche Paßwörter hatte. Als er fertig war, waren alle computergespeicherten Daten gelöscht und durch neue ersetzt.

Nigel Cramer erhielt am Vormittag einen ersten telefonischen Bericht aus Bedford, lange bevor die schriftliche Fassung eintraf. Als er Patrick Seymour in der amerikanischen Botschaft anrief, war er fuchsteufelswild. Brown und seine Männer befanden sich noch auf der Rückfahrt.

»Patrick, wir sind immer verdammt gut miteinander ausgekommen, aber das ist die Höhe! Für wen zum Teufel hält er sich denn? Und in welchem Land, verdammt noch mal, glaubt er eigentlich zu sein?«

Seymours Situation war höchst unerquicklich. Drei Jahre hatte er darangewendet, die ausgezeichnete Zusammenarbeit zwischen dem Bureau und dem Yard, Erbe seines Vorgängers Darrell Mills, noch auszubauen. Er hatte Kurse in England besucht und Visiten hochrangiger Beamter der Metropolitan Police im Hoover Building arrangiert, damit sich jene persönlichen Beziehungen entwickeln konnten, die in einer Krisensituation den Amtsschimmel auf Galopp bringen.

»Was war dort auf dem Bauernhof eigentlich los?« fragte er. Cramer beruhigte sich und berichtete ihm. Scotland Yard hatte Monate vorher einen Tip erhalten, daß ein großer Drogenhändlerring eine neue, großangelegte Operation in England starten wolle. Nach geduldiger Ermittlungsarbeit war der Bauernhof als Basis des Unternehmens identifiziert worden. Undercover-Agenten aus seinem eigenen SO Department hatten im Zusammenwirken mit der Polizei von Bedford das Objekt Woche um Woche beschattet. Der Mann, nach dem gefahndet wurde, war ein internationaler Großdealer, in Neuseeland geboren, von einem Dutzend Staaten gesucht, aber glatt wie ein Aal. Die gute Nachricht: Es stand zu erwarten, daß er mit einer großen Menge Koks zum Verarbeiten, Portionieren und Verteilen erscheinen werde; die schlechte: Er würde den Bauernhof meiden.

»Tut mir leid, Patrick, aber ich werde den Innenminister bitten müssen, daß er Washington veranlaßt, Brown nach Hause zu holen.«

»Nun ja, wenn Sie müssen, dann müssen Sie eben«, sagte Seymour. Während er den Hörer auflegte, dachte er: Mach du nur zu!

Cramer hatte noch eine andere, sogar noch dringendere Aufgabe zu erledigen, nämlich zu verhindern, daß die Geschichte von irgendeiner Zeitung, von Rundfunk oder Fernsehen publik gemacht wurde.

An diesem Vormittag war er in hohem Maße auf das Entgegenkommen der Besitzer und Chefredakteure der Medien angewiesen.

Das Komitee in Washington erhielt Seymours Bericht um 7 Uhr morgens, als es zum erstenmal an diesem Tag zusammentrat.

»Ich bitte Sie, er hatte eine erstklassige Spur und ging ihr nach«, protestierte Philip Kelly. Don Edmonds warf ihm einen warnenden Blick zu.

»Er hätte sich mit Scotland Yard ins Benehmen setzen sollen«, sagte Außenminister Jim Donaldson. »Wir können es uns in dieser Phase einfach nicht leisten, mit den Briten Ärger zu bekommen. Was zum Kuckuck soll ich denn zu Sir Harry Marriott sagen, wenn er verlangt, daß wir Brown abziehen?«

»Moment«, sagte Finanzminister Reed. »Warum nicht einen Kompromiß vorschlagen? Brown war übereifrig, und die Sache tut uns leid. Aber wir sind überzeugt, daß Quinn und die Briten jeden Augenblick Simon Cormacks Freilassung erreichen werden. Wenn es soweit ist, brauchen wir eine Eskorte, die den Jungen nach Hause begleitet. Brown und seine Männer sollten ein paar Tage Aufschub erhalten, um das zu übernehmen. Sagen wir, bis Ende der Woche?«

Donaldson nickte.

»Yeah, das wird Sir Harry vielleicht akzeptieren. Übrigens, wie geht es dem Präsidenten?«

»Er lebt wieder auf«, sagte Odell. »Ist beinahe optimistisch. Ich hab' ihm vor einer Stunde gesagt, daß Quinn sich einen weiteren Beweis dafür verschafft hat, daß Simon lebt und es ihm anscheinend gutgeht – zum sechstenmal hat sich Quinn einen solchen Beweis von den Kidnappern geben lassen. Wie steht's mit den Diamanten, Morton?«

»Am Abend haben wir sie«, antwortete Morton Stannard.

»Sorgen Sie dafür, daß ein schneller Vogel zum Abflug bereit steht«, sagte Vizepräsident Odell. Verteidigungsminister Stannard nickte und machte sich eine Notiz.

Andy Laing bekam schließlich einen Gesprächstermin beim Leiter der Revisionsabteilung, noch an diesem Tag, gleich nach dem Mittagessen. Der Mann war ebenfalls Amerikaner und hatte in den vergangenen drei Tagen europäische Niederlassungen der Bank besucht.

Er hörte sich ernst und mit wachsender Bestürzung an, was der junge Bankmanager aus Dschiddah vorbrachte, und überflog die Computerausdrucke auf seinem Schreibtisch mit geübtem Blick. Als er damit fertig war, lehnte er sich in seinen Sessel zurück, blies die Backen auf und atmete geräuschvoll aus.

»Mein Gott, das sind ja sehr gravierende Anschuldigungen. Und wie es scheint, auch belegt. Wo sind Sie in London zu erreichen?«

»Ich habe noch eine Wohnung in Chelsea«, sagte Laing. »Ich halte mich dort seit meiner Ankunft auf. Glücklicherweise sind die Leute, an die ich sie weitervermietet hatte, vor zwei Wochen ausgezogen.«

Der Revisionschef notierte sich die Adresse und Telefonnummer.

»Ich werde mich mit dem General-Manager hier besprechen müssen, vielleicht auch mit unserem Präsidenten in New York, bevor wir Steve Pyle damit konfrontieren. Bleiben Sie ein paar Tage in der Nähe des Telefons.«

Keiner von beiden konnte wissen, daß sich in dem morgendlichen Postsack aus Riad ein vertraulicher Brief Steve Pyles an den General-Manager für die Überseegeschäfte befand.

Die britische Presse hielt ihr Versprechen, aber die Zentrale von Radio Luxemburg befindet sich in Paris, und für französische Hörer ist ein erstklassiger Krach bei ihren angelsächsischen Nachbarn im Westen einfach zu schön, um ihn sich entgehen zu lassen.

Woher der Tip eigentlich gekommen war, ließ sich niemals eruieren, außer daß es sich um einen Höreranruf während einer Sendung gehandelt hatte und daß der Anrufer anonym geblieben war. Aber die Londoner Vertretung von Radio Luxemburg ging der Sache nach und bestätigte, daß allein schon die Geheimnistuerei der Polizei in Bedford die Story glaubwürdig mache. Es war ein ereignisarmer Tag, und so wurde die Meldung in die 16-Uhr-Nachrichten eingerückt.

In England hörte sie kaum jemand, doch der Korse schnappte sie auf. Er stieß einen verblüfften Piff aus und ging Zack suchen. Der Engländer hörte ihm aufmerksam zu, stellte eine Reihe Fragen auf französisch und wurde bleich vor Ärger.

Quinn wußte bereits davon, und so hatte er immerhin Zeit gehabt, sich eine Antwort für den Fall zurechtzulegen, daß Zack anrief. Zack meldete sich kurz nach 19 Uhr und schäumte.

»Du Mistkerl, du verlogener. Du hast gesagt, daß sich weder die Bullen noch sonstwelche Leute wie Cowboys aufführen werden. Das war eine niederträchtige Lüge . . .«

Quinn beteuerte, er wisse nicht, wovon Zack spreche – es wäre zu durchsichtig gewesen, hätte er genau Bescheid gewußt, ohne es von Zack selbst gehört zu haben. Zack berichtete ihm die Geschichte in drei wütenden Sätzen.

»Aber das hatte doch nichts mit euch zu tun«, brüllte Quinn zurück. »Die Franzosen haben es wie gewöhnlich ganz falsch verstanden. Die amerikanische Drogenpolizei wollte Drogenhändler ausheben, was mißglückt ist. Du hast doch von diesen Rambos vom Rauschgiftbekämpfungsdezernat gehört – die waren es. Sie haben nicht nach euch gesucht, sondern nach Kokain. Vor einer Stunde war ein Typ von Scotland Yard hier bei mir – fuchsteufelswild. Um Himmels willen, Zack, du kennst doch die Medien. Wenn du denen glauben willst, ist Simon schon an achthundert verschiedenen Stellen geseh'n, und du bist schon fünfzigmal erwischt worden . . .«

Das war plausibel. Quinn zählte darauf, daß Zack drei Wochen lang in der Boulevardpresse eine Unmenge blödsinniger Falschmeldungen gelesen und eine gründliche Verachtung für die Zeitungen entwickelt hatte. Zack, der in einer Fernsprechzelle im Busdepot in Linslade stand, wurde ruhiger. Die Zeit fürs Telefonieren lief ab.

Sam Somerville und Duncan McCrea waren schreckensbleich, als der Anruf beendet war.

»Wo bleiben denn diese verdammten Diamanten?« fragte Sam.

Es sollte noch schlimmer kommen. Wie in den meisten Ländern gibt es auch in Großbritannien eine ganze Reihe von Rundfunksendungen zum Frühstück, einem Gemengsel aus gedankenlosen Plaudereien des Moderators, Pop-Musik, kurzen Nachrichteneinblendungen und Höreranrufen. Die Nachrichten bestehen aus Kurzmeldungen von den Agenturen, von kleinen Redakteuren in aller Eile umgeschrieben und dem Discjockey vor die Nase geknallt. Wegen des Tempos dieser Sendungen findet eine sorgfältige Nachprüfung einfach nicht statt.

Als ein Amerikaner die vielbeschäftigte Redaktion der »Good Morning«-Sendung von City Radio anrief, nahm eine Volontärin ab, die später weinend gestand, sie habe nicht daran gezweifelt, daß es sich bei dem Anrufer um den Presseattaché der amerikanischen Botschaft mit einer echten Kurznachricht gehandelt habe. Siebzig Sekunden später wurde sie vom Discjockey mit aufgeregter Stimme verlesen.

Nigel Cramer hörte sie nicht, wohl aber seine heranwachsende Tochter.

»Dad«, rief sie aus der Küche, »Ihr werdet sie heute schnappen?«

»Wen schnappen?« fragte ihr Vater, der gerade in der Diele seinen Mantel anzog. Sein Dienstwagen wartete.

»Die Entführer ... du weißt doch.«

»Das bezweifle ich. Warum fragst du?«

»Es ist gerade im Radio gekommen.«

Cramer spürte, daß ihn etwas Hartes in der Magengrube traf. Er drehte sich an der Tür um und kam in die Küche. Seine Tochter bestrich Toastscheiben mit Butter.

»Was genau haben sie im Radio gesagt?« fragte er mit beklommener Stimme. Sie sagte es ihm. Daß noch im Laufe des Tages der Austausch des Lösegelds gegen Simon Cormack stattfinden werde und daß sich die Behörden sicher seien, dabei der Kidnapper habhaft zu werden. Cramer rannte zu seinem Wagen hinaus und machte, während das Fahrzeug anfuhr, übers Autotelefon den ersten einer Reihe hektischer Anrufe.

Es war zu spät. Zack hatte zwar die Sendung nicht gehört, dafür aber der Südafrikaner.

9. Kapitel

Zacks Anruf kam später als sonst, um 10.20 Uhr. Wenn er am Vortag voller Zorn über die Razzia gegen die Farm in Bedfordshire gewesen war, war er nun beinahe hysterisch vor Grimm.

Nigel Cramer hatte, während sein Wagen in Richtung Scotland Yard raste, Zeit gehabt, Quinn zu benachrichtigen. Sam erlebte ihn zum erstenmal wirklich betroffen, als er den Hörer auflegte. Er ging stumm in der Wohnung umher, während die beiden Jüngeren dasaßen und ihn angstvoll beobachteten. Sie hatten das Wesentliche von Nigels Anruf mitbekommen und das Gefühl, daß die ganze Geschichte irgendwie, irgendwo schiefgehen werde.

Nur dasitzen zu müssen und darauf zu warten, daß der Apparat der Blitzleitung klingelte, nicht zu wissen, ob die Kidnapper die Sendung überhaupt gehört hatten und wie sie, falls es doch so war, darauf reagieren würden, machte Sam beinahe krank. Als das Telefon schließlich klingelte, nahm Quinn den Anruf gutgelaunt und mit gewohnter Gelassenheit entgegen. Zack kam sofort zur Sache.

»Diesmal hast du's endgültig vermasselt, du mieser Yankee. Du hältst mich wohl für einen Idioten, was? Wart ab, Kumpel, der Idiot bist du selber. Weil du wie ein Vollidiot dastehen wirst, wenn ihr Simon Cormack begrabt...«

Quinns Verblüffung und Betroffenheit war überzeugend gespielt.

»Zack, wovon zum Teufel redest du denn da? Was ist schiefgelaufen?«

»Komm mir nicht damit«, schrie der Kidnapper ins Telefon. »Wenn du's nicht im Radio gehört hast, dann frag deine Polizeikumpel danach. Und tu nicht so, als wär's eine Lüge, weil es nämlich aus deiner eigenen beschissenen Botschaft kam...«

Es gelang Quinn, Zack dazu zu bringen, daß er berichtete, was er gehört hatte. Dabei beruhigte sich Zack etwas, und seine Zeit wurde knapp.

»Zack, das ist eine Lüge, eine Ente. Wenn es zum Austausch

kommt, dann nur zwischen uns beiden, Kumpel. Allein und unbewaffnet. Keine Peilgeräte, keien krummen Touren, keine Polizei, kein Militär. Zu deinen Bedingungen, Zeit und Ort von dir bestimmt. Auf was anderes würde ich mich nicht einlassen.«

»Yeah, aber jetzt ist's dafür zu spät. Deine Genossen wollen eine Leiche, und die sollen sie bekommen.«

Er war drauf und dran einzuhängen. Zum letztenmal. Quinn wußte, wenn es dazu kam, war die Sache zu Ende. Tage, Wochen später würde irgend jemand ein Haus oder eine Wohnung betreten, eine Putzfrau, ein Hausmeister, ein Immobilienmakler, und ihn dort finden. Den einzigen Sohn des Präsidenten, erschossen oder erdrosselt, halb verwest...

»Zack, bitte bleib nur noch ein paar Sekunden am Apparat...«

Quinns Gesicht war schweißüberströmt; zum erstenmal seit zwanzig Tagen zeigte sich die enorme innere Belastung. Er war sich im klaren darüber, wie nahe eine Katastrophe herangerückt war.

In der Fernmeldezentrale Kensington starrte eine Gruppe von Telecom-Technikern und Polizeibeamten auf die Abhörgeräte und lauschte dem Wutausbruch, der durch die Leitung kam; in der Cork Street, unter den Gehsteigen im eleganten Mayfair, saßen vier Männer vom MI 5 wie angewurzelt auf ihren Stühlen und regten sich nicht, während Zacks wutentbrannte Stimme aus dem Lautsprecher drang und die Spule des Tonbandgeräts sich geräuschlos drehte und drehte.

Unter der amerikanischen Botschaft am Grosvenor Square waren zwei ELINT-Techniker und drei FBI-Männer sowie Lou Collins von der CIA und Patrick Seymour als Vertreter des FBI versammelt. Die Nachricht von der Radiosendung an diesem Vormittag hatte sie alle hierhergeführt, weil sie etwas geahnt hatten, das sich jetzt bestätigte.

Sämtliche Rundfunksender des Landes, darunter auch City Radio, hatten zwei Stunden lang ihren Hörern immer wieder versichert, der Anruf des Witzbolds während der Frühstückszeit habe nichts zu bedeuten. Aber jedermann wußte: Man kann Falschmeldungen noch so oft dementieren – es ändert nichts mehr: Wie Hitler sagte: Die große Lüge, die wird einem abgenommen.

»Bitte, Zack, laß mich zu Präsident Cormack persönlich Verbindung aufnehmen. Gib mir nur noch vierundzwanzig Stunden. Wirf jetzt nicht alles hin, nachdem wir soviel Zeit aufgewendet haben. Der Präsident hat die Macht, diesen Arschlöchern zu sagen, sie sollen abhauen und es dir und mir überlassen. Nur uns beiden ... wir sind die einzigen, bei denen darauf Verlaß ist, daß sie die Geschichte in Ordnung bringen. Nach diesen zwanzig Tagen bitte ich dich nur noch um einen einzigen weiteren Tag ... Vierundzwanzig Stunden, Zack, nur noch diesen kleinen Aufschub ...«

In der Leitung trat eine Pause ein. Irgendwo in Aylesbury, in der Grafschaft Buckinghamshire, schlenderte ein junger Kriminalbeamter lässig auf die Gruppe der Telefonhäuschen zu.

»Morgen um dieselbe Zeit«, sagte Zack schließlich und hängte ein. Er verließ das Telefonhäuschen und war gerade um die Ecke gebogen, als der Kriminaler, der in Zivil war, aus einer Gasse auftauchte und die Telefonzellen mit einem Blick streifte. Alle waren leer. Acht Sekunden vorher hätte er Zack zu sehen bekommen.

Quinn legte den Hörer auf die Gabel, ging zu der langen Couch, legte sich hin, verklammerte die Hände hinter dem Hals und starrte zur Decke hinauf.

»Mr. Quinn«, sagte McCrea zögernd. Obwohl ihm wiederholt angeboten worden war, das »Mister« fallen zu lassen, behandelte der schüchterne junge CIA-Mann Quinn nach wie vor wie seinen Lehrer in der Volksschule.

»Klappe halten«, sagte Quinn mit klarer Stimme. McCrea, der nur hatte fragen wollen, ob Quinn eine Tasse Kaffee möchte, ging geknickt in die Küche und bereitete trotzdem drei Tassen zu. Das dritte Telefon, der »normale« Apparat, klingelte. Es war Cramer.

»Well«, sagte er, »wir haben es alle mitgehört. Wie ist Ihnen zumute?«

»Ich fühle mich erledigt«, sagte Quinn. »Ist schon was über die Quelle der Nachricht im Radio rausgekommen?«

»Noch nicht«, sagte Cramer. »Die Volontärin, die den Anruf entgegennahm, befindet sich noch immer im Polizeirevier Holborn. Sie schwört, es war die Stimme eines Amerikaners, aber wie soll sie das wissen? Sie versichert, der Mann habe einen überzeugenden offiziellen Ton angeschlagen, gewußt, was er zu sagen hatte. Möchten Sie eine Kopie von der Sendung?«

»Ein bißchen spät«, sagte Quinn.

»Was wollen Sie jetzt tun?« fragte Cramer.

»Ein bißchen beten. Ich werd' mir was einfallen lassen.«

»Viel Glück. Ich muß jetzt nach Whitehall hinüber und melde mich wieder.«

Als nächstes meldete sich die Botschaft. Seymour. Gratulation, wie geschickt Quinn gewesen sei ... »Können wir irgendwas tun?« ... Das ist es ja, dachte Quinn. Irgend jemand tut viel zuviel, verdammt. Aber das behielt er für sich.

Er hatte seine Tasse Kaffee halb ausgetrunken, als er sich von der Couch erhob, um die Botschaft anzurufen. Dort, im Keller, hob sofort jemand ab. Wieder Seymour.

»Ich möchte über eine abhörsichere Leitung mit Vizepräsident Odell verbunden werden«, sagte er. »Und zwar unverzüglich.«

»Äh, seh'n Sie, Quinn. Washington wird gerade davon unterrichtet, was vorhin hier passiert ist. Sie werden selbst jeden Augenblick die Bänder haben. Ich finde, wir sollten sie hören lassen, was geschehen ist, und diskutieren ...«

»Ich spreche binnen zehn Minuten mit Michael Odell oder ich wecke ihn über eine ungeschützte Leitung«, sagte Quinn nachdrücklich.

Seymour überlegte. Die offene Verbindung war nicht gesichert. Die National Security Agency würde mit ihren Satelliten den Anruf auffangen; das britische General Communications Headquarters würde ihn mitbekommen, ebenso die Russen ...

»Ich werd' mich mit ihm in Verbindung setzen und ihn bitten, daß er Ihren Anruf entgegennimmt«, sagte Seymour.

Zehn Minuten später meldete sich Michael Odell. In Washington war es 6.15 Uhr. Odell hielt sich noch in seiner Amtswohnung im Naval Observatory auf. Aber er war eine halbe Stunde vorher aufgewacht.

»Quinn, was zum Teufel ist denn bei euch drüben los? Ich habe gerade so einen Scheiß gehört, daß ein Witzbold in einer Radiosendung angerufen hat ...«

»Herr Vizepräsident«, sagte Quinn ruhig, »haben Sie einen Spiegel in der Nähe?«

Odell schwieg verblüfft.

»Yeah, schon.«

»Wenn Sie hineinblicken, sehen Sie Ihre Nase, ja?«

»Was soll denn das? Yeah. Ich sehe meine Nase.«

»Und genauso sicher, wie Sie Ihre Nase sehen, wird Simon Cormack in vierundzwanzig Stunden ermordet werden ...«

Er ließ die Worte auf den bestürzten Mann niedersausen, der auf dem Rand seines Bettes in Washington saß.

»... es sei denn ...«

»Okay, Quinn, sagen Sie, was zu tun ist.«

»Es sei denn, ich habe bis morgen bei Sonnenaufgang, Londoner Zeit, dieses Päckchen mit den Diamanten im Marktwert von zwei Millionen Dollar hier in meinen Händen. Dieser Anruf ist auf Tonband festgehalten. Guten Tag, Herr Vizepräsident.«

Er legte den Hörer auf die Gabel. Am anderen Ende der Leitung gab der Vizepräsident der Vereinigten Staaten mehrere Minuten lang Flüche von sich, die ihn um die Stimmen der moralischen Mehrheit gebracht hätten, wenn diese wackeren Bürger ihn hätten hören können. Als er sich wieder gefangen hatte, rief er die Telefonistin an.

»Holen Sie Morton Stannard ans Telefon«, sagte er. »Bei ihm zu Hause, oder egal wo. Aber holen Sie ihn an den Apparat.«

Andy Laing war überrascht, daß er schon so rasch wieder in die Bank bestellt wurde. Er sollte sich um 11 Uhr dort einfinden und war zehn Minuten zu früh dran. Dann wurde er nach oben geschickt, aber nicht ins Büro des Revisionschefs, sondern in das des General-Managers. Er traf die beiden Männer zusammen an. Der Manager bedeutete Laing wortlos, auf einem Stuhl gegenüber dem Schreibtisch Platz zu nehmen. Dann stand er auf, trat ans Fenster, blickte eine Weile hinaus über die Dächer der City, drehte sich um und begann zu sprechen. Sein Ton war gemessen-frostig.

»Gestern, Mr. Laing, haben Sie, nachdem Sie sich irgendwie aus Saudi-Arabien abgesetzt hatten, meinen Kollegen hier aufgesucht und schwerwiegende Behauptungen bezüglich der Integrität von Mr. Steve Pyle vorgebracht.«

Laing war betroffen. »Mr. Laing?« Wo war »Andy« geblieben? Sie redeten einander in der Bank immer mit dem Vornamen an, was zu der familiären Atmosphäre gehörte, auf die New York Wert legte.

»Und ich habe eine Menge Computerausdrucke mitgebracht, um meine Entdeckungen zu untermauern«, sagte er behutsam, aber er hatte ein flaues Gefühl im Magen. Irgend etwas lag in der Luft. Der General-Manager machte eine wegwerfende Handbewegung, als Laing sein Beweismaterial erwähnte.

»Gestern erhielt ich auch einen langen Brief von Steve Pyle. Heute habe ich ein ausführliches Telefongespräch mit ihm geführt. Für mich und auch für den Revisionschef hier ist sonnenklar, daß Sie ein Gauner sind, Laing, und daß Sie Geld unterschlagen haben.«

Laing wollte seinen Ohren nicht trauen. Er warf dem Revisionschef einen Seitenblick zu, in dem eine Bitte um Hilfe lag. Der Mann starrte zur Decke hinauf.

»Ich weiß, wie sich die Sache abgespielt hat. Weiß alles. Und wie es *in Wirklichkeit* war.«

Er konfrontierte den jungen Mann mit dem, was nach seiner Überzeugung die Wahrheit war. Laing habe vom Konto des Ministeriums für öffentliche Arbeiten Geld abgezweigt. Keine große Summe für saudiarabische Verhältnisse, aber genug; ein Prozent von jedem Rechnungsbetrag, den das Ministerium an Lieferanten überwies. Leider habe Mr. Amin nichts bemerkt, wohl aber Mr. Al-Haroun und dieser habe Mr. Steve Pyle alarmiert.

Aus übertriebener Loyalität habe der General-Manager in Riad versucht, die Hand über Laing zu halten und nur verlangt, daß jeder Rial wieder auf das Konto des Ministeriums eingezahlt werde, was mittlerweile geschehen sei. Dieses außergewöhnlich solidarische Verhalten eines Kollegen habe Laing, empört, weil er die Beute verlor, damit vergolten, daß er in der Niederlassung in Dschiddah nachts die Computerdaten gefälscht habe, um zu »beweisen«, daß unter Mitwirkung von Steve Pyle selbst eine viel größere Summe veruntreut worden sei.

»Aber die Unterlagen, die ich mitgebracht habe!« protestierte Laing.

»Fälschungen natürlich. Wir haben die echten Daten hier. Heute morgen habe ich veranlaßt, daß unser Zentralcomputer sich in den Computer in Riad einloggt und die Sache überprüft. Die echten Daten liegen dort, auf meinem Schreibtisch. Sie zeigen ganz klar, was sich abgespielt hat. Das eine Prozent, das Sie gestohlen haben, ist zurückerstattet worden. Sonst fehlt kein Geld. Das Ansehen der Bank in Saudi-Arabien ist gerettet, mit Hilfe Gottes oder vielmehr mit Steve Pyles Hilfe.«

»Aber das ist doch nicht wahr!« protestierte Laing allzu schrill. »Pyle und sein unbekannter Helfershelfer haben *zehn* Prozent von den Konten des Ministeriums abgeräumt.«

Der General-Manager sah Laing steinern an und blickte dann auf die frisch aus Riad eingetroffenen Belege.

»Al«, fragte er, »sehen Sie irgendeinen Hinweis, daß zehn Prozent abgesahnt wurden?«

Der Revisionschef schüttelte den Kopf.

»Das wäre sowieso absurd«, sagte er. »Bei den Summen, die dort zirkulieren, ließe sich ein Prozent in einem Ministerium wohl verstecken, auf keinen Fall aber zehn. Die alljährliche Revision, die im April ansteht, hätte den Schwindel ans Licht gebracht. Wo säßen Sie dann? In einem schmutzigen saudiarabischen Gefängnis bis ans Ende Ihrer Tage. Es ist doch anzunehmen, daß die saudiarabische Regierung im April noch im Amt sein wird, oder?«

Der General-Manager lächelte frostig. Das lag ja auf der Hand.

»Nein«, schloß der Revisionschef, »der Fall ist leider sonnenklar. Steve Pyle hat nicht nur uns allen einen Gefallen getan, sondern auch Ihnen, Mr. Laing. Er hat Sie vor einer langen Gefängnisstrafe bewahrt.«

»Die Sie wahrscheinlich verdient hätten«, sagte der General-Manager. »Wir können sie Ihnen natürlich nicht verpassen. Und wir wollen keinen Skandal. Wir stellen vielen Banken in der Dritten Welt Leute per Kontrakt zur Verfügung, da können wir keinen Skandal brauchen. Aber Sie, Mr. Laing, stehen nicht mehr in den Diensten unseres Hauses. Ihr Entlassungsschreiben liegt vor Ihnen. Eine Ablösung bekommen Sie selbstverständlich nicht, und eine Empfehlung kommt ebenfalls nicht in Frage. Geh'n Sie jetzt bitte.«

Laing wußte, das war ein Urteil: Er würde nie wieder im Bankwesen arbeiten, nirgendwo auf der Welt. Eine Minute später befand er sich auf dem Gehsteig der Lombard Street.

In Washington hatte sich Morton Stannard Zacks Wutausbruch angehört. Das Tonbandgerät stand auf dem Konferenztisch im Lageraum, wohin sich das Komitee zurückgezogen hatte, um den Teleobjektiven der Long-Tom-Kameras zu entgehen, die ständig auf die Fenster des Cabinet Room gerichtet waren.

Die Nachricht aus London, ein Austausch stehe unmittelbar bevor, ob zutreffend oder nicht, hatte die Presse in Washington wieder in einen Taumel versetzt. Schon vor Tagesanbruch war das Weiße Haus mit Anfragen überschwemmt worden, und der Pressesprecher war wieder einmal mit seinem Latein am Ende.

Als das Band schließich abgelaufen war, saßen die acht anwesenden Komiteemitglieder schweigend vor Bestürzung da.

»Die Diamanten«, knurrte Odell. »Wo sind denn die Scheißdinger?«

»Sie liegen bereit«, sagte Stannard sofort. »Ich muß mich entschuldigen, daß ich allzu optimistisch war. Ich verstehe nichts von solchen Sachen und dachte, eine derartige Sendung zusammenzustellen, würde schneller gehen. Aber sie liegen bereit – knapp 25 000 Steine verschiedener Größe, alle echt und schätzungsweise gute zwei Millionen Dollar wert.«

»Wo sind sie?« fragte Hubert Reed.

»Im Safe des Chefs des Pentagon-Amts in New York, das für unsere Ankäufe im Bereich der Ostküste zuständig ist. Aus naheliegenden Gründen ist es ein sehr sicherer Safe.«

»Wie steht's mit der Überführung nach London?« fragte Brad Johnson. »Ich schlage vor, wir benutzen einen unserer Air-Force-Stützpunkte in England. Wir wollen keine Scherereien mit den Reportern in Heathrow oder ähnliche Geschichten.«

»Ich treffe mich in einer Stunde mit einem hohen Offizier von der Air Force«, sagte Stannard. »Er wird mir sagen, wie wir das Päckchen am besten dorthin schaffen.«

»Wir brauchen einen Wagen der Company, der die Diamanten dort bei der Ankunft abholt und zu Quinn in diese Wohnung bringt«, sagte Odell. »Lee, kümmern Sie sich darum. Schließlich ist es ja Ihre Wohnung.«

»Kein Problem«, sagte Lee Alexander von der CIA. »Ich lasse sie von Lou Collins persönlich auf dem Luftwaffenstützpunkt abholen.«

»Morgen bei Tagesanbruch, Londoner Zeit«, sagte der Vizepräsident. »In London, in Kensington bei Tagesanbruch. Sind uns die Einzelheiten des Austausches schon bekannt?«

»Nein«, sagte der Direktor des FBI. »Quinn wird die Details zweifellos zusammen mit unseren Leuten festlegen.«

Die US Air Force schlug vor, für den Atlantikflug einen einsitzigen Düsenjäger, eine F-15 Eagle, einzusetzen.

»Sie schafft die Distanz, wenn wir sie mit FAST-packs ausrüsten«, sagte der Air-Force-General im Pentagon zu Stannard. »Das Päckchen muß auf dem Stützpunkt der Nationalgarde in Trenton/New Jersey spätestens bis 14 Uhr abgeliefert werden.«

Der für die Mission ausgewählte Pilot war ein erfahrener Oberstleutnant mit über siebentausend Flugstunden auf der F-15. Am späten Vormittag wurde die Maschine in Trenton mit einer Sorgfalt wie selten zuvor gewartet. An den Luftansaugschächten an Backbord und Steuerbord wurden die FAST-packs befestigt. Trotz ihres Namens dienten sie nicht dazu, die Geschwindigkeit der Eagle zu erhöhen; es waren Zusatztanks für Langstreckenflüge, und das Kürzel FAST stand für »Fuel And Sensor Tactical«, nicht für »schnell«.

Im abgespeckten Zustand kann die Eagle 23 000 englische Pfund Treibstoff an Bord nehmen, was ihr die Bewältigung einer maximalen Flugdistanz von 2878 Meilen ermöglicht; die zusätzlichen 5000 Pfund in den beiden FAST-packs erhöhen die Reichweite auf 3450 Meilen.

Im Navigationsraum war Oberstleutnant Bowers in seinen Flugplan und ein Sandwich als Mittagsmahlzeit vertieft. Von Trenton bis zum US-Air-Force-Stützpunkt in Upper Heyford in der Nähe von Oxford beträgt die Entfernung 3063 Meilen. Der Meteorologe nannte ihm die Windstärken auf seiner Flughöhe von 50 000 Fuß, und er errechnete, daß er bei einer Geschwindigkeit von 0,95 Mach die Strecke in 5,4 Stunden bewältigen und dann immer noch 4300 Pfund Treibstoff übrig haben werde.

Um 14 Uhr stieg von Andrew-Air-Force-Basis außerhalb von Washington ein großes Tankflugzeug vom Typ KC 135 auf und nahm Kurs auf einen Treffpunkt auf 45 000 Fuß Höhe über der Ostküste, wo die Eagle nachgetankt werden sollte.

In Trenton kam es zu einer letzten Verzögerung. Oberstleutnant Bowers war gegen 15 Uhr in seinem Pilotenanzug und bereit zum Abflug, als eine lange schwarze Limousine aus dem New Yorker Amt des Pentagon durch den Haupteingang gefahren kam. Ein Zivilbeamter, begleitet von einem General der Air Force, übergab Bowers ein schlichtes, flaches Aktenköfferchen und einen Zettel mit der Nummer für das Kombinationsschloß.

Kaum war das geschehen, erschien eine zweite, nicht gekennzeichnete Limousine auf dem Stützpunkt. Zwei Gruppen von Offiziellen führten eine aufgeregte Diskussion auf der Rollbahn, und schließlich wurden Oberstleutnant Bowers das Aktenköfferchen und der Zettel wieder abgenommen und auf den Rücksitz eines der beiden Wagen gelegt.

Das Köfferchen wurde geöffnet und sein Inhalt, ein flaches Päckchen aus schwarzem Samt, fünfundzwanzig mal dreißig Zentimeter groß und knappe acht Zentimeter dick, in einem neuen Aktenköfferchen verstaut. Dieses erhielt dann der ungeduldige Bowers ausgehändigt.

Abfangjäger nehmen normalerweise keine Fracht mit, aber unter dem Pilotensitz war etwas Platz geschaffen worden, wo nun das Aktenköfferchen untergebracht wurde. Um 15.31 Uhr hob die Maschine mit dem Oberstleutnant vom Boden ab.

Er stieg rasch auf 45 000 Fuß, funkte das Tankflugzeug an und füllte seine Treibstofftanks noch einmal auf, bevor es nach England abging. Nach der Auffüllung der Tanks ging er auf 50 000 Fuß, schlug den Kompaßkurs nach Upper Heyford ein und beschleunigte auf eine konstante Geschwindigkeit von 0,95 Mach, dicht unterhalb der »shudder Zone«, die die Schallgrenze markiert. Über Nantucket erwischte er den prognostizierten Rückenwind.

Noch während die Diskussion auf der Rollbahn in Trenton stattfand, war auf dem Kennedy Airport ein Linienflug, ein Jumbo-Jet, nach London-Heathrow gestartet. In der Club-Abteilung saß ein hochgewachsener junger Mann vom sauberen Typ, der mit einem Anschlußflug aus Houston gekommen war. Er arbeitete dort für einen Ölkonzern, Pan Global, und fühlte sich geehrt, weil er von seinem Arbeitgeber, dem Besitzer persönlich, mit einer so diskreten Mission betraut worden war.

Nicht, daß er auch nur den Schimmer einer Ahnung vom Inhalt des dicken Briefes in der Innentasche seines Jacketts gehabt hätte, das er der Stewardeß nicht gab, als sie es ihm abnehmen wollte. Er wollte es auch gar nicht wissen. Er wußte lediglich, daß es für die Firma hochsensible Dokumente enthalten mußte, da sie weder mit der Post abgeschickt, noch gefaxt, noch einem Kurierdienst anvertraut werden konnten.

Seine Instruktionen waren klar. Er hatte sie sich immer wieder stumm vorgesagt. Er sollte an einem bestimmten – dem folgenden – Tag um eine bestimmte Stunde eine bestimmte Adresse aufsuchen. Er sollte nicht klingeln, nur den Umschlag in den Briefeinwurf stecken, dann nach Heathrow zurückkehren und nach Houston zurückfliegen. Zum Sterben langweilig, aber einfach. Die Zeit zum Abendessen war noch nicht gekommen. Jetzt wurden die Cocktails serviert, doch da er keinen Alkohol trank, schaute er zum Fenster hinaus.

Wenn man an einem Herbsttag von Westen nach Osten fliegt, wird es rasch dunkel. Die Maschine war erst zwei Stunden in der Luft, als der Himmel sich tiefrot verfärbte und die Sterne deutlich am Himmel zu sehen waren. Während er hinausschaute, sah er hoch über dem Jumbo ein stecknadelkopfgroßes feuriges Pünktchen, das sich durch den Schwarm der Sterne bewegte, in der gleichen Richtung wie der Jumbo. Er wußte nicht und würde es nie erfahren, daß er den Flammenstrahl von Oberstleutnant Bowers' F-15 Eagle betrachtete, während beide Männer, jeder mit seiner eigenen Mission, der englischen Hauptstadt entgegenrasten, beide ahnungslos, was sie dorthin brachten.

Der Oberstleutnant traf als erster ein. Er riß die Dorfbewohner unter ihm aus dem Schlaf, als er zu seiner letzten Kurve auf die Landebahnbeleuchtung zu ansetzte, und landete auf die Minute genau um 1.55 Uhr Ortszeit. Der Tower dirigierte ihn, bis er schließlich, umgeben von strahlenden Lampen, in einem Hangar stehenblieb, dessen Tor sich im gleichen Augenblick schloß, als er seine Motoren abstellte. Als er die Kabinenhaube öffnete, näherte sich der Kommandant des Sützpunkts zusammen mit einem Zivilisten. Der Zivilist sprach den Piloten an.

»Colonel Bowers?«

»Ja, das bin ich, Sir.«

»Sie haben ein Päckchen für mich?«

»Ich habe ein Aktenköfferchen dabei. Direkt unter meinem Sitz.«

Er streckte die steifen Glieder, kletterte hinaus und stieg über die Stahlleiter hinunter auf den Hangarboden. Sonderbare Art, England zu sehen, dachte er. Der Zivilist stieg die Leiter hinauf und holte den Aktenkoffer heraus. Er streckte die Hand nach dem Code für das Kombinationsschloß aus. Zehn Minuten später saß Lou Collins wieder in seiner CIA-Limousine, auf der Rückfahrt nach London. Er erreichte das Haus in Kensington um 4.10 Uhr. Die Lichter brannten noch, niemand hatte geschlafen. Quinn saß im Wohnzimmer und trank Kaffee.

Collins legte den Aktenkoffer auf den niedrigen Tisch, sah sich den Zettel an und betätigte die Rädchen am Schloß. Dann nahm er das flache, beinahe quadratische, in Samt gehüllte Päckchen heraus und reichte es Quinn.

»In Ihren Händen, bei Tagesanbruch«, sagte er. Quinn wog das Päckchen in seinen Händen. Ein gutes Kilogramm.

»Wollen Sie's aufmachen?« fragte Collins.

»Nicht nötig«, sagte Quinn, »wenn sie aus Glas oder Similis sind oder auch nur teilweise oder auch nur ein einziger Stein davon, dann hat wahrscheinlich jemand Simon Cormack auf dem Gewissen.«

»Das haben sie sicher nicht getan«, sagte Collins. »Nein, die sind schon alle echt. Denken Sie, er wird anrufen?«

»Beten Sie, daß er's tut«, sagte Quinn.

»Und der Austausch?«

»Wir müssen ihn heute verabreden.«

»Wie werden Sie ihn abwickeln, Mr. Quinn?«

»Wie ich es für richtig halte.«

Er ging aus dem Zimmer, um ein Bad zu nehmen und sich anzuziehen. Für nicht wenige Leute sollte der 31. Oktober ein wirklich anstrengender Tag werden.

Der junge Mann aus Houston landete um 6.45 Uhr Londoner Zeit und gelangte mit nicht mehr als seiner kleinen Reisetasche mit Toilettenartikeln rasch durch die Zollabfertigung und in die Wartehalle des Terminals Nr. 3. Er blickte auf seine Uhr und stellte fest, daß er noch gute drei Stunden Zeit hatte – Zeit, um sich im Waschraum frisch zu machen, zu frühstücken und mit einem Taxi ins Zentrum des Londoner West End zu fahren.

Um 9.55 Uhr fand er sich am Eingang des hohen, unauffälligen Apartmenthauses unweit des Great Cumberland Place im Viertel um Marble Arch. Er war fünf Minuten zu früh dran und hatte die Anweisung, pünktlich zu sein. Von der anderen Straßenseite beobachtete ihn ein Mann aus einem Auto, doch davon ahnte er nichts. Er ging fünf Minuten lang auf und ab und ließ dann, Punkt zehn, das dicke Kuvert durch den Briefeinwurf der Haustür fallen. Es gab keinen Pförtner, der es aufgehoben hätte. Der Umschlag lag auf der Fußmatte, die sich hinter der Tür befand. Befriedigt darüber, daß er seinen Auftrag ausgeführt hatte, ging der junge Mann zur Bayswater Road zurück und winkte bald darauf einem Taxi, das ihn nach Heathrow zurückbringen sollte.

Kaum war er um die Ecke gebogen, stieg der Beobachter aus dem geparkten Auto, überquerte die Straße und betrat das Haus. Er wohnte seit einigen Wochen hier. Im Auto hatte er nur gesessen, um sich zu vergewissern, daß der Kurier der Beschreibung entsprach und daß ihm niemand gefolgt war.

Der Mann hob das Kuvert vom Boden auf, fuhr mit dem Lift zur achten Etage, trat in seine Wohnung und schlitzte den Umschlag auf. Er las mit Befriedigung, was die Sendung enthielt. Sein Atem kam schniefend, pfeifend aus der eingedrückten Nase. Irving Moss hatte jetzt, was er für seine endgültigen Instruktionen hielt.

In der Wohnung in Kensington verging der Vormittag langsam, und niemand sprach ein Wort. Die Spannung war geradezu mit Händen zu greifen. In der Fernmeldezentrale, in der Cork Street, am Grosvenor Square saßen die Lauscher über ihre Geräte gebeugt und warteten darauf, daß Quinn etwas sagte oder die beiden Jungen den Mund auftaten. Die Lautsprecher blieben stumm. Quinn hatte klar gemacht, daß alles vorbei sei, wenn Zack nicht anrief. Dann müßte die sorgfältige Suche nach einem verlassenen Haus und einer Leiche beginnen.

Und Zack rief nicht an.

Um 10.30 Uhr verließ Irving Moss seine gemietete Wohnung in Marble Arch, fuhr seinen Mietwagen aus der Parkbucht heraus und zum Bahnhof Paddington. Der Bart, den er sich in Houston während der Planungsphase hatte stehen lassen, hatte die Form seines Gesichts verändert. Sein kanadischer Paß war tadellos gefälscht, so daß er ohne Schwierigkeiten in die Republik Irland und von dort mit einer Fähre nach England gelangt war. Mühelos hatte er auch mit seinem kanadischen Paß einen kleinen Mittelklassewagen langfristig mieten können. Er hatte hinter Marble Arch etliche Wochen still und unauffällig gelebt, einer von über einer Million Ausländern in der englischen Hauptstadt.

Als geschulter Agent verstand er es, in beinahe jeder Stadt, in die er geschickt wurde, unterzutauchen und aus dem Blickfeld zu verschwinden. Er kannte sich in London aus, wußte, wo er sich die Dinge, die er brauchte oder haben wollte, beschaffen konnte, hatte Kontakte zur Unterwelt und besaß genug Schlauheit und Erfahrung, um Fehler zu vermeiden, die die Behörden auf einen Fremden aufmerksam werden lassen.

Der Brief aus Houston enthielt einen neuen Situationsbericht und eine Reihe von Details, getarnt als Preislisten für Agrarprodukte, die in den verschlüsselten Nachrichten aus Houston nicht untergebracht werden konnten. Daneben gab es weitere Anweisungen; am interessantesten aber war eine Schilderung der Entwicklungen im Weißen Haus, insbesondere der Verschlechterung des Zustands von Präsident Cormack in den vergangenen drei Wochen.

Schließlich enthielt der Brief noch einen Schein der Gepäckaufbewahrung im Bahnhof Paddington, für etwas, das nur von irgend jemandem über den Atlantik gebracht werden konnte.

Wie der Schein von London nach Houston gelangt war, wußte Moss nicht und er brauchte es auch nicht zu wissen. Er wußte, wie er zu ihm gekommen war. Um 11.30 Uhr legte er ihn vor.

Der Bahnangestellte von British Rail fand nichts Verdächtiges daran. Jeden Tag wurden bei ihm Hunderte von Päckchen, Reisetaschen und Koffern zur Aufbewahrung abgegeben und weitere Hunderte wieder abgeholt. Nur wenn ein Gegenstand nach drei Monaten nicht abgeholt war, wurde er aus den Regalen geholt und geöffnet, um ihn zu identifizieren. Der Gepäckschein, den der schweigende Mann in dem mittelgrauen Gabardinemantel an diesem Vormittag vorlegte, war nur einer von vielen. Der Angestellte in der Gepäckaufbewahrung suchte in seinen Regalen, fand den Gegenstand mit der betreffenden Nummer, einen kleinen Fiberkoffer, und händigte ihn aus. Bezahlt war er bereits. Schon am Abend würde er sich nicht mehr an den Vorgang erinnern.

Moss brachte den Koffer in seine Wohnung. Ohne Kraftanwendung öffnete er die billigen Schlösser und untersuchte den Inhalt. Es war alles da, so wie man es ihm angekündigt hatte. Er blickte auf seine Uhr. Erst in drei Stunden mußte er sich auf den Weg machen.

An einer stillen Straße am Rand einer Pendlersiedlung, keine vierzig Meilen von London entfernt, stand ein Haus. Zu einer bestimmten Zeit würde er, wie jeden zweiten Tag, an diesem Haus vorbeifahren und anhand der Position des Wagenfensters an der Fahrerseite – geschlossen, halb oder ganz herabgekurbelt – dem Beobachter anzeigen, was dieser wissen mußte. An diesem Tag würde das Fenster zum erstenmal ganz offen sein. Er schob einen seiner in London erstandenen S/M-Videofilme – superbrutale Ware, aber er hatte so seine Beschaffungsquellen – in sein Videogerät und machte es sich gemütlich.

Als Andy Laing die Bank verließ, befand er sich beinahe in einer Art Schockzustand. Nur wenige Menschen müssen erleben, daß ihre jahrelange mühevoll aufgebaute berufliche Karriere plötzlich in Trümmern vor ihnen liegt. Die erste Reaktion darauf ist Fassungslosigkeit, die zweite ein Nicht-weiter-Wissen.

Laing wanderte ziellos durch die engen Straßen, die sich zwischen den lärmenden Verkehrsadern der Londoner City verstecken, der ältesten Quadratmeile der englischen Hauptstadt und Handels- und Bankenzentrum des Landes. Er kam an den Mauern von Klöstern vorbei, in denen einst die Gesänge der Franziskaner, Dominikaner und Karmeliter widerhallten, an Gildenhäusern, wo Kaufleute sich versammelten, um über die Zeitläufe zu diskutieren, während Heinrich VIII. im Tower seine Gemahlinnen hinrichten ließ, vorbei an zierlichen kleinen Kirchen, von Christopher Wren nach dem Großen Brand von 1666 erbaut.

Die Männer, die an ihm vorüberhasteten, und in immer größerer Zahl auch attraktive junge Frauen, dachten an Rohstoffpreise, an Spekulationen auf Hausse oder Baisse oder an kleine Bewegungen auf dem Geldmarkt, die vielleicht einen Trend anzeigten oder nur ein Strohfeuer waren. Sie verwendeten Computer statt eines Federkiels, doch das Objekt ihrer Mühen war das gleiche wie schon seit Jahrhunderten – der Handel, das Kaufen und Verkaufen von Dingen, die andere Leute produziert hatten. Es war eine Welt, die zehn Jahre vorher Andy Laings Phantasie in ihren Bann gezogen hatte, als er gerade die Schule abschloß, eine Welt, die ihm nun für immer verschlossen war.

Er nahm ein leichtes Mittagessen in einer kleinen Sandwich-Bar abseits der Crutched Friars genannten Straße ein, wo einst Mönche herumgehumpelt waren, das eine Bein am anderen festgebunden, um sich zum höheren Ruhm Gottes Schmerzen zuzufügen. Dort faßte er einen Entschluß.

Er trank seine Tasse Kaffee aus und fuhr mit der U-Bahn zurück zu seiner Wohnung in der Beaufort Street in Chelsea, wo er vorsichtshalber Fotokopien des aus Dschiddah mitgebrachten Beweismaterials deponiert hatte. Wenn ein Mann nichts mehr zu verlieren hat, kann er sehr gefährlich werden. Laing beschloß, alles, vom Anfang bis zum Ende, niederzuschreiben, Kopien seiner Computerausdrucke beizulegen und von allem je ein Exemplar an die Mitglieder des Aufsichtsrats der Bank in New York zu schicken. Die Zusammensetzung dieses Gremiums war bekannt; die Geschäftsadressen der Mitglieder standen im amerikanischen *Who's Who.*

Er sah keinen Grund, warum er still dulden sollte. Jetzt, dachte er, soll sich zur Abwechslung einmal Steve Pyle ängstigen. So schickte er dem General-Manager in Riad einen persönlichen Brief, in dem er ihm ankündigte, was er zu tun gedachte.

Zack rief schließlich um 13.20 Uhr an, auf dem Höhepunkt der mittäglichen Hauptverkehrszeit, während Laing seinen Kaffee austrank und Moss sich an einem neuen Videofilm über Kindesmißhandlungen delektierte, der gerade erst aus Amsterdam eingetroffen war. Zack stand in einer der Fernsprechzellen im Postamt von Dunstable. Wie immer rief er aus einem Ort nördlich von London an.

Quinn war seit Sonnenaufgang gewaschen und angekleidet, und an diesem Tag ließ sich die Sonne wirklich sehen. Sie strahlte von einem blauen Himmel herab, in der Luft lag ein Hauch von Kühle. Er spürte die Kälte nicht und weder McCrea noch Sam hatten ihn gefragt, ob ihm kalt sei, als er in Jeans, mit seinem neuen Kaschmirpullover über dem Hemd und einer Lederjacke mit Reißverschluß erschienen war.

»Quinn, das ist der letzte Anruf.«

»Zack, alter Kumpel, ich habe vor meinen Augen eine Obstschale, eine große Schale, und weißt du was? Sie ist bis zum Rand, buchstäblich bis zum Rand mit Diamanten gefüllt, die glitzern und funkeln, als wären sie lebendig. Kommen wir zur Sache, Zack, es ist soweit.«

Das Bild, das Quinn ihm ausgemalt hatte, warf Zack aus dem Gleis.

»Also hör zu«, sagte die Stimme am Telefon, »das sind meine Instruktionen ...«

»Nein, Zack, wir machen es, wie ich es haben will oder die ganze Sache ist gestorben ...«

In der Fernmeldezentrale Kensington, an der Cork Street und am Grosvenor Square hielten die Lauscher den Atem an. Entweder Quinn wußte genau, was er tat, oder er war drauf und dran, den Kidnapper so zu provozieren, daß dieser einhängte. Quinn sprach weiter, ohne eine Pause einzulegen.

»Ich bin vielleicht ein Dreckskerl, Zack, aber der einzige Dreckskerl in dieser verdammten Scheiße, dem du vertrauen kannst, und du wirst mir jetzt vertrauen müssen. Hast du einen Bleistift bei dir ...?«

»Yeah. Jetzt hör mal zu, Quinn ...«

»*Du* hörst jetzt zu, Freundchen. Ich will, daß du in eine andere Telefonzelle gehst und mich in vierzig Sekunden unter folgender Nummer anrufst: Drei-Sieben-Null-Eins-Zwei-Null-Vier. Jetzt HAU AB ...«

Die letzten beiden Worte waren gebrüllt. Sam Somerville und Duncan McCrea sollten später, bei der Untersuchung des Hergangs, aussagen, sie seien ebenso verdattert gewesen wie die Lauscher. Quinn warf den Hörer auf die Gabel, packte den Aktenkoffer – die Diamanten befanden sich noch darin, keineswegs in einer Obstschale – und rannte zum Wohnzimmer hinaus. Im Laufen drehte er den Kopf um und brüllte: »Bleibt, wo ihr seid!«

Die Überraschung, der gebrüllte Befehl hielten sie entscheidende fünf Sekunden in ihren Sesseln fest. Als sie die Wohnungstür erreichten, hörten sie, wie sich von draußen der Schlüssel im Schloß umdrehte. Offensichtlich hatte ihn Quinn vor Morgengrauen von außen hineingesteckt.

Quinn nahm nicht den Lift und erreichte ungefähr zur selben Zeit die Treppe, als McCreas erster Schrei durch die Tür drang, gefolgt von einem kräftigen Fußtritt gegen das Schloß. Unter den Lauschern bahnte sich ein Chaos an, das sich alsbald zu einem Pandämonium entwickelte.

»Was zum Teufel macht er denn jetzt?« flüsterte in der Fernmeldezentrale Kensington ein Polizeibeamter einem anderen zu, der mit einem Achselzucken antwortete. Quinn rannte die Treppenabsätze bis zum Erdgeschoß hinunter. Die Untersuchung später ergab, daß der Amerikaner auf dem Horchposten im Souterrain sich nicht wegrührte, weil das nicht seine Aufgabe war. Seine Aufgabe bestand darin, den Strom der Stimmen aus der Wohnung über ihm aufzunehmen, zu verschlüsseln und zum Grosvenor Square zu funken, wo er entschlüsselt und von den Lauschern im Keller ausgewertet wurde. So blieb er, wo er war.

Quinn durchquerte die Eingangshalle fünfzehn Sekunden, nachdem er den Hörer auf die Gabel geknallt hatte. Der Pförtner in seiner Loge blickte auf, nickte und wandte sich wieder seinem *Daily Mirror* zu. Quinn drückte die Tür zur Straße auf, die nach außen aufging, schloß sie hinter sich, schob einen Holzkeil, den er auf der Toilette geschnitzt hatte, unter die Unterkante und stieß ihn mit einem Tritt fest. Dann rannte er, den Autos geschickt ausweichend, über die Straße.

»Was soll das heißen, er ist fort?« brüllte Kevin Brown in der Lauschstation am Grosvenor Square. Er hatte dort den ganzen Vormittag gesessen und wie sie alle, Engländer und Amerikaner, auf Zacks nächsten und vielleicht letzten Anruf gewartet. Zunächst hatten die Geräusche aus der Wohnung in Kensington nur Verwirrung gestiftet; man hörte, wie der Hörer auf die Gabel geknallt wurde, wie Quinn irgend jemandem zurief: »Bleibt, wo ihr seid!« Dann ein Knallen, ein wirres Rufen und Brüllen von Somerville und McCrea und ein wiederholtes Krachen, als ob jemand gegen eine Tür träte.

Sam Somerville war ins Zimmer zurückgekommen und rief zu den Wanzen hin: »Er ist fort, Quinn ist fort!« Browns Frage war in der Lauschstation zu hören, nicht aber für Sam Somerville. Brown griff mit einer hektischen Bewegung nach dem Telefon, um mit seiner Einsatzagentin in Kensington Verbindung aufzunehmen.

»Agentin Somerville«, donnerte er, als sie sich meldete, »verfolgen Sie ihn!«

In diesem Augenblick sprengte McCreas fünfter Fußtritt die Wohnungstür auf. Gefolgt von Sam rannte er auf die Treppe zu. Beide waren in Hausschuhen.

Das Lebensmittel- und Delikatessengeschäft auf der anderen Straßenseite, dessen Telefonnummer Quinn aus dem Londoner Telefonbuch im Wohnzimmerschrank herausgesucht hatte, hieß Bradshaw, nach dem ursprünglichen Inhaber, befand sich aber jetzt im Besitz eines Inders namens Mr. Patel. Quinn hatte ihn aus der Wohnung beobachtet, wie er an seiner Auslage das Obst arrangierte oder in den Laden ging, um einen Kunden zu bedienen.

Dreißig Sekunden, nachdem Quinn das Telefonat mit Zack abgebrochen hatte, erreichte er den Gehsteig auf der anderen Seite. Er lief um zwei Fußgänger herum und schoß wie ein Tornado durch die Tür des Lebensmittelgeschäfts.

»Die Jungs draußen klauen Ihre Orangen«, sagte er ohne weitere Einleitung. In diesem Augenblick klingelte das Telefon. Zwischen einem Anruf und gestohlenen Orangen hin und her gerissen, reagierte Mr. Patel wie ein rechter Gudscharati und rannte hinaus. Quinn nahm den Hörer ab.

Die Fernmeldezentrale Kensington hatte rasch reagiert und die Untersuchung später ergab, daß die Leute dort getan hatten, was sie konnten. Doch sie verloren mehrere der vierzig Sekunden durch schiere Überraschung, und dann ergab sich ein technisches Problem. Zum Orten der Anrufe gingen sie von der Blitzleitung in der Wohnung aus. Jedesmal, wenn diese Nummer angerufen wurde, konnte der Anruf per Computer zu seinem Ursprungsort zurückverfolgt werden. Der Computer zeigte dann an, daß die Nummer, von der aus telefoniert wurde, zu einer bestimmten Zelle an einem bestimmten Ort gehörte. Das nahm sechs bis zehn Sekunden in Anspruch.

Sie hatten bereits die Nummer des Telefonhäuschens ermittelt, aus dem Zack angerufen hatte, doch als er die Zelle wechselte, verloren sie seine Spur, obwohl die zweite gleich nebenan war. Schlimmer noch: Er rief jetzt eine andere Londoner Nummer an, und diese war nicht angezapft. Die Sache wurde nur dadurch etwas besser, daß die Nummer, die Quinn in die Leitung diktiert hatte, noch zum Bereich Kensington gehörte. Trotzdem mußte die Suche wieder von vorne beginnen. Hektisch raste der Computer durch die zwanzigtausend Anschlüsse. Mr. Patels Nummer wurde achtundfünfzig Sekunden, nachdem Quinn sie diktiert hatte, angezapft und dann die zweite Nummer in Dunstable ermittelt.

»Schreib folgende Nummer auf, Zack«, sagte Quinn ohne Einleitung.

»Was zum Teufel ist denn los?« fauchte Zack.

»Neun-Drei-Fünf-Drei-Zwei-Eins-Fünf«, diktierte Quinn ungerührt. »Hast du sie?«

Es entstand eine Pause, während Zack sie auf einen Zettel kritzelte.

»Jetzt machen wir die Sache allein, Zack. Ich hab' sie alle miteinander abgehängt. Nur du und ich, die Diamanten gegen den Jungen. Keine faulen Tricks, darauf geb' ich dir mein Wort. Ruf mich in sechzig Minuten unter dieser Nummer an und in neunzig, wenn du das erstemal keine Antwort bekommst. Sie wird nicht überwacht.«

Er legte auf. In der Zentrale hörten die Lauscher die Worte: ». . . sechzig Minuten unter dieser Nummer an und in neunzig, wenn du das erstemal keine Antwort bekommst. Sie wird nicht überwacht.«

»Der Mistkerl hat ihm eine andere Nummer gegeben«, sagte der Techniker in der Zentrale zu den beiden Beamten von der Metropolitan Police, die bei ihm waren. Einer der beiden hatte bereits den Hörer in der Hand, um Scotland Yard zu verständigen.

Als Quinn aus dem Laden kam, sah er drüben auf der anderen Straßenseite McCrea, der sich gerade durch die zugeklemmte Tür zu drängen versuchte. Sam war hinter ihm, winkend und gestikulierend. Auf der anderen Seite fuhren zwei Autos die Straße entlang; auf Quinns Seite näherte sich ein Motorradfahrer. Quinn trat mit erhobenen Armen – der Aktenkoffer baumelte an seiner linken Hand – auf die Straße, dem Motorrad direkt in den Weg. Der Mann darauf bremste, das Motorrad brach aus und kam rutschend zum Stehen.

»Heda, was soll denn das . . . ?«

Quinn lächelte ihn entwaffnend an, während er sich um den Lenker herum nach links duckte. Das übrige besorgte ein kurzer, harter Nierenschlag. Der junge Mann mit dem Sturzhelm sank nach vorne, Quinn zog ihn von der Maschine herunter, schwang sich in den Sattel, legte den ersten Gang ein und gab Gas. McCreas fuchtelnder Arm verfehlte Quinns Jacke um zehn Zentimeter, als dieser davonbrauste.

McCrea stand niedergeschlagen mit trauriger Miene auf der Straße. Sam kam herbeigelaufen. Sie blickten einander kurz an und rannten dann ins Haus zurück. Am schnellsten war Grosvenor Square zu erreichen, sobald sie wieder oben im dritten Stock waren.

»So steht's also«, sagte Brown fünf Minuten später, nachdem er sich am Telefon McCreas und Somervilles Bericht aus Kensington angehört hatte. »Aber wir finden diesen Arsch schon.«

Ein anderer Apparat klingelte. Nigel Cramer meldete sich aus Scotland Yard.

»Ihr Unterhändler ist getürmt«, sagte er ausdruckslos. »Können Sie mir sagen, wie? Ich habe es in der Wohnung versucht, aber die normale Nummer ist belegt.«

Brown berichtete ihm in knappen dreißig Sekunden. Cramer knurrte. Er grollte zwar noch immer wegen der Sache mit der Green Meadow Farm und würde sie nie vergeben, aber inzwischen hatte die Entwicklung seinen dringenden Wunsch überholt, Brown und das FBI-Team aus seinem Revier verschwinden zu sehen.

»Haben Ihre Leute die Nummer dieses Motorrads gesehen?« fragte er, »ich kann sämtliche Streifenwagen alarmieren lassen.«

»Noch besser«, sagte Brown befriedigt. »Der Aktenkoffer, den er dabei hat – er enthält ein Peilgerät.«

»Ein *was*?«

»Eingebaut, unentdeckbar, neuester Stand der Technik«, sagte Brown. »Wir haben den Koffer in den Staaten damit ausrüsten lassen und ihn kurz vor dem Abflug gestern abend mit dem vertauscht, den das Pentagon bereitgestellt hatte.«

»Ich begreife«, sagte Cramer nachdenklich. »Und der Empfänger?«

»Hier bei uns«, sagte Brown. »Mit der ersten Verkehrsmaschine bei Tagesanbruch eingetroffen. Einer meiner Leute hat ihn in Heathrow abgeholt. Reichweite zwei Meilen – also müssen wir uns auf die Socken machen. Und zwar sofort!«

»Wollen Sie diesmal bitte Kontakt zu unseren Funkstreifenwagen halten, Mr. Brown. Sie nehmen in dieser Stadt keine Verhaftungen vor. Das tue ich. Ist Ihr Wagen mit Funk ausgerüstet?«

»Klar.«

»Bleiben Sie bitte erreichbar. Wir rufen Sie an und stoßen zu Ihnen, wenn Sie uns sagen, wo Sie sind.«

»Kein Problem, ich geb' Ihnen mein Wort darauf.«

Sechzig Sekunden später rauschte die Limousine aus dem Botschaftsgelände hinaus. Chuck Moxon saß am Steuer, sein Kollege neben ihm bediente den Empfänger, ein Kästchen wie ein Minifernsehgerät, nur daß auf dem Schirm kein Bild, sondern nur ein leuchtender Punkt zu sehen war. Sobald die inzwischen an der Regenleiste über der Beifahrertür angeklemmte Antenne das Signal auffing, das das Peilgerät in Quinns Aktenkoffer aussandte, würde von dem leuchtenden Punkt eine Linie zum Rand des Schirms schießen. Der Fahrer mußte den Wagen so steuern, daß die Linie auf dem Schirm direkt auf die Kühlermitte wies. Dann folgte er dem Signal des Peilers. Dieser würde per Fernsteuerung aus der Limousine in Betrieb gesetzt werden.

Sie fuhren rasch die Park Lane entlang, durch Knightsbridge und nach Kensington hinein.

»Einschalten«, sagte Brown. Der FBI-Mann, der das Gerät bediente, drückte auf einen Kippschalter. Auf dem Schirm rührte sich nichts.

»Schalten Sie alle dreißig Sekunden ein, bis wir eine Ortung bekommen«, sagte Brown. »Chuck, fahren Sie jetzt immer enger im Kreis herum durch Kensington.«

Moxon nahm die Cromwell Road, fuhr dann durch die Gloucester Road in Richtung auf die Old Brompton Road. Die Antenne fing ein Signal auf.

»Er ist hinter uns und fährt nach Norden«, sagte Moxons Kollege. Abstand ungefähr eineinviertel Meilen.«

Dreißig Sekunden später überquerte Moxon wieder die Cromwell Road und fuhr durch die Exhibition Road auf den Hyde Park zu.

»Genau vor uns, in nördlicher Richtung fahrend«, sagte der Mann am Empfänger.

»Sagt den Jungs in Blau, wir haben ihn«, teilte Moxon über Funk der Botschaft mit, und auf halber Länge der Edgware Road fädelte sich ein Rover der Metropolitan Police hinter ihnen ein.

Im Fond saßen Collins und Seymour neben Brown.

»Ich hätte es wissen müssen«, sagte Collins bedauernd. »Die Zeitlücke hätte mir auffallen müssen.«

»Welche Zeitlücke?« fragte Seymour.

»Erinnern Sie sich noch an das Chaos in der Einfahrt zum Winfield House vor drei Wochen? Quinn ging eine Viertelstunde vor mir weg, kam aber nur mit drei Minuten Vorsprung in Kensington an. Während der Stoßzeit kann ich es mit einem Londoner Taxifahrer nicht aufnehmen. Er hat irgendwo unterwegs gehalten und irgendwelche Vorbereitungen getroffen.«

»Das hätte er doch nicht vor drei Wochen planen können«, wandte Seymour ein. »Er wußte ja nicht, wie sich die Dinge entwickeln würden.«

»Das war nicht nötig«, sagte Collins, »Sie haben sein Dossier gelesen. Er war lange genug im Einsatz, um sich über den Wert von Ausweichpositionen im klaren zu sein, falls etwas schiefläuft.«

»Er ist nach rechts in die St. John's Wood Road abgebogen«, sagte der Mann am Empfänger.

Bei Lord's kam der Polizeiwagen an die Seite der Limousine. Das rechte vordere Fenster war herabgekurbelt.

»Er fährt Richtung Norden«, sagte Moxon und deutete zur Finchley Road hinauf. Die beiden Fahrzeuge und ein Funkstreifenwagen, der zu ihnen stieß, fuhren in nördlicher Richtung durch Swiss Cottage, Hendon und Mill Hill. Der Abstand verringerte sich auf 300 Yards, und die Männer hielten zwischen den Fahrzeugen vor ihnen nach einem hochgewachsenen Mann ohne Sturzhelm auf einem kleinen Motorrad Ausschau.

Sie passierten den Mill Hill Circus nur hundert Yards hinter dem Peilgerät und fuhren das ansteigende Stück zur Five Ways Corner hinauf. Dann erkannten sie, daß Quinn das Fahrzeug gewechselt haben mußte. Sie kamen an zwei Motorradfahrern vorbei, von denen kein Signal ausging, und wurden von zwei starken Motorrädern überholt, aber das Peilgerät, nach dem sie suchten, bewegte sich noch immer mit konstanter Geschwindigkeit vor ihnen her. Als er an Five Ways Corner auf die A 1 in Richtung Hertfordshire abbog, sahen sie, daß ihr Ziel nun ein Golf GTI mit offenem Verdeck war, dessen Fahrer eine dicke Pelzmütze trug, um Kopf und Ohren warmzuhalten.

Das denkwürdigste Ereignis an diesem Tag war für Cyprian Fothergill Folgendes: Unterwegs zu seinem bezaubernden Häuschen auf dem Land hinter Borehamwood wurde er plötzlich von einem riesigen schwarzen Wagen überholt, der ihn so brutal schnitt, daß er mit quietschenden Reifen auf eine Parkbucht ausweichen und abbremsen mußte. In Sekundenschnelle, so berichtete er später den vor Staunen gaffenden Freunden im Club, seien drei kräftige Männer herausgesprungen, hätten seinen Wagen umstellt und riesige Schießprügel auf ihn gerichtet. Dann sei dahinter ein Polizeifahrzeug und dann noch eins angekommen. Vier süße Bobbys seien ausgestiegen und hätten den Amerikanern – es seien bestimmt Amerikaner gewesen und was für *Riesenkerle* – befohlen, ihre Schießeisen wegzustecken, sonst würden sie ihnen abgenommen.

Als nächstes – inzwischen lauschten ihm alle in der Bar mit ungeteilter Aufmerksamkeit – habe ihm einer der Amerikaner die Pelzmütze vom Kopf gerissen und geschrien: »Okay, du Wichskopf, wo ist er?«, während einer der Bobbys sich vom Rücksitz des Golfs ein Aktenköfferchen geangelt habe. Eine Stunde lang habe er ihnen immer wieder versichern müssen, daß er es jetzt zum erstenmal sehe.

Der große, grauhaarige Amerikaner, der anscheinend der Kopf des Teams in der schwarzen Limousine war, habe dem Bobby das Köfferchen entrissen, das Kombinationsschloß geöffnet und hineingeschaut. Es sei leer gewesen – nach all diesem Theater leer. Einen solch schauderhaften Wirbel um einen leeren Aktenkoffer zu veranstalten... Jedenfalls, die Amerikaner hätten geflucht wie die Landsknechte, derart gemeine Ausdrücke gebraucht, wie er, Cyprian, sie noch nie gehört habe und hoffentlich auch nie mehr hören werde. Dann habe der englische Sergeant eingegriffen, der einfach himmlisch gewesen sei...

Um 14.25 Uhr kehrte Sergeant Kidd zu seinem Streifenwagen zurück, um die dringenden Anrufe zu beantworten, die laufend über sein Funkgerät eintrafen.

»Tango Alpha...«, begann er.

»Tango Alpha, hier spricht Deputy Assistant Commissioner Cramer. Wer spricht dort?«

»Sergeant Kidd, Sir. Abteilung F.«

»Was gibt's bei Ihnen, Sergeant?«

Kidd warf einen Blick hin zu dem umstellten Golf GTI, seinem verängstigten Insassen, auf die drei FBI-Männer, die den leeren Aktenkoffer untersuchten, und die zwei weiteren Yankees, die abseits standen und um Erleuchtung bittend zum Himmel hinaufblickten, sowie drei seiner Kollegen, die Fothergills Aussagen aufzunehmen versuchten.

»Etwas leicht schiefgelaufen, Sir.«

»Sergeant Kidd, hören Sie gut zu. Haben Sie einen hochgewachsenen Amerikaner erwischt, der gerade zwei Millionen Dollar gestohlen hat?«

»Nein, Sir«, antwortete Kidd. »Wir haben einen superschwulen Friseur erwischt, der sich gerade in die Hosen gemacht hat.«

»Was soll das heißen ... verschwunden?« Eine Stunde später war das Echo dieses Ausrufs oder Aufschreis in verschiedenen Tonarten und Akzenten in einer Wohnung in Kensington, in Scotland Yard, in Whitehall, im Innenministerium, in Downing Street Nr. 10, am Grosvenor Square und im Westflügel des Weißen Hauses zu hören. »Er kann doch nicht einfach verschwinden!«

Aber er konnte.

10. Kapitel

Quinn hatte nur dreißig Sekunden, nachdem er von der Straße mit dem Apartment-Haus abgebogen war, den Aktenkoffer auf den Rücksitz des Golf GTI geworfen. Als er den Koffer, so wie er ihm von Lou Collins übergeben worden war, vor Tagesanbruch geöffnet hatte, hatte er, wie zu erwarten war, kein Peilgerät entdeckt. Wer auch immer im Laboratorium den Koffer präpariert hatte, war schlau genug gewesen, keinerlei sichtbare Spuren des Einbaus zu hinterlassen. Quinn hatte einfach angenommen, daß sich in dem Köfferchen irgend etwas befand, das die Polizei oder die SAS zu dem von ihm und Zack zu vereinbarenden Treffpunkt führen sollte.

Als er an einer Ampel warten mußte, hatte er rasch die Schlösser geöffnet, das Diamantenpäckchen in seine Lederjacke gesteckt, den Reißverschluß hochgezogen und um sich geblickt. Der Golf stand neben ihm. Der Fahrer mit der Pelzmütze über den Ohren hatte überhaupt nichts bemerkt.

Nach einer Fahrt von anderthalb Meilen ließ Quinn das Motorrad stehen; ohne den gesetzlich vorgeschriebenen Sturzhelm konnte er zu leicht einem Polizisten auffallen. Vor dem Brompton Oratory winkte er einem Taxi, ließ sich nach Marylebone fahren, entlohnte den Fahrer in der George Street, und ging zu Fuß weiter.

Seine Taschen enthielten alles, was er unauffällig aus der Wohnung hatte mitnehmen können: seinen amerikanischen Paß und Führerschein – beide allerdings schon bald nutzlos, wenn die Fahndung nach ihm begann –, ein Bündel englischer Geldscheine aus Sams Handtasche, sein Taschenmesser mit den vielen Zusatzklingen und eine Zange aus dem Sicherungsschrank. In einer Drogerie in der Marylebone High Street erstand er eine Brille mit gewöhnlichem Fensterglas und dickem Horngestell, bei einem Herrenausstatter einen Tweedhut und einen Burberry-Trenchcoat.

Weitere Einkäufe machte er in einem Süßwarengeschäft, einem Laden mit Haushaltswaren und in einem Koffergeschäft. Dann sah er auf seine Uhr; fünfundfünfzig Minuten waren vergangen, seit er in Mr. Patels Obstladen den Hörer aufgelegt hatte. Er bog in die Blandford Street ein und fand an der Ecke zur Chiltern Street die zwei Telefonzellen, nach denen er gesucht hatte. Er ging in die zweite; ihre Nummer hatte er drei Wochen vorher auswendig gelernt und eine Stunde vorher Zack diktiert. Der Anruf kam auf die Minute pünktlich.

»So, du Scheißkerl, was hast du eigentlich vor?«

Zack begriff nicht, war mißtrauisch und aufgebracht.

Mit ein paar kurzen Sätzen erklärte Quinn, was er getan hatte. Zack hörte schweigend zu.

»Erzählst du mir da kein Märchen?« fragte er. »Weil nämlich sonst der Junge noch immer in einem Leichensack enden wird.«

»Hör zu, Zack, offen gesagt, ist's mir scheißegal, ob sie euch erwischen oder nicht. Mir geht's nur um eines: den Jungen lebend und unversehrt zu seiner Familie zurückzubringen. Und ich hab' in meiner Jackentasche Rohdiamanten im Wert von zwei Millionen Dollar, die dich schätzungsweise interessieren dürften. Ich hab' jetzt die Bluthunde abgehängt, weil sie sich immer wieder einmischen wollen. Willst du jetzt, daß wir den Austausch verabreden oder nicht?«

»Die Zeit ist abgelaufen«, sagte Zack, »ich geh' hier raus.«

»Ich telefoniere zufällig aus einer Zelle in Marylebone«, sagte Quinn, »aber du hast recht, daß du mißtrauisch bist. Ruf mich heut abend unter derselben Nummer noch mal an und sag mir Genaueres. Ich komme, allein, unbewaffnet, mit den Steinen, egal wohin. Aber richte es so ein, daß es schon dunkel ist, weil ich abgehauen bin. Sagen wir, um acht.«

»Einverstanden«, knurrte Zack. »Sei pünktlich.«

Es war derselbe Augenblick, in dem Sergeant Kidd das Mikro seines Funkgeräts in die Hand nahm, um mit Nigel Cramer zu sprechen. Wenige Minuten später erhielt jede Polizeiwache im Bereich der Metropolitan Police die Beschreibung eines Mannes und Instruktionen für alle Beamten, die auf den Straßen Dienst taten, die Augen offenzuhalten, sich dem Verdächtigen, falls sie ihn entdecken sollten, nicht zu nähern, die Polizeiwache zu verständigen, den Mann zu beschatten, doch nicht weiter tätig zu werden. Für die Großfahndung nach ihm war kein Name angegeben und ebensowenig ein Grund, warum er gesucht wurde.

Als Quinn das Telefonhäuschen verlassen hatte, ging er zurück zur Blandford Street und diese entlang bis zum *Blackwood's Hotel.* Es war eine jener schon seit langem bestehenden Herbergen, in den Seitenstraßen Londons versteckt, die es irgendwie geschafft hatten, nicht von den großen Hotelketten aufgekauft und zu Tode renoviert zu werden, ein efeubewachsenes Haus mit zwanzig Gästezimmern, getäfelten Wänden und Erkern. Ein Feuer brannte in einem gemauerten Kamin des Empfangsbereichs, in dem kleine Teppiche die unebenen Dielen bedeckten. Quinn näherte sich dem nett aussehenden Mädchen hinter der Rezeption.

»Hi«, sagte er mit seinem breitesten Grinsen.

Sie blickte hoch und lächelte zurück. Hochgewachsen, leicht nach vorne gebeugt, Tweedhut, Burberry und Kalbsledertasche – ein amerikanischer Tourist, wie er im Buche stand.

»Guten Tag, Sir, kann ich Ihnen behilflich sein?«

»Ja, ich hoffe schon, Miss, ja, ganz sicher. Seh'n Sie«, sagte er im breit gedehnten Südstaaten-Amerikanisch, »ich bin gerade aus den Staaten gekommen mit Ihrer British Airways – überhaupt meine Lieblings-Airline – und was glauben Sie, was denen passiert ist? Sie haben mein Gepäck verloren, ja, *ma'am,* sie haben es versehentlich nach Frankfurt weitergeschickt ...«

Ihr Gesicht zog sich mitfühlend zusammen.

»Seh'n Sie, sie beschaffen es mir natürlich wieder, spätestens in vierundzwanzig Stunden hab' ich's. Nur stecken leider alle Unterlagen für meine Pauschalreise in meiner Reisetasche, und es ist nicht zu fassen, aber ich kann mich einfach nicht mehr erinnern, wo für mich gebucht wurde. Eine Stunde lang bin ich mit dieser Dame von der Airline Namen der Londoner Hotels durchgegangen – wissen Sie, wie viele es davon gibt? –, aber null Chance, daß es mir einfällt, bevor ich meine Tasche wieder habe. Also hab' ich, um es kurz zu machen, ein Taxi in die Stadt genommen, und der Fahrer meinte, hier bei Ihnen ist's wirklich nett ... äh ... und hätten Sie vielleicht zufällig ein Zimmer für diese Nacht frei? Übrigens, ich heiße Harry Russell ...«

Sie war ganz bezaubert. Der große Mann wirkte so bekümmert über den Verlust seines Gepäcks und weil er sich nicht erinnern konnte, welches Hotel für ihn gebucht war! Sie ging oft ins Kino und fand, er sah ein bißchen aus wie dieser hagere Amerikaner, der durch die Spaghetti-Western berühmt geworden war, obwohl er wie dieser Mann aus »Dallas«, der mit der komischen Feder am Hut, redete. Sie kam gar nicht auf den Gedanken, ihm seine Geschichte nicht abzunehmen oder auch nur nach seinem Paß zu fragen. Das *Blackwood's Hotel* nahm normalerweise keine Gäste ohne Gepäck und Reservierung auf, aber da er sein Gepäck verloren und obendrein den Namen seines Hotels vergessen hatte und mit einer britischen Fluggesellschaft ... Sie überflog die Liste der leeren Zimmer – die meisten ihrer Gäste waren Stammgäste aus der Provinz, ein paar Dauergäste.

»Ich habe nur dieses eine, Mr. Russell, leider ein kleines, nach hinten hinaus ...«

»Das tut's längst für mich, *young lady*. Oh, ich kann bar bezahlen, hab' gleich am Flughafen ein paar Dollar eingetauscht ...«

»Morgen früh, Mr. Russell.« Sie griff nach einem alten Messingschlüssel. »Die Treppe hinauf, im zweiten Stock.«

Quinn ging die ausgetretenen Stufen hinauf, fand Zimmer Nr. 11 und sperrte auf. Klein, sauber und bequem. Mehr als ausreichend. Er zog sich bis auf die Unterhose aus, stellte den Wecker, den er in dem Haushaltswarengeschäft gekauft hatte, auf 18 Uhr und schlief ein.

»Aber warum in aller Welt hat er es getan?« fragte Sir Harry Marriott, der Innenminister. Er hatte gerade in seinem Amtszimmer im obersten Stockwerk des Innenministeriums den ganzen Hergang erfahren und einen zehn Minuten langen Anruf aus der Downing Street über sich ergehen lassen müssen. Die Dame, die dort residierte, war gar nicht entzückt gewesen.

»Ich vermute, daß er der Meinung war, er könnte niemandem vertrauen«, sagte Cramer behutsam.

»Hoffentlich sind nicht wir damit gemeint«, sagte der Minister. »Wir haben getan, was in unseren Kräften stand.«

»Nein, nicht wir«, sagte Cramer. »Er steuerte direkt auf einen Austausch mit diesem Zack zu. In einem Entführungsfall ist das immer die gefährlichste Phase. Sie verlangt ein äußerstes Maß an Fingerspitzengefühl. Nach diesen beiden Rundfunksendungen hier und in Frankreich, mit den durchgesickerten vertraulichen Informationen will er die Sache jetzt anscheinend auf eigene Faust machen. Wir können das nicht zulassen. Wir müssen ihn finden, Innenminister.«

Cramer hatte noch immer nicht verwunden, daß ihm die Verhandlungen mit den Kidnappern entzogen worden waren und er sich auf die Ermittlungsarbeit hatte beschränken müssen.

»Ich kann mir überhaupt nicht vorstellen, wie er sich absetzen konnte«, schimpfte der Innenminister.

»Wenn ich zwei meiner Leute in der Wohnung gehabt hätte«, erinnerte ihn Cramer, »wäre es ihm auch nicht geglückt.«

»Ja, schon, aber es ist nun einmal geschehen. Suchen Sie den Mann, aber diskret, ohne Aufhebens.«

Insgeheim sagte sich der Minister, falls es diesem Quinn gelingen sollte, auf sich allein gestellt Simon Cormack zur Freiheit zu verhelfen, schön und gut. Man konnte sie so rasch wie möglich nach Amerika verfrachten. Wenn die Amerikaner aber die Sache verpfuschten, sollten sie dafür geradestehen, nicht er.

Zur selben Stunde erhielt Irving Moss einen Anruf aus Houston. Er notierte die Liste der Preise von Gemüsegärtnereien in Texas, legte den Hörer auf und entschlüsselte die Mitteilung. Dann stieß er vor Verblüffung einen Pfiff aus. Je mehr er darüber nachdachte, desto klarer wurde ihm, daß er an seinen eigenen Plänen nur wenig zu verändern haben würde.

Nach dem Fiasko an der Straße außerhalb von Mill Hill war Kevin Brown überaus gereizt in der Wohnung in Kensington erschienen. Patrick Seymour und Lou Collins begleiteten ihn. Zusammen vernahmen die drei hohen Chargen mehrere Stunden lang ihre beiden Untergebenen.

Somerville und McCrea berichteten ausführlich, was am Morgen geschehen war, wie es geschehen war und warum sie es nicht vorausgesehen hatten. McCrea war wie immer von entwaffnender Demut.

»Wenn er mit Zack wieder telefonische Verbindung aufgenommen hat, haben wir völlig die Kontrolle über ihn verloren«, sagte Brown. »Sollten sie aus öffentlichen Telefonzellen miteinander sprechen, haben die Briten keine Möglichkeit mitzuhören. Wir wissen nicht, was die beiden vorhaben.«

»Vielleicht treffen sie Vorbereitungen, Simon Cormack gegen die Diamanten auszutauschen«, sagte Seymour.

Brown knurrte grimmig.

»Wenn diese Geschichte vorbei ist, nehm' ich mir den Klugscheißer vor.«

»Wenn er mit Simon Cormack zurückkommt«, wandte Collins ein, »werden wir ihm alle freudig sein Gepäck zum Flughafen tragen.«

Man vereinbarte, daß Somerville und McCrea für den Fall, daß Quinn anrief, in der Wohnung bleiben sollten. Die drei Telefonleitungen sollten freigehalten werden, damit er durchkam. Natürlich würde er abgehört. Die drei Besucher kehrten in die Botschaft zurück, Seymour, um sich bei Scotland Yard zu informieren, was die Fahndung, die inzwischen zu einer Doppelfahndung geworden war, erbracht hatte, die anderen beiden, um sich bereitzuhalten und Gespräche abzuhören.

Quinn erwachte um 18 Uhr, wusch und rasierte sich, wobei er die am Vortag in der High Street gekauften Toilettensachen benutzte, nahm ein leichtes Abendessen zu sich und machte sich um 19.50 Uhr wieder zu dem Telefonhäuschen in der Chiltern Street auf. Es war von einer alten Dame besetzt, die es aber 19.55 Uhr verließ. Quinn ging hinein, stellte sich mit dem Rücken zur Straße und tat so, als suchte er in den Telefonbüchern nach einer Nummer, bis 20.02 Uhr der Apparat klingelte.

»Quinn?«

»Yeah.«

»Vielleicht stimmt's, daß du abgehauen bist, vielleicht auch nicht. Wenn es ein fauler Trick ist, kommt er dich teuer zu stehen.«

»Es ist kein Trick. Sag mir, wann ich wohin kommen soll.«

»Morgen vormittag um zehn. Ich ruf' dich um neun unter dieser Nummer an und sag' dir, wohin. Du hast dann gerade genug Zeit, bis zehn Uhr hinzukommen. Meine Männer werden die Stelle ab Tagesanbruch nicht aus dem Auge lassen. Wenn die Bullen anrücken oder die SAS, wenn sich überhaupt nur irgend etwas dort rührt, werden wir es bemerken und abhauen. Und beim nächsten Anruf ist Simon Cormack tot. Du wirst uns nie zu sehen bekommen; wir werden dich seh'n und jeden andern, der aufkreuzt. Sag das deinen Kumpanen, falls du vorhast, mich reinzulegen: Sie erwischen vielleicht einen oder auch zwei von uns, aber für den Jungen wird es zu spät sein.«

»Du bekommst deine Bedingungen, Zack. Ich komme allein. Keine faulen Tricks.«

»Keine elektronischen Geräte, keine Peilgeräte, keine Mikros. Wir werden dich überprüfen. Wenn du verwanzt bist, zahlt der Junge die Rechnung.«

»Wie ich gesagt habe, keine Tricks. Nur ich und die Diamanten.«

»Sei um neun wieder in deiner Zelle.«

Ein Klicken, und in der Leitung war das Freizeichen zu hören. Quinn verließ das Telefonhäuschen und ging zurück zu seinem Hotel. Er saß eine Zeitlang vor dem Fernseher, leerte dann seine Tragetasche und arbeitete zwei Stunden lang an den Dingen, die er am Nachmittag gekauft hatte. Um 2 Uhr morgens war er schließlich mit seinem Werk zufrieden.

Er duschte noch einmal, um den verräterischen Geruch loszuwerden und legte sich dann aufs Bett. Regungslos lag er da, blickte zur Decke hinauf und dachte nach. Er schlief nie viel, wenn eine entscheidende Sache bevorstand; deswegen hatte er am Nachmittag drei Stunden vorgeschlafen. Kurz vor Morgengrauen nickte er ein, und um 7 Uhr erhob er sich, als der Wecker klingelte.

Die reizende Person am Empfang war im Dienst, als er um halb neun nach unten kam. Er trug seine dickrandige Brille, den Tweedhut und den Burberry, bis zum Hals zugeknöpft. Er erklärte der jungen Dame, daß er in Heathrow sein Gepäck abholen müsse und gerne seine Rechnung hätte.

Um 8.45 Uhr schlenderte er die Straße entlang zu dem Telefonhäuschen. Um diese Zeit waren sicher keine alten Damen unterwegs. Er wartete eine Viertelstunde in der Zelle, bis es Punkt neun klingelte. Zacks Stimme war heiser vor innerer Anspannung.

»Jamaica Road, Rotherhithe«, sagte er.

Quinn kannte die Gegend nicht, hatte aber davon gehört. Die alten Docks, die Gebäude teilweise zu eleganten neuen Häusern und Wohnungen für Yuppies umgebaut, andere Teile hingegen noch heruntergekommen – verlassene Kais und aufgegebene Lagerhäuser.

»Und weiter?«

Zack erklärte ihm den Weg. Von der Jamaica Road in eine Straße abbiegen, die zur Themse führt.

»Es ist ein einstöckiges Lagerhaus aus Stahl, an beiden Enden offen. Über den Toren steht noch der Name ›Babbidge‹. Bezahl das Taxi oben am Anfang der Straße. Geh sie entlang und in die südliche Einfahrt. Geh bis zur Mitte und bleib dann stehen. Wenn dir irgend jemand folgt, lassen wir uns nicht blicken.«

Das Gespräch war zu Ende. Quinn verließ die Telefonzelle und warf seine leere Kalbsledertasche in eine Mülltonne. Er hielt nach einem Taxi Ausschau. Wegen der morgendlichen Stoßzeit war weit und breit keins zu sehen. Zehn Minuten später erwischte er eins in der Marylebone High Street und ließ sich an der U-Bahn-Station Marble Arch absetzen. Um diese Zeit braucht ein Taxi durch die engen Straßen der City und über die Themse nach Rotherhithe eine Ewigkeit.

Er nahm die U-Bahn Richtung Osten bis zum Bahnhof Bank und dann die Nordlinie, die unter der Themse hindurch nach London Bridge geht. Vor dem Bahnhof London Bridge standen Taxis. Fünfundzwanzig Minuten nach Zacks Anruf war er in der Jamaica Road.

Die Straße, die er hinuntergehen sollte, war schmal, schmutzig und menschenleer. Auf der einen Seite säumten heruntergekommene Tee-Lagerhäuser die Themse. Auf der anderen standen aufgegebene Fabrikgebäude und Wellblechschuppen. Quinn ging in der Straßenmitte, da er wußte, daß er von irgendwoher beobachtet wurde. Die Lagerhalle mit dem verblichenen Namen »Babbidge« über dem einen Eingang stand am Ende. Er ging hinein.

Zweihundert Fuß lang, achtzig Fuß breit. Von Deckenbalken hingen verrostete Ketten herab; auf dem betonierten Boden lag Abfall, in den langen Jahren, die die Halle schon leerstand, vom Wind hereingefegt. Die Tür, durch die er eingetreten war, war für einen Fußgänger groß genug, nicht aber für ein Fahrzeug; das Tor am anderen Ende hingegen war so hoch und breit, daß ein Lastwagen durchfahren konnte. Er ging bis in die Mitte der Halle und blieb stehen. Er nahm die falsche Brille und den Tweedhut ab und warf beides beiseite. Die Tarnung war nicht mehr nötig. Entweder er ging hier mit einer Abmachung über Simon Cormacks Freilassung heraus oder er brauchte ohnehin eine Polizeieskorte.

Eine Stunde lang stand er wartend da, ohne sich zu bewegen. Um 11 Uhr erschien der große Volvo am anderen Ende der Halle, kam langsam auf ihn zugefahren und blieb zwölf Meter von ihm entfernt mit laufendem Motor stehen. Auf den Vordersitzen saßen zwei Männer, beide vermummt, so daß nur ihre Augen durch die Schlitze sichtbar waren.

Das Schlurren von Turnschuhen auf dem Beton hinter ihm war für ihn mehr zu spüren als zu hören, und er warf wie zufällig einen Blick über die Schulter. Dort stand ein dritter Mann; schwarzer Trainingsanzug, eine Balaklawa-Maske über Kopf und Schultern. Er stand auf den Fußballen, hielt die Maschinenpistole lässig in den Händen.

Die Tür am Beifahrersitz des Volvo ging auf, und ein Mann stieg aus. Von mittlerer Größe und mittlerer Statur. Er rief:

»Quinn?«

Zacks Stimme. Unverkennbar.

»Hast du die Diamanten dabei?«

»Hier bei mir.«

»Gib sie her.«

»Hast du den Jungen mitgebracht, Zack?«

»Red keinen Blödsinn. Glaubst du, wir rücken ihn gegen einen Sack voller Glasperlen raus? Wir schau'n uns zuerst die Steine an. Das braucht seine Zeit. Ein einziges Stück Glas, ein einziger Simili – dann ist alles aus. Wenn sie okay sind, bekommst du den Jungen.«

»Das hab' ich mir gedacht. So geht's nicht.«

»Spiel keine Spiele mit mir, Quinn!«

»Das ist kein Spiel, Zack. Ich muß den Jungen seh'n. Du könntest Glassplitter bekommen – bekommst du zwar nicht, aber du möchtest sichergeh'n. Ich könnte eine Leiche bekommen.«

»Wirst du nicht.«

»Ich brauche Gewißheit. Deswegen muß ich euch begleiten.«

Hinter seiner Maske starrte Zack sein Gegenüber an, als wollte er seinen Ohren nicht trauen. Er stieß ein krächzendes Lachen aus.

»Siehst du den Mann hinter dir? Ein Wort und er pustet dich weg! Dann nehmen wir uns die Steine auch so.«

»Das könntet ihr versuchen«, räumte Quinn ein. »Schon mal so was geseh'n?«

Er knöpfte den Regenmantel auf, nahm etwas, das an seiner Taille baumelte, und hielt es hoch.

Zack betrachtete Quinn und die Vorrichtung, die er sich über dem

Hemd mit Leukoplast an der Brust befestigt hatte, und fluchte leise, aber heftig.

Von einer Stelle unterhalb des Brustbeins bis zur Taille trug Quinn ein flaches Holzkistchen ohne Deckel, das früher einmal Likörbonbons enthalten hatte. Es bildete einen flachen Behälter, der mit Pflaster an der Brust befestigt war.

In der Mitte des Kistchens befand sich das mit den Diamanten gefüllte Samtpäckchen, auf beiden Seiten eingerahmt von kleinen, nicht ganz ein halbes Pfund schweren Klumpen, aus einer zähen, beigefarbenen Substanz. In einen war ein hellgrüner Draht gesteckt, dessen anderes Ende zu einer der Backen der hölzernen Wäscheklammern lief, die Quinn in der linken Hand hochhielt. Der Draht lief durch ein winziges, in die Klammer gebohrtes Loch und endete zwischen den Backen.

In dem Bonbonkistchen befand sich außerdem eine 9-Volt-Batterie PP3, an deren beiden Polen jeweils ein weiteres Stück Draht befestigt war. Das eine führte durch die beiden kleinen Blöcke der beigefarbenen Substanz und verband sie miteinander. Das zweite Stück führte zur anderen Backe der Wäscheklammer. Die beiden Backen wurden durch einen dazwischen geklemmten Bleistiftstummel getrennt gehalten. Quinn spannte die Finger an, worauf das Bleistiftstück klappernd auf den Boden fiel.

»Theater!« sagte Zack. »Das ist doch nicht echt.«

Quinn zupfte mit der rechten Hand ein bißchen von der beigefarbenen Substanz ab, rollte es zu einem Kügelchen zusammen und ließ es über den Boden zu Zack hin tanzen. Der Verbrecher beugte sich nach vorne, hob es auf und roch daran. Der Geruch von Marzipan füllte seine Nasenlöcher.

»Semtex«, sagte er.

»Das ist tschechisch«, sagte Quinn. »Ich bevorzuge RDX.«

Zack wußte von Plastiksprengstoffen immerhin soviel, daß sie wie harmloses Marzipan aussehen und riechen. Doch damit ist die Ähnlichkeit auch schon erschöpft. Wenn sein Komplize jetzt das Feuer eröffnen sollte, würden sie alle umkommen. Der Sprengstoff in diesem Kistchen reichte aus, den Boden des Lagerhauses rein zu fegen, das Dach abzusprengen und die Diamanten auf die andere Seite der Themse zu befördern.

»Ich wußte, daß du ein mieser Typ bist«, sagte Zack. »Was willst du von mir?«

»Ich hebe den Bleistift auf, stecke ihn in die Wäscheklammer, steige in den Kofferraum des Wagens und ihr bringt mich zu dem Jungen, damit ich ihn sehen kann. Ich kann euch nicht erkennen, jetzt nicht und in Zukunft nicht. Ihr seid völlig sicher. Wenn ich sehe, daß der Junge am Leben ist, baue ich die Bombe auseinander und gebe euch die Diamanten. Ihr überprüft sie; wenn ihr mit dem Ergebnis zufrieden seid, haut ihr ab. Ich und der Junge bleiben in seinem Gefängnis. Vierundzwanzig Stunden später macht ihr einen anonymen Anruf. Die Bullen kommen und befreien uns. Die Sache ist sauber, einfach, und ihr entkommt.«

Zack wirkte unschlüssig. Es war nicht sein Plan, aber er wußte, daß er an die Wand gespielt worden war. Er griff in die Seitentasche seines Trainingsanzugs und zog ein flaches, schwarzes Kästchen heraus.

»Halt die Hände hoch und die Klammer geöffnet. Ich such' dich jetzt nach Wanzen ab.«

Er kam heran und tastete mit dem Suchgerät Quinns Körper von Kopf bis Fuß ab. Jeder geschlossene Stromkreis eines tätigen Peilgeräts oder einer Wanze an Quinns Körper hätte im Detektor ein schrilles Signal ausgelöst. Doch durch die Batterie in der Bombe floß kein Strom. Der ursprüngliche Aktenkoffer hätte das Signal ausgelöst.

»All right«, sagte Zack. Er trat einen knappen Meter zurück. Quinn roch, daß der Mann schwitzte. »Du bist sauber. Steck den Bleistift wieder rein und steig in den Kofferraum.«

Quinn tat wie geheißen. Es wurde dunkel um ihn, als sich der große, rechteckige Kofferraumdeckel schloß. Schon drei Wochen vorher waren für den entführten Simon Cormack Luftlöcher in den Boden gebohrt worden. Es war stickig, aber erträglich in dieser Enge; er hatte trotz seiner Körpergröße ausreichend Platz, solange er in der Position eines Fötus kauerte – allerdings würgte es ihn beinahe, so intensiv war der Mandelgeruch.

Der Volvo wendete, der Ganove mit der MP rannte herbei und stieg hinten ein. Alle drei Männer nahmen ihre Gesichtsmasken ab und zogen die Oberteile der Trainingsanzüge aus, worauf Hemden, Krawatten und Jacketts zum Vorschein kamen. Die Jacken der Trainingsanzüge landeten auf dem Rücksitz, über der Skorpion-MP. Als sie fertig waren, glitt der Volvo, nun von Zack selbst gesteuert, aus der Lagerhalle hinaus.

Nach anderthalb Stunden erreichten sie das Haus mit der eingebauten Garage, vierzig Meilen von London entfernt. Zack hielt immer genau die vorgeschriebene Geschwindigkeit ein, seine Komplizen saßen aufrecht und schweigend auf ihren Sitzen. Seit drei Wochen hatten diese beiden Männer zum erstenmal ihr Versteck verlassen.

Als das Garagentor geschlossen war, zogen alle drei Männer wieder die Oberteile ihrer Trainingsanzüge an und setzten erneut die Masken auf. Einer ging ins Haus, um ihre Ankunft dem vierten Mann zu melden. Erst dann öffnete Zack den Kofferraum des Volvo. Quinn hatte steife Gelenke und blinzelte, als ihn das Licht der Garagenlampe traf. Er hatte den Bleistift aus der Wäscheklammer genommen und hielt sie mit den Zähnen fest.

»Schon gut, schon gut«, sagte Zack. »Das ist nicht nötig. Wir werden dir jetzt den Jungen zeigen. Aber auf dem Gang durchs Haus trägst du das hier.«

Er hielt eine Kapuze hoch. Quinn nickte. Zack zog sie ihm über den Kopf. Es bestand die Möglichkeit, daß sie einen Versuch machen würden, ihn zu überrumpeln, aber es würde nur einen Sekundenbruchteil dauern, die geöffnete Wäscheklammer zuschnappen zu lassen. Sie führten ihn, während er die linke Hand hochhielt, in das Haus, durch einen kurzen Gang und dann ein paar Stufen zum Keller hinab. Er hörte, wie dreimal laut an eine Tür geklopft wurde und nach einer Pause das Knarren einer Tür. Er wurde in einen Raum geschoben. Dann war er allein und hörte, wie Riegel vorgelegt wurden.

»Du kannst jetzt die Kapuze abnehmen«, sagte Zacks Stimme. Er sprach durch das Guckloch in der Kellertür. Quinn zog sich mit der rechten Hand die Kapuze vom Kopf. Er war in einem Kellerraum mit Boden und Wänden aus Beton, vielleicht einem ehemaligen Weinkeller. Auf einem Stahlrohrbett an der Wand gegenüber saß eine schlaksige Gestalt, Kopf und Schultern ebenfalls von einer schwarzen Kapuze bedeckt. Dann ein zweimaliges Klopfen an der Tür. Wie auf Kommando zog die Gestalt auf dem Bett die Kapuze ab.

Simon Cormack starrte verblüfft den hochgewachsenen Mann neben der Tür an, dessen Regenmantel halb aufgeknöpft war und der in der linken Hand eine Wäscheklammer hochhielt. Quinn erwiderte den Blick des Präsidentensohnes.

»Hallo, Simon, bist du okay, Junge?« Eine Stimme aus der Heimat.

»Wer sind Sie?« flüsterte er.

»Ach so, ja. Der Unterhändler. Wir haben uns Sorgen um dich gemacht. Geht's dir gut?«

»Ja, mir geht's . . . ordentlich.«

An der Tür wurde dreimal geklopft. Der junge Mann zog sich die Kapuze über den Kopf. Die Tür ging auf. Zack stand da. Mit Gesichtsmaske. Bewaffnet.

»Also, da ist er. Jetzt die Diamanten.«

»Natürlich«, sagte Quinn, »du hast dein Wort gehalten. Ich halte meins.«

Er steckte den Bleistift zwischen die Backen der Wäscheklammer und ließ die Drähte von der Taille abwärts baumeln, schlüpfte aus dem Regenmantel und riß sich das Holzkistchen von der Brust. Er nahm das flache Samtpäckchen mit den Steinen und hielt es Zack hin. Dieser nahm es und reichte es an einen Mann hinter ihm weiter. Sein Revolver war noch immer auf Quinn gerichtet.

»Die Bombe nehm ich auch mit«, sagte er, »damit du dir nicht den Weg nach draußen freisprengst.«

Quinn bog die Drähte gegeneinander und verstaute sie zusammen mit der Wäscheklammer im Kistchen. Aus der beigefarbenen Substanz zog er die Drähte heraus, an deren Enden keine Zünder befestigt waren. Er drehte ein Stückchen von der Masse ab und nahm es in den Mund.

»Hab' mir nie was aus Marzipan gemacht«, sagte er, »zu süß für meinen Geschmack.«

Zack starrte auf das Sortiment in dem Kistchen, das er in seiner freien Hand hielt.

»Marzipan?«

»Das beste Marzipan, das die Marylebone High Street zu bieten hat.«

»Ich sollte dich abknallen, Quinn!«

»Das könntest du, aber ich hoffe, du tust es nicht. Nicht nötig, Zack. Du hast bekommen, was du wolltest. Wie ich gesagt hab', Profis töten nur, wenn sie müssen. Untersucht die Diamanten in aller Ruhe, verduftet und laßt den Jungen und mich hier warten, bis ihr die Polizei anruft.«

Zack schloß die Tür hinter sich und schob die Riegel vor. Er sprach durch das Guckloch.

»Das muß man dir lassen, Yank, Mumm hast du.«

Dann schloß sich das Guckloch. Quinn trat zu der Gestalt auf dem Bett und zog ihr die Kapuze ab. Dann setzte er sich neben den Jungen.

»So, jetzt will ich dich mal ein bißchen über die neueste Entwicklung aufklären. Noch ein paar Stunden, wenn alles gutgeht, und wir kommen vermutlich hier raus und sind auf dem Weg nach Hause. Übrigens, deine Eltern lassen dich herzlichst grüßen.«

Er fuhr dem jungen Mann durch das zerzauste Haar. Simon Cormacks Augen füllten sich mit Tränen, und er begann hemmungslos zu weinen. Er versuchte, sein Gesicht mit einem Ärmel des karierten Hemds abzuwischen, aber es nützte nichts. Quinn legte ihm einen Arm um die mageren Schultern und erinnerte sich an einen lange zurückliegenden Tag in den Dschungeln am Mekong: an das erste Mal, als er im Kampf gestanden und überlebt hatte, während andere starben, und wie ihm danach die schiere Erleichterung die Tränen heraustrieb, die er nicht zurückzuhalten vermochte.

Als Simon zu weinen aufhörte und ihn mit Fragen zu bombardieren begann, konnte sich Quinn den jungen Mann richtig ansehen. Ein Bart war ihm gewachsen, er war schmutzig, aber im übrigen in guter Verfassung. Sie hatten ihm zu essen gegeben und anständigerweise auch frische Sachen, Hemd, Bluejeans samt einem breiten Ledergürtel mit einem bossierten Schloß – alles aus einem Campingbedarfsladen, aber ausreichend gegen die Oktoberkühle.

Oben schien es irgendeine Auseinandersetzung zu geben. Quinn hörte erregte Stimmen, vor allem die von Zack. Er konnte zwar die Worte nicht verstehen, aber der Ton war deutlich genug. Zack war zornig. Quinns Stirn furchte sich nachdenklich; er hatte die Steine nicht selbst untersucht – konnte auch echte Diamanten von guten Fälschungen nicht unterscheiden –, betete jetzt aber darum, daß niemand so unbesonnen gewesen war, die Steine mit Similis zu mischen.

Dies war allerdings nicht der Anlaß der Auseinandersetzung. Nach einigen Minuten ebbte sie ab. In einem der Schlafzimmer im Obergeschoß – die Kidnapper mieden in der Regel bei Tageslicht die Räume im Erdgeschoß, trotz der dichten Netzvorhänge, die sie abschirmten – saß der Südafrikaner an einem Tisch, der für diesen Zweck nach oben gebracht worden war. Der Tisch war mit einem Bettlaken bedeckt, das aufgeschlitzte Samtpäckchen lag leer auf dem Bett, und alle vier Männer blickten unverwandt auf einen kleinen Berg ungeschliffener Diamanten.

Mit Hilfe eines kleinen Spachtels begann der Südafrikaner, den Haufen in kleinere und noch kleinere Häufchen aufzuteilen, bis er den Berg in fünfundzwanzig Hügelchen verwandelt hatte. Er bedeutete Zack, ein Häufchen auszuwählen. Zack zuckte die Achseln und entschied sich für eines in der Mitte – annähernd 1000 von den 25 000 Steinen auf dem Tisch.

Wortlos begann der Südafrikaner die anderen vierundzwanzig Häufchen nacheinander in ein kräftiges Leinensäckchen zu schieben, an dem oben eine Zugschnur befestigt war. Das von Zack ausgewählte Häufchen blieb als einziges auf dem Laken zurück. Dann schaltete der Südafrikaner eine starke Leselampe über dem Tisch an, zog eine Juwelierslupe aus der Tasche, nahm eine Pinzette in die rechte Hand und hielt den ersten Stein gegen das Licht.

Nach einer Weile knurrte und nickte er und ließ den Diamanten in das offene Säckchen fallen. Es würde sechs Stunden dauern, sämtliche 1000 Steine zu untersuchen.

Die Kidnapper hatten klug gehandelt. Diamanten von Spitzenqualität, sogar kleine, werden in der Regel von der Zentralen Verkaufsorganisation, die den Diamantenhandel der Welt beherrscht und durch deren Hände über fünfundachtzig Prozent der Steine auf ihrem Weg von den Bergwerken in den Handel gehen, mit einem Zertifikat versehen, wenn sie für die Branche freigegeben werden. Selbst die UdSSR mit ihren Diamantenfeldern in Sibirien ist klug genug, dieses lukrative Kartell nicht zu sprengen. Auch größere Steine von geringerer Qualität werden im allgemeinen mit einem Ursprungszeugnis verkauft.

Doch mit ihrer Forderung nach einer Mischung von Steinen mittlerer Qualität, die zwischen einem Fünftel und einem halben Karat wogen, hatten die Kidnapper auf ein Segment der Branche gezielt, das beinahe nicht zu kontrollieren ist. Diese Steine sind das tägliche Brot der Juweliere in aller Welt und wechseln in Quantitäten von mehreren hundert Stück ohne Zertifikat den Besitzer. Jeder Schmuck herstellende Juwelier würde durchaus ehrlich handeln, wenn er eine Lieferung von mehreren hundert Steinen akzeptierte, zumal wenn sie ihm mit einem Rabatt von fünfzehn Prozent vom Marktpreis angeboten würden. Eingearbeitet in Fassungen um größere Steine würden sie innerhalb der Branche einfach verschwinden.

Sofern sie echt sind. Ungeschliffene Diamanten funkeln und glänzen nicht wie die geschliffenen und polierten nach dem Bearbeitungsprozeß. Sie sehen aus wie glanzlose Glasstücke und haben eine milchige, undurchsichtige Oberfläche. Aber jemand von einiger Erfahrung und Geschicklichkeit wird sie nicht mit Glas verwechseln.

Echte Diamanten haben an ihrer Oberfläche eine ganz eigene, seifige Textur, auf der sich kein Wasser hält. Wird ein Stück Glas in Wasser getaucht, bleiben mehrere Sekunden lang Tropfen an der Oberfläche haften; bei einem Diamanten hingegen läuft das Wasser sofort ab, und der Stein bleibt knochentrocken.

Außerdem zeigt die Oberfläche von Diamanten unter einem Vergrößerungsglas eine wahrnehmbare trianguläre Kristallographie. Nach diesem Muster suchte der Südafrikaner, um sich zu vergewissern, daß man ihnen kein mit Sandstrahlgebläse behandeltes Flaschenglas oder Zirkon angedreht hatte.

Während er mit dieser Arbeit beschäftigt war, erhob sich Senator Bennett R. Hapgood auf dem Podium des weitläufigen Hancock Centre im Herzen von Austin und registrierte mit Befriedigung die Menge der Zuhörer, die sich eingefunden hatten.

Geradeaus sah er die im Sonnenschein des späten Vormittags glänzende Kuppel des Texas State Capitol vor sich, des zweitgrößten im Land nach dem Capitol in Washington. Das Publikum hätte zwar zahlreicher sein können, wenn man an die Kosten der massiven Werbekampagne dachte, die diesem wichtigen Start vorangegangen war, doch die Medien der Stadt, des Bundesstaates und der Nation waren gut vertreten, und das erfreute sein Herz.

Er hob beide Hände in der Siegerpose des Boxers als Dank für den Beifallssturm der Cheerleader, der nach Beendigung der einleitenden Lobeshymne auf ihn einsetzte. Während die beinewerfenden Mädchen weiterjubelten und die Zuschauermenge pflichtbewußt einstimmten, schüttelte er, als könnte er eine solche Ehrung nicht fassen, gut gespielt den Kopf und hob, mit den Innenflächen nach außen, die Hände, um zu verstehen zu geben, eine solche Ovation sei für einen unbedeutenden zweiten Senator aus Oklahoma nicht angebracht.

Als sich der Beifall legte, nahm er das Mikrofon und begann zu sprechen. Er benutzte keine Notizen, da er seine Rede wieder und wieder geprobt hatte, seit er aufgefordert worden war, die neue Bewegung, die alsbald Amerika überschwemmen sollte, auf die Beine zu stellen und ihr Präsident zu werden.

»Meine Freunde, meine amerikanischen Mitbürger ... überall im Land.«

Zwar bestand das Publikum vor ihm ganz überwiegend aus Texanern, aber er zielte durch die Linsen der Fernsehkameras auf ein viel größeres.

»Wir mögen aus verschiedenen Teilen dieses unseres großen Landes stammen. Wir mögen aus unterschiedlichen Verhältnissen, aus unterschiedlichen Lebensbereichen kommen, unsere Hoffnungen, Befürchtungen und Aspirationen mögen sich unterscheiden. Aber eines ist uns gemeinsam, wo wir auch leben, womit wir auch unser Brot verdienen – wir alle, Männer, Frauen und Kinder, sind patriotische Bürger dieses großen Landes ...«

Diese Worte ließen sich nicht widerlegen, der Jubel bestätigte es.

»Vor allem aber ist uns eines gemeinsam – wir wollen, daß unsere Nation stark ist ...« – wieder Beifall – »... und stolz ...« Frenetischer Jubel.

Er sprach eine Stunde lang. Die Abendnachrichten überall in den Vereinigten Staaten widmeten, je nach Geschmack, der Rede zwischen dreißig Sekunden und zwei Minuten. Als er zum Ende gekommen war und sich wieder setzte, während die Brise das schneeweiße, gefönte und mit Spray fixierte Haar über dem gebräunten Gesicht des »Frontiersman« kaum kräuselte, war die Bewegung »Bürger für ein starkes Amerika« (CSA) auf den Weg gebracht.

Vereinfacht ausgedrückt, hatte sich die CSA der Erneuerung der amerikanischen Selbstachtung und Ehre durch Stärke verschrieben – daß es mit alledem niemals bergab gegangen war, wurde ignoriert. Vor allem wollte sie dem Nantucket-Vertrag den Garaus machen und seine Ablehnung durch den Kongreß fordern.

Der Feind der Erneuerung amerikanischer Selbstachtung und Ehre durch Stärke war eindeutig und unwiderlegbar identifiziert worden; es war der Kommunismus, sprich der Sozialismus, vom Gesundheitsfürsorgeprogramm MEDICAID über die Sozialhilfe bis zu Steuererhöhungen. Die Mitläufer des Kommunismus, die darauf aus waren, dem amerikanischen Volk eine Rüstungskontrolle auf niedrigerem Niveau aufzuschwatzen, wurden nicht namentlich genannt, aber wer gemeint war, lag auf der Hand. Die Kampagne sollte auf sämtlichen Ebenen geführt werden, durch regionale Verbindungsbüros, Aktionskomitees zur Beeinflussung der Medien, durch Beeinflussung der Abgeordneten auf landesweiter und Wahlbezirksebene sowie durch öffentliche Auftritte wahrer Patrioten, die ihre Stimme gegen den Vertrag und dessen Urheber erheben würden – eine durchsichtige Anspielung auf den schwergeprüften Mann im Weißen Haus.

Als dann die Zuhörer eingeladen wurden, sich an den am Rand des Parks verteilten Barbecues gütlich zu tun – der Großzügigkeit eines lokalen Philanthropen und Patrioten zu verdanken – war der Crokkett-Plan angelaufen, die zweite Kampagne mit dem Ziel, John F. Cormack so zu zermürben, daß er sein Amt niederlegte.

Quinn und der Präsidentensohn verbrachten eine unruhige Nacht in ihrem Kellergefängnis. Der junge Mann legte sich, weil Quinn es unbedingt so wollte, auf das Bett, konnte aber nicht einschlafen. Quinn setzte sich auf den Boden, mit dem Rücken an der Betonwand, und hätte ein Nickerchen gemacht, wäre er nicht von Simon mit Fragen bedrängt worden.

»Mr. Quinn?«

»Quinn. Einfach Quinn.«

»Haben Sie meinen Papa geseh'n? Persönlich?«

»Natürlich. Er hat mir von Tante Emily erzählt ... und von Mr. Spot.«

»Was für einen Eindruck hat er auf Sie gemacht?«

»Soweit in Ordnung. Bekümmert natürlich. Es war gleich nach der Entführung.«

»Haben Sie Mama gesehn?«

»Nein. Der Arzt des Weißen Hauses war bei ihr. Sie war besorgt, aber okay.«

»Wissen sie, daß mir nichts passiert ist?«

»Vor zwei Tagen habe ich ihnen gemeldet, daß du noch am Leben bist. Jetzt versuch ein bißchen zu schlafen.«

»Okay ... Wann, denken Sie, werden wir hier rauskommen?«

»Das kommt drauf an. Ich hoffe, daß sie am Morgen verduften werden. Wenn sie dann vierundzwanzig Stunden später anrufen, müßte die Polizei ein paar Minuten danach hier sein. Es hängt von Zack ab.«

»Zack? Ist das der Anführer?«

»Ja.«

Um 2 Uhr morgens gingen dem überdrehten jungen Mann schließlich die Fragen aus, und er döste ein. Quinn blieb wach und spitzte die Ohren, um die gedämpften Geräusche von oben zu identifizieren. Es war schon fast 4 Uhr morgens, als dreimal laut an die Tür geklopft wurde.

Simon schwenkte die Beine vom Bett und flüsterte: »Die Kapuzen.« Als sie nichts mehr sehen konnten, betrat Zack, gefolgt von zwei Männern, den Kellerraum. Jeder von ihnen hatte ein paar Handschellen mitgebracht. Zack deutete mit einem Kopfnicken auf die beiden Gefangenen, denen die Hände hinter dem Rücken gefesselt wurden.

Sie konnten nicht wissen, daß die Untersuchung der Diamanten vor Mitternacht zur vollen Zufriedenheit Zacks und seiner Komplizen abgeschlossen worden war. Die vier Männer hatten die Nacht damit verbracht, in ihrem Quartier einen gründlichen Hausputz zu veranstalten. Jede Fläche, auf der sich vielleicht ein Fingerabdruck befand, wurde sorgfältig abgewischt, jede nur denkbare Spur beseitigt. Sie machten sich nicht die Mühe, das angeschraubte Bettgestell im Keller oder das Stück Kette zu beseitigen, mit der Simon mehr als drei Wochen daran gefesselt gewesen war. Ihre Sorge galt nicht dem Umstand, daß das Haus eines Tages als das Versteck der Kidnapper identifiziert werden könnte; es sollte nur niemals ans Licht kommen, wer die Entführer gewesen waren.

Einer der Männer befreite Simon Cormack von seiner Fußkette, worauf er zusammen mit Quinn die Treppe hinauf, durchs Haus und in die Garage geführt wurde. Dort wartete der Volvo. Der Kofferraum war mit den Tragetaschen der Kidnapper so vollgestopft, daß kein

Platz mehr blieb. Quinn mußte sich vor dem Rücksitz auf den Boden legen und wurde mit einer Decke zugedeckt. Seine Position war ungemütlich, seine Stimmung aber optimistisch.

Wenn die Kidnapper vorgehabt hätten, sie beide umzubringen, dann wäre der Keller dafür der richtige Ort gewesen. Er hatte vorgeschlagen, man solle ihn und Simon im Keller zurücklassen und dann aus dem Ausland anrufen, damit die Polizei sie befreien könne. Er tippte richtig, daß die Kidnapper ihr Versteck nicht entdeckt sehen wollten, zumindest vorläufig nicht. So lag er nun zusammengekrümmt auf dem Boden der Limousine und atmete, so gut es ging, durch die dicke Kapuze.

Er spürte den Druck der Kissen auf dem Rücksitz, als Simon Cormack sich der Länge nach darauf legen mußte. Auch über ihn wurde eine Decke gebreitet. Die beiden kleineren der Ganoven stiegen gleichfalls hinten ein. Sie saßen, Simons schlanken Körper hinter sich, auf der Vorderkante des Rücksitzes und stellten die Füße auf Quinn. Der Riese setzte sich auf den Beifahrersitz, Zack hinters Steuer.

Auf sein Kommando nahmen alle vier die Masken ab und warfen sie zusammen mit den Oberteilen der Trainingsanzüge durch die Fenster auf den Garagenboden. Zack setzte den Wagen zurück in die Einfahrt, schloß das Garagentor, fuhr rückwärts auf die Straße und dann davon. Niemand sah den Volvo. Es war noch dunkel – zwei Stunden bis zum Tagesanbruch.

Während dieser beiden Stunden fuhr der Wagen in gleichmäßigem Tempo dahin. Quinn hatte keine Ahnung, wohin es ging. Gegen 6 Uhr früh (später wurde festgestellt, daß es ein paar Minuten vor 6 Uhr gewesen sein mußte) wurde der Volvo langsamer und rollte aus. Keiner hatte während der ganzen Zeit gesprochen, alle saßen kerzengerade und schweigend in Straßenanzug, Hemd und Krawatte auf ihren Sitzen. Als sie anhielten, hörte Quinn, wie die linke hintere Tür aufging. Die vier Füße auf seinem Körper hoben sich. Jemand zog ihn an den Beinen aus dem Wagen. Er spürte nasses Gras unter seinen gefesselten Händen und wußte, daß er sich irgendwo am Rand einer Landstraße befand. Er rappelte sich auf, erst auf die Knie, dann auf die Füße. Er hörte, wie zwei Männer wieder in den Volvo einstiegen und die Tür zugeschlagen wurde.

»Zack«, rief er, »was ist mit dem Jungen?«

Zack stand neben der offenen Fahrertür auf der Straße und blickte übers Wagendach zu Quinn hin.

»Zehn Meilen weiter«, sagte er, »am Straßenrand, genauso wie du.«

Das Summen des kraftvollen Motors und das Knirschen von Kies unter sich drehenden Rädern war zu hören. Dann war der Volvo fort. Quinn spürte die Kühle des Novembermorgens an seinem nur mit einem Hemd bekleideten Oberkörper. Kaum war der Wagen verschwunden, machte er sich ans Werk.

Die anstrengende Arbeit auf den Weinbergen hatte ihn in Form gehalten. Seine Hüften waren schmal, wie die eines fünfzehn Jahre jüngeren Mannes, und seine Arme lang. Als ihm die Handschellen angelegt worden waren, hatte er die Sehnen an den Gelenken angespannt, um möglichst viel Spielraum zu haben, wenn er freigelassen wurde. Er zog die Handschellen so weit wie möglich nach unten und die gefesselten Hände unter sein Hinterteil. Dann setzte er sich ins Gras, schob die Handgelenke unter die Knie, stieß sich die Schuhe von den Füßen und zerrte die Beine, erst das eine, dann das andere, durch die aneinandergefesselten Arme. Dann, als er die Hände vorne hatte, zog er sich die Kapuze herunter.

Die Straße war lang, schmal, schnurgerade und im Dämmerlicht des anbrechenden Morgens ohne jeden Verkehr. Er sog sich die Lungen mit der kühlen, frischen Luft voll und blickte sich nach menschlichen Behausungen um. Es waren weit und breit keine zu sehen. Er zog die Schuhe wieder an, stand auf und begann in der Richtung, die der Volvo genommen hatte, die Straße dahinzujoggen.

Nach zwei Meilen kam er zu einer Tankstelle am Straßenrand, mit altmodischen handbetriebenen Pumpen und einem kleinen Büro. Nach drei Tritten hatte er die Tür offen, und auf einem Regal hinter dem Stuhl des Tankwarts entdeckte er das Telefon. Er hob mit beiden Händen den Hörer ab, beugte sich mit einem Ohr hin, um festzustellen, ob das Freizeichen kam. Dann legte er den Hörer beiseite, wählte die Londoner Vorwahl 01 und dann die Nummer der Blitzleitung in der Wohnung in Kensington.

In London brach binnen drei Sekunden das Chaos aus. Einen englischen Techniker in der Fernmeldezentrale Kensington riß es vom Stuhl hoch. In neun Sekunden hatte er die Nummer des Anrufenden ermittelt.

Im Keller der amerikanischen Botschaft stieß der diensttuende ELINT-Mann einen Schrei aus, als ihm das rote Warnlämpchen ins Gesicht strahlte und er in seinem Kopfhörer den Ton eines klingelnden Telefonapparats hörte. Kevin Brown, Patrick Seymour und Lou Collins sprangen von den Feldbetten, auf denen sie dösend gelegen hatten und rannten in die Lauschstation.

»Ton auf Wandlautsprecher umschalten!« befahl Seymour dem Techniker.

In der Wohnung in Kensington hatte Sam Somerville auf der Couch, Quinns ehemaligem Lieblingsplätzchen, ein Nickerchen gemacht, weil diese gleich neben dem Apparat der Blitzleitung stand.

Als das Telefon klingelte, fuhr sie aus dem Schlaf hoch, brauchte aber zwei Sekunden, bis ihr klar wurde, welcher Apparat klingelte. Das pulsierende rote Lämpchen am Telefon der Blitzleitung sagte es ihr. Beim dritten Klingeln hob sie den Hörer ab.

»Ja.«

»Sam?«

Die tiefe Stimme am anderen Ende der Leitung war nicht zu verwechseln.

»O Quinn«, sagte sie. »Ist alles in Ordnung?«

»Scheiß auf Quinn, was ist mit dem Jungen«, schnaubte Brown in der Lauschstation im Keller der Botschaft, unhörbar für die beiden.

»Sie haben mich freigelassen. Simon wird auch bald frei sein, er ist es vielleicht schon.«

»Wo bist du denn, Quinn?«

»Ich weiß es nicht. In einer vergammelten Tankstelle an einer langen, geraden Landstraße. Die Nummer auf dem Apparat hier ist unleserlich.«

»Eine Nummer in Bletchley«, sagte der Techniker in der Fernmeldezentrale Kensington. »Moment... ich hab' sie. Sieben-Vier-Fünf-Null-Eins.«

Sein Kollege sprach bereits mit Nigel Cramer, der die Nacht über in Scotland Yard geblieben war.

»Wo zum Teufel steckt er denn?« zischte er.

»Moment... ja: Tubbs-Cross-Tankstelle an der A 421 zwischen Fenny Stratford und Buckingham.«

Im selben Augenblick sah Quinn einen Rechnungsblock der Tankstelle, auf dem die Adresse stand, und gab sie an Sam durch. Ein paar Sekunden danach war die Leitung tot. Sam und Duncan McCrea rasten hinunter auf die Straße, wo auf Anweisung von Lou Collins ein CIA-Wagen stand, falls die Lauscher in der Wohnung ein Fahrzeug brauchen sollten. Schon waren sie unterwegs – McCrea am Steuer, während Sam die Karte studierte.

Nigel Cramer und sechs Beamte verließen Scotland Yard in zwei Streifenwagen. Mit heulenden Sirenen preschten sie durch Whitehall und die Mall hinunter in Richtung auf die Park Lane, dann quer durch London nach Norden. Zur gleichen Zeit rasten zwei große Limousinen aus der Botschaft am Grosvenor Square, in denen Kevin Brown, Lou Collins, Patrick Seymour und sechs von Browns FBI-Leuten aus Washington saßen.

Die A 421 zwischen Fenny Stratford und dem Landstädtchen Buckingham zwölf Meilen weiter westlich ist eine lange, beinahe schnurgerade Straße, die Ortschaften meidet und durch eine weitgehend flache, landwirtschaftlich genutzte Gegend führt, hin und wieder von einer Baumgruppe unterbrochen. Quinn joggte in einem gleichmäßigen Tempo nach Westen, in der Richtung, die der Volvo genommen hatte. Die ersten schwachen Strahlen des Tageslichts sickerten durch die grauen Wolken, und die Sicht vergrößerte sich allmählich auf 300 Yards. Plötzlich sah er die magere Gestalt, die ihm im Dämmerlicht joggend entgegenkam, und zugleich hörte er hinter sich Motorenlärm, der sich rasch näherte. Er drehte den Kopf – ein englischer Streifenwagen und ein zweiter, zwei schwarze amerikanische Limousinen dicht davor und dahinter ein Fahrzeug der CIA ohne Kennzeichen. Der Fahrer des ersten Wagens sah ihn und drosselte das Tempo. Wegen der schmalen Straße gingen die Fahrzeuge dahinter ebenfalls mit der Geschwindigkeit herunter.

Niemand in den Autos hatte die schwankende Gestalt weiter vorne auf der Straße gesehen. Simon Cormack hatte es ebenfalls geschafft, seine gefesselten Handgelenke nach vorne zu bringen und fünf Meilen zurückgelegt, während Quinn nur viereinhalb hinter sich gebracht hatte. Aber Simon hatte unterwegs nicht telefoniert. Von seiner Gefangenschaft geschwächt, von seiner Freilassung noch wie benommen, lief er langsam und schwankte dabei von eier Seite zur anderen. Der erste Wagen der Botschaft war jetzt neben Quinn.

»Wo ist der Junge?« brüllte Brown vom Beifahrersitz.

Nigel Cramer sprang aus dem rotweißen Streifenwagen und schrie die gleiche Frage. Quinn blieb stehen, sog Luft ein und deutete mit einer Kopfbewegung nach vorne.

»Dort«, keuchte er.

In diesem Augenblick sahen sie ihn. Die amerikanischen und englischen Polizeibeamten waren aus ihren Fahrzeugen auf die Straße gesprungen und begannen der noch 200 Yards entfernten Gestalt entgegenzulaufen. Hinter Quinn bremste der Wagen mit McCrea und Sam Somerville scharf und stellte sich quer.

Quinn war stehen geblieben, denn es gab für ihn nun nichts mehr zu tun. Er spürte, wie Sam auf ihn zugelaufen kam und ihn am Arm packte. Sie sagte irgend etwas, aber er konnte sich später nicht mehr erinnern, was es gewesen war.

Als Simon Cormack sah, daß seine Retter auf ihn zukamen, wurde er langsamer, bis er beinahe nicht mehr joggte. Nur noch knapp hundert Yards trennten ihn von den Polizeibeamten zweier Länder, als er starb.

Die Zeugen sagten später aus, daß der sengende, grellweiße Blitzstrahl mehrere Sekunden lang emporgeflammt sei. Von den Wissenschaftlern erfuhren sie dann, daß diese Spanne gerade drei Millisekunden gedauert habe, doch die Netzhaut des menschlichen Auges hält einen solchen Blitz noch Sekunden danach fest. Der Feuerball, den der Blitz auslöste, hüllte die nach vorne taumelnde Gestalt eine halbe Sekunde lang ein.

Vier der Zeugen, erfahrene, abgehärtete Männer, die nicht so leicht etwas umwarf, mußten sich einer therapeutischen Behandlung unterziehen, nachdem sie geschildert hatten, wie der junge Mann hochgerissen wurde und wie eine Stoffpuppe zwanzig Yards auf sie zu geschleudert wurde, zuerst durch die Luft fliegend, dann hüpfend und als ein Knäuel zerrissener Gliedmaßen auf sie zurollend. Alle hatten die Druckwelle gespürt.

Die meisten erklärten im nachhinein übereinstimmend, alles während und nach der Mordtat habe sich wie in Zeitlupe abgespielt. Die Erinnerung kam stückweise, und die geduldigen Befrager hörten zu und notierten die einzelnen Stücke, bis sie eine Sequenz hatten, die sich bei den meisten teilweise überlagerte.

Nigel Cramer stand da wie erstarrt, kreidebleich und sagte immer wieder: »O Gott, o mein Gott!« Ein FBI-Mann, ein Mormone, fiel am Straßenrand auf die Knie und begann zu beten. Sam Somerville schrie auf, barg den Kopf hinter Quinns Rücken und brach in Tränen aus. Duncan McCrea, hinter den beiden, lag auf den Knien, den Kopf über den Straßengraben gebeugt, die Hände tief im Wasser, um sich abzustützen, und schien sich zu erbrechen.

Quinn, den die meisten Männer aus der Gruppe überholt hatten, hatte trotzdem mitangesehen, was vor ihm auf der Straße geschah, wie die Zeugen später berichteten. Er stand regungslos da, schüttelte ungläubig den Kopf und murmelte: »Nein ... nein ... nein!«

Als erster brach ein grauhaariger englischer Polizeisergeant den Bann der Erstarrung und des Entsetzens und lief auf den sechzig Yards entfernten zerfetzten Toten zu. Ihm folgten mehrere FBI-Männer, unter ihnen Kevin Brown, bleich und zitternd, dann Nigel Cramer und drei weitere Männer von Scotland Yard. Stumm blickten sie nieder auf die Leiche, dann setzten sich Erfahrung und Routine durch.

»Räumen Sie bitte die Stelle«, sagte Nigel Cramer in einem Ton, dem niemand widersprechen mochte, »und bewegen Sie sich sehr vorsichtig.«

Sie gingen alle zu den Fahrzeugen zurück.

»Sergeant, setzen Sie sich mit dem Yard in Verbindung. Ich brauche den CEO binnen einer Stunde hier, per Hubschrauber. Fotografen, Experten, das beste Team, das Fulham hat. Sie« – damit waren die Männer in dem zweiten Streifenwagen gemeint – »sperren in beiden Richtungen die Straße ab. Alarmieren Sie die Jungs von der Polizei hier – ich brauche Straßensperren hinter der Tankstelle und in Richtung Buckingham. Bis auf weiteres betritt niemand diesen Straßenabschnitt, wenn ich ihn nicht dazu ermächtigt habe.«

Die Beamten, denen das Straßenstück jenseits der Leiche zugeteilt worden war, mußten einen Umweg über die Felder machen, um die

Explosionsstelle zu umgehen. Dann rannten sie die Straße entlang, um herankommende Autos am Weiterfahren zu hindern. Der zweite Streifenwagen fuhr nach Osten, in Richtung auf die Tubbs-Cross-Tankstelle, um dahinter die Straße zu sperren. Der erste Streifenwagen blieb seines Funkgeräts wegen an Ort und Stelle.

Binnen einer Stunde würden Polizisten aus Buckingham im Westen und aus Bletchley im Osten mit Stahlbarrieren jeden Verkehr auf der A 421 unterbinden. Weitere Beamte würden über die umliegenden Felder ausschwärmen, um Neugierige fernzuhalten, die den Schauplatz querfeldein zu erreichen versuchten. Wenigstens war diesmal vorläufig nicht mit Journalisten zu rechnen. Man konnte die Straßensperren mit einem geborstenen Hauptwasserrohr erklären – das würde die Kleinstadtreporter abschrecken.

Nach fünfzig Minuten näherte sich ein Hubschrauber der Metropolitan Police, und setzte auf der Straße hinter den Wagen einen kleinen, vogelgesichtigen Mann namens Dr. Barnard ab, den CEO (Leiter der Sprengstoffabteilung) der Metropolitan Police, der in England mehr Schauplätze von Explosionen nach Bombenanschlägen der IRA untersucht hatte, als ihm lieb war. Außer seinem »Krempel«, wie er gerne sagte, brachte er eine imponierende Reputation mit.

Von Dr. Barnard hieß es, er könne selbst aus Fragmenten, so winzig, daß sie beinahe einem Vergrößerungsglas entgingen, eine Bombe so weit rekonstruieren, daß er die Fabrik, die die Komponenten herstellte, und den Mann, der sie zusammenbaute, zu identifizieren vermöge. Er hörte Nigel Cramer mehrere Minuten lang zu, nickte und gab dann dem Dutzend Männer, das aus einem zweiten und dritten Helikopter geklettert war, seine eigenen Anweisungen. Es war das Team aus den Polizeilaboratorien in Fulham.

Mit unbewegten Gesichtern machten sich die Männer an ihre Arbeit, und die Maschinerie der wissenschaftlichen Verbrechensaufklärung setzte sich in Bewegung.

Geraume Zeit vor alledem war Kevin Brown, nachdem er lange vor Simon Cormacks Leiche verharrt hatte, zu der Stelle zurückgekehrt, wo Quinn noch immer stand. Er war vor Betroffenheit und Wut grau im Gesicht.

»Sie Schwein!« fauchte er Quinn an. Die beiden hochgewachsenen Männer standen einander Aug' in Aug' gegenüber. »Daran sind Sie schuld. Irgendwie haben Sie das zustande gebracht, und ich werd' Sie dafür zahlen lassen.«

Der Fausthieb, der folgte, überraschte die beiden jüngeren FBI-Männer an seiner Seite, die ihn an den Armen packten und zu beruhigen versuchten. Möglich, daß Quinn den Schlag kommen sah, jedenfalls machte er keinen Versuch, ihm auszuweichen. Da er die Hände noch immer gefesselt hatte, bekam er ihn voll am Unterkiefer ab. Der Hieb schleuderte ihn nach rückwärts, sein Kopf traf auf den Rand des Wagendachs hinter ihm, und er ging bewußtlos zu Boden.

»Schafft ihn in den Wagen«, knurrte Brown, als er sich wieder unter Kontrolle hatte.

Cramer hatte keine Möglichkeit, die Amerikaner aufzuhalten. Seymour und Collins genossen diplomatische Immunität. Er ließ sie eine Viertelstunde später alle in ihren beiden Limousinen nach London zurückfahren, erklärte ihnen aber zum Abschied noch, Quinn, der keinen diplomatischen Status genoß, habe ihm in London für eine ausführliche Zeugenbefragung zur Verfügung zu stehen. Seymour gab sein Wort darauf. Als sie fort waren, benutzte Cramer den Telefonapparat in der Tankstelle, um Sir Harry Marriott unter seiner Privatnummer anzurufen und ihm das Geschehene mitzuteilen – das Telefon war sicherer als eine Polizeifrequenz.

Der Minister war zutiefst erschüttert, gleichwohl aber blieb er der Politiker, der er war.

»Mr. Cramer, waren wir, waren die britischen Behörden in irgendeiner Weise an alledem beteiligt?«

»Nein, Herr Minister. Nachdem Quinn aus dieser Wohnung getürmt war, war dies ganz allein seine eigene Sache. Er hat nach seinem eigenen Kopf entschieden, ohne uns oder seine Leute zuzuziehen, hat auf eigene Faust gehandelt und ist gescheitert.«

»Verstehe«, sagte der Innenminister. »Ich muß sofort die Premierministerin davon unterrichten. Wenigstens...« Er meinte damit, daß die britischen Behörden gänzlich unbeteiligt waren. »Halten Sie vorläufig die Medien heraus, koste es, was es wolle. Schlimmstenfalls werden wir sagen müssen, Simon Cormack sei ermordet aufgefunden worden. Aber jetzt noch nicht. Und natürlich halten Sie mich über alle Einzelheiten der weiteren Entwicklung, selbst die unbedeutendsten, auf dem laufenden.«

Diesmal erhielt Washington die Nachricht von seinen eigenen Leuten in London. Patrick Seymour rief über eine abhörsichere Verbindung Vizepräsident Odell persönlich an. Michael Odell nahm – in der Annahme, der FBI-Verbindungsmann in London werde ihm Simon Cormacks Freilassung melden – die frühe Stunde des Anrufs nicht übel: 5 Uhr Washingtoner Zeit. Als er hörte, was Seymour ihm mitzuteilen hatte, wurde er aschfahl im Gesicht.

»Aber wieso denn? Warum? Um Himmels willen, warum?«

»Wir wissen es nicht, Sir«, sagte die Stimme aus London. »Der Junge war unversehrt freigelassen worden. Er kam auf uns zugelaufen und war noch neunzig Yards von uns entfernt, als es geschah. Wir wissen nicht einmal, was dieses ›es‹ war. Aber er ist tot, Herr Vizepräsident.«

Schon nach einer Stunde trat das Komitee zusammen. Alle Mitglieder waren tief erschüttert, als ihnen eröffnet wurde, was geschehen war. Nun ging es darum, wer dem Präsidenten die Nachricht beibringen sollte. Als Vorsitzendem des Komitees, dem Mann, dem Cormack vierundzwanzig Tage vorher die Aufgabe übertragen hatte, »mir meinen Sohn zurückzubringen«, fiel dies Michael Odell zu. Mit schwerem Herzen trat er den Weg aus dem Westflügel ins Mansion an.

Präsident Cormack brauchte nicht geweckt zu werden. Er hatte in den vergangenen dreieinhalb Wochen nur wenig geschlafen, und war häufig noch vor dem Morgengrauen von selbst wach geworden und in sein persönliches Arbeitszimmer gegangen, wo er versuchte, sich auf Staatsdokumente zu konzentrieren. Als Cormack hörte, daß der Vizepräsident unten sei und ihn zu sprechen wünsche, ging er in den Yellow Oval Room und sagte, er werde Odell hier empfangen.

Der Yellow Oval Room im zweiten Stock ist ein geräumiges Empfangszimmer zwischen dem Arbeitszimmer des Präsidenten und dem Treaty Room. Vor seinen Fenstern, die auf die Rasenflächen und zur Pennsylvania Avenue gehen, ist der Truman Balcony. Beide liegen im Zentrum des Mansion, unterhalb der Kuppel und direkt über dem südlichen Portikus.

Odell trat ein. Präsident Cormack stand in der Mitte des Raumes und blickte ihn an. Odell schwieg. Er konnte sich nicht überwinden, die Hiobsbotschaft auszusprechen. Der Ausdruck der Erwartung auf dem Gesicht des Präsidenten erlosch langsam.

»Nun, Michael?« sagte er dumpf.

»Man hat ihn ... Simon ... ist gefunden worden. Er lebt nicht mehr.«

Präsident Cormack rührte sich nicht, bewegte keinen Muskel. Als er sprach, war seine Stimme klar, aber ausdruckslos.

»Lassen Sie mich bitte allein.«

Odell drehte sich um und ging, hinaus in die Centre Hall. Er schloß die Tür hinter sich und wandte sich der Treppe zu. Hinter sich hörte er einen einzigen Schrei, wie von einem verwundeten Tier in Todespein. Es überlief ihn kalt, und er ging weiter.

Am Ende der Halle stand Secret-Service-Mann Lepinsky neben einem Schreibtisch und hielt einen Telefonhörer in der Hand.

»Die britische Premierministerin ist am Apparat, Herr Vizepräsident«, sagte er.

»Ich gehe ran. Hallo, hier spricht Michael Odell. Ja, Prime Minister, ich habe es ihm soeben gesagt. Nein, Ma'am, er nimmt jetzt keine Anrufe entgegen. *Keinerlei* Anrufe.«

In der Leitung trat eine Pause ein.

»Ich verstehe«, sagte sie dann leise. »Haben Sie einen Bleistift und ein Stück Papier?«

Odell winkte Lepinsky, der sein amtliches Notizbuch herauszog. Odell kritzelte hinein, was ihm gesagt wurde.

Präsident Cormack bekam den Zettel zu einer Stunde, da die meisten Leute in Washington, nicht ahnend, was geschehen war, sich ihr Frühstück zubereiteten. Er war, noch immer in einem seidenen Morgenmantel, in seinem Amtszimmer und starrte durch die Fenster hinaus in den grauen Morgendunst. Seine Frau schlief noch (sie würde die Nachricht später erfahren). Er nickte, als der Diener sich zurückzog und schüttelte das zusammengefaltete Blatt aus Lepinskys Notizbuch auseinander.

Darauf stand nur: Samuel 2, XVIII, 33.

Nach mehreren Minuten erhob er sich und ging zu dem Regal, wo er einige Bücher aus seinem Privatbesitz aufbewahrte, darunter die Familienbibel mit den Namenszügen seines Vaters, seines Großvaters und seines Urgroßvaters. Er fand den Vers am Ende des 2. Buchs Samuel:

»Da ward der König traurig und ging hin auf den Saal im Tor und weinte, und im Gehen sprach er also: Mein Sohn Absalom, mein Sohn, mein Sohn Absalom! Wollte Gott, ich müßte für dich sterben! O Absalom, mein Sohn, mein Sohn!«

11. Kapitel

Dr. Barnard lehnte die Mithilfe der hundert jungen Constables ab, die die Thames-Valley-Polizeibehörde für die Suche nach Tathinweisen auf der Straße und im Gras an ihren Rändern anbot. Er vertret die Auffassung, daß große Suchaktionen in Ordnung seien, wenn es galt, die versteckte Leiche eines ermordeten Kindes oder auch nur eine Mordwaffe wie ein Messer, einen Revolver oder einen Knüppel zu finden. Doch für diese Arbeit wurden Geschick, Erfahrung und ein hochentwickeltes Fingerspitzengefühl gebraucht. Deshalb setzte er nur seine geschulten Spezialisten aus Fulham ein.

Sie sicherten einen Kreis mit einem Durchmesser von hundert Yards um den Schauplatz der Explosion – er war viel zu weit gezogen, wie sich zeigte. Sämtliches Beweismaterial wurde schließlich innerhalb eines Kreises von dreißig Yards gefunden. Seine Männer krochen buchstäblich auf Händen und Knien, mit Plastiktüten und Pinzetten über den Untersuchungsbereich.

Jedes Fitzelchen Faser wurde mit Pinzetten vom Boden aufgehoben und in den Tüten deponiert. An manchen klebten Haare, Stückchen von Körpergewebe oder andere Materie. Auch blutbeschmierte Grashalme wanderten in die Plastiktüten. Ultraempfindlich eingestellte Metalldetektoren suchten jeden Quadratzentimenter der Straße, der Gräben und der umliegenden Felder ab und förderten unvermeidlich ein Sortiment von Nägeln, Blechdosen, verrosteten Schrauben, Muttern, Bolzen und sogar eine rostbedeckte Pflugschar zutage.

Das Sortieren war eine spätere Sache. Acht große Mülltonnen aus Kunststoff wurden mit durchsichtigen Plastiktüten gefüllt und nach London geflogen. Der ovale Bereich von dort, wo Simon Cormack bei seinem Tod gestanden, bis dorthin, wo seine Leiche zu rollen aufgehört hatte, im Mittelpunkt des größeren Kreises, wurde mit besonderer Sorgfalt untersucht. Es dauerte vier Stunden, bis die Leiche fortgebracht werden konnte.

Zuerst wurde sie aus jedem denkbaren Winkel fotografiert, aus relativ großer, aus mittlerer Entfernung sowie in extremen Nahaufnahmen. Erst als jedes einzelne Stück der Grasnarbe um die Leiche herum gründlich gefilzt war und nur noch das Gras unter der Leiche selbst zu untersuchen blieb, erlaubte Dr. Barnard, daß man den Boden betreten und sich dem Toten nähern durfte.

Dann wurde ein Leichensack neben den Toten gelegt und das, was von Simon Cormack übriggeblieben war, sanft aufgehoben und auf die ausgebreitete Plastikbahn gelegt. Sie wurde zusammengefaltet, der Reißverschluß zugezogen, auf ein Bahre gehoben und von einem Hubschrauber zum Obduktionslabor geflogen.

Der Präsidentensohn war in Buckinghamshire gestorben, einer der drei Grafschaften, für die die Thames Valley Police zuständig ist. Und so kehrte Simon Cormack im Tode nach Oxford zurück, ins Radcliffe Infirmary, dessen Einrichtungen es sogar mit denen des Guy's Hospital in London aufnehmen können.

Aus dem Guy's Hospital kam ein Freund und Kollege von Dr. Barnard, der mit dem CEO der Metropolitan Police schon in zahlreichen Fällen zusammengearbeitet hatte und zu Barnard auch in einer engen beruflichen Beziehung stand. Tatsächlich wurden sie oft als ein Zweigespann betrachtet, obwohl sie in unterschiedlichen Disziplinen tätig waren. Dr. Ian Macdonald war einer der führenden Pathologen an dem großen Londoner Krankenhaus, stand in dieser Eigenschaft auch auf der Gehaltsliste des Innenministeriums und wurde zumeist von Scotland Yard zugezogen, wenn er verfügbar war. An ihn wurde nun die Leiche Simon Cormacks übergeben, als sie ins Radcliffe Infirmary eingeliefert wurde.

Während die Männer über das Gras neben der A 421 krochen, fanden den ganzen Tag über zwischen London und Washington Konsultationen darüber statt, wie das Geschehnis den Medien und der Welt mitgeteilt werden sollte. Man einigte sich darauf, daß die Nachricht vom Weißen Haus bekanntgegeben und unmittelbar darauf in London bestätigt werden solle. In der Verlautbarung sollte es nur heißen, daß, wie von den Kidnappern gefordert, ein Austausch unter höchster Geheimhaltung vereinbart, ein Lösegeld in ungenannter Höhe gezahlt worden sei und die Verbrecher ihr Wort gebrochen hätten. Auf einen anonymen Telefonanruf hin habe die britische Polizei am Rande einer Straße in Buckinghamshire Simon Cormack tot aufgefunden.

Die britische Monarchin, die Regierung und die Bevölkerung sprächen dem Präsidenten und dem amerikanischen Volk ihr tiefstes und aufrichtigstes Mitgefühl aus. Um die Täter zu identifizieren, aufzuspüren und dingfest zu machen, sei eine Fahndung von noch nicht dagewesenem Ausmaß eingeleitet worden.

Sir Harry Marriott bestand darauf, daß der Satz über die Vereinbarung des Austausches durch sieben Worte ergänzt werden müsse – »zwischen den amerikanischen Stellen und den Kidnappern« –, und das Weiße Haus erklärte sich, wenn auch widerstrebend, damit einverstanden.

»Die Medien werden uns massakrieren«, knurrte Odell.

»*Sie* wollten ja Quinn haben«, sagte Philip Kelly.

»Eigentlich waren *Sie* beide es, die Quinn zuziehen wollten«, fuhr der Vizepräsident Lee Alexander und David Weintraub an, die mit am Tisch im Lageraum saßen. »Wo ist er übrigens jetzt?«

»Er wird festgehalten«, sagte Weintraub. »Die Briten haben ihre Einwilligung verweigert, ihn auf amerikanischem Territorium innerhalb der Botschaft einzuquartieren. Ihr MI 5 hat ein Landhaus in Surrey zur Verfügung gestellt. Dort ist er.«

»Nun, er wird allerhand zu erklären haben«, sagte Hubert Reed. »Die Diamanten sind weg, die Kidnapper sind weg, und der arme Junge ist tot. Wie ist er eigentlich gestorben?«

»Die Briten versuchen es festzustellen«, sagte Brad Johnson. »Kevin Brown sagt, es sei beinahe so gewesen, als wäre er von einer Bazooka getroffen worden, direkt vor ihren Augen, aber sie hätten von einer Bazooka oder etwas Ähnlichem nichts gesehen. Vielleicht sei er auch auf eine Art Landmine getreten.«

»Am Rand einer Straße in einer gottverlassenen Gegend?« fragte Stannard.

»Wie ich Ihnen gesagt habe, die Premierministerin wird berichten, was sich abgespielt hat.«

»Ich finde, wenn die Briten ihn vernommen haben, sollten wir ihn zu uns herüberholen«, sagte Kelly. »Wir müssen mit ihm sprechen.«

»Der Deputy Assistant Director unserer Abteilung kümmert sich bereits darum«, sagte Weintraub.

»Wenn er sich weigert zu kommen, können wir ihn dann zur Rückkehr zwingen?« fragte Justizminister Bill Walters.

»Ja, Herr Minister, das können wir«, sagte Kelly. »Kevin Brown glaubt, Quinn könnte in irgendeiner Weise in die Sache verwickelt sein. Wir wissen nicht, wie . . . noch nicht. Aber wenn wir gegen ihn als unentbehrlichen Zeugen einen Haftbefehl erlassen, werden die Briten ihn wohl ins Flugzeug setzen.«

»Warten wir noch vierundzwanzig Stunden. Mal seh'n, was die Briten herausbekommen«, sagte Odell schließlich.

Die Verlautbarung des Weißen Hauses wurde um 17 Uhr Washingtoner Zeit herausgegeben und erschütterte die Vereinigten Staaten wie kaum etwas seit den Attentaten auf Bobby Kennedy und Martin Luther King. Die Medien gerieten außer Rand und Band, und die Weigerung des Pressesprechers Craig Lipton, die 200 Zusatzfragen der Journalisten zu beantworten, war wenig dazu angetan, sie zu zügeln. Wer das Lösegeld bereitgestellt habe, wollten sie wissen, wie hoch es gewesen, in welcher Form und wie es übergeben worden sei, von wem, warum kein Versuch unternommen worden sei, die Kidnapper bei der Übergabe zu verhaften, ob das Päckchen oder Paket mit dem Lösegeld »verwanzt« worden sei, ob die Kidnapper zu auffällig verfolgt worden seien und den Jungen während der Flucht getötet hätten, welche Nachlässigkeiten die Behörden sich hätten zuschulden kommen lassen, ob das Weiße Haus Scotland Yard die Schuld gebe und wenn nicht, warum, weshalb die USA die Sache nicht von Anfang an Scotland Yard überlassen hätten, ob irgendwelche Beschreibungen der Kidnapper vorlägen, ob die britische Polizei sie schon im Netz habe . . . Die Fragen nahmen kein Ende. Lipton faßte den Entschluß, sein Amt niederzulegen, bevor er gelyncht wurde.

In London war es fünf Stunden später als in Washington, aber die Reaktion fiel ähnlich aus; die Spätnachrichten im Fernsehen wurden durch Kurzmeldungen unterbrochen, die wie eine Bombe einschlugen. Die Telefonzentralen in Scotland Yard, im Innenministerium, in Downing Street Nr. 10 und in der amerikanischen Botschaft waren blockiert. Journalisten, die um 22 Uhr eben im Begriff waren, nach Hause zu gehen, erhielten Weisung, die Nacht durchzuarbeiten, da bereits für 5 Uhr morgens Sonderausgaben vorbereitet wurden.

Schon bei Tagesanbruch belagerten Pulks von Reportern das Radcliffe Infirmary, die amerikanische Botschaft, Downing Street und Scotland Yard. In gecharterten Hubschraubern schwebten sie über der leeren Straße zwischen Fenny Stratford und Buckingham und fotografierten beim ersten Licht den blanken Asphalt und die letzten paar Barrieren und Polizeifahrzeuge, die dort noch geparkt waren.

Nur wenige taten ein Auge zu. Angespornt von einer dringlichen Bitte des Innenministers persönlich, arbeiteten Dr. Barnard und sein Team die ganze Nacht hindurch. Der Sprengstoffexperte hatte beim letzten Tageslicht schließlich den Schauplatz des Geschehens verlassen, überzeugt, daß dieser nichts mehr hergab. Zehn Stunden lang war der Tatort im Umkreis von dreißig Metern gründlichst abgesucht worden und nun sauberer als irgendein Fleckchen englischen Bodens. Was diese Suche erbracht hatte, lagerte nun in einer Reihe grauer Kunststoffbehälter an der Wand in seinem Labor. Für ihn und sein Team war diese Nacht die Nacht der Mikroskope.

Nigel Cramer verbrachte die Nacht in einem schlichten, kaum möblierten Zimmer auf einem Landsitz aus der Tudorzeit im Herzen von Surrey, der durch eine dichte Baumreihe gegen die nächste Straße abgeschirmt war. Trotz seines eleganten Äußeren war das alte Gebäude für Vernehmungszwecke sehr gut ausgestattet. Der British Security Service benutzte die uralten Kellergewölbe als Ausbildungsstätte für solche delikaten Aufgaben.

Brown, Collins und Seymour waren auf eigenen Wunsch anwesend. Cramer hatte dagegen nichts einzuwenden – er war von Sir Harry Marriott angewiesen worden, mit den Amerikanern zusammenzuarbeiten, wo und wann immer dies möglich war. Sämtliche Informationen, über die Quinn verfügte, würden ohnehin beiden Regierungen vorgelegt werden. Auf dem Tisch neben ihnen lösten die Tonbandgeräte einander bei den Aufzeichnungen ab.

Quinn hatte eine lange, bläuliche Beule am Unterkiefer und ein großes Pflaster auf dem Hinterkopf. Er trug noch immer dasselbe, inzwischen schmutzige Hemd und die Baumwollhose. Seine Schuhe wie auch Gürtel und Krawatte waren ihm abgenommen worden. Er war unrasiert und machte einen erschöpften Eindruck. Aber er antwortete klar und gelassen auf die Fragen.

Cramer fing mit dem Anfang an: warum er die Wohnung in Kensington verlassen habe. Quinn legte seinen Grund dar. Brown blickte ihn finster an.

»Mr. Quinn, hatten Sie irgendeinen Grund für die Annahme, daß eine unbekannte Person, beziehungsweise Personen versucht haben könnten, sich in den Austausch einzumischen, wodurch die Sicherheit Simon Cormacks hätte gefährdet werden können?«

Nigel Cramer hatte es streng nach Vorschrift formuliert.

»Instinkt«, antwortete Quinn.

»Nur Instinkt, Mr. Quinn?«

»Darf ich Sie etwas fragen, Mr. Cramer?«

»Eine Antwort kann ich Ihnen nicht versprechen.«

»Der Aktenkoffer mit den Diamanten darin – er war mit einer Wanze präpariert, hab' ich recht?«

Die Mienen der vier Männer in dem Raum gaben ihm die Antwort.

»Wenn ich bei einem Austausch mit diesem Köfferchen angekommen wäre«, sagte Quinn, »wären sie dahintergekommen und hätten den Jungen umgebracht.«

»Was sie auch so getan haben, Sie Klugscheißer«, knurrte Brown.

»Ja, das haben sie getan«, sagte Quinn düster. »Ich gebe zu, ich dachte nicht, daß sie so etwas tun würden.«

Cramer ging mit ihm zu dem Augenblick zurück, als er die Wohnung verlassen hatte. Quinn berichtete ihnen über Marylebone, die Nacht in dem Hotel, die Bedingungen, die Zack für das Treffen festgelegt hatte, und wie er gerade noch rechtzeitig hingekommen war. Für Cramer war das Interessante die Konfrontation Zack–Quinn in der aufgegebenen Lagerhalle. Quinn beschrieb ihm den Wagen, eine Volvo-Limousine, und nannte ihm die Zulassungsnummer; beide nahmen zu Recht an, daß die Nummernschilder für diese Begegnung gegen andere ausgetauscht und diese später wieder gegen die echten vertauscht worden waren. Ebenso die innen an die Windschutzscheibe geklebte Plakette, die anzeigte, daß die Straßensteuer bezahlt war. Diese Männer hatten bewiesen, daß sie sehr sorgfältig zu Werke gingen.

Quinn konnte die Männer nur so beschreiben, wie er sie gesehen hatte, vermummt und in einfachen Trainingsanzügen. Den vierten hatte er überhaupt nicht zu Gesicht bekommen, da dieser im Versteck zurückgeblieben war, um auf einen Anruf hin oder falls seine Kumpanen länger als vereinbart ausblieben, Simon Cormack zu töten. Quinn schilderte die äußere Erscheinung der beiden Männer, die er in voller Größe gesehen hatte: Zack und den Mann mit der Waffe. Mittelgroß, mittelkräftig. Das war's schon. Leider.

Er identifizierte die Skorpion-Maschinenpistole und natürlich das Lagerhaus der Firma Babbidge. Cramer verließ den Raum, um zu telefonieren. Ein zweites Expertenteam aus Fulham fuhr noch vor Tagesanbruch zu dem Lagerhaus und verbrachte den Vormittag dort. Die Suche ergab nichts weiter als ein Marzipankügelchen und perfekte Reifenabdrücke im Staub auf dem Boden. Anhand dieser Spuren wurde der Volvo dann schließlich identifiziert, allerdings erst zwei Wochen später.

Von besonderem Interesse war das Haus, das die Kidnapper als Versteck benutzt hatten. Eine Kieseinfahrt – Quinn hatte das Knirschen der Reifen auf dem Kies gehört –, ungefähr acht Yards lang, führte vom Eingangs- zum Garagentor, automatisches Öffnungssystem, ins Haus integrierte Garage, ein Haus mit einem betonierten Keller – hier konnten die Immobilienmakler weiterhelfen. Aber in welcher Richtung, von London aus gesehen – er wußte es nicht. Er hatte beim erstenmal im Kofferraum und beim zweitenmal mit einer Kapuze über dem Kopf auf dem Boden vor dem Rücksitz gelegen. Fahrzeit: anderthalb Stunden das erste Mal, zwei Stunden das zweite Mal. Wenn sie einen Umweg genommen hatten, konnte das Haus weiß Gott wo stehen, im Herzen von London ebensogut wie in jeder beliebigen Richtung bis zu fünfzig Meilen davon entfernt.

»Wir können ihm nichts zur Last legen, Herr Minister«, berichtete Cramer seinem Minister am nächsten Morgen. »Wir können ihn nicht einmal länger festhalten. Und, offen gesagt, ich finde auch nicht, daß wir es tun sollten. Ich glaube nicht, daß er als Komplize an dem Verbrechen beteiligt war.«

»Nun ja, er hat die Sache anscheinend gründlich verpatzt«, sagte Sir Harry. Der Druck aus Downing Street Nr. 10, in der Sache weiterzukommen, verstärkte sich.

»Es scheint fast so«, sagte Cramer. »Aber wenn die Verbrecher entschlossen waren, den Jungen zu töten, und im Rückblick hat man den Eindruck, sie hätten das jederzeit tun können, vor oder nach der Übergabe der Diamanten, im Keller des Hauses, an der Straße oder in irgendeinem einsamen Moor in Yorkshire. Und Quinn mit ihm. Rätselhaft ist, warum sie Quinn am Leben ließen und warum sie den Jungen zuerst freiließen und dann doch umbrachten. Es wirkt beinahe so, als wären sie darauf aus, sich zu den verhaßtesten und am meisten verfolgten Männern der Welt zu machen.«

»Nun ja«, sagte der Innenminister seufzend. »Mr. Quinn hilft uns nicht weiter. Halten die Amerikaner ihn noch fest?«

»Formell ist er ihr Gast und freiwillig bei ihnen«, sagte Cramer vorsichtig.

»Schön, Sie können ihn nach Spanien zurückfahren lassen, wann Sie wollen.«

Während dieses Gespräch stattfand, redete Sam Somverville bittend auf Kevin Brown ein. Sie saßen mit Collins und Seymour in dem eleganten Salon des Landsitzes.

»Warum zum Teufel wollen Sie ihn denn sprechen?« fragte Brown. »Er hat doch auf der ganzen Linie versagt.«

»Schauen Sie«, sagte sie. »Ich bin ihm in den letzten drei Wochen näher gekommen als sonst jemand hier. Wenn er irgend etwas verheimlicht, egal was es ist, könnte ich es vielleicht aus ihm herausbekommen, Sir.«

Brown schien zu schwanken.

»Könnte ja nichts schaden«, sagte Seymour. Brown nickte.

»Er ist unten. Eine halbe Stunde.«

Noch am Nachmittag nahm Sam Somerville den Linienflug von Heathrow nach Washington, wo die Maschine kurz nach Einbruch der Dunkelheit landete.

Als Sam Somerville von Heathrow abflog, saß Dr. Barnard in seinem Labor in Fulham und blickte auf eine kleine Sammlung verschiedener Fragmente, die über ein schneeweißes Blatt Papier verteilt auf einer Tischplatte lagen. Er war sehr müde. Seitdem ihn am Vortag kurz nach Tagesanbruch der dringliche Anruf in seinem kleinen Haus in London erreicht hatte, war er ununterbrochen beschäftigt gewesen. Ein großer Teil dieser Arbeit, mit Vergrößerungsgläsern und Mikroskopen, war anstrengend für die Augen. Doch wenn er sich an diesem Spätnachmittag die Augen gerieben haben sollte, dann weniger aus Erschöpfung als aus Überraschung.

Er wußte jetzt, was geschehen, wie es geschehen und welche Wirkung es gehabt hatte. Flecke auf Stoff und Lederfetzen waren analysiert worden, und diese Analysen hatten die exakte chemische Zusammensetzung des Sprengstoffs enthüllt; das Ausmaß der Verbrennungen an den Fetzen und die Wirkung der Detonation auf sie hatten ihm gezeigt, wieviel Sprengstoff verwendet, wo er plaziert und wie er gezündet worden war. Einiges war natürlich für immer verloren, anderes würde bei der Obduktion der Leiche ans Licht kommen, und Dr. Barnard stand in ständigem Kontakt mit Ian MacDonald, der in Oxford noch an der Arbeit war. Die Resultate aus Oxford würden binnen kurzem eintreffen. Aber er wußte jetzt schon, was da vor ihm lag, obwohl es für das ungeschulte Auge nur wie ein Häufchen winziger Fragmente aussah.

Einige davon waren Überbleibsel einer kleinen Batterie, deren Herkunft Dr. Barnard identifiziert hatte. Bei anderen handelte es sich um winzige Stückchen von einem mit PVC isolierten Kunststoffüberzug, Herkunft identifiziert. Strähnen von Kupferdraht, Herkunft identifiziert. Und ein Gewirr von verbogenem Messing, verschmolzen mit dem, was einmal ein kleiner, aber effizienter Impulsempfänger gewesen war. Nichts von einem Zünder. Er war sich zwar hundertprozentig sicher, wollte aber zweihundert Prozent Gewißheit. Vielleicht mußte er noch einmal die Stelle an der Straße inspizieren und von vorne anfangen. Einer seiner Assistenten steckte den Kopf zur Tür herein.

»Dr. MacDonald ruft aus dem Radcliffe an.«

Auch der Pathologe hatte seit dem Nachmittag des Vortages gearbeitet. Seine Aufgabe würden viele als grausig empfinden, für ihn war sie eine Detektivarbeit, faszinierender als alles, was er sich vorstellen konnte. Er lebte für seinen Beruf, und dies so sehr, daß er sich nicht damit begnügte, die Überreste der Opfer von Sprengstoffexplosionen zu untersuchen, sondern auch an den Kursen und Vorträgen über den Bau und das Entschärfen von Sprengsätzen teilnahm, die im Sprengstofflaboratorium der Streitkräfte in Fort Halstead für einige wenige Auserwählte stattfanden. Es genügte ihm nicht zu wissen, daß er nach etwas suchte, er wollte auch wissen, was es war und wie es aussah.

Er hatte zunächst zwei Stunden lang die Fotografien studiert, ehe er die Leiche auch nur berührte. Dann entfernte er vorsichtig die Kleidungsstücke, wobei er auf die Hilfe eines Assistenten verzichtete. Als erstes kamen die Turnschuhe, dann folgten die Söckchen. Das übrige wurde mit einer feinen Schere weggeschnippelt. Sämtliche Stücke wurden in Zellophanbeutel verpackt und direkt an Barnard in London geschickt. Sie trafen bei Sonnenaufgang in Fulham ein.

Als die Leiche nackt war, wurde sie von Kopf bis Fuß geröntgt. Er sah sich die Abzüge eine Stunde lang an und identifizierte vierzig körperfremde Partikel. Dann tupfte er die Leiche mit einem klebrigen Puder ab, wobei ein Dutzend winzig kleine, an der Haut klebende Partikel entfernt wurden. Einige davon waren Grasfitzelchen und Straßenkot, andere etwas anderes. Ein zweiter Streifenwagen brachte diese grausige Ernte zu Dr. Barnard in Fulham.

Er führte eine Inaugenscheinnahme durch und diktierte mit seinem gleichmäßigen schottischen Singsang die Befunde auf ein Tonband. Zu schneiden begann er erst kurz vor Tagesanbruch. Zunächst mußte alles »relevante Gewebe« aus der Leiche herausgeschnitten werden; in diesem Fall betraf es den gesamten mittleren Teil des Körpers, der von den unteren beiden Rippen abwärts bis zum oberen Beckenrand zerfetzt worden war. Unter dem Herausgeschnittenen befanden sich auch die kleinen Fragmente von den unteren fünfzehn Zentimetern des Rückgrats, die es durch den Körper und die Bauchdecke gerissen hatte und die nun in den Jeans steckten.

Die Feststellung der Todesursache war kein Problem. Es handelte sich um massive, durch eine Explosion bewirkte Verletzungen von Rückgrat und Unterleib. Für den vollen Befund reichte das jedoch nicht aus. Dr. MacDonald ließ das exzidierte Material noch einmal, in viel feinerer Körnung, röntgen. Tatsächlich enthielt es Fremdkörper, manche so klein, daß sie mit einer Pinzette nicht zu fassen waren. Das Herausgeschnittene, Gewebe und Knochensplitter, wurde schließlich in einem Gebräu von Enzymen aufgelöst. Das anschließende Zentrifugieren erbrachte dann eine Unze kleiner Metallstücke.

Aus dieser Unze wählte Dr. MacDonald das größte Stück aus, das er auf der zweiten Röntgenaufnahme, in ein Stück Knochen gepreßt, in der Milz des jungen Mannes entdeckt hatte. Er betrachtete es eine Weile, stieß dann einen Pfiff aus und rief in Fulham an. Barnard meldete sich am Apparat.

»Stuart, gut daß Sie anrufen. Gibt's noch was für mich?«

»Ja. Ich habe hier etwas, was Sie sich anschauen müssen. Wenn ich mich nicht täusche, handelt es sich um etwas, was ich noch nie gesehen habe. Ich meine zu wissen, was es ist, aber ich kann es beinahe nicht glauben.«

»Lassen Sie es gleich mit einem Streifenwagen herbringen«, sagte Barnard.

Zwei Stunden später sprachen die beiden wieder miteinander. Diesmal rief Barnard an.

»Wenn Sie dachten, was ich vermute, dann hatten Sie recht«, sagte er. Barnard hatte seine zweihundert Prozent Gewißheit.

»Es könnte nicht von woanders her kommen?« fragte MacDonald.

»Nein. Es kann nur aus den Händen der Hersteller selbst stammen.«

»O verdammt!« sagte der Pathologe leise.

»Jetzt heißt's, den Mund halten, Kollege«, sagte Barnard. »Ich habe meinen Bericht morgen früh beim Innenminister. Können Sie es bis dahin auch schaffen?«

MacDonald warf einen Blick auf seine Uhr. Sechsunddreißig Stunden war er jetzt auf den Beinen. Und noch einmal zwölf.

»Schlaft nicht mehr. Barnard mordet den Schlaf«, parodierte er *Macbeth*. »Also gut, bis zum Frühstück auf seinem Schreibtisch.«

Noch am Abend gab er die Leiche oder vielmehr die beiden Teile der Leiche für den Leichenbeschauer frei. Am nächsten Vormittag würde dieser dann das gerichtliche Verfahren zur Untersuchung der Todesursache eröffnen und vertagen, was ihm die Möglichkeit gab, die Leiche den nächsten Anverwandten zu übergeben, in diesem Fall Botschafter Fairweather persönlich, als Vertreter von Präsident John F. Cormack.

Während in dieser Nacht die beiden englischen Experten ihre Berichte schrieben, wurde Sam Somerville auf ihre eigene Bitte hin im Lageraum unter dem Westflügel vom Komitee empfangen. Sie hatte sich unmittelbar an den Direktor des Bureau gewandt, und dieser hatte sich, nach einem Anruf bei Vizepräsident Odell, bereit erklärt, sie mitzunehmen.

Als sie den Raum betrat, hatten schon alle ihre Plätze eingenommen. Als einziger fehlte David Weintraub, der in Tokio Gespräche mit seinem japanischen Amtskollegen führte. Sam war es etwas beklommen zumute; hier waren die mächtigsten Männer des Landes versammelt, Männer, die man sonst nur im Fernsehen oder in den Zeitungen zu sehen bekam. Sie holte tief Luft, straffte sich und ging zum Ende des Tisches. Vizepräsigent Odell deutete auf einen Stuhl.

»Setzen Sie sich, *young lady.*«

»Soviel wir wissen, wollen Sie uns bitten, Mr. Quinn auf freien Fuß zu setzen«, sagte Justizminister Bill Walters. »Dürfen wir nach Ihrem Grund fragen?«

»Meine Herren, ich weiß, manche haben vielleicht den Verdacht, Mr. Quinn sei irgendwie in den Tod von Simon Cormack verwickelt gewesen. Ich bitte Sie, mir Glauben zu schenken. Ich stand drei Wochen lang in Kensington in engem Kontakt mit ihm und bin überzeugt, daß er sich aufrichtig darum bemühte, den jungen Mann heil und unversehrt freizubekommen.«

»Warum hat er sich dann abgesetzt?« fragte Philip Kelly. Er war nicht davon angetan, daß einer seiner Untergebenen hier vor dem Komitee erscheinen und seine Sache selber vertreten konnte.

»Weil in den achtundvierzig Stunden, bevor er die Wohnung verließ, zweimal Falschmeldungen in die Medien gerieten. Weil er sich drei Wochen abgemüht hatte, das Vertrauen dieser Bestie zu gewinnen, was ihm gelungen war. Weil er überzeugt war, Zack sei drauf und dran, sich abzusetzen, wenn er es nicht schaffte, Zack allein und unbewaffnet gegenüberzutreten, ohne von britischen oder amerikanischen Stellen beschattet zu werden.«

Niemandem entging, daß mit »amerikanischen Stellen« Kevin Brown gemeint war. Kelly runzelte die Stirn.

»Es bleibt trotzdem ein Verdacht bestehen, daß er in irgendeiner Weise etwas damit zu tun gehabt haben könnte«, sagte er. »Wir wissen nicht wie, aber die Sache muß untersucht werden.«

»Er konnte nichts damit zu tun haben, Sir«, sagte Sam. »Wenn er sich selbst als Unterhändler angeboten hätte, vielleicht. Aber die Entscheidung, ihn darum zu ersuchen, ist hier in diesem Raum gefallen. Er wollte ja nicht einmal kommen. Und von der Stunde an, in der Mr. Weintraub ihn in Spanien aufsuchte, war er nie allein. Jedes Wort, daß er mit dem Kidnapper sprach, haben Sie mitgehört.«

»Sie vergessen die achtundvierzig Stunden, bevor er am Rand dieser Straße wieder auftauchte«, sagte Morton Stannard.

»Aber warum hätte er während dieser Zeit mit den Entführern einen Deal machen sollen?« fragte sie. »Außer um Simon Cormacks Freilassung auszuhandeln.«

»Weil zwei Millionen Dollar für einen armen Mann ein schöner Batzen Geld sind«, sagte Hubert Reed.

»Aber«, wandte sie hartnäckig ein, »wenn er mit den Diamanten hätte verschwinden wollen, würden wir jetzt noch immer nach ihm suchen.«

»Schön«, mischte sich Odell unerwartet ein, »er ist allein und unbewaffnet zu den Kidnappern gegangen – abgesehen von dem verdammten Marzipan. Wenn er sie nicht schon gekannt hat, hat er viel Mumm bewiesen.«

»Trotzdem ist Mr. Browns Argwohn vielleicht nicht völlig unbegründet«, sagte Jim Donaldson. »Er könnte mit ihnen Verbindung aufgenommen und eine Abmachung getroffen haben. Sie bringen den Jungen um, lassen ihn selbst am Leben, nehmen die Diamanten mit. Später treffen sie sich dann irgendwo und teilen die Beute.«

»Warum hätten sie das tun wollen?« fragte Sam, kühner geworden, da sie offensichtlich den Vizepräsidenten auf ihrer Seite hatte. »Sie hatten die Diamanten, sie hätten ihn ebenfalls töten können. Und selbst wenn sie es nicht getan haben, warum hätten sie mit ihm teilen sollen? Würden *Sie* denen vertrauen?«

Niemand unter ihnen würde solchen Typen auch nur das geringste Vertrauen schenken. Es herrschte Schweigen, während sie darüber nachdachten.

»Wenn man ihn gehen läßt, was hat er dann vor? Will er zurück nach Spanien, zu seinem Weinberg?« fragte Reed.

»Nein, Sir, er möchte Jagd auf sie machen, sie zur Strecke bringen.«

»Jetzt Moment mal, Agentin Somerville«, sagte Kelly aufgebracht. »Das ist Aufgabe des Bureau. Meine Herren, wir brauchen jetzt keine Zurückhaltung mehr zu üben, um Simon Cormacks Leben zu schützen. Dieser Mord ist nach unseren Gesetzen strafrechtlich verfolgbar, genauso wie damals der auf dem Kreuzfahrtschiff, der *Achille Lauro*. Wir schicken Fahndungsteams nach England und auf den europäischen Kontinent, die die uneingeschränkte Mitarbeit der Polizei in diesen Ländern haben werden. Wir wollen und wir werden sie erwischen. Mr. Brown dirigiert die Operation von London aus.«

Sam Somerville spielte ihre letzte Karte aus.

»Aber, meine Herren, Quinn hat sicher nicht mit ihnen unter einer Decke gesteckt, aber er ist näher als sonst jemand an sie herangekommen, hat sie gesehen, mit ihnen gesprochen. Sollte er aber doch beteiligt gewesen sein, weiß er, wo er sie finden kann. Das könnte uns am besten auf die Spur bringen.«

»Sie meinen, wir sollten ihn laufen lassen und beschatten?« fragte Walters.

»Nein, Sir, ich möchte ihn begleiten dürfen.«

»*Young lady* . . .«, Michael Odell beugte sich nach vorne, um sie besser zu sehen. »Ist Ihnen klar, was Sie da sagen? Dieser Mann hat schon Menschen umgebracht – schön, das war im Krieg –, und wenn er mit ihnen unter einer Decke steckt, könnten Sie am Ende mausetot sein.«

»Ich weiß das, Herr Vizepräsident. Genau das ist der Punkt. Ich halte ihn für unschuldig, und ich bin bereit, das Risiko einzugehen.«

»Hm. Schön, bleiben Sie in Washington, Miss Somerville. Wir werden Ihnen Bescheid geben. Wir müssen darüber beraten – unter uns«, sagte Odell.

Innenminister Marriott las an diesem Vormittag tief beunruhigt die Berichte von Dr. Barnard und Dr. MacDonald. Dann begab er sich damit nach Downing Street Nr. 10. Mittags war er wieder im Innenministerium. Dort wartete Nigel Cramer auf ihn.

»Haben Sie die Berichte schon gesehen?« fragte Sir Harry.

»Ich habe Kopien davon gelesen, Sir.«

»Das ist ja eine gräßliche, eine entsetzliche Geschichte. Wenn die jemals bekannt wird . . . Wissen Sie, wo Botschafter Fairweather ist?«

»Ja, er hält sich in Oxford auf. Der Leichenbeschauer hat ihm vor einer Stunde die Leiche übergeben. Soviel ich weiß, steht die *Air Force One* in Upper Heyford bereit, um den Sarg in die Staaten zu fliegen. Der Botschafter wird beim Abflug dabeisein und dann nach London zurückkehren.«

»Hm. Ich werde das Foreign Office darum bitten müssen, ein

Gespräch mit ihm zu vereinbaren. Ich möchte, daß niemand Kopien von dem hier bekommt. Scheußliche Geschichte. Gibt's irgend etwas Neues über die Großfahndung?«

»Nicht sehr viel, Sir. Quinn hat erklärt, keiner der anderen beiden Kidnapper, die er sah, habe ein Wort gesprochen. Möglicherweise handelt es sich um Ausländer. Wir konzentrieren im Augenblick die Fahndung nach dem Volvo auf die großen See- und Flughäfen mit Verbindungen zum Kontinent. Ich fürchte, sie könnten uns entkommen sein. Die Suche nach dem Haus geht natürlich weiter. Diskretion ist nicht mehr nötig – wenn Sie zustimmen, lasse ich heute abend eine Bitte um Mithilfe der Bevölkerung rausgehen. Ein Einzelhaus mit eingebauter Garage und einem Keller, ein Volvo von der betreffenden Farbe – irgend jemand muß doch irgend etwas gesehen haben.«

»Ja, machen Sie nur. Und halten Sie mich auf dem laufenden«, sagte der Innenminister.

An diesem Abend hatte Sam Somerville, voll gespannter Erwartung, ihre Wohnung in Alexandria verlassen, da sie ins Hoover Building bestellt worden war. Sie wurde in das Amtszimmer von Philip Kelly geführt, um die Entscheidung des Weißen Hauses entgegenzunehmen.

»Also gut, Agentin Somerville, Sie haben erreicht, was Sie wollten. Sie können nach England zurückfliegen und Mr. Quinn sagen, daß er ein freier Mann ist. Doch diesmal bleiben Sie bei ihm, weichen ihm keinen Augenblick von der Seite. Und Sie informieren Mr. Brown darüber, was Quinn tut und wo er sich herumtreibt.«

»Ja, Sir. Danke Ihnen, Sir.«

Sie erwischte gerade noch rechtzeitig den letzten spätabendlichen Flug nach Heathrow.

Der Abflug ihrer Linienmaschine vom Dulles International Airport verzögerte sich ein wenig. Ein paar Meilen entfernt, in Andrews, landete gerade die *Air Force One* mit Simon Cormacks Sarg. Zu diesem Zeitpunkt wurde auf allen amerikanischen Flughäfen für zwei Schweigeminuten der Flugverkehr eingestellt.

Bei Tagesanbruch landete ihre Maschine in Heathrow. Der vierte Morgen seit der Mordtat brach an.

Das Klingeln des Telefons weckte an diesem Morgen Irving Moss zu einer sehr frühen Stunde. Nur eine bestimmte Person konnte der Anrufer sein, denn nur sie hatte seine Nummer. Er blickte auf seine Uhr: 4 Uhr, 22 Uhr am Abend vorher in Houston. Er notierte die umfangreiche Liste von Agrarproduktpreisen, alle in Dollar und Cent, strich die Nullen aus, die für eine Leerstelle im Text standen, und stellte die Zahlenreihe entsprechend dem Tag des Monats vorbereiteten Buchstabenreihen gegenüber.

Als er mit dem Entschlüsseln fertig war, sog er nachdenklich die Wangen ein. Es gab etwas, etwas Besonderes, Unvorhergesehenes, um das er sich kümmern mußte. Unverzüglich.

Aloysius (»Al«) Fairweather jun., Botschafter der Vereinigten Staaten am Hof von St. James, hatte bei seiner Rückkehr vom amerikanischen Luftwaffenstützpunkt Upper Heyford die vom Foreign Office am Vorabend übermittelte Nachricht vorgefunden. Es war ein schlimmer, trauriger Tag gewesen – er hatte vom Coroner in Oxford die Genehmigung erhalten, die Leiche des Sohns seines Präsidenten in seine Obhut zu nehmen, den Sarg bei dem Leichenbestattungsunternehmen abgeholt, wo man sich trotz der geringen Erfolgsaussichten viel Mühe gegeben und die tragische Fracht mit der *Air Force One* nach Washington auf den Weg geschickt hatte.

Er war beinahe schon drei Jahre auf diesem Posten, auf den ihn die neue Regierung entsandt hatte, und er wußte, daß er mit sich zufrieden sein durfte, obwohl er die Nachfolge des unvergleichlichen Charles Price der Reagan-Jahre hatte antreten müssen. Doch diese vergangenen vier Wochen waren ein Alptraum gewesen, der keinem Botschafter zugemutet werden sollte.

Das Ersuchen des Foreign Office gab ihm Rätsel auf, denn er wurde nicht gebeten, den Außenminister, der normalerweise sein Gesprächspartner war, sondern den Innenminister, Sir Harry Marriott, aufzusuchen. Wie die meisten britischen Minister kannte er auch Sir Harry so gut, daß man unter vier Augen die Titel beiseite ließ und einander mit dem Vornamen anredete. Doch daß er sich ins Innenministerium selbst begeben sollte, und das zur Frühstückszeit, war ungewöhnlich. Die Nachricht aus dem Foreign Office hatte keine Erklärung dafür enthalten. Um 8.55 Uhr bog sein langer schwarzer Cadillac in die Victoria Street ein.

»Mein lieber Al.« Marriott war überaus liebenswürdig, wenn auch sehr ernst, wie es die Umstände geboten. »Ich muß Ihnen hoffentlich nicht sagen, in welch tiefe Betroffenheit die vergangenen Tage unser gesamtes Land gestürzt haben.«

Fairweather nickte. Er hatte nicht den geringsten Zweifel, daß die Reaktion der britischen Regierung und Bevölkerung aufrichtig war. Tagelang hatte sich die Schlange der Menschen, die sich im Vestibül der Botschaft in das Kondolenzbuch eintragen wollten, zweimal um den Grosvenor Square erstreckt. Am Kopf der ersten Seite stand die schlichte Signatur »Elizabeth R«, gefolgt von den Namen sämtlicher Kabinettsmitglieder, der beiden Erzbischöfe, der Oberhäupter aller anderen Religionsgemeinschaften sowie Tausende Unterschriften von Prominenten wie von Unbekannten. Sir Harry schob dem Botschafter über den Schreibtisch zwei in Manilapapier eingeschlagene Berichte zu.

»Ich wollte, daß Sie sich diese beiden Sachen ohne Zeugen ansehen, und schlage vor, Sie tun es gleich hier. Vielleicht sollten wir über ein paar Dinge sprechen, ehe Sie gehen.«

Dr. MacDonalds Bericht war der kürzere der beiden; Fairweather nahm ihn sich zuerst vor. Simon Cormack war an massiven Verletzungen des Rückgrats und des Unterleibs gestorben, verursacht von einer räumlich begrenzten, aber konzentriert wirkenden Detonation an der unteren Rückenpartie. Zur Zeit seines Todes hatte er die Bombe am Körper getragen. Es folgte noch mehr, doch dabei handelte es sich um technische Details über seinen Körperbau, Gesundheitszustand, die, soweit bekannt, zuletzt eingenommene Mahlzeit und so fort.

Mehr zu sagen hatte Dr. Barnard. Die Bombe, die Simon Cormack an seinem Körper getragen hatte, war in dem breiten Ledergürtel versteckt gewesen, den ihm seine Entführer gegeben hatten. Von ihnen waren auch die Jeans besorgt worden.

Der Gürtel war 7,6 Zentimeter breit gewesen und hatte aus zwei an den Rändern zusammengenähten Streifen Rindsleder bestanden. Vorne war eine breite Schmuckschnalle aus Messing befestigt gewesen, gut zehn Zentimenter lang und etwas breiter als der Gürtel selbst, verziert mit der bossierten Nachbildung eines Langhornstierkopfs. Es war ein Gürtel von der Sorte, wie sie in vielen auf Western-

oder Campingausrüstung spezialisierten Geschäften verkauft wird. Obwohl die Schnalle massiv wirkte, war sie in Wirklichkeit hohl.

Der Plastiksprengsatz hatte aus einem zwei Unzen schweren Plättchen bestanden, zusammengesetzt aus fünfundvierzig Prozent PETN, fünfundvierzig Prozent RDX und zehn Prozent von einem Weichmacher. Das Plättchen war gut siebeneinhalb Zentimeter lang und knapp vier Zentimeter breit gewesen und zwischen die beiden Lederstreifen des Gürtels hineingeschoben worden, genau an der Stelle, die hinter dem Rückgrat des jungen Mannes zu liegen kam.

In die Plastikmasse war ein Miniaturzünder hineingedrückt worden, der sich später in einem Stück Wirbelknochen wiederfand, das sich in die Milz gebohrt hatte. Er war zwar stark verformt, aber noch zu erkennen – und zu identifizieren.

Von der Sprengstoffmasse mit dem Zünder führte ein Draht den Gürtel entlang an die Stelle, wo er mit einer Lithiumbatterie verbunden war, ähnlich wie die in einer Digitalarmbanduhr und auch nicht größer. Die Batterie hatte sich in einem Hohlraum innerhalb des Gürtels befunden. Derselbe Draht hatte dann zu einem Impulsempfänger geführt, der in der Schnalle versteckt angebracht war. Von diesem aus war ein weiterer Draht als Antenne zwischen den Lederstreifen durch den Gürtel geführt worden.

Der Impulsempfänger dürfte nicht größer als eine Streichholzschachtel gewesen sein und hatte vermutlich ein 72,15 Megahertz starkes Signal von einem kleinen Sendegerät empfangen. Dieses hatte sich natürlich nicht auf dem Schauplatz der Explosion gefunden, aber wahrscheinlich war es eine flache Kunststoffschachtel gewesen, kleiner als eine Zigarettenpackung, mit einem einzigen Knopf auf gleicher Höhe wie die Oberfläche, der auf einen Druck des Daumenballens hin die Detonation ausgelöst hatte. Reichweite rund 300 Yards.

Al Fairweather war die Bestürzung anzumerken.

»Großer Gott, Harry, das ist ja . . . satanisch.«

»Und hochkomplexe Technologie«, sagte der Innenminister. »Das dicke Ende kommt noch. Lesen Sie die Zusammenfassung.«

»Aber warum?« fragte der Botschafter, als er schließlich aufblickte. »Um Himmels willen, warum, Harry? Und wie haben sie die Bombe hochgehen lassen?«

»Was das Wie angeht, gibt es nur eine einzige Erklärung. Die Bestien taten so, als wollten sie Simon Cormack freilassen. Sie müssen ein Stück weitergefahren sein, dann zu Fuß einen Bogen zurück geschlagen und sich dem Straßenstück von den Feldern her genähert haben. Vermutlich haben sie sich in einer dieser Baumgruppen versteckt, die 200 Yards von der Straße entfernt hinter den Feldern stehen. Das wäre innerhalb der Reichweite gewesen. Wir lassen im Moment die Gehölze nach möglichen Fußspuren absuchen.

Was das Warum betrifft, Al, darauf weiß ich keine Antwort. Keiner von uns weiß eine. Aber die Experten sind sich ganz sicher. Sie täuschen sich nicht. Ich möchte vorschlagen, daß die Berichte vorläufig als höchst vertraulich behandelt werden. Bis wir mehr wissen. Wir bemühen uns darum. Ich bin überzeugt, bei Ihnen wird man das auch versuchen wollen, ehe irgend etwas an die Öffentlichkeit geht.«

Fairweather erhob sich und nahm seine Kopien der Berichte an sich.

»Ich schicke sie nicht per Kurier hinüber«, sagte her. »Ich fliege noch heute nachmittag nach Hause und nehme sie mit.«

Der Innenminister begleitete ihn hinab ins Erdgeschoß.

»Sie sind sich bewußt, welche Folgen es haben könnte, wenn das herauskommt?« fragte er.

»Das müssen Sie mir nicht erst sagen«, antwortete Fairweather. »Es würde zu Ausschreitungen kommen. Ich muß diese Sache Jim Donaldson und vielleicht auch Michael Odell vorlegen. *Sie* müssen dem Präsidenten davon berichten. Mein Gott, was für eine fürchterliche Geschichte!«

Sam Somervilles Mietwagen stand noch auf dem Kurzzeit-Parkplatz in Heathrow, wo sie ihn zurückgelassen hatte. Sie fuhr sofort zu dem Herrenhaus in Surrey. Kevin Brown las den Brief, den sie mitgebracht hatte, und machte ein finsteres Gesicht.

»Sie sind im Begriff, einen Fehler zu machen, Agentin Somerville«, sagte er. »Auch Direktor Edmonds macht einen Fehler. Der Mann unten im Keller weiß mehr, als er zugibt – das war von Anfang an so, wird immer so sein. Ich finde es ganz verkehrt, daß man ihn freiläßt. Wenn es nach mir ginge, säße er in einem Flugzeug in die Staaten – mit Handschellen.«

Doch die Unterschrift unter dem Brief war eindeutig. Brown schickte Moxon hinab in den Keller, um Quinn heraufzuholen. Er war noch immer in Handschellen, die man ihm nun abnehmen mußte. Und er war ungewaschen, unrasiert und hungrig. Das FBI-Team war dabei, auszuziehen und das Gebäude seinen Gastgebern zurückzugeben. An der Tür wandte sich Brown um und sagte zu Quinn: »Ich will Sie nicht wiedersehen, Quinn. Außer hinter schwedischen Gardinen. Und ich denke, das werde ich eines Tages erleben.«

Auf der Fahrt zurück nach London hörte sich Quinn schweigend an, wie Sam ihm vom Ergebnis ihres Fluges nach Washington und der Entscheidung des Weißen Hauses berichtete, ihm seinen Willen zu lassen, sofern sie ihn begleitete:

»Aber sei auf der Hut, Quinn! Diese Typen müssen Bestien sein. Was sie mit dem Jungen gemacht haben, war grauenhaft...«

»Schlimmer noch«, sagte Quinn. »Es war unlogisch. Das ist es, was ich mir nicht erklären kann. Es ergibt keinen Sinn. Sie hatten doch alles. Sie waren entkommen, außer Gefahr. Warum umkehren, um den Jungen zu töten?«

»Weil sie Sadisten sind«, sagte Sam. »Du kennst doch diese Leute, hast jahrelang mit diesen Typen zu tun gehabt. Sie kennen keine Gnade, kein Mitgefühl. Es macht ihnen Spaß, Menschen leiden zu lassen. Es war von Anfang an ihre Absicht, ihn umzubringen...«

»Warum dann nicht unten im Keller. Warum nicht auch mich? Warum nicht mit einem Revolver, einem Messer oder einem Strick? Warum überhaupt?«

»Das werden wir nie erfahren. Es sei denn, sie werden erwischt. Und die ganze Welt steht ihnen offen, unterzutauchen. Wo möchtest du jetzt hin?«

»Zu unserer Wohnung«, sagte Quinn. »Ich hab' meine Sachen dort.«

»Ich auch«, sagte Sam. »Ich bin nur mit dem, was ich am Leib hatte, nach Washington geflogen.«

Sie fuhr in nördlicher Richtung die Warwick Road hinauf.

»Du bist zu weit gefahren«, sagte Quinn, der sich in London auskannte wie ein Taxifahrer. »Bieg an der nächsten Kreuzung in die Cromwell Road ab.«

Die Ampeln standen auf Rot. Vor ihnen überquerte ein langer, schwarzer Cadillac mit dem wehenden Sternenbanner-Wimpel die Kreuzung. Im Fond saß Botschafter Fairweather, zum Flughafen unterwegs, und studierte einen Bericht. Er blickte auf, sah die beiden kurz an, ohne sie zu erkennen, und war auch schon fort.

Duncan McCrea war noch da, als wäre er im Durcheinander der letzten Tage vergessen worden. Er begrüßte Quinn wie ein junger Labrador, der wieder mit seinem Herrn vereint ist.

Einige Stunden vorher, berichtete er, hatte Lou Collins die Ausputzer geschickt. Das waren keine Männer, die mit Staubwedeln hantierten. Sie hatten die Wanzen beseitigt. Aus der Sicht der »Company« war die Wohnung verbrannt, für sie fortan nutzlos. McCrea war angewiesen worden, noch zu bleiben, zu packen, aufzuräumen und am nächsten Morgen, wenn er ging, dem Vermieter die Schlüssel zurückzubringen. Er war gerade damit beschäftigt gewesen, Sams und Quinns Sachen zu packen, als sie ankamen.

»Nun, Duncan, entweder bleiben wir hier oder wir gehen in ein Hotel. Haben Sie was dagegen, wenn wir hier noch eine Nacht verbringen?«

»Aber natürlich nicht, kein Problem. Fühlen Sie sich als Gäste der Agency. Es tut mir schrecklich leid, aber morgen früh müssen wir hier raus.«

»Morgen früh, das ist okay«, sagte Quinn. Er spürte die Versuchung, dem Jüngeren mit einer väterlichen Geste durchs Haar zu fahren. McCreas Lächeln war ansteckend. »Ich brauche ein Bad, eine Rasur, was zu essen und ungefähr zehn Stunden Schlaf.«

McCrea verließ die Wohnung, ging hinüber zu Mr. Patels Geschäft und kam mit zwei großen Plastiktüten zurück. Er machte Steaks, Pommes frites, Salat, und dazu gab es zwei Flaschen Rotwein. Quinn bemerkte mit Rührung, daß der junge Mann einen Rioja ausgesucht hatte, zwar nicht aus Andalusien, aber doch aus einem nahen Anbaugebiet.

Sam sah keine Notwendigkeit, ihre Affäre mit Quinn noch länger zu verheimlichen. Sie kam in sein Zimmer, sobald er sich zurückgezogen hatte, und wenn der junge McCrea ihr Liebesspiel hörte, was war dabei? Nach dem zweiten Mal schlief sie ein, auf dem Bauch liegend, das Gesicht an seiner Brust. Er legte eine Hand auf ihren Nacken, und sie murmelte, als sie die Berührung spürte.

Doch so müde er auch war, einschlafen konnte er nicht. Er lag, wie in so vielen vergangenen Nächten, auf dem Rücken, schaute zur Decke hinauf und hing seinen Gedanken nach. Irgend etwas an diesen Männern in dem Lagerhaus war ihm entgangen. In den frühen Morgenstunden kam er darauf. Der Mann hinter ihm, der mit geübter Lässigkeit die Skorpion gehalten hatte, nicht vorsichtig und angespannt wie einer, der den Umgang mit Handfeuerwaffen nicht gewöhnt ist, sondern locker, entspannt, selbstsicher, ein Mann, der wußte, daß er im Bruchteil einer Sekunde seine Maschinenpistole in Schußposition bringen und feuern konnte. Seine gelassene Haltung – Quinn hatte sie schon einmal gesehen.

»Er war ein Soldat«, murmelte er in die Finsternis. Sam brummte etwas, schlief aber weiter. Noch etwas anderes hatte er registriert, als er an der einen Tür des Volvos vorbeigekommen war, um in den Kofferraum zu steigen. Doch es wollte ihm nicht einfallen, und endlich schlief er ein.

Am nächsten Morgen stand Sam als erste auf und ging in ihr Zimmer, um sich anzuziehen. Wenn Duncan McCrea sie aus Quinns Zimmer hatte kommen sehen, so behielt er es jedenfalls für sich. Es war ihm wichtiger, daß seine Gäste ein anständiges Frühstück bekamen.

»Gestern abend . . . habe ich vergessen, Eier zu kaufen«, rief er und flitzte die Treppe hinunter, um in einem Milchladen um die Ecke, der schon früh geöffnet war, welche zu besorgen.

Sam brachte Quinn das Frühstück ans Bett. Er war in Gedanken verloren. Sie war seine Träumereien schon gewohnt und ließ ihn wieder allein. Lou Collins Ausputzer, dachte sie, haben allerdings nicht sauber gemacht. Vier Wochen waren die Räume nicht gereinigt worden, und überall lag Staub.

Der Staub kümmerte Quinn nicht. Er beobachtete eine Spinne in einer der oberen Zimmerecken ihm gegenüber. Fleißig verknüpfte das kleine Tier die letzten beiden Fäden eines im übrigen schon vollkommenen Netzes, huschte dann in die Mitte des Gebildes und verharrte dort wartend. Diese letzte Bewegung der Spinne brachte Quinn schließlich auf das winzige Detail, daß ihm am Abend vorher nicht hatte einfallen wollen.

Die Mitglieder des Komitees im Weißen Haus hatten Dr. Barnards und Dr. MacDonalds umfangreiche Berichte vor sich liegen. Sie waren gerade mit dem ersten beschäftigt. Einer nach dem andern kamen sie zum Ende der Zusammenfassung und lehnten sich zurück.

»Dreckskerle!« sagte Michael Odell mit Emphase. Er sprach für alle Anwesenden. Am Kopfende des Tisches saß Botschafter Fairweather.

»Besteht irgendeine Möglichkeit, daß die britischen Experten sich getäuscht haben könnten?« fragte Außenminister Donaldson. »Über die Herkunft dieser Dinge?«

»Sie sagen, nein«, antwortete der Botschafter. »Sie fordern uns auf, einen von unseren Leuten hinüberzuschicken, um die Ergebnisse nachzuprüfen, aber sie verstehen ihr Handwerk. Ich muß leider sagen, daß sie wohl recht haben.«

Das dicke Ende, wie Sir Harry Marriott gesagt hatte, kam in der Zusammenfassung. Sämtliche Komponenten, hatte Dr. Barnard mit voller Zustimmung seiner militärischen Kollegen in Fort Halstead erklärt, die Kupferdrähte, ihr Kunststoffüberzug, der Plastiksprengstoff, der Impulsempfänger, die Batterie, das Messing und die zusammengenähten Lederstreifen des Gürtels, alles sei in der Sowjetunion hergestellt worden.

Er räumte die Möglichkeit ein, daß diese Gegenstände, wenn auch aus sowjetischer Produktion, in die Hände von Leuten außerhalb der Sowjetunion gelangt sein könnten. Aber der springende Punkt sei der Miniaturzünder. Solche Kleinzünder, nicht größer als eine Heftklammer, würden *nur* im Rahmen des sowjetischen Raumfahrtprogramms in Baikonur verwendet. Sie dienten dazu, winzige Steuerungskorrekturen zu bewirken, wenn die Raumschiffe *Saljut* und *Sojus* im Weltraum andocken.

»Aber das ist doch nicht einleuchtend«, protestierte Donaldson. »Warum sollten sie so etwas tun?«

»In diesem ganzen Schlamassel leuchtet einem eine Menge nicht ein«, sagte Odell. »Wenn das zutrifft, sehe ich nicht, wie Quinn davon erfahren haben könnte. Es sieht so aus, als wäre er, als wären wir alle die ganze Zeit hereingelegt worden.«

»Jetzt geht es darum, wie wir darauf reagieren«, sagte Finanzminister Reed.

»Das Begräbnis ist morgen«, sagte Odell. »Zuerst bringen wir das hinter uns. Dann werden wir entscheiden, was wir mit unseren russischen Freunden anfangen werden.«

Im Laufe der vergangenen vier Wochen hatte Odell festgestellt, daß ihm die Bürde, an Stelle des Präsidenten zu handeln, immer leichter wurde. Auch die Männer um diesen Tisch hatten seine Führung akzeptiert, verhielten sich zunehmend so, als wäre er selbst der Präsident.

»Wie geht es dem Präsidenten?« fragte Walters, »seit ... er die Nachricht erhalten hat?«

»Schlecht, sagt der Doktor«, antwortete Odell. »Sehr schlecht. Die Entführung war schon furchtbar für ihn, aber daß sein Sohn sterben mußte und unter solchen Umständen, hat ihn wie eine Kugel in den Leib getroffen.«

Bei dem Wort »Kugel« ging jedem am Tisch der gleiche Gedanke durch den Kopf. Doch keiner wagte ihn auszusprechen.

Julian Hayman stand im gleichen Alter wie Quinn. Die beiden hatten einander kennengelernt, als Quinn in London lebte und für die Versicherungsfirma arbeitete, die sich auf Personenschutz und Geiselbefreiung spezialisiert hatte. Ihre Welten hatten einiges gemeinsam, denn Hayman, früher Major bei der SAS, hatte eine Firma, die Alarmsysteme lieferte und Personenschutz einschließlich Leibwächter bereitstellte. Seine Klientel war exklusiv, wohlhabend und auf Vorsicht bedacht. Es waren Leute, die Grund hatten, mißtrauisch zu sein, sonst hätten sie für Haymans Dienstleistungen nicht soviel Geld berappt.

Am späteren Vormittag, nachdem sie die Wohnung verlassen und von Duncan MacCrea endgültig Abschied genommen hatten, ging Quinn mit Sam nach Victoria, wo Haymans Firma residierte, unauffällig und gut abgesichert.

Quinn sagte zu Sam, sie solle sich in einem Café weiter unten an der Straße ans Fenster setzen und auf ihn warten.

»Warum kann ich dich nicht begleiten?« frage sie.

»Weil er dich nicht empfangen würde. Vielleicht läßt er nicht einmal mich vor. Aber ich hoffe, er tut es doch. Wir sind ja alte Bekannte. Für fremde Leute hat er nicht viel übrig, es sei denn, sie legen eine Menge Geld auf den Tisch, was bei uns nicht der Fall ist. Und was Damen vom FBI betrifft, ist er scheu wie Wild.«

Quinn meldete sich durch die Sprechanlage an und bemerkte, daß er von einer Videokamera über dem Eingang kontrolliert wurde. Als die Tür aufging, marschierte er sofort in den hinteren Bereich, vorbei an zwei Sekretärinnen, die nicht einmal den Kopf hoben. Julian Hayman war in seinem Büro am Ende des Erdgeschosses. Der Raum war ebenso elegant wie der Mann, der sich hier aufhielt. Er hatte keine Fenster, öffnete sich nach außen ebensowenig wie Hayman selbst.

»Schau an, schau an«, sagte er gedehnt. »Lang' ist's her, alter Krieger.« Er reichte ihm die schlaffe Hand. »Was führt Sie denn in meinen bescheidenen Laden?«

»Ich brauche Informationen«, sagte Quinn. Er erklärte Hayman, was er brauche.

»Früher, mein Junge, wäre das kein Problem gewesen. Aber die Zeiten ändern sich, verstehen Sie? Es ist so, daß nicht gut über Sie gesprochen wird, Quinn. Persona non grata, heißt's im Klub. Sie stehen bei den Leuten nicht gerade sehr in Gunst, besonders nicht bei Ihren eigenen. Tut mir leid, alter Junge, Ihnen hängt was an. Ich kann Ihnen nicht helfen.«

Quinn nahm den Hörer von einem Apparat auf dem Schreibtisch ab und drückte rasch auf mehrere Knöpfe. Am anderen Ende der Leitung begann es zu klingeln.

»Was machen Sie denn da?« fragte Hayman. Der gemütliche Ton war verschwunden.

»Niemand hat mich hier reingehen sehen, aber die halbe Fleet Street wird mich rausgehen sehn«, antwortete Quinn.

»*Daily Mail*«, meldete sich eine Stimme am Hörer. Hayman griff herüber und unterbrach den Anruf. Zu seinen zahlungskräftigsten Kunden gehörten viele Niederlassungen amerikanischer Konzerne in Europa, denen er lieber keine mühsam ausgeklügelten Erklärungen geben wollte.

»Sie sind ein Scheißkerl, Quinn«, sagte er schwach. »Waren schon immer einer. Also gut, ein paar Stunden im Archiv, und mitgenommen wird nichts.«

»Das werd' ich doch Ihnen nicht antun«, sagte Quinn liebenswürdig. Hayman führte ihn in sein Archiv im Souterrain.

Teils aus geschäftlichen Gründen, teils aus persönlichem Interesse hatte Julian Hayman im Laufe der Jahre ein umfassendes Archiv von Rechtsbrechern jeglicher Art angelegt. Mörder, Bankräuber, Gangster, Betrüger, Rauschgifthändler, Waffenschieber, Terroristen, Kidnapper, korrupte Banker, Buchhalter, Anwälte, Politiker und Polizeibeamte, tot, lebend, im Gefängnis oder einfach abgängig – er ließ sie archivieren, wenn ihre Namen gedruckt auftauchten, und oft auch nur einfach so.

»Irgendeine bestimmte Abteilung?« fragte Haymann, als er die Beleuchtung anschaltete. Der ganze Raum war voller Aktenschränke, und dabei wurden hier nur die Karteikarten und die Fotografien aufbewahrt. Die Mehrzahl der Daten war gespeichert.

»Söldner«, sagte Quinn.

»Wie im Kongo?« fragte Hayman.

»Wie im Kongo, im Jemen, im südlichen Sudan, in Biafra, Rhodesien.«

»Von hier bis da«, sagte Hayman und deutete auf acht Meter stählerne Aktenschränke, die einem Mann bis in Kinnhöhe reichten. »Der Tisch ist dort am Ende.«

Quinn brauchte vier Stunden, aber er wurde von niemandem gestört. Das Foto zeigte vier Männer, alle Weiße. Sie standen um den Kühler eines Jeep gruppiert, auf einer schmalen, staubbedeckten Straße, eingerahmt von, wie es aussah, afrikanischem Buschland. Hinter ihnen waren mehrere schwarze Soldaten zu erkennen. Die Weißen trugen Kampfuniformen mit Tarnjacken und Kalbslederstiefel. Drei hatten Tropenhelme auf. Alle hielten belgische automatische FLN-Gewehre in den Händen. Ihre Kampfanzüge waren leopardenartig gefleckt, wie sie die Europäer im Gegensatz zu den gestreiften der Briten und Amerikaner bevorzugen.

Quinn ging mit dem Foto zum Tisch, legte es unter die Leselampe und fand in der Schublade ein starkes Vergrößerungsglas. Darunter trat, obwohl das alte Foto schon vergilbt war, das Muster an der Hand eines der Männer deutlicher hervor. Ein Spinnennetz auf dem linken Handrücken und in der Mitte des Netzes die lauernde Spinne.

Er durchsuchte die Bestände noch weiter, fand aber sonst nichts Interessantes. Nichts, was ihm bekannt vorkam. Er drückte auf den Summer, um hinausgelassen zu werden.

In seinem Büro streckte Julian Hayman die Hand nach dem Foto aus.

»Wer sind die?« fragte Quinn. Hayman betrachtete die Rückseite der Aufnahme. Wie jede andere Karteikarte und Fotografie in seiner Sammlung hatte sie umseitig eine siebenstellige Zahl. Er tippte die Zahl auf das Tastenfeld seines Desk-top-Computers. Auf dem Bildschirm erschien die volle Eintragung.

»Na, da haben Sie ja ein paar reizende Burschen rausgesucht, mein Freund.«

Er las vom Bildschirm ab: »Foto mit an Sicherheit grenzender Wahrscheinlichkeit in der Provinz Maniema, östlicher Kongo, heute Zaire, irgendwann im Winter 1964 aufgenommen. Der Mann links ist Jacques Schramme, Black Jack Schramme, der belgische Söldner.«

Er geriet in Fahrt. Söldner waren seine Spezialität.

»Schramme war einer der ersten. Er kämpfte 1960 bis 1962 gegen die Einheiten der Vereinten Nationen, als Katanga sich vom Kongo loslösen wollte. Als der Versuch scheiterte, mußte er außer Landes gehen und suchte Zuflucht im benachbarten Angola, damals noch portugiesisch regiert und ultrarechts. Wurde im Herbst 1964 zur Rückkehr aufgefordert, um bei der Niederschlagung der Simba-Revolte mitzuhelfen. Stellte seine alte Leopardengruppe wieder auf die Beine und machte sich daran, die Provinz Maniema zu befrieden. Ja, das ist er. Sonst noch was?«

»Die anderen?«

»Hm. Der eine ganz links ist ebenfalls ein Belgier, Kommandeur Wauthier. Er befehligte damals in Watsa ein Kontingent ausgehobener Katangesen und ungefähr zwanzig weiße Söldner. Muß zu Besuch gewesen sein. Interessieren Sie sich für Belgier?«

»Vielleicht.« Quinns Gedanken kehrten zu dem Volvo in der Lagerhalle zurück. Er war an der offenen Tür vorbeigekommen und hatte den Rauch einer Zigarette gespürt. Keine Marlboro, keine Dunhill. Eher Gauloises. Oder Bastos, die belgische Sorte. Zack rauchte nicht; er hatte seinen Atem gerochen.

»Der ohne Hut, in der Mitte, ist Roger Lagaillarde, ebenfalls ein Belgier. Bei einem Überfall von Simbas auf der Straße nach Punia getötet. Keine Frage.«

»Und der große Typ?« fragte Quinn. »Der Riese?«

»Ja, groß ist der wirklich«, sagte Hayman. »Muß an die zwei Meter sein. Gebaut wie ein Scheunentor. Anfang zwanzig, so wie er aussieht. Leider hat er den Kopf weggedreht. Weil sein Tropenhelm einen Schatten wirft, kann man von seinem Gesicht nicht viel sehen. Vermutlich deswegen hat er keinen Namen. Nur einen Spitznamen – der große Paul. Das ist alles, was hier steht.«

Er schaltete den Bildschirm ab. Quinn hatte etwas auf einen Schreibblock gezeichnet. Er schob es zu Hayman hinüber.

»Haben Sie das schon mal gesehen?«

Hayman blickte auf das Spinnennetz mit der Spinne in der Mitte. Er zuckte die Achseln.

»Eine Tätowierung? Wie sie junge Rabauken, Punks, Fußballschläger tragen. Ziemlich häufig zu sehen.«

»Versuchen Sie zurückzudenken«, sagte Quinn. »Belgien, sagen wir, vor dreißig Jahren.«

»Ah, Moment. Wie zum Teufel, hat das wieder geheißen? Ja, richtig, Arraignee. Das flämische Wort für Spinne fällt mir jetzt nicht ein, nur das französische.«

Er tippte mehrere Sekunden lang auf seine Tasten.

»Schwarzes Netz, rote Spinne in der Mitte, auf dem linken Handrücken?«

Quinn strengte sein Gedächtnis an. Er war an der offenen Beifahrertür des Volvo vorbeigekommen. Zack hinter ihm. Der Mann auf dem Fahrersitz hatte sich hergebeugt und ihn durch die Schlitze in der Kapuze beobachtet. Ein großer Mann, der sitzend beinahe das Wagendach berührte. Zur Seite gelehnt, sich mit der linken Hand abstützend. Und er hatte den linken Handschuh zum Rauchen abgestreift.

»Yeah«, sagte Quinn, »das war's.«

»Ein belangloser Verein«, sagte Hayman abschätzig, während er vom Schirm ablas. »Rechtsextreme Organisation, Ende der fünfziger, Anfang der sechziger Jahre entstanden. War gegen die Entkolonialisierung des Kongo, Belgiens einziger Kolonie. Natürlich gegen Schwarze und auch gegen Juden. Rekrutierte junge Ausreißer und Rabauken, Schläger und anderes Pack. Darauf spezialisiert, Schaufenster von jüdischen Geschäften einzuwerfen, linke Redner durch Zwischenrufe zu stören, liberale Abgeordnete zu verprügeln. Schließlich ist es still um sie geworden. Durch die Auflösung der europäischen Kolonialreiche sind ja alle möglichen derartigen Gruppen entstanden.«

»War es eine flämische oder eine wallonische Bewegung?« fragte Quinn. Er wußte, daß es in Belgien zwei große Volksgruppen gibt, die Flämisch sprechenden Flamen, vor allem in der nördlichen, an Holland grenzenden Landeshälfte, und die Wallonen im Süden, die französisch sprechen. Belgien ist ein zweisprachiges Land.

»Genaugenommen beides«, sagte Hayman, nachdem er sein Gerät zu Rate gezogen hatte. »Aber hier heißt es, sie entstand in Antwerpen und war dort immer am stärksten. Also nehme ich an, flämisch.«

Jede andere Frau hätte Gift und Galle gespuckt, wenn man sie viereinhalb Stunden hätte warten lassen. Zum Glück für Quinn war Sam eine geschulte Spezialagentin und hatte gelernt, wie man sich beim Beschatten, der langweiligsten Aufgabe von der Welt, in Geduld übt. Sie saß bei ihrer fünften Tasse schauderhaften Kaffees.

»Wann bringst du deinen Mietwagen zurück?« fragte er.

»Heute abend. Ich könnte ihn länger behalten.«

»Kannst du ihn am Flughafen zurückgeben?«

»Sicher. Warum fragst du?«

»Weil wir nach Brüssel fliegen.«

Das schien sie nicht zu freuen.

»Bitte, Quinn, müssen wir unbedingt fliegen? Ich nehme es auf mich, wenn es nicht anders geht, aber wenn ich kann, drücke ich mich davor. Außerdem bin ich in letzter Zeit zuviel geflogen.«

»Okay«, sagte er. »Gib den Wagen in London zurück. Wir nehmen den Zug und das Hovercraft-Boot. Wir müssen ja sowieso in Belgien einen Wagen mieten. Warum nicht in Ostende? Und wir brauchen Geld. Ich habe keine Kreditkarten.«

»Du hast *was* nicht?« Das hatte sie noch niemanden sagen hören.

»In Alcantara del Rio brauche ich keine.«

»Okay, wir gehen auf die Bank. Ich werde einen Scheck ausschreiben. Hoffentlich habe ich zu Hause genug auf meinem Konto.«

Auf der Fahrt zur Bank schaltete sie das Radio an, das Trauermusik brachte. In London war es 16 Uhr und wurde schon dunkel. In weiter Ferne, jenseits des Atlantik, beerdigte zu dieser Stunde die Familie Cormack ihren Sohn.

12. Kapitel

Sie trugen ihn auf dem Prospect Hill, dem Friedhof der Insel Nantucket, zu Grabe, und aus dem Norden kam über den Sund wehklagend der kühle Novemberwind.

Der Gottesdienst fand in der episkopalischen Kirche an der Fair Street statt, viel zu klein, um alle fassen zu können, die daran teilnehmen wollten. Die Präsidentenfamilie saß in den beiden ersten Reihen der Kirchenbänke, hinter ihr das Kabinett, und die übrigen Plätze nahm eine Vielzahl von Würdenträgern ein. Auf Wunsch der Familie war es ein Gottesdienst im kleinen Kreis – Botschafter und Abgesandte aus dem Ausland waren gebeten worden, an einem Gedenkgottesdienst teilzunehmen, der später in Washington stattfinden sollte.

Der Präsident hatte auch die Medien darum ersucht, die stille Feier nicht zu stören. Trotzdem waren sie zahlreich vertreten. Die Inselbewohner – Feriengäste gab es in dieser Jahreszeit keine hier – nahmen seinen Wunsch durchaus wörtlich. Selbst die Männer vom Secret Service, nicht für feine Manieren bekannt, waren überrascht, daß ihnen die Arbeit von den düsteren, schweigsamen Nantucketers abgenommen wurde, die ohne viel Umstände mehrere Kameraleute aus dem Weg beförderten, von denen zwei sich bitter beklagten, weil ihre Filmrollen belichtet worden waren.

Der Sarg wurde aus der einzigen Leichenhalle der Insel, an der Union Street, wo er nach dem Eintreffen in einer C-130 der Air Force – der kleine Flugplatz bot nicht genug Platz für die Boeing 747 – gestanden hatte, zur Kirche gebracht.

Der Gottesdienst war zur Hälfte vorüber, als die ersten Regenschauer kamen, das graue Schieferdach netzten und die Buntglasfenster und hellroten und grauen Steine des Bauwerks wuschen.

Als die Zeremonie zu Ende war, wurde der Sarg auf einen Leichenwagen gehoben, der die halbe Meile zum Hill im Schrittempo dahinrollte; aus der Fair Street hinaus, über das holprige Pflaster der Main

Street und die New Mill Street hinauf zur Cato Lane. Die Trauergäste gingen durch den Regen, ihnen voran der Präsident, der stumm vor Schmerz auf den mit der Flagge drapierten Sarg ein paar Schritte vor ihm starrte. Sein jüngerer Bruder stützte die schluchzende Myra Cormack.

Den Weg des Trauerzugs säumten barhäuptig und schweigsam die Leute von Nantucket. Da standen die Händler, die der Familie Fisch, Fleisch, Eier und Gemüse verkauft, die Restaurantbesitzer, die den Cormacks in den zahlreichen guten Restaurants auf der Insel das Essen serviert hatten. Man sah die alten Fischer mit ihren gegerbten Gesichtern, die dem flachsblonden Jungen aus New Haven das Schwimmen, Tauchen und Fischen beigebracht oder ihn zum Muschelfang draußen vor dem Sankaty-Leuchtturm mitgenommen hatten.

Der Hausmeister und der Gärtner standen weinend an der Ecke Fair Street/Main Street, um von dem Jungen Abschied zu nehmen, der auf den harten, von der Flut überspülten Stränden von Coatue bis zum Great Point und zurück zum Siasconset Beach das Laufen gelernt hatte. Doch Opfer von Sprengstoffanschlägen sind nicht für die Augen der Lebenden bestimmt, und der Sarg war verschlossen.

Auf dem Prospect Hill zogen die Trauergäste in die protestantische Hälfte des Friedhofs ein, vorbei an den hundert Jahre alten Gräbern von Männern, die mit ihren kleinen, offenen Booten die Wale attakkiert und an den langen Winterabenden zum Schein von Öllampen kleine Kunstwerke aus Muscheln geschnitzt hatten. Der Zug erreichte den neuen Teil des Friedhofs, wo das Grab ausgehoben worden war.

Die Menschen verteilten sich um das Grab, bildeten eine Reihe hinter der anderen, und der Wind fegte über den Sund und die kleine Stadt und zerrte an dieser hoch gelegenen, ungeschützten Stelle an Haaren und Schals. Kein Geschäft, keine Tankstelle, keine Bar hatte an diesem Tag geöffnet. Kein Flugzeug landete, keine Fähre legte im Hafen an. Die Bewohner der Insel hatten die Welt ausgeschlossen, um einen der Ihren zu betrauern, wenn es auch ein angenommener Sohn war. Der Prediger begann die alten Worte zu intonieren, die der Wind davontrug.

Aus großer Höhe blickte ein einsamer Gerfalke, aus der Arktis herbeigeweht wie eine Schneeflocke vom Sturm, auf den Friedhof hinab. Sein unglaublich scharfes Auge erspähte jede Einzelheit, und der Wind trug seinen Schrei davon.

Der Regen, der seit dem Gottesdienst aufgehört hatte, setzte wieder ein, kam in Schauern, gepeitscht von Böen herab. Unten an der Straße knarrten die arretierten Flügel der Old Mill. Die Männer aus Washington verkrochen sich fröstelnd in ihren dicken Mänteln. Der Präsident stand regungslos da und blickte hinab auf die sterblichen Reste seines Sohnes, unempfindlich für die Kälte und den Regen. Einen Schritt von ihm entfernt stand die First Lady, das Gesicht vom Regen und von Tränen genetzt. Als der Prediger zu den Worten »Auferstehung und ewiges Leben« kam, begann sie zu schwanken.

Neben ihr stand ein Secret-Service-Mann – Bürstenhaarschnitt, gebaut wie ein Mittelstürmer – mit offenem Mantel, um notfalls an die Waffe unter seiner linken Achselhöhle heranzukommen. Er setzte sich über Protokoll und Ausbildung hinweg und umfing sie mit dem rechten Arm. Sie lehnte sich an ihn und weinte in seinen durchnäßten Mantel.

John F. Cormack stand allein da, durch seine Intelligenz und seinen Schmerz von den anderen geschieden, unfähig, bei jemandem Beistand zu suchen, ein Mann in totaler Einsamkeit.

Ein Fotograf, schlauer als die anderen, holte aus einem Hinterhof eine Viertelmeile weit weg eine Leiter und erstieg die alte Windmühle an der Ecke South Prospect Street/South Mill Street. Bevor noch jemand sah, daß er ein Teleobjektiv benutzte, machte er im schwachen Licht der Wintersonne, die einen Strahl durch die Wolken schickte, über die Köpfe der Menge hinweg eine einzige Aufnahme von der Gruppe neben dem Grab.

Dieses Foto nahm blitzartig seinen Weg durch Amerika und um die Welt. Es zeigte John F. Cormacks Gesicht, wie noch niemand es gesehen hatte: das Antlitz eines über seine Jahre gealterten Mannes, krank, müde, leer, eines Mannes, dessen Kräfte erschöpft waren, der bereit war abzutreten.

Später standen die Cormacks am Ausgang des Friedhofs, als die Trauergäste vorüberzogen. Niemand von ihnen war imstande, Worte zu finden. Der Präsident nickte, als verstünde er, und schüttelte ihnen in steifer Haltung die Hände.

Nach den wenigen Menschen aus dem unmittelbaren Familienkreis kamen seine engsten Freunde und Kollegen, angeführt von den sechs Kabinettsmitgliedern, die als wichtigste Mitglieder des Komitees versucht hatten, für ihn die Krise zu bewältigen.

Michael Odell blieb einen Augenblick stehen, nach einem Wort des Mitgefühls ringend, schüttelte dann den Kopf und wandte sich zum Gehen. Der Regen trommelte auf sein gebeugtes Haupt und preßte ihm das dichte graue Haar auf den Schädel.

Jim Donaldson, der kühle, korrekte Diplomat, wurde ebenfalls von seinen Gefühlen überwältigt; auch er konnte den Freund nur mit stummem Mitgefühl ansehen und ihm die kraftlose, trockene Hand schütteln. Dann ging er weiter.

Bill Walters, der junge Justizminister, verbarg hinter formeller Steifheit, was er empfand. Er murmelte: »Herr Präsident, mein Beileid. Ich fühle mit Ihnen, Sir.«

Morton Stannard, der New Yorker Banker, der ins Pentagon eingezogen war, war der älteste der anwesenden Männer. Er hatte schon an vielen Begräbnissen teilgenommen, von Freunden und von Kollegen, aber an keinem wie diesem. Er wollte irgend etwas Konventionelles sagen, aber es entrang sich ihm nur ein »Mein Gott, es tut mir so schrecklich leid, John«.

Brad Johnson, der schwarze Akademiker und Nationale Sicherheitsberater, schüttelte nur den Kopf, als könnte er es nicht fassen.

Finanzminister Hubert Reed überraschte diejenigen, die in der Nähe des Ehepaars Cormack standen. Er war kein Mann, der leicht aus sich herausging, zu schüchtern für offene Gefühlsbekundungen, ein Junggeselle, der nie Frau oder Kinder entbehrt hatte. Aber er starrte durch seine regennassen Brillengläser zu John F. Cormack hinauf, streckte die rechte Hand aus und umarmte dann impulsiv mit beiden Armen seinen alten Freund. Wie von seiner spontanen Geste selbst überrascht, wandte er sich gleich darauf ab und eilte den anderen nach, die in ihre wartenden Wagen stiegen, um sich zum Flugplatz fahren zu lassen.

Der Regen ließ wieder nach, und zwei starke Männer begannen, nasses Erdreich in die Grube zu schaufeln. Es war vorbei.

Quinn erkundigte sich nach den Abfahrtszeiten der Fähren von Dover nach Ostende und stellte fest, daß es für die letzte an diesem Tag zu spät war. Sie verbrachten die Nacht in einem ruhigen Hotel und nahmen am nächsten Morgen am Bahnhof Charing Cross einen Zug.

Die Überfahrt verlief ohne Zwischenfälle. Am späten Vormittag mietete Quinn einen blauen Mittelklasse-Ford, und sie machten sich auf den Weg zu der alten flämischen Hafenstadt an der Schelde, die schon Handelsgeschäfte betrieben hatte, ehe Kolumbus die Segel setzte.

Belgien ist von einem hochmodernen Netz erstklassiger Autobahnen durchzogen; die Entfernungen sind klein und die Reisezeiten noch kürzer. Quinn nahm die E5, die Ostende in östlicher Richtung verläßt, passierte Brügge und Gent, fuhr dann auf der E3 nach Nordosten und erreichte die Innenstadt von Antwerpen rechtzeitig für ein spätes Mittagessen.

Der europäische Kontinent war für Sam unbekanntes Territorium; Quinn aber schien sich auszukennen. Sie hatte ihn in den paar Stunden, die sie in Belgien waren, mehrmals fließend französisch sprechen hören, aber eines nicht verstanden: Jedesmal hatte Quinn die Flamen erst gefragt, ob sie etwas dagegen hätten, wenn er französisch spräche. Die Flamen sprechen in der Regel etwas Französisch, haben es aber gern, vorher gefragt zu werden – nur um klarzustellen, daß sie keine Wallonen sind.

Sie quartierten sich in einem kleinen Hotel an der Italie Lei ein und gingen um die Ecke in eines der vielen Restaurants zu beiden Seiten der De Keyser Lei.

»Wonach suchst du eigentlich«, fragte Sam beim Essen.

»Nach einem Mann«, antwortete Quinn.

»Nach was für einem Mann?«

»Das werd' ich wissen, wenn ich ihn sehe.«

Nach dem Mittagessen stellte Quinn einem Taxifahrer ein paar Fragen auf französisch, und dann fuhren sie los. Er ließ an einem Laden für Zeichenbedarf halten, machte dort ein paar Einkäufe, erstand an einem Zeitungskiosk eine Straßenkarte und beriet sich wieder mit dem Taxifahrer. Sam hörte die Worte Falcon Rui und dann Schipper Straat. Der Fahrer warf ihr einen anzüglichen Blick zu.

Die Falcon Rui war, wie sich zeigte, eine heruntergekommene

Straße, gesäumt unter anderem von mehreren billigen Konfektionsgeschäften. In einem davon erstand Quinn einen Seemannspullover, Leinenjeans und derbe Stiefel. Er stopfte alles in einen Jutesack, und dann machten sie sich auf den Weg zur Schipper Straat. Über den Dächern sah sie die Schnäbel großer Kräne, ein Zeichen, daß sie in der Nähe des Hafens waren.

Quinn bog von der Falcon Rui in ein Labyrinth aus schmalen, schäbigen Straßen ab, in ein Viertel aus alten heruntergekommenen Häusern zwischen der Falcon Rui und der Schelde. Sie begegneten einigen vierschrötigen Kerlen, die den Eindruck von Handelsmatrosen machten. Auf der linken Seite war ein beleuchtetes Spiegelglasfenster. Sam schaute kurz hinein. Eine dralle junge Frau, die aus einem knappen Slip und einem Büstenhalter quoll, rekelte sich in einem Sessel.

»Mein Gott, Quinn, wir sind ja hier im Rotlichtbezirk«, protestierte sie.

»Ich weiß«, sagte er, »danach hab' ich ja den Taxifahrer gefragt.«

Er ging weiter, schaute nach rechts und links, las die Schilder über den Läden. In der Hauptsache waren es Kneipen und beleuchtete Fenster, hinter denen die Prostituierten saßen. Es gab nur wenige Läden. Schließlich fand er doch drei von der Art, nach der er Ausschau hielt, alle innerhalb von 150 Yards.

»Tätowierer?« fragte sie.

»Hafenviertel«, sagte er kurz. »Das bedeutet Matrosen, und Matrosen bedeuten Tätowierungen. Wo sie sind, gibt's auch Kneipen und Mädchen und die Ganoven, die von Mädchen leben. Wir kommen heute abend wieder her.«

Senator Bennett Hapgood erhob sich, als seine Redezeit begann, von seinem Sitz im Senat und schritt zum Podium. Am Tag nach Simon Cormacks Begräbnis hatten beide Häuser des amerikanischen Kongresses noch einmal ihre Bestürzung und ihren Abscheu über das bekundet, was eine Woche vorher auf einer einsamen Landstraße im fernen England geschehen war. Redner um Redner hatten tatkräftiges Handeln gefordert, um die Täter aufzuspüren und der Gerechtigkeit zuzuführen, koste es, was es wolle. Mit Gerechtigkeit war die amerikanische Justiz gemeint. Der Präsident klopfte mit seinem Hämmerchen aufs Pult.

»Der zweite Senator aus Oklahoma hat das Wort«, verkündete er.

Bennett Hapgood galt nicht als Schwergewicht im Senat. Der Saal wäre wohl nur schwach besetzt gewesen, hätte nicht dieses Thema auf der Tagesordnung gestanden. Man nahm nicht an, daß der zweite Senator für Oklahoma noch viel Neues hinzuzufügen haben werde. Doch es kam anders. Er sprach erwartungsgemäß dem Präsidenten sein Mitgefühl aus, gab seinem Abscheu über die Untat und seinem Verlangen Ausdruck, die Schuldigen bald der Gerechtigkeit zugeführt zu sehen. Dann machte er eine Pause, um sich zurechtzulegen, was er sagen wollte.

Er wußte, es war ein riskantes Spiel, ein höchst riskantes Spiel. Was er gesagt bekommen hatte, hatte er gesagt bekommen, aber er besaß keinen Beweis dafür. Wenn er sich täuschte, würden seine Kollegen im Senat ihn als einen dieser Provinzler einstufen, deren große Worte nicht ernstzunehmen sind. Aber er wußte, er mußte fortfahren, weil er sonst die Unterstützung seines neuen und sehr ansehnlichen Geldgebers verlieren würde.

»Aber vielleicht müssen wir gar nicht so lange suchen, um festzustellen, wer die Schuldigen an dieser teuflischen Tat waren.«

Das leise Summen in der Halle verstummte. Männer in den Gängen zwischen den Sitzreihen blieben auf dem Weg nach draußen stehen und drehten sich um.

»Ich möchte folgende Frage stellen: Trifft es nicht zu, daß die Bombe, die diesem jungen Mann, den einzigen Sohn unseres Präsidenten, tötete, in der Sowjetunion konstruiert und gebaut wurde, und zwar nachweislich? Ist dieser Sprengsatz nicht aus Rußland gekommen?«

Seine angeborene demagogische Begabung hätte ihn vielleicht noch weiter fortgerissen, doch die Sitzung löste sich in einem wilden Tumult auf. Die Medien trugen seine Frage innerhalb von zehn Minuten ins Land. Zwei Stunden lang taktierte die Regierung ausweichend, dann mußte sie mit der Wahrheit über das Resümee von Dr. Barnards Bericht herausrücken.

Schon am Abend dieses Tages fand der Zorn gegen den unbekannten Schuldigen, der am Vortag wie ein unterschwelliges Grollen die Leute von Nantucket erfaßt hatte, ein Ventil und Ziel. Menschenansammlungen, die sich spontan gebildet hatten, stürmten in der New

Yorker Fifth Avenue Nr. 630 die Niederlassung der sowjetischen Fluggesellschaft Aeroflot und schlugen alles kurz und klein. Der Polizei war es nicht mehr gelungen, das Gebäude durch einen Kordon zu schützen. In panischer Angst rannten Angestellte schutzsuchend die Treppe hinauf, wurden aber von den Bürokräften in den oberen Etagen brüsk abgewiesen. Zusammen mit den anderen in dem Gebäude entkamen sie dank der Feuerwehr, als die Aeroflot-Räume in Brand gesteckt wurden und das ganze Gebäude evakuiert werden mußte.

Gerade noch rechtzeitig kam die Polizei zur Sowjetmission bei den Vereinten Nationen, East 67th Street Nr. 136. Eine immer größer werdende Menschenmenge versuchte sich den Zugang in die von Polizisten abgeriegelte Straße zu erzwingen; zum Glück für die Russen hielten die Blauuniformierten dem Ansturm stand.

Ganz ähnlich ging es in Washington zu. Die Polizei der Hauptstadt war vorher gewarnt worden und konnte gerade noch zur rechten Zeit die Sowjetbotschaft und das Konsulat der UdSSR am Phelps Place sichern. Telefonanrufe des aufgeregten sowjetischen Botschafters beim Außenministerium wurden mit der Versicherung beantwortet, der Bericht aus England werde derzeit noch geprüft und könnte sich eventuell als irrig herausstellen.

»Wir möchten diesen Bericht sehen«, forderte Botschafter Jermakow. »Es ist eine Lüge. Ich behaupte kategorisch, daß es eine Lüge ist.«

Die Nachrichtenagenturen TASS und Nowosti sowie sämtliche Sowjetbotschaften in der Welt wiesen am späten Abend den Barnard-Bericht mit seinen Ergebnissen rundweg zurück und bezichtigten London und Washington einer bösartigen und geplanten Verleumdungskampagne.

»Verdammt noch mal, wie ist es denn rausgekommen?« wollte Michael Odell wissen. »Wie zum Teufel ist dieser Hapgood da rangekommen?«

Darauf gab es keine Antwort. Keine Großorganisation, von einem Regierungsapparat ganz zu schweigen, kommt ohne ein Heer von Sekretärinnen, Stenografen, Beamten, Boten aus, und jeder von ihnen hat die Möglichkeit, den Inhalt eines vertraulichen Dokuments weiterzugeben.

»Eins steht fest«, sagte Verteidigungsminister Stannard nachdenklich, »nach dieser Geschichte ist der Nantucket-Vertrag gestorben. Wir müssen jetzt unser Ausgabenbudget revidieren, weil es keine Rüstungskürzungen, überhaupt keine Begrenzungen geben wird.«

Quinn hatte damit begonnen, in dem Labyrinth der Gassen, die von der Schipper Straat wegführten, die Kneipen abzuklappern. Er fand sich am Abend um zehn dort ein und blieb, bis die Lokale kurz vor Tagesanbruch schlossen: ein schlaksiger Matrose, der angetrunken wirkte, ein nuschelndes Französisch sprach und in einer Kneipe nach der anderen ein kleines Bier nuckelte. Draußen war es kalt, und die leichtgekleideten Prostituierten fröstelten an ihren Heizöfchen oder Heizlüftern hinter den »Schaufenstern«. Manchmal, wenn sie Schichtwechsel hatten, zogen sie einen Mantel über und huschten den Gehsteig entlang zu einem der Lokale, um ein Glas zu trinken und nach alter Gewohnheit mit dem Barkeeper und den Stammgästen ein paar derbe Scherze auszutauschen.

Die meisten dieser Kneipen hatten Namen wie Las Vegas, Hollywood, California, da ihre allzeit optimistischen Besitzer hofften, Namen von so exotischem Reiz würden bei den Seeleuten auf Landgang die Vorstellung wecken, hinter den Türen, von denen die Farbe abblätterte, erwarte sie ein entsprechender Glamour. Im großen und ganzen waren es schäbige Kaschemmen, aber warm, und der Gast bekam dort anständiges Bier.

Quinn hatte zu Sam gesagt, sie müsse warten, entweder im Hotel oder in dem um zwei Ecken, an der Falcon Rui, geparkten Wagen. Sie entschied sich für den Wagen, was nicht verhinderte, daß sie durch die Fenster eine Menge eindeutiger Anträge erhielt.

Quinn saß da, trank langsam sein Bier und beobachtete den anschwellenden Strom von Einheimischen und Ausländern, den es in diese Straßen mit ihren Kneipen spülte und wieder hinaustrug. An seiner linken Hand trug er, sorgfältig mit schwarzer Tusche aus dem Zeichenbedarfsgeschäft ausgeführt und mit leicht verschmierten Konturen, damit es älter aussah, das Motiv des schwarzen Spinnennetzes mit der hellroten Spinne in der Mitte. Die ganze Nacht hindurch musterte er andere linke Hände, sah aber nichts dergleichen.

Er wanderte die Guit Straat und die Pauli Plein hinauf, trank in jeder Kneipe ein kleines Bier, ging dann wieder in die Schipper Straat und begann seine Runde von neuem. Die Mädchen dachten, er wolle eine Frau haben, könne sich aber nicht entschließen. Die männlichen Kunden übersahen ihn, da sie selbst auf der Suche umherzogen. Mehrere Barkeeper nickten und grinsten, als er zum drittenmal hereinkam. »Wieder da. Kein Glück gehabt?«

Sie hatten recht, aber anders, als sie meinten. Er hatte kein Glück und kam vor Tagesanbruch zu Sam zurück, die im Wagen auf ihn wartete. Sie war eingenickt, der Motor lief, das Gebläse hielt das Innere warm.

»Was jetzt?« fragte sie, als sie ihn zum Hotel zurückfuhr.

»Essen, schlafen, essen, heute abend wieder von vorne«, sagte er.

Sie war den ganzen Morgen über im Bett besonders leidenschaftlich, weil sie dachte, einige der Mädchen in der Schipper Straat mit ihrer Aufmachung könnten es ihm angetan haben. Es war nicht so, aber er sah keinen Grund, sie darüber aufzuklären.

Lionel Cobb suchte am selben Tag aus eigenem Antrieb Cyrus V. Miller in dessen Räumen ganz oben im Pan-Global-Turm in Houston auf.

»Ich will aussteigen«, sagte er in entschiedenem Ton. »Die Kerle sind zu weit gegangen. Was sie mit dem Jungen gemacht haben, war schrecklich. Cyrus, Sie haben gesagt, dazu wird es nie kommen. Sie haben gesagt, die Entführung allein wird genügen . . . eine Wende herbeizuführen. Wir hätten niemals gedacht, daß der Junge sterben wird . . . aber was ihm diese Bestien angetan haben . . . das war entsetzlich . . . unmoralisch . . .«

Miller erhob sich hinter seinem Schreibtisch, und seine Augen blitzten den Jüngeren an.

»Halten Sie mir keine Vorträge über Moral, junger Mann! Lassen Sie sich das gesagt sein. Ich wollte auch nicht, daß das passiert, aber wir haben alle gewußt, daß es vielleicht passieren muß. Auch Sie, Lionel Cobb, werden das zugeben müssen, wenn Sie vor Ihrem höchsten Richter stehen, auch Sie. Und es mußte sein. Im Gegensatz zu Ihnen habe ich gebetet, daß Er mich erleuchten möge; im Gegensatz zu Ihnen habe ich Nächte auf den Knien verbracht und für diesen jungen Menschen gebetet.

Und der Herr hat mir geantwortet, mein Freund. Der Herr hat zu mir gesprochen: Es ist besser, daß ein junges Lamm zur Schlachtbank geht, als daß die ganze Herde verderbe. Hier geht es nicht um einen einzelnen Menschen, Cobb, hier stehen die Sicherheit, der Fortbestand, ja, das Leben der gesamten amerikanischen Nation auf dem Spiel. Und der Herr hat zu mir gesagt: Was sein muß, muß sein. Dieser Kommunist in Washington muß zu Fall gebracht werden, bevor er den Tempel des Herrn zerstört, nämlich unser ganzes Land. Fahren Sie zurück in Ihre Fabrik, Lionel Cobb, und verwandeln Sie die Pflugscharen in die Schwerter, die wir brauchen, um unser Land zu verteidigen und die Feinde Christi in Moskau zu vernichten. Und schweigen Sie, mein Herr. Sprechen Sie mir nie mehr von Moral, denn dies ist das Werk des Herrn, und er hat zu mir gesprochen.«

Lionel Cobb fuhr zurück in seine Fabrik, tief erschüttert.

Michail Sergejewitsch Gorbatschow hatte an diesem Tag ebenfalls eine ernste Konfrontation. Wieder einmal lagen auf dem Konferenztisch, der beinahe ebenso lang war wie sein Zimmer, Zeitungen aus dem Westen ausgebreitet; die Aufnahmen darin erzählten einen Teil der Geschichte, die schreienden Schlagzeilen den Rest. Nur für letztere brauchte er eine russische Fassung. An jede Zeitung war die im Außenministerium besorgte Übersetzung geheftet.

Auf seinem Schreibtisch lagen Berichte, die keiner Übersetzung bedurften. Sie waren auf russisch abgefaßt, von Botschaftern und Generalkonsuln aus aller Welt und den Auslandskorrespondenten der Sowjetpresse. Selbst bei den osteuropäischen Satelliten war es zu antisowjetischen Demonstrationen gekommen. Moskau hatte immer wieder und aufrichtig dementiert, und doch . . .

Als Russe und als Parteiapparatschik mit langjähriger Übung war Gorbatschow, was das Geschäft der Realpolitik betraf, nicht von Skrupeln geplagt. Er wußte, was Desinformation ist; hatte nicht der Kreml dafür eine ganze eigene Abteilung ins Leben gerufen? Schließlich gab es im KGB ein Direktorat, das die Aufgabe hatte, mittels wohlgezielter Lügen oder noch schädlicherer Halbwahrheiten antiwestliche Stimmungen zu schüren. Doch dieser Akt der Desinformation war unglaublich.

Er wartete voll Ungeduld auf den Mann, den er zu sich zitiert hatte. Es war beinahe schon Mitternacht und er hatte die Entenjagd an den nördlichen Seen, die er für dieses Wochenende geplant hatte – neben seiner Vorliebe für scharfgewürzte georgische Speisen, seine zweite große Leidenschaft – absagen müssen.

Er kam kurz nach Mitternacht.

Gerade ein Generalsekretär der KPdSU sollte sich nicht der Erwartung hingeben, daß ein Vorsitzender des KGB ein warmherziger, liebenswerter Charakter war, aber Generaloberst Wladimir Krjutschkows Gesicht hatte einen Zug kalter Grausamkeit, den Gorbatschow persönlich unsympathisch fand.

Zwar hatte er den Mann von seinem Posten als Dritter Stellvertretender Vorsitzender drei Jahre vorher an die Spitze geholt, als es ihm gelungen war, seinen alten Widersacher Tschebrikow aus dem Amt zu entfernen. Einer der vier Stellvertretenden Vorsitzenden hatte Anspruch auf die freigewordene Position, und Gorbatschow war von Krjutschkows Vergangenheit als Anwalt so angetan gewesen, daß er ihm den Posten antrug. Doch seither hatte er begonnen, gewisse Vorbehalte gegen ihn zu hegen.

Er war sich bewußt, daß ihn dabei vielleicht das Verlangen geleitet hatte, die UdSSR in einen »sozialistischen Rechtsstaat« zu verwandeln, in dem das Recht über allem stand, eine Idee, die dem Kreml früher als bürgerlich gegolten hatte. Es war eine ziemlich hektische Zeit gewesen, jene ersten Oktobertage 1988, als er plötzlich eine außerordentliche Sitzung des Zentralkomitees einberufen und seine eigene Nacht der langen Messer gegen seine Widersacher eingeleitet hatte. Vielleicht hatte er in der Eile ein paar Dinge übersehen. Wie beispielsweise Krjutschkows Vergangenheit.

Dieser hatte während der stalinistischen Säuberungsprozesse in der Staatsanwaltschaft gearbeitet, keine Aufgabe für überempfindliche Naturen, war 1956 an der brutalen Niederschlagung des Aufstandes in Ungarn beteiligt gewesen und 1967 in den KGB eingetreten. In Ungarn hatte er auch Andropow kennengelernt, der dann fünfzehn Jahre lang an der Spitze des KGB stand. Andropow hatte Tschebrikow als seinen Nachfolger vorgeschlagen und dieser Krjutschkow zum Chef der Auslandsspionage, des Ersten Hauptdirektorats gemacht. Vielleicht hatte er, Gorbatschow, die alten Loyalitätsbedingungen unterschätzt.

Er blickte auf, sah die hohe gewölbte Stirn, die eiskalten Augen, die dichten, grauen Koteletten und den grimmigen Mund mit den herabgezogenen Mundwinkeln. Und es wurde ihm klar, daß dieser Mann möglicherweise sein Gegner sein könte.

Gorbatschow kam um den Schreibtisch herum und gab dem Besucher die Hand – eine trockene, fest zugreifende Hand. Wie immer, wenn er sich mit jemandem unterhielt, wahrte er konsequent Blickkontakt, als hielte er nach Verschlagenheit oder Ängstlichkeit Ausschau. Im Gegensatz zu den meisten seiner Vorgänger freute es ihn, wenn er nichts von beidem fand. Er deutete mit einer Handbewegung auf die Berichte aus Übersee. Der General nickte. Er hatte sie alle schon gesehen, und nicht nur sie. Er mied Gorbatschows Blick.

»Machen wir es kurz«, sagte Gorbatschow. »Wir wissen, was die schreiben. Es ist eine Lüge. Wir dementieren weiter. Es darf nicht zugelassen werden, daß sich diese Lüge festsetzt. Aber wer ist der Urheber? Was könnte der Ausgangspunkt sein?«

Krjutschkow klopfte mit einem Finger verächtlich auf die Berichte aus dem Westen. Obwohl er früher KGB-Resident in New York gewesen war, haßte er Amerika.

»Genosse Generalsekretär, anscheinend stützen sie sich auf einen Bericht des britischen Experten, der die amtliche Untersuchung der Umstände durchführte, unter denen dieser Amerikaner starb. Entweder hat dieser Mann gelogen, oder sein Bericht ist von anderen Leuten verändert worden. Ich nehme an, daß es sich um einen faulen Trick der Amerikaner handelt.«

Gorbatschow ging wieder hinter seinen Schreibtisch und setzte sich. Er wählte seine Worte mit Bedacht.

»Könnte ... wäre es denkbar ... daß an dieser Beschuldigung doch etwas dran ist?«

Wladimir Krjutschkow war verblüfft. Innerhalb seines eigenen Direktorats gab es eine Abteilung, die sich speziell damit beschäftigte, die teuflischsten Apparaturen zum Töten oder zumindest zu dem Zweck, Menschen außer Gefecht zu setzen, zu erfinden, zu entwerfen und in ihren Laboratorien zu produzieren. Aber sie hatte mit dieser Geschichte nichts zu schaffen gehabt; dort war keine Bombe gebastelt worden, die später in Simon Cormacks Gürtel versteckt werden sollte.

»Nein Genosse, ganz gewiß nicht.«

Gorbatschow beugte sich nach vorne und klopfte mit einem Finger auf das Tintenlöschblatt.

»Gehen Sie der Sache nach«, befahl er, »ja oder nein, stellen Sie das fest!«

Der General nickte und ging. Der Generalsekretär blickte nachdenklich durch den langen Raum. Er brauchte – vielleicht sollte er sagen, er »hatte gebraucht« – den Nantucket-Vertrag dringender, als man im Oval Office wußte. Ohne den Vertrag war sein Land vom Gespenst des unsichtbaren Stealth-Bombers B2 und von dem Alptraum bedroht, 300 Milliarden Rubel aufbieten zu müssen, um das System der Luftverteidigung zu erneuern. Bis die Ölquellen versiegten.

Quinn sah ihn am dritten Abend. Er war klein und stämmig gebaut, mit den Blumenkohlohren und der eingedrückten Nase eines Boxers – ein Schlägertyp. Er saß allein am Ende der Theke in der Montana-Bar, einer schmierigen Spelunke in der Oude Mann Straat, die ihren Namen, Alter-Mann-Straße, zu Recht trug. In der Kneipe waren noch ein Dutzend anderer Leute, aber niemand unterhielt sich mit ihm, und er machte den Eindruck, als wollte er das auch nicht.

Mit der rechten Hand umklammerte er das Bierglas, die linke hielt eine selbstgedrehte Zigarette, und auf dem Handrücken war das schwarze Spinnennetz zu sehen. Quinn ging langsam an der Theke entlang und setzte sich auf den nächsten Hocker neben den Mann.

Eine Zeitlang saßen die beiden schweigend da. Der Boxer warf Quinn einen flüchtigen Seitenblick zu, nahm aber weiter keine Notiz von ihm. So vergingen zehn Minuten. Der Mann drehte sich wieder eine Zigarette. Quinn gab ihm Feuer. Der Boxer dankte mit einem Nicken, aber wortlos. Ein mürrischer, mißtrauischer Typ, nicht leicht in ein Gespräch zu ziehen.

Quinn machte den Barkeeper auf sich aufmerksam und deutete auf sein Glas. Eine zweite Flasche wurde ihm gebracht. Er wies mit einer Handbewegung auf das leere Glas des Mannes neben ihm und zog eine Augenbraue hoch. Der Mann schüttelte den Kopf, fuhr mit der Hand in die Tasche und zahlte selbst.

Quinn stieß einen lautlosen Seufzer aus. Das war ein schwieriger Fall. Der Typ sah aus wie einer, der in Kneipen Streit sucht, ein kleiner Ganove, nicht einmal mit genug Grips, um einen Zuhälter abzugeben, was ja nicht viel verlangt. Die Chance, daß er französisch sprach, war gering, und an ihn heranzukommen, offensichtlich nicht leicht. Aber das Alter stimmte ungefähr, Ende vierzig, und er hatte die Tätowierung. Man mußte sich mit ihm begnügen.

Quinn verließ die Kneipe, ging um zwei Straßenecken und fand Sam müde im Auto hockend. Er sagte ihr leise, was sie tun solle.

»Hast du den Verstand verloren?« sagte sie. »Das ist unmöglich. Lassen Sie sich gesagt sein, Mr. Quinn, ich bin die Tochter eines Predigers aus Rockcastle!« Dabei grinste sie.

Zehn Minuten später saß Quinn wieder auf seinem Barhocker, als sie hereinkam. Sie hatte den Rock so hoch hinaufgezogen, daß sie den Bund vermutlich unter den Achselhöhlen hatte, wo er unter ihrem Polohemd nicht zu sehen war. Sie hatte die ganze Kleenex-Packung aus dem Handschuhfach aufgebraucht, um ihren ohnedies schon üppigen Busen noch üppiger erscheinen zu lassen. Sie stöckelte auf Quinn zu und setzte sich auf den Hocker zwischen ihm und dem Boxer. Der Boxer starrte sie an, das ganze Lokal starrte sie an. Quinn ignorierte sie.

Sie berührte Quinn an der Wange und küßte sie. Dann steckte sie ihm die Zunge ins Ohr. Er ignorierte sie noch immer. Der Boxer starrte wieder auf sein Glas, schoß aber gelegentlich einen verstohlenen Blick auf den Busen, der über die Theke ragte. Der Barkeeper kam herbei, lächelte und sah sie fragend an.

»Whisky«, sagte sie. Es ist ein Wort, das in aller Welt bekannt ist und nicht die Herkunft verrät, wenn man es ausspricht. Er fragte sie auf flämisch, ob sie Eis dazu wünsche; sie verstand ihn nicht, nickte aber munter. Sie bekam das Eis. Dann trank sie Quinn zu, der sie weiter ignorierte. Achselzuckend drehte sie sich zu dem Boxer hin und trank statt dessen ihm zu. Überrascht ging der Schlägertyp darauf ein.

Mit voller Absicht öffnete Sam den Mund und fuhr sich mit der Zunge über die grell geschminkte Unterlippe. Sie machte den Boxer schamlos an. Er grinste sie an mit seinen Zahnstummeln. Ohne noch länger zu warten, lehnte sie sich zu ihm hinüber und küßte ihn voll auf den Mund.

Mit einem Schlag seines Handrückens fegte Quinn sie von ihrem Barhocker auf den Boden, stand auf und beugte sich über den Boxer.

»Was fällt dir denn ein, du Scheißkerl, dich an meine Alte ranzumachen?« fauchte er ihn in einem gelallten Französisch an. Ohne eine Antwort abzuwarten, holte er zu einem linken Haken aus, der den Boxer genau am Unterkiefer traf und ihn nach hinten auf die Sägespäne des Bodens schmiß.

Der Mann fiel geschickt, blinzelte, rappelte sich hoch und ging auf Quinn los. Sam suchte, wie verabredet, schnell das Weite. Der Wirt griff nach dem Telefon unter der Theke, wählte 101, die Nummer der Polizei, und als sich jemand meldete, murmelte er »Kneipenschlägerei« und die Adresse seines Lokals.

In diesem Viertel sind, namentlich nachts, immer Streifenwagen unterwegs, und der erste weiße Sierra mit den blauen Buchstaben POLITIE an der Seite war schon nach vier Minuten da. Er spuckte zwei uniformierte Polizeibeamte aus, denen zwanzig Sekunden später zwei weitere aus einem zweiten Wagen auf dem Fuße folgten.

Trotzdem ist es erstaunlich, welchen Schaden zwei gute Fighter innerhalb von vier Minuten in einer Kneipe anrichten können. Quinn wußte, daß er gegenüber dem Boxer, durch Alkohol und Zigaretten träge geworden, den Vorteil der größeren Ausdauer und auch der größeren Reichweite hatte. Aber er ließ ihn, um ihn aufzumuntern, ein paar Hiebe in die Rippen landen, und versetzte ihm dann einen harten linken Haken unter die Herzgegend, um ihn ein bißchen zu bremsen. Als es so aussah, als könnte der Typ aufgeben, ging Quinn an ihn ran.

In einem Doppelclinch machten die beiden Männer aus dem größten Teil der Kneipeneinrichtung Kleinholz. In einem wirren Durcheinander von Stuhlbeinen, Tischplatten, Gläsern und Flaschen wälzten sie sich auf dem mit Sägespänen bedeckten Boden.

Als die Polizei erschien, wurden beide auf der Stelle festgenommen. Für dieses Viertel zuständig ist die Polizei der Zone West P/1, und das nächste Revier befindet sich in der Blindenstraat. Die beiden Streifenwagen lieferten sie dort zwei Minuten später getrennt voneinander ab und übergaben sie der Obhut des diensttuenden Sergeanten Klopper. Der Wirt zählte den angerichteten Schaden zusammen und machte hinter der Theke seine Aussage. Nicht nötig, den Mann festzuhalten, er mußte ja seinem Geschäft nachgehen. Die Beamten dividierten seine Schadensschätzung durch zwei und ließen ihn seine Unterschrift daruntersetzen.

Festgenommene Raufbolde werden in der Blindenstraat immer getrennt. Sergeant Klopper steckte den Boxer, den er von früheren Begegnungen her gut kannte, in die kahle Wachkammer hinter dem Schreibtisch; Quinn mußte auf einer harten Bank Platz nehmen, während sein Paß überprüft wurde.

»Amerikaner, aha«, sagte Klopper. »Sie sollten sich nicht in Schlägereien einlassen, Mr. Quinn. Wir kennen diesen Kuyper; immer stellt er irgendwas an. Diesmal kommt er ins Kittchen. Er hat angefangen, nicht?«

»Eigentlich bin ich auf ihn los.«

Klopper sah sich die Aussage des Kneipiers an.

»Hm. Ja, der Barbesitzer sagt, Sie hätten beide schuld. Schade. Ich muß Sie also beide hierbehalten. Morgen vormittag kommen Sie vor den Magistrat. Wegen der Beschädigungen in dem Lokal.«

Der Magistrat, das würde Papierkram bedeuten. Als um 5 Uhr morgens eine sehr elegante Amerikanerin in einem strengen Kostüm mit einem Bündel Geldscheine für den in der Montana-Bar angerichteten Schaden im Revier erschien, war Sergeant Klopper erleichtert.

»Sie bezahlen die Hälfte des Schadens, den Teil dieses Amerikaners, ja?« fragte er.

»Zahl alles!« sagte Quinn auf seiner Bank.

»Sie wollen Kuypers Teil ebenfalls bezahlen, Mr. Quinn? Er ist ein Schläger, geht hier ein und aus, schon seit er ein Junge war. Ein langes Register, immer kleine Delikte.«

»Zahl auch für ihn«, sate Quinn zu Sam. Sie tat es. »Da ja jetzt alles beglichen ist – wollen Sie noch Anzeige erstatten, Sergeant?«

»Eigentlich nicht. Sie können gehen.«

»Kann er mitkommen?« Quinn deutete zu der Wachkammer und dem schnarchenden Kuyper hin, dessen Gestalt man durch die offene Tür sehen konnte.

»Sie wollen *ihn* mitnehmen?«

»Klar, wir sind ja Kumpel.«

Der Sergeant zog eine Augenbraue hoch, rüttelte Kuyper wach und sagte zu ihm, der Amerikaner habe den von ihm, Kuyper, angerichteten Schaden erstattet, und das sei nur gut so, weil Kuyper sonst wieder einmal eine Woche lang hinter Gitter käme. Wie die Dinge stünden, könne er gehen. Als Sergeant Klopper aufblickte, war die Dame verschwunden. Der Amerikaner legte den Arm um Kuypers Schulter, und zusammen wankten sie die Stufen vor dem Polizeirevier hinunter. Zur großen Erleichterung des Sergeanten.

In London trafen sich zwei gesetzte Männer zur Mittagsstunde in einem verschwiegenen Restaurant, wo die Kellner sie allein ließen, nachdem das Essen serviert worden war. Die beiden Männer kannten einander vom Sehen beziehungsweise von Fotografien. Jeder wußte, womit der andere sein Brot verdiente. Hätte ein Neugieriger die Dreistigkeit besessen zu fragen, hätte er vielleicht erfahren, daß der Engländer Beamter im Außenministerium und der andere der stellvertretende Kulturattaché an der sowjetischen Botschaft in London war.

Niemals aber hätte er, einerlei, wie viele Unterlagen er auch überprüfte, erfahren, daß der Beamte aus dem Außenministerium Stellvertretender Chef der sowjetischen Abteilung im Century House war, der Zentrale des britischen Geheimdienstes SIS, und ebensowenig, daß der Mann, der angeblich Besuche des georgischen Staatschores arrangierte, stellvertretender KGB-Resident in der Botschaft war. Die beiden Männer wußten, daß sie hier mit Zustimmung ihrer jeweiligen Regierung saßen, daß um die Begegnung von den Russen nachgesucht worden war und daß der Chef des SIS sich die Sache lange überlegt hatte, ehe er sein Einverständnis erteilte. Die Briten hatten eine ungefähre Vorstellung davon, worum die Sowjets ersuchen würden. Als die Überreste der Lammkoteletts vom Tisch genommen wurden und der Kellner ihren Kaffee holen ging, stellte der Russe seine Frage.

»Ich fürchte, er stimmt, Witali Iwanowitsch«, antwortete der Engländer gemessen. Er sprach mehrere Minuten lang, in denen er die Befunde des Barnard-Berichts zusammenfaßte. Der Russe wirkte tief betroffen.

»Das ist unmöglich«, sagte er schließlich. »Die Dementis meiner Regierung entsprechen ganz und gar der Wahrheit.«

Der englische Geheimdienstler schwieg. Er hätte sagen können, wenn man so viele Lügen erzählt hat und schließlich die Wahrheit sagt, ist sie schwer an den Mann zu bringen. Aber er behielt es für sich. Er entnahm seiner Brusttasche ein Foto. Der Russe betrachtete es genau.

Der Gegenstand, vom Format einer Heftklammer, war stark vergrößert worden. Auf dem Foto war er zehn Zentimeter lang. Ein Miniaturzünder. Aus Baikonur.

»Das wurde in der Leiche gefunden?«

Der Engländer nickte.

»In ein Stück Knochen gepreßt, das in die Milz getrieben wurde.«

»Ich bin technisch auf diesem Gebiet nicht qualifiziert«, sagte der Russe. »Darf ich das behalten?«

»Deswegen habe ich es ja mitgebracht«, sagte der SIS-Mann.

Der Russe antwortete mit einem Seufzer und zog seinerseits ein Blatt Papier heraus. Der Engländer warf einen Blick darauf und zog eine Augenbraue hoch. Es war eine Adresse in London. Der Russe zuckte mit den Achseln.

»Eine kleine Geste«, sagte er, »etwas, was zu unserer Kenntnis gelangte.«

Die Männer zahlten und verabschiedeten sich voneinander. Vier Stunden später führten die Special Branch und die Terrorbekämpfungseinheit eine gemeinsame Razzia in einer Doppelhaushälfte in Mill Hill durch. Dabei wurden alle vier Mitglieder eines IRA-Einsatzkommandos verhaftet und Gegenstände zur Herstellung von Sprengsätzen sichergestellt, die für ein Dutzend großer Anschläge in der Hauptstadt ausgereicht hätten.

Quinn machte Kuyper den Vorschlag, eine Kneipe zu suchen, die noch offen hatte, und ihre Freilassung mit einem Gläschen Bier zu begießen. Diesmal bekam er keine Abfuhr. Kuyper trug ihm die Schlägerei in der Spelunke nicht nach; er hatte sich nämlich gelangweilt und war davon aufgemuntert worden. Außerdem brauchte er keinen Schadensersatz zu zahlen – ein Extrabonus. Sein Kater mußte in ein, zwei Bierchen ersäuft werden, und wenn dieser hochgewachsene Typ schon blechte ...

Das Französisch des Boxers war leidlich. Er schien mehr zu verstehen, als er sprechen konnte. Quinn stellt sich ihm als Jacques Degrueldre vor, ein Franzose belgischer Abstammung, der lange Jahre im Ausland gewesen und in der französischen Handelsmarine zur See gefahren sei.

Beim zweiten Bier bemerkte Kuyper die Tätowierung auf dem

Rücken von Quinns linker Hand und hielt stolz seine eigene zum Vergleich hin.

»Das waren noch Zeiten, was?« sagte Quinn grinsend. Kuyper gluckste erinnerungsselig.

»Seinerzeit hab' ich ein paar Typen ordentlich vermöbelt«, erinnerte er sich befriedigt. »Wo bist du dazugestoßen?«

»Im Kongo, zweiundsechzig«, antwortete Quinn.

Kuypers Stirn zog sich zusammen, während er sich klarzumachen versuchte, wie jemand im Kongo zu der Organisation Spinne stoßen konnte. Quinn beugte sich zu ihm hin und setzte eine verschwörerische Miene auf.

»Ich war dort von zweiundsechzig bis siebenundsechzig im Einsatz«, sagte er. »Mit Schramme und Wauthier. Dort unten waren damals lauter Belgier. Zumeist Flamen. Die besten Fighter der Welt.«

Das gefiel Kuyper. Er nickte melancholisch. Es stimmte ja alles.

»Diesen schwarzen Affen hab' ich eine saubere Lektion erteilt, das darfst du mir glauben.«

Das gefiel Kuyper noch mehr.

»Ich wär' beinahe auch hinuntergegangen«, sagte er bedauernd. Offenbar war ihm eine große Chance entgangen, eine Menge Afrikaner umzulegen. »Aber ich war damals im Knast.«

Quinn goß wieder eine Flasche Bier nach, die siebte.

»Mein bester Kumpel im Kongo war aus der Gegend hier«, sagte er. »Vier waren mit der Spinne tätowiert. Aber er war der Beste. Eines Abends sind wir alle losgezogen in die Stadt, haben einen Tätowierer gefunden, und sie haben mich aufgenommen, weil ich die Prüfungen schon bestanden hatte, nehm' ich an. Vielleicht erinnerst du dich an ihn. Der ›große Paul‹ hieß er.«

Kuyper ließ den Namen langsam in sich einsinken, überlegte eine Weile, runzelte die Stirn und schüttelte den Kopf.

»Paul und wie noch?«

»Blöd, daß ich das nicht mehr weiß. Wir waren beide zwanzig damals. Lange her. Wir haben ihn einfach den ›großen Paul‹ genannt. Riesiger Kerl, mehr als zwei Meter groß. Breit wie ein Möbelpacker. Er muß weit über zwei Zentner schwer gewesen sein. Verdammt ... wie hat er denn noch geheißen ...?«

Die Runzeln verschwanden von Kuypers Stirn.

»Jetzt erinnere ich mich an ihn«, sagte er. »Ja, ein brauchbarer Puncher. Er mußte stiften gehen, weißt du. Die Polente war ihm auf den Fersen. Deswegen ist er nach Afrika gegangen. Sie haben ihn wegen einer Vergewaltigungsanzeige gesucht. Warte, Moment ... Marchais. So hat er geheißen, Paul Marchais.«

»Natürlich«, sagte Quinn. »Der gute alte Paul.«

Steve Pyle, General-Manager der SAIB in Riad, erhielt Andy Laings Brief zehn Tage, nachdem er aufgegeben worden war. Er las ihn in seinem Büro, wo er ungestört war, und als er ihn weglegte, zitterte ihm heftig die Hand. Diese ganze Geschichte entwickelte sich allmählich zu einem Alptraum.

Er wußte, die neuen Daten im Bankcomputer würden einer elektronischen Überprüfung standhalten – der Oberst hatte, als er das Material austauschte, geradezu geniale Arbeit geleistet, aber ... Angenommen, dem Minister, Prinz Abdul, passierte etwas? Angenommen, das Ministerium führte seine Revision im April durch und der Prinz weigerte sich zuzugeben, daß er die Einrichtung des Fonds sanktioniert hatte? Und er, Steve Pyle, hatte nur Easterhouses Wort ...

Er versuchte Easterhouse telefonisch zu erreichen, aber der Oberst war nicht da. Er hielt sich, wovon Pyle nichts wußte, im gebirgigen Norden in der Nähe von Ha'il auf, wo er mit seinem schiitischen Imam Pläne schmiedete, der die Hand Allahs über sich glaubte und an seinen Füßen die Schuhe des Propheten. Drei Tage sollten vergehen, bis Pyle den Oberst erreichte.

Quinn traktierte Kuyper bis in den Nachmittag hinein mit Bier. Dabei mußte er vorsichtig sein. Zuwenig, und Kuypers Zunge wurde nicht so weit gelöst, daß er sein Mißtrauen und seine mürrische Sturheit überwand; zuviel, und er würde schlicht umkippen. Er gehörte zu dieser Sorte von Trinkern.

»Ich hab' ihn siebenundsechzig aus den Augen verloren«, sagte Quinn über ihren gemeinsamen Kumpel Paul Marchais, der irgendwo abgeblieben war. »Ich bin weggegangen, als die ganze Geschichte für uns Söldner gefährlich wurde. Sicher ist er nie rausgekommen. Vermutlich irgendwo in einem Straßengraben verreckt.«

Kuyper gluckste vergnügt, blickte um sich und legte einen Finger an die Nase, die Geste der Schwachköpfe, die glauben, sie wüßten etwas ganz Besonderes.

»Nein, er ist zurückgekommen«, sagte er fröhlich. »Hierher.«

»Nach Belgien?«

»Ja, 1968 muß das gewesen sein. Ich war grad aus dem Kittchen rausgekommen. Hab' ihn selber gesehen.«

Dreiundzwanzig Jahre, dachte Quinn. Weiß Gott, wo Marchais heute war.

»Ich hätte nichts dagegen, mit dem ›großen Paul‹ ein Glas Bier zu trinken, in Erinnerung an die alten Zeiten«, sagte er nachdenklich. Kuyper schüttelte den Kopf.

»Keine Chance«, sagte er mit besoffener Stimme. »Er ist verschwunden. Mußte ja, wegen der Geschichte mit der Polizei und alldem. Als letztes hab' ich gehört, daß er irgendwo im Süden auf einem Rummelplatz gearbeitet hat.«

Fünf Minuten später pennte er. Quinn kehrte, leicht schwankend, ins Hotel zurück. Auch er hatte das Bedürfnis nach Schlaf.

»Zeit, daß du dir dein Essen verdienst«, sage er zu Sam. »Geh zum Fremdenverkehrsamt und erkundige dich nach Rummelplätzen, Vergnügungsparks und ähnlichem. Im Süden des Landes.«

Es war 18 Uhr. Er schlief zwölf Stunden.

»Es gibt zwei«, berichtete sie, als sie in ihrem Zimmer beim Frühstück saßen. »Da ist einmal Bellewaerde, außerhalb von Ypern im äußersten Westen, nahe der Küste und der französischen Grenze. Oder Walibi außerhalb von Wavre, südlich von Brüssel. Ich habe die Prospekte mitgebracht.«

»Ich nehme nicht an, daß in den Prospekten steht, sie beschäftigen dort einen ehemaligen Kongosöldner«, sagte Quinn. »Dieser Kretin hat gesagt ›irgendwo im Süden‹. Versuchen wir's zuerst mit Walibi. Sieh nach, wie wir da hinkommen und dann melden wir uns ab.«

Kurz vor 10 Uhr verstaute er seine Leinwandtasche, den neuen Jutesack und Sams umfangreicheres Gepäck im Auto. Sobald sie die Autobahn erreicht hatten, ging es wieder zügig dahin, direkt nach Süden, an Mechelen vorbei, dann auf der Umgehungsstraße um Brüssel herum und auf der E40 wieder nach Süden, in Richtung auf Wavre. Danach war der Vergnügungspark ausgeschildert.

Er war natürlich geschlossen. Alle Rummelplätze wirken im Winter traurig und verödet. Die Autoscooter steckten in Leinenüberzügen, die Vergnügungsschuppen waren kalt und leer, der graue Regen strömte von den Balken der Achterbahn herab, und der Wind fegte nasse, braune Blätter in Ali Babas Höhle. Weil es regnete, waren sogar die Wartungsarbeiten vorläufig eingestellt worden. Auch im Verwaltungsbüro war niemand anzutreffen. Sam und Quinn suchten ein Café weiter unten an der Straße auf.

»Was jetzt?« fragte Sam.

»Wir besuchen den Direktor bei sich zu Hause«, sagte Quinn und bat um das Telefonbuch.

Das Gesicht des Direktors dieses Vergnügungsparks, Bertie van Eyck, strahlte jovial vom Titelblatt des Prospekts, und darunter standen seine Begrüßungsworte für alle Besucher. Da es sich um einen flämischen Namen handelte und Wavre tief im wallonischen Gebiet liegt, waren nur drei Anschlüsse unter dem Namen van Eyck verzeichnet. Einer hatte den Vornamen Albert. Bertie. Eine Adresse außerhalb des Ortes. Sie nahmen ein Mittagessen zu sich und fuhren hinaus. Quinn fragte mehrmals nach dem Weg.

Es war ein hübsches einzeln stehendes Haus an einer langen ländlichen Straße namens Chemin des Charrons. Madame van Eyck kam an die Tür und rief ihren Mann, der bald darauf in Strickjacke und Filzpantoffeln erschien. Hinter ihm waren die Geräusche einer Sportsendung im Fernsehen zu hören.

Bertie van Eyck war zwar ein geborener Flame, aber im Fremdenverkehrsgewerbe tätig und deshalb zweisprachig, französisch und flämisch. Auch sein Englisch war perfekt. Er identifizierte die Besucher mit einem einzigen Blick als Amerikaner und sagte: »Ja, ich bin van Eyck. Kann ich Ihnen behilflich sein?«

»Das hoffe ich doch, Sir, ja, das hoffe ich bestimmt«, sagte Quinn in breitestem Südstaaten-Englisch. Er hatte wieder die Pose des unbedarften Amerikaners angenommen, mit der er das Mädchen im *Blackwood's Hotel* getäuscht hatte. »Ich und meine Angetraute hier, wir sind hier in Ihrem Land und wollen Verwandte aus der alten Heimat ausfindig machen. Mein Großvater mütterlicherseits war nämlich aus Belgien, und so hab' ich Verwandte in dieser Gegend hier, und ich dachte mir, wenn ich vielleicht den einen oder andern finden könnte, das wär' doch wirklich hübsch, und wenn ich dann meiner Familie drüben in den Staaten davon berichten könnte ...«

Aus dem Fernsehgerät drang Lärm. Van Eyck wirkte sichtlich nervös. Der belgische Tabellenführer Tournai spielte gegen den französischen Meister Saint Etienne, eine Begegnung, bei der es um die nationale Ehre ging und die sich kein wahrer Fußballfan entgehen ließ.

»Ich habe leider keine amerikanischen Verwandten ...«, begann er.

»Nein, Monsieur, Sie haben mich nicht richtig verstanden. Ich habe in Antwerpen erfahren, daß der Neffe meiner Mutter vielleicht in dieser Gegend hier arbeitet. In einem Vergnügungspark. Er heißt Paul Marchais.«

Van Eyck runzelte die Stirn und schüttelte den Kopf.

»Ich kenne alle meine Leute. Wir haben niemanden mit diesem Namen.«

»Ein großer, kräftiger Kerl. Den ›großen Paul‹ nennen sie ihn. Über zwei Meter, breit wie ein Schrank, eine Tätowierung auf der linken Hand ...«

»Ja, ja, aber er heißt nicht Marchais. Sie meinen Paul Lefort.«

»Nun ja, vielleicht meine ich genau den«, sagte Quinn. »Da fällt mir ein, seine Mama, die Schwester meiner Mutter, hat ja noch einmal geheiratet, also hat er sicher einen anderen Namen bekommen. Wissen Sie zufällig, wo er logiert?«

»Warten Sie bitte.«

Bertie van Eyck war in zwei Minuten wieder da und gab Quinn einen Zettel. Dann eilte er zu seinem Fußballspiel zurück. Tournai hatte ein Tor erzielt, und er hatte es verpaßt.

Als sie wieder nach Wavre hineinfuhren, sagte Sam: »Ich habe noch nie eine so entsetzliche Karikatur eines amerikanischen Trottels auf Europabesuch erlebt.«

Quinn feixte.

»Aber es hat geklappt, nicht?«

Sie fanden Madame Garniers Pension hinter dem Bahnhof. Es wurde bereits dunkel. Madame Garnier war eine vertrocknete kleine Witwe, die Quinn als erstes erklärte, daß sie keine Zimmer frei habe, aber freundlicher wurde, als er zu ihr sagte, er suche kein Quartier, sondern nur die Möglichkeit, mit seinem alten Freund Paul Lefort zu sprechen. Sein Französisch war so flüssig, daß sie ihn für einen Franzosen hielt.

»Aber er ist nicht da, Monsieur. Er ist arbeiten gegangen.«

»Im Walibi-Vergnügungspark?«

»Aber natürlich. Beim Riesenrad. Er überholt während der Wintermonate die Maschinerie.«

Quinn machte eine gallische Geste der Verzweiflung.

»Jedesmal verpasse ich meinen Freund«, klagte er. »Anfang letzten Monats habe ich den Rummelplatz besucht, und er war im Urlaub.«

»Nein, Monsieur. Seine arme Mutter ist gestorben. Nach langer Krankheit. Er hat sie bis zuletzt gepflegt. In Antwerpen.«

Das also hatte er den Leuten aufgebunden. Die zweite Septemberhälfte und den ganzen Oktober war er seinem Quartier und seinem Arbeitsplatz ferngeblieben. Klar war er nicht da, dachte Quinn, aber er dankte Madame Garnier mit einem strahlenden Lächeln, und dann fuhren sie die drei Meilen zu dem Vergnügungspark zurück.

Er lag ebenso verlassen da wie sechs Stunden vorher, doch nun in der Dunkelheit wirkte er wie eine Geisterstadt. Quinn kletterte über die Umzäunung und half dann Sam hinüber. Vor dem schwarzsamtenen Nachthimmel zeichneten sich die Streben des Riesenrads ab, des höchsten Bauwerks auf dem Gelände.

Sie gingen an dem zerlegten Karussell vorbei, dessen alte Holzpferde sicher irgendwo eingelagert waren, dann an der mit Brettern vernagelten Würstchenbude. Über ihnen ragte das Riesenrad in den Himmel.

»Bleib hier«, murmelte Quinn. Er ließ Sam im Schatten zurück und ging auf das Riesenrad zu.

»Lefort«, rief er leise. Er bekam keine Antwort.

Die Doppelsitze in den an ihrem Stahlgestänge hängenden Gondeln trugen Schutzüberzüge. In den unteren Gondeln war niemand. Vielleicht lauerte der Mann irgendwo im Dunkeln und wartete auf sie. Quinn warf einen Blick hinter sich.

An einer Seite der Konstruktion befand sich das Maschinenhaus, ein großer Schuppen mit dem Motor, und darüber das gelbe Maschinistenhäuschen. Die Türen zu beiden ließen sich aufdrücken. Der Generator gab kein Geräusch von sich. Quinn berührte ihn leicht und spürte noch ein bißchen Wärme.

Er stieg zum Maschinistenhäuschen hinauf, schaltete ein Lämpchen an, musterte die Hebel und drückte auf einen Kippschalter. Unter ihm erwachte die Maschine schnurrend zum Leben. Er legte den Gang ein und stellte den Vorwärtshebel auf »langsam«. Vor ihm begann sich das Riesenrad durch die Finsternis zu drehen. Er fand einen Schalter für das Flutlicht, betätigte ihn, und der Bereich um den unteren Teil der Konstruktion wurde in grelles Licht getaucht.

Quinn kletterte nach unten und stellte sich neben die Einstiegsrampe. Lautlos glitten die Gondeln an ihm vorüber. Sam trat zu ihm.

»Was machst du da?« wisperte sie.

»Im Maschinenhaus war ein nicht benutzter Sitzüberzug«, sagte er. Rechts von ihnen erschien die Gondel, die vorher ganz oben gewesen war. Der Mann darin hatte keine Freude an der Fahrt.

Er lag zusammengesunken auf dem Boden der Gondel, und sein massiger Körper füllte den größten Teil des für zwei Personen gedachten Platzes aus. Die Hand mit der Tätowierung lag leblos auf seinem Bauch, der Kopf lehnte schlaff nach hinten gegen den Sitz, blicklose Augen starrten hinauf zum Gestänge und zum Himmel. Langsam kam er ein paar Schritte entfernt an ihnen vorbei. Der Mund stand halb offen, die vom Nikotin verfärbten Zähne glänzten naß im Flutlicht. In der Mitte der Stirn war ein Loch geschossen, an den Rändern Schmauchspuren. Er fuhr vorüber und stieg wieder hinauf in den Nachthimmel.

Quinn stieg noch einmal in das Maschinistenhäuschen hinauf und stoppte das Riesenrad in der früheren Position, so daß die einzige besetzte Gondel ganz oben, außer Sichtweite, hing. Er schaltete den Motor ab, löschte die Lampen und schloß beide Türen. Dann nahm er den Zündschlüssel und die beiden Türschlüssel und schleuderte sie weit hinaus in den Zierteich. Der nicht benutzte Leinenüberzug war im Maschinistenhäuschen eingeschlossen. Quinn war sehr nachdenklich geworden, und als er Sam einen Seitenblick zuwarf, sah er, daß sie blaß war.

Unterwegs von Wavre zur Autobahn kamen sie wieder durch den Chemin des Charrons und am Haus des Direktors des Vergnügungsparks vorbei, der gerade einen Angestellten verloren hatte. Es begann wieder zu regnen.

Eine halbe Meile weiter erspähten sie ein Hotel, *Domaine des*

Champs, dessen Lichter ihnen durch den Regen und die Dunkelheit einladend entgegenblickten.

Als sie sich angemeldet hatten, schlug Quinn vor, Sam solle als erste das Bad benützen. Sie erhob keinen Einwand. Während sie in der Wanne lag, durchsuchte er ihr Gepäck. Der Valpak-Kleidersack bot keine Probleme, die Reisetasche war aus weichem Leder und in einer halben Minute kontrolliert.

Der viereckige Kosmetikkoffer war schwer. Quinn kippte das Sortiment aus Haarsprays, Shampoo, Parfums, Puderdose, Spiegeln, Bürsten und Kämmen aufs Bett. Das Köfferchen war noch immer schwer. Er maß die Höhe vom oberen Rand bis zum Boden ab, erst innen und dann außen. Es gibt Gründe, warum Leute höchst ungern fliegen, und einer dieser Gründe kann darin liegen, daß ihr Gepäck durchleuchtet wird. Das Köfferchen war an der Außenseite fünf Zentimenter höher als an der Innenseite. Quinn nahm sein Taschenmesser und fand die Ritze zwischen dem inneren Boden und der Wand.

Zehn Minuten später kam Sam aus dem Bad, ihr nasses Haar bürstend. Sie wollte gerade etwas sagen, als sie sah, was auf dem Bett lag, und verstummte. Ihr Gesicht verzog sich.

Es war nicht, was herkömmlicherweise als eine Damenpistole bezeichnet wird. Es war ein langer Revolver, 38er Kaliber, Fabrikat Smith & Wesson, und die Munition, die daneben auf der Tagesdecke lag, bestand aus Hohlspitz-Geschossen. Eine Waffe, die jeden Mann zum Stehen bringt.

13. Kapitel

»Quinn, ich schwöre bei Gott, den hat mir Brown aufgedrängt. Sonst hätte er mir nicht erlaubt, dich zu begleiten. Für den Fall, daß es brenzlig wird, hat er gesagt.«

Quinn nickte und stocherte an seinem Essen herum, das ausgezeichnet war. Der Appetit war ihm vergangen.

»Schau, du weißt, daß kein Schuß daraus abgefeuert worden ist. Und ich war seit Antwerpen die ganze Zeit mit dir zusammen.«

Das stimmte natürlich. Allerdings hatte er in der vergangenen Nacht zwölf Stunden geschlafen, lange genug für jemanden, von Antwerpen nach Wavre und zurück zu fahren, wobei ihm sogar noch Zeit übrig blieb. Aber Madame Garnier hatte gesagt, ihr Logiergast sei an diesem Morgen nach dem Frühstück zu seiner Arbeitsstätte weggegangen. Sam hatte bei ihm im Bett gelegen, als er um 7 Uhr erwacht war. Aber schließlich gibt es in Belgien auch Telefone. Sam war nicht vor ihm dort auf dem Rummelplatz gewesen, aber jemand anders. Brown und seine FBI-Fahnder? Quinn wußte, daß auch sie sich in Europa auf die Jagd gemacht hatten und dies mit voller Unterstützung der Polizei der jeweiligen Staaten. Aber Brown wollte den Gejagten zweifellos lebend haben, so daß er sprechen und seine Komplizen identifizieren konnte. Vielleicht. Er schob seinen Teller zur Seite.

»Wir haben einen langen Tag hinter uns«, sagte er. »Geh'n wir schlafen.«

Aber dann lag er im Dunkeln da und schaute zur Decke hinauf. Um Mitternacht schlief er ein; er hatte beschlossen, ihr zu glauben.

Am Morgen nach dem Frühstück brachen sie auf. Sam setzte sich ans Steuer.

»Wohin jetzt, großer Meister?«

»Nach Hamburg«, sagte Quinn.

»Nach Hamburg. Wieso denn das?«

»Ich kenne einen Mann dort.« Mehr wollte er nicht sagen.

Sie nahmen wieder die Autobahn, dann nördlich von Namur die E41 und schließlich die pfeilgerade Autobahn direkt nach Osten, passierten Lüttich und überquerten bei Aachen die deutsche Grenze. Hinter der Grenze nahm Sam Kurs nach Norden, an Düsseldorf, Duisburg und Essen vorbei, bis sie schließlich das flache Bauernland Niedersachsens erreichten.

Quinn löste sie nach drei Stunden am Steuer ab, und nach zwei weiteren legten sie eine Pause zum Mittagessen ein. In einem der vielen Rasthäuser an den deutschen Autobahnen nahmen sie knakkige westfälische Würste und Kartoffelsalat zu sich. Es wurde bereits dunkel, als sie sich in die Autokolonnen einreihten, die sich durch die südlichen Vorstädte Hamburgs bewegten.

Die alte Hansestadt war noch in vielem so, wie Quinn sie in Erinnerung hatte. Sie fanden hinter dem Steindammtor ein kleines, unscheinbares, aber komfortables Hotel und nahmen sich dort ein Zimmer.

»Ich wußte gar nicht, daß du auch deutsch sprichst«, sagte Sam, als sie auf ihrem Zimmer waren.

»Du hast mich ja nie gefragt«, antwortete Quinn. Er hatte sich das Deutsche vor Jahren selbst beigebracht, weil es in jenen Tagen, als die Baader-Meinhof-Bande wütete und ihre Nachfolger von der Roten-Armee-Fraktion ins Geschäft einstiegen, in der Bundesrepublik häufig zu Entführungen gekommen war, von denen viele sehr blutig verliefen. In den späten siebziger Jahren hatte er sich dreimal mit solchen Fällen auf deutschem Boden befaßt.

Er machte zwei Anrufe, erhielt aber den Bescheid, daß der Mann, den er sprechen wollte, erst am folgenden Vormittag wieder in seinem Büro sein werde.

General Wadim Wassiljewitsch Kirpitschenko stand im Vorzimmer und wartete. Obwohl er äußerlich gelassen wirkte, spürte er plötzlich, daß er nervös wurde. Nicht, daß der Mann, den er sprechen wollte, unnahbar gewesen wäre; er hatte den gegenteiligen Ruf, und sie waren einander schon mehrmals begegnet, wenn auch immer formell und in der Öffentlichkeit. Sein Unbehagen hatte eine andere Ursache: Seine Vorgesetzten beim KGB zu übergehen und um ein persönliches und vertrauliches Gespräch mit dem Generalsekretär zu ersuchen, ohne ihnen dies mitzuteilen, war eine riskante Sache. Wenn es schief, wenn es böse ins Auge ging, stand seine Karriere auf dem Spiel.

Ein Sekretär öffnete die Tür des privaten Arbeitszimmers und kam heraus.

»Der Generalsekretär ist jetzt für Sie zu sprechen, Genosse General«, sagte er und machte den Weg frei. Nachdem Kirpitschenko eingetreten war, verließ der Mann den Raum und schloß die Tür.

Der Erste Stellvertretende Chef des Ersten Hauptdirektorats ging geradeaus durch den langen Raum auf den Mann zu, der am anderen Ende hinter seinem Schreibtisch saß. Wenn Michail Gorbatschow über diese Bitte um ein Gespräch erstaunt war, ließ er sich jedenfalls nichts davon anmerken. Er begrüßte den KGB-General kameradschaftlich, redete ihn beim Vor- und seinem patronymischen Namen an und wartete darauf, was der Besucher zu sagen hatte.

»Sie haben den Bericht unserer Londoner Residenz über das sogenannte Beweismaterial erhalten, das die Briten der Leiche von Simon Cormack entnommen haben.«

Es war eine Feststellung, keine Frage. Kirpitschenko wußte, daß der Generalsekretär den Bericht gesehen haben mußte. Er hatte sich die Resultate des Gesprächs in London vorlegen lassen, sobald sie eintrafen. Gorbatschow nickte knapp.

»Und Sie werden wissen, Genosse Generalsekretär, daß unsere Kollegen vom Militär bestreiten, die Aufnahme zeige einen Gegenstand aus ihren Beständen.«

Das Raketenprogramm in Baikonur unterstand dem Militär. Wieder ein Nicken. Kirpitschenko hatte den riskanten Schritt getan.

»Vor vier Monaten habe ich einen Bericht meines Residenten in Belgrad eingereicht, der nach meinem Dafürhalten so wichtig war, daß ich darauf vermerkt habe, der Genosse Vorsitzende möge ihn an Ihr Amt weiterleiten.«

Gorbatschow wurde steif. Der Offizier vor ihm, obwohl ein sehr hochrangiger Mann, handelte hinter Krjutschkows Rücken. Ich hoffe für Sie, daß es sich um etwas Gravierendes handelt, Genosse General, dachte er. Sein Gesicht ließ keine Gefühle erkennen.

»Ich hatte erwartet, Instruktionen zu erhalten, daß ich der Sache nachgehen solle. Sie sind ausgeblieben. Darauf habe ich mich gefragt, ob Sie den August-Bericht überhaupt zu sehen bekommen haben – es ist schließlich der Urlaubsmonat ...«

Gorbatschow erinnerte sich an seinen abgebrochenen Urlaub – als diese jüdischen Refuseniks vor sämtlichen westlichen Medien auf einer Moskauer Straße niedergeknüppelt worden waren.

»Haben Sie eine Kopie dieses Berichts dabei, Genosse General?« fragte er ruhig. Kirpitschenko zog zwei zusammengefaltete Blätter aus seiner inneren Jackentasche. Er trug immer Zivil, da ihm Uniformen verhaßt waren.

»Vielleicht besteht gar kein Zusammenhang, Genosse Generalsekretär. Ich hoffe es. Aber Koinzidenzen gefallen mir nicht. Ich bin geschult worden, sie nicht gut zu finden ...«

Michail Gorbatschow las den Bericht von Major Kerkorjan aus Belgrad, und seine Stirn runzelte sich vor Verwirrung.

»Wer sind diese Männer?« fragte er.

»Fünf amerikanische Industrielle. Der eine, der Miller heißt, ist von uns als ein Ultrakonservativer identifiziert worden, ein Mann, der unser Land und alles, was es symbolisiert, haßt. Der namens Scanlon ist ein Unternehmer, das, was die Amerikaner einen Geschäftemacher nennen. Die anderen drei produzieren hochentwikkelte Waffen für das Pentagon. Mit all den technischen Details, die sie in ihren Köpfen haben, hätten sie niemals unser Land besuchen und sich damit der Gefahr eines möglichen Verhörs aussetzen dürfen.

»Aber sie sind trotzdem gekommen?« fragte Gorbatschow. »Insgeheim, mit einer Militärmaschine? Um in Odessa zu landen?«

»Das ist die Koinzidenz«, sagte der Spionagechef des KGB. »Ich habe mich bei der Flugsicherung der Luftstreitkräfte erkundigt. Als die Antonow den rumänischen Luftraum verließ und in den Bereich Odessa einflog, änderte sie ihren eigenen Flugplan ab und landete in Baku.«

»In Aserbaidschan? Was zum Teufel wollten die denn in Aserbaidschan?«

»In Baku, Genosse Generalsekretär, befindet sich das Hauptquartier des Oberkommandos Süd.«

»Aber das ist ein hochgeheimer Militärstützpunkt! Was hatten sie dort zu suchen?«

»Ich habe keine Ahnung. Sie verschwanden nach der Landung,

verbrachten sechzehn Stunden innerhalb der Basis und flogen mit derselben Maschine zum selben jugoslawischen Luftwaffenstützpunkt zurück. Dann traten sie den Rückflug nach Amerika an. Keine Wildschweinjagd, kein Ferienaufenthalt.«

»Sonst noch etwas?«

»Noch eine letzte Koinzidenz. Am gleichen Tag machte Marschall Koslow einen Inspektionsbesuch im Oberkommando Baku. Rein routinemäßig. So heißt es jedenfalls.«

Als er gegangen war, nahm Michail Gorbatschow keine Anrufe mehr entgegen und ließ sich durch den Kopf gehen, was er soeben erfahren hatte. Es war schlimm, ganz schlimm, beinahe alles daran. Aber *ein* Gutes hatte es immerhin. Sein Widersacher, der reaktionäre General, der den KGB befehligte, hatte gerade einen gravierenden Fehler begangen.

Schlecht sah es nicht nur für die KGB-Spitze am Neuen Platz in Moskau aus, sondern auch für Steve Pyle in seinen komfortablen Direktionsräumen im obersten Geschoß der Bank in Riad. Oberst Easterhouse legte Andy Laings Brief auf den Schreibtisch.

»Aha«, sagte er.

»Herrgott, dieser kleine Wichtigtuer könnte uns alle noch in die Bredouille bringen«, jammerte Pyle. »Die Daten im Computer mögen ja anders aussehen, als er behauptet, wenn er aber dabei bleibt, könnte es sein, daß sich die Revisoren im Ministerium die Sache ansehen, genau ansehen wollen. Noch vor dem April. Ich weiß ja, das ist alles von Prinz Abdul persönlich abgesegnet, aber verdammt – Sie kennen doch diese Leute. Angenommen, er macht einen Rückzieher, behauptet, er wüßte nichts davon . . . Sie wissen, die sind zu so etwas imstande. Verstehen Sie, ich möchte damit sagen, vielleicht sollten Sie dieses Geld zurückerstatten und versuchen, die Mittel irgendwo anders aufzutreiben . . .«

Easterhouse starrte mit seinen hellblauen Augen unverwandt hinaus auf die Wüste. Die Geschichte ist noch schlimmer, mein Freund, dachte er. Es gibt *keine* Mitwisserschaft Prinz Abduls, kein Einverständnis des königlichen Hauses. Und die Hälfte des Geldes ist weg, ausgegeben für die Finanzierung eines Putsches, der demnächst Ordnung und Disziplin – seine Ordnung und Disziplin – in das wirtschaftliche Chaos und in die labilen politischen Strukturen des gesamten Nahen Ostens bringen soll. Das Haus Saud freilich würde es wohl nicht so sehen und das Washingtoner Außenministerium vermutlich auch nicht.

»Regen Sie sich nicht auf, Steve«, sagt er beruhigend. »Sie wissen doch, wen ich hier repräsentiere. Ich versichere Ihnen, die Sache wird bereinigt werden.«

Pyle begleitete ihn an die Tür, war aber nicht beruhigt. Selbst die CIA, sagte er sich zu spät, baut manchmal Mist. Hätte er mehr Wissen besessen und weniger Fiction-Literatur gelesen, wäre ihm klar gewesen, daß ein hochgestellter CIA-Mann nicht den Rang eines Obersten haben kann, Langley nimmt keine ehemaligen Armeeoffiziere. Aber er wußte es nicht. Er machte sich nur große Sorgen.

Auf dem Weg nach unten kam Easterhouse zu dem Schluß, daß es angebracht wäre, zu Konsultationen in die Staaten zu fliegen. Die Zeit dafür war ohnehin gekommen. Alles war vorbereitet, tickte geduldig vor sich hin wie eine Zeitbombe. Er war sogar seiner Planung voraus und seinen Gönnern einen Situationsbericht schuldig. Bei dieser Gelegenheit wollte er Andy Laing erwähnen. Der Mann ließ sich doch bestimmt kaufen und dazu bringen, sich still zu verhalten, zumindest bis zum April. Er hatte keine Ahnung, wie sehr er sich irrte.

»Dieter, Sie stehen in meiner Schuld und jetzt präsentiere ich Ihnen den Schuldschein.«

Quinn saß mit seinem Kontaktmann in einem Lokal zwei Straßen von dessen Arbeitsplatz entfernt. Sein Bekannter sah besorgt drein.

»Versuchen Sie doch bitte zu verstehen, Quinn. Es geht hier nicht um die Vorschriften in unserem Haus. Es ist gesetzlich untersagt, Nichtangestellten Zugang zu unserem Archiv zu gewähren.«

Dieter Lutz war zehn Jahre jünger als Quinn, aber materiell ungleich besser dran. Er konnte sich im Glanz seiner höchst erfolgreichen Karriere sonnen. Er war, genauer gesagt, einer der Chefreporter des SPIEGEL, des größten und angesehensten Nachrichtenmagazins der Bundesrepublik.

Es war nicht immer so gewesen. Früher hatte Lutz als freischaffender Journalist gearbeitet, der sich damit über die Runden brachte, daß er sich bemühte, der Konkurrenz einen Schritt voraus zu sein, wenn es darum ging, einen Knüller an Land zu ziehen. Damals hatte ein Entführungsfall Tag für Tag die Schlagzeilen der deutschen Presse beherrscht. Als die Unterhandlungen mit den Kidnappern an ihren heikelsten Punkt gelangt waren, hatte er unabsichtlich eine Information an die Zeitungen preisgegeben, die den Deal beinahe zum Platzen gebracht hätte.

Die Verantwortlichen bei den Polizeibehörden hatten Ermittlungen aufgenommen, um den Schuldigen aufzuspüren. Das Entführungsopfer war ein Großindustrieller, Wohltäter einer politischen Partei, und Bonn hatte große Hoffnungen auf die Polizei gesetzt. Quinn hatte gewußt, wer schuld an dem Leck war, aber geschwiegen. Der Schaden war nun einmal geschehen, mußte repariert werden, und die Sache wurde dadurch nicht besser, daß man einem jungen Reporter mit zuviel Begeisterung und zu wenig Vorsicht die Karriere verdarb.

»Ich muß ja nicht einbrechen«, sagte Quinn geduldig. »Sie gehören der Redaktion an. Sie haben das Recht, sich das Material zu besorgen, wenn es vorhanden ist.«

Das SPIEGEL-Gebäude hat die Adresse Brandstwiete Nr. 19, eine kurze Straße zwischen dem Dovenfleet-Kanal und der Ost-West-Straße. Unter dem elfgeschossigen modernen Hochhaus schlummert das größte Zeitungsarchiv in Europa. Mehr als achtzehn Millionen Dokumente sind hier eingelagert. Die Computerspeicherung der Bestände war schon seit zehn Jahren im Gange, als Quinn und Lutz an diesem Novembernachmittag in einem Lokal in der Domstraße zusammen bei einem Bier saßen. Lutz seufzte.

»Also schön«, sagte er, »wie heißt er?«

»Paul Marchais«, sagte Quinn. »Ein belgischer Söldner. War vierundsechzig bis achtundachtzig im Kongo. Und was an allgemeinem Hintergrundmaterial über die damaligen Ereignisse da ist.«

Julian Haymans Archiv in London enthielt vielleicht etwas über Marchais, aber Quinn hatte Haymann damals keinen Namen angeben können. Eine Stunde später war Lutz mit einem Dossier wieder da.

»Ich darf es nicht aus der Hand geben«, sagte er. »Und bis zum Abend muß es wieder zurück sein.«

»Quatsch«, sagte Quinn liebenswürdig. »Geh'n Sie zurück zu Ihrer Arbeit und kommen Sie in vier Stunden wieder. Dann bekommen Sie es zurück.«

Lutz ging. Sam hatte von dem auf deutsch geführten Gespräch nichts verstanden, aber jetzt beugte sie sich zu Quinn hin, um zu sehen, was er bekommen hatte.

»Wonach suchst du?« fragte sie.

»Ich möchte rausbekommen, ob der Kerl Kumpel hatte, Typen, die ihm wirklich nahestanden«, antwortete Quinn. Er begann zu lesen.

Das erste war ein Artikel aus einer Antwerpener Zeitung aus dem Jahr 1965, der sich allgemein mit Belgiern befaßte, die in den Kongo gegangen waren, um dort zu kämpfen. Für Belgien war das seinerzeit ein stark mit Gefühlen befrachtetes Thema – die Schilderungen von den Ausschreitungen der Simba-Rebellen gegen Priester, Nonnen, Plantagenbesitzer, Missionare, Frauen und Kinder, viele von ihnen Belgier, hatten die Söldner, die die Revolte niederschlugen, gewissermaßen mit der Gloriole von Helden umgeben. Der Artikel war auf flämisch verfaßt, eine deutsche Übersetzung beigefügt.

Marchais, Paul: als Sohn eines wallonischen Vaters und einer flämischen Mutter 1943 in Lüttich geboren – das würde den französisch klingenden Namen eines in Antwerpen aufgewachsenen Jungen erklären. Vater bei der Befreiung Belgiens 1944/45 umgekommen. Mutter in ihre Heimatstadt Antwerpen zurückgekehrt.

Die Jungenjahre im Slum, im Hafenviertel verbracht. Schon früh als Heranwachsender Scherereien mit der Polizei. Eine Serie von Verurteilungen wegen kleinerer Vergehen bis zum Frühjahr 1964. Im Kongo bei Jacques Schrammes Leopardengruppe aufgetaucht . . . Von einer Vergewaltigungsanzeige war nichts erwähnt; vielleicht schwieg die Antwerpener Polizei darüber in der Hoffnung, er werde zurückkehren und könne dann verhaftet werden.

Dann fand Quinn in dem Dossier eine flüchtige Erwähnung. 1966 hatte er offenbar Schramme verlassen und sich dem Fünften Kommando angeschlossen, das damals John Peters als Nachfolger von Mike Hoare anführte. Da es überwiegend aus Südafrikanern bestand – Peters hatte die meisten von Hoares Engländern rasch hinausgedrängt –, könnte Marchais sein Flämisch geholfen haben, sich unter den Afrikaandern zu behaupten, da Afrikaans und Flämisch einander ziemlich ähnlich sind.

In zwei anderen Meldungen wurde Marchais oder einfach ein riesiger Belgier, der »große Paul«, ebenfalls erwähnt: Nach der Auflösung des Fünften Kommandos und Peters' Abreise hatte er sich rechtzeitig für die Meuterei in Stanleyville Schramme wieder angeschlossen und an dem langen Marsch nach Bukavu teilgenommen.

Schließlich hatte Lutz noch fünf Fotokopien von Auszügen aus Anthony Mocklers Klassiker *Histoire des Mercenaires* beigelegt, mit deren Hilfe Quinn die Ereignisse während Marchais' letzter Monate im Kongo rekonstruieren konnte.

Nachdem die Simba-Revolte schließlich unterdrückt worden war, kam es in der kongolesischen Hauptstadt zu einem Putsch, und General Mobutu ergriff die Macht. Er versuchte sofort, die verschiedenen Kommandos aus weißen Söldnern aufzulösen und abzuschieben. Das Fünfte Kommando, die britisch-südafrikanische Gruppe, ließ sich widerstandslos auflösen. Das Sechste Kommando weigerte sich. Es wurde von dem Franzosen Bob Denard angeführt. Im Juni 1967 meuterte es in Stanleyville; Denard erhielt einen Kopfschuß und wurde nach Rhodesien evakuiert. Jacques Schramme machte sich zum Boß. Er kommandierte einen buntgemischten Haufen von Übriggebliebenen aus dem Fünften Kommando, französischen Angehörigen des Sechsten Kommandos, die keinen Anführer mehr hatten, und seinen eigenen Belgiern sowie mehreren hundert rekrutierten Katangesen.

Ende Juli, als sie Stanleyville nicht länger halten konnten, machten sie sich in Richtung Grenze auf und kämpften sich einen Korridor frei, bis sie Bukavu erreichten, früher ein reizender, kühler Badeort an einem See. Dort verschanzten sie sich.

Sie hielten drei Monate durch, bis ihnen schließlich die Munition ausging. Dann marschierten sie über die Brücke, die den See überspannt, in die benachbarte Republik Ruanda.

Das übrige war Quinn bekannt. Obwohl ohne Munition, versetzten sie die Regierung von Ruanda in Angst und Schrecken, die fürchtete, die Söldner könnten das ganze Land zugrunde richten, wenn man ihnen keine Zugeständnisse machte. Der belgische Konsul war überfordert. Viele der Söldner aus Belgien hatten ihre Personalausweise verloren, zufällig oder absichtlich. Der Konsul, der sich nicht anders zu helfen wußte, stellte ihnen provisorische belgische Ausweise auf die Namen aus, die ihm angegeben wurden. So dürfte aus

Paul Marchais Paul Lefort geworden sein. Es war sicher kein allzu großes Kunststück gewesen, später einmal diese provisorischen Papiere in endgültige verwandeln zu lassen, zumal wenn es tatsächlich einen Paul Lefort gegeben hatte, der dort unten gestorben war.

Am 23. April 1968 brachten zwei Maschinen des Internationalen Roten Kreuzes die Söldner schließlich in ihre Heimat zurück. Die eine, mit allen Belgiern – bis auf einen – an Bord, flog direkt nach Brüssel. Die belgische Öffentlichkeit war bereit, ihre Söldner als Helden zu empfangen; nicht so die Polizei. Sie überprüfte anhand ihrer Fahndungslisten alle, die die Maschine verließen. Marchais mußte in der anderen DC-6 mitgeflogen sein, die ihre menschliche Fracht teils in Pisa, teils in Zürich und Paris absetzte. Zusammen hatten die beiden Flugzeuge 123 europäische und südafrikanische Söldner nach Europa transportiert.

Quinn war überzeugt, daß Marchais in der zweiten Maschine gewesen war und daß er sich zwanzig Jahre lang mit Jobs ohne Aufstiegschancen auf Rummelplätzen durchgeschlagen hatte, bis er für seinen letzten Einsatz im Ausland angeworben worden war. Wonach er suchte, das war der Name eines anderen, der bei diesem letzten Auftrag mit dabeigewesen war. Das Material enthielt nichts, was einen Hinweis liefern konnte. Lutz kehrte zurück.

»Noch eine letzte Sache«, sagte Quinn.

»Ich kann nicht«, protestierte Lutz. »Es wird ohnehin schon gemunkelt, daß ich an einer Hintergrundgeschichte über Söldner sitze. Dabei stimmt es nicht einmal – ich schreibe gerade über die Konferenz der EG-Landwirtschaftsminister.«

»Weiten Sie Ihren Horizont«, regte Quinn an. »Wie viele deutsche Söldner waren bei der Meuterei in Stanleyville, beim Marsch nach Bukavu und dessen Belagerung dabei und im Internierungslager in Ruanda?«

Lutz machte sich Notizen.

»Wissen Sie, ich hab' zu Hause Frau und Kinder, die auf mich warten.«

»Dann sind Sie ein glücklicher Mann«, sagte Quinn.

Diesmal kam Lutz schon nach zwanzig Minuten wieder. Er blieb, während Quinn las.

Was Lutz ihm gebracht hatte, waren die gesamten Unterlagen über deutsche Söldner, ab 1960. Es war mindestens ein Dutzend gewesen. Wilhelm war im Kongo dabeigewesen, in Watsa. Gestorben an Verwundungen, die er bei einem Überfall an der Straße nach Pauls erlitten hatte. Rolf Steiner war in Biafra gewesen, lebte gegenwärtig in München, hatte sich aber nie im Kongo aufgehalten. Quinn blätterte um. Siegfried Müller (»Kongo«-Müller) war vom Anfang bis zum Ende überall im Kongo dabeigewesen; 1983 in Südafrika verstorben.

Noch zwei andere Deutsche waren erwähnt, beide wohnhaft in Nürnberg, mit beigefügten Adressen, aber sie hatten im Frühjahr 1967, als das Fünfte Kommando aufgelöst wurde, das Land verlassen und waren bei der Meuterei in Stanleyville, im Juli dieses Jahres, nicht dabeigewesen. Damit blieb einer.

Werner Bernhardt hatte dem Fünften Kommando angehört, war aber, als es aufgelöst wurde, abgehauen und zu Schramme gestoßen. Er hatte an der Meuterei, dem Marsch nach Bukavu und der Belagerung des Badeortes teilgenommen. Eine Adresse war nicht angegeben.

»Wo könnte er jetzt sein?« fragte Quinn.

»Wenn keine Adresse dabei ist, ist er untergetaucht«, sagte Lutz. »Das war schließlich anno 1968. Und jetzt schreiben wir 1991. Er könnte inzwischen gestorben ... oder *irgendwo* sein. Typen wie die ... Sie wissen ja ... Zentral- oder Südamerika, Südafrika ...«

»Oder hier in Deutschland«, sagte Quinn. Darauf holte sich Lutz das Telefonbuch des Lokals. Es gab vier Spalten mit Anschlüssen unter dem Namen Bernhardt. Und das allein in Hamburg. Die Bundesrepublik besteht aus zehn Ländern, und in jedem gibt es eine Vielzahl von Telefonbüchern.«

»Das Strafregister?« fragte Quinn.

»Abgesehen von Bundesorganen, muß man sich an zehn verschiedene Polizeibehörden der Länder wenden«, sagte Lutz. »Seit dem Krieg, als uns die Allierten freundlicherweise demokratische Verhältnisse verpaßten, ist ja alles dezentralisiert. Damit wir nicht noch einmal einen Hitler bekommen können. Das macht es zu einem Riesenvergnügen, jemanden ausfindig zu machen. Ich weiß Bescheid, denn es gehört zu meinem Job. Und bei einem Mann wie dem hier ... beinahe aussichtslos. Wenn der verschwinden will, dann gelingt ihm das auch. Der hier wollte verschwinden, sonst hätte er in den dreiundzwanzig Jahren irgendwann ein Interview gegeben, wäre sein Name früher oder später in den Zeitungen erschienen. Und dann hätten wir ihn in unserem Archiv.«

Quinn hatte noch eine letzte Frage: Woher dieser Mann, dieser Bernhardt stamme? Lutz überflog die Blätter.

»Aus Dortmund«, sagte er. »Dort wurde er geboren und ist er aufgewachsen. Vielleicht weiß die Dortmunder Polizei etwas. Aber man wird Ihnen keine Auskunft geben. Der Datenschutz, wissen Sie, wir halten es in Deutschland sehr streng mit dem Datenschutz.«

Quinn dankte ihm und ließ ihn gehen. Dann wanderten er und Sam die Straße hinunter und hielten nach einem Restaurant Ausschau.

»Wohin fahren wir als nächstes?« fragte sie.

»Nach Dortmund«, sagte er. »Ich kenne einen Mann in Dortmund.«

»Liebling, du kennst überall einen Mann.«

An einem Tag Mitte November traf Michael Odell den Präsidenten allein im Oval Office an. Der Vizepräsident war betroffen, wie sehr sein alter Freund sich verändert hatte. John F. Cormack hatte sich seit dem Begräbnis keineswegs erholt. Er machte den Eindruck, als wäre er geschrumpft.

Aber nicht nur Cormacks äußere Erscheinung beunruhigte Odell; die ehemalige Kraft der Konzentration war dahin, die scharfe Intelligenz geschwächt. Er versuchte, die Aufmerksamkeit des Präsidenten auf den Terminkalender zu lenken.

»Ach ja«, sagte der Präsident, bemüht, sich aus der Lethargie aufzuraffen. »Was gibt's denn heute?«

Er betrachtete die Seite für den Montag.

»John, wir haben Dienstag«, sagte Odell sanft.

Während die Blätter umgeschlagen wurden, sah der Vizepräsident mit breitem Rotstift durchgestrichene Termine. Das Staatsoberhaupt eines NATO-Mitglieds war nach Washington gekommen, und der Präsident sollte den Besucher auf dem Rasen vor dem Weißen Haus begrüßen; nicht mit ihm verhandeln – der europäische Politiker würde das verstehen –, sondern nur eine Begrüßung.

Aber es ging nicht darum, ob der Gast aus Europa verstehen würde

– das Problem war, ob die Medien es verstehen würden, wenn sich der Präsident nicht sehen ließ. Odell fürchtete, sie würden nur zu gut verstehen.

»Vertreten Sie mich bitte, Michael«, sagte Cormack.

Der Vizepräsident nickte.

»Natürlich«, sagte er mit düsterer Stimme. Es war die zehnte Absage einer Verpflichtung in einer Woche. Mit dem Papierkram wurde der Stab des Weißen Hauses fertig; Cormack hatte sich ein gutes Team ausgesucht. Aber das amerikanische Volk häuft viel Macht auf diesen einen Mann, der Präsident, Staatsoberhaupt, Chef der Exekutive, Oberstkommandierender der Streitkräfte ist, der Mann mit dem Finger an dem Knopf, der einen Nuklearkrieg auslösen kann. Unter bestimmten Bedingungen ... Es war der Justizminister, der eine Stunde später im Lageraum Odells der allgemeinen Besorgnis Ausdruck gab.

»Er kann nicht ewig im Mansion herumsitzen«, sagte Walters.

Odell hatte ihnen berichtet, in welcher Verfassung er eine Stunde vorher den Präsidenten angetroffen hatte. Anwesend war nur der innere Kreis – Odell, Stannard, Walters, Donaldson, Reed und Johnson – und dazu Dr. Armitage, den man als Berater gebeten hatte, an der Sitzung teilzunehmen.

»Cormack ist nur noch eine Hülse, ein Schatten seiner selbst. Verdammt, erst fünf Wochen ist das her«, sagte Odell. Seine Zuhörer blickten niedergeschlagen drein.

Dr. Armitage erläuterte, daß Präsident Cormack an einem Post-Schock-Trauma leide, von dem er sich anscheinend nicht zu erholen vermöge.

»Was bedeutet das, wenn man den Jargon abzieht?« knurrte Odell.

Es bedeute, sagte Dr. Armitage geduldig, daß der Präsident unter einem so schweren persönlichen Kummer leide, daß sein Wille weiterzumachen, gelähmt werde.

Gleich nach der Entführung, berichtete der Psychiater, habe den Präsidenten ein ähnliches, doch nicht so schweres Trauma heimgesucht. Das Problem damals seien die Belastungen und die Angst gewesen – da er nicht gewußt habe, was mit seinem Sohn geschah, ob er am Leben oder tot, in guter Verfassung war oder schlecht behandelt wurde, oder wann er wieder frei sein werde.

Während Simons Gefangenschaft sei die Belastung etwas schwächer geworden. Der Präsident hatte auf dem Umweg über Quinn erfahren, daß sein Sohn immerhin noch lebte. Als sich der Zeitpunkt des Austauschs näherte, habe er sich etwas erholt.

Der Tod seines einzigen Sohnes und die grausig-brutale Art, wie er umgebracht worden war, hätten ihn getroffen wie ein Körperschlag einen Boxer. Zu introvertiert von Natur, als daß er sich anderen leicht mitteilen konnte, zu gehemmt, um seinen innersten Gefühlen Ausdruck zu geben, habe er seinen Schmerz in sich verschlossen und sei in einen Zustand anhaltender Melancholie geraten, die seine geistige und moralische Kraft untergrabe, jene Eigenschaften, die man als den Willen des Menschen bezeichne.

Die Mitglieder des Komitees hörten ihm bedrückt zu. Sie wollten wissen, wie die psychische Verfassung ihres Präsidenten beschaffen war. Bei den wenigen Gelegenheiten, bei denen sie ihn zu sehen bekamen, brauchten sie keinen Experten, der sie ins Bild setzte: ein Mann, ermattet und konzentrationsunfähig, bis zur Erschöpfung müde, vor der Zeit gealtert, ohne Energie und ohne Interesse. Es hatte schon vorher Präsidenten gegeben, die krank geworden waren; der Regierungsapparat war damit zurechtgekommen. Aber etwas Derartiges war neu. Auch ohne die zunehmende Unruhe in den Medien begannen sich mehrere der Anwesenden zu fragen, ob John F. Cormack noch lange im Amt bleiben könne oder sollte.

Bill Walters hörte mit unbewegtem Gesicht dem Psychiater bis zum Ende zu. Mit seinen vierundvierzig Jahren war er der Benjamin im Kabinett, ein kampfgestählter, brillanter Wirtschaftsanwalt aus Kalifornien. John F. Cormack hatte ihn als Justizminister nach Washington geholt, um sich seine Talente gegen das organisierte Verbrechen nutzbar zu machen, das sich heute zum großen Teil hinter der Fassade von Großunternehmen verbirgt. Diejenigen, die Walters bewunderten, räumten ein, daß er rücksichtslos sein konnte, allerdings nur, um dem Gesetz Geltung zu verschaffen; seine Feinde hingegen, und er hatte sich einige Leute zu Feinden gemacht, fürchteten seine Härte.

Er hatte ein angenehmes Äußeres und wirkte manchmal, gekleidet wie ein Jüngerer und mit seinem gefönten, modisch geschnittenen Haar, beinahe jungenhaft. Doch hinter dem gewinnenden Aussehen konnte sich eine Kälte verbergen, die sein inneres Wesen unzugänglich machte. Wer mit Walters zu tun gehabt hatte, wußte, wenn er auf ein Ziel zusteuerte, zeigte sich das nur daran, daß er zu blinzeln aufhörte. Dann konnte sein starrer Blick entnervend wirken. Als Dr. Armitage den Raum verlassen hatte, brach Walters das düstere Schweigen.

»Meine Herren Kollegen, wir werden uns ernsthaft mit dem fünfundzwanzigsten ...«

Sie wußten alle Bescheid, aber er war der erste, der die mögliche Anwendung dieses Artikels zur Sprache brachte. Nach dem 25. Verfassungszusatz können der Vizepräsident und die höchstrangigen Kabinettsmitglieder dem Senatspräsidenten und dem Speaker des Repräsentantenhauses in schriftlicher Form ihre Absicht vortragen, daß der Präsident nicht mehr imstande sei, die Vollmachten und Pflichten seines Amtes wahrzunehmen. Genauer gesagt: nach Paragraph 4 des 25. Verfassungszusatzes.

»Sie haben ihn zweifellos auswendig gelernt, Bill«, fuhr Odell ihn an.

»Moment, Michael«, sagte Jim Donaldson, »Bill hat ihn ja nur erwähnt.«

»Er würde schon vorher zurücktreten«, sagte Odell.

»Ja«, sagte Walters begütigend, »aus Gesundheitsrücksichten, und das mit aller Berechtigung und dem Verständnis und der Dankbarkeit der Nation. Es könnte nur sein, daß wir ihm den Vorschlag machen müßten. Das ist alles.«

»Doch noch nicht jetzt!« protestierte Stannard.

»Ganz recht. Wir haben Zeit«, sagte Reed. »Der Kummer wird sicher vergehen. Er wird sich davon erholen und wieder werden, wie er war.«

»Wenn aber nicht?« fragte Walters. Sein steter, starrender Blick, richtete sich auf jedes Gesicht in dem Raum. Michael Odell erhob sich unvermittelt. Er hatte ja auch zu seiner Zeit so manches Mal seine Ellenbogen in der Politik eingesetzt, aber Walters hatte etwas Kaltes an sich, das ihm nie gefallen hatte. Der Mann trank nicht, und wenn man seine Frau ansah, gab es bei ihnen sicher nur Sex nach Vorschrift.

»Okay, wir werden die Sache im Auge behalten«, sagte er. »Vorläufig verschieben wir die Entscheidung. Einverstanden?«

Alle Anwesenden nickten und erhoben sich. Man wollte eine Anwendung des 25. Verfassungszusatzes vorläufig noch nicht in Erwägung ziehen.

Die üppigen Weizen- und Gerstenfelder von Niedersachsen und Westfalen im Norden und Osten, zusammen mit dem kristallklaren Wasser, das aus den Quellen in den nahegelegenen Hügeln sprudelt, hatten Dortmund zu einer Stadt des Biers gemacht. Das war anno 1293 gewesen, als König Adolf I. von Nassau den Bürgern des kleinen Gemeinwesens in der südlichen Spitze Westfalens das Braurecht gewährte.

Stahl, Versicherungen, Bankwesen und Handel kamen erst später, viel später dazu. Das Bier war die Grundlage des Wohlstands, und jahrhundertelang tranken die Dortmunder zumeist selber, was sie brauten. Die industrielle Revolution, die in der zweiten Hälfte des 19. Jahrhunderts die Stadt erreichte, lieferte das dritte Ingredienz zum Getreide und zum Wasser – die durstigen Arbeiter in den Fabriken, die längs der Ruhr aus dem Boden schossen. Am Ende des Ruhrtals gelegen, mit einer Aussicht nach Südwesten bis zu den hochragenden Schornsteinen von Essen, Duisburg und Düsseldorf, befand sich die Stadt zwischen den Getreideanbaugebieten und den Verbrauchern. Die Stadtväter nutzten die Lage, und Dortmund wurde zur Bierkapitale Europas.

Sieben gewaltige Brauereien beherrschten die Branche: Brinkhoff, Kronen, DAB, Stifts, Ritter, Thier und Moritz. Hans Moritz war Chef der zweitkleinsten Brauerei und Oberhaupt der Dynastie, die acht Generationen zurückreichte. Aber er war der letzte Brauer, dem sein Imperium noch selber gehörte und deswegen überaus wohlhabend. Teils seines Reichtums und teils seines berühmten Namens wegen hatte die Baader-Meinhof-Bande seine Tochter Renata entführt. Zehn Jahre vorher.

Quinn und Sam quartierten sich im Hotel *Römischer Kaiser* in der Innenstadt ein, und Quinn nahm sich mit nur geringer Hoffnung das Telefonbuch vor. Der Anschluß des Hauses von Hans Moritz war natürlich nicht verzeichnet. Er schrieb auf hoteleigenem Briefpapier einen persönlichen Brief, telefonierte nach einem Taxi und ließ ihn zur Direktion der Brauerei bringen.

»Glaubst du, dein Freund ist noch hier?« fragte Sam.

»Er wird schon hier sein«, sagte Quinn »es sei denn, er hält sich im Ausland oder auf irgendeiner seiner sechs Besitzungen auf.«

»Dein Freund reist anscheinend sehr gern«, bemerkte Sam.

»Yeah. Auf diese Weise fühlt er sich sicherer. Die Französische Riviera, die Karibik, die Skihütte, die Jacht . . .«

Er hatte recht mit der Annahme, daß die Villa am Bodensee längst verkauft war; dort hatte die Entführung stattgefunden.

Er hatte auch Glück. Sie saßen gerade beim Abendessen, als Quinn ans Telefon gerufen wurde.

»Herr Quinn?«

Er erkannte die Stimme, tief und kultiviert. Der Mann beherrschte vier Sprachen, hätte Konzertpianist werden können. Vielleicht werden sollen.

»Herr Moritz. Sind Sie in Dortmund?«

»Erinnern Sie sich an mein Haus? Das müßten Sie eigentlich. Sie haben einmal zwei Wochen hier verbracht.«

»Ja, Herr Moritz. Ich erinnere ich. Ich wußte nur nicht, ob Sie es behalten haben.«

»Es ist unverändert. Renata liebt es und würde mich nichts daran ändern lassen. Nun, was kann ich für Sie tun?«

»Ich würde Sie gern sehen.«

»Morgen vormittag. Zum Kaffee um halb elf.«

»Ich komme.«

Er fuhr über die Ruhrwaldstraße in genau südlicher Richtung aus Dortmund hinaus, bis sie die wuchernden Gewerbegebiete der Stadt hinter sich hatten und den Vorort Syburg erreichten. Auf der anderen Talseite blickte das Syburgerdenkmal die Ruhr entlang zu den Kirchtürmen des Sauerlands hin.

Moritz' Villa war wie eine Festung gesichert. Ein Maschendrahtzaun umgab das gesamte Gelände, und die Tore waren aus hochwertigem Stahl, ferngesteuert und von einer Fernsehkamera überwacht, die diskret an einer in der Nähe stehenden Fichte angebracht war. Irgend jemand beobachtete Quinn, wie er aus dem Wagen stieg und sich an der Sprechanlage neben dem Tor meldete. Zwei Sekunden später öffneten sich die Torflügel elektrisch angetrieben. Als der Wagen durchgefahren war, schlossen sie sich wieder.

»Herr Moritz legt Wert auf seine Privatsphäre«, sagte Sam.

»Er hat Anlaß dazu«, antwortete Quinn.

Er parkte auf dem braunen Kies vor der weißen, stuckverzierten Villa, und ein uniformierter Butler ließ sie ein. Hans Moritz empfing sie in einem eleganten Salon, wo in einer Kanne aus Sterlingsilber der Kaffee wartete. Sein Haar war weißer geworden, als Quinn es in Erinnerung hatte, das Gesicht zeigte mehr Falten, aber sein Händedruck war ebenso fest und sein Lächeln genauso gemessen wie früher.

Kaum hatten sie Platz genommen, ging die Tür auf, und auf der Schwelle stand eine junge Frau, die zu zögern schien. Moritz' Gesicht leuchtete auf. Quinn drehte sich um.

Sie war hübsch, aber auf eine ausdruckslose Art, schüchtern bis zur Menschenscheu. Ihre beiden kleinen Finger waren verstümmelt. Sie muß inzwischen fünfundzwanzig sein, dachte Quinn.

»Renata, mein Schätzchen, das ist Mr. Quinn. Erinnerst du dich an ihn? Nein, natürlich nicht.«

Moritz stand auf, ging zu seiner Tochter hin, murmelte ihr ein paar Worte ins Ohr und küßte sie auf den Kopf. Sie drehte sich um und ging. Moritz nahm seinen Platz wieder ein. Sein Gesicht zeigte keine Gefühlsregung, doch seine unruhigen Finger verrieten die Erregung.

»Sie ...«, sagte er stockend, »... hat sich nie mehr richtig erholt. Sie ist immer noch in Therapie. Sie bleibt lieber im Haus und verläßt es nur selten. Sie wird nicht heiraten ... nach dem, was diese Bestien ihr angetan haben ...«

Auf dem Steinway-Flügel stand ein Foto: eine übermütig lachende Vierzehnjährige auf Skiern. Es war ein Jahr vor der Entführung aufgenommen worden. Ein Jahr danach hatte Moritz in der Garage seine Frau im geschlossenen Auto gefunden, in das durch einen Gummischlauch die Abgase strömten. Quinn hatte in London davon erfahren. Moritz bemühte sich, seine Haltung wiederzugewinnen.

»Entschuldigen Sie. Was kann ich für Sie tun?«

»Ich versuche, einen bestimmten Mann zu finden, der vor langer Zeit in Dortmund geboren wurde. Es kann sein, daß er noch hier lebt oder irgendwo sonst in Deutschland. Vielleicht ist er aber auch verstorben oder im Ausland. Ich weiß es nicht.«

»Nun, es gibt ja Detekteien. Ich kann natürlich jemanden beauftragen ...«

Moritz dachte, Quinn brauche Geld, um Privatdetektive zu engagieren.

»Oder Sie könnten sich beim Einwohnermeldeamt erkundigen.«

Quinn schüttelte den Kopf.

»Ich bezweifle, daß man dort etwas weiß. Es steht ziemlich sicher fest, daß er nicht gern mit Behörden etwas zu tun hat. Aber es könnte sein, daß die Polizei ein wachsames Auge auf ihn hat.«

Bundesdeutsche Bürger, die umziehen, müssen dies den Einwohnermeldeämtern samt alter und neuer Adresse melden. Doch wie die meisten administrativen Prozeduren funktioniert auch diese in der Theorie besser als in der Praxis. Gerade diejenigen, für die sich die Polizei, das Finanzamt oder beide interessieren, weigern sich häufig, dieser Vorschrift zu entsprechen.

Quinn umriß die Vergangenheit des von ihm gesuchten Werner Bernhardt.

»Wenn er noch in Deutschland ist, steht er bei seinem Alter noch im Erwerbsleben«, sagte Quinn. »Falls er sich keinen anderen Namen zugelegt hat, zahlt er Sozialbeiträge und Einkommensteuer – oder jemand anders bezahlt das für ihn. Es könnte sein, daß er wegen seiner Vergangenheit mit dem Gesetz in Konflikt geraten ist.

Moritz ließ sich Quinns Bemerkungen durch den Kopf gehen.

»Wenn er sich an die Gesetze hält – und selbst ein ehemaliger Söldner hat auf deutschem Boden vielleicht nie eine Straftat begangen –, hat er kein Vorstrafenregister«, sagte er. »Was die Einkommensteuer und die Sozialversicherung betrifft, würden die Behörden eine Anfrage von Ihnen oder auch von mir nicht beantworten.«

»Sie *würden* reagieren, wenn die Polizei eine solche Auskunft möchte«, sagte Quinn. »Ich dachte mir, vielleicht haben Sie ein paar Freunde bei der städtischen oder der Landespolizei.«

»Ach so«, sagte Moritz. Nur er selber wußte, wie viel er schon für die polizeilichen Unterstützungsfonds der Stadt Dortmund und des Landes Nordrhein-Westfalen gespendet hatte. Wie in jedem Land der Welt bedeutet auch in der Bundesrepublik Geld Macht, und mit beidem kommt man an Informationen heran. »Geben Sie mir vierundzwanzig Stunden Zeit. Ich werde Sie anrufen.«

Er hielt Wort, doch als er am folgenden Vormittag nach dem Frühstück im *Römischen Kaiser* anrief, war sein Ton distanziert, als hätte ihm jemand zusammen mit den Auskünften eine Warnung zukommen lassen.

»Werner Richard Bernhardt«, sagte er, als läse er von Notizen ab, »achtundvierzig Jahre alt, ehemaliger Kongo-Söldner. Ja, er lebt noch, hier in Deutschland. Er gehört zum persönlichen Stab von Horst Lenzlinger, einem Waffenhändler.«

»Danke, Herr Moritz. Wo finde ich Herrn Lenzlinger?«

»Das ist nicht so einfach. Er hat ein Büro in Bremen, wohnt aber außerhalb von Oldenburg, im Landkreis Ammerland. Er ist wie ich ein sehr zurückgezogen lebender Mann. Aber das ist auch die einzige Ähnlichkeit. Seien Sie gegenüber Lenzlinger auf der Hut, Mr. Quinn. Meine Gewährsleute sagen, trotz seiner achtbaren Fassade sei er noch heute ein Gangster.«

Er gab Quinn beide Adressen.

»Danke Ihnen«, sagte Quinn, während er sie notierte. Dann trat in der Leitung eine betretene Pause ein.

»Noch ein Letztes. Es tut mir leid, aber die Dortmunder Polizei läßt Ihnen bestellen, Sie möchten bitte Dortmund verlassen. Und nicht wiederkommen. Das ist alles.«

Die Nachricht von Quinns Beteiligung an dem, was an einer Straße in Buckinghamshire geschehen war, verbreitete sich. Schon bald würden sich viele Türen vor ihm zu verschließen beginnen.

»Hast du Lust zu fahren?« fragte er Sam, als sie gepackt und das Hotel verlassen hatten.

»Klar. Und wohin?«

»Nach Bremen.« sie schaute auf der Karte nach.

»Mein Gott, das ist ja die halbe Strecke zurück nach Hamburg.«

»Zwei Drittel, genau genommen. Nimm die E37 Richtung Osnabrück und folge den Hinweisschildern.«

An diesem Abend flog Oberst Easterhouse von Dschiddah nach London ab, wechselte dort die Maschine und flog direkt noch Houston weiter. In der Continental Boeing standen ihm während des Atlantikflugs sämtliche amerikanischen Zeitungen und Nachrichtenmagazine zur Verfügung.

In drei Blättern standen Artikel über dasselbe Thema, und der Tenor war bemerkenswert ähnlich. Bis zu den nächsten Präsidentenwahlen, im November 1992, war es nur noch ein Jahr. Bei einem normalen Gang der Dinge stünde jetzt schon fest, wen die Republikanische Partei ins Rennen schicken würde. Präsident Cormack würde sich konkurrenzlos die Kandidatur für eine zweite Amtszeit sichern.

Doch der Gang der Dinge in den vergangenen sechs Wochen sei nicht normal gewesen, erklärten die Schreiber ihren Lesern, als bedürften sie einer solchen Aufklärung. Dann berichteten sie, der Tod seines Sohnes habe sich auf Präsident Cormack traumatisierend und lähmend ausgewirkt.

Alle drei Artikel enthielten eine Chronik von Beispielen seiner Konzentrationsschwäche, abgesagten Reden und öffentlichen Auftritten in den vergangenen zwei Wochen nach dem Begräbnis auf Nantucket. Einer der Journalisten nannte den Präsidenten den »unsichtbaren Mann«.

Alle drei kamen auch zu einer ähnlichen Schlußfolgerung. Wäre es nicht besser, so fragten sie, wenn der Präsident zugunsten Odells auf sein Amt verzichtete, womit er dem Vizepräsidenten die Möglichkeit geben würde, sich ein Jahr lang einzuarbeiten und auf die Wahl im November 1992 vorzubereiten?

Schließlich, so argumentierte das Nachrichtenmagazin *Time*, sei ja der Hauptprogrammpunkt von Cormacks Außen-, Verteidigungs- und Wirtschaftspolitik, die radikale Kürzung des Verteidigungshaushalts um 100 Milliarden Dollar gegen eine entsprechende Reduzierung seitens der UdSSR, bereits jetzt schon gestorben.

»Mit dem Bauch nach oben im Wasser treibend«, mit dieser Metapher beschrieb *Newsweek* die Chance, daß der Vertrag nach der Weihnachtspause vom Kongreß ratifiziert werden könnte.

Easterhouse landete kurz vor Mitternacht in Houston, nachdem er zwölf Stunden in der Luft und zwei in London verbracht hatte. Die Schlagzeilen der Blätter am Zeitungskiosk im Houston Airport waren unverblümter – Michael Odell war Texaner und wäre, wenn er an Cormacks Stelle träte, der erste texanische Präsident seit Johnson.

Die Besprechung mit der Alamo-Gruppe war für den übernächsten Tag im Pan Global Building angesetzt. Ein Wagen des Unternehmens brachte Easterhouse ins *Remington*, wo eine Suite für ihn reserviert worden war. Ehe er sich aufs Ohr legte, hörte er noch eine Zusammenfassung aktueller Nachrichten. Wieder wurde die Frage gestellt.

Der Oberst war nicht über den Travis-Plan unterrichtet worden. Er brauchte nichts davon zu wissen. Aber er wußte doch, daß ein Wechsel in der Präsidentschaft das letzte Hemmnis beseitigen würde, daß all seine Mühen sich gelohnt hätten, wenn ein neuer Präsident bereit wäre, Riad und die Ölfelder bei Hasa durch Einheiten der Schnellen Eingreiftruppe sichern zu lassen.

So ein Zufall, dachte er, als er in den Schlaf glitt. So ein glücklicher Zufall!

Auf der kleinen Messingtafel an der Mauer neben der getäfelten Tür des umgebauten Lagerhauses stand schlicht THOR SPEDITION AG. Offenbar versteckte Lenzlinger seine wahren Geschäfte hinter der Tarnung eines Transportunternehmens, obwohl keine Sattelschlepper zu sehen waren und der Geruch von Dieselöl niemals in die mit dicken Spannteppichen ausgestatteten Büroräume im vierten Stock, zu denen Quinn hinaufstieg, eingedrungen war.

Wie unten am Eingang von der Straße gab es auch in der vierten Etage ein Summer mit Sprechanlage und eine Fernsehkamera. Die Umwandlung des alten Lagerhauses in einer Straße abseits der alten Docks war nicht billig gekommen.

Die Sekretärin, die er im Vorzimmer antraf, paßte besser zu der angeblichen Speditionsfirma. Hätte Lenzlinger Lastwagen besessen, hätte sie durch einen Schubs die Motoren mühelos zum Anspringen bringen können.

»Ja, bitte?« fragte sie, obwohl ihr durchdringender Blick klarmachte, daß er, nicht sie, der Bittsteller war.

»Ich hätte gerne mit Herrn Lenzlinger gesprochen«, sagte Quinn.

Sie ließ sich seinen Namen nennen und verschwand ins Allerheiligste, wobei sie hinter sich die Tür schloß. Quinn hatte den Eindruck, daß man von der anderen Seite durch den Spiegel in der Trennwand sehen konnte. Nach einer halben Minute kam sie zurück.

»Und worum handelt es sich bitte, Herr Quinn?«

»Ich würde gerne einen Angestellten von Herr Lenzlinger sprechen, einen gewissen Werner Bernhardt«, sagte er.

Wieder ging sie hinter die Bühne. Diesmal blieb sie über eine Minute lang fort. Als sie zurückkam, schloß sie zwischen sich und demjenigen, der drinnen saß, energisch die Tür.

»Tut mir leid, Herr Lenzlinger steht Ihnen für ein Gespräch nicht zur Verfügung«, sagte sie. Es klang endgültig.

»Ich werde warten«, sagte Quinn.

Sie warf ihm einen Blick zu, aus dem das Bedauern sprach, daß sie zu jung gewesen war, um Kommandeuse eines Konzentrationslagers mit ihm als einem der Häftlinge zu sein, und verschwand ein drittes Mal. Als sie sich wieder an den Schreibtisch setzte, tat sie, als wäre er nicht anwesend, und begann mit konzentrierter Gehässigkeit auf die Schreibmaschine zu hämmern.

Eine andere Tür öffnete sich, und ein Mann kam heraus. Ein Typ, der gut einen Lastwagenfahrer hätte abgeben können; ein wandelnder Kleiderschrank. Der hellgraue Anzug war so gut geschneidert, daß er beinahe die Muskelpakete darunter verbarg, das kurzgeschnittene, gefönte Haar, das Aftershave und die aufgesetzte Höflichkeit – das alles machte keinen gewöhnlichen Eindruck. Doch unter alledem steckte nichts als ein Schläger.

»Herr Quinn«, sagte er ruhig, »Herr Lenzlinger kann Sie weder empfangen noch Ihre Fragen beantworten.«

»Im Augenblick nicht«, sagte Quinn zustimmend.

»Im Augenblick nicht und überhaupt nie, Herr Quinn. Gehen Sie bitte.«

Quinn hatte den Eindruck, daß nichts zu machen war. Er ging nach unten und über die gepflasterte Straße dorthin, wo Sam im Wagen wartete.

»Er läßt sich im Büro nicht sprechen«, sagte er. »Ich werde ihn zu Hause aufsuchen müssen. Komm, fahren wir nach Oldenburg.«

Oldenburg, ebenfalls eine sehr alte Stadt, die einst von ihrem Binnenhafen aus jahrhundertelang Handelsverkehr betrieben hatte, war früher der Sitz der Grafen von Oldenburg gewesen. Die Altstadt ist noch heute abschnittweise von der ehemaligen Stadtmauer und dem Stadtgraben umgeben, der aus einer Reihe miteinander verbundender Kanäle besteht.

Quinn entdeckte eine Unterkunft, wie er sie bevorzugte, ein ruhiges Gasthaus mit einem Innenhof, den *Posthalter* in der Heiliggeiststraße.

Ehe die Läden schlossen, hatte er noch Zeit, ein Haushaltswarengeschäft und eines für Campingausrüstung aufzusuchen; an einem

Kiosk kaufte er eine Karte der Umgebung, im größten Maßstab, der auf Lager war. Nach dem Abendessen verbrachte er zu Sams Erstaunen in ihrem Zimmer eine Stunde damit, in das fünfzehn Meter lange Seil, das er in dem Haushaltswarengeschäft gekauft hatte, in Abständen von je einen halben Meter Knoten zu flechten, und zuletzt befestigte er an einem Ende einen dreizinkigen Greifhaken.

»Wo willst du denn damit hin?« fragte sie.

»Ich nehme an, auf einen Baum.« Mehr wollte er nicht sagen. Er verließ sie im Dunkeln vor dem Morgengrauen. Sie schlief noch.

Er fand den Besitz Lenzlingers eine Stunde später, genau westlich der Stadt, südlich des Zwischenahner Meers, zwischen den Dörfern Portsloge und Janstrat gelegen. Das brettebene Land zog sich über die Ems nach Westen und ging sechzig Meilen weiter im Westen ins nördliche Holland über.

Von unzähligen Flüssen und Kanälen durchzogen, die die feuchte Ebene entwässern, ist das Land zwischen Oldenburg und der Grenze mit Birken-, Eichen- und Nadelbaumwäldern gesprenkelt. Lenzlingers Besitztum lag zwischen zwei Wäldern, ein ehemaliger befestigter Adelssitz, nun von einem eigenen großen Park und das Ganze von einer zweieinhalb Meter hohen Mauer umgeben.

Den Vormittag über lag Quinn im Wald gegenüber der Straße, die von dem Gut wegführte, von Kopf bis Fuß in Tarngrün, das Gesicht mit einem feinmaschigen Netz maskiert, auf einem Ast einer mächtigen Eiche. Sein Infrarotfernglas zeigte ihm alles, was er wissen mußte.

Das aus Sandstein gebaute Herrenhaus hatte mit seinen Nebengebäuden die Form eines »L«. Das kürzere Stück bildete das Hauptgebäude mit zwei Stockwerken und Speichern. Im längeren waren einst die Stallungen untergebracht gewesen. Inzwischen waren darin abgeschlossene Wohnungen für das Personal eingebaut worden. Quinn zählte vier Hausangestellte: einen Butler, einen Koch und zwei Putzfrauen. Seine besondere Aufmerksamkeit galt den Sicherheitseinrichtungen. Sie waren vielfältig und kostspielig.

Lenzlinger hatte in den späten fünfziger Jahren damit begonnen, überschüssiges Kriegsmaterial in kleinen Lieferungen an alle zu verhökern, die daran interessiert waren. Seine Endabnehmerzeugnisse waren gefälscht, Fragen stellte er keine. Es war die Zeit der kolonialen Befreiungskriege und der Revolutionen in der Dritten Welt. Aber als

Randfigur der Szene hatte er gerade genug zum Leben verdient, nicht viel mehr.

Seine große Stunde kam mit dem Bürgerkrieg in Nigeria. Er betrog die Biafraner um mehr als eine halbe Million Dollar; sie bezahlten für Bazookas, erhielten aber gußeiserne Fallrohre, die zu Dachrinnen gehörten. Er täuschte sich nicht in der Annahme, sie seien zu sehr damit beschäftigt, um ihr Überleben zu kämpfen, als nach Norden zu kommen und mit ihm abzurechnen.

In den frühen siebziger Jahren belieferte er ein halbes Dutzend kriegführender Parteien in Afrika, Mittelamerika und im Nahen Osten und drehte außerdem noch einen gelegentlichen schmutzigen Deal (viel einträglicher) mit der ETA, der IRA und ein paar anderen Terrororganisationen. Er kaufte von der Tschechoslowakei, Jugoslawien und Nordkorea, alles Lieferanten, die Hartwährungen brauchten, und verkaufte an die Verzweifelten. 1985 dann verhökerte er Waffen aus Nordkorea an beide Seiten im Krieg zwischen dem Iran und dem Irak. Selbst einige staatliche Stellen hatten sich aus seinen Vorräten bedient, wenn sie Kriegsmaterial ungenannter Herkunft für Revolutionen haben wollten, mit denen sie offiziell nichts zu tun hatten.

Diese Karriere hatte ihn sehr wohlhabend gemacht. Sie hatte ihm auch eine Menge Feinde beschert. Er gedachte, den Reichtum zu genießen und die Pläne seiner Feinde zu durchkreuzen.

Sämtliche Fenster, in allen Geschossen, waren elektronisch gesichert. Obwohl Quinn die Geräte nicht sehen konnte, wußte er, daß das ebenso für die Türen galt. Das war der innere Ring. Den äußeren bildete die Mauer. Sie lief ohne Unterbrechung um das Besitztum, oben mit zwei Strängen rasiermesserscharfen Drahts gesichert, und die Bäume innerhalb des Parks waren so gestutzt, daß keine Äste über die Mauer ragten. Noch etwas sah Quinn; es blitzte auf, wenn hin und wieder ein Sonnenstrahl durchbrach. Ein straffer Draht, dünn wie eine Klaviersaite, getragen von keramischen Bolzen, lief die Mauerkante entlang; er stand unter Strom, war mit der Alarmanlage verbunden, berührungsempfindlich.

Zwischen der Mauer und dem Haus war freies Gelände, an der schmalsten Stelle vierzig Meter breit, von Fernsehkameras kontrolliert, von Hunden bewacht. Er sah, wie zwei Dobermänner, mit Maulkorb und an der Leine, auf ihren morgendlichen Verdauungsspaziergang geführt wurden. Der Hundeführer konnte nicht Bernhardt sein, dafür war er zu jung.

Quinn beobachtete, wie 8.55 Uhr der Mercedes 600 mit dunkel getönten Fenstern nach Bremen abfuhr. Der wandelnde Kleiderschrank geleitete eine in einen Mantel gehüllte Gestalt, auf dem Kopf eine Pelzmütze, zum Fond, setzte sich selbst auf den Beifahrersitz, und der Chauffeur brauste mit dem Wagen durch das Stahltor und auf die Straße. Sie kamen unter der Eiche vorbei, wo Quinn auf einem Ast lag.

Quinn rechnete mit vier, vielleicht fünf Leibwächtern. Der Fahrer sah nach einem aus, bei dem Kleiderschrank war der Fall klar. Damit bleiben noch der Hundeführer und vermutlich ein vierter innerhalb des Hauses. Bernhardt?

Das Nervenzentrum der Sicherheitsanlagen war anscheinend ein Raum im Erdgeschoß dort, wo der Flügel mit den Unterkünften des Personals an das Haupthaus stieß. Der Hundeführer betrat ihn mehrmals und verließ ihn wieder, wobei er eine kleine Tür benutzte, die direkt zu den Rasenflächen führte. Quinn vermutete, daß der Mann, der nachts Wache hielt, die Flutlichter, die TV-Kameras und die Wachhunde von innen steuern konnte. Als es Mittag wurde, hatte sich Quinn seinen Plan zurechtgelegt, stieg von der Eiche herunter und fuhr nach Oldenburg zurück.

Er und Sam verbrachten den Nachmittag mit Einkäufen. Er nahm sich einen Mietwagen und kaufte verschiedenes Werkzeug, sie erstand Dinge anhand einer Liste, die er ihr gegeben hatte.

»Kann ich mitkommen?« fragte sie. »Ich könnte außen warten.«

»Nein. Ein Fahrzeug auf dieser Landstraße mitten in der Nacht ist schon schlimm genug. Zwei sind ein Verkehrsstau. Halte dich bereit, wenn ich zurückkomme, mehr nicht. Es könnte sein, daß alles ganz schnell gehen muß.«

Um 2 Uhr morgens war er an der Mauer. Er fuhr sein Fahrzeug, einen Transporter mit hohem Kastenaufbau, so dicht hin, daß er darübersehen konnte, wenn er auf dem Dach stand. Für neugierige Augen war an der Seite des Fahrzeugs das Emblem einer Fernsehantennenfirma, verfertigt aus Kreppband. Es lieferte auch eine Erklärung für die ausziehbare Aluminiumleiter, die an dem Dachgepäckträger befestigt war.

Als er über die Mauer blickte, sah er im Mondlicht die entlaubten Bäume im Park, die Rasenflächen, die auf das Haus zuliefen und einen schwachen Lichtschein, der aus dem Kontrollraum des Wächters drang.

Das Objekt, das er für sein Ablenkungsmanöver ausgewählt hatte, war ein einzeln stehender Baum im Park, nur zweieinhalb Meter von der Mauer entfernt. Er stellte sich auf das Dach des Transporters und schwang das Kunststoffkästchen am Ende der Angelschnur mehrmals im Kreis herum. Als es genug Schwung hatte, ließ er mit der einen Hand die Schnur los. Das Kästchen beschrieb eine leicht geschwungene Parabel, flog zwischen die Äste des Baumes und fiel ein Stück weit in Richtung auf den Boden. Quinn gab soviel Schnur aus, daß das Kästchen gut zwei Meter über dem Rasen des Parks baumelte. Dann befestigte er das Ende der Schnur an einem Ast des Baumes.

Er ließ den Motor an und den Transporter leise 90 Yards an der Mauer entlang bis zu einer Stelle gegenüber dem Kontrollraum des Wächters rollen. Der Transporter hatte inzwischen stählerne Halter an einer Seite, was später am Vormittag bei der Leihfirma Verblüffung auslösen sollte. Quinn hängte daran die Leiter ein, so daß sie hoch über die Mauer ragte. Von der obersten Sprosse aus konnte er in den Park hinabspringen, ohne den rasiermesserscharfen Sicherungs- und den elektrischen Alarmdraht zu berühren. Er stieg die Leiter hoch, befestigte sein Fluchtseil an der obersten Sprosse und wartete. Er sah, wie der Schatten eines Dobermanns durch eine vom Mond beschienene kleine Fläche im Park huschte.

Die Geräusche, die er verursachte, waren so leise, daß er sie nicht hören konnte, aber die Hunde hörten sie. Er sah, wie einer stehenblieb, verharrte, horchte und dann auf die Stelle zuraste, wo das schwarze Kästchen an seiner Nylonschnur von einem Ast baumelte. Der andere Dobermann folgte wenige Sekunden später. Zwei Kameras oben an der Hauswand drehten sich in ihre Richtung. Die Hunde kamen nicht zurück.

Nach fünf Minuten ging die kleine Tür auf, und ein Mann war zu sehen. Nicht der Hundeführer vom vergangenen Morgen, sondern der Wächter, der Nachtdienst hatte.

»Lothar, Wotan, was ist denn los?« rief er leise. Jetzt hörten er und Quinn, wie die Dobermänner irgendwo zwischen den Bäumen knurrten und die Zähne fletschten. Der Mann ging wieder hinein, blickte auf seine Monitoren, sah aber nichts. Dann erschien er mit einer Taschenlampe, zog einen Revolver und ging den Hunden nach. Die Tür ließ er unverschlossen.

Quinn sprang wie ein Schatten von der Leiter über die Mauer, vier Meter tief. Er traf wie ein Fallschirmjäger mit einer Rolle vorwärts auf, erhob sich, rannte zwischen den Bäumen durch, über die Rasenfläche und in den Kontrollraum. Rasch drehte er sich um und sperrte die Tür von innen ab.

Ein Blick auf die Monitoren sagte ihm, daß der Wächter noch immer versuchte, seine Hunde zurückzuholen. Er würde schließlich den Kassettenrecorder sehen, der an seiner Schnur über dem Boden baumelte, während die Dobermänner wütend hochsprangen und nach dem Gerät schnappten, das sie mit einem endlosen Strom von Knurr- und Fauchlauten reizte. Eine Stunde hatte Quinn im Hotelzimmer damit verbracht, dieses Band zu verfertigen, was die anderen Gäste nicht wenig verblüffte. Bis der Wächter erkannte, daß er hereingelegt worden war, würde es zu spät sein.

In dem Kontrollraum war eine zweite Tür, die ihn mit dem Haupthaus verband. Quinn lief die Treppe zu der Etage mit den Schlafzimmern hinauf. Sechs Eichentüren mit Schnitzwerk, die vermutlich alle zu Schlafzimmern führten. Doch die Lichter, die er am Morgen vorher bei Tagesanbruch gesehen hatte, deuteten darauf, daß das Schlafzimmer des Chefs am anderen Ende sein mußte. So war es auch.

Horst Lenzlinger wurde wach, als er spürte, daß ihm etwas Hartes schmerzhaft in ein Ohr gerammt wurde. Dann ging das Nachttischlämpchen an. Er gab einen empörten Aufschrei von sich und starrte dann stumm das Gesicht über ihm an. Seine Unterlippe zitterte heftig. Das war der Mann, der in sein Büro gekommen war und dessen Gesicht ihm nicht gefallen hatte. Es gefiel ihm jetzt noch weniger, vor allem aber mißfiel ihm, daß der Lauf einer Pistole einen guten Zentimeter tief in seinem Ohr steckte.

»Bernhardt«, sagte der Mann in dem Tarnanzug. »Ich möchte mit Werner Bernhardt sprechen. Rufen Sie an. Lassen Sie ihn kommen. Auf der Stelle!«

Lenzlinger tastete hektisch nach dem Haustelefon, wählte eine Nummer, und eine verschlafene Stimme meldete sich.

»Werner«, kreischte Lenzlinger in die Sprechmuschel, »setz deinen Arsch in Bewegung und komm hierher. Sofort. Ja, in mein Schlafzimmer. Mach schnell!«

Während sie warteten, sah Lenzlinger seinen ungebetenen Gast mit einer Mischung aus Furcht und Tücke an. Neben ihm auf dem schwarzseidenen Laken wimmerte die blutjunge, mit Geld in die Bundesrepublik eingeschleuste Vietnamesin im Schlaf, klapperdürr, ein mißbrauchtes Kind. Bernhardt erschien. Er hatte sich einen Pullover über den Schlafanzug gezogen. Er sah, was los war, und starrte verblüfft auf die Szene.

Er hatte das richtige Alter, Ende vierzig. Ein gemeines, bläßliches Gesicht, sandfarbenes Haar, das an den Schläfen grau wurde, Augen wie Kiesel.

»Was ist denn hier los, Herr Lenzlinger?«

»Die Fragen stelle ich«, sagte Quinn auf deutsch zu Lenzlinger. »Befehlen Sie ihm, sie wahrheitsgemäß und ohne Umstände zu beantworten. Sonst können Sie Ihr Gehirn mit einem Löffel vom Lampenschirm abkratzen, Sie Widerling.«

Lenzlinger gehorchte. Bernhardt nickte.

»Sie waren beim Fünften Kommando unter John Peters?«

»Ja.«

»Waren dann auch noch bei der Meuterei in Stanleyville, dem Marsch nach Bukavu und der Belagerung dabei?«

»Ja.«

»Sind Sie irgendwann einem großen Belgier namens Paul Marchais begegnet? Der ›große Paul‹, so haben sie ihn genannt.«

»Ja, ich erinnere mich an ihn. Er kam vom Zwölften Kommando, Schrammes Verein, zu uns. Nachdem Denard einen Kopfschuß abbekommen hatte, waren wir alle unter Schramme.«

»Erzählen Sie mir über Marchais.«

»Was denn?«

»Alles. Wie sah er aus?«

»Groß, ein Mordskerl, ungefähr einsneunzig, ein guter Fighter, früher Automechaniker.«

Ja, dachte Quinn, irgend jemand mußte diesen Fort Transit wieder herrichten, irgendeiner, der etwas von Motoren und vom Schweißen verstand. Also war der Belgier der Mechaniker.

»Wer war sein engster Kumpel, vom Anfang bis zum Ende?«

Quinn wußte, daß Söldner, ähnlich wie Polizisten auf Streifengang, meistens Partnerschaften bilden, sich mehr auf einen bestimmten Kameraden als auf andere verlassen, wenn es wirklich dick kommt. Bernhardt zog die Stirn kraus und dachte konzentriert nach.

»Ja, er hatte einen. Sie waren immer zusammen. Sie haben sich damals angefreundet, als Marchais beim Fünften war. Ein Südafrikaner. Sie konnten sich nämlich in der gleichen Sprache unterhalten. Flämisch oder Afrikaans.«

»Sein Name?«

»Pretorius. Janni Pretorius.«

Quinn sank das Herz. Südafrika war weit weg und Pretorius ein weitverbreiteter Name.

»Was ist aus ihm geworden. Nach Südafrika zurückgekehrt? Inzwischen gestorben?«

»Nein, als letztes hab' ich gehört, daß er sich in Holland niedergelassen hat. Das alles ist ja wahnsinnig lange her. Glauben Sie mir, ich weiß nicht, wo er sich jetzt aufhält. Das ist die Wahrheit, Herr Lenzlinger. Es ist zehn Jahre her, daß ich das gehört habe.«

»Er weiß es nicht«, jammerte Lenzlinger. »Nehmen Sie jetzt dieses Ding aus meinem Ohr.«

Quinn erkannte, daß aus Bernhardt nicht mehr herauszubekommen war. Er packte Lenzlinger vorne an seinem seidenen Nachthemd und zog ihn vom Bett hoch.

»Wir gehen jetzt zum Vordereingang«, sagte Quinn. »Langsam und locker. Bernhardt, die Hände über den Kopf! Sie gehen voran. Eine einzige Bewegung, und ich verpasse Ihrem Boß einen zweiten Nabel.«

Hintereinander gingen sie die dunkle Treppe hinab. Am Vordereingang hörten sie, wie jemand von außen dagegen hämerte – der Wächter, der ins Haus zu kommen versuchte.

»Zum Hinterausgang!« sagte Quinn. Sie hatten den Gang zu dem Kontrollraum halb durchquert, als Quinn gegen einen Eichenstuhl, den er übersehen hatte, stieß und ins Stolpern kam. Lenzlinger entglitt ihm. Wie der Blitz rannte der kleine, rundliche Mann auf die Eingangshalle zu und schrie aus Leibeskräften nach seinen Leibwächtern. Quinn setzte Bernhardt mit einem harten Schlag seiner

Waffe außer Gefecht und rannte weiter auf den Kontrollraum zu, von dem aus es ins Freie ging.

Er hatte die Grasfläche halb überquert, als hinter ihm Lenzlinger in der Tür erschien und nach den Hunden schrie, die vor dem Vordereingang waren. Quinn blieb stehen, drehte sich um, zielte, drückte einmal ab, drehte sich wieder um und lief weiter. Der Waffenhändler stieß einen schrillen Schmerzensschrei aus und verschwand im Haus.

Quinn rammte seine Waffe unter den Hosengürtel und schaffte es ein paar Meter vor den Dobermännern, das Fluchtseil zu packen. Er kletterte rasch hinauf, während sie hochsprangen und nach ihm schnappten, trat auf den Alarmdraht – was im Haus ein schrilles Klingeln der Alarmanlage auslöste – und ließ sich auf das Dach des Transporters fallen.

Er legte den Gang ein und raste die Straße hinunter, ehe die Verfolgung organisiert werden konnte.

Sam wartete wie versprochen in ihrem Wagen vor dem *Posthalter*. Sie hatte gepackt und die Rechnung bezahlt. Quinn ließ den Transporter stehen und setzte sich neben sie auf den Beifahrersitz.

»Richtung Westen«, sagte er. »Nimm die E22 nach Leer und Holland.«

Lenzlingers Männer waren in zwei Wagen und miteinander wie auch mit dem Herrenhaus per Funk verbunden. Dort rief jemand das beste Hotel der Stadt, *City Club*, an, erfuhr aber, daß unter den Gästen niemand mit dem Namen Quinn sei. Der Anrufer telefonierte die Hotelliste ab, bis er nach zehn Minuten vom Empfang des *Posthalter* den Bescheid erhielt, Herr und Frau Quinn seien abgereist. Immerhin erhielt er eine ungefähre Beschreibung ihres Wagens.

Sam hatte die Ofener Straße hinter sich gelassen und die Umgehungsstraße um Oldenburg, die 293, erreicht, als hinter ihnen ein grauer Mercedes auftauchte. Quinn ließ sich nach unten rutschen und zog den Kopf ein, bis er unterhalb der Höhe des Fensters war. Sam bog von der Umgehungsstraße auf die Autobahn E22 ab; der Mercedes folgte.

»Er fährt links heran«, sagte sie.

»Fahr ganz normal«, murmelte Quinn aus seinem Versteck. »Lächle freundlich hinüber und winke.«

Der Mercedes kam heran und blieb auf gleicher Höhe. Es war noch dunkel, das Innere des Ford von außen unsichtbar. Sam drehte den Kopf. Sie kannte weder den wandelnden Kleiderschrank noch den Hundeführer.

Sie schickte ihnen ein strahlendes Lächeln hinüber und winkte ein bißchen. Die Männer starrten ausdruckslos her. Geängstigte Leute, die auf der Flucht sind, lächeln und winken nicht. Nach mehreren Sekunden beschleunigte der Mercedes, fuhr davon und bog bei der nächsten Ausfahrt ab, um nach Oldenburg zurückzukehren. Zehn Minuten später kam Quinn aus seinem Versteck und setzte sich wieder auf den Beifahrersitz.

»Herr Lenzlinger hat anscheinend nicht viel für dich übrig«, sagte Sam.

»Nein, begreiflicherweise nicht«, sagte Quinn mit trauriger Stimme. »Ich hab' ihm gerade den Pimmel weggeschossen.«

14. Kapitel

»Die Bestätigung ist da, daß die Festveranstaltung zur Feier des diamantenen Jubiläums der Ausrufung des Saudiarabischen Königreichs am 17. April dieses Jahres stattfinden wird«, berichtete später an diesem Morgen Oberst Easterhouse den Mitgliedern der Alamo-Gruppe.

Sie saßen im geräumigen Arbeitszimmer von Cyrus V. Miller im obersten Stock des Pan Global Building im Zentrum von Houston.

»Das eine halbe Milliarde teure Stadion, überdacht mit einer zweihundert Meter breiten Acrylkuppel, ist fertiggestellt, dem Zeitplan voraus. Die andere halbe Milliarde, die dieses Spektakel der Selbstverherrlichung kosten soll, wird für Speisen, Schmuck, neue Hotelbauten und Gästevillen für die Staatsmänner der Welt und für die Veranstaltung ausgegeben werden.

Sieben Tage vor dem Prunkfest, ehe die erwarteten fünfzigtausend Gäste aus dem Ausland eintreffen, wird eine Generalprobe abgehalten. Den Höhepunkt des vierstündigen Programms wird die Erstürmung eines maßstabgetreuen Nachbaus der Festung Musmak bilden, wie sie im Jahr 1902 aussah. Hollywoods geschickteste Bühnenbildner werden das Bauwerk errichten. Die ›Verteidiger‹ werden von der Königlichen Garde gestellt und die türkische Kleidung jener Zeit tragen. Die ›Angreifer‹ werden von einer fünfzig Mann starken Gruppe jüngerer Prinzen des Hauses dargestellt, alle zu Pferde, und angeführt von einem jungen Verwandten des Königs, der eine gewisse Ähnlichkeit mit dem Scheich Abdul Asis damals, im Jahre 1902, hat.«

»Schön«, sagte Scanlon im breiten Südstaaten-Idiom, »Wunderbar, das Lokalkolorit. Und wie steht's mit dem Putsch?«

»Das ist die Stunde des Putsches«, sagte der Oberst. »Am Abend der Generalprobe, in diesem Stadion. Das Publikum wird nur aus den obersten sechshundert Mitgliedern des Königlichen Hauses, angeführt vom Herrscher persönlich, bestehen. Alle werden Väter, Onkel, Mütter und Tanten der Teilnehmer sein. Alle werden dicht an dicht in der ›Royal Enclosure‹ sitzen. Wenn die letzten Teilnehmer an der Vorführung das Stadion verlassen, werde ich per Computer die Ausgangstore verschließen. Die Eingangstore öffnen sich, um die fünfzig Reiter hereinzulassen. Niemand außer mir weiß, daß ihnen zehn Lastwagen, getarnt als Armeefahrzeuge, in scharfem Tempo folgen und in der Nähe der Eingangstore warten werden. Diese Tore bleiben offen, bis der letzte Lastwagen hineingefahren ist, und werden dann per Computer geschlossen. Danach kommt keiner mehr raus.

Die Attentäter springen von den Lastwagen herab, rennen auf die ›Royal Enclosure‹ zu und beginnen zu feuern. Nur eine einzige Gruppe bleibt in der Arena selbst, um die fünfzig Prinzen und die Verteidiger der nachgebauten Festung zu erledigen, die alle nur mit Platzpatronen bewaffnet sind.

Die fünfhundert Angehörigen der Königlichen Garde rings um die ›Royal Enclosure‹ werden versuchen, ihre Schützlinge zu verteidigen. Aber ihre Munition wird defekt sein. In den meisten Fällen wird sie in den Magazinen explodieren und den Mann töten, der die Waffe hält. In anderen Fällen werden die Waffen klemmen. Die Vernichtung des königlichen Hauses wird ungefähr vierzig Minuten in Anspruch nehmen. Jede Phase wird von den Videokameras aufgenommen, und über das saudiarabische Fernsehen werden die meisten Golfstaaten das Spektakel miterleben.«

»Wie wollen Sie die Königliche Garde dazu bringen, daß sie sich mit anderer Munition ausrüsten läßt?« fragte Moir.

»In Saudi-Arabien sind sie wie besessen, was die Sicherheit betrifft«, antwortete der Oberst, »und gerade deswegen wird das Verfahren laufend willkürlich geändert. Solange die Unterschrift unter einem Befehl echt wirkt, wird er befolgt. Der betreffende Befehl ist in einem Dokument enthalten, dessen Wortlaut ich über der echten Signatur des Innenministers verfaßt habe. Es handelt sich um eine Blankounterschrift auf einem Blatt Papier. Wie ich dazu gekommen bin, tut nichts zur Sache. Generalmajor Al-Schakri aus Ägypten untersteht das Arsenal. Er wird die defekte Munition liefern; später erhält dann Ägypten saudiarabisches Öl zu einem Preis, den sich das Land leisten kann.«

»Und die reguläre Armee?« fragte Salkin. »Das sind fünfzigtausend Soldaten.«

»Ja, aber sie befinden sich nicht alle in Riad. Die Einheiten der Garnison werden in hundert Meilen Entfernung an Manövern teilnehmen und sollen eigentlich am Tag vor der Generalprobe nach Riad zurückkehren. Die Fahrzeuge der Armee werden von Palästinensern gewartet, Angehörigen des immensen ausländischen Kontingents von Technikern, die im Land sind, um Ausgaben auszuführen, zu denen die Saudis selbst nicht imstande sind. Sie werden die Fahrzeuge fahruntüchtig machen und die neuntausend Soldaten aus Riad in der Wüste festhalten.«

»Was bekommen die Palästinenser dafür?«

»Die Chance, eingebürgert zu werden«, erwiderte Easterhouse. »Obwohl die technische Infrastruktur Saudi-Arabiens auf die Viertelmillion Palästinenser angewiesen ist, die auf allen Ebenen beschäftigt werden, wird ihnen konsequent die Nationalisierung verweigert. Mögen sie dem Land noch so loyal dienen, sie bleibt ihnen versagt. Doch unter dem Regime nach der Beseitigung des Imam könnten sie sie erlangen, sobald sie sich ein halbes Jahr lang im Land aufgehalten haben. Allein diese Maßnahme wird schließlich aus der Westbank, dem Gaza-Streifen, Jordanien und dem Libanon eine Million Palästinenser abziehen, die sich in ihrer neuen Heimat südlich des Nefud ansiedeln und dem Norden des Nahen Ostens Frieden bringen werden.«

»Und nach dem Massaker?« fragte Cyrus V. Miller unverblümt. Er hatte keine Zeit für Euphemismen.

»Während der Schlußphase des Feuergefechts wird das Stadion in Brand geraten«, sagte Oberst Easterhouse verbindlich. »Dafür ist gesorgt. Die Flammen werden rasch das ganze Bauwerk erfassen und beseitigen, was vom Königlichen Haus und den Attentätern übrig geblieben ist. Die Kameras werden laufen, bis sie durch die Hitze schmelzen, und der Imam selbst wird alles auf dem Fernsehschirm miterleben.«

»Was wird er dazu sagen?« erkundigte sich Moir.

»Dinge, die dem ganzen Nahen Osten und dem Westen Furcht und Schrecken einjagen werden. Im Unterschied zu dem verstorbenen Khomeini, der immer sehr leise sprach, hält dieser Mann Brandreden. Wenn er spricht, reißt es ihn fort, denn er predigt die Botschaft Allahs und Mohammeds und will, daß er gehört wird.«

Miller nickte verständnisvoll. Auch er war ja der Überzeugung, Gottes Sprachrohr zu sein.

»Wenn er dann alle weltlichen und sunnitischen Regime an Saudi-Arabiens Grenzen mit ihrer unmittelbar bevorstehenden Vernichtung bedroht, wenn er erklärt, daß er die gesamten Tageseinnahmen von 450 Millionen Dollar dem Heiligen Terror dienstbar machen und die Ölfelder bei Hasa zerstören wird, falls man ihm in den Weg tritt, wird jedes arabische Land, Königreich, Emirat, Scheichtum oder Republik, von Omam bis Süden bis zur türkischen Grenze im Norden, den Westen um Hilfe bitten. Und das bedeutet Amerika.«

»Was haben Sie über diesen prowestlichen Saudi-Prinzen zu sagen, der ihn verdrängen soll?« fragte Cobb. »Wenn er versagt ...?«

»Das wird er nicht«, sagte der Oberst mit Bestimmtheit. »So wie die Lastwagen der Armee und die Jagdbomber der Luftwaffe nicht einsatzfähig waren, als sie das Massaker vielleicht hätten verhindern können, werden sie rechtzeitig bereitstehen, um dem Aufruf des Prinzen zu folgen. Dafür werden die Palästinenser sorgen.

Prinz Khalidi ben Sudairi wird auf dem Weg zur Generalprobe einen kurzen Besuch bei mir machen. Er wird einen Drink zu sich nehmen – das steht außer Frage, er ist Alkoholiker. Dem Getränk wird ein Betäubungsmittel beigemischt sein. Dann halten ihn meine zwei jemenitischen Diener drei Tage im Keller fest. Dort wird ein Videoband von ihm aufgenommen, und er bespricht ein Tonband – daß er am Leben, der rechtmäßige Nachfolger seines Onkels ist und an die Amerikaner appelliert, die Legitimität wiederherzustellen. Achten Sie auf den Ausdruck, meine Herren; die USA werden nicht angreifen, um einen Gegenputsch zu inszenieren, sondern um die Legitimität wiederherzustellen, mit voller Unterstützung der arabischen Welt.

Dann übergebe ich den Prinzen der Obhut der amerikanischen Botschaft, wodurch die USA in die Sache hineingezogen werden, ob sie es wollen oder nicht, da die Botschaft sich gegen randalierende Schiitenhorden verteidigen muß, die den Prinzen in ihre Gewalt bekommen wollen. Die Religiöse Polizei, die Armee und die Bevölkerung brauchen dann nur noch ein auslösendes Ereignis, um über die schiitischen Usurpatoren herzufallen und sie bis auf den letzten Mann niederzumachen. Dieses Ereignis wird das Eintreffen der ersten amerikanischen Luftlandetruppen sein.«

»Und was kommt nachher, Oberst?« fragte Miller langsam. »Werden wir bekommen, was wir brauchen – das Erdöl?«

»Wir werden alles bekommen, was wir brauchen, meine Herren. Die Palästinenser bekommen ein Heimatland, die Ägypter ein ausreichendes Ölkontingent, um ihre Massen zu ernähren. Uncle Sam bekommt die Kontrolle über die saudiarabischen und kuwaitischen Reserven und damit über den Weltölpreis zum Wohl der ganzen Menschheit in die Hand. Der Prinz wird neuer König, ein hemmungsloser Säufer, der mich jede Minute des Tages um sich haben wird. Die Saudis allerdings verlieren ihr Erbe und müssen zu ihren Ziegen zurückkehren.

Die sunnitischen Araberstaaten werden ihre Lehre daraus ziehen, daß sie mit so knapper Not davongekommen sind. Angesichts der vor Wut schäumenden Schiiten, die dem Triumph so nahe waren und dann doch noch besiegt wurden, wird den weltlichen Staaten nichts anderes übrig bleiben, als den Fundamentalismus mit Stumpf und Stiel auszurotten, ehe sie ihm alle zum Opfer fallen. Fünf Jahre später wird sich ein gewaltiger Halbmond des Friedens und des Wohlstands vom Kaspischen Meer bis zum Golf von Bengalen erstrecken.«

Die fünf Männer der Alamo-Gruppe saßen schweigend da. Zwei von ihnen hatten nur daran gedacht, den Ölstrom aus Saudi-Arabien nach Amerika umzulenken, mehr nicht. Die anderen drei hatten sich bereit erklärt, dabei mitzumachen. Was sie gerade vernommen hatten, war ein Plan, ein Drittel der Welt neu zu gestalten. Moir und Cobb – aber nicht den drei anderen und schon gar nicht Easterhouse selbst – kam der Gedanke, daß der Oberst ein übergeschnappter Egomane sein müsse. Zu spät erkannten sie, daß sie in einer Achterbahn saßen, unfähig, das Tempo abzubremsen oder auszusteigen.

Cyrus V. Miller bat Easterhouse zu einem privaten Lunch in das angrenzende Speisezimmer.

»Gibt es keine Probleme, Oberst?« erkundigte er sich, als sie die frischen Pfirsiche aus seinem Treibhaus verzehrten. »Wirklich gar keine Probleme?«

»Es könnte sich eines ergeben, Sir«, sagte Easterhouse vorsichtig. »Mir bleiben noch hundertvierzig Tage bis zur Stunde X. Zeit genug, daß eine einzige gezielte Information alles zum Einsturz bringt. Es geht um einen jungen Mann, einen ehemaligen Bankmenschen ... der heute in London lebt. Er heißt Laing. Ich hätte gern, daß jemand ein Wörtchen mit ihm spricht.«

»Erzählen Sie«, sagte Miller, »erzählen Sie mir von diesem Mr. Laing.«

Quinn und Sam erreichten zweieinhalb Stunden nach ihrer Flucht aus Oldenburg die nordholländische Stadt Groningen. Groningen, die Hauptstadt der gleichnamigen Provinz, hat wie die deutsche Stadt jenseits der Grenze einen mittelalterlichen Kern: die durch einen Wassergraben geschützte Altstadt. In früheren Zeiten konnten sich die Bewohner ins Stadtinnere flüchten, ihre vierzehn Brücken hochziehen und sich hinter ihren wasserumgebenen Bollwerken verschanzen.

Der Magistrat verfügte in seiner Weisheit, daß die Altstadt von den wuchernden Industriebauten und der Beton-Obsession des 20. Jahrhunderts nicht verschandelt werden solle. Man hat sie im Gegenteil renoviert und restauriert, eine kleine Welt aus Gassen, Märkten, Straßen, Plätzen, Kirchen, Restaurants, Hotels und Fußgängerzonen, beinahe ausnahmslos gepflastert. Quinn zeigte Sam den Weg zum Hotel *De Doelen* am Grote Markt, wo sie ein Zimmer nahmen.

Zu den wenigen modernen Gebäuden in der Altstadt gehört auch das fünfstöckige Backsteinhaus am Rade Markt, das die Polizeiwache beherbergt.

»Kennst du jemanden hier?« fragte Sam, als sie darauf zugingen.

»Ja, von früher«, antwortete Quinn. »Vielleicht ist er inzwischen in Pension gegangen. Hoffentlich nicht.«

Er war noch nicht pensioniert. Der junge, blonde Beamte am Auskunftsschalter teilte Quinn mit, Inspektor de Groot sei jetzt Chefinspektor und Chef der Gemeente Politie. Er fragte, wen er melden dürfe.

Quinn konnte den Freudenschrei aus dem Hörer hören, als der Polizeibeamte oben anrief. Der junge Mann grinste.

»Er scheint Sie zu kennen, Mijnheer.«

Sie wurden unverzüglich in das Dienstzimmer von Chefinspektor de Groot hinaufgeführt. Er erwartete sie schon und kam ihnen entgegen, um sie zu begrüßen, ein kräftiger, großer Mann von blühender Gesichtsfarbe und mit schütterem Haar, in Uniform, aber auch in

Pantoffeln, zur Schonung seiner Füße, die in dreißig Jahren so manche Meile auf gepflasterten Straßen abgetrabt hatten.

Die niederländische Polizei gliedert sich in zwei Zweige: die Gemeente Politie oder Gemeindepolizei und die Recherche, die Kriminalpolizei. De Groot sah man an, zu welchem er gehörte, ein Gemeindepolizeichef, dessen onkelhafte Statur und Art ihm schon vor langer Zeit bei seinen eigenen Beamten und bei der Einwohnerschaft den Spitznamen Papa de Groot eingetragen hatten.

»Quinn, nein, du lieber Himmel, Sie sind's. Seit Assen ist viel Zeit vergangen.«

»Vierzehn Jahre«, bestätigte Quinn, während sie einander die Hand gaben und er Sam vorstellte. Er ließ ihre FBI-Zugehörigkeit unerwähnt. Sie hatte im Königreich der Niederlande natürlich keine Befugnisse, und sie hielten sich hier inoffiziell auf. Papa de Groot bestellte Kaffee – es war noch kurz nach der Frühstückszeit – und erkundigte sich, was sie in seine Stadt geführt habe.

»Ich suche einen Mann«, sagte Quinn, »und nehme an, daß er möglicherweise in Holland lebt.«

»Ein alter Freund vielleicht? Jemand aus den alten Zeiten?«

»Nein, ich bin ihm nie begegnet.«

De Groots blinzelnde Augen sahen nicht unfreundlicher drein, aber er rührte etwas langsamer in seiner Tasse Kaffee.

»Ich habe gehöt, daß Sie bei Lloyd's ausgeschieden sind«, sagte er.

»Stimmt«, sagte Quinn. »Meine Freundin und ich wollen nur ein paar Freunden eine Gefälligkeit erweisen.«

»Verschollene Leute aufspüren?« fragte de Groot. »Ein neuer Anfang für Sie. Nun, wie heißt der Betreffende und wo lebt er?«

De Groot war Quinn einen Gefallen schuldig. Im Mai 1977 hatte eine Gruppe fanatischer Südmolukker, die einen eigenen Staat in ihrer alten Heimat im ehemaligen Niederländisch-Indien forderten, die Öffentlichkeit dadurch auf ihr Anliegen aufmerksam machen wollen, daß sie einen Zug und eine Schule in der Nähe von Assen, einer Kleinstadt nahe der Grenze der Provinz Groningen, kaperten. In dem Zug befanden sich vierundfünfzig Fahrgäste, in der Schule hundert Kinder. Diese Situation war etwas Neues für Holland, das damals noch nicht über geschulte Geiselbefreiungsteams verfügte.

Quinn war seinerzeit in seinem ersten Jahr bei der Lloyd's-Tochterfirma gewesen, die sich auf solche Probleme spezialisierte. Er wurde als Berater entsandt, zusammen mit zwei verbindlichen Sergeants vom britischen SAS, Londons offizieller Beitrag.

De Groot hatte das Kommando über die lokale Polizei gehabt; die SAS-Männer arbeiteten mit der niederländischen Armee zusammen.

De Groot hatte dem hageren Amerikaner zugehört, der die Motive der Gewalttäter in dem Zug und in der Schule zu verstehen schien, und beschrieb, was vermutlich geschehen würde, wenn das Militär zum Angriff überginge und die Terroristen das Feuer eröffneten. De Groot wies seine Männer an, die Vorschläge des Amerikaners zu befolgen. Der Zug und auch die Schule wurden dann schließlich doch gestürmt; bei dem Schußwechsel starben sechs Terroristen und zwei Fahrgäste. Soldaten oder Polizisten kamen nicht um.

»Er heißt Pretorius, Janni Pretorius«, sagte Quinn. De Groot spitzte die Lippen.

»Kein sehr verbreiteter Name bei uns«, sagte er. »Vielleicht hilft das Telefonbuch weiter – *falls* er drinsteht. Wissen Sie, in welcher Stadt oder in welchem Dorf er lebt?«

»Nein. Aber er ist kein Holländer. Er ist gebürtiger Südafrikaner, und es kann sein, daß er nie eingebürgert wurde.«

»Dann gibt es eine Schwierigkeit«, sagte de Groot. »Wir haben kein Zentralregister mit allen in Holland lebenden ausländischen Staatsbürgern. Wegen der Bürgerrechte, verstehen Sie.«

»Er ist ein ehemaliger Kongo-Söldner. Ich hätte gedacht, eine solche Vergangenheit und dazu der Umstand, daß er aus einem Land stammt, dem die Niederlande nicht sehr gewogen sind, müßte ihm irgendwo in einem Register zu einer Karteikarte verhelfen.«

De Groot schüttelte den Kopf.

»Nicht unbedingt. Wenn er sich illegal hier aufhält, gibt es keine Akte über ihn, sonst hätten wir ihn wegen illegaler Einreise ausgewiesen. Ist er legal hier, müßte bei der Einreise eine Karte angelegt worden sein, aber danach konnte er sich frei und unbehindert bewegen, falls er nicht gegen niederländische Gesetzte verstoßen hat. Das gehört zu unseren Bürgerrechten.«

Quinn nickte. Er wußte, wie besessen die Holländer von ihren Bürgerrechten waren. Für den gesetzestreuen Bürger waren sie zwar sehr vorteilhaft, aber sie machten auch den bösartigen und schmutzigen Elementen das Leben höchst angenehm. Deswegen war ja das schöne alte Amsterdam zur europäischen Kapitale für Drogenhändler, Terroristen und Produzenten von Kinderpornofilmen geworden.

»Wie könnte ein solcher Typ ins Land kommen und eine Aufenthaltsgenehmigung für Holland bekommen?« fragte er.

»Nun ja, er bekäme sie, wenn er eine Holländerin heiratete. Das würde ihm sogar den Anspruch auf Einbürgerung verschaffen. Dann könnte er einfach verschwinden.«

»Sozialversicherung, Finanzamt, Einwanderungsbehörden?«

»Die würden Ihnen nichts sagen«, antwortete de Groot. »Der Mann hätte das Recht auf Wahrung seiner Privatsphäre. Selbst ich müßte einen Straftatbestand gegen ihn präsentieren können, um eine Anfrage zu rechtfertigen. Glauben Sie mir, da läßt sich einfach nichts machen.«

»Sie sehen überhaupt keine Möglichkeit, wie sie mir helfen könnten?« fragte Quinn.

De Groot blickte nachdenklich zum Fenster hinaus.

»Ich habe einen Neffen beim BVD«, sagte er. »Es müßte inoffiziell sein ... Vielleicht ist Ihr Mann registriert.«

»Fragen Sie ihn bitte«, sagte Quin. »Ich wäre Ihnen sehr dankbar.«

Während Quinn und Sam die Oosterstraat hinaufspazierten und nach einem Lokal Ausschau hielten, um zu Mittag zu essen, rief de Groot seinen Neffen in Den Haag an. Der junge Koos de Groot war ein untergeordneter Beamter beim Binnenlandse Veiligheids Dienst (BVD), Hollands kleinem inneren Sicherheitsdienst. Obwohl er dem Onkel, der ihm, als er noch ein Junge gewesen war, oft Zehn-Gulden-Scheine zugesteckt hatte, sehr zugetan war, brauchte es seine Zeit, bis er sich überreden ließ. Das kam nicht alle Tage vor, daß ein Gemeindepolizist aus Groningen darum ersuchte, den BVD-Computer anzuzapfen.

De Groot rief am nächsten Morgen Quinn an, und eine Stunde später trafen sie sich in der Polizeiwache.

»Das ist ja ein sauberer Typ, Ihr Pretorius«, sagte de Groot und blickte dabei auf seine Notizen. »Anscheinend waren unsere Leute vom BVD bei seiner Ankunft vor zehn Jahren immerhin so interessiert, daß sie seine Daten für alle Fälle registrierten. Einige Angaben stammen von ihm selber – die, in denen er gut dasteht; andere wurden Zeitungsausschnitten entnommen. Jan Pieter Pretorius, geboren 1942 in Bloemfontein – also ist er heute neunundvierzig. Als Beruf gibt er Schildermaler an.«

Quinn nickte. Irgend jemand hatte den Fort Transit umgespritzt, das Firmenemblem »Barlow's Orchard Produce« an die Seite und innen an die hinteren Fenster Äpfelkisten gemalt. Er nahm an, daß Pretorius auch die Bombe gebastelt hatte, mit der der Transit in der Scheune in Brand gesteckt worden war. Er wußte, daß das nicht Zacks Werk gewesen sein konnte. Damals in dem Lagerhaus hatte Zack den Geruch von Marzipan gerochen und gedacht, es könnte sich um Semtex handeln. Semtex ist geruchlos.

»Nachdem er 1968 Ruanda verlassen hatte, kehrte er nach Südafrika zurück und arbeitete anschließend eine Zeitlang als Wachmann in einer Diamantengrube des Konzerns de Beers in Sierra Leone.«

Ja, der Mann, der echte von falschen Diamanten unterscheiden konnte und sich mit Zirkonen auskannte.

»Er war herumgezogen, bis er vor zwölf Jahren nach Paris kam, lernte dort eine junge Holländerin kennen, die in einem französischen Haushalt arbeitete, und heiratete sie. Das ermöglichte es ihm, nach Holland zu kommen. Sein Schwiegervater stellte ihn als Barkeeper an – der Schwiegervater besitzt anscheinend zwei Bars. Fünf Jahre später ließ sich das Ehepaar scheiden, aber Pretorius hatte genug auf die Seite gelegt, um sich selbst ein Lokal zu kaufen. Er führt es noch und wohnt darüber.«

»Und wo?« fragte Quinn.

»In einer kleinen Stadt, die Hertogenbosch heißt. Kennen Sie sie?«

Quinn schüttelte den Kopf. »Und die Kneipe, wie heißt die?«

»*De Gouden Leeuw*, der Goldene Löwe«, sagte de Groot.

Quinn und Sam dankten ihm überschwenglich und verabschiedeten sich. Als sie fort waren, trat de Groot ans Fenster und blickte ihnen nach, wie sie über den Rade Markt zurück zu ihrem Hotel gingen. Er hatte Quinn gern, aber seine Nachforschungen stimmten ihn besorgt. Vielleicht ging ja alles mit rechten Dingen zu und es gab keinen Anlaß zur Beunruhigung. Aber es wäre nicht sein Fall, wenn Quinn in *seine* Stadt käme, um einen südafrikanischen Söldner zu stellen ... Er seufzte und griff nach dem Telefonhörer.

»Gefunden?« fragte Quinn, während er in Richtung Süden aus Groningen hinausfuhr. Sam studierte die Straßenkarte.

»Ja. Weit unten im Süden, in der Nähe der belgischen Grenze. Fahr mit Quinn und du erlebst die Benelux-Länder«, sagte sie.

»Wir haben Glück gehabt«, sagte Quinn, »wenn Pretorius wirklich der zweite Kidnapper in Zacks Bande war, könnten wir jetzt auch nach Bloemfontein unterwegs sein.«

Die E35 führt pfeilgerade in südwestlicher Richtung nach Zwolle, wo Quinn auf die A50, eine Landstraße erster Ordnung, abbog, die direkt in südlicher Richtung nach Apeldoorn, Arnheim, Nijmegen und Hertogenbosch führte. In Apeldoorn übernahm Sam das Steuer. Quinn kippte die Lehne des Beifahrersitzes fast waagerecht nach hinten und schlief ein. Bei dem Zusammenstoß rettete ihm sein Sitzgurt das Leben.

Nördlich von Arnheim befindet sich westlich der Autobahn das Gelände des Segelfliegervereins Terlet. Trotz der Jahreszeit war es ein sonniger Tag, im November in Holland selten genug, der die Segelflugfans ins Freie gelockt hatte. Der Fahrer des Lastwagens, der auf der rechten Spur dahindonnerte, war von dem Segelflugzeug, das sich vor ihm über der Autobahn zum Landeanflug schräg legte, so gefesselt, daß er nicht bemerkte, wie es ihn langsam nach links zog.

Sam war zwischen den Holzpfählen, die rechts von ihr das Heidemoorland säumten, und dem riesigen Schwerlaster eingeklemmt, den es auf ihre Spur zog. Sie bremste und hätte es beinahe geschafft. Das letzte Stück des schlingernden Anhängers erwischte den Sierra an der linken Vorderseite und fegte ihn von der Straße, wie man mit Daumen und Zeigefinger eine Fliege vom Tintenlöschblatt schnippt. Der Fahrer des Lastzugs bemerkte davon überhaupt nichts und fuhr weiter.

Der Sierra rollte die Böschung hinauf. Sam versuchte ihn wieder auf die Straße zu steuern, was sie geschafft hätte, wäre sie nicht mit dem rechten Vorderrad gegen einen der Holzpfähle geprallt, wodurch sie die Kontrolle über den Wagen verlor. Er raste die Böschung hinunter, wäre beinahe umgekippt, fing sich wieder und blieb schließlich stehen, bis zu den Achsen im weichen, nassen Sand steckend.

Quinn stellte seine Rückenlehne hoch und schaute sie an. Beide waren tief erschrocken, aber unversehrt. Sie verließen den Wagen.

Über ihnen donnerten Pkws und Laster in Richtung Arnheim vorüber. Das Gelände ringsum war ganz flach, so daß sie von der Straße aus leicht gesehen werden konnten.

»Das Ding«, sagte Quinn.

»Das was?«

»Das Schießeisen. Gib's mir.«

Er wickelte den Smith-&-Wesson-Revolver und die Munition in einen der Seidenschals aus ihrem Kosmetikkoffer und vergrub alles drei Meter weit weg unter einem Busch, dessen Lage er sich genau einprägte. Zwei Minuten später stand ein rotweißer Range Rover von der Rijkspolitie über ihnen auf der Kiesböschung.

Die Beamten waren erst besorgt und dann erleichtert, als sie sahen, daß den beiden nichts zugestoßen war, und verlangten ihre Papiere. Eine halbe Stunde später wurden Sam und Quinn samt Gepäck im Hinterhof der Arnheimer Polizeidirektion in einem grauen Betonklotz an der Beek Straat abgesetzt. Ein Sergeant führte sie in einen Vernehmungsraum, wo er sie ausführlich befragte und ihre Angaben zur Person aufnahm. Es war schon nach Mittag, als er damit fertig war.

Der Repräsentant der Leihwagenfirma hatte an diesem Tag nicht besonders viel zu tun gehabt – Touristen sind Mitte November eher dünn gesät –, und war ziemlich erfreut, als er in seinem Büro am Heuvelink Boulevard den Anruf einer Amerikanerin erhielt, die sich nach einem Leihwagen erkundigte. Seine Freude ließ etwas nach, als er erfuhr, daß sie soeben auf der A50 bei Terlet einen Sierra seiner Firma schrottreif gefahren hatte, aber er erinnerte sich an die Ermahnung der Firmenleitung, sich mehr Mühe zu geben, und hielt sich daran.

Er fuhr zur Polizeidirektion und führte mit dem Sergeant ein Gespräch. Weder Quinn noch Sam verstanden ein Wort. Glücklicherweise sprachen die beiden Holländer gut englisch.

»Der Bergungstrupp der Polizei wird den Sierra dort wegschaffen, wo er . . . geparkt ist«, sagte er. »Ich werde ihn dann hier abholen und in die Werkstätten unserer Firma bringen lassen. Nach Ihren Papieren sind Sie vollkaskoversichert. Wurde der Wagen in Holland gemietet?«

»Nein, in Belgien, in Ostende«, sagte Quinn. »Wir waren auf einer Rundreise.«

»So«, sagte der Mann. Er dachte: Papierkram, eine Menge Papierkram. »Möchten Sie einen anderen Wagen mieten?«

»Ja, das möchten wir«, sagte Sam.

»Ich kann Ihnen einen netten Opel Ascona besorgen, aber erst morgen früh. Er wird im Moment gewartet. Haben Sie ein Hotel?«

Sie hatten noch keins, aber der hilfsbereite Polizei-Sergeant rief im *Rijn Hotel* an, wo sie ein Doppelzimmer reserviert bekamen. Der Himmel hatte sich wieder überzogen, und es begann zu regnen. Der Mann von der Leihwagenfirma fuhr sie zum Hotel, setzte sie dort ab und versprach, daß der Opel am nächsten Morgen um 8 Uhr vor dem Eingang stehen werde.

Das Hotel war zu zwei Dritteln leer, und man hatte ihnen ein großes Doppelzimmer nach vorne hinaus, mit Blick auf den Fluß gegeben. Der kurze Nachmittag ging schon in den Abend über, der Regen peitschte gegen die Fensterscheiben, die große, graue Masse des Rheins strömte unten vorüber, dem Meer entgegen. Quinn setzte sich in einen Lehnsessel im Erker und schaute hinaus.

»Ich könnte Kevin Brown anrufen«, sagte Sam, »und ihm sagen, was wir entdeckt haben.«

»Das würde ich nicht tun«, sagte Quinn.

»Er wird stinksauer sein.«

»Schön, dann erzähl ihm halt, daß wir einen Kidnapper gefunden und ihn oben auf einem Riesenrad mit einer Kugel im Schädel zurückgelassen haben. Erzähl ihm, daß du durch Belgien, Deutschland und Holland eine illegale Waffe geschleppt hast. Willst du das alles über eine Leitung sagen, die nicht abhörsicher ist?«

»Okay, okay. Dann mache ich mir wenigstens ein paar Notizen.«

»Ja, tu das«, sagte Quinn.

Sie durchsuchte die Minibar, fand eine kleine Flasche Rotwein und brachte ihm ein Glas. Dann setzte sie sich an den Schreibtisch und begann auf Briefpapier des Hotels zu schreiben.

Drei Meilen stromaufwärts erkannte Quinn in der einbrechenden Dunkelheit schwach die großen, schwarzen Träger der Brücke von Arnheim, der »Brücke, die nicht mehr zu erreichen war«, wo im September 1944 Oberst John Frost und eine Handvoll englischer Fallschirmjäger gefallen waren, nachdem sie vier Tage lang versucht hatten, mit Repetiergewehren und Sten-Maschinenpistolen SS-Panzer abzuwehren, während sich das 30. Korps vom Süden herankämpfte, um sie am Nordende der Brücke zu entsetzen. Quinn hob das Glas hin zu den fernen Brückenträgern, die in den Regenhimmel ragten.

Sam bemerkte die Geste und kam ans Fenster. Sie blickte auf die Uferpromenade hinab.

»Siehst du Leute, die du kennst?« fragte sie.

»Nein«, sagte Quinn. »Sie sind heimgegangen.«

Sie verdrehte den Hals, um die Straße entlang zu sehen.

»Ich sehe niemanden.«

»Es ist schon lange her.«

Sie runzelte verwirrt die Stirn.

»Sie sind ein rätselhafter Mann, Mr. Quinn. Was ist das, was Sie sehen können, ich aber nicht?«

»Nicht sehr viel«, sagte Quinn und stand auf. »Und nichts davon gibt viel Anlaß zu Hoffnung. Gehn wir und schaun uns an, was der Speisesaal zu bieten hat.«

Der Ascona war pünktlich um 8 Uhr morgens vor dem Hotel, zusammen mit dem freundlichen Sergeant und einer motorisierten Eskorte aus zwei Polizisten.

»Wohin geht's, Mr. Quinn?« fragte der Sergeant.

»Nach Vlissingen«, antwortete Quinn zu Sams Überraschung. »Dort nehmen wir die Fähre.«

»Gut«, sagte der Sergeant. »Ich wünsche Ihnen eine schöne Reise. Meine Kollegen werden Sie zur Autobahn geleiten.«

An der Auffahrt zur Autobahn blieben die motorisierten Polizisten zurück und sahen dem Opel nach, wie er entschwand. Quinn hatte wieder das gleiche Gefühl wie damals in Dortmund.

General Zwi ben Scha'ul saß an seinem Schreibtisch, blickte von dem Bericht hoch und die beiden Männer vor ihm an. Der eine leitete die Abteilung des Mossad, die für Saudi-Arabien und die ganze Arabische Halbinsel von der irakischen Grenze im Norden bis zu den Küsten des Südjemen zuständig war. Es war eine begrenzte Domäne. Der Aufgabenbereich des anderen Mannes kannte keine Grenzen und war in seiner Art noch wichtiger, insbesondere für Israels Sicherheit. Er umfaßte alle Palästinenser, wo sie sich auch aufhalten mochten. Von ihm stammte der Bericht, der auf dem Schreibtisch des Direktors lag.

Manche dieser Palästinenser hätten nur zu gern gewußt, wo diese Besprechung stattfand. Wie viele andere Neugierige, darunter auch einige ausländische Regierungen, vermuteten die Palästinenser noch immer die Zentrale des Mossad in den nördlichen Vorstädten von Tel Aviv. Doch seit 1988 residierte der Geheimdienst in einem großen, modernen Bau mitten im Zentrum von Tel Aviv, um eine Ecke von der Rechow Schlomo Ha'melech (König-Salomon-Straße) und nahe dem Gebäude, das den AMAN, den militärischen Nachrichtendienst, beherbergte.

»Können Sie noch mehr rauskriegen?« fragte der General den Palästinenser-Experten, David Gur Arieh. Der Mann grinste achselzuckend.

»Immer wollen Sie noch mehr, Zwi. Mein Gewährsmann ist in einer untergeordneten Position, ein Techniker in den Werkstätten für die Fahrzeuge der saudiarabischen Armee. Das ist alles, was er erfahren hat. Die Armee soll im kommenden April drei Tage lang in der Wüste festgehalten werden.«

»Das riecht nach einem Putsch«, sagte der Leiter der für Saudi-Arabien zuständigen Abteilung. »Sollen wir ihnen die Kastanien aus dem Feuer holen?«

»Sollte jemand König Fahd stürzen und die Macht übernehmen, wer wäre das nach aller Wahrscheinlichkeit?« fragte der Direktor. Der Saudi-Arabien-Experte zuckte die Achseln.

»Irgendein Prinz«, sagte er. »Nicht einer von den Brüdern. Wahrscheinlicher jemand aus der jüngeren Generation. Sie gieren nach Geld. Obwohl sie durch ihre Anteile an der ›Oil Quota Commission‹ jetzt schon viele Millionen absahnen, wollen sie noch mehr. Nein, vielleicht wollen sie sogar alles. Und natürlich sind die Jüngeren eher ... modern eingestellt, mehr verwestlicht. Das könnte sich vorteilhaft auswirken. Es ist an der Zeit, daß die alten Männer abtreten.«

Aber nicht die Vorstellung, daß ein jüngerer Mann in Riad herrschen könnte, beschäftigte ben Scha'uls Gedanken, sondern das, was dem palästinensischen Techniker, der Quinns Gewährsmann instruiert hatte, herausgerutscht war. »Nächstes Jahr«, hatte er triumphierend gesagt, »werden wir Palästinenser das Recht haben, uns hier einbürgern zu lassen.«

Wenn das zutraf, wenn das die Absicht der ungenannten Verschwörer war, eröffneten sich erstaunliche Perspektiven. Ein solches Angebot Riads, unter einer neuen Regierung, würde eine Million heimat- und landloser Palästinenser aus Israel dem Gaza-Streifen, der Westbank und dem Libanon veranlassen, sich ein neues Leben weit im Süden aufzubauen. Sobald die schwärende Wunde des Palästinenserproblems ausgebrannt wäre, könnte Israel mit seiner Energie und Technologie eine nutzbringende und einträgliche Beziehung zu seinen Nachbarn aufnehmen. Das war schon der Traum der Staatsgründer gewesen, schon Weizmann und Ben Gurion hatten davon geträumt. Von diesem Traum hatte ben Schaul schon als Junge gehört, nie jedoch gedacht, daß er Wirklichkeit werden könnte. Aber . . .

»Wollen Sie die Politiker einweihen?« fragte Gur Arieh.

Der Direktor dachte daran, wie sie sich in der Knesseth zankten, sich in Wortklaubereien und theologischen Haarspaltereien ergingen, während sein Geheimdienst ihnen klarzumachen versuchte, auf welcher Seite die Sonne aufging. Bis zum April war es noch lange hin. Die Sache würde durchsickern, wenn er sie jetzt schon preisgab. Er klappte den Bericht zu.

»Noch nicht«, sagte er, »wir haben noch zu wenig. Sobald wir mehr in der Hand haben, kläre ich sie auf.«

Doch insgeheim hatte er beschlossen, die Sache für sich zu behalten.

Damit die Besucher von Hertogenbosch nicht einschlafen, haben sich die Stadtplaner zu ihrer Begrüßung ein Ratespiel ausgedacht. Es heißt: Wie findet man mit dem Auto einen Weg in die Innenstadt? Wer gewinnt, findet den Marktplatz und eine Möglichkeit zu parken. Der Verlierer verirrt sich in einem Labyrinth von Einbahnstraßen und landet wieder auf der kreisförmigen Umgehungsstraße.

Die Innenstadt bildet ein Dreieck; im Nordwesten wird es von der Dommel, im Nordosten vom Willemsvaart-Kanal und im Süden von der Stadtmauer begrenzt. Sam und Quinn überlisteten das System beim dritten Versuch, erreichten den Markt und forderten ihren Preis ein: ein Zimmer im *Hotel Central* am Marktplatz.

Als sie auf ihrem Zimmer waren, nahm Quinn das Telefonbuch zur Hand. Es enthielt nur eine einzige Bar, die *Gouden Leeuw* hieß, und diese befand sich in der Jans Straat. Sie machten sich zu Fuß auf den Weg. Die Rezeption hatte ihnen eine einfache Karte des Stadtzentrums zur Verfügung gestellt, aber die Jans Straat war darauf nicht verzeichnet. Mehrere Bürger, die sie am Marktplatz fragten, schüttelten den Kopf, weil sie sie nicht kannten. Selbst der Polizist an der Straßenecke mußte seinen abgegriffenen Stadtplan zu Rate ziehen. Schließlich fanden sie sie.

Es war eine schmale Gasse zwischen dem alten Treidelpfad St. Jans Singel entlang der Dommel und der parallel dazu verlaufenden Molenstraat. Das ganze Viertel war alt, stand großenteils schon seit drei Jahrhunderten. Viele Häuser waren mit Geschmack restauriert und renoviert woden, wobei man die schönen alten Backsteinfassaden mit den alten Türen und Fenstern hatte stehenlassen, während innen elegante neue Wohnungen entstanden waren. Auf die Jans Straat traf das jedoch nicht zu.

Sie war kaum so breit wie ein Auto, und die Häuser neigten sich einander zu, wie um Halt zu suchen oder zu geben. Hier gab es zwei Lokale, denn früher hatten die Kahnführer, die auf der Dommel und den Kanälen ihrer Arbeit nachgingen, hier angelegt, um ihren Durst zu stillen.

Der *Gouden Leeuw* befand sich an der Südseite der Straße, fünfzehn Meter vom Treidelpfad entfernt, ein schmales, zweistöckiges Haus mit einem Schild, auf dem in ausgeblichener Farbe der Name stand. Das Erdgeschoß hatte ein Erkerfenster mit kleinen Scheiben aus undurchsichtigem Buntglas. Daneben war die Tür, durch die man die Kneipe betrat. Sie war verschlossen. Quinn klingelte und wartete. Kein Geräusch, keine Bewegung. Das andere Lokal in der Straße hatte geöffnet. Jedes Lokal in Hertogenbosch hatte geöffnet.

»Was jetzt?« fragte Sam. Weiter unten an der Straße saß im Erker der anderen Bar ein Mann, der seine Zeitung senkte, die beiden bemerkte und das Blatt wieder hob. Neben dem *Gouden Leeuw* war eine zwei Meter hohe Holztür, durch die es anscheinend zur Rückseite des Hauses ging.

»Warte hier«, sagte Quinn. Er kletterte innerhalb einer Sekunde über das Tor und sprang in den Durchgang hinab. Ein paar Minuten später hörte Sam das Klirren von Glas, Schritte, die näherkamen, und dann wurde die Tür des Lokals von innen geöffnet. Quinn stand da.

»Steh nicht auf der Straße herum«, sagte er. Sie trat ein, und er schloß hinter ihr die Tür. Die Bar war düster, nur vom Tageslicht erhellt, das durch die Buntglasscheiben des Erkerfensters hereindrang.

Es war ein kleines Lokal, die Theke war L-förmig, von der Tür aus führte ein Gang den Tresen entlang und um die Ecke des »L«, wo sich nahe der Rückwand des Raums mehr Platz für Gäste bot. Hinter der Theke waren die üblichen Flaschen aufgereiht; umgedrehte Biergläser standen auf einem Handtuch; eine Bierzapfsäule mit drei Hähnen aus Delfter Porzellan. Ganz hinten war eine Tür, durch die Quinn hereingekommen war. Die Türe führte zu einem kleinen Waschraum, dessen Fenster Quinn eingeschlagen hatte, um sich Zutritt zu verschaffen. Eine Treppe ging nach oben in die Wohnung darüber.

»Vielleicht ist er da oben«, sagte Sam. Aber er war es nicht. Die Wohnung war ein kleines Apartment, das nur aus einem Wohn-Schlafraum, einer Kochnische und einem winzigen Badezimmer mit Toilette bestand. An einer Wand hing ein Bild einer Landschaft, die nach Transvaal aussah; sonst gab es noch einige Erinnerungsstücke aus Afrika, ein Fernsehapparat und ein ungemachtes Bett. Keine Bücher, Quinn schaute in jedem Schrank und auf dem winzigen Speicher über der Decke nach. Nichts von Pretorius. Sie gingen wieder nach unten.

»Da wir schon in die Kneipe eingebrochen sind, können wir uns auch gleich ein Bier genehmigen«, sagte Sam. Sie trat hinter den Tresen, nahm zwei Gläser und drehte einen der Hähne der Zapfsäule auf. Schäumend lief das Bier in die Gläser.

»Woher kommt das Bier?« fragte Quinn.

Sam schaute unter der Theke nach.

»Die Rohre gehen durch den Boden«, sagte sie

Quinn entdeckte die Klapptür unter einem Läufer am Ende des Raums. Hölzerne Stufen führten nach unten und daneben war ein Schalter. Im Unterschied zu dem Lokal waren die Keller geräumig.

Das ganze Haus und auch die Nachbarhäuser standen auf den Backsteingewölben, die die Keller bildeten. Die Rohre, die nach oben zur Zapfsäule führten, kamen aus modernen Stahlfässern, die offenbar durch die Falltür nach unten gebracht und dann angeschlossen wurden. In früheren Zeiten war das anders gewesen.

Am einen Ende der Kellergewölbe war ein hohes und breites Stahlgitter zu sehen. Dahinter floß das Wasser des Dieze-Kanals vorüber. In früheren Jahren hatten Männer flache Kähne mit den großen Bierfässern durch den Kanal gestakt, sie dann durch das geöffnete Gitter und an ihren Platz unter dem Lokal gerollt. In jenen Zeiten waren die Schankkellner die Treppe hinunter- und hinaufgeflitzt, um den Gästen oben ihr Bier in irdenen Krügen zu bringen.

Im größten Gewölbe standen noch drei dieser altehrwürdigen Fässer auf ihren gemauerten Sockeln. Quinn schlug mit der Hand einen der Zapfhähne weg; saures altes Bier sprudelte auf den Boden. Beim zweiten war es das gleiche. Den dritten Zapfhahn stieß er mit der großen Zehe weg. Die Flüssigkeit, die herauslief, war erst von einem dunklen Gelb und wurde dann rosa.

Quinn mußte dem Bierfaß dreimal einen kraftvollen Schubs geben, um es auf die Seite zu legen. Als es umstürzte, brach es auseinander, und der Inhalt fiel auf den Backsteinboden. Ein Teil dieses Inhalts waren die letzten paar Liter uralten Biers, das nie nach oben in die Kneipe gelangt war. In einer Bierpfütze lag ein Mann auf dem Rücken, die offen stehenden Augen glanzlos im Licht der Glühbirne, die von der Decke hing. In der einen Schläfe hatte er ein Loch, an der anderen eine große Austrittswunde. Nach seiner Größe und Statur, so schätzte Quinn, konnte er der Mann hinter ihm in dem Lagerhaus gewesen sein, der Typ mit der Skorpion. War er es gewesen, dann hatte er einen britischen Polizeisergeant und zwei amerikanische Secret-Service-Männer auf der Shotover Plain erschossen.

Der andere Mann in dem Keller richtete seinen Revolver direkt auf Quinns Rücken und sagte etwas auf holländisch. Quinn drehte sich um. Der Mann war die Kellertreppe herabgekommen, als das Faß umstürzte. Das Geräusch hatte seine Schritte übertönt. Der Sinn seiner Worte lautete: »Gut gemacht, Mijnheer, Sie haben Ihren Freund gefunden. Wir haben ihn vermißt.«

Zwei weitere Männer kamen die Stufen herab, beide in der Uniform der holländischen Gemeindepolizei. Der Mann mit dem Revolver war in Zivil, ein Sergeant der Recherche.

»Ich frage mich«, sagte Sam, als sie in die Polizeiwache an der Tolbrug Straat geführt wurden, »ob es ein Publikum für eine maßgebliche Anthologie holländischer Polizeireviere gibt.«

Zufällig befindet sich die Polizeiwache der Stadt Hertogenbosch direkt dem Hospital Groot Zieken – wörtlich Gasthaus zum großen Kranken – gegenüber, in dessen Leichenschauhaus Jan Pretorius' Leiche für die Autopsie gebracht wurde.

Dykstra hatte Papa de Groots Anruf vom Morgen des Vortages wenig Gewicht beigelegt. Ein Amerikaner, der einen Südafrikaner aufzuspüren versuchte, das bedeutete nicht unbedingt Ärger. Mittags hatte er einen seiner Beamten losgeschickt. Der Sergeant hatte festgestellt, daß der *Gouden Leeuw* geschlossen war, und dies gemeldet.

Ein Schlosser aus dem Viertel hatte ihnen Zutritt verschafft, aber anscheinend war alles in Ordnung gewesen. Nichts hatte auf eine Störung, auf einen Kampf hingedeutet. Wenn Pretorius den Wunsch gehabt hatte, seinen Laden zuzusperren und wegzugehen, so war das sein gutes Recht. Der Besitzer der Bar weiter unten auf der anderen Straßenseite sagte, soviel er wisse, sei der *Gouden Leeuw* bis ungefähr zur Mittagszeit geöffnet gewesen. Wegen des schlechten Wetters sei es normal, daß die Tür geschlossen war. Er habe keine Gäste den *Gouden Leeuw* betreten oder verlassen sehen, aber daran sei nichts Sonderbares. Die Geschäfte gingen flau.

Der Sergeant hatte dann darum ersucht, die Kneipe ein bißchen länger beobachten zu dürfen, und Dykstra war damit einverstanden gewesen. Das hatte sich gelohnt; vierundzwanzig Stunden später erschien der Amerikaner.

Dykstra unterrichtete das Gerechtelijk-Laboratorium in Voorburg, das pathologische Zentrallaboratorium des Landes. Als man dort erfuhr, daß es sich um eine Schußwunde und um einen Ausländer handelte, wurde Dr. Veerman, Hollands führender Gerichts-Pathologe, nach Hertogenbosch geschickt.

Am Nachmittag hörte sich Chefinspektor Dykstra geduldig an, wie Quinn darlegte, er habe Pretorius vierzehn Jahre vorher in Paris kennengelernt und gehofft, ihn während seiner Hollandreise, der schönen alten Zeiten wegen, wiederzusehen. Wenn Dykstra ihm diese Geschichte nicht abnahm, ließ er es sich jedenfalls nicht anmerken. Aber er ging der Sache nach. Der BVD bestätigte, daß sich der Südafrikaner damals in Paris aufgehalten hatte; Quinns frühere Arbeitgeber in Hartford bestätigten, daß Quinn in jenem Jahr ihre Pariser Niederlassung geleitet hatte.

Der Mietwagen wurde vom *Hotel Central* geholt und gründlich durchsucht. Keine Waffe. Auch in ihrem Gepäck keine Waffe. Der Sergeant bestätigte, daß weder Quinn noch Sam bewaffnet gewesen waren, als er sie in dem Keller antraf. Dykstra nahm an, daß Quinn den Südafrikaner am Vortag getötet hatte, kurz bevor der Sergeant die Beschattung aufnahm, und zurückgekommen war, weil er irgend etwas vergessen hatte, was vielleicht in den Taschen des Getöteten steckte. Aber wenn es sich so verhielt, warum hatte dann der Sergeant gesehen, wie Quinn versucht hatte, die Kneipe durch die Vordertür zu betreten? Wenn er nach dem Mord an dem Südafrikaner hinter sich die Tür abgeschlossen hatte, hätte er sie ja wieder aufschließen können. Es war verwirrend. Eines aber stand für Dykstra fest: Von der Pariser Bekanntschaft als Grund für den Besuch war nicht viel zu halten.

Professor Veerman traf um 18 Uhr ein und war um Mitternacht mit seiner Untersuchung fertig. Er kam über die Straße herüber und trank mit dem überaus müden Chefinspektor Dykstra eine Tasse Kaffee.

»Nun, Herr Professor?«

»Sie bekommen in Bälde meinen vollständigen Bericht«, sagte der Pathologe.

»Nur die Umrisse, bitte.«

»Also gut. Todesursache eine massive Lazeration des Gehirns durch eine Kugel, vermutlich neun Millimeter, auf kurze Entfernung durch die linke Schläfe abgefeuert und durch die rechte ausgetreten. Ich würde nach einem Loch im Holz irgendwo in dieser Kneipe suchen.«

Dykstra nickte.

»Zeitpunkt des Todes?« fragte er. »Ich halte nämlich zwei Amerikaner fest, die die Leiche entdeckt haben. Angeblich wollten sie ihn besuchen, weil er ein Bekannter war. Allerdings sind sie in das Lokal eingebrochen.«

»Gestern mittag«, sagte der Professor. »Ein paar Stunden hin oder her. Ich werde später, wenn die Analysen gemacht sind, mehr sagen können.«

»Aber gestern mittag waren die Amerikaner in der Polizeidirektion in Arnheim«, sagte Dykstra. »Das läßt sich nicht bestreiten. Um zehn

Uhr hatten sie einen Autounfall, und um vier ließ man sie gehen, worauf sie sich im *Rijn Hotel* einquartierten. Sie hätten während der Nacht das Hotel verlassen, hierherfahren, die Tat begehen und bis Tagesanbruch wieder zurück sein können.«

»Unmöglich«, sagte der Professor und erhob sich. »Dieser Mann ist nicht später als gestern um 14 Uhr gestorben. Wenn sie in Arnheim waren, sind sie unschuldig. Tut mir leid. So sehen die Fakten aus.«

Dykstra fluchte. Sein Sergeant mußte die Beschattung eine halbe Stunde, nachdem der Killer die Kneipe verlassen hatte, aufgenommen haben.

»Meine Arnheimer Kollegen sagen mir, Sie wollten nach Vlissingen zur Fähre, als Sie gestern dort abfuhren«, sagte er zu Sam und Quinn, als er sie in den frühen Abendstunden auf freien Fuß setzte.

»Ganz recht«, antwortete Quinn und sammelte sein mehrmals durchsuchtes Gepäck ein.

»Ich wäre Ihnen dankbar, wenn Sie ihre Fahrt dorthin fortsetzen wollten«, sagte der Chefinspektor. »Mr. Quinn, mein Land begrüßt gern ausländische Besucher, aber überall, wohin Sie den Fuß setzen, bekommt die holländische Polizei anscheinend viel zusätzliche Arbeit aufgebürdet.«

»Das tut mir wirklich leid«, sagte Quinn herzlich. »Aber wir haben jetzt die letzte Fähre verpaßt und sind hungrig und müde. Könnten wir die Nacht über noch in unserem Hotel bleiben und morgen früh weiterfahren?«

»In Gottes Namen«, sagte Dykstra. »Ich werde Sie von ein paar meiner Leute aus der Stadt hinaus eskortieren lassen.«

»Ich komme mir langsam wie eine königliche Hoheit vor«, sagte Sam, als sie im *Hotel Central* ins Badezimmer ging. Als sie wieder herauskam, war Quinn fort. Er kehrte um 5 Uhr zurück, versteckte den Smith-&-Wesson-Revolver wieder in dem Geheimfach in Sams Kosmetikkoffer und legte sich aufs Ohr. Zwei Stunden später wurde ihnen der Morgenkaffee gebracht.

Auf der Fahrt nach Vlisssingen ereignete sich nichts Besonderes. Quinn war in Gedanken verloren. Irgend jemand machte einen der Söldner nach dem andern kalt, und jetzt wußte er wirklich nicht, wohin er sich noch wenden sollte. Außer vielleicht . . . noch einmal Haymans Archiv durchstöbern. Möglicherweise ließe sich noch etwas herausholen, aber es war unwahrscheinlich, ganz unwahrscheinlich. Nun, nach Pretorius' Tod, war die Spur so kalt wie ein Kabeljau, der seit einer Woche tot ist –, und ebenso übel roch sie auch.

Neben der Auffahrrampe zur Fähre nach England stand ein Streifenwagen der Polizei von Vlissingen. Die beiden Beamten darin sahen, wie der Opel Ascona langsam in den Rumpf des Roll-on-roll-off-Schiffes hineinfuhr, warteten aber, bis sich die Tore geschlossen hatten und die Fähre in die Scheldemündung hinausfuhr, ehe sie ihre Zentrale informierten.

Es war eine ruhige Überfahrt. Sam faßte ihre Notizen zu einem Bericht zusammen, der sich zu einer Beschreibung europäischer Polizeireviere auswuchs; Quinn las die erste Londoner Zeitung, die er seit zehn Tagen gesehen hatte. Dabei entging ihm eine Meldung mit der Überschrift DRASTISCHES REVIREMENT IM KGB? In ihrem Bericht aus Moskau behauptete die Nachrichtenagentur Reuter, unterrichtete Kreise deuteten bevorstehende personelle Veränderungen an der Spitze der sowjetischen Geheimpolizei an.

Im dunklen Vorgarten eines Hauses am Carlyle Square wartete Quinn schon seit zwei Stunden, regungslos wie eine Statue. Der Schatten eines Goldregenstrauchs schirmte ihn gegen das Licht der Straßenlaterne ab; seine schwarze Windjacke, an der er den Reißverschluß zugezogen hatte, und seine Unbeweglichkeit besorgten das Übrige. Leute gingen nur ein paar Schritte weit an ihm vorüber, doch niemand sah den Mann im Schatten.

Es war 22.30 Uhr; die Bewohner der eleganten Häuser an diesem Platz in Chelsea kehrten um diese Zeit aus den Restaurants in Knightsbridge und Mayfair zurück. David und Carina Frost fuhren in ihrem betagten Bentley vorüber, zu ihrem Haus weiter vorne in der Häuserreihe. Um 23 Uhr erschien der Mann, auf den Quinn wartete.

Er parkte seinen Wagen in einer den Hausbewohnern vorbehaltenen Bucht auf der anderen Straßenseite, stieg die drei Stufen zum Hauseingang hinauf und steckte den Schlüssel ins Schloß. Quinn stand dicht neben ihm, noch ehe sich der Schlüssel drehte.

»Julian.«

Julian Hayman fuhr herum.

»Mein Gott, Quinn, tun Sie so was nicht. Ich hätte Sie flachlegen können.«

Obwohl Hayman schon Jahre vorher den Abschied von seinem Regiment genommen hatte, war er körperlich immer noch sehr fit. Doch nach Jahren des Stadtlebens waren seine Reflexe eine Kleinigkeit weniger scharf als früher. Quinn hatte in diesen Jahren in Weingärten unter der sengenden Sonne geschuftet. Er versagte es sich anzudeuten, daß ein solches Zusammentreffen, käme es dazu, auch anders ausgehen könnte.

»Ich muß noch einmal in Ihr Archiv, Julian.«

Hayman hatte sich wieder gefangen. Er schüttelte mit Entschiedenheit den Kopf.

»Tut mir leid, alter Junge. Nicht noch mal, kommt nicht in Frage; von ihnen muß man die Finger lassen. Unter der Hand wird über die Cormack-Affäre gemunkelt. Ich kann kein Risiko eingehen. Das ist endgültig.«

Quinn erkannte, daß es eine endgültige Ablehnung war. Die Spur war zu Ende. Er wandte sich zum Gehen.

»Übrigens«, rief ihm Hayman von der Tür aus nach. »Ich war gestern mit Barney Simkins zum Lunch aus. Erinnern Sie sich an den alten Barney?«

Quinn nickte. Barney Simkins, ein Direktor bei Broderick-Jones, der Tochterfirma von Lloyd's, die Quinn zehn Jahre lang überall in Europa eingesetzt hatte.

»Er sagt, bei ihnen habe sich irgend jemand telefonisch gemeldet und nach Ihnen gefragt.«

»Wer?«

»Keine Ahnung. Barney sagt, der Anrufer sei sehr verschlossen gewesen und habe nur gesagt, wenn Sie sich mit ihm in Verbindung setzen wollen, sollen Sie ein kleines Inserat aufgeben. In der *International Herald Tribune*, Pariser Ausgabe, an irgendeinem der nächsten zehn Tage, und ›Q.‹ daruntersetzen.«

»Hat er keinen Namen angegeben?« fragte Quinn.

»Nur einen, alter Junge. Einen komischen Namen. Zack.«

15. Kapitel

Quinn setzte sich neben Sam, die im Wagen um die Ecke im Mulberry Walk gewartet hatte. Er wirkte sehr nachdenklich.

»Will er nicht mitspielen?«

»Hm?«

»Hayman. Will er dich nicht noch mal in sein Archiv lassen?«

»Nein. Damit ist's vorbei. Endgültig. Aber wie es scheint, will jemand anders mitspielen. Zack hat angerufen.«

Sie war baff.

»Zack? Und was will er?«

»Sich mit mir treffen.«

»Wie hat er es nur geschafft, dich zu finden?«

Quinn trat aufs Gas und fuhr vom Randstein weg.

»Eine ganz unwahrscheinliche Geschichte. Vor vielen Jahren, als ich bei Broderick-Jones arbeitete, wurde ich hin und wieder in der Presse erwähnt. Er wußte von mir nicht mehr als meinen Namen und meinen Job. Anscheinend bin ich nicht der einzige, der alte Zeitungsausschnitte durchsucht. Durch einen irren Zufall war Hayman mit jemandem aus meiner alten Firma beim Essen, und da kam die Sache zur Sprache.«

Er bog in die Old Church Street und dann gleich wieder in die King's Road ab.

»Quinn, er wird dich umbringen wollen. Er hat ja schon zwei von seinen Komplizen umgelegt. Jetzt kann er das ganze Lösegeld behalten, und wenn du aus dem Weg geschafft bist, wird er nicht mehr gejagt. Offensichtlich hält er es für wahrscheinlicher, daß du ihn aufspürst und nicht das FBI.«

Quinn lachte kurz auf.

»Wenn er nur wüßte. Ich habe nicht den Schimmer einer Ahnung, wer er ist oder wo er ist.«

Er beschloß, ihr zu verschweigen, daß er inzwischen nicht mehr glaubte, daß Marchais und Pretorius von Zack umgelegt worden waren. Nicht daß ein Kerl wie Zack davor zurückschrecken würde, seinesgleichen aus dem Weg zur räumen, wenn er entsprechend bezahlt wurde. Im Kongo waren seinerzeit mehrere Söldner von ihresgleichen abgemurkst worden. Seine Gedanken beschäftigten sich mit der doppelten Zufallsfügung: Er und Sam hatten Marchais ein paar Stunden nach seinem Tod gefunden; zu ihrem Glück war kein Polizist in der Nähe gewesen. Aber wäre ihnen nicht zufällig vor Arnheim dieser Unfall passiert, dann wären sie eine Stunde nach Pretorius' Tod mit einem geladenen Revolver in seiner Kneipe gewesen. Wochenlang hätten sie in Untersuchungshaft gesessen, während die Polizei von Hertogenbosch ermittelte.

Er bog von der King's Road nach links in die Beaufort Street ab, fuhr auf die Battersea Bridge zu und geriet gleich darauf in einen Verkehrsstau. Ein Rückstau ist im Londoner Verkehr keine Seltenheit, aber zu dieser Stunde in einer Nacht im Herbst hätte man in Richtung Süden eigentlich freie Fahrt haben müssen.

Die Reihe der Fahrzeuge, in der er sich befand, rückte langsam vorwärts, und er sah einen Bobby, wie er die Autos um eine Reihe von Leitkegeln herumdirigierte, mit denen die linke Spur blockiert war. Abwechselnd mußten die nach Norden und nach Süden fahrenden Autos die Rechtsspur benutzen.

Als sie das Hindernis erreichten, das die Straße blockierte, sahen Quinn und Sam zwei Streifenwagen, auf deren Dächern sich die Blaulichter drehten. Zwischen ihnen stand ein geparkter Krankenwagen, dessen Türen offenstanden. Zwei Helfer stiegen gerade hinten mit einer Bahre aus und näherten sich einer formlosen Masse auf dem Gehsteig, unter einer Decke den Blicken entzogen.

Der Verkehrspolizist winkte ihnen ungeduldig zu, sie sollten weiterfahren. Sam linste zu dem Gebäude hinauf, vor dem die zugedeckte Gestalt auf dem Gehsteig lag. Die Fenster in der obersten Etage waren geöffnet, und aus einem streckte ein Polizist den Kopf heraus und schaute nach unten.

»Da scheint jemand aus dem achten Stock gestürzt zu sein«, bemerkte sie. »Oben schaut die Polente aus einem offenen Fenster.«

Quinn knurrte etwas und konzentrierte sich darauf, nicht auf das Auto vor ihm aufzufahren, dessen Fahrer ebenfalls zur Unfallstelle hinglotzte. Sekunden später war die Straße wieder frei, und Quinn beschleunigte den Opel, als er über die Themsebrücke fuhr. Hinter ihm blieb die Leiche eines Mannes zurück, von dem er nie gehört hatte und niemals hören würde: die Leiche von Andy Laing.

»Wohin fahren wir jetzt?« fragte Sam.

»Nach Paris«, antwortete Quinn.

Eine Rückkehr nach Paris war für Quinn wie eine Heimkehr. Obwohl er sich in London länger aufgehalten hatte, nahm Paris in seinem Herzen einen besonderen Platz ein.

Dort hatte er sich um Jeanettes Gunst bemüht und sie errungen; dort hatte er sie geheiratet. Zwei Jahre voll Seligkeit hatten sie in einer kleinen Wohnung, ein paar Schritte abseits der Rue de Grenelle verlebt. Im Amerikanischen Krankenhaus in Neuilly war ihre Tochter zur Welt gekommen.

Er kannte viele Lokale in Paris, Dutzende von Bars, in denen er nach dem Tod Jeanettes und ihrer kleinen Sophie auf der Autobahn nach Orléans versucht hatte, mit Alkohol seinen Schmerz zu betäuben. Er war glücklich gewesen in Paris, im siebenten Himmel, hatte in Paris die Hölle erlebt, war im Rinnstein aufgewacht – er kannte die Stadt.

Sie verbrachten die Nacht in einem Motel kurz vor Ashford, erreichten das Hovercraft-Boot, das um 9 Uhr von Folkestone nach Calais abging, und trafen rechtzeitig zum Mittagessen in Paris ein.

Quinn nahm für sich und Sam ein Zimmer in einem kleinen Hotel unweit der Champs-Elysées und verschwand mit dem Wagen, um ihn irgendwo zu parken. Das VIII. Arrondissement nimmt durch vieles für sich ein, allerdings nicht durch ein üppiges Angebot an Parkmöglichkeiten. Den Wagen vor dem *Hôtel du Colisée*, in der gleichnamigen Straße, abzustellen, wäre eine Aufforderung an die Polizei gewesen, ihm eine Parkkralle zu verpassen. So fuhr er zu der rund um die Uhr geöffneten Tiefgarage in der Rue Chauveau-Lagarde, gleich hinter der Madeleine, und nahm ein Taxi zurück zum Hotel. Er hatte ohnedies vor, Taxis zu benutzen. In der Gegend um die Madeleine bemerkte er zwei Dinge, die er vielleicht brauchen würde.

Nach dem Mittagessen fuhren Quinn und Sam zum Verlagsgebäude der *International Herald Tribune* in Neuilly, Avenue Charles de Gaulle Nr. 181.

»Leider ist es für die morgige Ausgabe zu spät«, sagte das Mädchen am Schreibtisch in der Halle. »Sie werden mit übermorgen vorlieb nehmen müssen. Inserate können nur dann am nächsten Tag erscheinen, wenn sie bis halb zwölf aufgegeben werden.«

»Geht schon in Ordnung«, sagte Quinn und zahlte bar. Er nahm ein Gratisexemplar der Zeitung mit und las es im Taxi auf der Rückfahrt zu den Champs Elysées.

Diesmal entging ihm die Meldung aus Moskau nicht, über der die Überschrift stand: »General Tschebrikow seines Amtes enthoben.« Darunter stand in einem kleineren Schriftgrad: »Großes Revirement im Geheimdienst – KGB-Chef erhält den Laufpaß.« Quinn las die Meldung interessehalber, aber sie sagte ihm nichts.

Der Korrespondent der Nachrichtenagentur berichtete, das sowjetische Politbüro habe dem Rücktritt des KGB-Vorsitzenden Wladimir Krjutschkow »mit Bedauern« zugestimmt. Ein stellvertretender Vorsitzender werde vorläufig das Komitee leiten, bis das Politbüro einen Nachfolger ernenne.

In dem Bericht wurde die Vermutung geäußert, die Veränderungen gingen darauf zurück, daß das Politbüro insbesondere mit der Leistung des Ersten Hauptdirektorats, dessen Chef Krjutschkow selbst war, unzufrieden gewesen sei. Der Reporter schloß seinen Artikel mit der Andeutung, das Politbüro – ein kaum verhüllter Hinweis auf Gorbatschow selbst – möchte an der Spitze des Auslandsspionagedienstes der UdSSR neue und jüngere Gesichter sehen.

An diesem Abend und den ganzen folgenden Tag über machte Quinn für Sam, die noch nie in Paris gewesen war, den Touristenführer. Sie sahen sich den Louvre, die Gärten der Tuilerien im Regen, den Arc de Triomphe und den Eiffelturm an und krönten ihren freien Tag mit einem Besuch im Cabaret Lido.

Das Inserat erschien am folgenden Morgen. Quinn stand früh auf und kaufte sich bei einem Straßenverkäufer auf den Champs-Elysées um 7 Uhr ein Exemplar der Zeitung, um nachzusehen, ob es darin stand. Der Text war knapp und lautete: »Z. Ich bin da. Rufe mich an unter . . . Q.« Er hatte die Nummer des Hotels angegeben und sagte der Telefonistin unten in dem kleinen Vestibül, daß er einen Anruf erwartete. Um 9.30 Uhr klingelte im Zimmer das Telefon.

»Quinn?« Die Stimme war unverkennbar.

»Zack, bevor wir weiterreden – ich bin hier in einem Hotel. Hoteltelefone sind nicht mein Fall. Rufe in einer halben Stunde in dieser öffentlichen Zelle an.«

Er diktierte Zack die Nummer eines Telefonhäuschens nahe der Place de la Madeleine. Dann rief er im Hinausgehen Sam, die noch im Nachthemd war, zu: »Ich bin in einer Stunde wieder da.«

Der Apparat in der Zelle läutete genau um 10 Uhr.

»Quinn, ich möchte mit dir reden.«

»Wir reden ja, Zack.«

»Ich meine, unter vier Augen.«

»Klar. Kein Problem. Sag, wann und wo.«

»Keine üblen Tricks, Quinn, unbewaffnet, ohne Verstärkung, ja?«

»Einverstanden.«

Zack diktierte Zeitpunkt und Ort des Treffens. Quinn notierte sich nichts, es war überflüssig. Er kehrte ins Hotel zurück. Sam war bereits unten. Er fand sie im Salon, wo sie gerade Croissants und Milchkaffee zu sich nahm. Sie blickte ihn wißbegierig an.

»Was wollte er?«

»Ein Treffen unter vier Augen.«

»Quinn, Liebling, paß auf! Der Kerl ist ein Killer. Wann und wo?«

»Nicht hier«, sagte er. Im Salon saßen noch andere Touristen, die ein spätes Frühstück einnahmen. »Sprechen wir oben in unserem Zimmer.«

»Wir wollen uns in einem Hotelzimmer treffen«, sagte er, als sie oben waren. »Morgen um acht Uhr früh. In seinem Zimmer in einem *Hôtel Roblin.* Reserviert unter ... denk dir ... unter dem Namen Smith.«

»Ich muß mit hin, Quinn. Die Sache gefällt mir nicht. Vergiß nicht, daß ich auch im Schießen ausgebildet bin. Und du nimmst auf jeden Fall den Revolver mit.«

»Natürlich«, sagte Quinn.

Ein paar Minuten später entschuldigte sich Sam und ging wieder in den Salon mit der Bar hinunter. Nach zehn Minuten kam sie zurück. Quinn erinnerte sich, daß auf dem Ende der Theke ein Telefonapparat stand.

Sie schlief fest, als er um Mitternacht aufbrach. Der Wecker war auf 6 Uhr morgens gestellt. Quinn bewegte sich wie ein Schatten durch das Zimmer und nahm im Gehen seine Schuhe, Strümpfe,

Hose, den Pullover, die Jacke und den Revolver an sich. Draußen im Flur war niemand. Er zog sich dort an, steckte die Waffe in den Gürtel und ging leise nach unten.

Auf den Champs-Elysées fand er ein Taxi, und zehn Minuten später war er im *Hôtel Roblin.*

»La chambre de monsieur Smith, si'l vous plaît«, sagte er zum Nachtportier. Der Mann sah in einer Liste nach und gab ihm den Schlüssel. Nummer zehn. Zweite Etage. Quinn nahm die Treppe und schloß auf.

Das Badezimmer war für den Hinterhalt am besten geeignet. Die Tür befand sich in einer Ecke des Zimmers, und von dort aus hatte er alles im Schußfeld, besonders die Tür zum Korridor. Er schraubte aus der Deckenlampe im Zimmer die Birne heraus, nahm einen Stuhl und stellte ihn ins Badezimmer. Er ließ die Tür einen Spaltbreit offen und begann seine Nachtwache. Als sich seine Augen an die Dunkelheit gewöhnt hatten, sah er das ganze Zimmer draußen deutlich vor sich. Es war schwach erhellt vom Licht, das von der Straße durch die Fenster – er hatte die Vorhänge nicht zugezogen – hereindrang.

Es wurde 6 Uhr, und niemand war gekommen; er hatte keine Schritte draußen im Korridor gehört. Um halb sieben brachte der Nachtportier einem Frühaufsteher weiter vorne am Korridor Kaffee; Quinn hörte die Schritte an der Tür vorbeikommen und dann wieder zurück zur Treppe nach unten ins Vestibül. Niemand kam herein, niemand versuchte hereinzukommen.

Um 8 Uhr überströmte ihn ein Gefühl der Erleichterung. Um zwanzig nach acht ging er, zahlte seine Rechnung und nahm ein Taxi zurück zum *Hôtel du Colisée.* Sam war im Zimmer und beinahe außer sich vor Sorge.

»Quinn, zum Teufel, wo warst du denn? Ich habe mir fürchterliche Sorgen gemacht. Ich bin um fünf aufgewacht ... du warst nicht da ... mein Gott, wir haben das Treffen versäumt!«

Er hätte lügen können, war aber von echter Reue erfüllt. Er erzählte ihr, war er getan hatte. Sie sah aus, als hätte er sie ins Gesicht geschlagen.

»Du dachtest, daß ich es war«, flüsterte sie. Ja, gab er zu, nach dem Tod von Marchais und Pretorius habe ihn der Gedanke verfolgt, daß irgend jemand den oder die Killer heimlich benachrichtigte; wie sonst hätten sie es schaffen können, vor ihnen, Sam und Quinn, an die untergetauchten Söldner heranzukommen. Sie schluckte schwer, faßte sich wieder und verbarg, wie sehr sie getroffen war.

»Okay, und wann ist das wirkliche Treffen, wenn ich fragen darf? Das heißt, wenn du mir jetzt genug vertraust.«

»In einer Stunde, um zehn«, sagte er. »In einer Kneipe abseits der Rue de Chalon, gleich hinter der Gare de Lyon. Es ist ein schönes Stück bis dahin. Brechen wir auf.«

Wieder fuhren sie mit dem Taxi. Während es die Kais längs der Nordseite der Seine vom Nordwesten zum Südosten der Stadt dahinfuhr, saß Sam schweigend im Fond. Quinn bat den Fahrer, an der Ecke der Rue de Chalon und der Passage de Gatbois anzuhalten. Den Rest des Weges gingen sie zu Fuß.

Die Rue de Chalon verläuft parallel zu den Bahngleisen, die von der Gare de Lyon in Richtung Südfrankreich wegführen. Über die Mauer drang zu ihnen das Rattern von Zügen, die über die zahlreichen Weichen außerhalb des Bahnhofs rollten. Es war eine verkommene Straße.

Von der Rue de Chalon führten mehrere enge Straßen, jede Passage genannt, zur verkehrsreichen Avenue Daumesnil. Eine Straße weiter von der Stelle, wo Quinn den Taxifahrer bezahlt hatte, fand er die Straße, die er suchte, die Passage de Vautrin. Er bog in sie ein.

»Das ist vielleicht ein verrottetes Viertel«, bemerkte Sam.

»Yeah, er hat es ausgesucht. Der Treffpunkt ist eine Kneipe.«

In der Straße gab es zwei Bars, und keine von beiden war eine Konkurrenz für die im *Ritz*.

Chez Hugo war die zweite, auf der anderen Straßenseite und von der ersten rund fünfzig Yards entfernt. Quinn drückte die Tür auf. Der Tresen war links von ihm, rechts standen zwei Tische neben dem Fenster zur Straße, das mit dichten Spitzenvorhängen verhängt war. An den beiden Tischen saß niemand. Die ganze Kneipe war leer, bis auf den unrasierten Besitzer, der sich hinter der Theke an seiner Espressomaschine zu schaffen machte. Mit der offenen Tür hinter sich und Sam im Eingang gab Quinn ein ausgezeichnetes Ziel ab, und er wußte es auch. Dann sah er den einzigen Gast in dem Lokal. Ganz hinten, allein an einem Tisch sitzend, eine Tasse Kaffee vor sich, starrte er Quinn an.

Quinn ging, gefolgt von Sam, durch den Raum. Der Mann rührte sich nicht. Abgesehen davon, daß sein Blick ganz kurz Sam streifte, ließ er Quinn nicht aus den Augen. Schließlich stand Quinn vor ihm und blickte auf ihn hinab. Zack trug eine Kordsamtjacke und ein Hemd mit offenem Kragen. Gelichtetes rotblondes Haar, Ende vierzig, eine magere, gemeine Visage, von Pockennarben entstellt.

»Zack?« sagte Quinn.

»Yeah. Setz dich. Wer ist sie?«

»Meine Partnerin. Wenn ich bleibe, bleibt sie auch. Du wolltest dieses Treffen. Unterhalten wir uns.«

Er setzte sich Zack gegenüber und legte die Hände auf den Tisch. Der Mann starrte ihn feindselig an. Quinn erkannte, daß er dieses Gesicht schon einmal gesehen hatte, ließ sich rasch die Fotos aus Haymans und aus dem Hamburger Archiv durch den Kopf gehen. Dann fiel es ihm ein. Sidney Fielding, einer von John Peters' Gruppenführern im Fünften Kommando in Paulis, im ehemaligen Belgisch-Kongo. Der Mann zitterte. Er konnte offenbar seine Erregung kaum zügeln. Nach mehreren Sekunden erkannte Quinn, daß es Wut war, aber nicht allein Wut. Er hatte diesen Blick schon oft gesehen, in Vietnam und anderswo. Der Mann hatte Angst, er war verbittert und ergrimmt, aber er hatte auch die Hosen voll. Zack vermochte sich nicht mehr im Zaum zu halten.

»Quinn, du bist ein Scheißkerl! Du und deine Leute, ihr seid ganz beschissene Lügner. Ihr habt versprochen, wir werden nicht gejagt; wir müßten nur verschwinden und nach ein paar Wochen würde der Druck nachlassen... Ein Scheißmärchen! Jetzt hör' ich, daß der ›große Paul‹ vermißt wird und Janni in Holland in einem Leichenschauhaus liegt. Keine Jagd auf uns – alles gelogen. Man knallt uns alle ab.«

»Hey, jetzt mal langsam, Zack. Ich gehöre nicht zu denen, die dir das gesagt haben. Ich bin von der anderen Seite. Fangen wir doch am Anfang an. Warum hast du Simon Cormack entführt?«

Zack sah Quinn an, als hätte der gerade gefragt, ob die Sonne heiß oder kalt sei.

»Weil wir dafür bezahlt wurden«, antwortete er.

»Man hat euch das Geld auf die Hand gezahlt? Ihr habt's nicht für das Lösegeld getan?«

»Nein, das war extra. Der Preis war eine halbe Million Dollar, zweihunderttausend für mich, je hunderttausend für die drei andern. Das Lösegeld, hat es geheißen, ist extra. Wir könnten soviel rausholen, wie sich rausholen läßt, und es behalten.«

»Gut. Wer hat euch dafür bezahlt, daß ihr es macht? Ich schwöre, ich gehöre nicht zu den Drahtziehern. Man hat mich am Tag nach der Entführung zugezogen, damit ich versuche, den Jungen zurückzubekommen. Wer hat die ganze Sache organisiert?«

»Seinen Namen weiß ich nicht. Nie gewußt. Ich weiß nur, daß er ein Amerikaner war. Ein kleiner, fetter Kerl. Hat hier Kontakt mit mir aufgenommen; weiß der Himmel, wie er mich gefunden hat, muß Beziehungen gehabt haben. Wir haben uns immer in Hotelzimmern getroffen. Ich kam hin, und er hat immer eine Maske getragen. Aber das Geld haben wir bar auf die Hand bekommen.«

»Was war mit den Spesen? Entführungen sind ja kostspielig.«

»Zusätzlich zum Preis. In bar. Hunderttausend Dollar hab' ich ausgeben müssen.«

»War da auch das Haus dabei, in dem ihr euch versteckt habt?«

»Nein, das ist uns zur Verfügung gestellt worden. Wir haben uns einen Monat vor dem Job in London getroffen. Er gab mir die Schlüssel, sagte mir, wo es war und daß ich es als Unterschlupf herrichten soll.«

»Sag mir die Adresse.«

Zack nannte sie ihm. Quinn notierte sie. Nigel Cramer und die Experten aus den Labors der Metropolitan Police würden später hinfahren und mit ihrer Spurensuche das Haus auf den Kopf stellen. Nachforschungen würden ergeben, daß es keineswegs gemietet worden war. Eine englische Anwaltsfirma hatte es völlig legitim für eine Gesellschaft erworben, die ihren Sitz in Luxemburg hatte. Diese Gesellschaft, so sollte sich zeigen, war eine Briefkastenfirma auf Inhaberaktien, völlig legal von einer Luxemburger Bank vertreten, wo man dem Eigentümer der Briefkastenfirma nie begegnet war. Das Geld für den Kauf des Hauses war nach Luxemburg in Form eines von einer Schweizer Bank ausgestellten gezogenen Wechsels gelangt. Die Schweizer erklärten später, der Wechsel sei in ihrer Genfer Niederlassung gegen Barzahlung in amerikanischen Dollars gekauft worden, aber niemand könne sich an den Käufer erinnern.

Außerdem befand sich das Haus keineswegs nördlich von London, sondern südlich davon, in Sussex, in der Nähe von East Grinstead. Zack war einfach auf der M25 um London herumgefahren, um aus Telefonzellen nördlich der Hauptstadt anzurufen.

Cramers Männer würden das Haus von oben bis unten durchstöbern und einige übersehene Fingerabdrücke finden, doch die stammten von Marchais und Pretorius.

»Was den Volvo betrifft«, fragte Quinn, »hast du den selber bezahlt?«

»Ja, und auch den Transporter und das meiste übrige Zeug. Nur die Skorpion hat uns der Dicke gegeben. In London.«

Der Volvo war, was Quinn nicht wußte, bereits außerhalb von London entdeckt worden. Die bezahlte Parkzeit in einem Parkhaus am Londoner Flughafen Heathrow war abgelaufen gewesen. Nachdem die Söldner am Vormittag der Mordtat Buckingham durchquert hatten, waren sie wieder in Richtung Süden und nach London gefahren. Von Heathrow aus hatten sie den Pendelbus zum anderen Londoner Flughafen, Gatwick, genommen, diesen aber nicht betreten, sondern waren in einen Zug gestiegen, der nach Hastings zur Küste fuhr. In Taxen, jeder in einem anderen, hatten sie sich nach Newhaven fahren lassen, um dort am Mittag die Fähre nach Dieppe zu nehmen. In Frankreich angekommen, hatten sie sich getrennt und waren untergetaucht.

Bei der Untersuchung durch die Polizei des Flughafens Heathrow ergab sich, daß im Kofferraum, in dem es schwach nach Mandeln roch, zwei Löcher zum Atmen in den Boden gebohrt worden waren. Scotland Yard wurde eingeschaltet, der ursprüngliche Eigentümer des Fahrzeugs ermittelt. Doch es war gegen Barzahlung gekauft, die Überschreibung der Papiere war nie abgeschlossen worden und die Beschreibung des Käufers entsprach dem Mann mit dem rötlichblonden Haar, der den Ford Transit erworben hatte.

»Die Insider-Informtionen hast du alle von dem Dicken bekommen?« fragte Quinn.

»Welche Insider-Informationen?« fragte Sam plötzlich.

»Wie bist du da drauf gekommen?« fragte Zack argwöhnisch. Er hatte offenkundig noch immer den Verdacht, Quinn könnte einer seiner Auftraggeber sein, die sich in Verfolger verwandelt hatten.

»Du warst zu gut«, sagte Quinn. »Du hast schlauerweise gewartet, bis ich installiert war, und dann den Unterhändler persönlich verlangt. Das hatte ich noch nie erlebt. Du hast genau gewußt, wann du einen Wutanfall spielen und dich wieder beruhigen mußt. Du bist von Dollars zu Diamanten übergegangen, weil du wußtest, es würde zu einer Verzögerung führen, denn wir waren zum Austausch bereit.«

Zack nickte. »Yeah, ich wurde vor der Entführung instruiert, was, wann und wie ich etwas tun soll. Während wir im Versteck saßen, mußte ich eine Reihe weiterer Anrufe machen. Immer während ich aus dem Haus war, immer von einer Telefonzelle zu einer anderen, entsprechend einer vereinbarten Liste. Es war der Dicke; ich habe inzwischen seine Stimme gekannt. Manchmal nahm er Abänderungen vor – Feinabstimmung nannte er das. Ich habe einfach getan, was mir aufgetragen wurde.«

»Schön«, sagte Quinn, »und der Dicke hat dir erzählt, es wäre kein Problem, sich danach aus dem Staub zu machen. Ungefähr einen Monat lang eine Großfahndung, aber ohne Anhaltspunkte würde sie im Sand verlaufen, und ihr könntet danach für alle Zeit glücklich und zufrieden leben. Das hast du wirklich geglaubt? Du hast wirklich geglaubt, du kannst den Sohn eines amerikanischen Präsidenten entführen und töten und kommst ungestraft davon? Also: Warum hast du den Jungen umgebracht? Es war ja nicht notwendig.«

Zacks Gesichtsmuskeln verzerrten sich, als schüttelte ihn ein Anfall. Die Augen traten ihm vor Zorn heraus.

»Das ist es ja, du Arschloch! Wir haben ihn nicht umgebracht. Wir haben ihn an der Straße abgesetzt, wie man uns angewiesen hat. Er war gesund und wohlauf, wir hatten ihm kein Härchen gekrümmt. Dann sind wir weitergefahren. Daß er tot war, haben wir erst am nächsten Tag erfahren, als es bekannt gegeben wurde. Ich konnte es nicht glauben. Es war eine Lüge, daß wir es getan hätten.«

Draußen auf der Straße kam aus der Rue de Chalon ein Wagen um die Ecke gebogen. Ein Mann saß am Steuer, ein zweiter, im Fond, hielt ein Gewehr im Arm. Der Wagen kam die Straße entlang, als hielten die Männer nach jemandem Ausschau, blieb vor der ersten Kneipe stehen, fuhr dann fast bis zur Tür von *Chez Hugo* weiter, dann ein Stück rückwärts, bis er zwischen den beiden Bars zum Stehen kam. Der Motor lief weiter.

»Der Junge wurde von einer Bombe in dem Ledergürtel getötet, den er um die Taille trug«, sagte Quinn. »Den hatte er nicht getragen, als er auf der Shotover Plain gekidnapt wurde. Du hast ihn ihm gegeben.«

»Nein!« brüllte Zack. »Einen Scheißdreck hab' ich! Orsini war das.«

»Okay, erzähl mir von Orsini.«

»Ein Korse, ein Killer. Jünger als wir. Als wir drei losfuhren, um dich in dem Lagerhaus zu treffen, hatte der Junge an, was er immer anhatte. Als wir zurückkamen, steckte er in neuen Klamotten. Ich hab' Orsini deswegen zur Schnecke gemacht. Der Schwachkopf hatte entgegen den Befehlen das Haus verlassen und das Zeug gekauft.«

Quinn erinnerte sich an das Gebrüll, das er von oben gehört hatte, als die Söldner sich zusammensetzten, um die Diamanten zu untersuchen. Er hatte – damals – gedacht, es gehe um die Steine.

»Warum hat er das getan?« fragte Quinn.

»Er hat gesagt, der Junge hätte geklagt, daß er friert. Er hätte gedacht, es wär' ja nichts dabei, und so ist er nach East Grinstead marschiert, in ein Campinggeschäft gegangen und hat dort die Sachen gekauft. Ich war wütend, weil er kein Englisch spricht und alle Leute auf sich aufmerksam macht, so, wie der Typ aussieht.«

»So, die Sachen wurden in deiner Abwesenheit gekauft«, sagte Quinn. »Na schön, wie sieht er aus, dieser Orsini?«

»Ungefähr dreiunddreißig, ein Profi, aber ohne Kriegserfahrung. Sehr dunkle Haut, schwarze Augen. An einer Wange eine Narbe von einem Messerstich.«

»Warum hast du ihn angeheuert?«

»Das war nicht ich. Ich habe mich mit dem ›großen Paul‹ und mit Janni in Verbindung gesetzt, weil ich sie von damals her kannte und wir Kontakt gehalten haben. Den Korsen hat mir der Dicke aufgedrängt. Jetzt hab' ich gehört, daß Janni tot und der ›große Paul‹ verschwunden ist.«

»Und warum hast du mich treffen wollen?« fragte Quinn. »Was erwartest du dir von mir?«

Zack beugte sich nach vorne und packte Quinns Unterarm.

»Ich will raus«, sagte er. »Wenn du zu den Leuten gehörst, die mich reingelegt haben, sag ihnen, sie können die Jagd auf mich abblasen.

Ich werde nie, niemals aussagen. Gegenüber der Polente schon auf gar keinen Fall. Also kann ihnen gar nichts passieren.«

»Aber ich gehöre nicht zu ihnen«, sagte Quinn.

»Dann sag *deinen* Leuten, daß ich den Jungen nicht umgebracht hab'«, sagte Zack. »Das hat nie zu der Abmachung gehört. Ich schwör' bei meinem Leben, ich wollte auf keinen Fall, daß der Junge umkommt.«

Wenn Nigel Cramer oder Kevin Brown dich zu fassen bekommen, dachte Quinn, dann wirst du dein Leben hinter Gittern verbringen, entweder als Gast Ihrer Majestät oder von Onkel Sam.

»Noch ein paar letzte Fragen, Zack. Die Diamanten. Wenn du um Milde bitten willst, gib lieber erst mal die Steine zurück. Hast du sie versilbert?«

»Nein«, sagte Zack rasch. »Nicht die Spur. Sie sind hier. Jeder einzelne Scheißdiamant.«

Er griff mit einer Hand unter den Tisch und legte ein gefülltes Leinensäckchen auf die Platte. Sam bekam große Augen.

»Dieser Orsini«, fragte Quinn mit unbewegtem Gesicht, »wo ist der jetzt?«

»Weiß der Himmel. Vermutlich wieder auf Korsika. Dorther kam er vor zehn Jahren, um sich Gangs in Marseille, Nizza und später in Paris anzuschließen. Das ist alles, was ich aus ihm rausgebracht habe. Ja, und er stammt aus einem Dorf namens Castelblanc.«

Quinn stand auf, nahm das Leinensäckchen an sich und blickte auf Zack hinunter.

»Du steckst schön in der Scheiße, Mann. Bis zu den Ohren. Ich werde mit den Verantwortlichen sprechen. Vielleicht akzeptieren sie, daß du als Kronzeuge auftrittst. Selbst dafür ist die Chance allerdings minimal. Aber ich werde ihnen sagen, daß du Hintermänner hattest und die ihrerseits wieder Hintermänner. Wenn sie das glauben und du alles ausspuckst, lassen sie dich vielleicht am Leben. Die andern, für die du gearbeitet hast . . . keine Chance.«

Er wandte sich zum Gehen. Sam stand auf, um ihm zu folgen. Als wollte er hinter dem Amerikaner Schutz suchen, stand Zack ebenfalls auf, und sie gingen auf die Tür zu. Quinn blieb noch einmal stehen.

»Eine letzte Frage. Wieso der Name Zack?«

Er wußte, daß während Simon Cormacks Gefangenschaft Psychiater und Kodeknacker sich über den Namen den Kopf zerbrochen und darin nach einem möglichen Hinweis auf die wirkliche Identität des Mannes gesucht hatten, der ihn sich zugelegt hatte. Sie hatten es mit Variationen von Zachary, Zachariah versucht und nach Verwandten von bekannten Verbrechern gefahndet, die solche Namen hatten.

»Eigentlich war es ZAK«, sagte Zack. »Die Buchstabenkombination auf dem Nummernschild des ersten Wagens, den ich besaß.«

Quinn zog eine Augenbraue hoch. Die Psychiatrie und ihre Künste! Er trat ins Freie. Zack war hinter ihm. Sam befand sich noch unter dem Türrahmen, als der Gewehrschuß die Stille der Seitenstraße zerriß.

Quinn sah weder das Auto noch den Schützen. Aber er hörte das unverkennbare Geräusch einer Kugel, die an seinem Gesicht vorbeipfiff und es mit einem kühlen Lufthauch streifte. Die Kugel verfehlte sein Ohr um einen guten Zentimeter, nicht jedoch Zack. Sie traf den Söldner am Halsansatz.

Quinns geübte Reaktionen retteten ihm das Leben. Es verschaffte ihm einen Vorteil, daß er dieses Geräusch kannte. Zacks Körper wurde gegen den Türpfosten geschleudert und durch den Abprall nach vorne gerissen. Quinn war im Türrahmen, ehe Zacks Knie einzuknicken begannen. Während der Sekunde, in der der Körper des Söldners noch aufrecht stand, diente er als Schild zwischen Quinn und dem dreißig Yards weit weg geparkten Wagen.

Quinn ließ sich nach hinten in den Eingang fallen, drehte sich dabei, packte Sam und riß sie mit sich auf den Boden, alles in einer einzigen Bewegung. Als sie auf den schmutzigen Fliesen landeten, zischte ein zweite Kugel über ihnen durch die sich schließende Tür und fetzte Gips von der Seitenwand des Cafés. Dann ging die Tür unter dem Druck der Feder zu.

Quinn kroch geschwind auf Ellenbogen und Zehen, Sam hinter sich her ziehend, über den Boden der Kneipe. Der Wagen kam näher herangefahren, um den Schußwinkel zu verbessern, und ein Hagel von Kugeln zertrümmerte das Spiegelglasfenster und durchsiebte die Tür. Der Wirt, vermutlich Hugo, war langsamer. Er stand mit offenem Mund hinter seiner Theke, bis ein Schauer von Splittern – sein zerschossener Flaschenvorrat – ihn auf dem Boden Schutz suchen ließ.

Das Schießen hörte auf – Magazinwechsel. Quinn sprang auf und raste, mit der linken Hand noch immer Sam am Handgelenk haltend, während die rechte das Säckchen mit den Diamanten umklammerte, auf den Hinterausgang zu. Die Tür hinter der Theke führte auf einen Korridor, mit den Toiletten rechts und links. Geradeaus war eine schmutzstarrende Küche. Quinn stürmte durch die Küche, stieß mit einem Fußtritt die Tür am anderen Ende auf, und sie landeten auf einem Hinterhof.

Dort waren Kisten mit Bierflaschen aufgestapelt, die auf den Abtransport warteten. Quinn und Sam benutzten sie als Stufen, kletterten über die hintere Mauer des Hofes und sprangen in einen zweiten Hinterhof hinab, der zu einer Metzgerei an der Parallelstraße, der Passage de Gatbois, gehörte. Drei Sekunden später waren sie auf der Straße. Zum Glück stand dreißig Yards weiter vorne ein Taxi. Hinten stieg eine alte Dame unsicher aus und griff im Aussteigen in ihre Tasche, um Kleingeld herauszuholen. Quinn war als erster dort, hob die Dame auf den Gehsteig und sagte zu ihr: »*C'est payé, madame.*«

Sam am Handgelenk fassend, schwang er sich auf den Rücksitz des Taxis, warf das Leinensäckchen auf den Sitz, zog ein Bündel Geldscheine heraus und hielt sie dem Fahrer unter die Nase.

»Schnell hier weg«, sagte er. »Der Ehemann meiner Kleinen ist gerade mit ein paar angeheuerten Knochenbrechern aufgetaucht.«

Marcel Dupont war ein alter Mann mit einem Schnauzbart wie ein Walroß, der seit fünfundvierzig Jahren mit seinem Taxi auf den Straßen von Paris unterwegs war. Vorher hatte er bei den Einheiten des Freien Frankreich mitgekämpft. Er war zu seiner Zeit auch ein paarmal getürmt, gerade noch rechtzeitig, ehe aufgeräumt wurde. Er war auch ein richtiger Franzose, und die junge Blondine, die da in sein Taxi gezerrt wurde, hatte so einiges zu bieten. Und dann war er auch ein Pariser und wußte einen dicken Packen Geldscheine zu würdigen. Es war lange her, daß Amerikaner Zehn-Dollar-Trinkgelder gegeben hatten. Wenn sie heutzutage nach Paris kamen, bestand anscheinend ihr ganzes Tagesbudget aus zehn Dollar. Er hinterließ rauchende Reifenspuren, als er durch die Passage raste und in die Avenue Daumesnil einbog.

Quinn griff über Sam hinüber und wollte mit einem kräftigen Ruck die hin und her schwingende Tür schließen. Sie traf auf irgendein Hindernis und schloß erst beim zweiten Mal. Sam saß zurückgelehnt da, kalkweiß im Gesicht. Dann fiel ihr Blick auf die Krokodilledertasche von Harrods, an der sie so sehr hing. Die Wucht, mit der die Tür zugeschlagen worden war, hatte den Rahmen unten zertrümmert und die Nähte platzen lassen. Sie untersuchte den Schaden und runzelte vor Verwirrung die Stirn.

»Quinn, was zum Teufel ist denn das?«

Dieses »das« war das herausragende Ende einer Batterie, schwarz und orange und dünn wie eine Münze, wie sie für Polaroid-Kameras verwendet wird. Quinn schlitzte mit seinem Taschenmesser den Rest der Naht unten an der Handtasche auf, wobei sich zeigte, daß die Batterie mit zwei anderen verbunden war, insgesamt sechseinhalb Zentimeter breit und gute zehn Zentimeter lang. Das Sendegerät befand sich auf der Platine, ebenfalls auf dem Boden der Tasche. Ein Draht führte zum Mikrofon im Scharnier. Die Antenne war im Trageriemen. Es war ein Minigerät nach dem neuesten Stand der Technik und stimmaktiviert, um Energie zu sparen.

Quinn betrachtete die einzelnen Teile auf dem Rücksitz zwischen ihnen. Selbst wenn das Gerät noch funktionierte, war es unmöglich, es jetzt zur Desinformation zu benutzen: Sams Ausruf hatte die Lauscher sicher auf die Entdeckung aufmerksam gemacht. Quinn drehte die Tasche um, so daß Sams Habseligkeiten herausfielen, bat den Fahrer, am Randstein anzuhalten, und warf die Tasche samt der Wanze in eine Mülltonne.

»Nun, damit sind die Fälle Marchais und Pretorius geklärt«, sagte er. »Sie müssen zu zweit gewesen sein; einer, der uns auf den Fersen blieb, mithörte, was wir herausgebracht hatten, und dann seinen Kumpan anrief, der dadurch vor uns ans Ziel kam. Aber warum, frage ich mich, sind sie heute morgen nicht zu dem vorgetäuschten Treffen gekommen?«

»Ich hatte sie nicht bei mir«, sagte Sam plötzlich.

»Was hattest du nicht bei dir?«

»Ich hatte die Tasche nicht bei mir. Ich saß unten beim Frühstükken, du wolltest erst oben im Zimmer sprechen. Ich vergaß meine Tasche und ließ sie auf der Bank liegen. Dann mußte ich noch mal hinunter, um sie zu holen. Ich hatte schon befürchtet, sie könnte gestohlen worden sein. Wollte Gott, es wäre so gewesen.«

»Yeah. Sie haben nur mitbekommen, wie ich zu dem Taxifahrer sagte, er soll uns an der Rue de Chalon, an der Ecke, absetzen. Und das Wort ›Bar‹. Es gibt zwei in dieser Straße.«

»Aber wie sind sie nur an meine Tasche 'rangekommen?« sagte sie. »Ich habe sie doch immer bei mir gehabt.«

»Das war nicht die Tasche, die du gekauft hast, es war ein Duplikat«, sagte Quinn. »Irgend jemand hat sie gesehen, das gleiche Fabrikat gekauft, hergerichtet und mit deiner Tasche vertauscht. Wie viele Leute sind in diese Wohnung in Kensington gekommen?«

»Nachdem du dich abgesetzt hattest? Gott und die Welt. Cramer und die anderen Briten, Brown, Collins, Seymour, dazu noch drei oder vier FBI-Leute. Ich war in der Botschaft, in diesem Landhaus in Surrey, wo sie dich eine Zeitlang festhielten, bin in die Staaten geflogen und zurück – zum Teufel, ich hatte sie überall dabei.«

»Und in fünf Minuten war die ursprüngliche Tasche geleert, der Inhalt in dem Duplikat verstaut und das mit dem Original vertauscht.«

»Wohin soll's gehen, *copain*?« fragte der Taxifahrer.

Das *Hôtel du Colisée* kam nicht in Frage; die Killer wußten sicher davon. Aber nicht von der Tiefgarage, wo er den Opel abgestellt hatte. Er war allein dorthin gefahren, ohne Sam und ihre fatale Handtasche.

»Zur Place de la Madeleine«, sagte er, »Ecke Chauveau-Lagarde.«

»Quinn, sollte ich nicht mit den Informationen, die wir gerade bekommen haben, in die Staaten fliegen? Ich könnte zu unserer Botschaft hier gehen, und zwei US-Marshals als Eskorte verlangen. Washington muß erfahren, was Zack uns erzählt hat.«

Quinn blickte hinaus auf die Straßen, an denen sie vorbeikamen. Das Taxi fuhr die Rue Royale hinauf, um die Madeleine herum und setzte sie am Eingang zu der Tiefgarage ab, Quinn gab dem Fahrer ein fürstliches Trinkgeld.

»Wohin geht's jetzt?« fragte Sam, als sie in dem Ascona saßen und über die Seine in südlicher Richtung fuhren.

»Du fährst zum Flugplatz«, sagte Quinn.

»Und fliege nach Washington?«

»Auf gar keinen Fall nach Washington. Hör mir zu Sam: Gerade jetzt solltest du nicht ohne Schutz nach Hause fliegen. Welche Leute auch dahinterstecken, es sind viel größere Tiere als ein Verein ehemaliger Söldner. Die waren nur die angeheuerten Handlanger. Alles, was auf unserer Seite passiert ist, wurde Zack zugespielt. Er wurde über die Ermittlungen der Polizei, über die Entscheidungen, die in Scotland Yard, London und Washington fielen, ins Bild gesetzt. Alles war choreographiert, sogar die Ermordung von Simon Cormack.

Als der Junge am Rand dieser Straße entlanglief, muß jemand mit dem Fernzünder auf einem der Bäume gesessen haben. Wie wußte er, daß er zu diesem Zeitpunkt dort sein mußte? Weil Zack präzise instruiert wurde, was er in jeder Phase zu tun hatte, die Freilassung von uns beiden eingeschlossen. Mich hat er nicht umgebracht, weil man ihn nicht damit beauftragt hatte. Er dachte nicht, daß er irgend jemanden umbringen sollte.«

»Aber wie er gesagt hat«, wandte Sam ein, »es war dieser Amerikaner, der alles eingefädelt und ihn bezahlt hat, der, den er den Dicken nannte.«

»Und wer dirigierte den?«

»Oh, der hatte einen Hintermann.«

»Er muß einen haben«, sagte Quinn. »Und zwar ganz oben. Ganz hoch oben. Wir wissen, was und wie es geschehen ist, aber nicht, warum und wer dahintersteckt. Wenn du jetzt nach Washington fliegst und ihnen erzählst, was wir von Zack gehört haben – was haben wir in der Hand? Die Behauptungen eines Kidnappers, Verbrechers und Söldners, wird es heißen, der jetzt, praktischerweise, tot ist. Der vor Angst schlotterte, wegen der Folgen, die er mit seiner Tat heraufbeschworen hatte, und sich seine Freiheit damit erkaufen wollte, daß er seine Komplizen umlegte und die Diamanten zurückgab. Und ein Lügenmärchen auftischte, daß man ein übles Spiel mit ihm getrieben habe.«

»Wohin wollen wir dann?«

»Du versteckst dich. Ich suche den Korsen. Er ist die Schlüsselfigur, das Werkzeug des Dicken, der Mann, der den todbringenden Gürtel besorgt und Simon verpaßt hat. Ich wette zehn zu eins, daß Zack beauftragt wurde, die Verhandlungen um sechs Tage hinauszuzögern und erst Bargeld und dann Diamanten zu verlangen, weil die neuen Klamotten noch nicht fertig waren. Die Planung drohte durcheinanderzugeraten, die Entwicklung ging zu schnell und mußte abgebremst werden. Wenn es mir gelingt, Orsini in meine Gewalt zu bekommen und ihn zum Reden zu bringen, wird er vermutlich den Namen seines Auftraggebers nennen. Und sobald wir den Namen des Dicken haben, können wir nach Washington fliegen.«

»Laß mich mitkommen, Quinn. So haben wir es abgemacht.«

»Diese Abmachung hat Washington durchgesetzt. Sie ist gestorben. Alles, was Zack uns berichtet hat, hat die Wanze in deiner Handtasche mitbekommen. Sie wissen, daß wir das wissen. Jetzt werden sie dich und mich jagen. Es sei denn, wir können den Namen des Dicken herausbekommen. Dann werden die Jäger zu Gejagten. Dafür wird das FBI sorgen. Und die CIA auch.«

»Wo soll ich untertauchen und wie lange?«

»Bis ich dich anrufe und dir sage, daß die Luft für uns rein ist, so oder so. Und wo? In Malaga. Ich habe Freunde in Südspanien, die werden sich um dich kümmern.«

Paris hat, wie London, zwei Flughäfen. Neunzig Prozent der Überseeflüge gehen von Charles de Gaulle, nördlich der Hauptstadt, ab. Nach Spanien und Portugal dagegen fliegt man nach wie vor von Orly im Süden ab. Um die Verwirrung noch zu vermehren, hat Paris auch für jeden der beiden Flughäfen einen eigenen Busbahnhof in der Stadt. Die Busse nach Orly gehen von Maine-Montparnasse im Quartier Latin ab. Dort fuhr Quinn eine halbe Stunde nach dem Verlassen der Tiefgarage bei der Madeleine vor, parkte und führte Sam in die Haupthalle.

»Und was wird aus meinen Kleidern, aus meinen Sachen im Hotel?« jammerte sie.

»Vergiß sie. Wenn die Gangster inzwischen nicht das Hotel beschatten, sind sie Schwachköpfe. Aber sie sind keine. Hast du deinen Paß und die Kreditkarten?«

»Ja. Beides trage ich immer bei mir.«

»Geh dorthin an den Bankschalter und hebe soviel Geld ab, wie dein Kreditkartenkonto hergibt.«

Während Sam am Bankschalter stand, kaufte ihr Quinn mit seinem letzten Bargeld einen einfachen Flug von Paris nach Malaga. Sie hatte die um 12.45 Uhr abgehende Maschine verpaßt, aber um 17.35 Uhr ging noch eine.

»Ihre Freundin hat fünf Stunden Wartezeit«, sagte das Mädchen am Ticketschalter. »Die Busse gehen alle zwölf Minuten zum Flughafen Orly-Süd ab.«

Quinn dankte ihr, ging zum Bankschalter hinüber und gab Sam ihren Flugschein. Sie hatte 5000 Dollar abgehoben, von denen Quinn 4000 nahm.

»Ich bringe dich jetzt gleich zum Bus«, sagte er. »In Orly ist es sicherer als hier, für den Fall, daß sie die Abflüge kontrollieren sollten. Wenn du dort bist, geh sofort durch die Paßkontrolle in den Duty-free-Bereich. Dort ist es schwerer hinzukommen. Besorg dir eine neue Handtasche, eine Reisetasche, ein paar Sachen zum Anziehen. Du weißt ja, was du brauchst. Dann warte den Flug ab und versäume ihn nicht. Ich werde dich in Malaga abholen lassen.«

»Quinn, ich spreche ja nicht einmal spanisch.«

»Denk dir nichts, diese Leute sprechen alle englisch.«

Auf den Einstiegsstufen des Busses stehend, schlang Sam die Arme um Quinns Hals.

»Quinn, es tut mir leid. Allein hättest du mehr Erfolg gehabt.«

»Daran bist du nicht schuld, Baby.«

Quinn hob ihr Gesicht und küßte sie. Niemand achtete auf sie – eine Alltagsszene an einem solchen Ort. »Außerdem hätte ich ohne dich den Smith-&-Wesson nicht. Ich nehme an, ich kann ihn gebrauchen.«

»Paß auf dich auf«, flüsterte sie. Ein kühler Wind blies durch den Boulevard de Vaugirard. Die letzten schweren Gepäckstücke wurden unten im Bus verstaut, die letzten Fluggäste stiegen ein. Sam fröstelte in seinen Armen. Er strich über ihr glänzendes blondes Haar an seiner Brust.

»Mir passiert schon nichts. Vertrau mir. In ein paar Tagen melde ich mich telefonisch. Dann werden wir, so oder so, sicher nach Hause zurückkehren können.«

Er sah dem Bus nach, der den Boulevard hinabfuhr, und winkte zu der kleinen Hand am hinteren Fenster hin. Dann bog der Bus um die Ecke und war verschwunden.

Zweihundert Yards vom Busbahnhof entfernt, auf der anderen Seite des Boulevards Vaugirard, steht ein großes Postamt. Quinn kaufte in einem Schreibwarengeschäft einen Bogen Karton, dazu Packpapier und betrat das Postamt. Mit Hilfe seines Taschenmessers, mit Klebeband, Papier und Bindfaden bastelte er ein stabiles Päckchen für die Diamanten und schickte es eingeschrieben und per Eilboten an Botschafter Fairweather in London.

Aus einer der Telefonzellen rief er Scotland Yard an und hinterließ eine Nachricht für Nigel Cramer. Sie bestand aus der Adresse eines Hauses in der Nähe von East Grinstead in Sussex. Schließlich rief er eine Bar in Estepona an. Der Mann, mit dem er sprach, war kein Spanier, sondern ein Londoner Cockney.

»Yeah, in Ordnung, Kumpel«, sagte die Stimme am anderen Ende der Leitung, »wir werden für dich auf die kleine Dame aufpassen.«

Nachdem diese letzten Dinge erledigt waren, holte Quinn den Wagen, füllte in der nächsten Tankstelle den Tank randvoll und fuhr durch den dichten Mittagsverkehr in Richtung auf den Autobahnring um Paris. Sechzig Minuten nach seinem Anruf in Spanien war er auf der A6 und fuhr nach Süden, in Richtung Marseille.

Er legte in Beaune eine Pause zum Abendessen ein, kippte dann im Auto die Rückenlehne nach hinten und holte ein bißchen Schlaf nach. Es war 3 Uhr morgens, als er die Fahrt nach Süden fortsetzte.

Während er schlief, saß im Restaurant *San Marco* gegenüber dem *Hôtel du Colisée* ein Mann und beobachtete den Hoteleingang. Er saß schon seit Mittag da, zur Überraschung und schließlich zum Ärger des Personals. Er hatte sich ein Mittagessen bestellt, war den Nachmittag über geblieben und hatte dann zu Abend gegessen. Auf die Kellner wirkte der Mann auf dem Fensterplatz, als läse er in aller Ruhe ein Buch.

Um 23 Uhr wolle man schließen. Der Mann ging und betrat das *Hôtel Royal* nebenan, wo er erklärte, er müsse auf einen Bekannten warten. Er setzte sich im Vestibül auf einen Platz am Fenster und setzte seine Nachtwache fort. Um 2 Uhr morgens dann gab er schließlich auf.

Er fuhr zu dem rund um die Uhr geöffneten Postamt in der Rue du Louvre, ging zu den Telefonzellen im ersten Stock hinauf und meldete einen Anruf an, um auf Korsika einen Mann ans Telefon holen zu lassen. Er blieb in der Zelle, bis das Fräulein vom Amt zurückrief.

»*Allô, monsieur*«, sagte sie. »Ich habe Ihre Verbindung. Sprechen Sie, Castelblanc.«

16. Kapitel

Die Costa del Sol ist seit langem der beliebteste Zufluchtsort polizeilich gesuchter Mitglieder der britischen Unterwelt. Mehrere Dutzend solcher Ganoven, die es zuwegebrachten, Banken oder gepanzerte Geldtransportwagen um große Summen zu erleichtern, haben dem Land ihrer Väter knapp vor Scotland Yards Zugriff den Rücken gekehrt und sich nach Südspanien geflüchtet, um dort ihren neuerworbenen Wohlstand zu genießen. Ein witziger Kopf hat einmal bemerkt, in Estepona könne man an einem klaren Tag mehr schwere Jungs sehen als in Ihrer Majestät Gefängnis Parkhurst beim Namensappell.

An diesem Abend warteten vier Männer dieser Sorte auf dem Flughafen von Malaga, wohin sie ein Telefonanruf aus Paris geführt hatte. Es waren Ronnie und Bernie und Arthur – Arfur ausgesprochen –, alle gereifte Männer, sowie Terry, ein junger Bursche, den sie Tel nannten. Abgesehen von Tel trugen sie alle Sommeranzüge und Panamahüte sowie – obwohl es längst dunkel war – Sonnenbrillen. Sie stellten fest, daß die Maschine aus Paris soeben gelandet war, und postierten sich diskret neben die Tür, durch die die Fluggäste den Zollbereich verließen.

Sam war unter den ersten drei Fluggästen. Sie hatte kein Gepäck außer ihrer neuen, in Orly gekauften Handtasche und einer kleinen, ledernen Reisetasche, ebenfalls neu, mit verschiedenen Toiletteartikeln und einem Pyjama. Sie trug noch das Kostüm, in dem sie an dem Treffen mit Zack in *Chez Hugo* am Vormittag teilgenommen hatte.

Ronnie hatte zwar eine Beschreibung von ihr bekommen, aber sie wurde ihr keineswegs gerecht. Wie Bernie und Arfur war auch er verheiratet, und wie die Frauen der anderen war auch seine »Alte« eine Wasserstoffblondine, die Mähne durch ständige Sonnenanbetung noch zusätzlich gebleicht, und mit der Eidechsenhaut, wie sie zuviel Ultraviolettstrahlung beschert. Ronnie bemerkte die helle Haut und die Stundenglasfigur der jungen Frau, die da ankam, mit Wohlgefallen.

»Schau einer an!« murmelte Bernie.

»Lecker«, sagte Tel. Es war sein Lieblingsadjektiv. Alles, was ihn überraschte oder was ihm gefiel, bezeichnete er als »lecker«.

Ronnie trat nach vorne. »Miss Somerville?«

»Ja.«

»'n Abend. Ich bin Ronnie. Das ist Bernie, das Arfur und das Tel. Quinn hat uns gebeten, wir möchten uns um Sie kümmern. Der Wagen steht gleich da draußen.«

Quinn fuhr nach Marseille hinein, als der letzte Novembertag kalt und regnerisch heraufzog. Er hatte die Wahl, vom Flughafen Marignane nach Ajaccio, der Hauptstadt Korsikas, zu fliegen und noch am selben Tag dort anzukommen, oder mit der Fähre am Abend zu fahren und den Wagen mitzunehmen.

Er entschied sich für die Fähre. Zum einen brauchte er in Ajaccio keinen Wagen zu mieten, und zum andern konnte er unbesorgt den Revolver mitnehmen, den er noch im Hosenbund stecken hatte, und zum dritten wollte er für den Aufenthalt auf Korsika vorsichtshalber ein paar kleine Einkäufe machen.

Der Quai de la Joliette, wo die Fähren anlegen, war beinahe leer. Die am Morgen aus Ajaccio eingetroffene Fähre lag am Pier, die Passagiere hatten sie eine Stunde vorher verlassen. Die Fahrkartenverkaufsstelle der SNCM am Boulevard des Dames hatte noch geschlossen. Er parkte den Wagen und tat sich an einem Frühstück gütlich, während die Zeit verging.

Um 9 Uhr buchte er die Überfahrt auf der *Napoleon*, die um 20 Uhr abfuhr und um 7 Uhr am Morgen danach in Ajaccio eintraf. Unter Vorweisung seiner Fahrkarte konnte er den Ascona auf dem Parkplatz für die Passagiere abstellen, in der Nähe des Quai J4, von dem die Fähre ablegen würde. Als das erledigt war, kehrte er zu Fuß in die Stadt zurück, um seine Einkäufe zu machen.

Die Leinwandtasche war leicht aufzutreiben, und in einer Drogerie ersetzte er das Rasierzeug und die Toilettensachen, die er in der Rue du Colisée in Paris zurückgelassen hatte. Seine Fragen nach einem Herrenfachgeschäft wurden mehrmals mit einem Kopfschütteln beantwortet, aber schließlich fand er eines in der nur Fußgängern zugänglichen Rue St. Ferreol gleich nördlich des Alten Hafens.

Der junge Verkäufer gab sich Mühe, und der Kauf der Stiefel, Jeans, des Gürtels, des Hemds und des Hutes machte keinerlei Probleme. Als Quinn seinen letzten Wunsch vorbrachte, gingen die Augenbrauen des jungen Mannes in die Höhe.

»Sie möchten *was*, M'sieur?«

Quinn wiederholte, was er noch brauchte.

»Tut mir leid, aber ich glaube nicht, daß wir so etwas verkaufen.«

Er peilte die beiden großen Geldscheine an, die verführerisch zwischen Quinns Fingern durchglitten.

»Vielleicht im Lager? Eine alte, die nicht mehr gebraucht wird?« regte Quinn an.

Der junge Mann blickte rasch um sich.

»Ich werd' mal nachsehen, Monsieur. Kann ich Ihre Tasche mitnehmen?«

Er blieb zehn Minuten in dem Lagerraum am Ende des Ladens. Als er wiederkam, öffnete er die Tasche, damit Quinn einen Blick hineinwerfen konnte.

»Großartig«, sagte Quinn. »Genau das, was ich wollte.«

Er zahlte, gab dem jungen Mann die in Aussicht gestellte Belohnung und ging hinaus. Es klarte auf, und er nahm sein Mittagessen vor einem Café im Alten Hafen ein. Beim Kaffee studierte er eine Stunde lang eine große Karte von Korsika. In der beigefügten Liste mit den Ortsbeschreibungen stand über Castelblanc lediglich, daß es im Gebiet des Ospedale-Massivs tief im Süden der Insel liege.

Um 20 Uhr glitt die *Napoleon* rückwärts aus der Gare Maritime. Quinn saß bei einem Glas Wein in der *Bar des Aigles*, die um diese Jahreszeit beinahe leer war. Als die *Napoleon* wendete, um den Bug dem Meer zuzukehren, glitten draußen vor dem Fenster die Lichter von Marseille vorbei, gefolgt von dem alten Gefängnisfort Chateau d'If, nur eine halbe Kabellänge weit weg.

Eine Viertelstunde später ließ die Fähre das Kap Croisette hinter sich und wurde von der Dunkelheit und der offenen See aufgesogen. Quinn ging ins Restaurant zum Abendessen, kehrte dann in seine Kabine auf dem D-Deck zurück und legte sich vor 23 Uhr aufs Ohr. Den Wecker neben dem Bett hatte er auf 6 gestellt.

Ungefähr zur selben Stunde saß Sam mit ihren Betreuern in einem kleinen, abgelegenen ehemaligen Bauernhaus hoch in den Hügeln über Estepona. Keiner von ihnen wohnte hier; das Haus diente als Lager oder hin und wieder als Unterschlupf, wenn einer ihrer Freunde von zudringlichen, Haftbefehle zwecks Auslieferung schwenkenden Kriminalbeamten unbehelligt bleiben sollte.

Zu fünft saßen sie in einem Raum, an dessen Fenstern die Läden geschlossen waren. Im blauen Zigarettenqualm spielten sie Poker. Es war Ronnies Vorschlag gewesen. Sie pokerten schon seit drei Stunden; alle bis auf Ronnie und Sam waren aus dem Spiel ausgeschieden. Tel spielte nicht mit; er servierte Bier, trank selbst aus der Flasche, aus einem reichlichen Vorrat in den Kisten, die längs einer Wand standen. Auch die anderen Wände waren durch Stapel verstellt, aber mit Ballen von Blättern einer exotischen Pflanze, frisch aus Marokko eingetroffen und für den Export in Länder bestimmt, die weiter nördlich lagen.

Arfur und Bernie waren geschröpft worden und schauten verdrossen den beiden letzten Spielern am Tisch zu. Der Topf voller 1000-Peseten-Scheine in der Mitte des Tisches enthielt alles, was sie mitgebracht hatten, und dazu die Hälfte dessen, was Ronnie hatte und die Hälfte von Sams Dollars, eingetauscht zum neuesten Wechselkurs.

Sam beäugte Ronnies verbliebenes Kapital, schob die meisten ihrer eigenen Scheine in die Mitte und steigerte den Einsatz. Er grinste, zog nach und wollte ihre Karten sehen. Sie drehte vier ihrer Karten um. Zwei Könige, zwei Zehner. Ronnie feixte und zeigte, was er in der Hand hatte: Full House – drei Damen und zwei Buben. Er griff nach dem Haufen, der sein ganzes Geld und alles, was Bernie und Arfur mitgebracht hatten, sowie neun Zehntel von Sams tausend Dollar enthielt. Sam drehte ihre fünfte Karte um. Der dritte König.

»Verdammter Mist«, sagte er und lehnte sich zurück. Sam schob die Geldscheine zusammen.

»Das kann man wohl sagen«, sagte Bernie.

»Sag mal, wovon lebst du eigentlich, Sam?« fragte Arfur.

»Hat Quinn euch das nicht gesagt?« fragte sie. »Ich bin eine FBI-Einsatzagentin.«

»Schau einer an!« sagte Ronnie.

»Lecker«, sagte Tel.

Die *Napoleon* legte Punkt 7 Uhr in der Gare Maritime von Ajaccio an, in der Mitte zwischen den Anlegestellen Capucins und Citadelle. Zehn Minuten später fuhr Quinn zusammen mit den paar anderen Fahrzeugen aus dem Laderaum heraus und über die Rampe hinab in die alte Hauptstadt dieser wildromantischen, verschwiegenen Insel.

Seiner Karte war klar zu entnehmen gewesen, welche Route er einschlagen sollte: in südlicher Richtung aus der Stadt hinaus, auf dem Boulevard Sampiero zum Flughafen und dort auf die N 196 in die Berge abbiegen. Zehn Minuten nach der Abzweigung begann das Terrain anzusteigen, wie überall auf Korsika, das fast ganz mit Bergen bedeckt ist. Die Straße zog sich in Kurven und Serpentinen an Cauro vorbei zum Col St. Georges hinauf, wo Quinn eine Sekunde lang hinunter auf die schmale Küstenebene weit hinter und tief unter ihm hinabblicken konnte. Dann umschlossen ihn wieder die Berge, schwindelerregende Steilhänge und Felswände. Nach Bicchisano wand sich die Straße wieder abwärts, zurück zur Küste bei Propriano. Es gab keine Möglichkeit, die windungsreiche Straße zum Ospedale zu vermeiden – eine direkte Verbindung hätte das Tal des Baraci überqueren müssen, eine wild zerklüftete Region, die Straßenbauer nicht zu erschließen vermochten.

Nach Propriano blieb er wieder ein paar Meilen in der Küstenebene, bis ihm die D 268 die Möglichkeit bot, in Richtung auf die Berge des Ospedale abzubiegen. Er hatte nun die N-(National-)Straßen hinter sich gelassen und fuhr auf D-(Departements-)Straßen, nicht viel mehr als schmale Sträßchen, aber breite Autobahnen im Vergleich zu den Wegen später, hoch oben im Gebirge. Die D 268 folgte der nördlichen Flanke des Fiumicicoli, bereits unsichtbar tief unten rechts von ihm.

Er kam durch winzige Dörfer mit Häusern aus grauem Kieselsandstein, auf Hügeln und über steilen Abbrüchen erbaut, mit schwindelerregendem Ausblick, und er fragte sich, wie die Bauern hier sich mit ihren winzigen Feldern und Obstgärten ernähren mochten.

Die Straße führte in Kurven und Kehren immerfort bergan. Hin und wieder senkte sie sich, um einen Geländeeinschnitt zu überqueren, doch jedesmal begann sie wieder zu steigen. Nach St. Lucie de Tallano kam die Baumgrenze, und die Berge waren mit dem dichten

Gewirr aus Heidekraut und Myrte bedeckt, das Maquis genannt wird. Wenn im Zweiten Weltkrieg Leute in die Berge flohen, um einer Verhaftung durch die Gestapo zu entgehen, hieß das »sich in den Maquis flüchten«; so erhielt die französische Widerstandsbewegung den Namen »Maquis«, und ihre Mitglieder wurden »Maquisards« genannt.

Korsika ist so alt wie seine Berge, und schon seit vorgeschichtlicher Zeit leben Menschen auf der gebirgigen Insel. Wie Sardinien und Sizilien war auch Korsika öfter umkämpft, als das Gedächtnis der Insel bewahrt hat, und die Fremden kamen immer als Invasoren, Eroberer und Steuereinzieher, kamen, um zu herrschen und zu nehmen, nie aber um zu geben. Da sie selbst so wenig zum Leben hatten, reagierten die Korsen damit, daß sie sich in die Berge, ihre natürlichen Bollwerke und Zufluchtsstätten, zurückzogen. Generationen von Rebellen und Banditen, Guerilleros und Partisanen haben sich in die Berge abgesetzt, um den Machthabern zu entgehen, die von der Küste ins Land drangen, um Menschen, die kaum etwas besaßen, Steuern und Abgaben aufzuerlegen.

Aus dieser jahrhundertealten Erfahrung entwickelte das Gebirgsvolk seine Lebensphilosophie, untereinander zusammenhaltend und nach außen verschwiegen. Autorität bedeutete für sie Ungerechtigkeit, und Paris trieb die Steuern ebenso unnachsichtig ein wie jeder andere Eroberer. Obwohl Korsika zu Frankreich gehört und dem Land Napoleon Bonaparte und tausend andere bedeutende Männer schenkte, ist der Fremde für das Gebirgsvolk noch immer der Fremde, Vorbote von Ungerechtigkeit und Besteuerung, ob er nun aus Frankreich oder anderswoher kommt. Wohl schickte Korsika seine Söhne zu Zehntausenden zum Arbeiten ins festländische Frankreich, doch wenn einer von ihnen in Schwierigkeiten geriet, boten ihm die alten Berge noch immer eine Zuflucht.

Die Berge, die Armut und das, was als Verfolgung empfunden wurde, sie bildeten den Hintergrund für die unerschütterliche Solidarität und für das Entstehen der Korsischen Union, in den Augen mancher eine Geheimorganisation, gefährlicher als die Mafia. Und in diese Welt, die auch das 20. Jahrhundert mit seinem Gemeinsamen Markt und seinem Europäischen Parlament nicht zu ändern vermocht hatte, fuhr Quinn im letzten Monat des Jahres 1991.

Kurz vor dem Dorf Levie begann eine kleine Straße, die als D 59 markiert war. Auf einem Wegweiser stand »Carbini«. Das Sträßchen führte genau nach Süden und überquerte nach vier Meilen den Fiumicicoli, hier zu einem Bach geschrumpft.

In Carbini, einem Straßendorf, wo alte Männer in blauen Kitteln vor ihren steinernen Häuschen saßen und ein paar Hühner im Staub scharrten, versagte Quinns Ortsregister den Dienst. Zwei Sträßchen liefen aus dem Dorf hinaus; die D 148 führte nach Westen zurück, woher er gekommen war, aber längs der südlichen Talseite, die D 59 in Richtung Orone und, viel weiter im Süden, Sotta. Er sah den hochragenden Gipfel des Monte Cagna im Südwesten, zur Linken die stumme Masse des Ospedale-Massivs, gekrönt von Korsikas höchster Erhebung, der Punta della Vacca Morta, so genannt, weil sie aus einem bestimmten Winkel einer toten Kuh ähnelt. Er entschied sich dafür, geradeaus weiterzufahren.

Dicht hinter Orone kamen die Berge links näher heran, und nach zwei Meilen zweigte die Straße nach Castelblanc ab, nicht mehr als ein Fuhrweg und offenbar eine Sackgasse, da durch das Massiv keine Straße führt. Von der Straße aus sah er den großen, hellgrauen Felsen in der Bergflanke, der früher einmal irgend jemandem den Eindruck vermittelt hatte, auf eine weiße Burg zu blicken. Ein Irrtum, dem der Weiler seinen alten Namen verdankte. Quinn fuhr langsam aufwärts. Nach weiteren drei Meilen, hoch über der D 59, erreichte er Castelblanc.

Die Zufahrt endete auf dem Dorfplatz, der am Ende des Dorfes lag und an den Berg grenzte. Die schmale Straße zu dem Platz war von niedrigen, steinernen Häusern flankiert, an denen Türen und Fensterläden geschlossen waren. Keine Hühner scharrten im Staub. Auf den kleinen Veranden saßen keine alten Männer. Im ganzen Dorf war es still. Quinn fuhr auf den Platz, stieg aus und streckte sich. In diesem Augenblick wurde weiter unten an der Straße ein Traktor angelassen. Er tauchte zwischen zwei Häusern auf, fuhr mitten auf die Straße und blieb stehen. Der Fahrer zog den Zündschlüssel ab, sprang herunter und verschwand zwischen den Häusern. Zwischen dem hinteren Ende des Traktors und der Mauer war genug Platz für ein Motorrad, ein Auto aber konnte aus dem Ort erst dann hinausfahren, wenn der Traktor aus dem Weg war.

Quinn blickte um sich. Der Platz hatte, abgesehen von der Straße, drei Seiten. Rechts standen vier Häuschen, weiter vorne eine kleine Kirche. Links von ihm befand sich – sicher der Mittelpunkt des Lebens in Castelblanc – ein zweistöckiges Gasthaus mit einem Ziegeldach, und daneben führte eine Gasse zu dem Teil des Dorfes, der nicht die Straße säumte – eine Gruppe kleiner Häuser mit Scheunen und Höfen, begrenzt von der Flanke des Berges.

Aus der Kirche kam ein kleiner und hochbetagter Priester, der Quinn nicht sah, und sich umdrehte, um die Tür hinter sich abzusperren.

»*Bonjour, mon père*«, rief Quinn fröhlich. Der Geistliche machte einen Satz wie ein angeschossenes Kaninchen, warf Quinn einen geradezu panischen Blick zu, huschte über den Platz und verschwand in der Gasse neben dem Gasthaus. Dabei bekreuzigte er sich.

Quinns Äußeres hätte jeden korsischen Priester überrascht, denn das Herrenfachgeschäft in Marseille hatte ihn prächtig herausgeputzt. Er trug handgearbeitete Westernstiefel, hellblaue Jeans, ein rotkariertes Hemd, eine fransenbesetzte Ziegenlederjacke und auf dem Kopf einen hohen Stetson. War es seine Absicht gewesen, wie eine Karikatur von einer für Touristen hergerichteten Ranch zu wirken, so war ihm das gelungen. Er nahm die Autoschlüssel und die Reisetasche und schlenderte in die Taverne.

Innen war es dunkel. Der Besitzer stand hinter der Theke und rieb mit ernstem Gesicht Gläser blank – wohl etwas Neues für ihn, wie Quinn vermutete. Im übrigen standen vier schlichte Tische aus Eichenholz in dem Lokal, jeder mit vier Stühlen. Nur ein einziger war besetzt; von vier Männern, die die Karten in ihren Händen betrachteten.

Quinn trat an die Theke, stellte seine Tasche ab, behielt aber den Hut auf. Der Besitzer blickte auf.

»Monsieur?«

Keine Neugier, keine Überraschung. Quinn tat so, als hätte er nichts bemerkt, und lächelte den Mann strahlend an.

»Ein Glas Rotwein, wenn Sie so freundlich wären«, sagte er in förmlichem Ton. Der Wein war aus der Gegend, derb aber gut. Quinn nippte anerkennend an seinem Glas. Hinter der Theke erschien die rundliche Ehefrau des Wirts, stellte mehrere Teller mit Oliven, Käse und Brot ab, streifte Quinn nicht einmal mit einem Seitenblick und verschwand auf ein knappes Wort ihres Ehemanns, gesprochen im lokalen Dialekt, wieder in der Küche. Die kartenspielenden Männer sahen ihn ebenfalls nicht an. Quinn wandte sich an den Wirt.

»Ich suche nach einem Herrn, der hier lebt, wie ich vermute«, sagte er. »Der Name ist Orsini. Kennen Sie ihn?«

Der Wirt warf den Kartenspielern einen Blick zu, als wollte er ihre Reaktion sehen. Sie blieb aus.

»Meinen Sie vielleicht Monsieur Dominique Orsini?« fragte er. Quinn sah nachdenklich drein. Sie hatten die Straße aus dem Dorf blockiert und zugegeben, daß es Orsini gab. Also wollten sie, daß er blieb. Bis wann? Er warf einen Blick hinter sich. Der Himmel draußen vor den Fenstern war blaßblau im Licht der Wintersonne. Vielleicht bis es dunkel wurde. Quinn drehte sich wieder zur Theke hin und fuhr sich mit einer Fingerspitze über die Wange.

»Ein Mann mit einer Narbe von einem Messerstich? Dominique Orsini?«

Der Wirt nickte.

»Können Sie mir sagen, wie ich zu seinem Haus komme?«

Wieder blickte der Wirt mit einem hilfesuchenden Ausdruck zu den Kartenspielern hin. Diesmal kam eine Reaktion. Einer der Männer, der als einziger einen richtigen Anzug trug, blickte von seinen Karten auf.

»Monsieur Orsini ist heute nicht da, Monsieur. Er kommt morgen zurück. Wenn Sie so lange warten, werden Sie ihn sehen.«

»Danke Ihnen, mein Freund. Das ist wirklich gutnachbarlich von Ihnen.« Und den Wirt fragte er: »Könnte ich für diese Nacht ein Zimmer hier bekommen?«

Der Mann nickte nur. Zehn Minuten später hatte Quinn sein Zimmer. Es wurde ihm von der Frau des Wirts gezeigt, die noch immer Quinns Blick auswich. Als sie gegangen war, untersuchte Quinn den Raum. Er ging nach hinten hinaus, auf einen Hof, umgeben von Scheunen, die nach vorne offen waren. Die Matratze auf dem Bett war dünn, gefüllt mit klumpiger Kokosfaser, doch für das, was er vorhatte, genügte sie. Mit seinem Taschenmesser lockerte er zwei Dielen unter dem Bett und versteckte darunter einen der Gegenstände, die sich in seiner Reisetasche befanden. Die übrigen Dinge darin blieben einer Inspektion zugänglich. Er schloß die Tasche, ließ sie auf dem Bett stehen, zog sich ein Haar heraus und klebte es mit Speichel quer über den Reißverschluß.

In die Taverne zurückgekehrt, führte er sich ein reichliches Mittagessen aus Ziegenkäse, frischem, krustigem Brot, hausgemachter Schweinefleischpastete und saftigen Oliven zu Gemüte, das er mit Wein hinunterspülte. Dann machte er einen Spaziergang durch das Dorf. Er wußte, daß er bis zum Sonnenuntergang in Sicherheit war; seine Gastgeber hatten ihre Anweisungen erhalten und verstanden.

Es gab nicht viel zu sehen. Niemand kam aus den Häusern, um ihn zu grüßen. Er sah, wie ein kleines Kind von zwei abgearbeiteten Frauenhänden eilends zu einer Tür hineingezogen wurde. Der Traktor auf der Dorfstraße stand mit seinen großen Hinterrädern so dicht an der Gasse, aus der er gekommen war, daß nur eine Lücke von etwas mehr als einem halben Meter blieb. Die Vorderräder befanden sich dicht vor einer Scheune.

Gegen 17 Uhr wurde die Luft kühler. Quinn kehrte in die Taverne zurück, wo im Kamin ein munteres Feuer prasselte. Er ging auf sein Zimmer, um sich ein Buch zu holen, überzeugte sich, daß die Reisetasche durchsucht worden war, aber nichts daraus entnommen und daß die gelockerten Dielen unter dem Bett nicht entdeckt worden waren.

Er saß zwei Stunden lesend in der Taverne, wobei er den Hut aufbehielt. Dann aß er wieder, ein schmackhaftes Schweinefleischragout mit Bohnen und Gebirgskräutern, dazu Linsen, Brot, ein Stück Apfelkuchen und Kaffee. Statt Wein trank er Wasser. Um 21 Uhr zog er sich auf sein Zimmer zurück. Eine Stunde später ging im Dorf das letzte Licht aus. Niemand saß an diesem Abend in der Taverne vor dem Fernsehgerät – der Wirt war stolzer Besitzer eines von nur drei Apparaten im Dorf. Niemand spielte Karten. Um 22 Uhr lag das Dorf im Dunkeln. Nur die Glühbirne in Quinns Zimmer brannte noch.

Es war eine schwache Birne, die ohne Lampenschirm in der Zimmermitte an einer staubigen Schnur von der Decke hing. Das beste Licht hatte man unmittelbar darunter, und dort saß die Gestalt mit dem hohen Stetson in einem Lehnsessel und las.

Der Mond ging um 1.30 Uhr auf, stieg hinter dem Ospedale-Massiv hoch und tauchte eine halbe Stunde später Castelblanc in ein unheimliches weißes Licht. Die magere Gestalt bewegte sich lautlos im schwachen Mondlicht durch die Straße; sie kannte ihren Weg genau. Sie glitt zwei schmale Gassen entlang und schlich sich in den Komplex der Scheunen und Höfe hinter der Taverne.

Geräuschlos sprang die Gestalt auf einen Heuwagen, der in einem der Höfe abgestellt war, und von dort auf eine Mauer. Sie lief leichtfüßig die Mauer entlang und landete gewandt auf dem Pultdach der Scheune, Quinns Fenster direkt gegenüber.

Die Vorhänge waren nur halb zugezogen. Durch die dreißig Zentimeter breite Öffnung war Quinn deutlich zu sehen: das Buch auf dem Schoß, der Kopf leicht vornüber geneigt, um im schwachen Licht der Glühbirne die Buchstaben besser zu sehen, die Schultern in dem rotkarierten Hemd über der Höhe des Fensterbretts, auf dem Kopf der weiße Stetson.

Der junge Mann auf dem Dach grinste; dieser Leichtsinn ersparte es ihm, durch das Zimmerfenster zu steigen, um zu tun, was getan werden mußte. Er nahm die Schrotflinte ab, die ihm an einem Lederriemen über der Schultern hing, entsicherte und zielte. In vierzig Fuß Entfernung füllte der Kopf mit dem Hut den Raum über den beiden Läufen der Lupara aus; die Abzüge waren über einen Draht gekoppelt, damit beide Läufe gleichzeitig feuerten.

Der Knall des Schusses hätte eigentlich das Dorf aufwecken müssen, aber nirgends gingen Lichter an. Der grobe Schrot aus den beiden Flintenläufen zertrümmerte die Fensterscheiben und zerfetzte die dünnen Baumwollvorhänge. Der Kopf des hinter dem Fenster sitzenden Mannes schien zu explodieren. Der Schütze sah, wie der Luftdruck den Hut wegriß, der Schädel zersplitterte und leuchtend rotes Blut in alle Richtungen spritzte. Ohne Kopf kippte der Torso in dem rotkarierten Hemd seitwärts auf den Boden und war nicht mehr zu sehen.

Befriedigt lief der junge Mann aus dem Orsini-Klan, der soeben für die Familie seinen ersten Mann umgelegt hatte, über das Dach und die Mauer entlang, sprang hinab auf den Heuwagen, dann auf die Erde und rannte in die Gasse zurück, aus der er gekommen war. Dann ging er ohne Eile, seines Triumphs gewiß, durch das Dorf zu dem Häuschen am Rand des Weilers, wo ihn der Mann erwartete, der sein Idol war. Er bemerkte nichts davon, wie sich eine Gestalt, leiser und größer als er selber, aus einem dunklen Hauseingang löste und ihm folgte.

In das Chaos in seinem Zimmer über der Taverne würde später die Wirtin Ordnung bringen. Ihre Matratze war nicht mehr zu retten, von unten bis oben aufgeschlitzt, die Kokosfasern herausgeholt, um das karierte Hemd auszufüllen, bis es so steif war, daß es ohne Stütze auf dem Stuhl sitzen konnte. Sie würde lange Streifen durchsichtigen Klebebands finden, mit dem die Kleiderpuppe in ihrer aufrechten Position gehalten worden war, sowie die Reste des Stetson und das Buch.

Sie würde die Bruchstücke des Styropor-Kopfs der Schaufensterpuppe einsammeln, den der Verkäufer in Marseille, von Quinn dazu überredet, aus dem Lager geklaut und ihm verkauft hatte. Von den beiden Kondomen, prall gefüllt mit Ketchup aus dem Speisesaal der Fähre, die im Kopf der Schaufensterpuppe gehangen hatten, würde sie kaum eine Spur entdecken, abgesehen von den roten Spritzern überall im Zimmer, die sich jedoch mit einem feuchten Tuch beseitigen ließen.

Der Wirt würde sich fragen, warum ihm der Kopf der Schaufensterpuppe entgangen war, als er das Gepäck des Amerikaners durchsuchte, und schließlich die gelockerten Dielen unter dem Bett entdekken, unter denen ihn Quinn gleich nach seiner Ankunft versteckt hatte.

Schließlich würde er dem aufgebrachten Mann in dem dunklen Anzug, der am Nachmittag in der Taverne Karten gespielt hatte, die zurückgelassenen Cowboystiefel, die Jeans, die fransenbesetzte Lederjacke zeigen und ihm, dem »capu« des Ortes, berichten, daß der Amerikaner jetzt sicher seine anderen Sachen anhabe: eine dunkle Hose, eine schwarze Windjacke mit Reißverschluß, Wüstenstiefel mit Kreppsohlen und einen ausgeschnittenen Pullover. Sie würden alle die Leinwandtasche untersuchen und feststellen, daß nichts mehr darin war. Dies würde sich in der Stunde vor Tagesanbruch abspielen.

Als der junge Mann das Häuschen, das sein Ziel war, erreicht hatte, klopfte er leise an die Tür. Quinn drückte sich fünfzig Yards hinter ihm in einen dunklen Hauseingang. Der Bursche mußte den Befehl zum Eintreten erhalten haben, denn er öffnete das Schnappschloß und trat ein. Als sich die Tür schloß, kam Quinn näher heran, umkreiste das Haus und fand ein Fenster mit geschlossenen Läden, in denen ein Spalt war, breit genug, um hineinspähen zu können.

Dominique Orsini saß an einem grob zurechtgezimmerten Tisch und schnitt mit einem rasierklingenscharfen Messer Scheiben von einer dicken Salami ab. Der Bursche mit der Lupara stand vor ihm. Sie unterhielten sich im korsischen Idiom, das mit dem Französischen nichts zu tun hat und für einen Ausländer unverständlich ist. Der Junge schilderte, was sich in der letzten halben Stunde ereignet hatte; Orsini nickte mehrmals. Nachdem der Bursche seinen Bericht beendet hatte, stand Orsini auf, kam um den Tisch herum und umarmte den jungen Mann, der vor Stolz glühte. Als sich Orsini drehte, fiel das Licht der Lampe auf die bläuliche Narbe, die an einer Wange vom Wangenknochen bis zum Kiefer hinablief. Er zog einen Packen Geldscheine aus der Tasche; der Bursche schüttelte protestierend den Kopf. Orsini stopfte ihm die Scheine in die Hemdtasche, klopfte ihm auf den Rücken und entließ ihn. Der junge Mann verschwand.

Es wäre ein Kinderspiel gewesen, den korsischen Killer zu töten. Aber Quinn wollte ihn lebend haben, hinten in seinem Wagen und bei Sonnenaufgang in einer Zelle in der Polizeidirektion von Ajaccio. Er hatte das PS-starke Motorrad bemerkt, das in dem Brennholzschuppen stand.

Eine halbe Stunde später hörte Quinn, im Schatten der Scheune und des abgestellten Traktors wartend, daß das Motorrad angelassen wurde. Orsini kam langsam aus einer Seitengasse auf den Dorfplatz gefahren und schlug dann die Richtung zum Ort hinaus ein. Zwischen den hinteren Rädern des Traktors und der nächsten Hauswand war Platz genug für das Motorrad. Orsini fuhr über eine vom Mond hell beleuchtete Stelle. Quinn trat aus dem Schatten, zielte und feuerte einmal. Der Vorderreifen des Motorrads war zerfetzt, die Maschine riß es herum. Dann kippte sie nach einer Seite, warf den Fahrer ab und blieb schließlich auf der Straße liegen.

Orsini wurde gegen den Traktor geschleudert, rappelte sich aber erstaunlich schnell hoch. Quinn stand zehn Yards weit entfernt, der Smith-&-Wesson-Revolver zielte auf die Brust des Korsen. Orsini, der Schmerzen hatte, atmete schwer und verlagerte das Gewicht auf ein Bein, als er sich gegen das hohe hintere Rad des Traktors lehnte.

Quinn sah die funkelnden schwarzen Augen, den dunkel sprießenden Bart um das Kinn. Langsam hob Orsini die Hände.

»Orsini«, sagte Quinn ruhig. »*Je m'appelle Quinn. Je veux te parler.*«

Orsini reagierte damit, daß er das Gewicht auf das verletzte Bein verlagerte, stöhnte vor Schmerzen auf und fuhr mit der linken Hand zum Knie hinab. Er war gut. Die linke Hand begann langsam das Knie zu massieren und lenkte damit Quinns Aufmerksamkeit eine Sekunde lang ab. Die rechte Hand bewegte sich viel rascher, fuhr blitzartig nach unten und schleuderte in derselben Sekunde das im Ärmel versteckte Wurfmesser. Quinn sah im Mondschein die Klinge aufblitzen und warf den Kopf seitwärts. Die Klinge verfehlte seinen Hals, erwischte seine Lederjacke an der Schulter und grub sich tief in die Bretter der Scheune hinter ihm ein.

Er brauchte nur eine Sekunde, um den Messergriff zu packen und ihn aus dem Holz herauszureißen, damit er seine Jacke frei bekam. Doch diese Sekunde genügte Orsini. Er war wie ein Blitz hinter dem Traktor und rannte wie eine Katze die Gasse hinter dem Fahrzeug entlang. Aber wie eine verletzte Katze.

Wäre er unverletzt gewesen, hätte Quinn ihn verloren. So fit der Amerikaner auch war, nur sehr wenige können mithalten, wenn ein Korse sich in den Maquis absetzt. Die hartlaubigen Macchia-Sträucher, die bis zur Hüfte reichen, krallen sich an den Kleidern fest und zerren daran wie tausend Finger. Es kommt einem vor, als watete man durch Wasser. Nach zweihundert Metern ist man entkräftet, hat man in den Füßen das Gefühl einer bleiernen Schwere. In diesem Maquis-Meer kann ein Mann überall untergehen und verschwinden, schon in drei Meter Entfernung nicht mehr zu sehen sein.

Aber Orsini kam nicht rasch genug voran. Sein zweiter Feind war das Mondlicht. Quinn sah, wie Orsinis Schatten das Ende der Gasse erreichte, das heißt, die letzten Häuser des Weilers, und dann in die Macchia am Berghang lief. Quinn folgte ihm die Gasse entlang, die zu einem Feldweg wurde, und dann ebenfalls in die Macchia. Er hörte vor sich das Rascheln von Zweigen und richtete sich nach dem Geräusch.

Dann, zwanzig Yards weiter vorne, sah er Orsinis Kopf wieder, der sich quer über den Hang, doch zugleich stetig bergan bewegte. Hundert Yards weiter verstummten die Geräusche. Orsini war in Dekkung gegangen. Quinn blieb stehen und tat das gleiche. Mit dem Mond hinter ihm wäre es eine Verrücktheit gewesen, weiterzulaufen.

Er hatte schon früher nachts Gegner gejagt. Im dichten Busch am Mekong, durch den verfilzten Dschungel nördlich von Khe San, im Hochland mit den Montagnards als Führern. Alle Einheimischen kennen sich auf ihrem eigenen Terrain aus, die Vietkong in ihrem Dschungel, die Buschmänner in ihrer Kalahari. Orsini befand sich auf heimischem Gelände, wo er geboren und aufgewachsen war, zwar behindert durch ein verletztes Knie und ohne Messer, aber sicher mit einer Schußwaffe. Und Quinn brauchte ihn lebend. So kauerten die beiden Männer im Maquis und lauschten den Geräuschen der Nacht, um jenes einzige zu erkennen, das nicht von einer Zikade, einem Wildkaninchen oder einem flatternden Vogel stammte, sondern nur von einem Menschen verursacht sein konnte. Quinn schaute rasch zum Mond hinauf; noch eine Stunde, dann ging er unter. Danach würde er bis zum Morgengrauen nichts mehr sehen, und wenn der Tag anbrach, würde aus seinem Dorf unten am Hang Hilfe für den Korsen kommen.

Von dieser verbleibenden Stunde rührten sich beide Männer fünfundvierzig Minuten lang nicht. Jeder lauschte und wartete auf eine Bewegung des anderen. Als Quinn ein leises Klirren vernahm, wußte er, daß es das Geräusch war, mit dem Metall einen Stein streifte. Es gab nur einen einzigen Felsbrocken, fünfzehn Yards rechts von Quinn; und dahinter war Orsini. Quinn begann langsam und dicht über dem Boden durch den Maquis zu kriechen. Nicht auf den Felsbrocken zu – er hätte eine Kugel ins Gesicht bekommen –, sondern in Richtung auf eine Masse höherer Macchia-Sträucher zehn Yards vor dem Felsbrocken.

In seiner hinteren Hosentasche hatte er noch einen Rest der Angelschnur, die er in Oldenburg dazu benutzt hatte, den Kassettenrekorder über einen Ast zu werfen. Er befestigte das eine Ende an einem hohen Macchia-Strauch, einen halben Meter über dem Erdboden, und kroch dann dorthin zurück, woher er gekommen war, wobei er die Schnur ausgab. Als er sicher war, weit genug weg zu sein, begann er ganz leicht an der Schnur zu ziehen.

Der Strauch bewegte sich und raschelte. Er hörte auf und ließ das

Geräusch in die lauschenden Ohren einsinken. Er zog wieder und noch einmal. Dann hörte er, wie Orsini zu kriechen begann.

Drei Meter von dem Strauch entfernt richtete sich der Korse schließlich halb auf. Quinn sah seinen Hinterkopf und zog noch einmal, diesmal aber heftig, an der Schnur. Der Strauch bewegte sich mit einem heftigen Ruck. Orsini hob mit beiden Händen seine Waffe und feuerte nacheinander sieben Kugeln in den Boden um den Strauch herum. Als er den letzten Schuß abgegeben hatte, war Quinn hinter ihm, aufrecht stehend. Der Revolver zielte auf Orsinis Rücken.

Als am Berghang das Echo der letzten Schüsse verhallte, merkte der Korse, daß er überlistet worden war. Er drehte sich langsam um und sah Quinn.

»Orsini . . .«

Er wollte sagen: Ich will nur mit dir reden. Jeder Mann in Orsinis Lage mußte verrückt sein, daß er es versuchte. Oder verzweifelt. Oder überzeugt, es bedeute seinen Tod, wenn er es nicht tat. Er drehte seinen Oberkörper herum und feuerte die letzte Kugel ab. Es war hoffnungslos. Der Schuß ging in den Himmel, denn eine halbe Sekunde, ehe er abdrückte, hatte Quinn das gleiche getan. Er hatte keine andere Wahl. Die Kugel traf den Korsen mitten in die Brust und warf ihn nach hinten. Mit dem Gesicht nach oben lag er im Maquis.

Er war zwar nicht ins Herz, aber schlimm genug getroffen. Es war keine Zeit gewesen für einen Schuß in die Schulter, und für Halbheiten war die Entfernung zu kurz. Orsini lag auf dem Rücken und starrte zu dem Amerikaner hinauf, der dicht vor ihm stand. Seine Brusthöhle füllte sich mit Blut, das sich aus den durchschossenen Lungen ergoß und ihm in die Kehle stieg.

»Sie haben dir erzählt, ich würde kommen, um dich zu töten, nicht?« sagte Quinn. Der Korse nickte langsam.

»Sie haben dich belogen. Er hat dich belogen. Auch, was die Kleidung für den Jungen betraf. Ich bin gekommen, um seinen Namen herauszubringen. Der Dicke. Derjenige, der alles eingefädelt hat. Du bist ihm jetzt nichts mehr schuldig. Das Schweigegebot gilt nicht mehr. Wer ist der Mann?«

Ob Dominique Orsini in seinen letzten Augenblicken an der *omertà* festhielt oder ob ihn das im Hals hochsteigende Blut am Reden hinderte, Quinn sollte es nie erfahren. Der auf dem Rücken liegende Mann öffnete den Mund, vielleicht in einem Versuch zu sprechen, vielleicht zu einem höhnischen Grinsen. Er gab statt dessen ein schwaches Husten von sich, ein Strom hellroten, schäumenden Bluts füllte seinen Mund und lief ihm auf die Brust. Quinn hörte das Geräusch, das er schon früher gehört hatte und nur zu gut kannte: das leise Rasseln der Lungen, die sich zum letztenmal entleeren. Orsinis Kopf rollte zur Seite und Quinn sah, wie das harte, helle Funkeln aus den schwarzen Augen wich.

Das Dorf lag noch schweigend und dunkel da, als er leise durch die Gasse zum Hauptplatz ging. Die Bewohner mußten den Knall der Schrotflinte, den lauten Schuß eines Revolvers auf der Straße, das Echo der Schüsse droben am Hang gehört haben. Vielleicht waren sie angewiesen worden, in ihren Häusern zu bleiben und hielten sich daran. Doch irgend jemand, vielleicht der junge Bursche, war neugierig geworden. Vielleicht hatte er das neben dem Traktor liegende Motorrad gesehen und das Schlimmste befürchtet. Jedenfalls lag er auf der Lauer.

Quinn stieg auf dem Dorfplatz in seinen Opel. Niemand hatte den Wagen berührt. Er zog seinen Sitzgurt straff, richtete den Blick auf die Straße und gab Gas. Als er die Scheune vor den Vorderrädern des Traktors erwischte, zerbarsten die alten Bretter. Es gab ein dumpfes Geräusch, als der Ascona gegen mehrere Heuballen innerhalb der Scheune prallte, und noch einmal zersplitterte krachend Holz: Der Ascona demolierte die zweite Scheunenwand.

Die Schrotladung traf den Ascona, als er aus der Scheune herauskam, und schlug Löcher in den Kofferraum, verfehlte aber den Tank. Quinn raste, umwirbelt von fliegenden Holzstücken und Strohbüscheln, auf die Straße zurück, korrigierte den Kurs und schlug die Richtung nach Orone und Carbini ein. Es war kurz vor 4 Uhr morgens, und er hatte drei Stunden Fahrt bis zum Flughafen Ajaccio vor sich.

Sechs Zeitzonen weiter westlich, in Washington, war die Zeit sechs Stunden hinterher, kurz vor 22 Uhr des Vortages, und die Minister, die Odell zusammengerufen hatte, um die polizeilichen Experten in die Mangel zu nehmen, waren nicht gerade versöhnlicher Stimmung.

»Was soll das heißen, bisher keine Fortschritte?« wollte der Vizepräsident wissen. »Seit einem Monat haben Sie unbegrenzte Ressourcen zur Verfügung, alles, was Sie an Personal verlangt haben, und dazu die Mitwirkung der Europäer. Warum geht es nicht voran?«

Ziel seiner Frage war Don Edmonds, der Direktor des FBI, der neben dem Assistant Director (CID), Philip Kelly, und Lee Alexander von der CIA saß, der David Weintraub mitgebracht hatte. Edmonds hüstelte, warf Kelly einen Blick zu und nickte.

»Meine Herren, wir sind viel weiter als vor einem Monat«, rechtfertigte sich Kelly. »Die Leute von Scotland Yard untersuchen gerade das Haus, in dem Simon Cormack gefangengehalten wurde. Das hat bereits eine Menge gerichtsverwertbaren Materials ergeben, darunter zweierlei Sorten Fingerabdrücke, die derzeit identifiziert werden.«

»Wie haben sie das Haus gefunden?« fragte Außenminister Jim Donaldson.

Philip Kelly blickte auf seine Notizen.

»Quinn hat sie aus Paris angerufen und es ihnen gesagt«, antwortete Weintraub.

»Toll«, sagte Odell sarkastisch, »und was gibt es sonst noch über Quinn?«

»Anscheinend war er in verschiedenen Gegenden Europas tätig«, sagte Kelly diplomatisch. »Wir erwarten jeden Augenblick einen vollständigen Bericht über ihn.«

»Was meinen Sie mit . . . tätig?« fragte Bill Walters, der Justizminister.

»Wir haben ein Problem mit Mr. Quinn«, sagte Kelly.

»Wir haben schon immer ein Problem mit Mr. Quinn gehabt«, bemerkte Verteidigungsminister Morton Stannard. »Wie sieht das neue aus?«

»Sie wissen vielleicht, daß mein Kollege Kevin Brown seit langem den Verdacht hegt, Mr. Quinn habe von Anfang an mehr über diese Sache gewußt, als er zugab; daß er in irgendeiner Phase sogar in die Geschichte verwickelt gewesen sein könnte. Jetzt hat es den Anschein, daß angefallenes Beweismaterial diese Theorie stützt.«

»Welches angefallene Beweismaterial?« fragte Odell.

»Seit er auf Weisung Ihres Komitees entlassen wurde, um seine eigenen Nachforschungen nach der Identität der Kidnapper zu betreiben, wurde er bei verschiedenen Gelegenheiten in Europa gesichtet, verschwand aber jedesmal wieder. Er wurde in Holland auf dem Schauplatz eines Mordes festgenommen, dann aber von der holländischen Polizei mangels Beweisen auf freien Fuß gesetzt . . .«

»Er wurde auf freien Fuß gesetzt«, sagte Weintraub ruhig, »weil er beweisen konnte, daß er sich in einem viele Meilen entfernten Ort aufhielt, als das Verbrechen begangen wurde.«

»Schon, aber der Tote war ein ehemaliger Kongo-Söldner, dessen Fingerabdrücke inzwischen in dem Haus gefunden wurden, wo Simon Cormacks Gefängnis war«, sagte Kelly. »In unseren Augen ist das ein verdächtiger Umstand.«

»Sonst noch was über Quinn?« fragte Finanzminister Hubert Reed.

»Ja, Sir. Die belgische Polizei hat soeben gemeldet, daß man in einer der Gondeln eines Riesenrads eine Leiche mit einer Kugel im Kopf gefunden hat. Zeitpunkt des Todes: vor drei Wochen. Ungefähr zu der Zeit, als der Mann zum erstenmal vermißt wurde, hat sich bei seinem Arbeitgeber ein Paar, auf das die Beschreibung von Quinn und Agentin Somerville zutrifft, nach dem Verbleib des Betreffenden erkundigt.

Dann wurde in Paris ein zweiter Söldner auf einem Gehsteig erschossen. Ein Taxifahrer berichtete, zwei Amerikaner, auf die dieselbe Beschreibung paßt, seien zu der fraglichen Zeit in seinem Taxi vom Schauplatz der Tat geflohen.«

»Großartig«, sagte Stannard. »Wunderbar. Wir lassen ihn frei, daß er Ermittlungen betreiben kann, und er läßt in ganz Westeuropa eine Leichenspur hinter sich. Wir haben, beziehungsweise wir hatten, dort drüben Verbündete.«

»Drei Leichen in drei Ländern«, konstatierte Donaldson. »Gibt's sonst noch was, was wir erfahren sollten?«

»Im Allgemeinen Krankenhaus in Bremen erholt sich derzeit ein deutscher Geschäftsmann von einer Operation. Er behauptet, Quinn sei daran schuld«, sagte Kelly.

»Was hat er ihm denn getan?« fragte Walters.

Kelly sagte es ihm.

»Mein Gott, der Mann ist ja wahnsinnig geworden«, rief Stannard.

»Okay, wir wissen, was Quinn in der letzten Zeit gemacht hat«, sagte Odell, »er beseitigt die Mitglieder der Bande, ehe sie auspacken können. Oder vielleicht bringt er sie dazu, vorher ihm gegenüber auszupacken. Was hat das FBI vorzuweisen?«

»Gentlemen«, sagte Kelly. »Mr. Brown verfolgt die beste Spur, die wir haben – die Diamanten. Jeder Diamantenhändler und Schmuckhersteller in Europa und Israel, von den Staaten ganz zu schweigen, hält jetzt nach diesen Steinen die Augen offen. Sie sind zwar klein, aber wir sind zuversichtlich, daß wir den Verkäufer sofort am Kragen packen können, wenn sie auftauchen.«

»Verdammt, Kelly, sie *sind* aufgetaucht«, brüllte Odell. Mit einer dramatischen Geste hob er ein Leinensäckchen vom Boden neben seinen Füßen auf und drehte es über dem Konferenztisch um. Eine Flut von Steinen ergoß sich klirrend über die Mahagoniplatte. Die Männer schwiegen verdattert.

»Vor zwei Tagen mit der Post an Botschafter Fairweather in London geschickt. Aus Paris. Auf dem Päckchen Quinns Handschrift identifiziert. Was, zum Teufel, spielt sich dort drüben eigentlich ab? Wir verlangen jetzt von Ihnen, daß Sie Quinn hierher nach Washington schaffen, damit er uns sagt, was mit Simon Cormack geschehen ist, wer es getan hat und aus welchem Grund. Wir haben den Eindruck, daß er als einziger überhaupt etwas weiß. Einverstanden, meine Herren?«

Die anderen Minister nickten einmütig.

»Wir werden alles tun, Herr Vizepräsident«, sagte Kelly. »Wir ... äh ... nur ist das vielleicht nicht ganz so einfach.«

»Was haben Sie diesmal für ein Problem mit Quinn?« fragte Reed sardonisch.

»Er ist wieder einmal verschwunden«, antwortete Kelly. »Wir wissen, er war in Paris, wir wissen, er hat in Holland einen Opel gemietet. Wir werden die französische Polizei ersuchen, nach dem Opel zu fahnden und eine europaweite Überwachung der Häfen und Flughäfen zu veranlassen. Sein Auto oder sein Paß werden in den nächsten vierundzwanzig Stunden irgendwo auftauchen. Dann lassen wir ihn hierher ausliefern.«

»Warum rufen sie nicht Agentin Somerville an?« fragte Odell mißtrauisch. »Sie ist ja als unser Spürhund bei ihm.«

Kelly hüstelte betreten.

»Auch in diesem Fall haben wir ein kleines Problem, Sir . . .«

»Sie haben sie doch nicht aus den Augen verloren?« fragte Stannard ungläubig.

»Europa ist groß, Sir. Im Moment ist anscheinend der Kontakt zu ihr abgerissen. Die Franzosen haben im Laufe des Tages bestätigt, daß sie aus Paris nach Südspanien abgeflogen ist. Quinn hat dort ein Domizil, das die spanische Polizei überprüft hat. Sie ist nicht dort angekommen. Vermutlich hält sie sich in einem Hotel auf. Sie überprüfen die Hotels ebenfalls.«

»Jetzt passen Sie mal auf«, sagte Odell, »Sie machen Quinn ausfindig und schleppen ihn hier an. Und Miss Somerville ebenfalls. Wir wollen uns mit Miss Somerville unterhalten.«

Damit war die Besprechung zu Ende.

»Das wollen nicht nur die«, knurrte Kelly, während er seinen gar nicht erfreuten Direktor zu seiner Limousine geleitete.

Quinn war niedergeschlagener Stimmung, während er die letzten fünfzehn Meilen von Cauro hinab zur Küstenebene fuhr. Er wußte, daß nun, nach Orsinis Tod, die Spur endgültig kalt war. Die Bande hatte nur vier Mitglieder gehabt, und alle vier waren tot. Der Dicke, wer er auch war, und seine Hintermänner – falls es noch andere Auftraggeber *gab* – konnten sicher sein, daß ihre Identität nie ans Licht kommen werde. Warum der einzige Sohn des Präsidenten umgebracht wurde, wie und wer der Mörder war, das würde im Nebel der Geschichte verborgen bleiben wie die Ermordung Kennedys und das Geheimnis um die *Marie Celeste*. Es würde einen amtlichen Bericht geben, um die Akte abzuschließen, und Theorien würden aufgestellt werden, die das Ziel verfolgten, die Ungereimtheiten zu erklären . . . wieder und wieder.

Südöstlich des Flughafens von Ajaccio, wo die aus dem Gebirge kommende Straße auf die Autobahn längs der Küste stößt, überquerte Quinn den Prunelli, der von den herbstlichen Regenfällen in den Bergen stark angeschwollen war. Der Smith-&-Wesson-Revolver hatte ihm in Oldenburg und Castelblanc gute Dienste geleistet, aber er konnte nicht auf die Fähre warten und mußte das Flugzeug nehmen – ohne Gepäck. Er nahm von der FBI-Dienstwaffe Abschied und warf sie weit hinaus in den Fluß, womit er für die Bürokraten im Hoover Building wieder ein Problem schuf. Dann fuhr er die letzten vier Meilen bis zum Flughafen.

Es ist ein niedriges, breites, modernes Gebäude, hell und luftig, geteilt in zwei durch einen Tunnel verbundene Bereiche für landende und abfliegende Maschinen. Er stellte den Opel Ascona auf dem Parkplatz ab und ging in das Abfluggebäude. Halb rechts, gleich hinter dem Zeitschriftenladen, fand er den Informationsschalter und erkundigte sich nach dem ersten Flug, der aus Ajaccio abging. Keine Maschine nach Frankreich in den nächsten beiden Stunden, aber es gab etwas Besseres für ihn. Montags, dienstags und sonntags geht um 9 Uhr eine Direktmaschine der Air France nach London ab.

Er wollte ohnedies nach London, um Kevin Brown und Nigel Cramer ausführlich Bericht zu erstatten; er fand, Scotland Yard habe ebensoviel Anspruch wie das FBI zu erfahren, was während der Monate Oktober und November geschehen war, die Hälfte davon in England, die andere auf dem europäischen Festland. Er kaufte ein Ticket nach Heathrow und fragte nach den Telefonzellen. Sie standen in einer Reihe hinter dem Informationsstand. Da er Kleingeld brauchte, ging er in das Zeitschriftengeschäft, um einen Schein zu wechseln. Es war kurz nach sieben; zwei Stunden Wartezeit blieben noch.

Nachdem er das Geld gewechselt hatte, ging er zu den Telefonzellen. Dabei übersah er den englischen Geschäftsmann, der vom Vorplatz her den Terminal betrat. Der Mann schien ihn ebenfalls nicht zu bemerken. Er streifte ein paar Regentropfen von den Schultern seines hervorragend geschnittenen dunklen dreiteiligen Anzugs, legte seinen anthrazitgrauen Crombie-Mantel zusammen und über einen Arm, hängte den noch zusammengerollten Regenschirm in die Beuge desselben Arms und ging sich die Zeitschriften ansehen. Nach mehreren Minuten kaufte er eine, blickte um sich und ließ sich auf einer der kreisrunden Polsterbänke nieder, die die acht Stützpfeiler umgeben, auf denen das Dach ruht.

Von der Bank aus, die er gewählt hatte, hatte er die Türen des Haupteingangs, die Abfertigungsschalter, die Telefonzellen und die Türen im Blickfeld, die zur Abflughalle führen. Der Mann schlug die elegant bekleideten Beine übereinander und begann in seiner Zeitschrift zu lesen.

Quinn suchte eine Nummer im Telefonbuch und machte seinen ersten Anruf bei der Leihwagenfirma. Der Filialchef saß bereits zu dieser Stunde an seinem Schreibtisch. Auch er bemühte sich.

»Gewiß, Monsieur. Am Flughafen, sagen sie? Die Schlüssel unter der Fußmatte des Fahrersitzes? Wir können ihn dort abholen. Und jetzt zur Frage der Bezahlung . . . Übrigens, was ist es denn für ein Wagen?«

»Ein Opel Ascona«, sagte Quinn. Der Mann schwieg, als hätte er nicht recht verstanden.

»Monsieur, wir haben gar keine Opel Ascona. Sind Sie sicher, daß Sie ihn bei uns gemietet haben?«

»Durchaus, aber nicht hier in Ajaccio.«

»Ach so, vielleicht bei unserer Agentur in Bastia? Oder in Calvi?«

»Nein, in Arnheim.«

Inzwischen gab sich der Mann wirklich alle erdenkliche Mühe.

»Wo ist Arnheim, Monsieur?«

»In Holland«, sagte Quinn.

An diesem Punkt hörte der Mann auf, sich Mühe zu geben.

»Wie, zum Kuckuck, soll ich denn einen in Holland zugelassenen Opel vom Flughafen Ajaccio dorthin zurückschaffen?«

»Sie könnten ihn fahren«, sagte Quinn. »Er wird in Ordnung sein, wenn er ein bißchen repariert worden ist.«

Nun trat eine lange Pause ein.

»Repariert? Was ist denn daran kaputt?«

»Nun ja, er ist durch eine Scheune kutschiert, und hinten hat er ein Dutzend Einschüsse abbekommen.«

»Und wie steht es mit der Bezahlung für all das?« flüsterte der Mann.

»Schicken Sie die Rechnung einfach an den amerikanischen Botschafter in Paris«, sagte Quinn. Dann legte er auf. Es schien ihm das Rücksichtsvollste.

Er rief die Bar in Estepona an und sprach mit Ronnie, der ihm die Nummer der Villa in den Bergen gab, wo Bernie und Arfur Sam behüteten, sich aber nicht darauf einließen, noch einmal mit ihr zu pokern. Quinn rief an, und Arfur holte sie ans Telefon.

»Quinn, Liebling, wie geht's dir denn?« Ihre Stimme war schwach, aber deutlich zu hören.

»Gut. Hör zu, Schatz, die Sache ist zu Ende. Du kannst eine Maschine von Malaga nach Madrid und von dort nach Washington nehmen. Dieses Komitee mit den hohen Tieren wird von dir vermutlich einen Bericht haben wollen. Du hast nichts zu befürchten. Sag ihnen Folgendes: Orsini ist gestorben, ohne auszupacken. Er hat kein einziges Wort gesprochen. Niemand kommt jetzt mehr an den Dicken, den Zack erwähnte, oder an seine Hintermänner heran. Mir eilt es. Grüß dich.«

Er schnitt den Strom ihrer Fragen damit ab, daß er einhängte.

Ein durch den erdnahen Weltraum treibender Satellit der National Security Agency nahm, zusammen mit einer Million weiterer Telefongespräche an diesem Vormittag, auch diesen Anruf auf und strahlte ihn zu den Computern in Fort Meade ab. Es dauerte seine Zeit, die Telefonate auszuwerten und zu bestimmen, was aufbewahrt und was weggeworfen werden sollte, doch das Wort »Quinn«, das Sam benutzt hatte, sorgte dafür, daß dieses Gespräch registriert wurde. Es wurde am frühen Nachmittag Washingtoner Zeit geprüft und nach Langley durchgegeben.

Die Fluggäste für den Flug nach London wurden gerade aufgerufen, als der Laster vor dem Gebäude für die Abflüge vorfuhr. Die vier Männer, die herunterkletterten und durch die Eingangstüren marschierten, wirkten nicht wie Fluggäste der Maschine nach London, aber niemand achtete auf sie. Ausgenommen der elegant gekleidete Geschäftsmann. Er blickte auf, rollte seine Zeitschrift zusammen, stand mit dem Mantel über dem einen Arm und dem Regenschirm in der anderen Hand da und beobachtete die Männer.

Der Anführer der kleinen Gruppe, in einem schwarzen Anzug mit offenem Hemdkragen, hatte am Vorabend in der Taverne in Castelblanc Karten gespielt. Die anderen drei trugen die blauen Hemden und Hosen von Männern, die in Weingärten und Ölbaumhainen arbeiten. Dem Geschäftsmann entging nicht, daß sie die Hemden über den Hosen trugen. Sie blickten sich in der Eingangshalle um, ignorierten den Geschäftsmann und musterten die Fluggäste, die hintereinander durch die Türen zur Paßkontrolle gingen. Quinn war nicht zu sehen, da er sich in der Herrentoilette befand. Die Lautsprecheranlage rief zum letzten Mal die Fluggäste nach London auf. Quinn tauchte auf.

Er wandte sich scharf nach rechts, ging auf die Türen zu und zog im Gehen das Ticket aus seiner Hemdtasche. Er sah die vier Männer aus Castelblanc nicht. Sie bewegten sich auf Quinn zu, der ihnen den Rücken zukehrte. In diesem Augenblick begann ein Gepäckträger eine lange Reihe ineinandergeschobener Gepackkarren quer durch die Halle zu schieben.

Der Geschäftsmann ging auf den Gepäckträger zu und schob ihn sanft beiseite. Er wartete den richtigen Augenblick ab und gab dann dem Karren einen gewaltigen Schubs. Sie rasten auf dem glatten Marmorboden auf die vier gehenden Männer zu. Einer sah sie kommen, warf sich noch rechtzeitig auf die Seite, stolperte und landete auf dem Boden. Die Karrenreihe erwischte den Zweiten an der Hüfte, stieß ihn um und brach in drei Teile auseinander, die in verschiedene Richtungen davonratterten. Dem *capu* in seinem schwarzen Anzug rasten acht Karren gegen den Bauch, worauf er zu Boden ging. Der Vierte lief hin, um ihm auf die Beine zu helfen. Sie erholten sich und sammelten sich wieder, gerade rechtzeitig, um Quinns Rücken in die Abflughalle verschwinden zu sehen.

Die vier Männer aus dem Dorf stürmten zu der Glastür hin. Die wartende Bodenstewardeß schenkte ihnen ihr professionelles Lächeln und erklärte, für einen zärtlichen Abschied sei leider keine Zeit mehr; der Flug sei längst aufgerufen worden. Durch die Glasscheibe sahen sie, wie der hochgewachsene Amerikaner durch die Paßkontrolle und hinaus zum Bus ging. Eine Hand schob sie mit sanfter Höflichkeit zur Seite.

»Erlauben Sie, meine Herren«, sagte der Geschäftsmann und nahm den gleichen Weg.

In der Maschine saß er in der Raucherabteilung, zehn Reihen hinter Quinn, nahm Orangensaft und Kaffee zum Frühstück und rauchte zwei King-size-Zigaretten in einer silbernen Spitze. Wie Quinn hatte auch er kein Gepäck. In Heathrow stand er als Vierter hinter Quinn an der Paßkontrolle, und durch einen Abstand von zehn Schritten getrennt gingen sie durch den Zollbereich, wo andere Leute auf ihre Koffer warteten. Er beobachtete, wie Quinn ein Taxi nahm, als er an der Reihe war, und nickte dann zu einem langen, schwarzen Wagen auf der anderen Seite der Auffahrt hin. Der Wagen war schon angefahren, als er einstieg, und als sie den Tunnel erreichten, der vom Flughafen zum Motorway M4 und nach London führt, war die Limousine das vierte Fahrzeug hinter Quinns Taxi.

Als Philip Kelly gesagt hatte, er werde die Briten ersuchen, am Morgen nach Quinns Paß Ausschau halten zu lassen, hatte er einen Washingtoner Morgen gemeint. Wegen des Zeitunterschieds erhielten die Briten das Ersuchen um 11 Uhr Londoner Zeit. Eine halbe Stunde später brachte ein Kollege die Anweisung dem Paßkontrolleur in Heathrow, der Quinn hatte passieren sehen – eine halbe Stunde vorher. Er bat seinen Kollegen, ihn zu vertreten und benachrichtigte seine Vorgesetzten.

Zwei Beamte der Special Branch, die an der Paßkontrolle für Ausländer Dienst taten, fragten die Männer in der Zollhalle. Ein Zollbeamter im »grünen« Durchgang für Fluggäste, die nichts zu verzollen hatten, erinnerte sich an einen hochgewachsenen Amerikaner, den er kurz aufgehalten hatte, weil dieser keinerlei Gepäck bei sich trug. Als man ihm eine Fotografie zeigte, identifizierte er ihn.

Draußen am Taxistand wurde er von den Politessen, die den Wartenden die Taxis zuteilen, damit sich niemand vordrängt, ebenfalls identifiziert. Aber sie hatten sich die Nummer des Taxis, das er nahm, nicht gemerkt.

Taxifahrer sind manchmal wichtige Informationsquellen für die Polizei, und da die »cabbies« gesetzestreue Bürger sind – abgesehen von einem gelegentlichen Fehltritt bei der Einkommensteuererklärung, der die Metropolitan Police nicht kümmert –, sind die Beziehungen gut, und beide Seiten bemühen sich, daß das so bleibt. Außerdem halten sich die Taxifahrer, die die einträgliche Strecke Heathrow–London befahren, an ein striktes und eifersüchtig gehütetes Turnussystem. Es dauerte eine weitere Stunde, denjenigen ausfindig zu machen und zu kontaktieren, der Quinn gefahren hatte, aber auch er erkannte den Amerikaner anhand der Fotos.

»Yerse«, sagte er, »ich habe ihn zum *Blackwood's Hotel* in Marylebone gebracht.«

Präzise ausgedrückt, hatte er Quinn um 12.40 Uhr vor dem Hotel abgesetzt. Keiner von beiden bemerkte die schwarze Limousine, die hinter ihnen anhielt. Quinn zahlte und stieg die Stufen hinauf. Ein

Londoner Geschäftsmann in einem dunklen Anzug war neben ihm. Sie erreichten die Drehtür zur gleichen Zeit. Nun ging es darum, wer als erster durchgehen sollte. Quinns Augen wurden schmal, als er den Mann neben sich bemerkte. Der Geschäftsmann sprach ihn an.

»Sagen Sie, waren Sie nicht in der Maschine, die heute morgen von Korsika abging? Ich war nämlich auch drin. Die Welt ist klein, nicht. Nach Ihnen, mein lieber Freund.«

Er ließ Quinn mit einer Handbewegung den Vortritt. Die Nadel in der Spitze des Regenschirms ragte schon heraus. Quinn spürte kaum den Stich der Spritze, als sie in seine linke Wade eindrang. Sie blieb eine halbe Sekunde darin und wurde sofort wieder herausgezogen. Dann war er in der Drehtür. Sie klemmte auf halbem Weg zwischen dem Portikus und dem Vestibül. Nur fünf Sekunden saß er darin fest. Als er hinaustrat, empfand er ein leichtes Schwindelgefühl. Die Hitze, kein Zweifel.

Der Engländer war wieder neben ihm, noch immer auf ihn einplappernd.

»Verdammte Tür. Hatte nie was dafür übrig. Sagen Sie, alter Knabe, Sie fühlen sich doch wohl?«

Quinn schwamm es wieder vor Augen, und er geriet ins Schwitzen. Ein uniformierter Hoteldiener kam mit besorgter Miene herbei.

»Alles in Ordnung, Sir?«

Der Geschäftsmann nahm souverän die Sache in die Hand. Er faßte Quinn mit einem überraschend kräftigen Griff unter einer Achselhöhle, beugte sich zu dem Hoteldiener hin und ließ ihm einen Zehn-Pfund-Schein in die Hand gleiten.

»Ein bißchen zu viele Martinis vor dem Lunch, fürchte ich. Und dazu die Zeitverschiebung. Ich habe draußen meinen Wagen stehen ... wenn Sie so freundlich wären ... los, Clive, fahren wir nach Hause, mein Söhnchen ...«

Quinn sträubte sich, aber es kam ihm vor, als wären seine Gliedmaßen aus Sülze. Der Hoteldiener wußte, was seine Pflicht war, gegenüber seinem Hotel und einem echten Gentleman, wenn er einen vor sich hatte. Der echte Gentleman nahm Quinn an der einen Seite, der Hoteldiener stützte ihn an der anderen. Sie bugsierten ihn durch die Tür für das Gepäck – keine Drehtür – und die drei Stufen hinab zum

Randstein. Dort stiegen zwei Kollegen des echten Gentleman aus dem Wagen und halfen Quinn auf den Rücksitz. Der Geschäftsmann dankte mit einem Nicken dem Hoteldiener, der sich umdrehte, um sich um andere gerade eintreffende Gäste zu kümmern, und die Limousine fuhr davon.

In diesem Augenblick kamen zwei Streifenwagen um die Ecke aus der Blandford Street und fuhren auf das Hotel zu. Quinn lehnte sich in die Polsterung des Rücksitzes zurück, noch bei Bewußtsein, doch ohne Macht über seinen Körper, und seine Zunge war ein feuchter Klumpen. Dann strömte es schwarz nach oben, schlug über ihm zusammen, und er war weg.

17. Kapitel

Als Quinn erwachte, befand er sich in einem kahlen, weißen Raum. Er lag auf einem Rollbett. Ohne sich zu bewegen, blickte er um sich. Eine massive Tür, ebenfalls weiß; eine in die Decke eingelassene Glühbirne, durch ein Stahlgitterchen geschützt. Derjenige, der für dieses Gefängnis zuständig war, wollte verhindern, daß der Insasse die Birne zertrümmerte und sich mit den Scherben die Pulsadern aufschnitt. Er erinnerte sich an den aalglatten englischen Geschäftsmann, an den Stich in seine Wade, daran, wie er das Bewußtsein verloren hatte. Diese verdammten Briten!

In der Tür war ein Guckloch. Er hörte den Verschluß klicken. Ein Auge starrte ihn an. Es hatte keinen Sinn, noch so zu tun, als läge er bewußtlos oder schlafend da. Er schob die Decke zurück, die ihn bedeckte und schwenkte die Beine auf den Boden. Erst in diesem Augenblick merkte er, daß er bis auf die Unterhose nackt war.

Zwei Riegel wurden zurückgeschoben, und dann ging die Tür auf. Der Mann, der hereinkam, war klein, stämmig, hatte kurzgeschnittenes Haar und trug eine weiße Jacke wie ein Steward. Er sprach kein Wort, kam einfach mit einem grob zusammengezimmerten Tisch herein, den er an die Wand am anderen Ende stellte. Er ging wieder hinaus und brachte dann eine große Zinnschüssel und einen irdenen Krug, aus dem Dampfkringel aufstiegen. Er stellte beides auf den Tisch. Dann ging er nochmals hinaus, aber nur in den Flur. Quinn überlegte, ob er dem Mann einen Hieb versetzen und zu fliehen versuchen sollte, ließ dann aber die Gedanken fallen. Das Nichtvorhandensein von Fenstern zeigte an, daß er sich irgendwo in einem Untergeschoß befand. Er hatte nur eine Unterhose an, der »Steward« machte den Eindruck, als könnte er sich in einem Faustkampf behaupten, und draußen waren sicher irgendwo noch andere von seinem Kaliber.

Als der Mann wiederkam, brachte er ein flauschiges Handtuch, einen Waschlappen, Seife, Zahnpasta, eine neue Zahnbürste, einen Rasierapparat, Rasierschaum und einen Spiegel, der sich aufstellen ließ. Wie ein vollkommener Kammerdiener arrangierte er alles auf dem Waschtisch, blieb an der Tür stehen, deutete mit einer Handbewegung auf den Tisch und empfahl sich. Die Riegel wurden wieder vorgeschoben.

Na schön, dachte Quinn, wenn die britischen Geheimagenten, die mich entführt haben, wollen, daß ich für Ihre Majestät anständig aussehe, können sie das haben. Außerdem mußte er sich frisch machen.

Er ließ sich Zeit. Das heiße Wasser tat ihm wohl, und er seifte sich am ganzen Körper ein. Er hatte sich auf der Fähre *Napoleon* zwar geduscht, aber das war schon zwei Tage her. Oder war es ...? Seine Uhr war weg. Er wußte, daß er gegen Mittag entführt worden war, aber war das vier, zwölf oder vierundzwanzig Stunden her? Einerlei, der scharfe Pfefferminzgeschmack der Zahnpasta war angenehm. Doch als er den Rasierschaum auf seinem Kinn verteilte, den Rasierapparat zur Hand nahm und in den kleinen, runden Spiegel schaute, traf ihn ein Schock. Die Kerle hatten ihm einen Haarschnitt verpaßt.

Übrigens gar keinen schlechten. Sein braunes Haar war gestutzt und frisiert, das aber auf eine ungewohnte Art. Bei den Waschsachen war kein Kamm dabei; er konnte es nur mit den Fingerspitzen so umordnen, wie er es gern hatte. Aber da es nun in Büscheln hochstand, stellte er das Werk des unbekannten Friseurs wieder her. Kaum war er damit fertig, kam der »Steward« wieder.

»Jedenfalls vielen Dank dafür, Kumpel«, sagte Quinn. Der Mann ließ sich nicht anmerken, daß er es gehört hatte, räumte nur die Waschsachen vom Tisch, ging hinaus und kam mit einem Tablett zurück. Darauf waren frisch gepreßter Orangensaft, Cornflakes, Milch, Zucker, ein Pfännchen Eier mit Speck, Toast, Butter, Orangenmarmelade und Kaffee. Der Kaffee war frisch gebrüht und duftete verführerisch. Der »Steward« stellte einen Stuhl an den Tisch, machte eine steife Verbeugung und ging wieder.

Quinn wurde an eine alte englische Tradition erinnert: Wenn sie einen Verurteilten zum Tower brachten, um ihm den Kopf abzuschlagen, bekam er vorher immer ein kräftiges Frühstück. Er aß auf jeden Fall. Alles.

Kaum war er damit fertig, erschien das Rumpelstilzchen erneut, diesmal mit einem Stapel Kleider, frisch gewaschen und gebügelt, allerdings nicht seine eigenen Sachen. Ein weißes Hemd, Krawatte, Strümpfe, Schuhe und ein zweiteiliger Anzug. Alles paßte wie Maßanfertigung. Der »Steward« deutete auf die Kleidungsstücke und klopfte leicht auf seine Uhr, als wäre nicht mehr viel Zeit zu verlieren.

Als Quinn angekleidet war, ging die Tür wieder auf. Diesmal war es der elegante Geschäftsmann, und er immerhin konnte sprechen.

»Mein lieber Junge, Sie sehen hundert Prozent besser aus und fühlen sich hoffentlich auch so. Meine aufrichtige Entschuldigung wegen der unkonventionellen Einladung hierher. Wir dachten, Sie würden sonst vielleicht keinen Wert darauf legen, zu uns zu kommen.

Er sah noch immer wie aus einem Herrenjournal aus und sprach wie ein Offizier aus einem der Garderegimenter.

»Eines muß man euch Arschlöchern lassen«, sagte Quinn, »Stil habt ihr.«

»Wie liebenswürdig«, murmelte der Geschäftsmann, »und wenn Sie jetzt bitte mitkommen wollen. Mein Vorgesetzter möchte sich mit Ihnen unterhalten.«

Er führte Quinn durch einen Korridor zu einem Lift. Während dieser nach unten summte, fragte Quinn nach der Zeit.

»Ach ja«, sagte der Geschäftsmann, »die Amerikaner und ihre Obsession mit der Tageszeit. Nun ja, es ist kurz vor Mitternacht. Ich fürchte, das Frühstück kann unser Chef von der Nachtschicht noch am besten.«

Sie verließen den Lift und gingen durch einen zweiten, üppig ausgelegten Korridor mit mehreren getäfelten Türen. Doch sein Begleiter führte Quinn bis zum anderen Ende, öffnete eine Tür, ließ Quinn eintreten und schloß sie wieder.

Quinn fand sich in einem Raum, der vielleicht ein Amtszimmer, vielleicht ein Salon war. Sofas und Fauteuils waren um einen mit Gas betriebenen Kamin gruppiert, doch im Erker stand ein imposanter Schreibtisch. Der Mann, der sich dahinter erhob und auf Quinn zukam, um ihn zu begrüßen, war älter als Quinn – schätzungsweise ein Mittfünfziger. Er trug einen Anzug aus der Savile Row. Von seiner Haltung und seinem straffen, nüchternen Gesicht ging Autorität aus. Doch sein Ton war recht liebenswürdig.

»Mein lieber Mr. Quinn, wie freundlich, daß Sie zu mir gekommen sind.«

Quinn wurde langsam ärgerlich. Allmählich reichte ihm dieses Theater.

»Bitte, können wir nicht mit dieser Farce aufhören? Sie haben mich in einer Hotelhalle ins Bein stechen lassen, mich bewußtlos spritzen und hierherbringen lassen. Okay. Völlig unnötig. Wenn ihr britischen Schnüffler mit mir reden wolltet, hättet ihr mich von ein paar Bobbys festnehmen lassen können. Injektionsnadeln und all dieser Quatsch, das war doch völlig überflüssig.«

Der Mann vor ihm schwieg und wirkte echt überrascht.

»Oh, ich verstehe«, sagte er dann. »Sie glauben, Sie befinden sich in den Händen des MI 5 oder MI 6? Ich fürchte, da täuschen Sie sich. Sie sind sozusagen bei der anderen Seite. Ich bin General Wadim Kirpitschenko, neuernannter Chef des Ersten Hauptdirektorats des KGB. Geographisch sind Sie zwar noch in London; aber Sie befinden sich auf exterritorialem Gebiet – in der Sowjetbotschaft in Kensington Park Gardens. Möchten Sie sich nicht setzen?«

Zum zweitenmal in ihrem Leben wurde Sam Somerville in den Lagerraum im Souterrain unter dem Westflügel des Weißen Hauses geführt. Sie hatte erst knapp fünf Stunden vorher die Maschine aus Madrid verlassen. Was die Inhaber der Macht auch von ihr wissen wollten, sie wünschten nicht, daß man sie warten ließ.

Zu beiden Seiten des Vizepräsidenten saßen die vier ranghöchsten Minister und Brad Johnson, der Nationale Sicherheitsberater. Anwesend waren auch der Direktor des FBI und Philip Kelly. Lee Alexander von der CIA saß allein. Und schließlich befand sich noch Kevin Brown in dem Raum, aus London nach Washington gerufen, um persönlich Bericht zu erstatten, was er gerade hinter sich gebracht hatte, als Sam hereingeführt wurde. Die Atmosphäre war, was sie betraf, eindeutig feindselig.

»Nehmen Sie Platz, junge Frau«, sagte Vizepräsident Odell. Sie setzte sich auf den Stuhl am Ende des Tisches, wo alle sie sehen konnten. Kevin Brown blickte sie düster an; er hätte lieber persönlich ihre Vernehmung durchgeführt und dann dem Komitee berichtet. Es freute ihn nicht, wenn ihm unterstellte Agenten direkt verhört wurden.

»Agentin Somerville«, sagte der Vizepräsident, »wir haben Ihnen die Rückkehr nach London erlaubt und diesen Quinn auf freien Fuß gesetzt und Ihnen anvertraut – alles aus einem einzigen Grund: wegen Ihrer Behauptung, er könnte vielleicht dazu beitragen, Simon Cormacks Kidnapper zu identifizieren, weil er sie ja gesehen hatte. Sie wurden auch angewiesen, Kontakt zu halten und Bericht zu erstatten. Seitdem ... nichts. Dabei treffen laufend Meldungen über Leichen ein, die überall in Europa gefunden wurden, und jedesmal waren Sie und Quinn zu der betreffenden Zeit ganz in der Nähe. Wollen Sie uns jetzt bitte erklären, was Sie beide eigentlich die ganze Zeit getrieben haben, verdammt noch mal!«

Sam berichtete. Sie fing mit dem Anfang an, wie Quinn sich vage an die Hand eines der Männer in der Babbidge-Lagerhalle erinnert hatte, auf die eine Spinne tätowiert war, sprach von der Spur, die sie über den Antwerpener Schläger Kuyper zu Marchais geführt hatte, der aber bereits getötet worden war und in einer Riesenradgondel in Wavre gelegen hatte. Sie berichtete dem Komitee, wie Quinn auf die Idee gekommen war, Marchais könnte einen alten Kumpel zum Mitmachen veranlaßt haben, erzählte ihnen, wie Pretorius' Leiche in seiner Kneipe in Hertogenbosch gefunden worden war. Sie berichtete von Zack, alias Sidney Fielding, dem Söldnerführer. Was Zack ein paar Minuten vor seinem Tod ausgespuckt hatte, hielt das Komitee in stummem Bann. Sie schloß mit der »verwanzten« Handtasche und Quinns Aufbruch nach Korsika, wo er den vierten Mann suchen und befragen wollte, den geheimnisvollen Orsini, der Zacks Aussage zufolge den Gürtel mit dem eingebauten Sprengsatz beschafft hatte.

»Dann, vor vierundzwanzig Stunden, rief er mich an und sagte, die Sache sei zu Ende, die Spur kalt, Orsini sei tot und habe kein einziges Wort über den Dicken gesagt.«

»Mein Gott, das ist ja eine unglaubliche Geschichte«, sagte Reed. »Haben wir irgendwelche Hinweise, die all das vielleicht stützen könnten?«

Lee Alexander blickte hoch.

»Die Belgier berichten, die Kugel, die Lefort, alias Marchais, getötet hat, war eine 45er, keine 38er. Es sei denn, Quinn hatte noch eine andere Waffe ...«

»Hatte er nicht«, sagte Sam rasch. »Die einzige, die wir beide gemeinsam hatten, war mein 38er Revolver, den mir Mr. Brown mitgab. Und Quinn war zu keiner Zeit lange genug aus meinen Augen, um von Antwerpen nach Wavre und zurück oder von Arnheim nach Hertogenbosch und zurück zu fahren. Was das Café in Paris betrifft, wurde Zack durch einen Gewehrschuß getötet, der aus einem Auto auf der Straße abgefeuert wurde.«

»Das paßt zusammen«, sagte Alexander. »Die Franzosen haben die auf das Café abgefeuerten Kugeln sichergestellt. Armalite-Munition.«

»Quinn könnte einen Komplizen gehabt haben«, gab Walters zu bedenken.

»Dann wäre es nicht nötig gewesen, meine Handtasche zu präparieren«, sagte Sam. »Er hätte einfach heimlich anrufen können, während ich im Bad oder auf der Toilette war. Ich bitte Sie, mir zu glauben, meine Herren – Quinn hat nichts auf dem Kerbholz. Er war verdammt nahe daran, diesen Fall zu lösen. Irgend jemand ist uns jedesmal zuvorgekommen.«

»Der Dicke, von dem Zack sprach?« fragte Stannard. »Derjenige, von dem Zack versicherte, er habe die ganze Schweinerei aufgezogen, alles bezahlt? Aber ... ein Amerikaner?«

»Darf ich etwas vorschlagen?« fragte Kevin Brown. »Ich habe mich vielleicht mit meinem Verdacht getäuscht, daß Quinn von Anfang an in die Sache verwickelt war. Ich gebe das zu. Aber es gibt ein anderes Szenario, das noch mehr einleuchtet.«

Er hatte die ungeteilte Aufmerksamkeit aller.

»Zack behauptete, der Dicke sei ein Amerikaner gewesen. Wieso? Wegen seines Akzents. Was will denn ein Engländer über amerikanische Akzente wissen? Sie verwechseln Kanadier mit Amerikanern. Angenommen, der Dicke war ein Russe. Dann ergibt alles einen Sinn. Der KGB hat Dutzende von Agenten mit perfektem Englisch und tadellosem amerikanischem Akzent.«

Mehrere Köpfe rings um den Tisch nickten.

»Mein Kollege hat recht«, sagte Kelly. »Wir haben ein Motiv. Die Destabilisierung und Demoralisierung der USA steht für Moskau seit langem ganz oben auf der Dringlichkeitsliste; das ist unstrittig. Gelegenheit? Kein Problem. Daß Simon Cormack nach Oxford zum Studieren ging, das war ja in allen Medien, also führt der KGB eine große brutale Operation aus, um uns alle zu treffen. Das nötige Geld? Kein Problem für sie. Die Verwendung der Söldner – Ersatzleute für die Schmutzarbeit einzusetzen ist gängige Praxis. Selbst die CIA tut das. Und die Liquidierung der vier Söldner, wenn die Sache erledigt ist – das ist bei der Mafia normal, und der KGB hat Ähnlichkeiten mit der Mafia hier bei uns.«

»Wenn man davon ausgeht, daß der Dicke ein Russe war«, fügte Brown hinzu, »dann paßt alles zusammen. Ich gehe, auf der Grundlage von Agent Somervilles Bericht, davon aus, daß es wirklich einen Mann gegeben hat, der Zack und seine Komplizen bezahlt, instruiert und gelenkt hat. Aber für mich ist dieser Mann inzwischen wieder dort, woher er kam – in Moskau.«

»Aber warum«, wollte Jim Donaldson wissen, »hätte Gorbatschow zuerst den Nantucket-Vertrag auf die Beine stellen und ihn dann auf diese entsetzliche Art kaputtmachen sollen?«

Lee Alexander hüstelte.

»Mr. Secretary, es ist bekannt, daß es einflußreiche Kräfte in der Sowjetunion gibt, die gegen Glasnost, Perestroika, Gorbatschow selbst und ganz besonders gegen den Nantucket-Vertrag sind. Erinnern wir uns daran, daß der frühere Vorsitzende des KGB, General Krjutschkow, vor kurzem entlassen wurde. Vielleicht ist das, worüber wir gesprochen haben, der Grund dafür.«

»Ich denke, Sie haben recht«, sagte Odell. »Diese Wühlmäuse vom KGB haben die Operation aufgezogen, um Amerika reinzulegen und zugleich den Vertrag kaputtzumachen. Vielleicht war Gorbatschow persönlich nicht dafür verantwortlich.«

»Das ändert überhaupt nichts«, sagte Walters. »Die amerikanische Öffentlichkeit ist niemals bereit, das zu glauben. Und das schließt den Kongreß ein. Wenn das Moskaus Werk war, steht Gorbatschow als Angeklagter da, ob er davon gewußt hat oder nicht. Erinnern sie sich an Irangate?«

Ja, sie erinnerten sich alle an Irangate. Sam blickte hoch.

»Und meine Handtasche?« fragte sie. »Wenn der KGB alles inszeniert hat, warum brauchten sie uns dann, um sie zu den Söldnern zu führen?«

»Der Fall liegt einfach«, antwortete Brown. »Die Söldner haben nicht gewußt, daß der Junge sterben sollte. Als er umgebracht wurde, gerieten sie in Panik und tauchten unter. Vielleicht sind sie nie irgendwo aufgetaucht, wo der KGB auf sie wartete. Außerdem wurden Versuche unternommen, Sie und Quinn, den amerikanischen Unterhändler und eine Agentin des FBI, in zwei der Mordfälle hineinzuziehen. Auch das ist eine übliche Praxis: der öffentlichen Meinung der Welt Sand in die Augen streuen, den Eindruck erwecken, das amerikanische Establishment habe die Killer zum Schweigen gebracht, ehe sie auspacken konnten.«

»Aber meine Handtasche wurde gegen eine vom gleichen Fabrikat mit einer Wanze vertauscht«, protestierte Sam. »Irgendwo in London.«

»Woher wollen Sie das wissen, Agentin Somerville?« fragte Brown. »Es könnte am Flugplatz, auf der Fähre nach Ostende passiert sein. Zum Teufel, es könnte einer der Engländer gewesen sein – sie kamen in die Wohnung, nachdem Quinn abgehauen war. Und dann das Herrenhaus in Surrey. Gar nicht wenige haben früher für Moskau gearbeitet. Denken Sie an Burgess, Maclean, Philby, Vassall, Blunt, Blake ... alles Verräter, die für Moskau gearbeitet haben. Vielleicht hat der Kreml einen neuen.«

Lee Alexander betrachtete seine Fingerspitzen. Er hielt es für undiplomatisch, Mitchell, Marshall, Lee, Boyce, Harper, Walker, Lonetree, Conrad, Howard oder sonst einen der zwanzig Amerikaner zu erwähnen, die Uncle Sam für Geld verraten hatten.

»Okay, meine Herren«, sagte Odell eine Stunde später. »Wir geben den Regierungsbericht in Auftrag. Die Feststellungen müssen hinlänglich eindeutig sein. Der Gürtel war ein sowjetisches Erzeugnis. Der Verdacht wird zwar unbewiesen bleiben, aber trotzdem nicht aus der Welt zu schaffen sein – dies war eine KGB-Operation, und sie endet mit dem unbekannten Agenten, der nur als ›der Dicke‹ bekannt ist, inzwischen vermutlich wieder hinter dem Eisernen Vorhang. Wir kennen das ›Was‹ und das ›Wie‹. Wir glauben, das ›Wer‹ zu kennen, und das ›Warum‹ ist ziemlich klar. Der Nantucket-Vertrag ist für alle Zeit erledigt, und wir haben einen Präsidenten, der vor Kummer krank ist. Mein Gott, ich hätte nie gedacht, daß ich so was sagen würde, obwohl ich nicht als Liberaler bekannt bin, aber ich wünschte beinahe, wir könnten diese Scheißkommunisten einfach in die Steinzeit zurückbomben.«

Zehn Minuten später waren die Minister unter sich. Erst auf der Rückfahrt zu ihrer Wohnung in Alexandria wurde Sam die Schwachstelle in der wunderbaren Lösung bewußt, die das Komitee gefunden hatte. Wie hätte der KGB imstande sein wollen, eine bei Harrod's gekaufte Krokodilledertasche zu kopieren?

Philip Kelly und Kevin Brown fuhren zusammen zum Hoover Building zurück.

»Diese junge Frau ist Quinn näher, viel näher gekommen, als ich es gewollt hatte«, sagte Kelly.

»Ich habe das schon in London gerochen, während der ganzen Unterhandlungen«, bemerkte Brown. »Sie hat die ganze Zeit zu ihm gehalten, und wenn Sie mich fragen, müssen wir immer noch mit Quinn reden, ihn uns wirklich vorknöpfen. Haben die Franzosen oder die Engländer ihn schon aufgespürt?«

»Nein, ich wollte gerade darauf kommen. Die Franzosen haben festgestellt, daß er vom Flughafen Ajaccio mit einer Maschine abgeflogen ist, die nach London ging. Er ließ seinen Wagen voller Einschüsse auf dem Parkplatz stehen. Die Briten haben ihn in London zu einem Hotel verfolgt – als sie dort eintrafen, war er verschwunden, hat sich nicht einmal angemeldet.«

»Verdammt, dieser Kerl ist wie ein Aal!« fluchte Brown.

»Genau«, sagte Kelly. »Aber wenn Sie recht haben, könnte es jemanden geben, zu dem er Kontakt aufnehmen wird: Somerville, die einzige Person. Ich mache so was nicht gern bei meinen eigenen Leuten, aber ich werde veranlassen, daß ihr Wanzen in die Wohnung gesetzt werden, das Telefon abgehört und die Post abgefangen wird. Noch heute abend.«

»Sofort«, sagte Brown.

Als sie unter sich waren, beschäftigten sich der Vizepräsident und die fünf Mitglieder des inneren Kabinetts wieder mit der Frage des 25. Verfassungszusatzes.

Der Justizminister war derjenige, der neuerlich die Sprache darauf brachte. Ruhig und in einem Ton des Bedauerns. Odell war in der Defensive. Er sah von ihrem Präsidenten, der sich ganz zurückgezogen hatte, mehr als die anderen. Er mußte zugeben, John F. Cormack wirkte ebenso matt wie während der ganzen letzten Zeit.

»Noch nicht«, sagte er, »geben wir ihm Zeit.«

»Wie lange noch?« fragte Morton Stannard. »Seit dem Begräbnis sind drei Wochen vergangen.«

»Nächstes Jahr ist Wahljahr«, gab Bill Walters zu bedenken. »Wenn Sie kandidieren wollen, Michael, brauchen Sie ab Januar freie Bahn.«

»Großer Gott!« explodierte Odell. »Der Mann drüben im Mansion ist vom Kummer gebeugt, und Sie sprechen von Wahlen.«

»Wir denken nur praktisch, Michael«, sagte Donaldson.

»Wir alle wissen, daß Ronald Reagan nach Irangate eine Zeitlang derart angeschlagen war, daß beinahe der 25. Zusatz herangezogen worden wäre«, erklärte Walters. »Der Cannon-Bericht von damals zeigt klar, daß es auf der Kippe stand. Aber die jetzige Krise ist schlimmer.«

»Präsident Reagan hat sich wieder erholt«, wandte Hubert Reed ein. »Er hat seine Aufgaben wieder wahrgenommen.«

»Ja, gerade noch zur rechten Zeit«, meinte Stannard.

»Um diesen Punkt geht es«, bemerkte Donaldson. »Wieviel Zeit haben wir denn?«

»Nicht mehr sehr viel«, räumte Odell ein. »Die Medien waren bisher geduldig. Er ist verdammt populär. Aber die Popularität bröckelt jetzt schnell ab.«

»Äußerster Termin?« fragte Walters leise.

Sie stimmten ab. Odell beteiligte sich nicht daran. Walters hob seinen silbergefaßten Bleistift. Stannard nickte. Brad Johnson schüttelte den Kopf. Jim Donaldson überlegte und schloß sich dann Johnson an. Remis – zwei gegen zwei. Hubert Reed blickte mit bekümmerter Miene die anderen fünf Männer an. Dann zuckte er die Achseln.

»Es tut mir leid, aber wenn es sein muß, muß es eben sein.«

Er schloß sich den Befürwortern an. Odell atmete vernehmbar aus.

»Also gut«, sagte er. »Wir beschließen mehrheitlich: Wenn es bis zum Heiligen Abend nicht zu einer großen Wende kommt, werde ich zu ihm gehen und ihm sagen müssen, daß wir am Neujahrstag den 25. Verfassungszusatz heranziehen.«

Er hatte sich erst halb erhoben, da standen die anderen schon achtungsvoll auf den Füßen. Wie er feststellte, genoß er es.

»Ich glaube Ihnen nicht«, sagte Quinn.

»Bitte schön«, sagte der Mann in dem Anzug aus der Savile Row. Er wies mit einer Handbewegung zu den Fenstern hin. Quinn blickte sich rasch in dem Raum um. Über dem Kaminsims hielt Lenin eine Rede an die Massen. Quinn trat ans Fenster und blickte hinaus.

Hinter den kahlen Bäumen des Vorgartens und der Mauer war gerade der obere Teil eines Londoner Doppeldecker-Busses zu sehen, der die Bayswater Road entlangfuhr. Quinn setzte sich wieder.

»Na schön, wenn Sie noch immer lügen, dann ist es eine verdammt gute Filmkulisse«, sagte er.

»Keine Filmkulisse«, antwortete der KGB-General. »Das überlasse ich lieber Ihren Leuten in Hollywood.«

»Was hat mich also hierhergebracht?«

»Sie interessieren uns, Mr. Quinn. Bitte, seien Sie nicht so abwehrend. So sonderbar es klingen mag, aber wir stehen, glaube ich, im Augenblick auf derselben Seite.«

»Ja, es klingt merkwürdig«, sagte Quinn. »Wirklich verdammt merkwürdig.«

»Schön, lassen Sie mich also weiter ausholen. Wir wissen seit einiger Zeit, daß Sie ausgewählt wurden, mit Simon Cormacks Entführern über seine Freilassung zu verhandeln. Es ist uns auch bekannt, daß Sie nach seinem Tod einen Monat auf dem europäischen Kontinent verbracht haben, um sie ausfindig zu machen. mit einigem Erfolg, so scheint es wohl.«

»Das bringt uns auf dieselbe Seite?«

»Vielleicht, Mr. Quinn, vielleicht. Junge Amerikaner zu beschützen, die darauf bestehen, ohne ausreichenden Schutz Geländeläufe zu machen, ist nicht meine Aufgabe. Aber es *ist* meine Aufgabe, mein Land nach Möglichkeit vor Verschwörungen zu schützen, die ihm gewaltigen Schaden zufügen. Und diese ... diese Cormack-Sache ist eine Verschwörung, von unbekannten Personen mit dem Ziel angezettelt, mein Land in den Augen der gesamten Welt zu diskreditieren und ihm Schaden zuzufügen. Das gefällt uns nicht. Mr. Quinn, das gefällt uns ganz und gar nicht. Deshalb lassen Sie mich offen mit Ihnen sprechen.

Die Entführung und Ermordung Simon Cormacks war kein sowjetischer Anschlag. Aber man gibt uns die Schuld daran. Seit dieser

Gürtel analysiert wurde, sitzen wir für die Welt auf der Anklagebank. Die Beziehungen zu Ihrem Land, die unser Generalsekretär aufrichtig zu verbessern versuchte, sind heute vergiftet; ein Vertrag zur Rüstungsbegrenzung, auf den wir großen Wert legten, liegt in Scherben.«

»Anscheinend haben Sie für Desinformationen nicht viel übrig, wenn es gegen die UdSSR geht, obwohl Sie sich selbst recht gut darauf verstehen«, sagte Quinn.

Der General nahm die Spitze mit guter Haltung und einem Achselzucken hin.

»Nun ja, wir leisten uns von Zeit zu Zeit etwas Disinformazia. Das tut die CIA auch. Es gehört zu unserem Handwerk. Und ich gebe zu, es ist schon schlimm genug, wenn uns etwas vorgeworfen wird, was wir wirklich getan haben. Aber es ist unerträglich, daß uns diese Geschichte, mit der wir nichts zu tun haben, in die Schuhe geschoben wird.«

»Wenn ich edelmütiger wäre, würden Sie mir vielleicht leid tun«, sagte Quinn. »Aber wie die Dinge liegen, kann ich überhaupt nichts dagegen unternehmen. Nicht mehr.«

»Mag sein«, sagte der General. »Warten wir es ab. Ich glaube zufällig, Sie sind bei Ihrer Intelligenz schon darauf gekommen, daß diese Verschwörung nicht auf unser Konto geht. Wenn ich diese Sache ausgeheckt hätte, müßte ich nicht schön dumm gewesen sein, Cormack durch ein Gerät töten zu lassen, dessen sowjetische Herkunft sich so leicht beweisen ließ?«

Quinn nickte.

»Schön. Ich denke zufällig, daß Sie nicht dahinterstecken.«

»Danke. Haben Sie irgendwelche Vermutungen, wer es gewesen sein könnte?«

»Ich denke, es ist von Amerika ausgegangen. Vielleicht waren es die Ultrarechten. Wenn damit das Ziel verfolgt wurde, die Ratifizierung des Nantucket-Vertrags durch den Kongreß zu verhindern, dann ist das zweifellos gelungen.«

»Allerdings.«

General Kirpitschenko trat hinter den Schreibtisch und kam mit fünf vergrößerten Fotos wieder. Er legte sie vor Quinn hin.

»Haben Sie diese Männer schon einmal gesehen, Mr. Quinn?«

Quinn betrachtete die Paßfotos von Cyrus V. Miller, Melville Scanlon, Lionel Moir, Lionel Cobb und Ben Salkind. Er schüttelte den Kopf.

»Nein, nie.«

»Schade. Ihre Namen stehen auf den Rückseiten. Sie haben vor mehreren Monaten mein Land besucht. Der Mann, mit dem sie sich besprachen – *nach meiner Überzeugung* besprachen –, hätte kraft seiner Position diesen Gürtel beschaffen können. Er ist zufällig ein Marschall.«

»Haben Sie ihn verhaften und verhören lassen?«

General Kirpitschenko lächelte zum erstenmal.

»Mr. Quinn, die Romanciers und Journalisten aus dem Westen behaupten gern, die Organisation, für die ich arbeite, verfüge über unbegrenzte Vollmachten. Das trifft nicht ganz zu. Einen Sowjetmarschall ohne die Spur eines Beweises zu verhaften, ist selbst für uns ein Ding der Unmöglichkeit. So, ich habe offen mit Ihnen gesprochen. Möchten Sie jetzt nicht das Kompliment erwidern und mir erzählen, was Sie in diesen vergangenen dreißig Tagen herausgefunden haben?«

Quinn überlegte. Ach was, die Sache war zu Ende, da es ja keine Spur mehr gab, die er verfolgen konnte. Er erzählte dem General die Geschichte von dem Augenblick ab, als er aus der Wohnung in Kensington gerannt war, um sich mit Zack zu treffen. Kirpitschenko hörte ihm aufmerksam zu und nickte mehrmals, als deckte sich das, was er vernahm, mit irgend etwas, was er bereits wußte. Quinn schloß seinen Bericht mit Orsinis Tod.

»Übrigens«, fügte er noch hinzu, »darf ich fragen, wie Sie mir zum Flughafen von Ajaccio nachgespürt haben?«

»Oh, verstehe. Nun ja, mein Dienst hat sich naheliegenderweise von Anfang an für diese ganze Sache sehr interessiert. Nach dem Tod des Jungen und nachdem die Details der Bombe in dem Gürtel gezielt der Öffentlichkeit zugespielt worden waren, haben wir Dampf gemacht. Sie waren nicht gerade unauffällig auf Ihrem Weg durch Holland und Belgien. Der Feuerüberfall in Paris stand in sämtlichen Abendblättern. Die Beschreibung, die der Wirt von dem Mann gab, der den Schauplatz fluchtartig verlassen hatte, paßte auf Sie.

Eine Überprüfung der abgehenden Maschinen und der Passagierlisten – ja, wir haben Informanten, die in Paris für uns arbeiten – ergab, daß Ihre Freundin vom FBI nach Spanien unterwegs war, nichts aber über Sie. Ich nahm an, Sie hätten vielleicht eine Waffe dabei, wollten die Sicherheitskontrollen am Flughafen vermeiden und buchten eine Überfahrt mit der Fähre. Mein Mann in Marseille hatte Glück und entdeckte Sie auf der Fähre nach Korsika. Der Mann, den Sie am Flughafen sahen, traf per Flugzeug am selben Morgen ein, als Sie ankamen, verfehlte Sie aber. Damit war mir klar, daß Sie ins Gebirge gefahren waren. Er postierte sich an der Stelle, wo die Straßen zum Flughafen und zum Hafen zusammentreffen, und sah kurz nach Sonnenaufgang, daß Ihr Wagen die Straße zum Flughafen nahm. Wissen Sie übrigens, daß vier bewaffnete Männer in den Terminal kamen, während Sie in der Telefonzelle waren?«

»Nein, ich habe nichts von ihnen bemerkt.«

»Hm. Die waren Ihnen anscheinend nicht wohlgesonnen. Nach dem, was Sie mir gerade über Orsini erzählt haben, verstehe ich den Grund. Aber egal. Mein Kollege ... hat sich der Sache angenommen.«

»Ihr englischer Handlanger?«

»Andrej? Er ist kein Engländer. Ja, er ist übrigens nicht einmal Russe. Er ist ein Kosake. Ich unterschätze nicht Ihre Fähigkeit, es mit anderen Männern aufzunehmen, Mr. Quinn, aber versuchen Sie es bitte nicht bei Andrej. Er ist wirklich einer meiner besten Männer.«

»Danken Sie ihm in meinem Namen«, sagte Quinn. »So, das war eine nette kleine Plauderei, General. Aber damit hat es sich. Mir bleibt nichts übrig, als zu meinem Weinberg in Spanien zurückzukehren.«

»Ich bin nicht Ihrer Meinung, Mr. Quinn. Ich finde, Sie sollten nach Amerika fliegen. Dort liegt der Schlüssel, irgendwo in Amerika. Sie sollten dorthin zurückkehren.«

»Man würde mich binnen einer Stunde am Kragen packen«, sagte Quinn. »Die Leute vom FBI mögen mich nicht, manche denken sogar, ich sei in die Sache verwickelt.«

General Kirpitschenko ging wieder zu seinem Schreibtisch und winkte Quinn heran. Er reichte ihm einen Reisepaß, kanadisch, nicht neu, sondern überzeugend abgegriffen, mit einem Dutzend Aus- und Einreisestempeln. Sein eigenes Gesicht, mit dem veränderten Haarschnitt, der Hornbrille und dem Stoppelbart kaum erkennbar, blickte ihm entgegen.

»Das Foto wurde leider aufgenommen, während Sie betäubt waren. Der Paß ist durchaus echt, eine unserer besseren Arbeiten. Sie werden Sachen mit kanadischen Etiketten, Koffer und derlei Dinge brauchen. Andrej hält alles für Sie bereit. Und natürlich das da.«

Er legte drei Kreditkarten, einen gültigen Führerschein und ein Bündel Geldscheine, 20000 kanadische Dollar, auf den Schreibtisch. Paß, Führerschein und Kreditkarten waren alle auf den Namen eines Roger Lefevre ausgestellt – eines Frankokanadiers. Die Sprache war für einen Amerikaner, der das Französische beherrschte, kein Problem.

»Ich schlage vor, daß Andrej Sie nach Birmingham, zum ersten Vormittagsflug nach Dublin, fährt. In Dublin können Sie eine Anschlußmaschine nach Toronto nehmen. Es dürfte unproblematisch sein, in einem Mietwagen die Grenze nach Amerika zu überqueren. Sind Sie bereit, hinüberzufliegen, Mr. Quinn?«

»General, ich drücke mich anscheinend nicht klar genug aus. Orsini hat kein einziges Wort gesprochen, ehe er starb. Wenn er wußte, wer der Dicke war – und ich denke, er hat es gewußt –, so hat er es doch nicht preisgegeben. Ich wüßte nicht, wo ich anfangen sollte. Die Spur ist kalt. Der Dicke und seine Hintermänner und der Verräter, die Informationsquelle – nach meiner Annahme eine hochgestellte Person im Establishment –, sie alle sind in Sicherheit, weil Orsini schwieg. Ich habe keine Asse, keine Könige, keine Damen oder Buben. Ich habe nichts in der Hand.«

»Ach, die Spielkartenanalogie. Ihr Amerikaner sprecht immer über die Asse. Spielen Sie Schach, Mr. Quinn?«

»Ein bißchen, aber nicht gut«, antwortete Quinn. Der Sowjetgeneral trat an ein Bücherregal an der Wand und fuhr mit dem Finger die Reihe entlang, als suche er nach einem bestimmten Buch.

»Sie sollten«, sagte er. »Schach ist, wie mein Metier, ein Spiel, das List und Schläue, aber nicht rohe Gewalt verlangt. Alle Figuren sind sichtbar, und doch ... Schach ist noch mehr ein Spiel der Täuschung als Poker. Da, nehmen sie es.«

Er hielt Quinn das Buch hin. Der Autor war ein Russe, der Text englisch. Eine Übersetzung, ein Privatdruck. *Die Großmeister – eine Studie*.

»Sie sind ›Schach!‹, Mr. Quinn, aber noch nicht schachmatt. Fliegen Sie zurück nach Amerika. Lesen Sie das Buch im Flugzeug. Darf ich Ihnen empfehlen, besonders aufmerksam das Kapitel über Tigran Petrosian zu studieren. Ein Armenier, schon lange tot, aber vielleicht der größte Schachtaktiker, der jemals gelebt hat. Viel Glück, Mr. Quinn.«

General Kirpitschenko rief seinen Einsatzagenten Andrej zu sich und erteilte ihm eine Menge Befehle auf russisch. Dann führte dieser Quinn in einen anderen Raum und übergab ihm einen Koffer voll neuer Sachen, alle in Kanada hergestellt, sowie ein paar weitere Gepäckstücke und Flugtickets. Sie fuhren zusammen nach Birmingham, und Quinn nahm die erste Maschine des Tages, mit der British Midland Dublin anflog. Andrej verabschiedete sich von ihm und fuhr nach London zurück.

In Dublin stieg Quinn nach Shannon um, wartete dort mehrere Stunden und nahm dann den Air-Canada-Flug nach Toronto.

Wie versprochen, las er das Buch in der Abflughalle in Shannon und auf dem Flug über den Atlantik, das Kapitel über Petrosian sogar sechsmal. Als er in Toronto die Maschine verließ, war ihm klar, warum so viele besiegte Gegner dem verschlagenen armenischen Großmeister den Namen »der große Täuscher« verpaßt hatten.

In Toronto wurde sein Paß ebensowenig beanstandet wie in Birmingham oder Dublin. Er wartete in der Zollhalle am Gepäckband auf sein Gepäck, das die Beamten nur kursorisch kontrollierten. Es gab keinen Anlaß, warum er den unauffälligen Mann hätte bemerken sollen, der ihn beim Verlassen der Zollhalle beobachtete, ihm zum Bahnhof folgte und denselben Zug nach Montreal nahm.

In der Hauptstadt von Quebec erstand Quinn einen gebrauchten Jeep Renegade mit geländegängigen Winterreifen, und in einem Campinggeschäft in der Nähe kaufte er die Stiefel, Hosen und gesteppten Anoraks, die man für die Jahreszeit in diesem Klima braucht. Als der Jeep aufgetankt war, fuhr er erst in südwestlicher Richtung, durch St. Jean nach Bedford, und danach direkt nach Süden zur amerikanischen Grenze.

Am Grenzpfahl am Ufer des Lake Champlain, wo der State Highway 89 von Kanada nach Vermont hineinführt, erreichte Quinn wieder das Staatsgebiet der USA.

Am Nordrand des Bundesstaats liegt ein Gebiet, das die Einheimischen schlicht das »Nordöstliche Königreich« nennen. Es umfaßt den größten Teil des Kreises Essex sowie Stücke von Orleans und Caledonia, eine wilde, gebirgige Gegend mit Seen und Flüssen, Bergen und Schluchten, hie und da ein holpriges Landsträßchen und ein kleines Dorf. Im Winter senkt sich eine so fürchterliche Kälte auf das »Nordöstliche Königreich« herab, daß der Landstrich wie zu einem Standfoto erstarrt wirkt – buchstäblich. Die Seen frieren zu, die Bäume erstarren im Frost, der Schnee auf dem Boden knirscht unter den Schritten. Während der kalten Jahreszeit gibt es hier, sofern sie nicht im Winterschlaf liegen, keine lebenden Geschöpfe, außer hin und wieder einem einsamen Elch, der durch die Wälder mit dem knackenden Geäst der Bäume zieht. Leute aus dem Süden witzeln, das »Nordöstliche Königreich« kenne nur zwei Jahreszeiten – den August und den Winter. Andere, die sich dort auskennen, sagen, das sei Unsinn – in Wahrheit nur den 15. August und den Winter.

Quinn fuhr in seinem Jeep südwärts, an Swanton und St. Albans vorbei bis nach Burlington, und ließ dann den Lake Champlain hinter sich, um auf der Route 89 zur Hauptstadt des Bundesstaates, Montpelier, zu fahren. Hier verließ er die große Fernstraße und folgte der Route 2 durch East Montpelier und das Tal des Winooski hinauf, an Plainfield vorbei, nach West Danville.

Die Hügel, die sich gegen die Kälte aneinander drängten, traten näher heran. Ab und zu kam ihm ein Fahrzeug aus der anderen Richtung entgegen, wie Quinns Jeep ein wärmendes Gehäuse mit voll aufgedrehter Heizung, einen Menschen bergend, nur dank der Technik imstande, eine Kälte zu überleben, die den ungeschützten Körper binnen Minuten töten würde.

Nach West Danville wurde die Straße noch einmal schmäler, mit hohen Schneewächten zu beiden Seiten. Nachdem Quinn Danville hinter sich gebracht hatte, schaltete er für das letzte Stück nach St. Johnsbury den Vierradantrieb ein.

Das Städtchen am Passumpsic war wie eine Oase in dieser bitterkalten Gebirgsgegend, mit Geschäften und Lokalen und Lichtern und Wärme. Quinn fand an der Main Street einen Immobilienmakler und erklärte ihm, wonach er suchte. Dieser hörte sich Quinns Wunsch verblüfft an.

»Eine Hütte? Nun ja, sicher vermieten wir im Sommer Hütten. Die Besitzer verbringen dort meistens einen Monat, vielleicht sechs Wochen, und den Rest der Saison vermieten sie sie. Aber jetzt?«

»Ja, jetzt«, sagte Quinn.

»Denken Sie an irgend etwas Spezielles?« fragte der Makler.

»Eine Hütte im Königreich.«

»Sie wollen sich ja wirklich verkriechen, Mister.«

Trotzdem ging der Mann seine Liste durch und kratzte sich am Kopf. »Es könnte eine geben«, sagte er. »Sie gehört einem Zahnarzt aus Barre, unten im warmen Land.«

Das »warme Land« war für ihn deswegen warm, weil es dort nur minus fünfundzwanzig im Gegensatz zu den minus dreißig Grad hier hatte. Der Makler rief den Zahnarzt an, der sich bereit erklärte, die Hütte auf einen Monat zu vermieten. Dann guckte der Mann hinaus zu Quinns Jeep.

»Haben Sie Schneeketten an Ihrem Renegade, Mister?«

»Noch nicht.«

»Sie werden welche brauchen.«

Quinn kaufte und montierte die Ketten, und dann brachen sie zusammen auf. Bis zu der Hütte waren es zwar nur fünfzehn Meilen, aber sie brauchten mehr als eine Stunde.

»Sie ist auf dem Lost Ridge«, sagte der Makler. »Der Besitzer benützt sie nur im Sommer, zum Angeln und zum Wandern. Wollen Sie den Anwälten Ihrer Frau aus dem Weg gehen oder sonst was?«

»Ich brauche Ruhe und Frieden, um ein Buch zu schreiben«, sagte Quinn.

»Oh, ein Schriftsteller«, sagte der Makler befriedigt. Schriftstellern wird, wie allen anderen Verrückten, manches nachgesehen.

Sie fuhren zuerst nach Danville zurück und bogen dann nach Norden, auf ein noch schmaleres Sträßchen, ab. In North Danville dirigierte der Makler Quinn in die Bergwildnis. Vor ihnen ragten die Kittredge Hills, durch die kein Weg führte, in den Himmel. Das Sträßchen führte rechts zum Ende der Bergkette auf den Bear Mountain zu. An der Flanke dieses Berges deutete der Makler auf einen zugeschneiten Fuhrweg. Quinn schaffte es nur mit der ganzen Kraft des Motors, dem Vierradantrieb und den Ketten, ans Ziel zu gelangen.

Die Hütte war aus langen Baumstämmen zusammengezimmert, mit einem niedrigen Dach, auf dem beinahe ein Yard Schnee lag. Aber sie war solide gebaut, isoliert, und hatte dreifach verglaste Fenster. Der Makler verwies auf die eingebaute Garage – ein Fahrzeug, das nicht in einem geheizten Raum untergebracht war, würde bei diesem Klima am nächsten Morgen aus einem Klumpen Metall und gefrorenem Benzin bestehen. Und er zeigte ihm den mit Holzscheiten zu heizenden Ofen, mit dem der Wassertank und die Heizkörper erhitzt wurden.

»Ich nehme sie«, sagte Quinn.

»Sie werden Öl für die Lampen, Butangasflaschen zum Kochen und ein Beil brauchen, um Holz für den Ofen zu hacken«, sagte der Makler. »Und Proviant. Und einen Reservekanister Benzin. Es ist mißlich, wenn einem hier oben etwas ausgeht. Und die richtigen Sachen zum Anziehen. Was Sie da tragen, ist ein bißchen dünn. Achten Sie darauf, daß Sie ihr Gesicht bedecken, weil Sie sich sonst die Nase erfrieren. Telefon gibt's keines. Sind Sie sicher, daß Sie die Hütte haben wollen?«

»Ich nehme sie«, sagte Quinn.

Sie fuhren nach St. Johnsbury zurück. Quinn gab seinen Namen und seine Staatsbürgerschaft an und zahlte im voraus.

Der Makler war entweder zu höflich oder zu wenig interessiert, um zu fragen, warum ein Quebecois in Vermont eine Zuflucht suchte, wo es doch in Quebec selbst viele stille Orte gab.

Quinn registrierte mehrere öffentliche Telefonzellen, die er tagsüber oder in der Nacht benutzen konnte, und blieb die Nacht über in einem Hotel des Ortes. Am Vormittag lud er alles, was er brauchte, in seinen Jeep und fuhr wieder ins Gebirge zurück.

Einmal, als er nach North Danville anhielt, um sich zu orientieren, glaubte er, das Geräusch eines Motors hinter sich im Tal gehört zu haben, kam aber zu dem Schluß, es müsse aus dem Dorf gekommen oder sein eigenes Echo gewesen sein.

Er machte Feuer, und die Hütte taute langsam auf. Der tüchtige Ofen ballerte hinter den Stahltüren, und als Quinn sie öffnete, war ihm, als blickte er in das Feuer eines Hochofens. Das Wasser im Tank, das gefroren gewesen war, wurde heiß, wärmte die Heizkörper in den vier Räumen der Hütte und den Zusatztank fürs Waschen und Baden.

Am Mittag krempelte er die Hemdsärmel hoch, weil er die Hitze spürte. Nach dem Mittagessen nahm er sein Beil und hackte so viele von den hinter der Hütte aufgestapelten Fichtenholzscheiben zu Scheiten, bis er Vorrat für eine Woche hatte.

Er hatte einen Radioapparat gekauft, aber in der Hütte gab es weder Telefon noch Fernsehen. Als er sich für eine Woche gerüstet hatte, setzte er sich an seine neue Reiseschreibmaschine und begann zu tippen. Am Tag darauf fuhr er nach Montpelier und flog von dort nach Boston und weiter nach Washington.

Sein Ziel war Union Station an der Massachusetts Avenue, einer der elegantesten Bahnhöfe in Amerika, noch schimmernd im Glanz seiner vor kurzem durchgeführten Renovierung. Ein Teil der Anlage, so wie er sich aus früheren Jahren erinnerte, war zwar verändert worden, aber wie immer liefen die Gleise aus der Wartehalle im Souterrain unter der Haupthalle hinaus.

Er fand, was er suchte, gegenüber den Bahnsteigen H und J. Zwischen der Tür zur Wache der Bahnpolizei und der Damentoilette stand eine Reihe von Telefonzellen. Jede hatte eine Nummer, die mit 789 begann; er notierte sich alle acht, gab seinen Brief auf und ging davon.

Während sein Taxi durch die 14. Straße in Richtung auf den Potomac und den Washington National Airport fuhr, sah Quinn rechts von sich die große Kuppel des Weißen Hauses. Der Gedanke ging ihm durch den Kopf, wie es dem Mann ergehen mochte, der in dem Gebäude unter der Kuppel wohnte, dem Mann, der gesagt hatte: »Bringen Sie ihn uns zurück«, und den er enttäuscht hatte.

In dem Monat, der seit dem Begräbnis ihres Sohnes vergangen war, hatte sich mit den Cormacks und ihrer Beziehung zueinander eine Veränderung vollzogen, die nur ein Psychiater hätte erklären können.

Während Simons Gefangenschaft war es dem Präsidenten, obwohl er durch die seelische Belastung, den Kummer, die bange Sorge und die Schlaflosigkeit geschwächt war, noch immer gelungen, seine Fassung zu bewahren. Als aus London Berichte eintrafen, die einen Austausch Simons gegen das Lösegeld als demnächst bevorstehend erscheinen ließen, hatte der Präsident sich anscheinend etwas erholt.

Seine Frau hingegen, weniger intellektuell und nicht von Regierungsaufgaben abgelenkt, hatte sich ganz dem Schmerz und beruhigenden Medikamenten überlassen.

Doch seit jenem schrecklichen Tag auf Nantucket, als sie ihren einzigen Sohn der kalten Erde übergeben hatten, hatten Vater und Mutter des Toten in einer subtilen Weise die Rollen getauscht. Myra Cormack hatte am Grab, an der Brust des Secret-Service-Mannes, und auf dem Rückflug nach Washington ihrem Schmerz in Tränen freien Lauf gelassen. Doch allmählich schien sie sich von dem schweren Schlag zu erholen. Vielleicht war ihr bewußt geworden, daß sie nach dem Verlust eines Kindes, das auf sie angewiesen gewesen war, ein anderes geerbt hatte, ihren Ehemann, der noch nie vorher von ihr abhängig gewesen war.

Ihr beschützender, mütterlicher Instinkt schien ihr eine innere Stärke zu geben, die dem Mann versagt blieb, an dessen Intelligenz und Willenskraft sie nie gezweifelt hatte. Als Quinns Taxi an diesem Winternachmittag an den Mauern vorüberfuhr, die den Komplex des Weißen Hauses umgeben, saß John Cormack in seinem privaten Arbeitszimmer zwischen dem gelben ovalen Zimmer und dem Schlafzimmer am Schreibtisch. Myra Cormack stand neben ihm. Sie drückte den Kopf ihres schwergeprüften Mannes an sich und wiegte ihn langsam und sanft.

Sie wußte, ihr Ehemann war ins Herz getroffen und nicht mehr lange imstande, die Bürde seines Amtes zu tragen. Sie wußte, der Grund dafür war ebenso sehr wie Simons Tod – wenn nicht noch mehr – die fassungslose Bestürzung darüber, daß er nicht wußte, von wem oder warum die Tat begangen worden war. Wäre der Junge durch einen Verkehrs- oder einen Sportunfall ums Leben gekommen, so glaubte sie, hätte sich John Cormack mit der Logik oder auch mit der Unlogik eines solchen Todes abfinden können. Die Art und Weise, wie Simon gestorben war, hatte den Vater ebenso tödlich getroffen, wie wenn diese satanische Bombe an seinem eigenen Körper explodiert wäre.

Sie glaubte, daß es darauf nie eine Antwort geben werde und war überzeugt, daß ihr Gatte so nicht weitermachen könne. Es war so weit gekommen, daß das Weiße Haus und das Amt ihres Ehemannes, auf das sie so stolz gewesen war, sie mit Haß erfüllten. Sie hatte jetzt nur einen einzigen Wunsch für ihn: daß er die Bürde dieses Amtes niederlegen und mit ihr nach New Haven zurückkehren möge, damit sie ihn durch seine späten Jahre umsorgen konnte.

Der Brief, den Quinn an Sam unter der Adresse ihrer Eigentumswohnung in Alexandria aufgegeben hatte, wurde prompt abgefangen, ehe sie ihn zu sehen bekam, und triumphierend dem Komitee im Weißen Haus gebracht, das sich versammelte, um den Inhalt zu erfahren und über die Implikationen zu beraten. Philip Kelly und Kevin Brown erschienen damit wie mit einer Trophäe im Situationsraum.

»Ich muß zugeben, meine Herren«, sagte Kelly, »daß ich nur mit stärkstem Vorbehalt eine meiner eigenen bewährten Agentinnen unter eine derartige Überwachung stellen ließ. Aber Sie werden mir wohl zustimmen, daß es sich gelohnt hat.«

Er legte den Brief vor sich auf den Tisch.

»Dieser Brief, meine Herren, wurde gestern aufgegeben, hier in Washington. Das ist nicht unbedingt ein Beweis dafür, daß Quinn sich in der Stadt oder auch in den Staaten aufhält. Es ist möglich, daß jemand anderes ihn an seiner Stelle aufgegeben hat. Aber so, wie ich Quinn einschätze, ist er ein Einzelgänger. Wie es ihm gelang, aus London zu verschwinden und hier aufzutauchen, wissen wir nicht. Doch meine Kollegen und ich sind der Ansicht, daß er diesen Brief selbst aufgegeben hat.«

»Lesen Sie ihn vor«, befahl ihm Odell.

»Er ist . . . äh . . . einigermaßen dramatisch«, begann Kelly. Er rückte seine Brille zurecht und begann vorzulesen.

»›*Sam, mein Liebling . . .*‹ Diese Anrede spricht wohl dafür, daß mein Kollege Kevin Brown recht hatte; zwischen Miss Somerville und Quinn bestand eine Beziehung, die über die notwendige professionelle hinausging.«

»Okay, also hat sich Ihre Jägerin in die Beute verliebt«, sagte Odell. »Was schreibt er?«

Kelly las weiter.

»*Endlich bin ich wieder hier in den Vereinigten Staaten. Ich würde Dich zu gerne bald wiedersehen, fürchte aber, daß es im Augenblick zu riskant wäre.*

Ich schreibe Dir, um richtigzustellen, was ich über die Ereignisse in

Korsika erzählt habe. Die Wahrheit ist, daß ich Dich angelogen habe, als ich Dich vom Flughafen Ajaccio aus anrief. Ich dachte mir, wenn ich Dir erzähle, was dort unten wirklich passiert ist, würdest Du denken, es wäre für Dich zu riskant, nach Hause zu fliegen. Doch je mehr ich darüber nachdenke, desto mehr komme ich zu der Ansicht, daß Du ein Recht darauf hast, die Wahrheit zu erfahren. Versprich mir nur eines: Behalte alles für Dich, was Du in diesem Brief liest. Niemand darf etwas davon erfahren, zumindest vorläufig. Nicht, bevor ich das, was ich jetzt vorhabe, hinter mich gebracht habe. In Wirklichkeit haben wir uns eine Schießerei geliefert. Ich hatte keine andere Wahl; irgend jemand hatte ihn angerufen und behauptet, ich sei nach Korsika unterwegs, um ihn zu töten, während ich nur mit ihm sprechen wollte. Er bekam eine Kugel aus meinem – oder vielmehr Deinem – Revolver ab, die ihn aber nicht tötete. Als er erfuhr, daß er hereingelegt worden war, wurde ihm klar, daß sein Schweigegelöbnis ihn nicht mehr band. Er erzählte mir alles, was er wußte, und das hatte es in sich!

Als erstes: Hinter dieser Geschichte standen nicht die Russen oder zumindest nicht die sowjetische Regierung. Die Verschwörung begann hier in den Vereinigten Staaten. Die wirklichen Auftraggeber sind noch nicht ans Licht gekommen, aber der Mann, dessen sie sich bedienten, um die Entführung und Ermordung Simon Cormacks zu inszenieren, der Mann, den Zack den Dicken nannte, ist mir bekannt. Orsini hatte ihn erkannt und nannte mir seinen Namen. Sobald er verhaftet ist, was sicher geschehen wird, wird er zweifellos die Namen der Männer preisgeben, die ihn dafür bezahlten.

Im Augenblick, Sam, sitze ich in einem Versteck und schreibe alles nieder, bis ins letzte Detail: Namen, Daten, Ereignisse. Die ganze Geschichte vom Anfang bis zum Ende. Sobald ich damit fertig bin, schicke ich Kopien des Manuskripts an ein Dutzend verschiedene Adressaten, den Vizepräsidenten, das FBI, die CIA usw. Sollte mir danach irgend etwas zustoßen, ist es zu spät, die Mühlen der Gerechtigkeit noch anzuhalten.

Ich werde mich bei Dir erst dann wieder melden, wenn ich fertig bin. Versteh bitte, wenn ich Dir nicht schreibe, wo ich bin. Es geschieht nur zu Deinem Schutz.

Alles Liebe, Quinn.«

Einen Augenblick lang schwiegen alle wie betäubt. Einem der Anwesenden strömte der Schweiß aus den Poren.

»Mein Gott!« stöhnte Michael Odell. »Das ist ja nicht zu fassen.«

»Wenn das stimmt, was er schreibt«, sagte Morton Stannard, der ehemalige Anwalt, »sollte er auf keinen Fall auf freiem Fuß bleiben. Er sollte uns hier sagen, was er weiß.«

»Ich stimme zu«, sagte Justizminister Bill Walters. »Abgesehen von allem andern hat er sich damit zu einem unentbehrlichen Zeugen gemacht. Wir haben ein Schutzprogramm für Zeugen. Er sollte in seinem eigenen Interesse in Gewahrsam genommen werden.«

Die Zustimmung war einmütig. Bereits am Abend ermächtigte das Justizministerium die zuständige Stelle, einen Haftbefehl zu erlassen, um Quinn als unentbehrlichen Zeugen festzunehmen und festzuhalten. Das FBI aktivierte sämtliche Ressourcen des National Crime Information System, um nach ihm zu fahnden. Zur Unterstützung dieser Maßnahme wurden über das polizeiliche Fernschreibersystem alle anderen Vollzugsorgane alarmiert – städtische Polizeidirektionen, Sheriffs, US-Marshals und Autobahnstreifen. Alle Benachrichtigungen waren mit Quinns Foto versehen. Angeblich wurde er im Zusammenhang mit einem großen Juwelendiebstahl gesucht.

Mit einer Großfahndung war es allerdings nicht getan, denn Amerika ist ein riesiges Land mit einer Fülle von Möglichkeiten, unterzutauchen. Trotz landesweiter Fahndungsaktionen sind gesuchte Verbrecher jahrelang auf freiem Fuß geblieben. Außerdem wurde nach Quinn als amerikanischem Staatsbürger, dessen Paß- und Führerscheinnummern bekannt waren, gefahndet, nicht aber nach einem Frankokanadier namens Lefevre mit untadeligen Papieren, einer veränderten Frisur, mit Hornbrille und einem leichten Bart. Quinn hatte sich nach der Rasur in der sowjetischen Botschaft in London den Bart stehen lassen, der inzwischen seine untere Gesichtshälfte bedeckte.

In seine Berghütte zurückgekehrt, ließ er dem Komitee im Weißen Haus drei Tage Zeit, sich über seinen gezielten Brief an Sam den Kopf zu zerbrechen, dann machte er sich daran, sie unter der Hand zu kontaktieren. Eine Bemerkung, die sie in Antwerpen hatte fallenlassen, brachte ihn darauf, wie er das anstellen könnte. »Ich bin die Tochter eines Predigers in Rockcastle«, hatte sie gesagt.

In einem Buchgeschäft in St. Johnsbury kaufte er ein Ortsregister, das drei Rockcastles in den USA enthielt. Eines war tief im Süden, das zweite ganz im Westen. Sams Akzent war der Ostküste näher. Das dritte Rockcastle befand sich im Kreis Goochland, im Bundesstaat Virginia.

Telefonische Nachfragen räumten jeden Zweifel aus. Es gab einen Reverend Brian Somerville in Rockcastle, Bundesstaat Virginia. Den Namen gab es nur einmal – die ungewöhnliche Schreibweise unterschied ihn von den gewöhnlichen Summervilles und Sommervilles.

Quinn verließ wieder sein Versteck, flog von Montpelier nach Boston und von dort weiter nach Richmond, wo er in Byrd Field landete, inzwischen mit bewunderswertem Optimismus in Richmond International Airport umgetauft. Das Telefonbuch von Richmond, das Quinn bereits am Flughafen konsultierte, hatte hinten einen Anhang, dem zu entnehmen war, daß der Reverend als Geistlicher an der Smyrna Church of St. Mary's an der Three Square Road amtierte, aber in der Rockcastle Road Nr. 290 wohnte. Quinn mietete einen Kleinwagen und fuhr die dreißig Meilen auf der Route 6 nach Rockcastle. Reverend Somerville kam selbst an die Haustür, als Quinn klingelte.

Im Wohnzimmer bewirtete der ruhige, silberhaarige Prediger Quinn mit Tee und bestätigte, daß Samantha tatsächlich seine Tochter war und für das FBI arbeitete. Dann hörte er sich an, was Quinn ihm berichtete, und dabei wurde sein Gesicht immer ernster.

»Warum glauben Sie, meine Tochter könnte in Gefahr sein, Mr. Quinn?« fragte er.

Quinn erklärte es ihm.

»Aber unter Überwachung? Durch das Bureau selbst? Hat sie etwas Unrechtes getan?«

»Nein, Sir. Aber es gibt Leute, die sie dessen verdächtigen, ungerechterweise. Und sie weiß nichts davon. Ich möchte ihr eine Warnung zukommen lassen.«

Der alte Mann mit seinem gütigen Gesicht betrachtete den Brief in seinen Händen und seufzte. Die Welt hinter dem Vorhang, den Quinn gerade ein bißchen gelüftet hatte, war ihm unbekannt. Dann ging ihm der Gedanke durch den Kopf, was seine verstorbene Frau wohl getan hätte; sie war immer die Dynamische gewesen. Ja, sie hätte wohl ihrem bedrängten Kind diesen Brief gebracht.

»Nun gut«, sagte er. »Ich werde ihr einen Besuch machen.«

Er hielt sein Versprechen, setzte sich in sein betagtes Auto, fuhr nach Washington und besuchte unangemeldet seine Tochter in ihrer Wohnung. Wie von Quinn instruiert, beschränkte er die Unterhaltung auf Small talk, nachdem er ihr das Blatt Papier gereicht hatte. Darauf stand nur: Sprich ganz natürlich. Öffne den Umschlag und lies den Brief, wenn Du Zeit hast. Dann verbrenne ihn und halte Dich an die Anweisung. Quinn.

Ihr blieb beinahe die Sprache weg, als sie die Worte las und erkannte, daß Quinn damit meinte, ihre Wohnung sei »verwanzt«. Sie selbst hatte im Dienst Abhörgeräte in den Wohnungen anderer Leute installiert, hätte aber nie gedacht, daß es einmal bei ihr selbst geschehen könnte. Sie blickte in die besorgten Augen ihres Vaters, sprach in natürlichem Ton weiter und nahm den Umschlag, den er ihr hinhielt. Als er sich verabschiedete, um nach Rockcastle zurückzufahren, begleitete sie ihn hinunter auf die Straße und gab ihm einen langen Kuß.

Die Nachricht in dem Umschlag war ebenso kurz wie der Text auf dem Blatt. Um Mitternacht solle sie neben den Telefonzellen gegenüber den Bahnsteigen H und J in der Union Station warten. Einer der Apparate werde klingeln – er, Quinn, werde dran sein.

Um Punkt Mitternacht rief er an, aus einem Telefonhäuschen in St. Johnsbury. Er berichtete ihr über Korsika und London und über den getürkten Brief, den er ihr in der Gewißheit geschickt hatte, er werde dem Komitee im Weißen Haus zugeleitet werden.

»Aber Quinn«, protestierte sie, »wenn Orsini wirklich nichts ausgespuckt hat, ist die Sache zu Ende, wie du ja gesagt hast. Warum so tun, als hätte er geredet, wenn er doch nichts gesagt hat?«

Er erzählte ihr über Petrosian, der selbst dann, wenn er praktisch schon erledigt war, seinen auf das Schachbrett starrenden Gegnern die Idee suggerieren konnte, er bereite irgendeinen grandiosen Zug vor, so daß sie sich zu einem Fehler verleiten ließen.

»Ich glaube, daß dieser Brief sie, um wen es sich auch handelt, veranlassen wird, aus der Deckung zu kommen«, sagte er. »Obwohl ich dir geschrieben habe, daß ich mich nicht mehr bei dir melden werde, bist du doch die einzige Verbindung zu mir, wenn die Polizei mich nicht erwischt. Und je mehr Tage vergehen, um so hektischer werden sie vermutlich. Bitte, halte Augen und Ohren offen. Ich werde dich jeden zweiten Tag, immer um Mitternacht, unter dieser Nummer anrufen.«

Es dauerte sechs Tage.

»Quinn, kennst du einen Mann namens David Weintraub?«

»Ja.«

»Er ist Chef der CIA, ja?«

»Er ist der DDO. Warum fragst du?«

»Er hat mich um ein Treffen mit ihm bitten lassen. Er sagt, es bahnt sich etwas an. Ganz schnell. Er versteht es nicht, aber du würdest es verstehen.«

»Ihr habt euch in Langley getroffen?«

»Nein, er meinte, das wäre zu exponiert. Wir haben uns im Fond eines CIA-Wagens getroffen, der an einem Gehsteig in der Nähe des Tidal Basin wartete, wie wir verabredet hatten. Wir unterhielten uns, während wir herumfuhren.«

»Hat er dir gesagt, worum es ging?«

»Nein, er sagte, er habe das Gefühl, daß er niemandem mehr vertrauen könne. Nur dir. Er will dich treffen – zu deinen Bedingungen, irgendwo, irgendwann. Kann man ihm vertrauen, Quinn?«

Quinn überlegte. Wenn David Weintraub unaufrichtig war, dann gab es sowieso für die Welt keine Hoffnung mehr.

»Ja«, sagte er, »man kann ihm vertrauen.« Er nannte ihr die Zeit und den Ort für das Zusammentreffen.

18. Kapitel

Sam Somerville kam am folgenden Abend auf dem Flughafen Montpellier an. Sie wurde begleitet von Duncan McCrea, dem jungen CIA-Mann, durch den der Verantwortliche Einsatzleiter sie um das Gespräch hatte bitten lassen.

Sie trafen mit dem PBA-Beechcraft-1900-Pendelflug aus Boston ein, mieteten noch auf dem Flughafen einen Dodge-Ram-Geländewagen und meldeten sich in einem Motel am Rand der Hauptstadt des Bundesstaates an. Beide hatten auf Quinns Empfehlung die dickste Schutzkleidung mitgebracht, die in Washington aufzutreiben war.

Der DDO der CIA, der erklärt hatte, er müsse unbedingt an einer hochkarätig besetzten Planungskonferenz in Langley teilnehmen, sollte am folgenden Morgen eintreffen, rechtzeitig zu dem vereinbarten Treffen mit Quinn.

Er landete um 7 Uhr in einem Executive-Jet mit zehn Sitzen, dessen Firmenemblem Sam nicht erkannte. McCrea erläuterte ihr, es handle sich um eine Maschine der »Company«; der Name der Chartergesellschaft an ihrem Rumpf sei der einer Tarnfirma.

Er begrüßte sie knapp, aber herzlich, nachdem er die Maschine verlassen hatte, und hatte bereits schwere Schneestiefel, eine dicke Hose und einen gesteppten Anorak an. In einer Hand trug er seine Reisetasche. Dann stieg er hinten in den Ram, McCrea fuhr, Sam dirigierte anhand ihrer Straßenkarte.

Als sie Montpellier hinter sich hatten, schlugen sie die Route 42 ein, fuhren durch die Städtchen East Montpellier und bogen auf die Straße nach Plainfield ab. Gleich nach dem Friedhof von Plainfield, doch noch vor dem Eingang zum Goddard College, biegt der Winoosk River vom Rand der Straße ab und beschreibt einen Bogen nach Süden. Auf diesem halbmondförmigen Stück Land zwischen Straße und Fluß steht eine Gruppe hoher Bäume, zu dieser Jahreszeit im Schneekleid. Zwischen den Bäumen befinden sich mehrere Picknicktische, für sommerliche Urlaubsgäste aufgestellt, und Parkmöglichkeiten für Campingfahrzeuge und Anhänger. Dort, so hatte Quinn gesagt, werde er um 8 Uhr sein.

Sam sah ihn als erste. Er kam hinter einem zwanzig Yards entfernten Baum hervor, als der Ram mit knirschendem Bremsgeräusch stehen blieb. Sie sprang vom Beifahrersitz, lief zu ihm hin und warf ihm die Arme um den Hals.

»Alles in Ordnung, Kind?«

»Ich bin okay. O Quinn, Gott sei Dank, daß du in Sicherheit bist.«

Quinn starrte über ihren Kopf hinweg. Sie spürte, wie er erstarrte.

»Wen hast du da mitgebracht?« fragte er leise.

»Ach, wie dumm von mir ...« Sie drehte sich um. »Du erinnerst dich an Duncan McCrea? Er hat mich zu Mr. Weintraub gebracht ...«

McCrea war aus dem Geländefahrzeug gestiegen und stand zehn Yards von ihnen entfernt. Er lächelte zurückhaltend.

»Guten Tag, Mr. Quinn.« Seine Begrüßung war schüchtern, respektvoll wie immer. Nichts Schüchternes war allerdings an dem 45er Colt Automatic in seiner rechten Hand. Die Waffe zielte ohne zu schwanken auf Sam und Quinn.

Der zweite Mann stieg aus dem Ram aus. Er hatte das Gewehr mit wegklappbarer Schulterstütze in der Hand, das er aus seiner Reisetasche genommen hatte. Vorher hatte McCrea von ihm den Colt zugesteckt bekommen.

»Wer ist das?« fragte Quinn.

Sams Stimme war ganz schwach vor Furcht.

»David Weintraub«, sagte sie. »O Quinn, was hab' ich getan?«

»Du bist hereingelegt worden, Liebling.«

Da wurde ihm klar, daß die Schuld bei ihm selbst lag. Er hätte sich einen Tritt versetzen können. Als er mit ihr am Telefon gesprochen hatte, war ihm nicht eingefallen zu fragen, ob sie den Verantwortlichen Einsatzleiter der CIA schon einmal gesehen habe. Sie war zweimal ins Weiße Haus beordert worden, um dem Komitee Bericht zu erstatten. Er hatte angenommen, David Weintraub sei beide Male, zumindest aber einmal, dabeigewesen. Tatsächlich aber kam der verschlossene DDO nur ungern nach Washington und hatte an beiden Besprechungen nicht teilgenommen. Im Einsatz, wußte Quinn nur zu gut, kann es wahrhaft gesundheitsschädlich sein, wenn man sich auf Annahmen verläßt.

Der kurzgewachsene, stämmige Mann mit dem Gewehr, der in seiner gesteppten Winterkleidung noch pummeliger wirkte, kam herbei und stellte sich neben McCrea.

»So also sehen wir uns wieder, Sergeant Quinn. Erinnerst du dich an mich?«

Quinn schüttelte den Kopf. Der Mann klopfte mit einem Finger auf seine plattgedrückte Nase.

»Das hast du mir verpaßt, du mieses Schwein. Das wirst du jetzt teuer bezahlen, Quinn.«

Quinn zwinkerte, als ihm die Erinnerung kam: eine Lichtung in Vietnam, vor langer Zeit; ein vietnamesischer Bauer – oder was von ihm noch übrig war – an vier in die Erde gerammte Pfähle gebunden.

»Ich erinnere mich«, sagte er.

»Gut«, sagte Moss, »und jetzt machen wir uns auf den Weg. Wo hast du dich einquartiert?«

»In einer Blockhütte, oben in den Hügeln.«

»Wohl damit beschäftigt, ein kleines Manuskript zu schreiben, nehm' ich an. Das müssen wir uns doch mal anseh'n. Keine krummen Dinger, Quinn! Es könnte sein, daß dich Duncan mit seiner Pistole verfehlt, aber dann bekommt die Kleine es ab. Und du kannst gar nicht schnell genug sein, um meiner Knarre zu entkommen.«

Eine kurze Bewegung des Gewehrs zeigte an, daß Quinn niedergeschossen würde, noch ehe er zehn Yards in Richtung auf die Bäume geschafft hätte.

»Leck mich doch am Arsch!« sagte Quinn. Moss lachte leise vor sich hin, wobei sein Atem durch die eingedrückte Nase pfiff.

»Dein Hirn muß eingefroren sein, Quinn. Ich will dir sagen, was mir durch den Kopf geht. Wir bringen dich und die Kleine zum Ufer hinunter. Niemand kann uns stören, meilenweit kein Mensch. Dich binden wir an einen Baum und dann schaust du zu. Ich schwör' dir, es wird zwei Stunden dauern, bis sie tot ist, und jede Sekunde dieser zwei Stunden wird sie um Erlösung flehen. So, willst du jetzt fahren?«

Quinn dachte an die Dschungellichtung, an den Bauern mit den von weichen Bleikugeln zerschmetterten Handgelenken, Ellenbogen, Knien und Fußgelenken, wie er gewimmert hatte, daß er nur ein Bauer sei und nichts wisse. Als Quinn erkannt hatte, daß der fette

Kerl, der dieses »Verhör« führte, schon längst, schon seit Stunden, Bescheid wußte, hatte er sich umgedreht und ihn mit einem Fausthieb krankenhausreif geschlagen.

Wäre er allein gewesen, hätte er versucht, es mit den beiden aufzunehmen, so aussichtslos es war, und wäre dann, mit einer Kugel im Herzen, einen anständigen Tod gestorben. Aber zusammen mit Sam . . . Er nickte.

McCrea trennte sie und fesselte ihnen die Hände hinter dem Rükken. Dann setzte er sich ans Steuer des Renegade. Quinn neben ihm. Moss folgte ihnen mit dem Ram, Sam lag hinten auf dem Boden.

West Danville erwachte gerade zum Leben, aber niemand dachte sich etwas, als die beiden Geländefahrzeuge durchkamen und in Richtung St. Johnsbury weiterfuhren. Ein Mann hob grüßend die Hand, Salut an Kameraden, die wie er die klirrende Kälte überlebt hatten. McCrea erwiderte die Geste, zeigte sein freundliches Grinsen und schlug in Danville nördliche Richtung ein, auf Lost Ridge zu. Am Pope-Friedhof dirigierte ihn Quinn noch einmal nach links, in Richtung Bear Mountain. Der Ram hinter ihnen hatte keine Schneeketten und kam nur schwer voran.

Als sie das Ende der Schotterstraße erreichten, ließ Moss den Ram stehen, stieß Sam vor sich her und kletterte hinten in den Renegade. Sie war weiß im Gesicht und schlotterte vor Angst.

»Du wolltest dich also wirklich abseilen«, sagte Moss, als sie vor der Blockhütte ankamen.

Draußen herrschten beinahe fünfunddreißig Grad Kälte, aber in der Hütte war es noch immer so behaglich warm wie bei Quinns Aufbruch. Er und Sam mußten sich ein Stück weit voneinander getrennt auf ein Etagenbett am einen Ende des großzügigen Wohnraums setzen, aus dem die Hütte hauptsächlich bestand. McCrea hielt noch immer die Pistole auf sie gerichtet, während Moss rasch die übrigen Räume darauf untersuchte, ob sie hier allein waren.

»Nett«, sagte er schließlich, und mit einem Ton der Befriedigung, »nett, und ungestört ist man auch. Du hättest nichts Besseres für mich finden können, Quinn.«

Quinns Manuskript befand sich in einer Schublade des Schreibtisches. Moss zog seinen Anorak aus, setzte sich in einen Lehnsessel und begann zu lesen. McCrea saß auf einem Stuhl und behielt seine

Gefangenen im Auge, obwohl diese Handschellen trugen. Auf seinem Gesicht lag noch immer das Lächeln des braven Jungen von nebenan. Zu spät erkannte Quinn, daß es eine Maske war, daß der Jüngere sich irgendwann bewußt geworden war, wie nützlich dieses Talent zur Verstellung war, und es im Laufe der Jahre entwickelt hatte, um sein wahres Ich zu verbergen.

»Du hast auf der ganzen Linie gesiegt«, sagte Quinn nach einer Weile. »Aber trotzdem interessiert es mich, wie du alles eingefädelt hast.«

»War kein Problem«, sagte Moss, der noch immer las. »Und wird ja so oder so nichts mehr ändern.«

»Wie ist McCrea für den Job in London geangelt worden?«

Er hatte mit einer kleinen, unwichtigen Frage begonnen.

»Das war ein Glücksfall«, sagte Moss. »Einfach Dusel. Ich hätte nie gedacht, daß ich bei dieser Geschichte meinen Jungen als Helfer hätte. Ein Bonus, eine Nettigkeit der gottverdammten Company.«

»Wie habt ihr beide euch kennengelernt?«

Moss blickte hoch.

»In Mittelamerika«, sagte er. »Ich hab' Jahre dort unten verbracht. Duncan ist in der Gegend aufgewachsen. Kennengelernt hab' ich ihn, als er noch ein Jüngelchen war. Wir sind drauf gekommen, daß wir die gleichen Neigungen haben. Mir war's auch zu verdanken, daß er für die Company engagiert wurde.«

»Gleiche Neigungen?« fragte Quinn. Er kannte Moss' Neigungen. Seine Absicht war, die beiden am Reden zu halten. Psychopathen reden sehr gern über sich selbst, wenn sie sich in Sicherheit fühlen.

»Nun ja, beinahe«, sagte Moss. »Nur daß Duncan die Damen bevorzugt und ich nicht. Es macht ihm Spaß, sie zuvor ein bißchen durch die Mangel zu drehen, ist's nicht so, mein Junge?«

Er begann wieder zu lesen. McCrea bleckte fröhlich die Zähne.

»Klar doch, Mr. Moss. Wissen Sie, daß die zwei es damals in London miteinander getrieben haben? Sie dachten, ich hätte es nicht gehört. Ich hab' jetzt wohl einiges nachzuholen.«

»Ganz wie du meinst, mein Junge«, sagte Moss. »Aber Quinn gehört mir. Bei dir wird's lange dauern, Quinn. Das wird mir ein Hochgenuß sein.«

Er las weiter. Sam beugte plötzlich den Kopf. Es würgte sie, aber sie erbrach sich nicht. Quinn hatte es bei Rekruten in Vietnam erlebt. Die Angst läßt im Magen einen Säurefluß entstehen, der die empfindlichen Schleimhäute reizt und ein trockenes Würgen auslöst.

»Wie habt ihr in London Kontakt gehalten?« fragte er.

»Kein Problem«, sagte Moss. »Duncan ging immer Sachen holen, Lebensmittel und so weiter. Erinnerst du dich? Wir haben uns in den Läden getroffen. Wenn du schlauer gewesen wärst, Quinn, wäre dir aufgefallen, daß er immer zur selben Stunde einkaufen ging.«

»Und die Sachen für Simon, der Gürtel mit der Bombe?«

»Hab' ich alles in das Haus in Essex gebracht, während du mit den drei anderen in dem Lagerhaus warst. Ich habe alles wie verabredet Orsini gegeben. Guter Mann. Ich hab' ihn ein paarmal in Europa eingesetzt, als ich noch bei der Company war. Auch danach noch.«

Moss legte das Manuskript weg. Seine Zunge war gelockert.

»Du hast mich aufgeschreckt, als du aus der Wohnung abgehauen bist. Ich wollte dich damals umlegen lassen, konnte aber Orsini nicht dazu bringen. Er hat gemeint, die andern drei würden ihn davon abhalten. Also gab ich nach, auch weil ich dachte, wenn der Junge stirbt, gerätst du sowieso in Verdacht. Aber es hat mich wirklich überrascht, daß diese Gipsköpfe im Bureau dich danach laufen ließen. Ich hätte gedacht, sie würden dich allein schon aus Verdachtsgründen ins Kittchen sperren.«

»Und damals mußtest du Sams Handtasche verwanzen?«

»Klar. Duncan hat mir davon erzählt. Ich hab' ein Duplikat gekauft, präpariert und es Duncan an dem Morgen gegeben, als er zum letztenmal die Wohnung in Kensington verlassen hat. Erinnerst du dich, daß er Eier fürs Frühstück einkaufen ging? Da hat er sie mitgebracht und mit der andern vertauscht, während ihr in der Küche gefrühstückt habt.«

»Warum hast du die vier Söldner nicht bei einem verabredeten Rendezvous umlegen lassen?« fragte Quinn. »Es hätte dir die Mühe erspart, uns überallhin nachzuspüren.«

»Weil drei von ihnen den Kopf verloren«, sagte Moss angewidert. »Sie sollten sich in Europa ihre Prämien abholen. Orsini sollte alle drei umlegen. Ich hätte Orsini aus dem Weg geräumt. Als sie hörten, daß der Junge tot war, haben sie sich getrennt und sind verschwunden. Zum Glück warst du zur Hand, um sie für uns aufzuspüren.«

»Das hättest du allein nicht schaffen können«, sagte Quinn. »McCrea muß dir geholfen haben.«

»Richtig. Ich bin vorausgefahren. Duncan war die ganze Zeit in eurer Nähe, hat sogar im Wagen geschlafen. Das war nicht dein Fall, was, Duncan? Als er hörte, daß ihr Marchais und Pretorius ausfindig gemacht hattet, rief er mich übers Autotelefon an und verschaffte mir ein paar Stunden Vorsprung.«

Quinn hatte noch einige Fragen. Moss war wieder an seine Lektüre gegangen, und sein Gesichtsausdruck wurde immer wütender.

»Der Junge, Simon Cormack. Wer hat ihn in die Luft gesprengt? Das warst du, McCrea, hab' ich recht?«

»Klar. Ich hatte das Sendegerät zwei Tage lang in meiner Jackentasche herumgetragen.«

Quinn rief sich die Szene am Rand der Straße in Buckinghamshire in Erinnerung – die Männer von Scotland Yard, die FBI-Gruppe, Brown, Collins, Seymor neben dem Wagen, Sam, wie sie nach der Explosion ihr Gesicht gegen seinen Rücken preßte; er sah vor sich McCrea, über dem Straßengraben kniend, wie er so tat, als würgte es ihn, während er das Sendegerät tief in den Schlamm unter dem Wasser drückte.

»Okay, du hast dich also von Orsini auf dem laufenden halten lassen, was in dem Versteck vor sich ging, und Duncan hat dich informiert, was sich in Kensington abspielte. Was gibt es über den Mann in Washington zu sagen?«

Sam blickte hoch und starrte ihn ungläubig an. Selbst McCrea wirkte verblüfft. Moss warf Quinn einen Seitenblick zu und musterte ihn neugierig.

Auf der Fahrt zur Hütte war Quinn klargeworden, daß Moss ein gewaltiges Risiko eingegangen war, als er an Sam herantrat und sich als David Weintraub ausgab. Oder vielleicht doch nicht? Es gab nur eine einzige Möglichkeit, wie Moss erfahren haben konnte, daß Sam den DDO noch nie gesehen hatte.

Moss hob das Manuskript mit beiden Händen hoch und warf es auf den Boden.

»Du Scheißkerl!« sagte er leise und gehässig. »Da steht nichts Neues drin. In Washington glaubt man, diese ganze Geschichte war eine vom KGB aufgezogene Operation. Egal, was dieser Scheiß-Zack gesagt hat. Nun hieß es, du hättest neues Material, das das widerlegt. Namen, Daten, Orte ... *Beweise*, gottverdammter Quatsch! Und was hast du in der Hand? Nichts. Orsini hat kein einziges Wort gesprochen, oder?«

Er stand wütend auf und ging in der Hütte auf und ab. Er hatte eine Menge Zeit vergeudet, Strapazen auf sich genommen, sich grundlos Sorgen gemacht. Für nichts und wieder nichts.

»Der Korse hätte dich umlegen sollen, wie ich es wollte. Aber obwohl du am Leben geblieben bist, hattest du nichts in der Hand. Der Brief, den du der Schlampe da geschickt hast, nichts als Lügen. Wer hat dich darauf gebracht?«

»Petrosian«, sagte Quinn.

»Wer?«

»Tigran Petrosian. Ein Armenier. Er ist inzwischen tot.«

»Gut. Und du wirst es auch bald sein, Quinn.«

»Wieder ein inszeniertes Täuschungsspiel?«

»Genau. Da es dir ja jetzt nichts mehr bringt, will ich's dir spaßeshalber schildern. Den Dodge Ram hat deine saubere Freundin hier gemietet. Das Mädchen in der Leihwagenfirma hat Duncan nicht zu sehen bekommen. Die Polizei wird sie in der ausgebrannten Hütte finden. Der Ram wird der Polizei einen Namen liefern, die Untersuchung des Gebisses die Leiche identifizieren. Der Renegade wird zum Flughafen gefahren und dort abgestellt. Binnen einer Woche wirst du als Mörder dastehen, und damit ist der Fall klar.

Aber die Polizei wird dich nie finden. Das Terrain hier ist ideal. In diesen Bergen muß es tiefe Spalten geben, in denen ein Mann für immer verschwindet. Wenn es Frühling wird, bist du ein Skelett, bis zum Sommer bist du zugedeckt und für alle Zeiten unauffindbar. Übrigens wird die Polizei in der Gegend hier überhaupt nicht suchen; sie wird nach einem Mann fahnden, der vom Flughafen Montpellier abgeflogen ist.«

Er packte sein Gewehr und schwenkte es.

»Auf geht's, du mieser Typ, mach dich auf die Socken. Duncan, ich wünsch' dir viel Spaß. In einer Stunde bin ich wieder da, vielleicht schon früher. Bis dahin hast du Zeit.«

Die bittere Kälte draußen schmerzte wie ein Schlag ins Gesicht. Die Hände auf dem Rücken gefesselt, wurde Quinn durch den Schnee den

Bear Mountain hinter der Hütte hinaufgetrieben, weiter und weiter. Er hörte hinter sich Moss keuchen, was ihm zeigte, daß der Dicke nicht in Form war. Aber mit seinen gefesselten Händen hatte er keine Chance, einem Gewehr davonzulaufen. Und Moss war schlau genug, nicht zu nahe heranzukommen, das Risiko zu vermeiden, von dem ehemaligen Green Beret einen Tritt verpaßt zu bekommen, der ihn außer Gefecht setzen würde.

Schon nach zehn Minuten fand Moss, wonach er Ausschau gehalten hatte. Am Rand einer Lichtung des mit Tannen und Fichten bewachsenen Berghangs öffnete sich ein steil abfallender Einschnitt, nur drei Meter breit, der sich zwanzig Meter tiefer zu einem schmalen Spalt verengte.

Unten in der Tiefe lag weicher Schnee, in den eine Leiche noch einmal etwa einen Meter einsinken würde. Weitere Schneefälle in den letzten beiden Dezemberwochen, im Januar, Februar, März und April würden den Spalt füllen. Wenn das Tauwetter einsetzte, würde er sich in einen eiskalten Bach verwandeln. Die Süßwasserkrebse und -garnelen würden den Rest besorgen.

Quinn machte sich keine Illusionen, daß er an einem sauberen Schuß in den Kopf oder ins Herz sterben werde. Er hatte Moss' Gesicht erkannt, erinnerte sich jetzt auch an seinen Namen. Er wußte von den perversen Vergnügungen dieses Mannes. Ob er imstande sein würde, den Schmerz auszuhalten und Moss nicht die Befriedigung zu gewähren, daß er vor Qual aufschrie? Und er dachte an Sam, und was sie würde durchmachen müssen, ehe sie starb.

»Hinknien!« sagte Moss. Der Atem kam ihm stoßweise, prustend und keuchend. Quinn kniete sich hin. Hinter sich hörte er das Klakken des Bolzens in der eisigen, trockenen Luft. Er holte tief Luft und wartete.

Der Knall schien die Lichtung zu sprengen und vom Berg widerzuhallen. Doch der Schnee dämpfte ihn so rasch, daß niemand unten auf der Straße, geschweige denn in dem fünfzehn Meilen entfernten Dorf, etwas gehört haben dürfte.

Das erste, was Quinn empfand, war Verblüffung. Wie konnte jemand aus dieser Entfernung danebenschießen? Dann erkannte er, daß das zu Moss' Spiel gehörte. Er drehte den Kopf um. Moss stand da und zielte mit dem Gewehr auf ihn.

»Mach schon, du Widerling!« sagte Quinn. Moss gab ein schwaches Lächeln von sich und begann das Gewehr zu senken. Er sank auf die Knie, griff nach vorne und stützte sich mit den Händen im Schnee auf.

Im Rückblick schien es länger, aber Moss, auf den Knien und die Hände im Schnee, starrte Quinn nur zwei Sekunden lang an. Dann senkte er den Kopf, öffnete den Mund und erbrach einen langen, hellen, funkelnden Blutstrom. Er stieß einen Seufzer aus und rollte seitwärts in den Schnee.

Es dauerte mehrere Sekunden, bis Quinn den Mann sah, so gut war seine Tarnung. Er stand regungslos auf der anderen Seite der Lichtung. Das Gelände war für Skier ungeeignet, aber er hatte an beiden Füßen Schneeteller, die wie übergroße Tennisschläger aussahen. Seine in Vermont gekaufte Kälteschutz-Kleidung hatte eine Schneekruste. Sowohl die wattierte Überhose als auch der Anorak war von einem ganz blassen Hellblau, dem Farbton, der im Sortiment des Geschäfts dem Weiß des Schnees am nächsten kam.

Rauhreif hatte sich an den Pelzsträhnen, die aus der Anorakkapuze herausschauten, an seinen Augenbrauen und dem Bart festgesetzt. Im übrigen war das Gesicht mit Fett und Holzkohle eingeschmiert, womit sich der Soldat in der Arktis gegen Temperaturen wie minus fünfunddreißig Grad schützt. Er hielt sein Gewehr locker vor der Brust, in der Gewißheit, daß ein zweiter Schuß nicht notwendig war.

Quinn fragte sich, wie der Mann in seinem Biwak in einem Eisloch am Hang hinter der Hütte die Kälte überstanden haben mochte. Aber, so dachte er, wer einen Winter in Sibirien durchsteht, steht auch Vermont durch.

Er zerrte die Arme nach unten, bis seine gefesselten Hände unter dem Gesäß waren, und zwängte erst das eine und darauf das andere Bein zwischen ihnen durch. Als er die Hände vorne hatte, suchte er in Moss' Anorak, bis er den Schlüssel gefunden hatte, und befreite seine Hände. Er hob Moss' Gewehr auf und stand auf. Der Mann auf der anderen Seite der Lichtung beobachtete ihn regungslos.

Quinn rief hinüber: »Wie man in Ihrem Land sagt – *Spassibo.*«

Über das halb erstarrte Gesicht des Mannes huschte ein Lächeln. Als Andrej der Kosake sprach, waren wieder die Töne aus den Londoner Klubs zu hören.

»Wie man in Ihrem Land sagt – *Have a nice day.*«

Ein Schwirren der Schneeteller war zu hören, dann noch einmal, und er war verschwunden. Quinn begriff, daß der Russe, nachdem er ihn in Birmingham abgesetzt hatte, zum Londoner Flughafen Heathrow gefahren war, einen Direktflug nach Toronto genommen hatte und ihm wie ein Schatten hierher in die Berge gefolgt war. Quinn wandte sich um und begann durch den kniehohen Schnee zurück zur Hütte zu joggen.

Er blieb davor stehen und schaute durch ein kleines, rundes Loch in den beschlagenen Fensterscheiben des Wohnraums. Niemand war zu sehen.

Das Gewehr nach vorne gerichtet, öffnete er leise das Schnappschloß und gab der Tür einen sanften Stoß. Aus dem Schlafzimmer war ein Wimmern zu hören. Er ging durch den Wohnraum und stand in der Schlafzimmertür.

Sam lag nackt, mit dem Gesicht nach unten und mit gespreizten Beinen, auf dem Bett. Ihre Hände und Füße waren mit Stricken an den vier Pfosten festgebunden. McCrea war in der Unterhose und stand mit dem Rücken zur Tür. Von seiner rechten Hand baumelten zwei kräftige Schnüre.

Er lächelte noch immer. Quinn erspähte sein Gesicht in dem Spiegel über der Kommode. McCrea hörte einen Schritt und drehte sich um. Die Kugel traf ihn im Bauch, zwei Zentimeter oberhalb des Nabels. Auf ihrem Weg durchschlug sie das Rückgrat. Als er zusammenbrach, verschwand das Lächeln.

Zwei Tage lang wurde Sam wie ein Kind von Quinn gepflegt. Die lähmende Furcht, die sie erlebt hatte, ließ sie abwechselnd erschauern und weinen, während Quinn sie in den Armen hielt und hin und her wiegte. Die übrige Zeit schlief sie, und der Schlaf, dieser große Heiler, tat seine wohltuende Wirkung.

Als Quinn glaubte, sie allein lassen zu können, fuhr er nach St. Johnsbury und rief den Chef der Personalabteilung des FBI an, bei dem er sich als Sams Vater ausgab. Er teilte dem arglosen Mann mit, sie sei bei ihm zu Besuch und habe sich eine schwere Erkältung zugezogen. In drei oder vier Tagen werde sie wieder an ihrem Schreibtisch sein.

In der Nacht, während sie schlief, verfaßte er die zweite und wahrheitsgemäße Darstellung der Geschehnisse während der zurückliegenden siebzig Tage. Er erzählte die Geschichte aus seiner eigenen Sicht, wobei er nichts ausließ, auch nicht die von ihm begangenen Fehler. Dies konnte er ergänzen durch das, was ihm der KGB-General in London erzählt hatte. In den Blättern, die Moss gelesen hatte, war davon nicht die Rede gewesen; Quinn hatte noch nicht jenen Punkt erreicht, als Sam ihm mitgeteilt hatte, der DDO wolle sich mit ihr treffen.

Dann stellte er die Ereignisse aus dem Blickwinkel der Söldner dar, so wie Zack sie vor seinem Tod geschildert hatte, und schließlich nahm er auch die Antworten auf, die Moss selbst ihm gegeben hatte. Er hatte alles beisammen – beinahe alles.

Der zentrale Drahtzieher war Moss gewesen, gesteuert von seinen fünf Auftraggebern. Die notwendigen Informationen hatte Moss von zwei Männern erhalten: Orsini, der ihn aus dem Versteck der Kidnapper, und McCrea, der ihn aus der Wohnung in Kensington auf dem laufenden hielt. Aber es hatte noch einen Dritten gegeben, jemand, der alles gewußt hatte, was die Verantwortlichen in England und Amerika wußten, jemand, der den Fortgang der Ermittlungsarbeit Nigel Cramers für Scotland Yard und Kevin Browns für das FBI verfolgt hatte, dem die Ergebnisse der Beratungen des COBRA-Komitees in England und der Gruppe im Weißen Haus bekannt gewesen waren. Wer er gewesen war, diese Frage hatte Moss als einzige nicht beantwortet.

Quinn schleifte Moss' Leiche aus der Bergwildnis zur Hütte und legte sie im Holzschuppen neben die McCreas. Beide waren so starr wie die Kiefernholzscheiben, zwischen denen sie lagen. Er filzte die Taschen der Toten und besichtigte dann seine Beute. Nichts war für ihn von Wert, außer vielleicht das Notizbuch mit den Telefonnummern aus Moss' innerer Brusttasche.

Moss war ein Mann gewesen, der sich nicht in die Karten schauen ließ, eine Haltung, durch jahrelanges Training und ein Leben am Rande der Gesellschaft eingeübt. Das steife Büchlein enthielt mehr als 120 Telefonnummern, aber jede war nur mit Initialen oder einem Vornamen markiert.

Am Morgen des dritten Tages kam Sam, nachdem sie ununterbrochen zehn Stunden ohne Alpträume geschlafen hatte, aus dem Schlafzimmer.

Sie kuschelte sich auf seinen Schoß und lehnte den Kopf an seine Schulter.

»Wie fühlst du dich jetzt?« fragt er.

»Gut. Ich bin wieder okay, Quinn. Wohin fahren wir jetzt?«

»Wir müssen nach Washington zurück«, sagte er. »Das Schlußkapitel wird dort geschrieben werden. Ich brauche deine Hilfe.«

»Die bekommst du«, sagte sie.

An diesem Nachmittag ließ er das Feuer im Ofen ausgehen, säuberte die Hütte, stellte die Gasanschlüsse ab und verschloß die Tür. Moss' Gewehr und den 45er Colt, mit dem McCrea herumgefuchtelt hatte, ließ er zurück. Das Notizbuch hingegen nahm er mit.

Auf dem Weg ins Tal koppelte er den Dodge Ram, der auf der Fahrt zur Hütte stehengelassen worden war, hinten an den Renegade an und schleppte ihn nach St. Johnsbury hinein. Dort war man in der Reparaturwerkstatt gern bereit, das Fahrzeug wieder in Gang zu bringen, und Quinn überließ es den Leuten, den Jeep mit den kanadischen Nummernschildern möglichst günstig zu verkaufen.

Dann fuhren sie mit dem Renegade zum Flughafen Montpellier, gaben ihn zurück und flogen nach Boston und von dort aus zum Washington National Airport. Sam hatte dort ihren eigenen Wagen abgestellt.

»Ich kann nicht mit zu dir kommen«, sagte Quinn, »weil deine Wohnung noch immer abgehört wird.«

Sie fanden eine bescheidene Pension, eine Meile von Sams Wohnung in Alexandria entfernt. Die Wirtin vermietete dem Touristen aus Kanada gern ihr vorderes Zimmer im ersten Stock. Spät an diesem Abend kehrte Sam in ihre eigene Wohnung zurück und rief, der Wanze im Apparat zuliebe, das Bureau an, um zu sagen, daß sie am nächsten Morgen an ihren Schreibtisch zurückkehren werde.

In einer Imbißstube trafen sie sich am zweiten Abend wieder. Sam hatte Moss' Notizbuch mitgebracht und begann, es mit Quinn durchzugehen. Sie hatte die Nummern mit Leuchtstiften markiert, die Farben entsprechend dem betreffenden Land, Bundesstaat oder der Stadt, zu der sie gehörten.

»Der Typ ist wirklich herumgekommen«, sagte sie. »Die gelb überstrichenen Nummern sind ausländische.«

»Die kannst du vergessen«, sagte Quinn. »Der Mann, den ich haben will, lebt entweder hier oder in der Nähe. District of Columbia, Virginia oder Maryland.«

»Schön. Die roten Striche bedeuten Amerika ohne Alaska und Hawaii, aber außerhalb des Gebiets, das du meinst. 41 Nummern sind aus dem District, Virginia und Maryland. Ich habe sie alle überprüft. Der Tintenanalyse zufolge sind die meisten Eintragungen Jahre alt und stammen wahrscheinlich aus der Zeit, als er noch bei der Company war. Sie betreffen Banken, Lobbyisten, mehrere CIA-Mitarbeiter unter ihrer Privatadresse, eine Maklerfirma. Ich mußte einen Typen im Labor an einen großen Gefallen erinnern, den ich ihm getan hatte, um diese Auskünfte zu bekommen.«

»Was hat dein Techniker über das Alter der Eintragungen gesagt?«

»Alle über sieben Jahre alt.«

»Bevor er verknackt wurde. Nein, diese Eintragung muß jüngeren Datums sein.«

»Ich habe gesagt ›die meisten‹«, erinnerte sie ihn. »Vier Nummern wurden im letzten Jahr hineingeschrieben. Ein Reisebüro, zwei Verkaufsstellen von Fluggesellschaften und eine Taxirufnummer.«

»Verdammt!«

»Es steht noch eine andere Nummer drin, vor ungefähr drei bis sechs Monaten eingetragen. Das Dumme ist nur, es gibt sie nicht.«

»Stillgelegt? Defekt?«

»Nein, genau gesagt, es hat sie nie gegeben. Die Vorwahlnummer ist 202 für Washington, aber die übrigen sieben Zahlen ergeben keine Telefonnummer und haben nie eine ergeben.«

Quinn nahm die Nummer in die Pension mit und arbeitete zwei Tage und zwei Nächte daran. Wenn sie verschlüsselt war, gab es genug Variationsmöglichkeiten, um einen Computer zum Schwitzen zu bringen, vom menschlichen Gehirn ganz zu schweigen. Es kam darauf an, wie vorsichtig Moss hatte sein wollen. Quinn begann mit den einfacheren Verschlüsselungen und schrieb die sich dabei ergebenden neuen Zahlen senkrecht untereinander, so daß Sam sie später nachprüfen konnte.

Als erstes nahm er das Naheliegende, den Kinder-Code, bei dem die Aufeinanderfolge der Zahlen von vorne nach hinten lediglich umgekehrt wird. Dann vertauschte er die erste mit der letzten Zahl, die zweite mit der vorletzten, die dritte mit der drittletzten und ließ nur die mittlere der sieben Zahlen stehen. Dieses Vertauschen spielte er in zehn Variationen durch. Dann ging er zu Additionen und Subtraktionen über.

Er zog von jeder Zahl eins, dann zwei und so weiter ab. Dann eins von der ersten, zwei von der zweiten, drei von der dritten ab, bis er zu der siebenten gelangt war. Anschließend addierte er Zahlen. Nach der ersten Nacht lehnte er sich zurück und blickte seine Zahlenreihen an. Moss konnte sein eigenes Geburtsdatum oder auch das seiner Mutter, seine Autonummer oder die Länge der Innenseite seiner Beine addiert oder subtrahiert haben. Als er hundertsieben der nächstliegenden Möglichkeiten durchgespielt hatte, gab er seine Liste Sam. Sie rief ihn am Spätnachmittag des nächsten Tages an. Ihre Stimme klang müde. Die Telefonrechnung des FBI mußte um eine Kleinigkeit gestiegen sein.

»Okay, einundvierzig der Nummern gibt es ebenfalls nicht. Die übrigen sechsundsechzig sind Anschlüsse von Waschsalons, Rentnern, einem Massagesalon, vier Restaurants, einem Hamburger-Imbißlokal, zwei Nutten und einem Militärstützpunkt, sowie fünfzig Privatleuten, die anscheinend mit überhaupt nichts was zu tun haben. Aber *eine* Nummer könnte der Treffer sein. Die Nummer vierundvierzig auf deiner Liste.«

Er warf einen Blick auf seine Kopie. Vierundvierzig. Er war dazu gelangt, daß er die Abfolge der Zahlen umkehrte und dann 1, 2, 3, 4, 5, 6, 7 subtrahierte.

»Wem gehört sie?« fragte er.

»Es ist ein als geheim eingestufter Privatanschluß«, sagte sie. »Ich mußte an ein paar von mir erwiesene Gefälligkeiten erinnern, um ihn identifiziert zu bekommen. Eine Nummer in einem großen Stadthaus in Georgetown. Rat mal, wem sie gehört.«

Sie sagte es ihm. Quinn atmete vernehmlich aus. Wenn man lange genug mit einer siebenstelligen Zahl herumspielt, ist es möglich, daß dabei aus reinem Zufall die Privatnummer einer hochgestellten Persönlichkeit herauskommt.

»Danke, Sam. Es ist alles, was ich habe. Ich werd's versuchen und dir Bescheid sagen.«

Um 20.30 Uhr an diesem Abend saß Senator Bennett Hapgood in der »Maske« eines großen New Yorker Fernsehsenders, während ein hübsches Mädchen ihm noch ein bißchen ockerfarbenen Puder aufs Gesicht tupfte. Er reckte das Kinn hoch, um die schlaffe Haut unter dem Unterkiefer etwas zu straffen.

»Nur ein bißchen mehr Haarspray hierher, Schätzchen«, sagte er zu ihr und deutete auf eine der gefönten weißen Locken, die jungenhaft in die Stirn fiel, aber vielleicht verrutschen konnte, wenn sie nicht fixiert wurde.

Sie hatte gute Arbeit geleistet. Das feine Geäder um seine Nase war verschwunden, unter die Lider hatte sie Tropfen gespritzt, die die Augen funkeln ließen, die Sonnenbräune des »frontierman«, in langen Stunden unter einer Ultraviolettlampe mühsam erworben, bezeugte eine kraftstrotzende Gesundheit. Die zweite Aufnahmeleiterin steckte den Kopf zur Tür herein.

»Wir sind bereit für Sie, Senator«, sagte sie.

Bennett Hapgood erhob sich und stand da, während ihm die Maskenbildnerin den Umhang abnahm und von seinem perlgrauen Anzug eventuelle letzte Puderstäubchen entfernte. Dann folgte er der Aufnahmeleiterin ins Studio. Er nahm seinen Platz links vom Moderator ein, und ein Tonassistent klemmte ihm ein Mikrofon, so klein wie ein Knopf, an den Jackenaufschlag. Der Moderator, der eine der wichtigsten Nachrichtensendungen des Landes zur besten Sendezeit moderierte, war damit beschäftigt, sein Manuskript durchzugehen; der Bildschirm zeigte einen Werbespot über Hundefutter. Er blickte auf und feixte mit seinen Perlenzähnen Hapgood an.

»Freut mich, Sie zu sehen, Senator.«

Hapgood reagierte mit dem obligatorischen übertrieben breiten Lächeln.

»Freut mich, hier zu sein, Tom.«

»Wir haben nur noch zwei Spots. Dann sind wir auf Sendung.«

»Schön. Ich überlasse mich ganz Ihrer Führung.«

Wart mal ab, mein Freund, dachte der Moderator, der aus der liberalen Tradition des Ostküsten-Journalismus kam und den Senator als eine Gefahr für die Gesellschaft betrachtete.

Das Hundefutter wurde von einem Pritschenwagen abgelöst. Als dann das letzte Bild einer glückseligen Familie verblaßte, die zum

Frühstück ein Produkt verdrückte, das aussah und vermutlich auch schmeckte wie ein feuerfester Ziegel, deutete die Aufnahmeleiterin mit einem Finger auf Hapgood. Das rote Lämpchen auf der Kamera Eins glühte auf, und der Moderator blickte mit dem sorgenvollen Gesicht des engagierten Bürgers in die Linse.

»Trotz wiederholter Dementis des Pressesprechers des Weißen Hauses, Craig Lipton, erreichen unsere Sendung nach wie vor Meldungen, daß Präsident Cormacks Gesundheitszustand noch immer Anlaß zu tiefer Beunruhigung gibt. Und dies nur zwei Wochen, bevor das mit seinem Namen und seiner Präsidentschaft aufs engste verbundene Projekt, der Nantucket-Vertrag, zur Ratifizierung vor den Kongreß kommt.

Einer der konsequentesten Gegner des Vertrags ist der Vorsitzende der Bewegung ›Bürger für ein starkes Amerika‹, Senator Bennett Hapgood.«

Bei dem Wort »Senator« leuchtete das Lämpchen auf Kamera Zwei auf und strahlte das Bild des sitzenden Senators in dreißig Millionen amerikanische Heime aus. Kamera Drei zeigte den Zuschauern beide Männer, als der Moderator sich zu Hapgood hindrehte.

»Senator, wie bewerten Sie die Chancen einer Ratifizierung im Januar?«

»Was soll ich sagen, Tom? Gut sind sie kaum, nach dem, was in den letzten Wochen geschehen ist. Aber selbst abgesehen von diesen Ereignissen – der Vertrag sollte nicht ratifiziert werden. Wie Millionen meiner amerikanischen Mitbürger sehe auch ich zu diesem Zeitpunkt keinen berechtigten Grund, den Russen zu trauen – und darauf läuft es ja hinaus.«

»Aber die Frage des Vertrauens stellt sich doch nicht, Senator. In den Vertrag sind Prozeduren zur Verifizierung eingebaut, die unseren militärischen Experten einen noch nicht dagewesenen Zugang zum sowjetischen Waffenvernichtungsprogramm gewähren ...«

»Vielleicht ja, Tom, vielleicht auch nicht. Rußland ist ja ein riesiges Territorium. Wir müssen uns darauf verlassen, daß sie nicht im Landesinneren andere, modernere Waffen bauen. Für mich ist die Sache einfach: Ich möchte Amerika stark sehen, und das heißt, daß wir jedes Stück Hardware behalten, das wir haben ...«

»Und weitere Waffen aufstellen, Senator?«

»Wenn es sein muß, wenn es sein muß.«

»Aber die Waffenbeschaffung ruiniert allmählich unsere Wirtschaft, das Defizit beginnt aus dem Ruder zu laufen.«

»Das sagen Sie, Tom. Andere wieder sagen, was unserer Wirtschaft Schaden zufügt, das sind zu viele Sozialhilfe-Schecks, zu viele Importe, zu viele Auslandshilfeprogramme der Bundesregierung. Wir scheinen mehr Geld für das kritische Ausland auszugeben als für unser eigenes Militär. Glauben Sie mir, Tom, es geht mir nicht um Geld für die Rüstungsindustrie, ganz und gar nicht.«

Tom Granger wechselte das Thema.

»Senator, abgesehen davon, daß Sie gegen amerikanische Hilfe für die Hungernden in der Dritten Welt und für protektionistische Zolltarife sind, haben Sie auch John Cormacks Rücktritt gefordert. Können Sie diese Forderung begründen?«

Hapgood hätte den Moderator am liebsten erwürgt. Daß Granger von »Hungernden« und von »protektionistisch« gesprochen hatte, ließ erkennen, wie *er* zu diesen Fragen eingestellt war. Doch Hapgood wahrte den Gesichtsausdruck brüderlicher Besorgtheit und nickte ernst, aber bedauernd.

»Tom, ich möchte nur dies eine sagen: Ich habe mich mehrmals gegen Projekte gestellt, für die sich Präsident Cormack eingesetzt hat. Das ist mein gutes Recht in einem freien Land. Aber ...«

Er wandte sich vom Moderator ab, stellte fest, daß auf der Kamera, auf die er es abgesehen hatte, das Rotlicht nicht brannte, und starrte die halbe Sekunde lang hin, die der Regisseur in der »Regie« brauchte, um die Kameras zu wechseln und ihn in Nahaufnahme zu zeigen.

»... ich lasse mich von niemandem in meiner Hochachtung vor John F. Cormacks Integrität und seinem Mut in schweren Zeiten übertreffen. Und gerade deswegen sage ich ...«

Sein gebräuntes Gesicht hätte aus allen Poren Aufrichtigkeit ausgeschwitzt, wären sie nicht mit Schminke zugekleistert gewesen.

»... John, Sie haben mehr auf sich genommen, als irgendeinem Menschen zugemutet werden sollte. Um der Nation, der Partei, vor allem aber um Ihrer selbst und Myras willen, flehe ich Sie an, legen Sie die unerträglich gewordene Bürde Ihres Amtes nieder.«

In seinem privaten Arbeitszimmer im Weißen Haus drückte Präsident Cormack auf einen Knopf an seiner Fernbedienung und schaltete damit den Bildschirm auf der anderen Seite des Raums ab. Er kannte Hapgood und mochte ihn nicht, obwohl sie beide der Republikanischen Partei angehörten; stünde der Kerl vor ihm, er würde es niemals wagen, ihn beim Vornamen anzureden.

Und doch . . . er wußte, Hapgood hatte recht. Er wußte, daß seine Kraft beinahe erschöpft, daß er nicht mehr imstande war, Amerika zu führen. Er fühlte sich so elend, daß er kein Verlangen mehr hatte, sein Amt weiterzuführen, ja, daß er nicht einmal mehr am Leben hing.

Ohne daß er davon wußte, hatte Dr. Armitage in den vergangenen zwei Wochen Symptome an ihm festgestellt, die ihn zutiefst beunruhigten. Einmal – vielleicht auf der Suche nach dem, was er dann fand – hatte er in der Tiefgarage den Präsidenten nach einem seiner seltenen Ausflüge beim Aussteigen aus seinem Auto angetroffen. Das Staatsoberhaupt hatte das Auspuffrohr der Limousine wie einen alten Freund angeblickt, an den er sich vielleicht wenden würde, um seinen Schmerz zu mildern.

John F. Cormack nahm wieder das Buch zur Hand, in dem er vor der Fernsehsendung gelesen hatte. Es war ein Band Lyrik, und Lyrikseminare hatte er einst in Yale gehalten. Darin stand ein Vers, an den er sich erinnerte, geschrieben von John Keats. Der englische Dichter, dem wegen seines kleinen Wuchses die Liebe seines Lebens versagt geblieben und der schon mit sechsundzwanzig Jahren gestorben war, hatte die Melancholie wie wenige andere gekannt und ihr unvergleichlichen Ausdruck gegeben. Der Präsident fand die Stelle, die er suchte – aus der »Ode an eine Nachtigall«

». . denn oft fand ich heim
Zu Sehnsucht nach des Todes Ruh und Gruft,
Rief sanfte Namen ihm in Traum und Reim,
Daß er mein Atmen fortnähm und die Luft.
Nun scheint mir mehr als je zu sterben gut,
Verlöschen in der Mitternacht sonder Qual . . .«

Er ließ das Buch aufgeschlagen, lehnte sich zurück und starrte auf die reichen Schneckenverzierungen am Wandsims im Arbeitszimmer des mächtigsten Mannes der Welt. Verlöschen in der Mitternacht sonder Qual. Wie verlockend, dachte er, wie überaus verlockend . . .

Quinn entschied sich für halb elf an diesem Abend, eine Stunde, zu der die meisten arbeitenden Männer zu Hause waren, aber noch nicht im Bett lagen. Er war in einer Telefonzelle in einem guten Hotel, wo die Zellen noch Türen haben, so daß man für sich sein kann. Er wählte und hörte es dreimal läuten; dann wurde abgehoben.

»Ja?«

Er hatte die Stimme schon einmal gehört, aber dieses eine Wort genügte nicht, um sie zu identifizieren. Er sprach im ruhigen, beinahe flüsternden Ton von Moss, und hin und wieder kam sein Atem pfeifend wie durch eine lädierte Nase.

»Hier ist Moss«, sagte er. Es entstand eine Pause.

»Sie sollten mich nie hier anrufen, außer in einem ganz dringenden Fall. Das habe ich Ihnen doch gesagt.«

Schwein gehabt. Quinn gab einen tiefen Seufzer von sich.

»Es ist dringend«, sagte er leise. »Quinn ist aus dem Weg geräumt. Die Frau gleichfalls. Und McCrea ist ... beseitigt.«

»Ich will eigentlich von diesen Dingen nichts wissen«, sagte die Stimme.

»Sie sollten aber«, sagte Quinn, bevor der Mann die Verbindung unterbrechen konnte. »Quinn hat ein Manuskript hinterlassen. Ich hab's bei mir, hier.«

»Ein Manuskript?«

»Ganz recht. Ich weiß nicht, wo er die Details her hatte, wie er draufgekommen ist, aber es steht alles hier. Die fünf Namen, Sie wissen, die Hintermänner. Ich, McCrea, Orsini, Zack, Marchais, Pretorius. Alles. Namen, Daten, Orte. Was passiert ist und warum ... und wer ...«

Diesmal schwieg der Mann lange.

»Bin ich da auch dabei?« fragte er.

»Ich hab' ja gesagt, es steht alles da.«

Er hörte ein schweres Atmen.

»Wie viele Exemplare?«

»Nur das eine. Er war in einer Berghütte hoch oben in Vermont. Dort gibt's keine Kopiergeräte. Ich hab' das einzige Exemplar hier bei mir.«

»Verstehe. Wo sind Sie jetzt?«

»In Washington.«

»Ich denke, es ist besser, Sie übergeben es mir.«

»Klar«, sagte Quinn. »Keinerlei Problem. Ich werde darin auch genannt. Ich würd' es ja vernichten, aber ...«

»Aber was, Mr. Moss?«

»Aber ich habe noch Geld zu bekommen.«

Wieder eine lange Pause. Der Mann am anderen Ende der Leitung schluckte mehrmals.

»Soviel ich weiß, hat man Sie großzügig honoriert«, sagte er. »Wenn Ihnen darüber hinaus noch etwas zusteht, werden Sie es bekommen.«

»Ich hab' eine Menge Dreckarbeit, die nicht vorherzusehen gewesen war, erledigen müssen. Diese drei Typen in Westeuropa, Quinn, die Frau ... Das alles hat eine Menge Extra ... Extraarbeit verursacht.«

»Was wollen Sie, Mr. Moss?«

»Ich denke, ich sollte noch mal kriegen, was mir ursprünglich angeboten wurde. Und zwar doppelt.«

Er konnte hören, wie der andere nach Luft schnappte.

Der Mann lernte zweifellos auf die schmerzliche Tour, daß man am Ende erpreßt werden kann, wenn man sich mit Killern einläßt.

»Ich muß diese Sache erst besprechen«, sagte der Mann in Georgetown. »Wenn ... äh ... Papiere vorbereitet werden müssen, wird das Zeit kosten. Tun Sie bitte nichts Unbesonnenes. Ich bin sicher, die Sache läßt sich regeln.«

»Vierundzwanzig Stunden«, sagte Quinn. »Morgen um die gleiche Zeit ruf' ich Sie wieder an. Sagen Sie diesen fünf Leuten dort unten, daß die Sache eilig ist. Ich bekomme mein Geld, Sie kriegen das Manuskript. Dann verdufte ich, und Sie sind alle außer Gefahr – für immer.«

Er legte den Hörer auf und überließ es dem andern, sich schlüssig zu werden, ob er das Geld herausrücken oder eine Katastrophe über sich hereinbrechen lassen sollte.

Um beweglich zu sein, mietete Quinn ein Motorrad, dann kaufte er sich schwere Stiefel und eine mit Schaffell gefütterte Bomberjacke, um sich gegen die Kälte zu schützen.

Sein Anruf am folgenden Abend wurde schon beim ersten Klingelton entgegengenommen.

»Wie sieht's aus?« sagte er schniefend.

»Ihre ... Bedingungen, obwohl einigermaßen übertrieben, sind akzeptiert worden«, sagte der Eigentümer des Hauses in Georgetown.

»Sie haben ... die Papierchen?«

»Ja. In meinen Händen. Sie haben das Manuskript?«

»Befindet sich in meinen. Bringen wir die Sache hinter uns.«

»Einverstanden. Nicht hier. Am gewohnten Treffpunkt, zwei Uhr morgens.«

»Allein. Unbewaffnet. Wenn Sie versuchen, mich von ein paar Muskelmännern überfallen zu lassen, landen sie in einem Sarg.«

»Keine faulen Tricks, mein Wort darauf. Da wir zu zahlen bereit sind, sind keine nötig. Und auch von Ihrer Seite keine krummen Touren. Ein ehrliches Geschäft, Geld gegen Ware, wenn ich bitten darf.«

»Genau was ich will. Ich möchte nur das Geld«, sagte Quinn.

Der andere brach das Gespräch ab.

Um 22.55 Uhr saß John F. Cormack an seinem Schreibtisch und las die handgeschriebene Rede an das amerikanische Volk noch einmal durch. Sie war in wohlgesetzten Worten des Bedauerns gehalten. Andere würden sie verlesen, in ihren Zeitungen und Magazinen abdrukken, in ihren Radio- und Fernsehsendungen bringen müssen. Nachdem er das Weiße Haus verlassen hatte. Bis Weihnachten waren es noch acht Tage. Doch in diesem Jahr würde ein anderer hier das Fest feiern. Ein guter Mann, ein Mann seines Vertrauens, Michael Odell, einundvierzigster Präsident der Vereinigten Staaten. Das Telefon klingelte. Er warf einen etwas gereizten Blick auf den Apparat. Es war sein Privat- und Geheimanschluß, dessen Nummer er nur engen und bewährten Freunden gab, die ihn zu jeder Stunde ohne Voranmeldung anrufen durften.

»Ja?«

»Herr Präsident?«

»Ja.«

»Mein Name ist Quinn. Der Unterhändler.«

»Ach ... ja, Mr. Quinn.«

»Ich weiß nicht, wie Sie über mich denken, Herr Präsident. Es spielt jetzt keine große Rolle. Ich habe es nicht geschafft, Ihnen Ihren

Sohn zurückzubringen. Aber ich habe entdeckt, warum. Und wer ihn umgebracht hat. Bitte, Sir, hören Sie mich an, ich habe nicht viel Zeit.

Um fünf Uhr morgen früh wird ein Motorradfahrer am Secret-Service-Posten beim öffentlichen Eingang zum Weißen Haus am Alexander Hamilton Place anhalten. Er wird einen flachen Karton abgeben, der ein Manuskript enthält. Es ist nur für Ihre Augen bestimmt. Kopien gibt es keine. Bitte, erteilen Sie Anweisung, daß es Ihnen persönlich gebracht wird, sobald es da ist. Wenn Sie es gelesen haben, werden Sie die Entscheidungen treffen, die Sie für richtig halten. Vertrauen Sie mir, Herr Präsident. Dieses letzte Mal noch. Gute Nacht, Sir.«

Cormack starrte den summenden Hörer an. Noch immer perplex, legte er ihn auf die Gabel, hob einen anderen ab und erteilte dem Secret-Service-Beamten vom Dienst die Anweisung.

Quinn hatte ein kleines Problem. Er kannte den »gewohnten Treffpunkt« nicht, und dies zuzugeben hätte bedeutet, daß er den Mann nicht treffen würde. Um Mitternacht fand er die Adresse, die Sam ihm genannt hatte, stellte die schwere Honda weiter unten an der Straße ab und bezog im tiefen Schatten einer Lücke zwischen zwei Häusern auf der Straßenseite gegenüber, fünfzehn Meter entfernt, seine Warteposition.

Das Gebäude, das er beobachtete, war ein schönes, elegantes, fünf Stockwerke hohes herrschaftliches Wohnhaus am westlichen Ende der N Street, die dort an den Campus der Georgetown University stößt. Quinn schätzte, daß ein solches Haus sicher über zwei Millionen Dollar kostete.

Daneben, auf der Höhe des Untergeschosses, waren die beiden Türen einer Doppelgarage mit Hubtoren zu sehen. In dem Haus brannten in drei Etagen Lichter. Kurz nach Mitternacht gingen sie im obersten Stock aus, wo die Hausangestellten untergebracht waren. Um ein Uhr war nur noch eine einzige Etage beleuchtet. Irgend jemand war noch wach.

Um 1.20 Uhr erloschen die letzten Lichter über dem Erdgeschoß, in welchem andere angingen. Zehn Minuten später erschien hinter den Garagentoren ein schmaler gelber Spalt – jemand stieg in ein Auto ein. Das Licht ging aus, und ein Tor glitt hoch. Ein langer, schwarzer Cadillac erschien, bog langsam in die Straße ein, und das Garagentor schloß sich. Als die Limousine von der Universität wegfuhr, sah Quinn, daß darin nur ein einziger Mann saß. Er ging unauffällig zu seiner Honda, startete sie und fuhr langsam hinter dem Cadillac die Straße entlang.

Der Wagen bog südwärts auf die Wisconsin Avenue ab. Das sonst so lebenssprühende Herz von Georgetown mit seinen Bars, Bistros und bis spät geöffneten Geschäften, war still zu dieser nächtlichen Stunde Mitte Dezember. Quinn hielt so weit Abstand, wie er es wagte, und sah die Rücklichter des Cadillac ostwärts in die M Street und später nach rechts in die 23rd Street einbiegen. Er folgte ihm um den Washington Circle herum und dann weiter südwärts, bis die Limousine nach links in die Constitution Avenue abbog und gleich nach dem Henry Bacon Drive am Straßenrand unter den Bäumen anhielt.

Quinn riß seine Maschine nach rechts, fuhr über den Bordstein und in eine Gruppe von Büschen, während er zugleich Motor und Lichter abstellte. Er sah, wie die Rücklichter des Cadillac erloschen und der Fahrer ausstieg. Der Mann blickte sich kurz um, beobachtete ein weißes Taxi, dessen Fahrer nach einem Fahrgast Ausschau hielt, bemerkte sonst nichts und machte sich auf den Weg. Statt den Gehsteig entlangzugehen, begann er den Rasen in Richtung auf den Reflecting Pool zu überqueren.

Außerhalb des Bereiches der Straßenbeleuchtung verschlang die Dunkelheit die Gestalt in dem schwarzen Mantel und mit einem Hut auf dem Kopf. Rechts von Quinn erhellte das Flutlicht, das das Lincoln Memorial bestrahlte, das untere Ende der 23rd Street, aber das Licht erreichte gerade nur das Gras und die Bäume. Quinn konnte auf vierzig Meter aufschließen und behielt den sich vorwärts bewegenden Schatten im Blickfeld.

Der Mann ging um das westliche Ende des Vietnam Veterans Memorial herum und dann halb links auf die höher gelegene und mit vielen Bäumen bewachsene Stelle zwischen dem Constitution Gardens Lake und dem Reflecting Pool zu.

Weit links von ihm sah Quinn Licht aus den zwei Biwaks schimmern, wo Veteranen für die Vermißten aus diesem traurigen und fernen Krieg Nachtwache hielten. Sein »Wild« vermied es, zu nahe an diesem einzigen Anzeichen von Leben zu dieser Stunde vorbeizugehen.

Das Memorial ist eine lange Mauer aus schwarzem Marmor, knöchelhoch an beiden Enden, doch über zwei Meter tief in der Mitte in den Erdboden eingelassen und wie ein sehr flacher Winkel geformt. Quinn überquerte die Mauer an der Stelle, wo sie nur dreißig Zentimeter hoch war, und ging dann in ihrem Schatten in die Hocke, als der Mann vor ihm den Kopf umwandte, als hätte er das Scharren von Schuhsohlen auf Kies gehört. Da sich sein Kopf über dem Niveau der Rasenflächen ringsum befand, sah Quinn, daß der andere die Gegend absuchte, ehe er weiterging.

Hinter den Wolken kam der Mond als fahle Sichel hervor. In seinem Licht sah Quinn die Marmormauer mit den eingekerbten Namen der 50 000 in Vietnam gefallenen Männer in ihrer ganzen Länge. Er beugte sich kurz vornüber, küßte den eisigen Marmor und überquerte dann die Rasenfläche zu dem Wäldchen aus hochragenden Eichen, wo Bronzestatuen von Kriegsveteranen in Lebensgröße stehen.

Der Mann in dem schwarzen Mantel blieb stehen und drehte sich wieder um, um das Gelände hinter ihm zu rekognoszieren. Er sah nichts. Das Mondlicht hob die Eichen hervor, entlaubt und starr vor dem Hintergrund des nun fernen Lincoln Memorial in seinen Lichtfluten, und überzog die vier Bronzesoldaten mit funkelndem Glanz.

Hätte er Bescheid gewußt oder sich mehr dafür interessiert, wäre dem Mann in dem schwarzen Mantel klar gewesen, daß auf dem Sokkel nur drei Soldaten stehen. Als er weiterging, wurde der vierte lebendig und folgte ihm.

Schließlich erreichte der Mann den »gewohnten Treffpunkt«. Auf der Kuppe zwischen dem See in den Constitution Gardens und dem Reflecting Pool steht diskret zwischen Bäumen eine öffentliche Toilette, von einer einzigen Lampe beleuchtet, die zu dieser Stunde noch brannte. Der Mann in dem schwarzen Mantel bezog neben der Lampe Position und wartete. Zwei Minuten später kam Quinn aus dem Schatten der Bäume. Der Mann sah ihn starr an. Vermutlich erbleichte er, was sich jedoch nicht feststellen ließ, weil das Licht zu schwach war. Aber seine Hände zitterten heftig, was Quinn immerhin sah. Sie starrten einander an. Der Mann vor Quinn kämpfte gegen eine wachsende Panik an.

»Quinn«, sagte er, »Sie sind doch tot.«

»Nein«, sagte Quinn. »Moss ist tot. Und McCrea. Und Orsini, Zack, Marchais und Pretorius. Und Simon Cormack – o ja, er ist tot. Und Sie wissen, warum.«

»Moment, Quinn. Wollen wir als vernünftige Leute miteinander sprechen. Er mußte abtreten. Er war drauf und dran, uns alle ins Verderben zu stürzen. Das müssen Sie doch einsehen.«

»Simon? Ein Student in Oxford?«

Die Überraschung des Mannes in dem dunklen Mantel siegte über seine Angst. Er gehörte dem Komitee im Weißen Haus an. Er wußte, wozu Quinn imstande war und daß er selbst jetzt um sein Leben reden mußte.

»Nicht der Junge. Der Vater. Er muß abtreten.«

»Wegen des Nantucket-Vertrags?«

»Natürlich. Die Vertragsbedingungen werden Tausende von Leuten, Hunderte von Firmen ruinieren.«

»Aber warum haben *Sie* es getan? Soviel ich weiß, sind Sie ein schwerreicher Mann mit einem gewaltigen Privatvermögen.«

Der Mann, den Quinn vor sich hatte, lachte kurz auf.

»Noch!« sagte er. »Als ich das Vermögen meiner Familie erbte, nutzte ich meine Talente als Makler in New York dazu, es in verschiedenen Aktienpaketen anzulegen. Gute Aktien mit hohen Kurssteigerungen und hohen Erträgen.«

»In der Rüstungsindustrie natürlich.«

»Passen Sie auf, Quinn. Das hier habe ich für Moss mitgebracht. Jetzt könnte es Ihnen gehören. Haben Sie so was schon mal gesehen?«

Er zog ein Papier aus seiner Brusttasche und hielt es Quinn hin. Im schwachen Licht der Laterne und des Mondes sah Quinn es an. Ein Bankwechsel, gezogen auf eine Schweizer Bank von untadeligem Ruf, auszuzahlen an den Überbringer. In Höhe von fünf Millionen US-Dollar.

»Nehmen Sie es, Quinn. Soviel Geld haben Sie noch nie auf einen Haufen gesehen und werden Sie auch nie wieder sehen. Stellen Sie sich vor, was Sie damit anfangen, das Leben, das Sie sich damit leisten können! Geben Sie nur das Manuskript her, und der Bankwechsel gehört Ihnen.«

»Es ist also die ganze Zeit wirklich nur um Geld gegangen, ist das so?« sagte Quinn nachdenklich. Er spielte mit dem Papier herum und ließ sich die Sache durch den Kopf gehen.

»Natürlich. Um Geld und Macht, das läuft auf das gleiche hinaus.«

»Aber Sie waren ein Freund des Präsidenten. Er hat Ihnen vertraut.«

»Bitte, Quinn, seien Sie doch nicht naiv. Dieser ganzen Nation geht es nur um Geld. Daran kann niemand was ändern. So war's immer, so wird es immer sein. Für uns ist der Dollar ein Gott, den wir anbeten. Alles und jeder in diesem Land kann gekauft werden, gekauft, wenn man dafür zahlt.«

Quinn nickte. Er dachte an die 50000 Namen an der schwarzen Mamormauer, vierhundert Yards hinter ihm. Er seufzte und griff in seine schaffellgefütterte Bomberjacke. Der andere, kleiner als er, sprang einen Schritt zurück.

»Das ist doch nicht nötig, Quinn. Sie haben gesagt, keine Waffen.«

Doch als Quinns Hand wieder auftauchte, umklammerte sie zweihundert maschinenbeschriebene Blätter. Der andere entspannte sich, nahm das Bündel entgegen.

»Sie werden es nicht bereuen, Mr. Quinn. Das Geld gehört Ihnen. Genießen Sie es.«

Quinn nickte wieder.

»Ich habe nur noch eine Bitte.«

»Sie können mich bitten, um was Sie wollen.«

»Ich habe mein Taxi an der Constitution Avenue bezahlt. Können Sie mich bis zum Circle mitnehmen?«

Zum ersten Mal lächelte der andere. Vor Erleichterung.

»Kein Problem«, sagte er.

19. Kapitel

Die Männer in den langen Ledermänteln beschlossen, ihre Aufgabe am Wochenende auszuführen. Um diese Zeit waren weniger Leute unterwegs, und sie waren angewiesen worden, sehr diskret vorzugehen. Sie hatten Beobachter längs der Straße, an dem das Bürogebäude stand, postiert, die ihnen über Funk meldeten, wenn die Beute an diesem Abend Moskau verließ.

Die Polizisten, die die Verhaftung vornehmen sollten, warteten geduldig an der schmalen Landstraße neben der Biegung der Moskwa, nur eine Meile vor der Abzweigung zum Dorf Peredelkino, wo die Spitzenmitglieder des Zentralkomitees, die angesehensten Angehörigen der Akademie der Wissenschaften und die Spitzen des Militärs ihre Wochenenddatschas haben.

Als der Wagen, auf den sie warteten, in Sicht kam, stellte sich das vorderste Fahrzeug des Verhaftungskommandos quer und blockierte damit die Straße vollständig. Die rasch herankommende Tschaika wurde langsamer und kam dann zum Stehen. Der Fahrer und der Leibwächter, beides Asse aus der GRU und Männer mit Speznas-Ausbildung hatten keine Chance. Von beiden Seiten der Straße kamen Männer mit Maschinenpistolen heran, und die beiden Soldaten schauten durch die Scheiben des Wagens direkt in die Mündungen.

Der Anführer der Zivil tragenden Polizisten trat auf die rechte hintere Tür zu, riß sie auf und blickte ins Innere. Der Mann, der darin saß, schaute von dem Dossier, in dem er las, gleichgültig, doch mit einer Spur von Gereiztheit, auf.

»Marschall Koslow?« fragte der KGB-Mann in seinem Ledermantel.

»Ja.«

»Steigen Sie bitte aus. Versuchen Sie nicht, Widerstand zu leisten. Befehlen Sie das auch Ihren Soldaten. Sie sind verhaftet.«

Der bullige Marschall murmelte seinem Fahrer und dem Leibwächter einen Befehl zu und stieg aus. Sein Atem gefror in der eiskalten Luft zu Wölkchen. Der Gedanke ging ihm durch den Kopf, wann er wohl wieder die frische Luft eines Wintertages einatmen werde. Wenn er Furcht empfand, ließ er sich davon nichts anmerken.

»Wenn Sie dafür keine Ermächtigung haben, werden Sie sich gegenüber dem Politbüro rechtfertigen müssen, Tschekisti.« Er gebrauchte das russische Schimpfwort für einen Geheimpolizisten.

»Wir handeln auf Weisung des Politbüros«, sagte der KGB-Mann mit Befriedigung in der Stimme. Er war ein Oberst aus dem Zweiten Hauptdirektorat. In diesem Augenblick erkannte der alte Marschall, daß ihm die Munition endgültig ausgegangen war.

Zwei Tage danach umstellte im Nachtdunkel die saudiarabische Sicherheitspolizei ein bescheidenes Privathaus in Riad. Dies geschah leise, aber nicht leise genug. Einer der Polizisten stieß gegen eine Konservendose, worauf ein Hund zu bellen begann. Ein jemenitischer Hausangestellter, der schon auf den Beinen war, um den ersten starken Kaffee des Tages zu brühen, blickte hinaus und ging dann, seinen Gebieter zu benachrichtigen.

Oberst Easterhouse hatte bei den amerikanischen Fallschirmtruppen gelernt, rasch zu reagieren. Er kannte auch sein Saudi-Arabien und wußte, daß ein Verschwörer die Gefahr von Verrat niemals außer acht lassen durfte. Er war gewappnet und allzeit bereit. Als das große Holztor, das auf den Hof führte, krachend zusammengestürzt war und seine beiden jemenitischen Beschützer für ihn ihr Leben gelassen hatten, ging er seinen Weg, um den Qualen zu entgehen, die ihn mit Gewißheit erwarteten. Die Sicherheitspolizisten hörten den Schuß, während sie die Treppe zum Wohnbereich im oberen Stockwerk hinaufstürmten.

Sie fanden ihn ausgestreckt und mit dem Gesicht nach unten auf dem Boden seines Arbeitszimmers, eines luftigen, mit erlesenem arabischem Geschmack eingerichteten Raums –, das Blut, das aus der Wunde lief, ruinierte einen herrlichen Kaschan-Teppich. Der Oberst, der das Verhaftungskommando anführte, blickte sich kurz in dem Zimmer um; sein Blick fiel auf ein einziges Wort, das in arabischer Schrift auf einen seidenen Wandbehang hinter dem Schreibtisch gestickt war: »Inschallah«. Wenn es Allahs Wille ist.

Am folgenden Tag übernahm Philip Kelly persönlich die Führung des FBI-Trupps, der das Besitztum in den Vorhügeln des Hill Country außerhalb von Austin umstellte. Cyrus V. Miller empfing Kelly höflich und hörte sich an, wie ihm seine Rechte vorgelesen wurden. Als er erfuhr, daß er verhaftet sei, begann er laut zu beten und rief die göttliche Rache seines Freundes im Himmel auf die Götzendiener und Widersacher des Glaubens herab, die so sichtlich außerstande waren, den Willen des Allmächtigen zu erfassen, wie er im Tun seines auserwählten Werkzeugs Ausdruck fand.

Kevin Brown befehligte das Team, das beinahe zur selben Minute Melville Scanlon in seinem palastartigen Domizil außerhalb von Houston in Gewahrsam nahm. Andere FBI-Trupps besuchten Lionel Moir in Dallas und versuchten, in Palo Alto Ben Salkind und in Pasadena Lionel Cobb festzunehmen. Ob es nun Intuition oder ein zufälliges Zusammentreffen war, Salkind war am Tag vorher nach Mexiko City geflogen. Bei Cobb hatte man angenommen, er werde um die für seine Verhaftung vorgesehene Stunde in seinem Büro sitzen. Tatsächlich aber hatte ihn eine Erkältung an diesem Vormittag in seinem Heim festgehalten. Es war eine jener Fügungen, die die genauestens geplanten Operationen zunichte machen. Polizisten und Soldaten erleben sie oft. Eine Sekretärin rief ihn an, während das FBI-Team mit Vollgas zu seinem Privathaus raste. Er erhob sich von seinem Bett, küßte Frau und Kinder und ging zu der mit seinem Haus verbundenen Garage. Dort fanden ihn die FBI-Männer zwanzig Minuten später.

Vier Tage danach trat Präsident Cormack in den Kabinettssaal und nahm den für ihn reservierten Platz in der Mitte ein. Der innere Kreis aus Ministern und Beratern hatte sich bereits versammelt und flankierte ihn. Man bemerkte, daß seine Augen klar blickten, daß er sich gerade und den Kopf hoch hielt.

Auf der anderen Seite des Tisches waren Lee Alexander und David Weintraub von der CIA neben Don Edmonds, Philip Kelly und Kevin Brown vom FBI aufgereiht. John F. Cormack nickte ihnen zu, als er Platz nahm.

»Ihre Berichte, meine Herren, wenn ich bitten darf.«

Durch einen kurzen Blick seines Direktors veranlaßt, sprach Kevin Brown als erster.

»Herr Präsident – die Blockhütte in Vermont. Wir haben dort ein Armalite-Gewehr und einen 45er Colt Automatic, wie beschrieben, sichergestellt und die Leichen von Irving Moss und Duncan McCrea gefunden, beide früher bei der CIA. Sie sind identifiziert worden.«

Davin Weintraub nickte bestätigend.

»Wir haben den Colt in Quantico untersucht. Die belgische Polizei hat uns vergrößerte Aufnahmen der ›lands‹ an der Kugel geschickt, die sie aus dem Polster eines Sitzes in einem Riesenrad in Wavre herausgeholt haben. Sie passen zusammen; aus dem Colt wurde die Kugel abgefeuert, die den Söldner Marchais, alias Lefort, tötete. Die holländische Polizei entdeckte im Keller unter einer Bar in Hertogenbosch eine Kugel in der Holzwand eines alten Fasses. Leicht verformt, aber die ›lands‹ waren noch sichtbar. Derselbe Colt. Schließlich hat die Pariser Polizei aus dem Stuck in einer Bar in der Passage de Vautrin sechs intakte Kugeln zutage gefördert. Wir haben festgestellt, daß sie aus dem Armelite-Gewehr kamen. Beide Waffen wurden unter einem falschen Namen in einem Waffengeschäft in Galveston gekauft. Der Besitzer hat Irving Moss anhand seines Fotos als den Käufer identifiziert.«

»Also ist alles klar.«

»Ja, Herr Präsident, alles.«

»Mr. Weintraub?«

»Ich muß zu meinem Bedauern bestätigen, daß Duncan McCrea tatsächlich in Mittelamerika auf Empfehlung von Irving Moss in die Company aufgenommen wurde. Er wurde dort unten zwei Jahre lang als Laufbursche verwendet, dann nach Amerika gebracht und zur Ausbildung nach Camp Peary geschickt. Nachdem Moss gefeuert worden war, hätten alle seine Schützlinge überprüft werden sollen. Das ist leider unterblieben. Ein Fehler. Es tut mir leid.«

»Sie waren in jenen Jahren nicht verantwortlicher Einsatzleiter, Mr. Weintraub. Bitte, fahren Sie fort.«

»Danke, Herr Präsident. Wir haben aus ... Quellen ... eine Menge Dinge erfahren, die bestätigen, was der KGB-Resident in New York uns inoffiziell mitgeteilt hat. Ein gewisser Marschall Koslow wurde verhaftet, um über die Bereitstellung des Gürtels, der Ihren Sohn tötete, vernommen zu werden. Offiziell ist er aus Gesundheitsgründen von seinem Posten zurückgetreten.«

»Meinen Sie, er wird gestehen?«

»Im Gefängnis Lefortowo, Sir, hat der KGB so seine Mittel«, antwortete Weintraub.

»Mr. Kelly?«

»Manche Dinge, Herr Präsident, werden sich nie beweisen lassen. Es gibt keine Spur von Dominique Orsinis Leiche, aber die korsische Polizei hat festgestellt, daß in ein Schlafzimmer über einem Lokal in Castelblanc tatsächlich zwei Schüsse aus einer Schrotflinte abgefeuert wurden. Der Smith-&-Wesson-Revolver, den wir Spezial-Agentin Somerville ausgehändigt hatten, liegt im Prunelli und muß als verloren betrachtet werden. Aber alles, was beweisbar ist, ist bewiesen. Das Manuskript, Sir, ist bis ins letzte Detail wahrheitsgetreu.«

»Und die fünf Männer, die sogenannten Fünf von Alamo?«

»Wir haben drei von ihnen in Gewahrsam genommen, Herr Präsident. Cyrus V. Miller kann mit an Sicherheit grenzender Wahrscheinlichkeit niemals der Prozeß gemacht werden. Er gilt als klinisch geistesgestört. Melville Scanlon hat alles gestanden, einschließlich der Details für eine weitere Verschwörung, zum Sturz der Monarchie in Saudi-Arabien. Ich nehme an, das State Department hat sich dieses Aspekts bereits angenommen.«

»Hat es. Die saudiarabische Regierung wurde informiert und hat die entsprechenden Maßnahmen ergriffen. Und die anderen von den Fünf von Alamo?«

»Salkind hat sich anscheinend abgesetzt, nach Südamerika, wie wir vermuten. Cobb wurde in seiner Garage gefunden, wo er sich erhängt hatte. Moir bestätigt alles, was Scanlon gestanden hat.«

»Keine unaufgeklärten Details, Mr. Kelly«

»Keine, soweit wir das feststellen können, Herr Präsident. In der uns zur Verfügung stehenden Zeit haben wir alles in Mr. Quinns Manuskript überprüft. Namen, Daten, Orte, Automietverträge, Flugtickets, Wohnungsvermietungen, Hotelbuchungen, die benutzten Fahrzeuge, die Waffen – alles. Die Polizei und die Einwanderungsbehörden in Irland, Großbritannien, Belgien, Holland und Frankreich haben uns sämtliche Unterlagen geschickt – es paßt alles zusammen.«

Präsident Cormack warf einen raschen Blick auf den leeren Stuhl auf seiner Seite des Tisches.

»Und ... mein ehemaliger Kollege?«

Der Direktor des FBI nickte Philip Kelly zu.

»Die letzten drei Seiten des Manuskripts handeln von einer Unterhaltung zwischen den beiden Männern in der fraglichen Nacht, für die wir keine Bestätigung haben, Herr Präsident. Wir haben noch immer keine Spur von Mr. Quinn. Aber wir haben das Personal der Villa in Georgetown überprüft. Der Dienstchauffeur war mit der Angabe nach Hause geschickt worden, der Wagen werde an diesem Abend nicht mehr gebraucht. Zwei Leute aus dem Personal erinnern sich, sie seien gegen halb zwei Uhr wach geworden, weil sich ein Garagentor geöffnet habe. Einer schaute hinaus und sah den Wagen die Straße hinunterfahren. Er dachte, es könnte sich um einen Diebstahl handeln, und ging seinen Chef wecken. Er war fort – mit dem Wagen.

Wir haben sämtliche Wertpapierbestände in seinen verschiedenen ›blind trusts‹, die enormen Beteiligungen an einer Reihe von Rüstungsfirmen überprüft, auf deren Aktienkurse sich der Nantucket-Vertrag zweifellos ungünstig auswirken würde. Es stimmt, was Quinn behauptet. Was der Mann gesagt hat – in diesem Punkt werden wir nie Gewißheit erlangen. Man kann Quinn entweder glauben oder auch nicht.«

Präsident Cormack erhob sich.

»Ich glaube ihm, meine Herren, ja! Blasen Sie bitte die Großfahndung nach ihm ab. Das ist eine Verfügung des Präsidenten. Ich danke Ihnen für Ihre Bemühungen.«

Er ging durch die Tür gegenüber dem Kamin hinaus, durchquerte das Büro seines persönlichen Sekretärs, zu dem er sagte, er möchte nicht gestört werden, betrat das Ovale Zimmer und schloß hinter sich die Tür.

Dann setzte er sich an den großen Schreibtisch unter den grün getönten Fenstern aus fünf Zoll starkem kugelsicherem Glas, die den Blick auf die südliche Rasenfläche freigeben, und lehnte sich auf seinem hohen Drehstuhl zurück. Dreiundsiebzig Tage waren vergangen, seit er sich an diesen Schreibtisch gesetzt hatte.

Auf der Schreibtischplatte stand eine Fotografie in einem Silberrahmen. Sie zeigte Simon, eine Aufnahme, die im Herbst, ehe er nach England ging, in Yale gemacht worden war. Er war damals zwanzig gewesen, sein junges Gesicht voller Lebenskraft und Lebensfreude.

Der Präsident nahm das Bild in beide Hände und betrachtete es lange mit einem versonnenen Blick. Schließlich zog er eine Schublade zu seiner Linken auf.

»Lebe wohl, mein Sohn.«

Er legte die Fotografie mit dem Gesicht nach unten in die Schublade, schob sie zu und drückte auf einen Knopf an der Sprechanlage.

»Schicken sie bitte Craig Lipton zu mir herein.«

Als sein Pressesprecher kam, teilte ihm der Präsident seinen Wunsch mit, am folgenden Abend zur besten Sendezeit über die großen Fernsehanstalten eine einstündige Ansprache an die Nation zu richten.

Die Besitzerin der Pension in Alexandria bedauerte es, ihren kanadischen Gast, Mr. Roger Lefevre, zu verlieren. Er war so ruhig, hatte so gute Manieren und bereitete ihr keinerlei Mühe. Nicht wie gewisse andere, die sie beim Namen nennen könnte.

Als er am Abend nach unten kam, um seine Rechnung zu bezahlen und sich zu verabschieden, stellte sie fest, daß er sich den Bart abrasiert hatte. Das gefiel ihr; so sah er viel jünger aus.

In ihrem Wohnzimmer im Erdgeschoß lief wie immer das Fernsehgerät. Der hochgewachsene Mann stand in der Tür, um auf Wiedersehen zu sagen. Auf dem Bildschirm kündete ein ernst dreinblickender Chefansager an: »Meine Damen und Herren, der Präsident der Vereinigten Staaten.«

»Können Sie nicht doch noch ein bißchen bleiben?« fragte die Pensionswirtin. »Der Präsident hält eine Rede. Es heißt, der Arme ist entschlossen, zurückzutreten.«

»Mein Taxi wartet draußen«, sagte Quinn. »Ich muß gehen.«

Auf dem Bildschirm erschien Präsident Cormacks Gesicht. Er saß unbeweglich hinter seinem Schreibtisch im Ovalen Zimmer, unter dem großen Spiegel. Die Öffentlichkeit hatte ihn achtzig Tage kaum zu sehen bekommen, und die Zuschauer fanden ihn gealtert, das Gesicht vom Kummer gezeichnet und faltiger als ein Vierteljahr vorher. Doch jener Ausdruck auf dem Foto, das ihn am Grab in Nantucket gezeigt hatte, war verschwunden. Er hielt sich gerade und sah in die Kameralinse, so daß er einen direkten – wenn auch elektronisch vermittelten – Blickkontakt zu über hundert Millionen Amerikanern und vielen weiteren Millionen Zuschauern auf der Welt herstellte, die per Satelliten die Sendung empfingen. Seine Haltung zeigte nichts Mattes oder Hoffnungsloses; seine Stimme klang gemessen, ernst und entschieden. »Meine amerikanischen Mitbürger . . .«, begann er.

Quinn schloß die Tür der Pension und ging die Stufen hinab zu seinem Taxi.

»Dulles«, sagte er.

Der Fahrer schlug auf dem Henry Shirley Memorial Highway südwestliche Richtung ein, um nach rechts auf den River Turnpike und dann nochmals nach rechts auf den Capital Beltway einzubiegen. Auf beiden Gehsteigen waren die Lampen weihnachtlich bunt geschmückt und die Weihnachtsmänner vor den Geschäften lachten ihr »Jo-ho-ho«, so laut sie konnten, während sie sich ein Transistorgerät ans Ohr hielten.

Nach mehreren Minuten bemerkte Quinn, daß immer mehr Autofahrer rechts heranfuhren, am Randstein hielten und aufmerksam der Übertragung der Rede in ihren Autoradios zuhörten. Auf den Gehsteigen bildeten sich Gruppen um Leute, die ein Radio bei sich trugen. Der Fahrer des blauweißen Taxis hatte Kopfhörer aufgesetzt. Als sie den Turnpike erreicht hatten, schrie er auf: »Un-glaub-lich, Mann, das ist doch nicht zu fassen!«

Er drehte den Kopf herum, ohne auf die Straße zu achten.

»Soll ich auf den Lautsprecher umschalten?«

»Ich werd' mir später die Wiederholung anhören«, antwortete Quinn

»Ich könnt' ranfahren und halten.«

»Fahren Sie weiter«, sagte Quinn.

Am Dulles International Airport entlohnte Quinn den Taxifahrer und ging mit langen Schritten durch den Eingang auf den Abfertigungsschalter von British Airways zu. Auf der anderen Seite der Wartehalle standen die meisten Fluggäste und die Hälfte des Personals vor einem Fernsehgerät an einer Wand. Quinn fand am Schalter nur ein einziges Mädchen.

»Flug 216 nach London«, sagte er und legte sein Ticket vor sich hin. Das Mädchen wandte mit Anstrengung den Blick von dem Bildschirm ab und prüfte seinen Flugschein, während sie auf ihrem Terminal tippte, um die Buchung bestätigt zu bekommen.

»Sie steigen in London nach Malaga um?« fragte sie.

»Ganz recht.«

John F. Cormacks Stimme kam durch die ungewöhnlich stille Halle.

»Um dem Nantucket-Vertrag den Garaus zu machen, glaubten diese Männer, müßten sie zuerst mich zugrunde richten ...«

Das Mädchen stellte seine Bordkarte aus und hing schon wieder am Bildschirm.

»Ich kann zur Abflughalle durchgehn?« fragte Quinn.

»Oh ... yeah ... sicher ... noch einen schönen Tag.«

An die Paßkontrolle schloß sich ein Wartebereich mit einer Dutyfree-Bar an. Auch hinter der Bar stand ein Fernsehgerät. Sämtliche Fluggäste waren davor versammelt und starrten auf den Bildschirm.

»Weil sie an mich nicht herankamen, bemächtigten sie sich meines Sohns, meines einzigen und innig geliebten Sohns, und brachten ihn um.«

In dem Doppeldeckerbus, der zu der wartenden Boeing im Rot-Weiß-Blau der British Airways hinausrollte, war ein Mann mit einem Transistorgerät. Niemand sprach ein Wort. Am Eingang zum Flugzeug zeigte Quinn einem Steward seine Bordkarte und wurde mit einer Handbewegung zur Ersten Klasse verwiesen. Quinn hatte sich diesen Luxus mit dem Rest seines russischen Geldes geleistet. Er hörte die Stimme des Präsidenten aus dem Bus hinter ihm, während er mit eingezogenem Kopf die Maschine betrat.

»So hat es sich abgespielt. Und jetzt ist es vorüber. Doch darauf, meine amerikanischen Mitbürger, gebe ich Ihnen mein Wort: Sie haben wieder einen Präsidenten ...«

Quinn schnallte sich auf dem Fenstersitz fest, lehnte ein Glas Champagner ab und bat statt dessen um Rotwein. Er nahm die *Washington Post*, die ihm angeboten wurde, und begann zu lesen. Der Sitz am Mittelgang war leer, als die Maschine startete.

Die Boeing 747 hob ab und drehte ihre Nase in Richtung Atlantik und Europa. Quinn war von einem aufgeregten Gesumme umgeben – Fluggäste, die die Nachricht beinahe nicht glauben wollten, diskutierten über die Rede des Präsidenten, die eine knappe Stunde gedauert hatte. Quinn saß stumm da und las seine Zeitung.

Der Leitartikel auf der Titelseite kündete die Fernsehrede an, die die Welt gerade gehört hatte, und versicherte den Lesern, der Präsident werde bei dieser Gelegenheit die Welt über seinen Rücktritt unterrichten.

»Kann ich Ihnen sonst noch etwas anbieten, Sir, irgend etwas, was Sie gerne hätten?« flötete ihm eine Stimme ins Ohr.

Er drehte sich um und grinste erleichtert. Im Mittelgang stand Sam und beugte sich zu ihm herab.

»Ja, dich, Baby.«

Er legte die Zeitung auf seinem Schoß zusammen. Auf der letzten Seite stand ein Absatz, den beide nicht bemerkten. Er war im seltsamen Code amerikanischer Schlagzeilen-Verfasser überschrieben mit VIET VETS XMAS WINDFALL (Unverhofftes Weihnachtsgeschenk für Vietnam-Veteranen). Der Untertitel war etwas üppiger ausgefallen: PARAPHLEGIC HOSPITAL GETS NO-NAME $ 5 m. (Paraplegie-Klinik erhält anonyme Spende von 5 Millionen Dollar).

Sam setzte sich auf den Sitz am Mittelgang.

»Hab' verstanden, Mr. Quinn. Ja, ich begleite Sie nach Spanien. Ja, ich werde Ihre Frau.«

»Gut«, sagte er, »Unentschlossenheit ist mir verhaßt.«

»Dort, wo Sie leben ... wie sieht's da aus?«

»Ein kleiner Ort, kleine weiße Häuser, eine kleine alte Kirche, ein kleiner alter Priester ...«

»Solange er sich an die Trauformel erinnert ...«

Sie schob beide Arme hinter seinen Kopf und zog ihn zu einem langen Kuß zu sich heran. Die Zeitung fiel von seinem Schoß auf den Boden, mit der Rückseite nach oben. Eine Stewardeß hob sie nachsichtig lächelnd auf. Sie übersah – was ihr auch gleichgültig gewesen wäre, hätte sie es bemerkt, die Hauptnachricht auf der letzten Seite. Sie lautete:

STILLES BEGRÄBNIS FÜR FINANZMINISTER HUBERT REED – NÄCHTLICHE FAHRT IN DEN POTOMAC NOCH IMMER UNGEKLÄRT.

Frederick Forsyth

Die Akte ODESSA

Roman. Aus dem Englischen von Tom Knoth.
395 Seiten. Geb.
(Auch in der Serie Piper 5522 lieferbar)

»... wiederum gelang ihm ein Thriller, der zwischen Fiction und Reportage dem Genre des Kriminalromans eine Spielart hinzufügt, die auch für Connaisseurs dieses Genres sensationell sein dürfte.«
Bayerischer Rundfunk

»... eine rasante Jagd, beschrieben mit dem heißen Atem der Fast-Authentizität, mit der fesselnden direkten Schreibe des gelernten Reporters – ein hochkarätiger Reißer mit Schmökerqualitäten.«
Welt am Sonntag

Die Hunde des Krieges

Roman. Aus dem Englischen von Norbert Wölfl.
436 Seiten. Geb.

»Anspruchsvolle Unterhaltung heißt: Spaß und Botschaft schließen sich nicht aus, sondern ergänzen sich. Anspruchsvolle Unterhaltung: In diese Kategorie ist auch der neue Roman von Frederick Forsyth einzureihen. Forsyth hat zugleich – ob gewollt oder ungewollt – gezeigt, wie langweilig sich das ganze Dokumentationstheater unserer Tage gegenüber seiner literarischen Technik ausnimmt. Zeitgeschichte und Erfindung sind bei Forsyth so brillant gemischt, daß man die Grenzen nicht sieht und sich letzten Endes fragen muß, ob man wirklich einen Roman vor sich hat oder eine Reportage aus unseren Tagen.«
Die Welt

Frederick Forsyth

Des Teufels Alternative

Roman. Aus dem Englischen von Wulf Bergner.
512 Seiten. Geb.

»Von der sowjetischen Regierung wird es wohl keinen offiziellen Kommentar zu diesem Buch geben. Seine Leser im Westen dürfte der Roman in jedem Fall finden. Vielleicht leistet er sogar ein wenig Lebenshilfe, da die belletristischen Phantasie-Bomben nur so auf uns herunterfallen.« Süddeutsche Zeitung

»Forsyth scheint sämtliche Hintertreppen zu den Mächtigen, jede Hafenkneipe in Piräus, die fortschrittlichen Arsenale des internationalen Untergrundkampfes zu kennen. Die Trickkiste seiner handwerklichen Perfektion ist schier unerschöpflich, das wohlige Gruseln des Lesers fast endlos.« Neue Zürcher Zeitung

Das vierte Protokoll

Roman. Aus dem Englischen von Rolf und Hedda Soellner.
500 Seiten. Geb.
(Auch in der Serie Piper 5506 lieferbar)

»Das vierte Protokoll« ist das geheime Zusatzabkommen, das die Atommächte im Jahr 1968 zum Atomwaffensperrvertrag unterzeichneten. Doch was damals noch im Bereich des Utopischen schien, wird in Forsyths 1987 spielendem Spionagethriller zum unberechenbaren Alptraum.

»Die unglaublichsten Geschichten passieren zumeist in der Wirklichkeit ... Wenn Politiker der Gegenwart von einem literarischen Profi der Bestseller-Garnitur in einen Polit-Krimi eingewoben werden, entsteht ein Buch wie dieses hier ...
Die Spannung wächst mit jeder Seite, und in der zweiten Hälfte des Buches fällt es immer schwerer, auch nur Lesepausen einzulegen.« Rheinische Post